dtv

Schon bei ihrer ersten Begegnung 1783 wissen sie, daß sie füreinander geschaffen sind: der englische Thronfolger George, Prince of Wales, und die schöne Witwe Maria Fitzherbert. Seine Mätresse zu werden kommt für Maria nicht in Frage – aber eine Heirat scheint ausgeschlossen, denn Maria ist Katholikin und als Gemahlin des zukünftigen englischen Königs und Oberhauptes der anglikanischen Kirche undenkbar. Ihre leidenschaftliche Liebe füreinander trotzt dennoch allen Hindernissen. George schlägt jede Vorsicht in den Wind und heiratet Maria heimlich. Er schwört ihr ewige Treue. Schon bald jedoch gefährden Staatsräson und Intrigen das Glück der beiden. Der zerstörerische Zorn des bereits vom Wahnsinn ergriffenen Königs droht sie zu vernichten. George soll die deutsche Prinzessin Caroline von Braunschweig heiraten ...

Diane Haeger ist Amerikanerin und hat bereits mehrere historische Romane veröffentlicht.

Diane Haeger

Die heimliche Ehe

Roman

Deutsch von
Susanne Althoetmar-Smarczyk

Deutscher Taschenbuch Verlag

*Mein Dank gilt Fran Measley
für die vielen Anregungen,
vor allem aber auch dafür,
daß Du mich vor langer Zeit dazu ermutigt hast.*

Deutsche Erstausgabe
März 2002
Deutscher Taschenbuch Verlag GmbH & Co. KG,
München
www.dtv.de
© 2000 Diane Haeger
Titel der amerikanischen Originalausgabe:
›The Secret Wife of King George IV‹
(St. Martin's Press, New York 2000)
© 2002 der deutschsprachigen Ausgabe:
Deutscher Taschenbuch Verlag GmbH & Co. KG, München
Umschlagkonzept: Balk & Brumshagen
Umschlagbild: ›Mrs. Fitzherbert‹ von Richard Cosway
(© The Bridgeman Art Library, London)
Satz: KCS GmbH, Buchholz/Hamburg
Gesetzt aus der Aldus 10/11,5˙ (QuarkXPress)
Druck und Bindung: Druckerei C. H. Beck, Nördlingen
Gedruckt auf säurefreiem, chlorfrei gebleichtem Papier
Printed in Germany · ISBN 3-423-20505-9

Prolog

Juni 1830

Langsam wie eine Erscheinung trat sie aus dem Schatten, eine geheimnisvolle Frau, verschleiert mit einem Hauch Gaze. Die Totenglocken der Dorfkirche in Windsor läuteten, während zwei königliche Leibgardisten ihre brennenden Fackeln zur Seite hielten und sich vor der Frau, deren Gesicht sie nicht sehen konnten, ehrfurchtsvoll verbeugten.

Niemand, der zum Trauern ins Schloß von Windsor gekommen war, sollte sie sehen oder ihre Gegenwart auch nur erahnen. Sonst würden nur alte Skandale neu entfacht, alte Wunden wieder aufgerissen. Daher wurden die Tore so rasch, wie sie geöffnet worden waren, wieder hinter ihr geschlossen. Das Echo dröhnte wie ein Donnerschlag in der riesigen getäfelten Halle. Dann herrschte Stille.

Lange stand sie in dem verhangenen weihrauchgeschwängerten Raum, der seinen Sarg beherbergte. Chinesischer Weihrauch. Ja, das hätte George gefallen. Sobald sie dazu in der Lage war, fuhr sie mit der schlanken, jetzt altersgefleckten Hand über das Wurzelholz seines prunkvollen Sargs. Elfenbeinintarsien. Vergoldete Griffe. Duftende Rosen, die zwei prächtige Sèvresvasen füllten. Eleganz bis zum Schluß. Sie lächelte, und als sie den dunklen Schleier hob, lag jedes Härchen an seinem Platz. Sie war froh, daß ein einzelner Holzsessel wie ein pflichtbewußter Diener neben ihr wartete, und sank dankbar zwischen seine geschnitzten Eichenlehnen. Ihre Augen füllten sich mit Tränen, und ihr Kopf war voll von Erinnerungen.

Georges Kammerdiener hatte ihr anvertraut, daß Englands König nach wie vor das Medaillon trug und bis in alle Ewigkeit tragen würde – das Medaillon mit ihrem Bild. Dem Bild seiner Frau, jedoch nie seiner Königin.

Und so wurde die alte Wunde ein weiteres Mal aufgerissen. So viele verpaßte Gelegenheiten. Soviel vergeudete Zeit. In all den Jahren, die dahingerannt waren, hatte es nie eine Zeit gegeben, in der sie nicht nach seinem Gesicht in der Menge Ausschau gehalten, in der sie nicht an ihn gedacht hatte, wenn sie alleine in dem Bett lag, das sie einst geteilt hatten.

William war nach Georges Tod außerordentlich freundlich zu ihr gewesen. Der neue König hatte ihr einen Boten geschickt, um ihr mitzuteilen, daß sie Witwentrauer tragen dürfe. Außerdem hatte er arrangiert, daß sie hier vor der Beerdigung ungestört eine Weile verbringen durfte, und Seine Hoheit hoffte überdies, daß sie zum Dinner kommen würde, wenn sie sich dazu in der Lage fühlte. William war ein guter Freund gewesen. Wie Frederick und Edward wußte er, was sie ihrem älteren Bruder bedeutet hatte – daß sie, anders als die Welt glaubte, soviel mehr gewesen war als seine Geliebte.

Langsam und mit aller Kraftanstrengung erhob sie sich. Ihre Beine waren schwach und unsicher. Ihre Sicht war durch die ständige Tränenflut verschwommen.

Du bringst mich immer noch zum Weinen, du Bastard, dachte sie. *Selbst jetzt, da du gegangen bist, bist du immer noch der einzige, der das kann. Aber es hat auch nie mehr jemanden wie dich gegeben, George Augustus. Und es wird auch nie wieder so jemanden geben.*

Überrascht stellte sie fest, daß dieser Gedanke sie zum Lächeln brachte. Die Tränen begannen zu trocknen, und einen Augenblick lang, zumindest diesen einen Augenblick lang, war der Schmerz nicht so unerträglich.

Du hast mich für jeden anderen verdorben, stimmt's nicht? Ich glaube, es geschah bereits in jenem allerersten Augenblick auf der Mall, als du mich so schamlos anlächeltest. Oh, wie ich daraufhin errötete! Du sahst aus, als gehörte dir an jenem Tag die ganze Welt. Damals wußte ich es noch nicht, aber ich wünschte mir nichts mehr im Leben, als Teil dieser Welt zu sein. Deiner Welt. In deinem strahlenden Licht emporgerissen zu werden – und eine Zeitlang wurde ich das auch. O ja, und wie ...

I

Mrs. Fitzherbert ist zur Saison in London eingetroffen.
›Morning Herald‹, 20. März 1784

1. Kapitel

»Maria, also wirklich!«
Der rotlackierte Phaeton klapperte das glatte Pflaster von Piccadilly in Richtung Pall Mall herunter, während Maria Fitzherbert träge einen chinesischen Fächer vor ihren sanften Gesichtszügen schwenkte. Sie bemühte sich, nicht uninteressiert zu wirken. Zitternd schloß sie angesichts des rußigen Londoner Himmels dennoch halb ihre dunklen schokoladenbraunen Augen. Isabella Sefton warf ihr einen vorwurfsvollen Blick zu.

Nach einer endlosen Pause begann Isabella wieder fröhlich zu plaudern. »Also, wie gesagt, heute abend gehen wir ins Almack's. Natürlich wird jeder, der irgend etwas darstellt, dort sein. Morgen um vier empfangen wir die Herzogin von Gordon und Lady Cowper. Um acht, sobald es uns gelungen ist, alle loszuwerden, gehen wir ins King's Theatre, wo, wie du weißt, dein Onkel und ich zu den wenigen Privilegierten gehören, die eine Loge haben ...«

Genervt wechselte Maria auf das gegenüberliegende blauseidene Kissen, als die Kutsche die St. James' Street überquerte. Sie konnte nicht anders. Dieses endlose Geschwätz, diese rasiermesserscharfe Stimme und das Parfüm, dieser Jasminduft, der allzu großzügig in das Dekolleté des geschmackvollen pistaziengrünen Seidenkleides geträufelt worden war.

»Vielleicht ist es noch zu früh für mich, einen Ort wie Almack's zu besuchen.«

»Ach, Unsinn!« schnaubte Isabella. »Die Ballsäle dort sind genau der richtige Platz für dich. Thomas ist bereits ein Jahr tot, und du mußt einfach einen Neubeginn machen. Schönheit hält nicht ewig, wie du weißt!«

»Aber einfach so frech wieder hereinzuplatzen –«

»Darling, gibt es irgendeine andere Möglichkeit?« fragte Isabella, lachte durchdringend und warf dann ihr dunkles Haar mit selbstbewußtem Übermut zurück.

Der Kutscher verlangsamte die Fahrt, spähte nach einem Durchschlupf auf der überfüllten Straße, auf der es immer enger wurde in dem Gewühl von schnittigen Phaetons, Tandems und Postkutschen, in denen die elegante Welt ihre rituelle Nachmittagsausfahrt zu machen pflegte. Es war eine endlose Prozession aus Pferdehufen und großen eisernen Kutschrädern. Sehen und gesehen werden.

Kein Mitglied der feinen Gesellschaft tat viel vor vier Uhr. Jetzt, da die Glocken der Christopher Wren's Kirche in St. James' fünf schlugen, waren die Straßen und Geschäfte entlang der St. James' Street und der Bond Street vollgestopft mit den elegantesten, den vornehmsten Mitgliedern der Londoner High Society.

»Also«, setzte Isabella wieder an. Ihre schrille Stimme zerschnitt die stickige Luft. »Hast du ein anständiges neues Kleid für heute abend? Und zwar nicht solch eine apricotfarbene Scheußlichkeit ohne jeden Schwung, wie du sie zuletzt in Vauxhall getragen hast. Ich habe läuten hören, daß keine Geringere als die Herzogin von Devonshire persönlich unter uns weilen wird, und diese Frau soll eine absolute Modesklavin sein.«

Sie bogen in die Mall ein, und Maria starrte zum Fenster hinaus. In der Nachmittagsbrise rauschten niedrig hängende zartgrüne, weiße und blaßrosa Zweige. Leuchtende Rhododendren wie Büsche aus rosa Schnee mit grünen Punkten wippten mit ihren Blütenstengeln.

Wieder hielt die Kutsche an, während Isabella munter weiterplapperte.

Zuerst bemerkte sie die beiden Reiter nicht, die wild über die Grünfläche direkt auf sie zu galoppierten. Zwei Männer in engen weißen Reithosen, die lange muskulöse Beine zur Schau stellten, und mit vom Wind zurückgeblasenen Haaren. Beide ritten Hengste. Eines der Pferde war schwarz und glänzend, das andere weiß und prächtig. »Bei allen Heiligen im Himmel!« rief Isabella. »Die haben doch den Verstand verloren, hier in der Stadt ein Wettrennen zu veranstalten!«

Wild. Ungestüm. Sie lachten mit zurückgeworfenen Köpfen, erhitzten Gesichtern. Als sie nur noch einen Wimpernschlag von Isabellas Kutsche entfernt waren, rissen beide die Zügel zurück, und die Pferde blieben stehen. Maria blieb die Luft weg.

Beide Männer waren jung und makellos gekleidet, aber es war das teuflisch schöne Gesicht des Mannes mit dem weißen Halstuch, dem roten Frack und den windzerzausten kastanienbraunen Haaren, das ihr den Atem raubte. Auf seiner Stirn glänzte eine Schweißspur, und er lachte. Bis er sie sah. Der Blick, der auf Maria ruhte, kam aus den verblüffendsten blauen Augen, die sie je gesehen hatte. Er war schön wie ein Gott.

»Weißt du, wer das ist?« quiekte Isabella entzückt und zerstörte mit ihrem Eifer diesen denkwürdigen Augenblick. »Das ist der Prince of Wales!«

Maria warf ihm einen verschwommenen Blick zu. Sie erkannte das königliche Wappen, den goldenen Löwen und das Einhorn neben einer goldenen Krone auf seinem Sattel. Isabella hatte recht. Er war es.

Da ihre Kutsche weiterhin stillstand, um eine Gruppe wohlgekleideter Spaziergänger über die Straße schlendern zu lassen, ruhte sein Blick unverwandt auf ihr. Seine vollen Lippen waren zu einem kleinen Lächeln verzogen. Und diese Augen! Blau und tiefgründig wie der Himmel. Die Porträts, die es von ihm gab, wurden ihm nicht einmal ansatzweise gerecht. Sein Blick bohrte sich jetzt in sie hinein und wühlte in ihr herum, bis sie nicht mehr wußte, ob er mit ihr flirtete oder sie verspottete.

Als er ihr immer noch lächelnd zunickte, spürte Maria, wie ihr vom Hals her das heiße Blut aufstieg und ihr bleiches, nicht mit Rouge geschminktes Gesicht aufblühen ließ wie eine von Isabellas preisgekrönten Kamelien. In seinem Blick lag etwas Gefährliches, beinahe Feindseliges, aber Maria konnte sich nicht länger zwingen wegzuschauen.

Die Kutsche bewegte sich immer noch nicht. Ebensowenig die Reiter.

Die beiden Pferde wieherten und scharrten mit den Hufen auf dem Pflaster. Maria spürte, wie sich ihr trockener Hals zuzog. Sie konnte nicht schlucken. Wie alle anderen hatte auch sie die Gerüchte gehört, daß der älteste Sohn des Königs ungestüm und impulsiv sei – mehr ein Rebell als ein Prinz.

Maria tat ihr möglichstes, um ein Lächeln zu unterdrücken. Dann plötzlich fuhr die Kutsche mit einem Ruck an und zog sie weiter die belebte Mall hinunter. »Ist es denn die Möglichkeit?« sagte Isabella. Ihre Augen leuchteten wie Brombeeren, als die Kutsche vorwärts schlingerte und das stetige Klappern der Hufe wieder einsetzte. »Der Prince of Wales hat schamlos mit dir geflirtet! Oh, ist das nicht wundervoll!«

Maria öffnete ihren Fächer wieder und begann sich die warme Frühlingsluft zuzufächeln. Hoffentlich sah die Frau ihres Onkels nicht, wie sie zitterte. »Ich würde dem nicht allzuviel beimessen, Isabella«, sagte sie mit soviel Desinteresse, wie sie aufbringen konnte. »Wie ich höre, flirtet der Prince of Wales wirklich mit jeder.«

Lady Sefton schaute beiseite. Ihr glattes Gesicht wurde blaß, mußte sie doch aus eigener Erfahrung zugeben, daß die schöne Nichte ihres Gatten in dieser Hinsicht nicht völlig unrecht hatte.

»Zu schade«, murmelte sie und öffnete ihren Fächer.

Das würde nicht einfach.

Tatsächlich erschien es ihr heute abend als die schwierigste Sache der Welt. Sich all dem wieder auszusetzen. Der Gesellschaft. Den zudringlichen Blicken interessierter Männer, die sie nicht interessierten. Dem Spiel, das jeder spielte. Der Stellung wegen. Der Macht wegen. Aus Freude an der Jagd.

Maria saß in ihrem Unterrock aus blaßblau und weiß gestreiftem Satin an ihrem Toilettentisch, starrte in den Spiegel und schaute dennoch an ihrem Bild vorbei. Es dämmerte bereits, der Himmel hinter den hohen mit Vorhängen verkleideten Fenstern war ein Farbenfeuer, aber auch das bemerkte sie nicht.

Die große Ebenholzuhr neben dem Toilettentisch schlug. Ihr Mut sank. Es war allmählich Zeit, sich anzuziehen.

Sie zwang sich heute abend aus einem einzigen Grund, an dieser Scharade teilzunehmen. Isabella, die Gattin des neunten Vicomte und ersten Grafen von Sefton, kannte absolut jeden, der in London von Bedeutung war. Die wohlmeinende Frau ihres Onkels bedeutete außerdem für die Familie Smythe das Entree in die nichtkatholische Gesellschaft, die einflußreiche Mehrheit in London, und sie ließ keine Gelegenheit aus, Maria auf ihre ureigenste Art an diesen Einfluß zu erinnern.

Das war vor allem für Marias ehrgeizigen Bruder von Bedeutung, und bis jetzt hatte sie daher während dieser Saison ihr bestes getan, um ihm gefällig zu sein.

Nachdem Maria verwitwet war, hatte Isabella es auf sich genommen, sie in einer strapaziösen Reihe von Festen und Bällen in die exklusivste Gesellschaft einzuführen.

Es sei tatsächlich der einzige Weg, predigte sie ihr, eine wirklich gute Partie zu machen. Aber eine Eheschließung, für Maria wäre es die dritte, hatte für sie keinen Vorrang. Zum ersten Mal im Leben spürte sie ein seltsames Gefühl von Freiheit. Und sie fing an, an ihm Gefallen zu finden. Als Witwe von Thomas Fitzherbert verfügte sie über ein komfortables Einkommen, ein Haus in London und ein weiteres auf dem Lande in Twickenham. Mit neunundzwanzig nährte sie außerdem den erst kürzlich entfachten Wunsch, zu tun, was ihr beliebte.

Bevor sie alleine wieder einen Fuß nach London setzte, hatte sie beschlossen, daß sie es anders machen würde, falls sie noch einmal heiratete. Wenn sie diesmal zustimmte, die Ehefrau eines Mannes zu werden, dann nicht wegen der gesellschaftlichen Stellung. Es sollte wegen der einen Erfahrung sein, die ihr bis jetzt noch immer verwehrt geblieben war. Der Liebe.

Ihre ungeschminkten Lippen bogen sich zu einem sanften Lächeln hoch. Nun, das war wirklich pure Phantasie! In dieser

Gesellschaft von Blaublütigen, Dandys und Männern wie diesem lächerlichen Princen von Wales, der mit den Frauen nur spielte ... Ach, Liebe. Eine Nadel im sprichwörtlichen Heuhaufen! Sie unterdrückte das Lächeln, schürzte die Lippen, griff nach einem silbernen Parfümflakon und tupfte auf Hals und Handgelenke einen Hauch von Rosenwasser. Dann endlich schaute sie auf, um in ihr nacktes, ungeschminktes Gesicht zu blicken: große braune Augen, reine Haut, ein herzförmiges Gesicht und eine Nase, die nur eine Spur zu unvollkommen war, um griechisch genannt zu werden.

Also, John sagte stets, sie besitze mehr Eleganz als echte Schönheit, was vielleicht ein Glücksfall war, denn Eleganz war zeitlos. Schönheit nicht.

Aber da war noch etwas. In den Augen und der Art, wie sie den Kopf hielt. Der dickköpfige Stolz ihrer Mutter, wie sie selbst befand.

Das Temperament ihres Vaters, wie John meinte.

Wenn sie es recht überlegte – sie lächelte wieder –, so gab es wahrscheinlich in ganz London keinen Mann, der bereit war, sich auf einen Kampf mit dieser explosiven Mischung einzulassen.

Um acht Uhr reichte die Kette von Kutschen, die vor dem Almack's Club warteten, die King Street hinunter bis zu St. James' Street, fast bis nach Piccadilly.

Maria und Isabella warteten in ihren lieblich duftenden Abendkleidern, während ein Lakai mit weißen Handschuhen Marias Bruder John behilflich war. Gekleidet in einen aschgrauen Frack, Kniehose und Seidenstrümpfe stieg dieser aus der Kutsche und gab dem Fahrer Anweisungen. Vor ihnen ergoß sich ein ständiger Strom peinlich korrekt gekleideter Menschen der *beau monde*, die wie sie selbst den ganzen Vormittag mit ihrer Toilette verbracht hatten.

Die Reihe der Festbesucher wälzte sich wie eine langsam dahinkriechende Schlange erst die acht Stufen aus weißgeädertem Marmor empor, dann durch das korinthische Portal hindurch.

Nachdem John sich wieder zu ihnen gesellt hatte, schlenderte das Trio durch die überfüllten Gesellschaftsräume, die sich durch die vielen aneinanderdrängenden Körper bereits aufheizten. Aber so war Almack's: entsetzlich warm, vom Dekor her unscheinbar und stets überfüllt.

Trauben von Menschen plauderten, verbeugten sich voreinander und rauschten umher. Der Raum um sie herum lag im gedämpften Licht eines Nebels aus parfümiertem weißem Haarpuder. Maria und Isabella standen unter einem hohen rauchenden Kristalleuchter, von dem Kerzenwachs auf den polierten Parkettboden tropfte, während die Luft von einer munteren Händelsonate vibrierte.

Wie alle anderen gehorchten Maria und ihre Begleiter dem Modediktat der feinen Gesellschaft: Das Haar war ordentlich gepudert, die Gesichter waren geschminkt und mit ein oder zwei nach wie vor sehr modischen wohlplazierten Schönheitspflastern verziert. John trug eines neben dem linken Auge, um die Aufmerksamkeit auf seinen attraktivsten Gesichtszug zu lenken. Seine Augen waren ähnlich denen Marias dunkel wie schmelzende Schokolade und umrahmt von langen Wimpern.

Isabella und Maria trugen ein Schönheitspflaster unter dem Wangenknochen. Aber Maria sorgte an diesem Abend für eine Überraschung. Während die aktuelle Mode Pastellfarben bevorzugte, trug sie ein atemberaubendes Kleid aus durchsichtiger indigoblauer Seide. Isabella Sefton verschlug es fast die Sprache. Ein tief angesetztes Spitzenfichu war zwischen den Brüsten zusammengebunden und umrahmte ihre Elfenbeinschultern. Ihr blaßgoldenes Haar trug sie in weichen Ringellöckchen, verziert mit winzigen Rosenknospen.

»Der erste Tanz?« fragte Marias Bruder.

Mit einer eleganten Geste streckte er seiner Schwester die Hand entgegen. Überall im Saal wählten Männer ihre Partnerinnen. Sie warf ihm einen Blick zu: Er war hochgewachsen, von Natur aus athletisch gebaut, mit schlanker Taille, langen Beinen und breiten Schultern. Sein Haar hatte denselben Goldblondton wie ihres.

»Oh, sei ein Schatz und fordere mich zuerst auf, weil Charles nicht da ist«, jammerte Isabella. Sie wandte sich von der Tanzfläche zu ihnen um und ergriff Johns Hand, bevor er noch die Gelegenheit hatte zu widersprechen. »Es ist so peinlich, beim ersten Tanz nicht aufgefordert zu werden. Ich bin sogar zu einer Bestechung bereit. Wenn du zuerst mit mir tanzt, werde ich dafür sorgen, daß du hinterher direkt der Herzogin von Devonshire vorgestellt wirst.«

Maria lächelte und nickte zustimmend, wußte sie doch, daß ihm solch eine Bekanntschaft soviel bedeutete wie ihr ein Augenblick des Friedens.

Sie blickte ihnen nach, wie sie in einem Wirbel von Tänzern davonglitten, bevor sie sich einen Seufzer der Erleichterung gestattete. Den ganzen Tag war sie mit Isabella zusammengewesen. Sie hatten sich in Sefton House sogar gemeinsam angekleidet.

Zumindest einige gnädige Augenblicke lang blieb sie jetzt von ihrem Geplapper verschont.

Maria beobachtete, wie sie zusammen tanzten, sie klein und anmutig wie ein Vogel, er groß, leichtfüßig und hübsch – und bemühte sich nach Kräften, ihre innere Langeweile nicht allzusehr nach außen dringen zu lassen.

Wie Jagdhunde, die vom Blutgeruch angelockt werden, spürte eine Reihe junger Männer Marias Desinteresse und fühlte sich dadurch angezogen. Vorsichtig umkreisten sie sie in ihren hohen Kragen und engen Kniehosen, ihren Fräcken und den glänzend bestickten Westen, die darunter schimmerten.

Wie alle anderen hatten diese Männer ihre Haare und Gesichter gepudert und strategisch Schönheitspflästerchen eingesetzt. Aber die wetteifernden Düfte von Zibet, Ambra und Moschus, die ihr entgegenschlugen, als sie näher kamen, waren in dem geschlossenen Saal unbekömmlich. Maria ignorierte ihre kollektive Annäherungsbewegung. Sie lehnte sich mit ausgestrecktem Fächer gegen eine der vergoldeten Säulen und beobachtete, wie ihr Bruder und Isabella tanzten.

»Welch ein großes Glück, Madam, daß Sie bis jetzt noch keinen Partner haben«, sagte ein hochgewachsener, anmutiger Mann und verbeugte sich vor ihr.

»Mein Bruder hat mich darum gebeten, heute abend nur mit ihm zu tanzen, Sir«, log sie kühl und schaute wieder zu den Tänzern.

»John Smythe ist Ihr Bruder?« fragte er mit sanfter Stimme, da er gesehen hatte, daß sie zusammen das Almack's betreten hatten. Der honigsüße Ton seiner Stimme und seine Frage veranlaßten sie, sich umzudrehen.

»Das ist er, Sir.«

Der junge Mann begann zu strahlen. »Dann sind Sie Mrs. Fitzherbert.«

Maria nickte und lächelte gerade so viel, wie es die Höflichkeit erforderte, aber nicht genug, um ihn zu ermutigen. Zwei andere junge Männer traten hinter ihn, und plötzlich war sie umzingelt von einer Ansammlung junger, attraktiver Gentlemen, die sich, offenkundig fasziniert, zu ihr hinneigten.

»Bestimmt macht der alte John in meinem Fall eine Ausnahme. Bitte gestatten Sie mir, mich selbst vorzustellen. Ich bin Francis Russell, Herzog von Bedford«, sagte er mit einer weiteren höflichen Verbeugung, die Hände hinter dem Rücken. Maria erblickte bei näherem Hinschauen hinter dem verzückten Gesichtsausdruck ein schmales, kantiges Gesicht, das von einer Fülle hellblonden Haares umschmeichelt wurde. Aber insgesamt wirkte sein Gesicht wenig anziehend, und seine Augen waren von einem verwaschenen fleckigen Braun, das sie stumpf aussehen ließ.

»Ihr Bruder und ich sind alte Freunde«, erklärte er mit einem erneuten sanften Lächeln. »Wir haben uns im Trinity College in Cambridge kennengelernt.« Maria spürte ihren ablehnenden Gesichtsausdruck schwinden. Ihr Bruder hatte tatsächlich in Cambridge studiert. Es handelte sich also nicht nur um einen plumpen Flirtversuch.

»Es ist mir ein Vergnügen«, sagte sie, während sie mit einem unbewußt betörenden Lächeln die Winkel ihrer rosigen Lippen hochzog.

»Darf ich Ihnen ein Glas Limonade oder vielleicht etwas Tee besorgen, Mrs. Fitzherbert?« fragte ein anderer der eifrigen jungen Männer, in dem sie den ältesten Sohn des Grafen von Coventry erkannte.

Sie nickte. »Limonade wäre wundervoll.«

Dann, gerade als sie sich in Isabellas Abwesenheit wohl zu fühlen begann, endete die Musik. Die Tänzer strömten von der Tanzfläche zu der Spiegelwand, die sich hinter ihr befand, unterhalb der Orchesterloge.

»Da ist sie!« hörte Maria einen der jungen Männer einem anderen zuflüstern.

Wie Sonnenblumen in einer Junibrise wandten sich alle ihre Verehrer zum Erfrischungstisch um – zu einer aufregenden Schönheit mit keckem Gesicht in einem fliederfarbenen Seidenkleid mit enger Korsage. Andere stellten sich auf Stühle oder verrenkten sich die Hälse, um einen Blick auf sie zu erhaschen.

Da ihr Bruder und Isabella direkt von der Tanzfläche an ihre Seite geeilt waren, wußte Maria, daß es sich um die berüchtigte Herzogin von Devonshire handelte. Die Frau war nicht nur die Vertraute des berühmten Whig-Führers Charles James Fox, sondern ihr Name war auch wiederholt mit dem wilden Princen von Wales in Verbindung gebracht worden, was noch viel skandalöser war. An einem einzigen Tag mit soviel Verrufenheit konfrontiert zu werden, grübelte sie, als sie an das Lächeln des Prinzen und seinen gefährlichen Flirt mit ihr am Nachmittag auf der Mall zurückdachte. Plötzlich wandten alle Männer, die gerade noch um sie herumscharwenzelt waren, ihre Aufmerksamkeit der Herzogin zu. Nur der ganz in ihrem Bann stehende Herzog von Bedford blieb.

»Soll ich Ihren Bruder um die Erlaubnis bitten, mit Ihnen tanzen zu dürfen?«

Maria blickte in das weiche, empfindsame Gesicht und die glanzlosen Augen, die sie wie ein Gemälde studierten. Dies war das letzte, was sie sich wünschte. Am liebsten hätte sie ihm das auch gesagt, aber ihre gute Erziehung zwang sie statt dessen zu antworten: »Wie es Ihnen beliebt.«

Erfreut über diesen vermeintlichen Erfolg nickte der Herzog, wandte sich dann ab und gesellte sich zu den anderen wohlbetuchten Adligen, die sich um die Herzogin scharten. Wie dumm Männer sein konnten! Und wie berechenbar, dachte Maria, die trotz ihres Desinteresses ein wenig in ihrem Stolz gekränkt war. »War das nicht Francis Russell?« fragte John, als er mit Isabella zurückkehrte.

»Er wollte mich zum Tanz auffordern.«

»Und du hast ihn abgewiesen? Großer Gott, Maria, wie kannst du nur so närrisch sein? Der Mann ist ein kleines Vermögen wert!«

»Er sagte, ihr wärt in Cambridge Freunde gewesen.«

»Das war eine sehr großzügige Auslegung von ihm, gelinde gesagt. Wir haben nur ein oder zwei Kurse gemeinsam besucht. Er muß sehr von dir eingenommen sein, um mehr daraus zu machen!« John lächelte, und der erwartungsvolle Glanz in seinen Augen ließ sie zusammenzucken.

»Ich werde ihn unverzüglich herüberbitten, damit du dich für deine Unhöflichkeit entschuldigen kannst. Wir werden sagen, es liege an der Hitze hier drinnen«, schlug er vor und fächelte sich mit der Hand das erhitzte Gesicht. »Das wird er wohl glauben.«

»Ich werde mich nicht entschuldigen! Ich sagte Seiner Gnaden, daß er dich um Erlaubnis fragen müsse, wenn er mit mir tanzen wolle. Er entschied sich daraufhin, wie alle anderen um diese Devonshire herumzuscharwenzeln!«

»Oh, großartig! Einfach großartig!« Er grinste und überging ihren Ton. »Aber sag doch mal. Erschien er interessiert? Wie fragte er dich? War sein Ton vielversprechend? Beharrlich? Oder was?«

Maria warf den Kopf zurück, und ihre dichten blonden Locken fielen wie honigfarbene Seidenstränge auf ihre leicht gepuderten Schultern. »Er bat mich nur um einen Tanz, John. Das war alles. Du darfst nicht mehr daraus machen, als es war.«

»Und *du* darfst den Herzog von Bedford nicht unterschätzen. Er ist nicht einer, der die Zeit vertändelt, wenn er etwas sieht, das ihm ins Auge sticht! Er ist ein schrecklich leidenschaftlicher Bursche. Das war er schon immer. Weiß genau, was er will. Das war im Trinity allgemein bekannt.«

»Also, hör mal, John Smythe!« schnaubte Isabella und stemmte die Hände in gespieltem Ärger in die schmalen, gepolsterten Hüften. »Du redest, als ginge es hier nicht um deine Schwester, sondern um eine Handelsware.«

»Meine Schwester ist ein kostbares Juwel, Isabella, und wie alle kostbaren Dinge hat auch sie ihren Preis.«

Violinenbögen wurden wieder hochgenommen. Finger lauerten über den Klaviertasten. Hörner, Trompeten und Querflöten wurden bereitgehalten. Das Orchester in der Loge oberhalb der Tanzfläche schlug einen neuen Takt an, eine weitere Melodie erfüllte den stickigen Saal. Lady Sefton öffnete ihren Fächer, der mit blaßrosa Rosen und Efeuzweigen verziert war.

»Hier kommt er«, sagte sie. »Er ist tatsächlich nicht besonders attraktiv, oder? ... Aber schaut euch das an. Er hat dir eine Limonade mitgebracht, hat sie einfach dem Sohn des Grafen von Coventry aus der Hand genommen. Wie kühn! Danach sieht er nicht aus. Dein Bruder hat recht. Zumindest ist er einen Tanz wert, Maria.«

Sie standen neben dem hohen Fenster, das jetzt vom Dampf beschlagen war, und John lächelte und hielt zur Begrüßung eine Hand hoch.

»Smythe!«

»Francis Russell! Ich habe mir schon gedacht, daß du das bist!«

»Du hast mir auf der Schule gar nicht erzählt, daß du eine so schöne Schwester hast«, sagte der junge Herzog und strahlte Maria an.

»Als wir zur Schule gingen, war sie noch nicht annähernd so schön.«

»Ich habe natürlich zwangsläufig hier in London von ihr gehört. Mrs. Fitzherberts Rückkehr ging schließlich durch alle Gazetten.«

»Nun, Russell, wie auch immer, jetzt weißt du von ihrer Existenz. Und wie man so sagt, besser spät als nie!«

»Ich bin völlig deiner Meinung.«

Nach einem Schwall ähnlich peinlichen und von ihrem eifrigen Bruder angestachelten Geplänkels wurden Maria und der Herzog von Bedford mit einem Augenzwinkern und einem Schubs auf die Tanzfläche geschoben. Sie war sich nicht sicher, ob sie jemals irgend jemandem gegenüber so verlegen gewesen war, der sie gleichzeitig so langweilte.

»Sie sind aus der Nähe noch viel schöner als aus der Entfernung, wenn ich das so sagen darf, Mrs. Fitzherbert«, stammelte er in dem Versuch, ihr ein Kompliment zu machen.

»Euer Gnaden sind sehr freundlich, aber Sie brauchen mir nicht zu schmeicheln.« Marias dunkle Augen funkelten zornig im Licht des Kronleuchters. »Sie haben doch jetzt Ihren Tanz.«

»Das war keine Schmeichelei, Mrs. Fitzherbert, das versichere ich Ihnen«, erwiderte er, und seine Stimme triefte vor Ehrlichkeit. »Es war einfach die Wahrheit. Das ist eines der Dinge, die Sie immer von mir bekommen können.«

Als sie erneut zu ihm hochschaute, begann ihr Ärger zu verrauchen. Maria stellte fest, daß Francis Russells schmales, farbloses Gesicht schwitzte. Wenn sie sich beim Tanz berührten, konnte sie spüren, wie seine Hände zitterten. Maria wußte, daß er sich bemühte, charmant zu sein, aber er bemühte sich allzu sehr.

»Dann danke ich Euer Gnaden für die Aufrichtigkeit«, sagte sie schließlich so höflich wie möglich.

»... Und Sie müssen mich Francis nennen. Auf meinen Titel berufe ich mich bloß bei meinen Dienern und wenn ich versuche, in beliebten Häusern wie dem Almack's Einlaß gewährt zu bekommen.«

Oder wenn du versuchst, die Gunst uninteressierter Damen zu erringen, hätte sie am liebsten erwidert. Statt dessen suchte sie krampfhaft nach etwas, das höflicher klang. »Sagen Sie, Francis, verbringen Sie viel Zeit in London?«

»Nicht annähernd so viel, wie ich es in Zukunft beabsichtige, wenn ich das Glück haben sollte, Sie hier vorzufinden.«

Maria zog eine Grimasse.

Als der letzte Ton der Melodie verklang, verbeugte sich der Herzog von Bedford und führte Maria zu ihrem Bruder und Isabella zurück, die in ein Gespräch mit Lord und Lady Cowper vertieft waren. Als sie näher kamen, konnte sie dem erhitzten Gesicht ihres Bruders und Isabellas diskretem Gähnen hinter ihrem Fächer entnehmen, daß es in dem Gespräch um die unvermeidliche Politik ging.

Die Themen waren stets die gleichen. Die Torys und die Whigs. Der Prince of Wales und der König. Der eine ein gemeiner Schurke, der andere völlig mißverstanden. Ganz England hatte Partei ergriffen, ebenso wie Vater und Sohn, und niemand schien von dieser Diskussion genug zu bekommen.

»Sie irren vollkommen, mein guter Mann«, meinte Lord Cowper gerade. »Ich sage Ihnen, Smythe, diese teuflischen Whigs schüren ein Feuer, das man besser in Ruhe verlöschen ließe!«

»Und wenn man die Torybande des Königs sich überlassen würde, wie Sie sagen, würde der Brand ihrer Korruption langsam ganz England verzehren, so sicher wie wir heute abend hier stehen! Nein. Ich sage, der Prince of Wales hatte völlig recht, in diesem Punkt mit seinem Vater zu brechen, König hin oder her.«

»Ach was«, spottete der Lord in sein abfallendes Kinn. »Der Prince of Wales benimmt sich wie ein halsstarriges Kind. Er hat aus keinem anderen Grund eine Allianz mit den Whigs geschlossen, als um seinem Vater zu trotzen!«

»Gentlemen, Gentlemen, bitte«, intervenierte der Herzog von Bedford freundlich. Seine Stimme klang überzeugend, als er zwischen die beiden Männer trat. »Sind wir nicht zum Tanzen hier?«

Überrascht sah Maria ihn an. Zum ersten Mal an diesem Abend fand sie Francis Russell überhaupt nicht langweilig. Vielleicht steckte doch ein Funke Kraft in ihm. Nach einem peinlichen Augenblick des Räusperns und der abgewandten Blicke beobachtete sie, wie Lord Cowpers dicke Lippen sich zu einem Lächeln verzogen.

»Ganz recht, mein lieber Junge«, sagte er, schlug Francis auf den Rücken und nickte zustimmend. »Aber durch den Streit zwischen dem König und seinem Erben lassen sich gegenwärtig politische Diskussionen nur schwer vermeiden.«

»Lady Sefton«, schritt Francis erneut ein und verbeugte sich genauso höflich vor ihr, wie er es vor Maria getan hatte. »Wenn Sie den nächsten Tanz noch frei haben, wäre es mir eine Ehre, Sie begleiten zu dürfen.«

»Oh, die Ehre ist ganz auf meiner Seite«, gurrte sie, faltete ihren Fächer zusammen und nahm seinen Arm.

»Na? Was meinst du?« fragte John seine Schwester, noch bevor der junge Herzog ganz außer Hörweite war. »Ist er nicht genau der Richtige für dich?«

»John, bitte.«

»Also wirklich, Maria, du bist jetzt seit einem Jahr verwitwet. Ist es nicht langsam an der Zeit, daß du dich wieder verheiratest?«

»Was mir viel lieber wäre als deine Impertinenz, Bruderherz«, erwiderte sie und lächelte ihren angebeteten Bruder an, »ist noch ein Glas Limonade.«

»Wenn du versprichst, mir, sobald ich zurück bin, jedes einzelne Wort zu erzählen, das Russell von sich gegeben hat, hole ich dir mit Vergnügen eines.«

Maria küßte ihn auf die Wange und nickte dann in Richtung Erfrischungstafel, um ihn zum Gehen zu drängen. Dabei sah sie, daß direkt hinter der Punschschüssel die Herzogin von Devonshire, in eine Wolke aus fliederfarbener Seide gehüllt, noch immer hofhielt. Eine Gruppe junger Männer war fächerförmig um sie ausgebreitet wie Blätter um eine leuchtende Rose.

Welche Macht besitzt sie? fragte Maria sich, als sie wieder alleine dastand und sich gegen die schlanke vergoldete Säule lehnte. Ganz bestimmt reichte die Freundschaft mit dem Princen von Wales allein nicht aus, um Männer so anzulocken. Ja, sie war schön, hochgewachsen und hatte eine zarte, helle Haut. Ihr zimtfarbenes Haar fiel in Kaskaden aus langen Ringellöckchen herab. Auf ihr Gesicht war ausreichend weiße Schminke, Rouge und Puder aufgetragen, um jugendliche Perfektion vorzugaukeln ... zumindest in den schlecht beleuchteten Sälen des Almack's. Aber da mußte noch mehr sein.

Sie hatte, wie ganz England, gehört, daß die Herzogin von Devonshire neben Charles James Fox mehr Einfluß auf den Princen von Wales ausübte als selbst seine Geliebten. Als sie nun so beobachtete, wie sie den Raum völlig beherrschte, begann Maria allmählich an diese Behauptung zu glauben – und sie war froh, daß sie diesem Nicken und unaufrichtigen Lächeln, das alle anderen so fesselte, hinter dem sich aber nur Skrupellosigkeit verbarg, nie würde gegenübertreten müssen.

Als der Tanz endete, kamen Isabella und der Herzog von Bedford zurück und gesellten sich wieder zu ihr. Jetzt fächelte Isabella sich noch heftiger, ihr sorgfältig gepudertes Gesicht war durch eine dünne Schweißschicht verunziert.

»Warum lassen sie zu, daß es so verdammt warm hier drinnen wird?« zischte sie, während sie ihre glänzende Stirn mit einem Spitzentaschentuch abtupfte.

Francis lächelte. »Aber, Lady Sefton, Almack's wäre nicht Almack's, wenn es eher ein Vergnügen als eine Pflicht wäre.«

Dann plötzlich geleiteten wie ein Donner aus heiterem Himmel drei livrierte Lakaien in diese vornehme Atmosphäre von Limonade, Teekuchen und zivilisierten Tänzen die beiden brillantesten und skandalösesten Mitglieder der Whig-Aristokratie. Der rotgesichtige und aufgeschwemmte Charles James Fox lehnte sich schwer gegen seinen Kumpanen, den dunkelhaarigen und für gewöhnlich anmutigen Richard Brinsley Sheridan. Beider Jacketts waren zerzaust, die Samtwesten darunter voller Flecken. Aber der Aufzug von Fox war der weit schockierendere. Dem korpulenten Mann mit dem schmutzigen graubraunen Haar und den auffälligen buschigen Augenbrauen fehlten so viele Silberknöpfe an seinem schmierigen weißen Hemd, daß sein blasser nackter Bauch darunter hervorplatzte. Die beiden stolperten gemeinsam durch den Raum.

»Wie schrecklich vulgär!« zischte Isabella aus dem Hinterhalt.

»Sie müssen heute furchtbar früh drüben im Brook's angefangen haben«, vermutete Bedford.

»Früher als sonst«, sagte sie, verschränkte die Arme vor der Brust und verzog verärgert das kecke Gesicht. »Sie ruinieren einfach alles, indem sie in dieser Verfassung herkommen.«

»Zumindest kann man nicht behaupten, im Almack's sei es nicht amüsant«, erwiderte Bedford, und seine Lippen kräuselten sich zu der schwachen Andeutung eines Lächelns.

»Also, ich könnte etwas frische Luft vertragen«, verkündete Isabella leicht verärgert. »Wenn ihr beide so gut sein würdet, mich zu entschuldigen.«

Maria packte ihre Tante an dem mit Bändern besetzten Ärmel, als diese sich abwandte. »Ich werde dich begleiten.«

»Oh, nein, nein. Du mußt hierbleiben und diesem reizenden Mann Gesellschaft leisten, bis unser John zurückkommt. Ich bin nur einen Augenblick weg.«

Bevor sie noch weitere Einwände erheben konnte, zwinkerte ihr Isabella auf dieselbe wenig taktvolle Art zu wie John zuvor. Dann verschwand sie in einem Wust von Tänzern, die davoneilten, um den beiden jüngsten, stark angetrunkenen Gästen des Almack's aus dem Weg zu gehen.

»Ich fürchte, meine Tante ist nicht besonders feinfühlig«, sagte Maria, nachdem wieder einmal peinliches Schweigen zwischen ihnen eingetreten war.

»Ach, was es Lady Sefton an Fingerspitzengefühl mangelt, macht sie mehr als wett mit ihrem untrüglichen Sinn für den richtigen Zeitpunkt. Ich muß gestehen, daß ich froh bin, einen Augenblick mit Ihnen allein zu sein.«

Sie spürte, wie ihr zum zweiten Mal an diesem Tag das Blut von ihrem schlanken Hals ins Gesicht stieg. In einem seltsamen Aufblitzen hatte sie plötzlich das Bild des Princen von Wales vor sich, wie er sie in ihrer Kutsche mutwillig angelächelt hatte. Die Zunge auf seinen feuchten Lippen, das Funkeln seiner strahlenden, unvergeßlichen Augen. Aber das Bild verblaßte so schnell, wie es aufgetaucht war, und das Gesicht des gutmütigen Herzogs wurde sichtbar, hoffnungsvoller als vorher. Sie biß sich auf die Unterlippe und blickte sich ungeduldig nach John um.

»Mit Ihrer Erlaubnis, Madam, würde ich Ihnen gerne morgen einen Besuch abstatten«, verkündete er.

Maria wandte sich ab und ließ im Geiste rasch die Möglichkeiten Revue passieren, wie sie ihn in freundlichem Ton zurückweisen könnte. Dann schaute sie wieder in die trüben Spanielaugen und das hagere Gesicht, das jetzt von überraschender Besorgnis geprägt war.

»Treffe ich Sie morgen um fünf Uhr zu Hause an?« kämpfte er sich mühsam vorwärts, und seine Stimme schnappte über.

»Oh, tut mir leid«, sagte Maria und tat ihr möglichstes, um aufrichtig zu klingen. »Aber ich fürchte, Lady Sefton hat für morgen abend einen Opernbesuch arrangiert. Das heißt, daß ich mich gegen fünf ankleiden werde.«

Sie sah, wie sein Gesicht angesichts ihrer Zurückweisung erstarrte. Sie wollte es dabei belassen. Er sollte ihr für den Tanz danken und dann gehen. Er war ganz nett, aber zwischen ihnen knisterte es nicht, und sie wußte, daß sich daran auch nichts ändern würde. Dennoch konnte sie trotz all ihres Desinteresses nicht so grausam sein, ihn völlig zurückzuweisen. Das würde John ihr nie verzeihen. Zögernd fuhr sie fort. »Aber wenn Ihr Terminkalender um vier noch frei ist«, zwang sie sich zu sagen, »würden Sie sowohl meinen Bruder als auch mich zu Hause vorfinden, und wir wären glücklich, Sie empfangen zu dürfen.«

Der Herzog von Bedford lächelte triumphierend und nahm ihre Hand. »Ich werde die Stunden zählen.«

Nun, da sie ihrem Bruder gegenüber ihre Pflicht getan und einem zweiten Treffen zugestimmt hatte, gab es nichts mehr zu sagen, und Maria wandte sich wieder der überfüllten Tanzfläche zu. Sie versuchte, nicht zu verzweifelt zu wirken, als sie nach John Ausschau hielt, der sie nach Hause bringen sollte. Aber die Vorstellung solch leidenschaftsloser Beziehungen, wie sie ihr mit dem Beispiel des Herzogs von Bedford vor Augen stand, verursachte ihr nicht geringe Übelkeit.

Quer über der Straße hatte sich hinter den eleganten korinthischen Säulen und dem Gesims des Brook's Clubs George, der Prince of Wales, mit einigen hochadligen Whigs um einen mit grünem Flanell bespannten Spieltisch versammelt. Seit mehr als vier Stunden saß er mit gesenktem Kopf im warmen Kerzenlicht. In einer Hand hielt er die Karten und schlug damit nach einer lästigen Fliege. Ein ständig volles Glas Cherry Brandy beschäftigte die andere Hand.

Angesichts erschreckender Verluste sowohl beim Faro als auch beim Whist hatten seine Freunde Fox und Sheridan den Tisch bereits verlassen, um den verläßlicheren Vergnügungen im Almack's nachzugehen. Aber bei George war die Leidenschaft für Frauen, die seine Freunde zu Sklaven machte, verblaßt. Für den Erben des Throns von England war das Spielen und die Gesellschaft seiner Freunde die einzig wirklich zuverlässige Geliebte.

»Keine Karten mehr für mich, Eure Hoheit. Ich bin völlig pleite«, stöhnte Lord Townsend.

»Ich auch«, sekundierte Lord Salisbury.

George schaute von seinen Karten auf, sein elegantes kantiges Gesicht wirkte vor Überraschung ganz spitz. Die blauen Augen, die normalerweise etwas Kristallklares an sich hatten, waren zu dieser späten Stunde blutunterlaufen. Und dennoch fiel ihm vor Enttäuschung die eckige hannoveranische Kinnlade herunter.

»Oh, sei doch ein Sportsfreund, Salisbury. Spiel nur noch eine Runde mit uns«, versuchte er diesen zu überreden und schlug wieder nach der Fliege. »Es hat doch solchen Spaß gemacht.«

»Tut mir leid, Eure Hoheit, meine Frau wird entschieden böse, wenn ich noch einen einzigen Schilling verliere.«

»Ich fürchte, ich sitze in der gleichen Klemme, Eure Hoheit.«

Zwei der anderen Männer aus der Entourage des ältesten Königssohnes griffen dies als willkommenes Stichwort auf und stießen ihre schweren samtbezogenen Stühle zurück, um aufzustehen.

»Ihr nicht auch!«

»Es ist spät, Eure Hoheit.«

George blickte beim letzten Flackern des Kaminfeuers zu der großen Ebenholzuhr am Ende der Eingangshalle hinüber. »Es ist nicht einmal Mitternacht.«

»Bei allem Respekt, es ist nach zwei.«

George kniff die Augen zusammen und schaute noch einmal auf die Zeiger der Uhr. »Ah, ja. Tatsächlich ... tatsächlich. Also gut, eine letzte Wette. Keine Karten. Eine Wette unter Gentlemen.«

Lord Townshend und Lord Salisbury warfen einander einen Blick zu.

Townshend und Salisbury waren schon fast an der Tür, die von einem sehr müden, aber bereitwilligen Türsteher aufgehalten wurde. »Morgen abend, Eure Hoheit?« rief Salisbury zum Prinzen. »Wir sind um sieben hier.«

»Leider nein.« George seufzte und nahm einen weiteren Schluck Brandy, während er in den Samtsessel zurücksank. »Morgen abend zerrt mein kleiner Bruder, Ernest, mich wieder einmal in die Oper. Verdammt langweilig, aber ich habe es versprochen.«

Sie waren die letzten in dem langgestreckten zinnoberroten Gesellschaftszimmer vom Brook's. Es war nicht das erste Mal. Die meisten Kerzen waren bereits gelöscht und die parfümierten Holzscheite zu Asche zerfallen. Nur noch rote Glut leuchtete hinter dem Messingofenschirm. Aber George vermied es stets so lange wie möglich, nach Hause zurückzukehren.

Draußen in der Kutsche lehnte er den Kopf gegen den Brokatsitz, kalte Nachtluft pfiff durch den Türschlitz, als er rasch die St. James' Street hinab nach Hause zum Carlton House gebracht wurde. Ihm gegenüber saß sein Kammerdiener, Orlando Bridgeman, ein schlanker junger Mann mit sturmgrauen Augen, einem eckigen Gesicht und öligem schwarzem Haar. Verzweifelt bemühte dieser sich, wach zu bleiben. Als ihm der Kopf auf die Brust sackte und ihm ein paar Haarsträhnen in die Augen fielen, schaute George beiseite. Es war alles so mitleiderregend zu dieser frühen Morgenstunde: Bridgeman, die wachsenden Schulden des Prinzen und besonders die Einsamkeit.

Die flackernden Straßenlaternen zogen eine Spur durch die verlassenen Londoner Straßen und erhellten den frühmorgendlichen Nebel, der sich auf die Fenster der Kutsche senkte. Er verwischte die Aussicht wie ein Aquarell.

George fuhr sich mit der Hand über das Gesicht, als sie das Tor passierten und an der langen, mit einem Säulengang versehenen Wand entlangfuhren, die sein Haus von der Pall Mall trennte. Ein Mittel, »um den Blick des Vulgären auszusperren«, wie sein Architekt gesagt hatte, als er ihm diesen Vorschlag unterbreitete. *Eine Absperrung für mich,* wie George mittlerweile fand.

Überrascht stellte er fest, daß er sich lange nicht rasiert hatte. Seine Augen brannten von zuviel Brandy und zuwenig Schlaf. *Ich muß fürchterlich aussehen,* dachte er ohne viel Anteilnahme.

Eine Viertelstunde später stand er alleine mitten in dem dunklen und unerträglich trostlosen Blauen Salon und hielt eine leere Flasche Brandy umklammert. Es war einer der noch unrenovierten Gesellschaftsräume in Carlton House; Räume, die er wohnlich zu gestalten versuchte, trotz der kalkulierten Sparsamkeit des Königs.

Es sah seinem Vater ähnlich, daß er ihm keinen Erfolg gönnte, nicht einmal beim Renovieren des Heims, in das umzuziehen er seinen Sohn und Erben gezwungen hatte.

Eben als George sich umdrehen wollte, nahm er eine schattenhafte Gestalt neben dem Kamin wahr, die auf eine Tür zum Garten zusteuerte. Die Gestalt einer Frau.

»Halt! Sie da! Wer sind Sie?«

Eine kleine dickliche Frau trat zurück ins Licht; mit beiden Händen hielt sie einen dunklen Gegenstand fest. Im Mondlicht erkannte George, daß es Belle Pigot war.

Erinnerungen überkamen ihn, als er dieses kleine freundliche Gesicht sah, voller Falten, aber auch voller Liebe ihm gegenüber. Ganz besonders eine Erinnerung tauchte immer wieder auf, wenn er sie sah. Ein Moment in seiner Kindheit, der ihn für immer verändert hatte ...

»George, das darfst du nicht!«
»Oh, ich möchte doch nur ein bißchen Spaß haben, das ist alles. Gott weiß, daß es davon hier reichlich wenig gibt!«

George Augustus, der neunjährige Erbe des englischen Throns, und sein jüngerer Bruder Frederick krochen weg von dem Tablett mit den versilberten Schüsseln, die ihnen unweit von dem Schreibtisch ihres Lehrers zum Abendessen hingestellt worden waren. Dieser hatte das königliche Kinderzimmer nur für ein paar Minuten verlassen, aber das war lange genug für die beiden spitzbübischen Brüder.

»Dr. Markham wird wütend werden!« flüsterte Frederick.
»Aber stell dir doch nur seinen Gesichtsausdruck vor, wenn er es sieht.«
»Ich glaube, du solltest dir lieber den Gesichtsausdruck des Königs vorstellen, wenn er es hört!«

Spielerisch boxte George gegen den Kopf seines Bruders. »Immer mit der Ruhe, Freddie.« Er gluckste spitzbübisch und in ansteckender Weise in sich hinein. »Du bist dem alten Ziegenbock viel zu ähnlich!«

Sie waren zwei Jungen, die sich glichen wie ein Ei dem anderen mit ihren rotbackigen Gesichtern, dem kastanienbraunen Lockenschopf und den großen blauen Augen. Nach Meinung ihres Vaters, des Königs von England, ähnelten sie sich jedoch überhaupt nicht. Nur Frederick war ein Kind nach seinem Herzen. Die hohe getäfelte Tür des Zimmers fiel ins Schloß, und William Markham, Bischof von Chester und Lehrer der beiden ältesten Prinzen, schritt quer durch den Raum.

»Denk dran«, tuschelte George. »Genau wie wir es geplant haben.«

Markham postierte sich in seiner gepuderten Perücke, einer bestickten grauen Weste und engen schwarzen Kniehosen drohend vor den Jungen. »Also gut. Zurück zu unserem Latein, hmm?«

»Bei allem Respekt«, Frederick, der jetzt völlig von dem herrlichen Streich seines älteren Bruders gefangen war, suchte nach Worten, »dürften wir nicht für heute aufhören? Es ist fast acht Uhr, und wir arbeiten schon seit Mittag.«

Der hagere Lehrer schaute den jüngeren Prinzen finster mit seinem zerfurchten Gesicht an. »Ihr beide wißt ganz genau, daß seine Majestät mir eindeutige Anweisungen gab, als ich diese Stelle akzeptierte. Ein träger Geist ist ein gefährlicher Geist. Wir müssen wenigstens das Kapitel noch beenden.«

»Sollten wir dann nicht besser etwas essen? Ich bin mir sicher, daß unser guter König nicht den Wunsch hegt, uns verhungern zu lassen«, überlegte George laut. Sein Gesicht strahlte vor Unschuld, während er aufrecht auf einem steifen Buchenholzstuhl saß. »Die Diener haben das Abendessen hereingebracht, während Sie draußen waren, und wir sollten es wirklich nicht kalt werden lassen.«

Markham warf einen Blick durch den Raum auf den leinenbedeckten Tisch mit dem Silbergeschirr und der vollen Kristallkaraffe Wein. Er schaute zurück zu den Jungen mit den großen Augen, die auf Geheiß ihres Vaters, in dessen Augen sie in diesem Zustand verbleiben sollten, immer noch wie kleine Kinder gekleidet waren.

Statt Kniehosen und Westen trugen sie zu ihrem Leidwesen Baumwollkleider mit Manschetten aus Valenciennesspitze an den Handgelenken. Meistens wurden sie, so wie jetzt, stundenlang mit Latein, Griechisch, Mathematik und Philosophie traktiert. Man lehrte sie die Tugenden der harten Arbeit und der Schlichtheit, bis sie trübe Augen hatten. Die Aufregungen der an Wundern reichen Welt hinter den Schloßmauern blieben ihnen jedoch verschlossen. Man mußte angesichts dieser unnatürlichen Umstände ein gewisses Maß an Mitleid mit ihnen empfinden, dachte Markham, selbst wenn sie gelegentlich zu einem ziemlich temperamentvollen Verhalten neigten, das der König so verabscheute.

Der Lehrer holte mit seiner langen, geäderten Nase tief Luft und nahm das betörende Aroma frisch zubereiteten Bratens mit dicker köstlicher Sauce wahr. »Also gut. Vielleicht ist eine kurze Pause zum Abendessen angemessen.«

»Sie essen doch mit uns, nicht wahr, Dr. Markham?« fragte George freundlich. »Wir haben mit Sicherheit genug, und ich habe gehört, daß es heute abend als Hauptgang Kaninchen gibt. Ihr Leibgericht.«

Markham neigte den Kopf, während Frederick seinem Bruder einen nervösen Blick zuwarf. »Eure Hoheit ist sehr freundlich.«

Die drei gingen zu dem Tisch, der auf der anderen Seite des hohen Raumes gedeckt war, während zwei Lakaien mit weißen Handschuhen näher traten, um sie zu bedienen. Markham zog eine Serviette über den Schoß. »Es riecht köstlich.«

In dem Augenblick jedoch, als die silberne Glocke vom Teller gehoben wurde, sprang ein lebendiges graues Kaninchen darunter hervor – und mit einem Satz auf den Lehrer. »Uh!« heulte dieser bestürzt auf und kippte rückwärts von seinem Stuhl. Das erschreckte Tier hopste über seine Brust und sprang dann zu Boden, während George und Frederick sich vor Lachen bogen – bis sie den König sahen.

Umgeben von seinen Adjutanten und den Prinzessinnen Augusta und Charlotte stand seine Majestät, König Georg III., steif und unnachgiebig wie ein Statue, in der Tür. Zwei Lakaien, die nicht gesehen hatten, wie er das Kinderzimmer betrat, jagten immer noch quer durch den Raum dem Karnickel hinterher. Alles verstummte. Der König war ein großer Mann mit kohlrabenschwarzen Knopfaugen und fleischigen blassen Lippen. Seine weiße Perücke bildete einen starken Kontrast zu seinem vollen Gesicht, das vor Wut rot gefleckt war, was Schlimmes ahnen ließ.

Markham kämpfte sich auf die Beine und verbeugte sich.
»Ist mit Ihnen alles in Ordnung?« fragte der König.
»Gewiß, Euer Majestät.« Er zuckte zusammen. »Nur ein kleiner Temperamentsausbruch. Es ist kein Schaden angerichtet worden.«
»Ich zahle Sie nicht zur Unterhaltung meiner Söhne, Dr. Markham«, erwiderte der König kalt. »Ich zahle Sie für deren Erziehung.«
William Markham ließ den Kopf hängen. »Jawohl, Euer Majestät.«
Mit schweren Schritten ging der König in seinen mit Silberschnallen verzierten schwarzen Lederschuhen auf die beiden Jungen zu. Die Köpfe gesenkt und anscheinend reuig lachte keiner von beiden mehr, aber nur einer zog den Zorn des Königs auf sich.
»Das war wieder einmal dein Werk, nicht wahr, George?«
»Nein, Vater! Gib ihm nicht die Schuld. Es war ganz alleine meine Idee!« sprang Frederick in die Bresche und stellte sich schützend vor seinen älteren Bruder. »Ich habe das Kaninchen mit ins Zimmer gebracht!«
»Das wissen wir doch beide besser, mein Junge«, entgegnete der König und tätschelte sanft den Lockenschopf seines Lieblingssohnes. Als er wieder zu George schaute, war sein Gesichtsausdruck eindringlich und unnachgiebig. »Was hast du diesmal zu deiner Entschuldigung vorzubringen?«
George blickte trotzig hoch, seine kristallklaren blauen Augen, die Augen seiner Mutter, blitzten im Licht, das vom Fenster hereinfiel. »Ich habe nichts zu sagen ... Eure Majestät.«
»Du hast das nur getan, um mich zu ärgern. Wie immer.«
»Es war meine Idee, Vater! Wirklich!« insistierte Frederick mit flehender Stimme.
»Ruhe! ... Markham, holen Sie Ihre Peitsche.«
»Eure Majestät, bitte. Vielleicht habe ich Eure Söhne heute zu hart herangenommen, sie überfordert. Schließlich sind es nur Jungen. Und es war wirklich ziemlich harmlos.«
»Ruhe, sagte ich! Jetzt holen Sie Ihre Peitsche ...!« brüllte

der König. Sein scharfer Kommandoton dröhnte durch die bleierne Sommerluft. »Halsstarriger, bockiger Übeltäter! Ich werde nicht zulassen, daß einer meiner Söhne, geschweige denn Englands Erbe, sich wie ein gemeines Straßenbalg benimmt! Jetzt heb dein Kleid hoch und bück dich ... heb es hoch, sage ich!«

Als der Prinz nicht gehorchte, wurde zwei Lakaien befohlen, das verängstigte, zappelnde Kind niederzuhalten. »Nun, Markham, prügeln Sie ihn!«

Das Gesicht des Lehrers erblaßte. »Bei allem Respekt, Eure Majestät, ich glaube wirklich nicht –«

»Prügeln Sie ihn!«

Markham warf einen Blick auf George. Nach außen hin ist er so trotzig, dachte er, und unter der Oberfläche so erfüllt von dem Bedürfnis nach Liebe und Anerkennung seines Vaters. Zögernd hob er die Peitsche. Diese Jungen waren wie Söhne für ihn. Sie unterstanden so oft seiner Obhut. Und trotz ihrer Jungenstreiche liebten sie ihn auch. Das wußte er.

Markham spürte den Schmerz, noch bevor er den ersten Schlag verabreichte. Er sah, wie sich der verängstigte Prinz im Griff der sehnigen Diener einen Moment lang wand und zu befreien suchte. Schließlich, da er wußte, daß ihm in der Gegenwart des arroganten Königs keine andere Wahl blieb, hob er die Hand und schlug mit voller Kraft auf Georges nackten elfenbeinfarbenen Po.

»Noch einmal!« rief der König, als das Leder auf das Fleisch krachte. »Noch einmal, sage ich!«

Frederick verbarg sein Gesicht in den Händen und spürte, wie ihm die Tränen zwischen den Fingern hindurchrannen, als sein Bruder, der beste und einzige Freund auf der Welt, den er haben durfte, verprügelt wurde, bis er blutete. Die weinenden Prinzessinnen Augusta und Elizabeth wurden rasch aus dem Weg geschafft, als George auf dem unschätzbar teuren chinesischen Teppich zusammenbrach.

»So wahr mir Gott helfe, diesmal wirst du dich damit einverstanden erklären, nach dem Willen unseres Herrn und dem

Willen deines Königs zu handeln, nicht nach deinem eigenen! Hast du mich verstanden?«

George hatte die Augen niedergeschlagen, aber sein Gesichtsausdruck war immer noch von einer Unverschämtheit, die seinen Vater in Wut versetzte.

»Um Gottes willen, antworte ihm!« bat Frederick, während aus den offenen Wunden Blut auf Georges nackte, milchweiße Beine hinabsickerte.

»Ich fragte dich, ob du mich verstanden hast?«

»Ich habe nur zu gut verstanden«, murmelte er.

»Ich habe dich nicht gehört!«

»JA!«

Der König hob eine Hand, und der blasse, zitternde William Markham ließ endlich die Peitsche zu Boden fallen. Er konnte es nicht ertragen anzuschauen, was er diesem netten und aufgeweckten Jungen angetan hatte. Seine Majestät ging zu Frederick und hob seinen zweiten Sohn mit absichtlicher Grausamkeit an die Brust. Voller Zuneigung küßte er den Kopf des Jungen. »Nun gut, George. Jetzt, da du deine Lektion gelernt hast, kannst du auch herkommen und dem König einen Gutenachtkuß geben.«

William Markham schloß die Augen, als George taumelnd wie ein verwundetes Tier erst auf die Knie, dann auf die Beine kam. Er konnte die Feindseligkeit in seiner Stimme nicht unterdrücken, auch wenn er damit ein großes Risiko einging. Als er zu seinem Vater hochschaute, rannen Tränen über sein süßes Gesichtchen. »Bei allem Respekt, Eure Majestät, lieber würde ich in der Hölle schmoren als meine Lippen auf Euer Fleisch drücken!«

»George!« keuchte Frederick.

William Markham legte erschrocken die Hand auf den Mund, aber völlig unerwartet begann der König laut und hemmungslos zu lachen, die Hände in die Hüften gestemmt. »Sehr gut, junger Mann. Einen Akt vorgetäuschter Zuneigung weiß ich genausowenig zu schätzen wie du. Aber wegen deiner ordinären Ausdrucksweise wirst du ohne Abendessen zu Bett gehen. Bei Gott, du wirst Zurückhaltung lernen, und wenn ich dich deshalb totschlagen muß!«

Als der König gegangen war, brach George wieder auf dem Teppich zusammen. Frederick stürmte mit Markham und zwei Lakaien an seine Seite. »Oh, George, es tut mir so leid«, schluchzte der Junge.

»Mein Gott, wie ich ihn hasse! Wie ich mich danach sehne, es ihm heimzuzahlen!«

»Das darfst du nicht sagen, George! Er ist unser Vater!«

»Ich bin nicht sein Sohn, Freddie«, flüsterte er. »Auch wenn ich es mir noch so sehr wünsche, werde ich das nie. Aber eines Tages wird er dafür bezahlen, wie er mich behandelt hat, und wenn ich deshalb der Fluch seines Lebens werden muß. Das schwöre ich!«

»Das ist doch nicht dein Ernst, George! Du bist jetzt nur verletzt.«

»Ich meine jedes Wort ernst.«

George schaute zu Markham hoch, der neben ihnen stand, das Gesicht noch immer blaß und schuldbewußt. Es war ein Gesichtsausdruck, der George fast genauso schmerzte wie die Schläge. Der Scherz war doch nur als Spaß gedacht gewesen. Er hatte diesen Mann nicht verletzen wollen.

»Und was das Kaninchen betrifft, Dr. Markham«, sagte er mit leiser Stimme. »Es tut mir leid.«

»Das ist schon längst vergessen, mein lieber Junge.«

George ließ sich von den beiden Lakaien, die ihn eben noch festgehalten hatten, auf die Beine helfen. Es war ihre Pflicht gewesen. Das war ihm klar. Schließlich begannen die Wunden, die zuerst taub gewesen waren, zu brennen. Er hieß dieses qualvolle Gefühl willkommen. Aus Erfahrung wußte er, daß dies die einzige Möglichkeit war, den Schmerz in seinem Herzen zu vergessen.

Als die Diener den jungen Prinzen in seinem dunklen Schlafgemach allein gelassen hatten, öffnete sich quietschend eine geschnitzte Seitentür und schloß sich dann leise wieder. Eine kleine, stämmige Frau in einem plissierten gelben Seidenkleid und einer weißen Spitzenhaube kam lautlos ans Bett und setzte sich auf die Kante. George lag bäuchlings auf der bestickten Bettdecke und weinte.

»Laß mich mal sehen, Kind«, sagte Belle Pigot mit mütterlicher Zärtlichkeit.

»Ich kann nicht«, schluchzte George. »Du bist eine Frau.«

»Ich bin eine alte Frau. Jetzt laß mich sehen.«

Die Frau, die den größten Teil ihres Lebens im Dienst der königlichen Familie gestanden hatte, hob behutsam sein Kleid an und unterdrückte einen Aufschrei, als sie die langen blutigen Striemen quer über seinen Po sah. Markham hatte sie gewarnt. Das arme Kind war wie ein Hund geprügelt worden, und das alles nur, weil er jugendliches Temperament gezeigt hatte.

Erbärmlich. Wirklich erbärmlich. Begriff Seine Majestät denn nicht, daß dies einen Jungen wie ihn nur noch rebellischer machte? Sie ging zum Waschbecken am Fußende des Bettes und tauchte ein Tuch ins Wasser.

»Ich verstehe nicht, Belle«, wandte George ein, als sie behutsam seine Wunden abtupfte. »... warum er mich so haßt und Freddie nie etwas falsch macht.«

»Du darfst Seiner Majestät nie verraten, daß ich das gesagt habe«, flüsterte sie, »denn so etwas zu sagen könnte mich das Leben kosten, aber du hast echtes Feuer, Kind. Ich glaube, das ängstigt den König. Er kann sich des Schicksals dieses Landes nicht sicher sein, wenn er seinen Nachfolger nicht unter Kontrolle hat.«

»Seinen Nachfolger?« Er lachte bitter. »Und was ist mit dem Schicksal seines Sohnes? Er sollte mich doch lieben, oder nicht?«

»Das sollte er, Kind.« Sie seufzte und streichelte mit sanften Fingern über die kastanienbraunen Locken.

»Unglücklicherweise sind die Dinge im Leben nicht immer so, wie sie sein sollten. Aber mach dir nicht zuviel daraus. Ich weiß, daß du trotz seiner Mißachtung den Willen hast, eines Tages ein großer König zu werden. Wenn du möchtest, kannst du, glaube ich, ein größeres Erbe hinterlassen als dein Vater.

Nur darfst du dir von diesem Zorn nicht dein Leben zerstören lassen. Versprich mir, mein lieber süßer George, daß du dich der Liebe nicht verschließen wirst ... daß du dich nicht kaputtmachen läßt.«

Vor seinem inneren Auge sah George das harte Gesicht seines Vaters, voller Erwartungen, die er nie würde erfüllen können. Gleichzeitig hörte er Belles zärtliche Besorgnis. Aber sie verstand ihn nicht. Niemand tat das. Wie konnten sie verstehen, wie es war, ohne Liebe zu leben, nur als ein Objekt, das verpflegt und zu einem Kunstwerk hochstilisiert wurde, ohne einen Gedanken an Gefühle oder Zärtlichkeit?

Es war unfair und grausam. Aber neben ihm saß Belle Pigot, eine freundliche und fürsorgliche Frau, die, solange er sich erinnern konnte, ein Teil seines Lebens gewesen war. Er würde sie nicht enttäuschen. Er konnte nicht.

»Versprich es mir, Kind«, sagte sie noch einmal in bittendem Tonfall.

Als er in ihr liebes herzförmiges Gesicht, in die dunklen besorgten Augen schaute, wußte George, daß er ihr antworten mußte. Aber nie würde er wirklich meinen, was sie von ihm hören wollte. Er war bereits geschädigt.

»Ich verspreche es«, log er schließlich und ließ sich von ihr umarmen, bis die Tränen versiegten und die schreckliche Wut verrauscht war.

Die Erinnerung verblaßte, sank zurück in den Winkel seines Gedächtnisses, in dem er alle Verletzungen seiner Jugend aufbewahrte. All die kleinen Augenblicke, die ihn an diesen stürmischen Platz in seinem Leben geführt hatten, an dem er sich jetzt befand. George schaute geradewegs in das liebe Gesicht der Frau, die gleichzeitig Mutter und Freundin für ihn war.

»Warum bist du nicht zu Hause?« fragte er, als er über den verschlissenen blaugoldenen Teppich auf sie zuschritt, um sie zu begrüßen. »Und was hast du da?«

Zuerst antwortete sie ihm nicht. Bevor irgend etwas anderes in sein Blickfeld rückte, sah er ihre Augen. Unergründliche, dunkle, seelenvolle Augen, eingerahmt von den Schatten des Alters. Er sah, daß sie geweint hatte.

»Es ist eine Vase. Ich habe sie aus deinem Schlafzimmer genommen«, sagte sie aufgewühlt und errötete. »Es tut mir leid, George. Ich wußte einfach nicht, was ich sonst tun sollte.«

»Was ist denn los, Belle?« fragte er. Seine volltönende Stimme war voller Besorgnis, aber ohne jeden Vorwurf, als er den Arm um sie legte.

»Es geht um Charles.«

»Deinen Bruder?«

Sie stellte die kostbare Vase auf einen Tisch, drehte sich um und schaute ihn an. »Er ist krank. Sehr krank.«

»Das tut mir leid«, sagte er sanft. »Das wußte ich nicht.«

»Niemand wußte es. Zuerst dachte ich auch, er würde sich wieder erholen. Ich tat, was ich konnte. Jetzt, da mein Vater tot ist, George, ist Charlie alles, was mir auf der Welt geblieben ist, und ich darf ihn nicht verlieren. Ich darf nicht!«

»Komm und setz dich neben mich«, sagte er und führte die Frau, die er liebte, als wäre sie seine eigene Mutter, zu einem verblichenen kleinen blauen Sofa, auf das sie sich setzten. George war es egal, daß sie gerade gestanden hatte, eine Vase von unschätzbarem Wert gestohlen zu haben. Er hätte ihr alles auf der Welt geschenkt für das, was sie ihm als Jungen gegeben hatte.

»Was ist passiert?«

»Die Ärzte sagen, er muß nach Madeira geschickt werden, wo die Luft rein ist, wenn er überleben will.«

George nahm ihre fleischige, leicht kalte Hand und drückte sie. »Was kann ich tun?«

»Es fällt mir schwer, um etwas zu bitten.«

»Du kannst haben, was du willst, Belle. Ich hoffe, du weißt das.«

»Die königliche Familie war im Laufe der Jahre immer sehr großzügig. Aber obwohl ich alles verkauft habe, was ich besitze, reicht das Geld immer noch nicht, um jemanden auf eine so lange Reise zu schicken.«

George erhob sich, hochgewachsen und gebieterisch. »Gehe einfach morgen früh zu Southampton und sage ihm, wieviel du brauchst.«

»Lord Southampton hat mich heute nachmittag abgewiesen.«

Ihre Worte hingen einen Augenblick zwischen ihnen in der Luft, bis ihm klar wurde, was sie gesagt hatte. Das konnte nicht sein. Southampton würde doch nie ... Er hatte seine enge Verbundenheit mit Belle immer verstanden. Langsam erhob auch sie sich und blickte ihm in die Augen. Im Mondlicht sah er, daß ihr liebes rundes Gesicht von einem Netz dünner Falten überzogen war. Ihre schmalen, zartrosa Lippen waren geschürzt wie eine Rosenknospe.

»Da muß ein Mißverständnis vorliegen. Er weiß doch, wie teuer du mir bist.«

»Er drückte sich ganz klar aus, George. Seine genauen Worte lauteten, daß Eure Hoheit im Augenblick nicht in der Lage sei, eine solche Reise zu finanzieren.«

George zog sie an seine Brust. Eine weitere Bürde, wenn der König sich mit Absicht weigerte, ihm genügend Geld zum Leben und für eine angemessene Haushaltsführung zur Verfügung zu stellen. Aber ganz gleich, was es kostete, Belle Pigot war der einzige Mensch, den er nicht enttäuschen konnte. Die Reise ihres Bruders würde er nur zu gerne bezahlen. Irgendwie.

»Mach deine Pläne für Charles«, flüsterte er, während er sie festhielt.

»Es tut mir so leid wegen der Vase. Ich wußte einfach nicht, was ich sonst tun sollte.«

»Morgen sollst du dein Geld bekommen.«

Mit Tränen in den dunklen Augen schaute sie zu ihm hoch. »Du weißt, daß ich nie in der Lage sein werde, meine Schulden bei dir zu begleichen.«

George drückte sie noch einmal an sich und lächelte dann. »Meine liebe, liebe, alte Freundin, genau das wollte ich gerade sagen.«

Thomas Keate stand spät am nächsten Vormittag mit den anderen Kammerherren an dem großen Baldachinbett, als der Prinz langsam aufwachte. Die schweren Damastvorhänge waren noch zugezogen, so daß er nicht sehen konnte, ob es Tag oder Nacht war.

»Wieviel Uhr ist es?«

»Halb zwölf, Eure Hoheit«, erwiderte Keate, der Arzt des Prinzen.

»Oh, mir platzt der Schädel. Haben Sie doch Erbarmen und lassen Sie mich noch eine Stunde schlafen, hören Sie, Southampton?« flüsterte George, drehte sich auf dem Satinkissen um und zog sich das Bettuch aus weißer Lyoner Seide über den Kopf.

Nach Belle Pigots Besuch war er fast die ganze restliche Nacht wach gewesen und hatte versucht, einen Ausweg aus seinen finanziellen Sorgen zu finden, einem Labyrinth, in dem er jetzt schon seit langer Zeit gefangen saß.

Charles Fitzroy, erster Baron von Southampton, ein kleines reizbares Männchen mit abgehackter Ausdrucksweise und Haaren, die fast so dunkel waren wie seine Augen, blieb unbeeindruckt. »Eure Königliche Hoheit hat zugestimmt, dem Tee bei der Herzogin von Devonshire beizuwohnen, und vorher müssen Sie Ihre Korrespondenz erledigen und treffen die neuen Architekten von Carlton House.«

Einen Augenblick später schlug George die dünnen Decken aus feinstem Flanell zurück und schaute zu den beiden Kammerjunkern hoch, die neben seinem Arzt Keate standen. Einer präsentierte ihm seinen seidenen Morgenrock. Der andere hielt einen Kristallcognacschwenker bereit.

»Was sagten Sie, wie spät es ist, Keate?«

»Halb zwölf, Eure Hoheit.«

Ein Lakai zog die langen grünen Vorhänge beiseite, die mit Schlaufen an Messingstangen befestigt waren, und band sie mit goldenen Quasten zusammen, während in einer Art Wiederholung des Sonnenaufgangs Sonnenstrahlen in das Zimmer fielen. Gleichzeitig wurden zwei Weihrauchfässer, Elefanten aus Cloisonné, entzündet, dann das Feuer neben seinem Bett entfacht. Das duftende Holz knackte und knallte in das bleischwere Schweigen hinein.

Während George vor dem vergoldeten Spiegel stand, lenkte einer der beiden Kammerherren, Edward Bouverie, nacheinander die Arme des Prinzen in den roten chinesischen Morgenmantel. »Nun, Charles. Zweifelsohne haben Sie mit dem Verwalter meines persönlichen Einkommens gesprochen. Sagen Sie mir freiheraus: Wieviel haben wir gestern abend verloren?«

Lord Southampton zögerte und räusperte sich. George verzog verächtlich die Lippen und verdrehte ungeduldig die Augen.

»Ich sagte freiheraus!«

»Fünfhundert Pfund, Eure Hoheit.«

Der König hielt wieder Geld zurück, deshalb war er ursprünglich in der Hoffnung ins Brook's gegangen, dort genügend Geld zu gewinnen, um zumindest die Dienerschaft bezahlen zu können, wenn nicht auch noch einige Reparaturen am Dach. Der vergangene Abend hatte jedoch alles nur noch viel schlimmer gemacht. George fuhr sich langsam mit der Hand über das Gesicht, dessen helle Haut von einem vierundzwanzig Stunden alten Bart dunkel schimmerte. Er spürte das vertraute flaue Gefühl in der Magengrube.

»Vielleicht sollte Eure Hoheit eine Weile nicht spielen.«

»Und welche andere Möglichkeit schlagen Sie mir vor, um selbst an Geld zu kommen? Vielleicht sollte ich im DeBerry's Ale zapfen!« fauchte er. »Sie wissen ganz genau, daß eine Menge Leute von mir abhängen, Charles! Diener mit Familien, die ernährt werden müssen, und der König hat mir als Strafe für meinen Versuch, ein wenig unabhängig zu sein, dieses baufällige Haus überlassen, das ständig reparaturbedürftig ist. Wenn ich aufgebe, lasse ich ihn gewinnen, und das kann ich nicht!«

Indem er versuchte, seinen Traum von Carlton House zu verwirklichen und etwas Großartiges zu schaffen, das sein Vater nicht zerstören konnte, hatte George unabsichtlich selbst sein königliches Grab geschaufelt. Erst jetzt wurde ihm das bewußt. Der König hatte seinem Sohn eine eigene Residenz zugestanden – dieses alte heruntergekommene Gemäuer hier in London –, nicht nur um ihn loszuwerden, sondern um auf grausame Weise seine Autorität zur Schau zu stellen. George brauchte seinen Vater, und er brauchte das königliche Portemonnaie. Es herrschte Krieg zwischen ihnen, und Geld und Macht waren die schwersten Geschütze des Königs.

Öffentliche Demütigung des grausamen Königs war die einzige verbliebene Kontermöglichkeit des Princen von Wales. Schon als Junge hatte George geschworen, sich zur Wehr zu setzen. Und das hatte er getan.

Der Vater war fromm, also tändelte der Sohn mit Frauen herum. Der Vater war ein Tory. Also wurde der Sohn ein Whig. Schön, wild, unbezähmbar ... und unglaublich verloren.

»Ich habe gehört, Sie haben sich geweigert, Mrs. Pigot einen Vorschuß auf ihr Gehalt zu zahlen«, sagte er, während er sich gegen seinen Frisiertisch lehnte und die Arme vor der Brust verschränkte.

»Das schmerzte mich sehr, Sir, aber angesichts unserer gegenwärtigen Situation blieb mir keine andere Wahl.«

Seine Stimme war eindringlich und tief, sein Blick kalt und klar. »Als erstes heute morgen sorgen Sie bitte dafür, daß ihr tausend Pfund geschickt werden.«

»Bei allem Respekt, Eure Hoheit, Sie besitzen keine tausend Pfund mehr, die Sie verschenken könnten. Genau das sagte ich der Dame auch.«

George stieß einen tiefen Seufzer aus und schaute sich im Zimmer um. »Warum hat niemand von Ihnen mir erzählt, daß ihr Bruder so krank ist, wo er doch der einzige Verwandte ist, der ihr verblieben ist?«

Die Männer in Georges Stab warfen einander Blicke zu. »Bei allem Respekt«, begann Southampton, »wir hatten das Gefühl, daß Eure Hoheit dieser Tage mit genügend Schwierigkeiten zu kämpfen hat. Wir wollten Sie nicht weiter belasten.«

Dann wischte er sich mit der Hand über das Gesicht. *Wie-*

der solch ein Tag, dachte George düster, während er beobachtete, wie sein Kammerdiener den elfenbeinfarbenen Puder vorbereitete, um sein Haar sauberzubürsten. Das sorglose Erscheinungsbild des Königshauses war nichts als ein gräßlicher, abgegriffener Scherz.

Einen Augenblick lang fühlte er sich so alt und müde wie sein Vater und so gelangweilt von einem Leben, das die meisten liebend gerne geführt hätten. Wenn er hoffte, seiner geliebten Belle Pigot zu helfen, mußte er entweder weiter spielen oder mit seinem Vater streiten. Am gestrigen Abend hatte es mit dem Spielen jedenfalls nicht geklappt.

Die Sonne verschwand hinter den dahinjagenden Wolken, und das Schlafgemach wurde dunkel. Die schwere grüne Damastseide an den Wänden wirkte schwarz. Ohne darum gebeten worden zu sein, goß Orlando Bridgeman dem Prinz einen weiteren Brandy ein. Er stellte ihn auf den Frisiertisch neben eine Sammlung Flaschen und Dosen mit Silberdeckeln, Schächtelchen mit Schönheitspflastern und kleiner Emailschnupfdosen. Wieder fuhr sich George mit der Hand über das Gesicht. Diesmal langsamer. Dann, als versuchte er, seine Energien zu mobilisieren, holte er tief Luft und zwang sich, das Bild anzuschauen, das von dem kleinen goldgerahmten Spiegel reflektiert wurde. Es überraschte ihn, daß das, was er da vor sich sah, immer noch so jung und lebensprühend wirkte, wo er sich doch so elend alt und desillusioniert fühlte.

Graf von Onslow, der königliche Kammerherr, öffnete das hohe Fenster neben dem Frisiertisch, und George spürte, wie der kühle Luftzug ihn zu beleben begann. Der Duft der frischen Frühlingsrosen im Garten unten strömte mit fast betäubender Süße auf ihn ein. »Eure Hoheit hat einen weiteren Brief von Lady Campbell erhalten«, sagte Onslow leise, als George einen der Kristallflakons öffnete und sein Gesicht mit Kakaoöl einzureiben begann.

»Oh, großartig! Das hat mir gerade noch gefehlt!«

»Da sie sich jetzt getrennt haben, wünscht ihre Ladyschaft, die Locke zurückzuerhalten, die sie Ihnen in der Zeit Ihres ...«

Er suchte stockend das richtige Wort, um den Prinzen um diese empfindliche Uhrzeit nicht zu beleidigen. »Werbens gab«, beendete er schließlich den Satz und zog ein kleines duftendes Schreiben hervor.

George drehte sich langsam um und wandte den Blick zur Seite. »Ach ja, tatsächlich?«

Für Frauen war er immer noch eine Trophäe, für die gekämpft und die errungen werden mußte. Englands Siegespreis.

Seine Lippen kräuselten sich verächtlich bei diesen Worten, und seine schmalen Augenbrauen zogen sich zusammen. Er war in einem eigenen Netz von Problemen gefangen. Belles Bruder lag im Sterben, und diese närrische habsüchtige Frau, für die er tatsächlich einst etwas übrig gehabt hatte, die sich ihrerseits aber nur etwas aus seinem Titel machte, äußerte einen so banalen Wunsch wie die Rückgabe einer Locke? Sie war wie alle anderen. Im Endeffekt hatte auch sie ihn betrogen.

Sie hatte ihre Geschichte an den *Morning Herald* verkauft und dabei keine Einzelheit ihrer Beziehung ausgelassen. Die Wunde war tief und tödlich. George griff nach unten und zog mit kraftvollem Griff eine schwarze Lederkassette aus einer der Schubladen.

»Öffnen Sie das«, befahl er mit eiskalter gleichmütiger Stimme, während er sich eine weitere Flasche auf dem Frisiertisch griff. Onslow, der ein volles Gesicht und einen bläßlichen Teint hatte, schaute den Prinzen an. Dann nahm er behutsam die Kassette und stieß den Deckel zurück. Drinnen lagen wie winzige zusammengerollte Kreaturen Haarlocken Dutzender verschiedener Damen in Gold-, Feuer- und Rauchschattierungen, umwickelt mit einem Gewirr ausgebleichter pastellfarbener Bänder.

»Senden Sie Lady Campbell die ganze Kassette und bitten Sie sie auszuwählen«, ordnete George trocken an.

Er drehte sich wieder um und öffnete das Glas mit parfümiertem Mandelpuder. Schweigend beobachteten Onslow und die anderen, wie er sich leicht das Gesicht zu bestäuben begann, nachdem er das Bild von Lady Augusta rasch aus seinem Gedächtnis verbannt hatte. Es gab etwas viel Wichtigeres zu bedenken. Wenn er wollte, daß Belle Pigot das Geld bekam, das sie verdiente, blieb ihm keine andere Wahl. Gott helfe ihm, aber er mußte den König aufsuchen.

Zwei Stunden später marschierte George in das Wohnzimmer seines Vaters in Buckingham House. Mit einem Selbstbewußtsein, das niemand, besonders nicht der König, durchschauen durfte, hatte der Prince of Wales sich geweigert, sich anmelden zu lassen.

Er wußte, wie sehr das Seine Majestät irritierte.

Der in zartes blaues Licht getauchte Salon war angefüllt mit einzigartigen Kunstwerken, viele davon aus Frankreich. Gobelins verbreiteten zusammen mit Gemälden von Vernet, Greuze und Le Main eine warme Stimmung auf den Wänden. Schränke und Tische waren vollgestopft mit Porzellan und gekrönt von Bronzen, Marmorbüsten, zahllosen Golduhren, Leuchtern und Weihrauchgefäßen.

Wie behaglich er lebt, dachte George, *während sein ältester Sohn gezwungen ist, um absolut alles zu betteln.*

Der König war gerade mitten in einer Cellostunde und bemühte sich, seinem Lehrer eine Melodie vorzuspielen. George stand da und schaute zu. »Auf ein Wort, Eure Majestät.«

Der König hörte nicht auf zu spielen. »Es ist schon lange her, daß wir beide uns irgend etwas zu sagen hatten.«

»Wie immer der großherzige Vater«, schnaubte George.

Der König, der noch immer eine bedrohliche Erscheinung war, breitschultrig und steif, trug eine kurze blaue Weste, ein weißes Seidenhemd und eine enge graue Kniehose. Nach einer Weile schaute er schließlich auf. Er seufzte tief, sah seinen Sohn aber nicht direkt an. »Nun gut. Was ist es diesmal, George?«

»Ich brauche Geld.«

»Wie ist es nur möglich, daß ich das schon geahnt habe? Aber schließlich kommst du auch aus keinem anderen Grund zu mir, oder?«

»Eure Majestät hat nie in mir den Wunsch geweckt, sie aus anderem Grund aufzusuchen.«

Der König zog eine Augenbraue hoch und warf George nur einen Moment lang einen Blick zu. »Aha. Wir sind in der Stimmung für ein Wortgeplänkel, wie?«

George ballte wütend die Hände zu blutlosen Fäusten zusammen, versuchte sich dann aber wieder daran zu erinnern, weshalb er gekommen war. *Denk an Pigot. Denk an ihre Not ...*

»Ihre Majestät sollte mittlerweile wissen, daß ich mich nicht herablassen würde hierherzukommen, um für mich selbst zu Kreuze zu kriechen. Es geht um das Personal, das Sie mir zugewiesen haben.«

Der König verdrehte die Augen. »Oh, wirklich, George. Könntest du nicht mit etwas Originellerem aufwarten?«

Es brannte ihm auf der Zunge, seinem Vater von Belle Pigot zu erzählen, aber er konnte und würde ihm nicht die Befriedigung geben, von etwas oder jemandem zu hören, der ihm wirklich etwas bedeutete.

»Du erhältst genug Geld, um deine Wohnung in bescheidenem Umfang zu unterhalten und dein Personal zu bezahlen, wenn du es klug ausgibst«, fuhr der König fort und schaute dabei wieder zur Seite.

»Dann übertragen Sie mir eine Aufgabe. Geben Sie mir etwas zu tun! Lassen Sie mich die Mittel verdienen, die ich brauche! Ich bin Ihr Erbe, Himmel noch mal! Ich habe das Recht auf eine sinnvolle Tätigkeit!«

»Aha, das Vergnügen an deinem Rebellentum verblaßt also ein wenig, wie?«

»Verdammt noch mal!« tobte George und schlug kraftvoll mit der Faust auf den Tisch mit der Marmorplatte. »Sie lieben es, mich dauernd so hierherkommen zu lassen! Ich glaube, Ihr größter Wunsch ist es, Ihren eigenen Sohn scheitern zu sehen!«

»Ich will, daß du eine Lektion erteilt bekommst, George. Du mußt lernen zu sparen, bevor ich dir noch einmal irgend etwas gebe. Selbst eine Aufgabe wäre zum gegenwärtigen Zeitpunkt eine zu große Belohnung ... So einfach ist das.«

Derselbe alte Streit, in den sie schon ein Dutzend Mal verwickelt waren, entfachte aufs neue, und in einer hitzigen bitteren Welle glitt es über Georges Zunge: »Mein Personal anständig zu bezahlen und dieses elende, heruntergekommene Haus lebenswert zu machen, seit wann ist das ein so großes Verbrechen?«

Der König warf ihm eine zweiten Blick zu, diesmal voller Verachtung. »Oh, diese Art von Leben kenne ich! Deine wilde Spielerei mit diesem erbärmlichen Säufer Fox!«

»Ich spiele, damit ich die Schulden bezahlen kann, die Sie sich zu zahlen weigern!«

»Die Zeitungen und Karikaturen in ganz London behaupten da aber etwas anderes!« höhnte der König.

»Natürlich! In Genialität steckt ja auch keine Geschichte!«

Sie standen sich jetzt gegenüber wie zwei Stiere, beide mit roten Gesichtern, die muskulösen Körper angespannt. »Ich werde meine Meinung in dieser Angelegenheit nicht ändern, George, also kannst du dir deine Worte sparen. Wenn du allerdings eines Tages zustimmst, eine angemessene Braut zu nehmen, werde ich die Sache natürlich bedenken.«

»Also das steckt in Wahrheit dahinter, nicht wahr? Kontrolle! Es geht überhaupt nicht um eine Lektion. Ich habe Personal, das darauf zählt, von mir Essen auf den Tisch zu bekommen, und Sie versuchen immer noch, mein Leben zu kontrollieren, meine Handlungen, selbst meine Überzeugungen! Es ist genau wie damals, als ich noch ein Kind war! Das bin ich nun aber, Gott sei Dank, nicht mehr!«

»Dann hör auf, dich wie eines zu benehmen! Du mit deinem verfluchten Trotz, deinen Weibern und deiner Spielerei! Alles nur, um mich in Verlegenheit zu bringen! Warum kannst du nicht mehr wie Frederick sein?«

Die Bemerkung saß. George trat einen Schritt zurück.

Immer Frederick. Der Zweitgeborene. Der Erste im Herzen ihres Vaters. Schon immer. Ganz gleich, was er tat, wie sehr er sich bemühte, er würde nie an den Lieblingssohn des Königs heranreichen. Er hatte deshalb schon seit langem aufgehört, es zu versuchen. In der Öffentlichkeit hatte er das Bild des Mannes kultiviert, für den sein Vater ihn schon immer hielt. Halsstarrig. Verdorben. Nutzlos. Das war alles Teil eines elegant ausgeheckten Täuschungsmanövers. Ein Schutzschild gegen die Enttäuschung ...

»Sie hätten uns beiden das ersparen können«, sagte George sanfter. »Wenn Sie mir nur einmal das Gefühl gegeben hätten, mich zu lieben, Vater.«

Die Augen des Königs waren kalt und unversöhnlich. »Weißt du, was das Problem mit dir ist, George? Du bist schwach. Du hast kein Rückgrat! Liebe? Ha! Von Frederick würdest du so etwas nie hören!«

»Weil Freddie nie darum zu bitten brauchte! Ihm wurde sie stets freigebig geschenkt!«

Der König lächelte teuflisch, dann verdrehte er die Augen. »Also wirklich, George, bist du jetzt fertig?« Eine qualvolle Pause trat ein. Dann konnte George sehen, wie sein Vater, ein Fremder für ihn, den Bogen wieder hob.

Die Wunden der Kindheit waren wieder aufgerissen und lagen offen auf seinem glatten, eleganten Gesicht, als er sagte: »Eure Hoheit hat mich mit charakteristischer Grausamkeit daran erinnert, daß wir als Vater und Sohn schon seit langem miteinander fertig sind. Seien Sie versichert, daß ich diese Tatsache nie wieder vergessen werde.«

Der König hielt inne, dann blickte er auf sein Cello. »Wie du wünschst.«

Mit langen Schritten durchquerte George das Zimmer, blieb dann aber an der offenen Tür noch einmal stehen. »Wissen Sie«, sagte er, während er sich auf dem Absatz umdrehte, »ich bin mir nicht sicher, ob mir vorher je voll und ganz klargeworden war, welch ein abscheulicher Mensch Sie wirklich sind.«

Die Lippen des Königs verzogen sich zu einem höhnischen Grinsen, während er hochschaute. »George, mein Junge, du machst es einem leicht.«

Auf dem polierten Atlasholztisch in Georges Empfangszimmer in Carlton House stand eine kostbare blaugoldene Sèvresvase. Ein Geschenk des Königs von Frankreich an seinen Großvater, von unschätzbarem Wert sowohl in materieller als auch in emotionaler Hinsicht. Sein Großvater hatte sie ihm persönlich kurz vor seinem Tod geschenkt. Es war die Vase, die Belle in der vergangenen Nacht zu stehlen versucht hatte.

Bridgeman kam ins Zimmer und schloß die vertäfelten Doppeltüren. »Wie war Ihr Besuch beim König, Sir?«

»Verkauf sie.« George deutete auf die Vase und überging die Frage einfach.

»Aber die Vase, Sir, ist unbezahlbar!« keuchte sein Kammerdiener, der nicht nur ihren Preis, sondern auch ihre Geschichte kannte.

»Diese liebe alte Frau ist mir weit mehr wert als ein Stück Porzellan, Bridgeman.«

»Gibt es denn keine andere Möglichkeit?«

»Offensichtlich nicht. Und ich möchte, daß sie das Geld bekommt.«

Bridgeman wartete einen Augenblick und überlegte, ob er versuchen sollte, ihn umzustimmen. Am Ende entschloß er sich klugerweise, es nicht zu tun. Er wußte, wie sehr der Prinz die Vase immer geschätzt hatte. Das Zerwürfnis mit dem König war alt und tief. Die Wunden waren es ebenfalls.

»Ja, verkauf sie, Bridgeman, und so diskret wie möglich. Es würde mir wirklich noch fehlen, hinsichtlich meiner Ausgabefreudigkeit Wasser auf Londons bereits heftig rotierende Klatschmühlen zu gießen. Wenn du das Geld hast, händige es bitte unverzüglich Belle aus. Und erkläre ihr nicht, woher das Geld stammt. Gib ihr die tausend Pfund, die sie für ihren Bruder braucht, und außerdem fünfhundert Pfund für ihren eigenen Bedarf. Dann teilst du den Rest des Erlöses gleichmäßig unter meinem Personal auf, um meine Schulden zu begleichen.«

»Wie Eure Hoheit wünscht«, erwiderte Orlando, der mit ansehen mußte, wie es mit dem gutaussehenden, mißverstandenen jungen Prinzen, dem er treu ergeben war, immer weiter bergab ging, ohne daß er auch nur irgend etwas dagegen tun konnte.

Später an jenem Nachmittag stand der Prince of Wales vor dem palladianischen Devonshire House gegenüber dem Green Park. Nichts erinnerte mehr an den wütenden jungen Mann, der ins Buckingham House geeilt war in der Hoffnung, einen ungerührten König zu erweichen.

Er würde darüber hinwegkommen. Und, was noch wichtiger war, er würde es überleben. Er würde sein treu ergebenes Personal bezahlen, selbst wenn er das letzte Möbelstück und Kunstwerk aus Carlton House verkaufen müßte.

George gab den Versuch auf, einen Mann ohne Herz erreichen zu wollen.

Während der Lakai des Prinzen vorweglief, um den Klopfer der Messingtür zu betätigen, blieb George stehen. Er trug einen neuen Anzug aus schwarzem Samt, gefüttert mit grauer Seide, und das charakteristische weiße Halstuch. Sein Haar war geölt, parfümiert, gelockt und gepudert. Die Nägel waren geschnitten, die kurzen kraftvollen Hände mit Juwelen geschmückt. Den Brandygeruch hatte er mit einem Schluck Pfefferminze hinweggespült, und jetzt duftete er nur noch angenehm nach Zibet.

Als die hohe schwarze Tür von einem livrierten Diener geöffnet wurde, war durch das Geplauder von Gästen hindurch wohlklingende Musik zu hören. Er kam zu spät. Auf modische Weise zu spät. Alle anderen waren bereits eingetroffen. Aber das machte nichts. Es war immer besser, seinen Auftritt zu haben. Das war eines der wertvollen Dinge, die er von seinem Vater gelernt hatte. Er stützte sich auf einen eleganten Malakkastock und trat in das schwarz-weiße Marmorfoyer.

»Wieder ins Feuer«, brummte er mit einem unmerklich höhnischen Lächeln und der aalglatten, aus der Erfahrung gereiften Langeweile eines wesentlich älteren Mannes in sich hinein. Er legte Handschuhe und Hut ab, reichte sie Georgianas Butler zusammen mit dem Stock und blieb halbverborgen hinter den langen taubenblauen Vorhängen stehen. Er spähte in den Salon, in dem sich Londons vornehmste Whigs versammelt hatten. Die Partei, die der Politik beinahe ein ganz anderes Gesicht gegeben hätte. Der Herzog von Portland tuschelte mit Edmund Burke. Sheridan drückte sich mit einem Serviermädchen in der Ecke herum, was ihn nicht überraschte. Dann sah er Fox. Sein dickbäuchiger, wenig anmutiger Gefährte lehnte gegen den Kamin; in der einen Hand hielt er einen Drink, mit der anderen befummelte er keine andere als Elizabeth Armistead. Sie war Georges Geliebte gewesen und erst kürzlich von ihm verstoßen worden – eine weitere Frau, die ihn betrogen hatte. »Verfluchter Opportunist«, murmelte George mit einem unerwarteten Anflug von Eifersucht. Es war nicht das erste Mal, daß der eigentlich eher umsichtige Fox rasche Fortschritte bei einer seiner Abgelegten machte.

Als er so dastand und über die Verbindung zwischen seiner früheren Geliebten und seinem korpulenten, rundgesichtigen Freund nachdachte, erspähte ihn die Herzogin von Devonshire im Foyer halbversteckt hinter dem Samtvorhang. Sofort unterbrach sie ihre Unterhaltung mit Lord Charlemont und eilte durch den überfüllten Salon. Ihr Satinkleid bauschte sich wie ein hyazinthenfarbenes Segel hinter ihr.

»Wo bist du gewesen?« fragte sie und nahm ihn bei den Händen. Ihr schmales Gesicht glühte vor Verärgerung. »Wir haben uns schon alle solche Sorgen gemacht!«

Trotz der Tatsache, daß Georgiana seine vertrauteste Freundin war, hätte es ihm nichts genützt, ihr die Wahrheit zu sagen, daß er nämlich den König aufgesucht hatte. Sie hatte ihn davor gewarnt, weil sie genau wußte, wohin das führen würde.

»Ich hatte einen unerwarteten Besucher in Carlton House«, log er. »Aber ich habe die Angelegenheit so schnell wie möglich beendet, und jetzt bin ich bereit, mich voll und ganz deinem mächtigen Zauber zu unterwerfen.«

Georgiana schlug ihre schlauen seegrünen Augen nieder und lächelte. »Komm doch herein und geselle dich zu den anderen«, sagte sie leise und nahm seinen Arm. Im Kerzenlicht des Salons wirkten die Linien ihre Gesichtes weicher.

»Ah, Eure Hoheit. Schön, Sie wiederzusehen«, sagte Georgianas Ehemann, der wohlbeleibte und rotgesichtige Herzog von Devonshire, als er hinter sie trat.

George lächelte schwach. Sein Mund schmerzte bereits, weil alles so vorhersehbar war. Er überflog den Raum auf der Suche nach jemandem, irgend jemandem, der ihn vor diesem ermüdenden Nachmittag retten konnte, der, wie er aus Erfahrung wußte, vor ihm lag. Unglücklicherweise waren nur die üblichen Besucher da. Fox immer noch tête-à-tête mit Elizabeth Armistead. Und Sheridan beobachtete noch immer, wie das Serviermädchen sich beugte und bückte, während es die anderen Gäste bediente. Und Lord und Lady Spencer paradierten vor einem hohen goldgerahmten Spiegel hin und her und bewunderten ihre nagelneue Sommergarderobe. Was hätte langweiliger sein können?

Schon seit fast einem Jahr hatte die Whig-Partei ihre Dynamik verloren. Seit die Sternstunde der Whigs mit ihrer Koalitionsregierung ein abruptes Ende gefunden hatte. Seit Fox, diese brillante, aber schwerfällige und widersprüchliche Person, gezwungen worden war, sein Amt niederzulegen und nur noch seinen Parlamentssitz behalten hatte. Dennoch trafen sie sich immer noch wie heute hier, all die Schlüsselspieler, die so brillant die Tory-Regierung des Königs ausgestochen hatten, mit Georgiana Devonshire als ihrer Helena von Troja. Alle schmiedeten auch weiterhin Pläne, diskutierten Strategien für die Zeit, wenn sie wieder die Macht erlangen würden. Der Prince of Wales, der berühmteste Whig, war trotz seiner gegenwärtigen Schwierigkeiten Teil ihrer Vision.

Eben als er ein Gähnen unterdrücken mußte, drückte Georgiana seinen Arm. Sie entschuldigte sich bei ihrem Mann und zog George beiseite, in der Hoffnung, noch einen Funken des Mannes, den sie kannte und liebte, vorzufinden. »Übrigens, Liebling, ich vergaß beinahe, es zu erwähnen. Ich gehe wieder nach Bath. Ich habe gehört, daß die Geschichte beendet ist zwischen dir und dieser... ach, wie hieß sie denn noch gleich?«

Er kniff die Augen zusammen, als er sich wieder an ihren Verrat erinnerte. »Augusta.«

»Ach, ja, genau. Also ich fürchte, du mußt einige Tage ohne mich durchkommen, und das so unmittelbar nach deiner Trennung von Fox' jüngster Geliebter da drüben.«

Er zog eine Augenbraue hoch. »Elizabeth ist bereits seine Geliebte?«

»Alle Welt redet über sie. Ach, wußtest du das nicht? Die liebe arme Armistead aus dem falschen Teil Londons. Natürlich hat sie keine Chance, jemanden von Vermögen auf Dauer zu halten, also länger als ein paar nette Nachmittage.«

Georgiana war gewöhnungsbedürftig, ohne Frage. Aber sie war eine Freundin, eine gute Freundin. Daran versuchte er in Augenblicken wie diesen zu denken. »Wann gedenkst du zurückzukommen?«

»Nicht vor dem Zehnten.«

George spürte, wie er erstarrte. Er wollte sich nichts anmerken lassen, niemandem gegenüber. »Du hattest mir versichert, daß du hier sein würdest, um beim Whigball Ende dieser Woche an meiner Seite Gastgeberin zu sein.«

»Ich weiß, daß ich das sagte, aber meine Pläne haben sich geändert«, meinte sie unbekümmert.

George blieb an einem Tisch stehen, der von einer Büste ihres Ehemannes gekrönt wurde. Er fuhr mit dem Finger über die Marmornasenspitze. *Sie will es also wieder versuchen*, dachte er.

In der letzten Zeit verreiste Georgiana immer unerwartet, wenn sie spürte, daß er ihre Freundschaft am dringendsten brauchte. Zweifelsohne hoffte sie, daß er sich verzweifelt nach ihrer Kameradschaft und ihrem Rat sehnen würde, damit sie ihn um so vollkommener kontrollieren konnte. Ihn machte das nur wütend. Jetzt versuchte sogar Georgiana, die Frau, an der ihm am meisten auf der Welt gelegen war, ihn zu manipulieren, und dies nicht einmal besonders geschickt.

»Verschiebe deine Reise bis nach dem Ball.«

Ihr Gesichtsausdruck war besorgt. »Oh, mein Lieber, ich fürchte, das kann ich nicht. Ich habe meine Reisevorbereitungen bereits getroffen. Morgen fahre ich ab.«

Er starrte sie ebenso enttäuscht wie wütend an. »Wen würdest du bitte schön an deiner Stelle als Begleitperson für mich vorschlagen?«

»Wie wäre es mit Mrs. Armistead?« wagte sie zu fragen. »Wir wissen doch beide ganz genau, daß die Ärmste alles für dich tun würde. Und ich bin sicher, daß Fox es verstehen würde, wenn du sie dir für einen Abend ausleihst.«

»Elizabeth Armistead ist nicht du«, zischte er, wütend über dieses Spielchen.

»Ah.« Triumphierend lachte Georgiana leise auf und wirbelte ihre schlanke Hand so kapriziös wie ein Schmetterling durch die Luft. »Wie wahr ... wie wahr.«

George blieb nur so lange in Devonshire House, wie der Anstand es erforderte. Er war wütend, daß Georgiana erneut versuchte, ihn zu manipulieren. Selbst sie war – wie alle anderen – nur ein weiterer Mensch, eine weitere Frau, die versuchte ihn zu beherrschen.

Als sie Piccadilly in einer Flut anderer Kutschen und Postkutschen überquerten, klopfte er mit der Spitze seines Malakkastockes gegen das mit Stickerei verzierte Dach. Mit einem Ruck blieb die Kutsche stehen. George sprach in gleichmütigem Ton mit seinem Kammerdiener, der neben ihm saß. »Sagen Sie dem Kutscher, er soll zu Brook's fahren. Ich bin nicht annähernd in der Verfassung, in die Oper zu gehen, und werde das in diesem Zustand auch nicht tun.«

»Aber Sie haben doch in Devonshire House fast nichts getrunken«, wandte Orlando Bridgeman ein. »Eure Hoheit ist nüchtern wie ein Pfarrer am Sonntag.«

»Genau, mein guter Mann. Ganz genau.«

Als Bridgeman dem Kutscher die Anweisung des Prinzen mitgeteilt hatte, fuhren sie weiter Piccadilly hinab und bogen in die St. James' Street ein. Die Räder ratterten unter ihnen, während George einen kleinen Silberflakon aus den Falten seines Mantels hervorzog und einen tiefen Schluck Cherry Brandy nahm.

»Und nachdem Sie mich im Club abgesetzt haben, kehren Sie zum Devonshire House zurück.«

Mit weit aufgerissenen Augen schaute Bridgeman ihn an. »Eure Hoheit?«

»Sagen wir einfach einmal, Fox' Gefährtin, Mrs. Armistead, und ich haben noch ein Geschäft zu erledigen, und ich habe zu meiner eigenen Überraschung die Absicht, dies heute abend zu tun.«

Bei Gott, niemand, nicht einmal Georgiana würde ihm sagen, wer für ihn geeignet war und wer nicht. Er nahm eine frische weiße Visitenkarte aus seinem Mantel und reichte sie Bridgeman. Dann lenkte er den Blick rasch wieder auf die St. James' Street, die hinter dem gläsernen Kutschenfenster in einem Wirbel aus Ziegeln und Steinen vorbeiglitt.

»Heute abend werde ich bis elf Uhr in meiner Loge in der Oper sein. Das sollte der Dame reichen, um ihre Verpflichtungen Fox gegenüber zu erfüllen. Teilen Sie ihr vertraulich mit, daß sie in meinem Salon auf mich warten soll. Achten Sie darauf, daß sie ohne Zwischenfälle in mein Haus eingelassen wird.«

»Und wenn sie sich weigert?«

»Sie wird sich nicht weigern«, erwiderte George kühl. Dann verdunkelten sich seine leuchtenden Augen plötzlich zu einem Saphirblau, als er in bitterem Ton hinzufügte – wobei er nun nicht länger von Elizabeth Armistead, sondern von der ränkeschmiedenden Herzogin sprach, die irrtümlicherweise glaubte, sie beherrsche ihn –: »Wenn sie irgendwelche Spielchen spielen möchte, dann kann sie das gerne haben!«

Niemand besaß eine solche Kontrolle über sein Leben. Niemand. Unmöglich sich vorzustellen, daß irgend jemand, besonders eine Frau, dies jemals tun würde.

2. Kapitel

Maria raffte ihre Röcke zusammen und eilte neben Isabella die Steintreppe zum King's Theatre hinauf. Ihr Mund stand immer noch vor Staunen offen. Sie waren rasch an den Prostituierten mit ihren riesigen federgeschmückten Hüten vorbeigeeilt, die unter den tropfenden Straßenlaternen auf und ab paradierten. Um des Anstands willen vermied sie es, zu den wohlhabenden Gentlemen hinüberzuschauen, die ihnen aus ihren Droschken oder lackierten Postkutschen zuwinkten. Sie hatte zu große Angst, jemanden zu sehen, den sie kannte.

»Dies sind also wirklich Damen der –« Ohne Erfolg suchte sie nach einem passenden Euphemismus.

»Meine Güte, du hast in Twickenham aber ein behütetes Leben geführt.« Isabella lachte unbekümmert und fügte dann hinzu: »Natürlich sind sie das. Mein liebes Kind, das hier ist London!«

Mit seinen fünf Rängen vergoldeter Logen mit karmesinroten Samtvorhängen war diese Bühne am Haymarket Londons luxuriösestes Theater. Aber Novosielskys prächtiges Opernhaus hielt auch Räumlichkeiten für die weniger Vornehmen bereit. Unter ihnen befanden sich eine Galerie und ein Parkett, auf die Isabella und ihr Mann Charles zu ihrer Unterhaltung hinabschauen konnten, bevor die Vorstellung begann. Dort spielten die ärmeren Leute Karten, lachten und tuschelten über die ehrgeizigen Mittelschichtdamen, die zehn Schillinge gezahlt hatten, um unter ihnen zu sitzen, in der Hoffnung aufzufallen. Maria entfaltete den zu ihrem cremefarbenen Satinabendkleid passenden Fächer und wedelte nervös vor ihrem Gesicht, während Isabella Lord und Lady Townshend in einer Loge auf der anderen Seite des Theaters zuwinkte.

»Ich glaube, der Herzog von Bedford wird bei unserem lieben John um deine Hand anhalten«, gurrte Isabella und beugte sich zu Maria herüber, während sie winkte. »Ich habe ihn fast die ganze Zeit beobachtet, und er war völlig betört von dir. Ja, nachdem die Dinge heute nachmittag so phantastisch gelaufen sind, bin ich sicher, daß es zu einem Antrag kommt.«

»Ich hoffe nicht«, erwiderte Maria scharf und ließ ihren Fächer einen Moment auf ihrer Nasenspitze ruhen.

Die abscheulich gekleideten Gecken und Dandys unter ihnen, die es genossen, aufzufallen, stolzierten im Parkett auf und ab. Einige von ihnen präsentierten ihre neuesten Westen und engen Kniehosen, während andere mit ihren Stöcken klopften und die Deckel ihrer Schnupfdosen auf- und zuschnappen ließen, um noch mehr Aufmerksamkeit zu erregen. Während Isabella zu ihnen hinunterschaute, fragte sie: »Warum denn nicht?«

»Weil ich ihn nicht liebe und weiß, daß ich ihn nie lieben werde.«

Isabella drehte sich zu ihrer Begleiterin um. Ihre Unterlippe, geschürzt wie eine kleine Blüte, fiel verblüfft herunter, bevor sie in schrilles Gelächter ausbrach. »Oh, Maria, du bist wirklich drollig. Ist sie nicht drollig, Charles?«

»Ich bin fast neunundzwanzig, Isabella, war bereits zweimal verheiratet und finde, es ist nicht zuviel verlangt, zumindest mit einem meiner Ehemänner die Liebe zu finden.«

»Nimm dir dafür doch einen Liebhaber!« Isabella lachte erneut.

»Alle tun das. Ein Fang wie der Herzog von Bedford ist viel zu bedeutend, um ihn pubertären Gefühlen zu opfern.«

»Ich werde ihn nicht heiraten, ganz gleich was irgend jemand sagt.«

»Ich fürchte, dir bleibt in dieser Angelegenheit keine Wahl. Er und dein Bruder unterhielten sich beinahe eine Viertelstunde lang vertraulich, nachdem du heute nachmittag so unhöflich hinaufgegangen warst.«

Das Licht wurde gedämpft, und der Vorhang begann sich langsam zu teilen. Musik erscholl und übertönte Isabellas Ausführungen. Maria lehnte sich in ihrem samtbezogenen Sessel zurück und blickte auf die Bühne. Aber ihre Gedanken hätten kaum weiter abschweifen können. Den Gedanken an ein Leben als Gefährtin eines Langeweilers wie Francis Russell konnte sie nicht ertragen.

Für sie mußte es noch mehr geben, und Maria war bereit, darauf zu warten.

Während ihre Gedanken sich immer weiter von der Abendunterhaltung entfernten, verirrten sie sich auf seltsame Weise zu der Kutschenfahrt am vorangegangenen Tag. Zu der Sonne, die durch das Fenster schien. Dem Lichtstrahl, der durch die Bäume fiel. Sie spürte, wie sie bei der Erinnerung daran, wie der Prince of Wales gelächelt und ihr zugenickt hatte, errötete.

In der sicheren Umgebung des nur schwach erleuchteten Opernhauses lächelte sie vor sich hin, während sie darüber nachdachte, daß offenbar alles, was sie über ihn gehört hatte, stimmte. Die Geliebten. Die Spielerei die ganze Nacht hindurch. Sein schreckliches Temperament. Seine stürmischen Romanzen. Wenn es in London noch mehr solche Männer gab, wie Isabella Sefton behauptete, war ihr nie einer begegnet. Alle Männer, die sie je kennengelernt hatte, waren wie der Herzog von Bedford. Reich, anständig und unglaublich fade.

Als am Ende des ersten Aktes die Beleuchtung im Zuschauerraum wieder anging, richtete sich Maria, die sich im goldenen Lampenlicht sonnte, auf und streckte die Arme. Sie wollte gerade gähnen, als sie spürte, daß sie jemand aus der Nachbarloge anschaute. Das Gefühl war eindeutig, aber sie war sich sicher, daß sich dort niemand befunden hatte, als die Beleuchtung gedämpft worden war. Lord Sefton hatte ihr erzählt, daß es sich um die Loge der königlichen Familie handelte, die in dieser Saison kaum benutzt wurde, da die politischen Spannungen zwischen dem König und seinem Sohn ein so hohes Ausmaß angenommen hatten.

Maria erstarrte in ihrem Sessel, überwältigt von dem Gefühl, daß da jemand neben ihr war. Sie blickte zu Isabella herüber, die zu ihrer Überraschung in ihrem Sessel zusammengesunken war und mit geöffneten Lippen döste. Auch Lord Sefton beachtete sie nicht. Er hielt ein silbernes Opernglas hoch und spähte in die Logen gegenüber, auf der Suche nach

Klatschgeschichten, die er morgen im Brook's Club verbreiten konnte.

Ganz gleich, wer sie anschaute, es gehörte sich nicht, daß sie den Blick erwiderte.

Nervös schnippte sie mit ihrem Fächer, worauf dieser sich mit einem Knall öffnete. Der zweite Akt würde bald beginnen. Sie wartete einen Augenblick und wedelte mit ihrem bemalten Fächer hin und her. In dem vollgestopften Theater, das ebenso viele wetteifernde Parfüms erfüllten wie das Almack's, war es schrecklich warm.

Schließlich überwältigte sie trotz ihres Vorsatzes die Neugierde. So behutsam wie möglich drehte Maria den Kopf, bis sie aus dem Augenwinkel etwas erkennen konnte. Neben ihr in der Nachbarloge blitzte dasselbe gefährliche Lächeln wie am Tag zuvor, dieselben eisblauen Augen funkelten im Schein der frisch entzündeten Lampen. Als er sah, daß sie sich umwandte, nickte der Prince of Wales ihr zu. Rasch blickte sie mit geröteten Wangen weg.

Aber nur wenige Einzelheiten waren ihr entgangen. George saß neben seinem jüngeren Bruder Ernest, der noch ein Junge war. Der Prince of Wales jedoch war jeder Zoll der reife und schneidige Königssohn, der ihr den Atem raubte.

Er trug ein weißes Halstuch, einen eleganten taubenblauen Frack und darunter eine silberne Weste. Die Farbe ließ seine Augen noch leuchtender strahlen. In den Schatten, die das Lampenlicht warf, wirkte er noch gefährlicher als bei Tage. Mit seinem modisch gepuderten kastanienbraunen Haar, das einen Anflug von roten Glanzlichtern hatte, war er der am besten aussehende Mann, den sie je gesehen hatte.

Als Maria dann dachte, sie könnte kühn genug sein und sein Nicken erwidern, zwang die Kraft seines Blickes sie wieder zum Rückzug. Sie sah, wie er eine Hand vor den Mund legte und sich zu seinem Bruder hinüberlehnte. Der jüngere Prinz beugte sich vor, um sie anzublicken, und zu ihrem völligen Entsetzen begannen die beiden miteinander zu tuscheln. Ihre blassen Wangen brannten vor Verlegenheit. Sie war erleichtert, als die Beleuchtung endlich wieder gedämpft wurde und das Publikum verstummte. Es war närrisch gewesen zu glauben, der Prince of Wales hätte nicht nur mit ihr gespielt. Einen Augenblick lang hatte sie ihrer Phantasie die Kontrolle überlassen. *Alberne Phantasie*, dachte sie.

»Ich wußte es! Er will dich heiraten! Ich sage dir, Maria, es ist ein Wunder, daß das so schnell geschehen ist! Aber offensichtlich ist er ein Mann, der weiß, was er will!«

Noch bevor die Sonne sich ganz über das blaßblaue Himmelbett ausgebreitet hatte, stürmte John Smythe durch die geschnitzten Eichentüren und platzte unangemeldet in das Schlafzimmer seiner Schwester.

»Er kam schon bei Tagesanbruch, so begierig war er zu erfahren, wie ich dazu stehe! Natürlich sagte ich ihm, daß es für mich die größte Ehre wäre, einen so vornehmen Menschen wie ihn als Schwager haben zu dürfen...«

Maria tauchte aus dem Tiefschlaf auf und vernahm seine Worte, noch bevor sie die Kraft besaß, die Augen zu öffnen. Aber Heirat. Dieses Wort stach sie wie eine honigtrunkene Biene. Während ihr Bruder weiterplapperte und sie wie durch einen Schleier Ausdrücke wie »phantastische Verbindung« und »was für ein schrecklich großes Vermögen« hörte, kämpfte Maria sich hoch. Sie zog ihre elfenbeinfarbene Nachthaube ab und zupfte ihr Nachthemd gerade, während sich Fanny, ihre Zofe, mit einem Silbertablett mit heißem Tee und frisch gebuttertem Toast an John vorbeischob.

»Sir, Madam tut nie irgend etwas, bevor sie nicht ihren Tee getrunken hat!« geruhte sie naserümpfend festzustellen, um dann das kleine Tablett krachend auf dem Nachttisch abzusetzen. »Ist schon gut, Fanny.« Maria lächelte verschlafen, während sie die Hand auf den Mund legte und gähnte.

»Wie kannst du nur so ruhig sein? Verstehst du, was ich dir gerade sage?« knurrte John, der auf ihrer Bettkante hockte und nervös die Hände rang.

»Ich denke schon«, erwiderte Maria lächelnd.

»Der Herzog von Bedford ist wirklich eine der besten Partien in London, und er hat jahrelang gewartet, um die richtige Frau zu finden! Stell dir nur vor, meine Schwester eine Herzogin ... Oh, es ist einfach absolut großartig!«

Aus dem Traum gerissen, in dem sich die Wirklichkeit mit ihren beiden mysteriösen Treffen mit dem Prince of Wales vermischt hatte, fuhr Maria hoch. »Der Herzog von Bedford?« keuchte sie.

»Wieso, ja natürlich.« Er tippte sich gegen die Stirn. »Wer denn sonst?«

Maria setzte die blaue Porzellanteetasse auf das Tablett zurück und blickte zu ihrem Bruder auf. Sie wußte nicht genau warum, aber das war nicht der Name, den sie zu hören erwartet hatte.

Sie schwang ihre nackten Füße unter der schweren Bettdecke hervor und stützte sich mit beiden Händen auf die Bettkante.

»Ich werde ihn nicht heiraten.«

»Also, Maria, wirklich. Sei doch kein Trottel. Natürlich wirst du das. Du mußt!«

»Das werde ich nicht.« Maria sah wieder ihren Bruder an, und das volle blonde Haar fiel ihr lose um das Gesicht.

»Aber warum, zum Teufel, nicht? Das ist doch wirklich eine Traumpartie.«

Maria stand auf. »Für dich vielleicht. Nicht für mich.«

»Aber was kannst du denn noch mehr wollen? Er trägt einen Titel und ist mehr als dreißigtausend Pfund im Jahr wert, um Himmels willen!«

Sie kniff die Augen zusammen. Sie war wütend darüber, daß sie sich überhaupt rechtfertigen mußte. »Er ist zu berechenbar, John. Außerdem ist er langweilig. Und ich werde mich dem nicht ein Leben lang aussetzen, um deinen oder seinen Zielen zu dienen!«

John Smythe stand auf und trat auf seine Schwester zu, um seine Entschlossenheit zu demonstrieren. Er musterte sie, als sei sie eine Fremde, und versuchte an ihren Augen oder sogar an ihrem leicht geöffneten Mund abzulesen, was sie bloß so entschlossen gemacht hatte. Sie hatte schon zweimal geheiratet, entschieden unbedeutendere Männer, und jedes Mal ohne den geringsten Anflug von Widerspruch.

»Langweilig, ja?« sagte er mit zorngerötetem Gesicht. »Berechenbar? Und was, frage ich mich, vermittelt dir, einer zweimal verwitweten Frau, den Eindruck, selbst ein so schrecklich begehrenswerter Fang zu sein?«

Sie wandte sich ab, und ihm wurde bewußt, welche Grausamkeit sich in seine Worte geschlichen hatte; er versuchte daraufhin, das Gesagte abzumildern. »Komm doch bitte wieder zu Verstand, Schwester! Du weißt, daß es nicht wahrscheinlich ist, jemals wieder einen so großartigen Antrag zu erhalten!«

»Dann muß ich diese geringe Chance eben ergreifen.«

Als sie versuchte, sich an ihm vorbeizuschieben, hielt er sie mit Gewalt fest. Er kniff sie in ihren schlanken Arm, bis es weh tat und sie gezwungen war, zu ihm aufzuschauen.

»Ich werde nicht erlauben, daß du solch einen Fehler begehst.«

»Das ist bereits geschehen, John. Anscheinend hast du vergessen, daß ich bereits zum Wohle der Familie geheiratet habe. Zweimal! Ich besitze dieses Haus und genügend Geld, um ohne deine oder Isabellas Hilfe recht angenehm zu leben. Ich brauche nicht wieder zu heiraten.« Dann wurde ihr Ton sanfter, als sie ihren Bruder anschaute, der aus seinen eigenen Ambitionen keinen Hehl machte. »John, bitte, ich möchte keinen Mann nur aufgrund seines Titels oder seines Erbes heiraten. Wenn ich mich jemals wieder vermähle, dann nur, weil wir es nicht ertragen können, ohne einander zu leben ... weil allein unsere Liebe uns dazu treibt.«

Ihr Bruder ging zur Tür und legte die Hand auf den Knauf, bevor er sich umschaute. »Ich werde Russell sagen, daß du dir unsicher bist. Daß du Zeit brauchst.«

»Mach ihm keine falschen Hoffnungen. Das wäre grausam.«

»Es wäre noch viel grausamer, wenn du wieder zu Verstand kommen würdest und dann feststellen müßtest, daß er seinen Antrag zurückgezogen hat.«

Maria küßte ihn auf die Wange. »Ich liebe dich dafür, daß du dich so sorgst«, sagte sie sanft, »aber du mußt mir vertrauen und mir zubilligen, das zu tun, was ich im Grunde meines Herzens für das beste halte. Irgendwann wird der Herzog von Bedford aufhören, meinen Entschluß zu bedauern, nämlich dann, wenn er eine trifft, die seine Liebe erwidert. Dann wird er mir danken, daß ich nicht der Versuchung erlegen bin, nur wegen eines Titels eine Ehe zu schließen.«

John kniff seine dunklen Augen zusammen, als er wieder ihre Hand nahm. »Aber wirst du es nicht bereuen, Maria? Wird es dir nicht eines Tages leid tun, daß du einem Trugbild nachgejagt bist, statt der Konvention zu folgen?«

»Ich werde es nie bedauern, meinem Herzen gefolgt zu sein.«

Als Marias Bruder gegangen war, kehrte ihre Zofe leise durch dieselbe Tür zurück, um ihr beim Waschen und Ankleiden zu helfen. Fanny hielt, wie fast immer, den Kopf gesenkt, aber ihre Bewegungen waren forsch.

Maria schritt über den kalten Dielenboden, während Fanny ein Becken mit Wasser füllte. In der Zeit, in der ihre Garderobe vorbereitet wurde, stand sie unter einem Porträt von Thomas Fitzherbert, das einen Monat vor seinem Tod gemalt worden war. Selbst in der schmeichelhaften Darstellung des Künstlers gab es Hinweise darauf, wie der Mann am Ende seines Lebens tatsächlich ausgesehen hatte, man sah die tiefliegenden, beinahe zusammengekniffenen Augen, die dünnen weinroten Lippen, die eingefallenen Wangen.

Ekel ballte sich wie eine harte Faust in ihrem Magen zusammen, als sie sich daran erinnerte, wie er sie selbst in diesem Zustand noch begehrt hatte. Wie er sie rufen ließ und dann nackt unter dem Bettlaken erwartete, mit seinem teigigen Bauch, die Brust schneeweiß, schlaff und unbehaart. Deren Falten hatten richtige Brüste gebildet. Sie konnte sich immer noch an ihr Bemühen erinnern, nicht zurückzuzucken, wenn sie zu seinem Bett schritt und daran dachte, was vor ihr lag, das groteske Grunzen und Stoßen, das entsetzliche Schwitzen. Die Erinnerung an jene letzten Male in dem nach Kampfer riechenden Raum ließ sie immer noch schaudern. Nein. Sie hatte ihre Pflicht erfüllt, genug für ein ganzes Leben. Diesen Fehler würde sie nicht noch einmal machen. Nicht für John. Für niemanden. Ganz gleich, welche Unwägbarkeiten die Zukunft für sie bereithielt.

Maria saß unter einem Fenster im Schatten der golden glühenden Nachmittagssonne, als Isabella Sefton in den Salon geführt wurde. »Oh, ich habe köstliche Neuigkeiten!« zwitscherte Isabella, während sie in den Raum fegte und der Butler die Tür hinter ihr schloß.

»Solange es nichts mit dem Herzog von Bedford zu tun hat, höre ich sie nur zu gerne.«

»Wir sind heute abend ins Carlton House eingeladen, zu einer Lesung von einem Freund des Prinzen. Mr. Sheridan trägt aus dem Stück *School for Scandal* vor.«

Maria schaute von der Rose auf, die sie gerade stickte, und zog eine Augenbraue hoch. »Wir?«

»Also, Charles erhielt natürlich die Einladung, aber wie üblich wird er uns beide begleiten. Es ist wirklich eine außergewöhnliche Ehre, weißt du. Richard Brinsley Sheridan steht der königlichen Familie sehr nahe ... dem Princen von Wales ganz besonders«, fügte sie hinzu, und ihre Augen funkelten.

»Das habe ich auch gehört, Isabella, und an so einem üblen Abend möchte ich nicht teilnehmen.«

»Oh, so wird das nicht sein«, beruhigte Isabella sie mit vor Aufregung zitternder Stimme. »Ich habe heute morgen bereits mit Lady Cowper und der Herzogin von Argyll gesprochen, und sie werden beide anwesend sein. In Gegenwart dieser Wichtigtuerinnen wird seine Hoheit es nicht wagen, aus diesem Abend etwas anderes als eine höchst elegante Angelegenheit zu machen.«

In Marias Kopf wirbelten wie in der Nacht zuvor Bilder und Gedanken an den Princen von Wales umher. Cowper. Argyll. Die bloßen Namen garantierten Ansehen und Respekt. Sie verspürte mit einemmal große Lust dorthin zu gehen, bis sie sich daran erinnerte, daß sie Sheridan neulich abends im Almack's gesehen hatte. Betrunken und zügellos hatte er sich auf den gleichfalls angesäuselten Charles James Fox gestützt, während sie beide gegen Tänzer, Möbel und Gläser getorkelt waren und so einen ziemlich anstößigen Auftritt geliefert hatten. Ob sie wollte oder nicht, sie war es John schuldig, auf ihren Ruf zu achten. Wenn sich herumsprach, daß sie die Kühnheit besaß, eine so gesuchte Beute wie den Herzog von Bedford abzulehnen, würde sowieso ganz London das Gesicht verziehen. Jetzt konnte sie es weniger denn je riskieren, in einer so fragwürdigen Gesellschaft gesehen zu werden, der voraussichtlich sowohl Sheridan als auch Fox angehörten.

»Danke, daß du an mich gedacht hast, Isabella, wirklich«, sagte Maria und steckte, während die Sonne sich hinter den Wolken versteckte, die Nadel wieder in die Stickerei, »aber ich glaube, ich bleibe heute abend zu Hause.«

»Aber das kannst du nicht!«

Maria schaute wieder auf, verblüfft über die plötzliche Verzweiflung in Isabellas Stimme. »Ich habe Charles doch schon gesagt, daß du uns begleiten wirst. Er hat für drei zugesagt.«

Maria musterte ihre Cousine eingehend. »Was steckt wirklich dahinter, Isabella?«

Lady Sefton schwieg und glättete die Falten ihres buttergelben Kleides. Als Maria sich davon nicht beeindrucken ließ, sagte Isabella schließlich: »Nun, da sie so gute Freunde sind, ist es recht wahrscheinlich, daß wir heute abend nicht nur Mr. Sheridan, sondern auch dem Princen von Wales selbst vorgestellt werden. Ich habe mich gestern abend schon gefragt, warum er nicht um eine Vorstellung gebeten hat.« Ihre Augen zwinkerten schelmisch. »Jetzt wissen wir es.«

Maria lehnte sich gegen das Brokatsofa und ließ die Stickerei wieder auf den Schoß sinken. »Aha. Das ist also der eigentliche Grund, wie?« Mit Gewalt bohrte sie die Nadel durch den Stoff, damit Isabella nicht merkte, wie sie zitterte.

»Er folgte uns nach Hause, Maria! Wir sahen ihn doch beide. Und findest du es nicht im mindesten sonderbar, daß Charles und ich unmittelbar am nächsten Tag eine Einladung zu einer Geselligkeit in seinem Hause erhalten?«

Isabella sprudelte nur so vor Aufregung. Unter ihrem hektischen Redeschwall schienen sich die Wände zu biegen, die so elegant mit edlem Damast und schwer gerahmten Familienporträts dekoriert waren.

»Lord und Lady Sefton sind ins Carlton House eingeladen worden.«

»Also wirklich, Maria. Mußt du so naiv sein? Es ist in ganz London bekannt, daß du meine Begleiterin bist, seit du zu dieser Saison zurückgekehrt bist. Was sollte sicherer und schicklicher sein, als Lord Sefton und mich einzuladen, um dich kennenzulernen?«

Maria warf die Stickerei beiseite und preßte ihre Hände im Schoß zusammen in der Hoffnung, dadurch ihren Herzschlag zu verlangsamen. Die besten Jahre ihrer Jugend hatte sie als Ehefrau verbracht, jetzt erlebte sie in wenigen kurzen Wochen den Antrag eines Herzogs und einen gefährlichen Flirt mit dem Princen von Wales. Als Isabella weiter drauflosplapperte, daß es Marias Pflicht sei, sie am Abend zu begleiten, hallten in ihr statt dessen die Worte ihres Bruders wider, die sie auf den Weg der Konvention lenken sollten. Wenn der Prinz aus irgendeinem Grund tatsächlich diese Einladung selbst ausgeheckt hatte und sie zustimmte hinzugehen, welchem gefährlichen Trugbild jagte sie dann hinterher?

Georges Liebeleien mit älteren Frauen waren allgemein bekannt. Aber selbst die berühmte Schauspielerin »Perdita« Robinson hatte es nur wenige kurze Monate lang geschafft, sich seine Aufmerksamkeit zu sichern, bevor er mit einer anderen eine Romanze anfing. Frauen waren für ihn Besitzstücke, die er benutzte und dann ablegte. Zumindest behaupteten die Zeitungen das.

Seit Isabellas Ankunft hatte sich der Himmel verdunkelt, und winzige Regentropfen schlugen jetzt in einem anhaltenden Rhythmus gegen die Fensterscheiben. Maria preßte die Finger gegen das kalte Glas und blickte über die Straße, wo erst am Abend zuvor die königliche Kutsche im Schatten gewartet hatte. Ihre Unterlippe zitterte vor Unsicherheit, während sie die Leute mit Zeitungen und Taschen über den Köpfen als Schutz vor dem plötzlichen Regen vorübereilen sah. Obwohl es bestimmt zu nichts führte, hatte sie ihre Entscheidung getroffen. Sie würde mit Isabella ins Carlton House gehen ... nur dieses eine Mal, um zumindest ihre Neugierde zu befriedigen.

»Sind Sie sicher, daß sie kommen wird, Sheridan?«
»Ganz sicher, Eure Hoheit. Ich sprach mit ihrer Verwandten, Lady Sefton. Sie versicherte mir, sie habe etwas für nette Romanzen übrig, und wollte uns unbedingt unterstützen.«

Mit einem leuchtend scharlachroten Frack mit glänzenden Messingknöpfen und dem typischen weißen Halstuch bekleidet, stand George groß und stattlich neben Richard Brinsley Sheridan. Sie befanden sich in der hohen Eingangshalle von Carlton House, die mit Säulen aus Porphyrmarmor gesäumt war. Im flackernden Kerzenlicht wirkten beide Männer sehr elegant. Um sie herum waren die Geländer mit Lampen behängt und mit Blumengirlanden geschmückt. Alles funkelte und blitzte. Die unzähligen Blickfänge wurden nur übertroffen von den Düften. Parfüm und Duftöl in riesigen chinesischen Gefäßen wehten durch das reichverzierte Innere, das dem Getuschel nach viele protzig und vollgestopft fanden. Ganz gleich, was Georges Vater ihn zu erdulden zwang, dem Volk war klar, daß George seinen Vater überleben und eines Tages ihr König werden würde. Dank der Händler, die bereit waren, ihren künftigen König zu hofieren, war er immer noch kreditwürdig, und er schaffte es, seinen Gläubigern immer einen Schritt voraus zu sein.

Um acht Uhr wurden die Gäste durch den prächtigen, von

Fackeln erleuchteten Säulengang des Londoner Hauses des Prince of Wales hereingeführt. Überrascht stellten sie fest, daß sie dort sogleich ihrem königlichen Gastgeber gegenüberstanden. Der Prince of Wales zog es vor, auf diese Weise seine Gäste zu begrüßen, und nicht wie sein Vater, der pompöse Auftritte liebte und erst eintrat, wenn sich bereits alle Geladenen eingefunden hatten. Sein Sekretär, Oberst Gardner, raunte ihm Namen und Titel eines jeden Gastes zu, der näher kam.

»Ich bräuchte dringend etwas zu trinken«, murmelte George mit ausdruckslosem Gesicht hinter vorgehaltener Hand, als er sah, wie lang die Schlange war. Aber heute hatte er vor, stocknüchtern zu bleiben.

»Der Herzog von Rutland, Eure Hoheit.«

George lächelte katzenfreundlich, während der Herzog sich vor ihm verbeugte und sich dann mit anderen vor ihm auf den gotischen Wintergarten zubewegte.

»Lord und Lady Salisbury, Eure Hoheit«, wisperte Gardner in sein anderes Ohr, als zwei elegant gekleidete Gäste sich näherten. Während George sich höflich nach ihrem neu erworbenen Haus in Warwickshire und dem Wohlergehen ihres jüngsten Kindes erkundigte, flüsterte Gardner bereits den nächsten Namen.

»Mrs. Elizabeth Armistead, Eure Hoheit.«

George unterbrach sein höfliches Geplänkel und warf seinem Sekretär einen Blick zu, weil er sicher war, nicht richtig gehört zu haben. »Wer zum Teufel hat sie eingeladen?« knurrte er leise, während die Dame, mit der er einst eine Affäre gehabt hatte, sich am Arm des dunklen und cleveren Rivalen des Prinzen näherte.

»Fox, mein Freund«, begrüßte George ihn mit gezwungenem Lächeln. Er zwang sich, Elizabeth höflich anzuschauen. Es fiel ihm schwer, sich so früh am Abend und in einem so nüchternen Zustand zu zwingen, seiner eigenen Schwäche, die unter den erleuchteten Kronleuchtern so überdeutlich zum Vorschein trat, ins Auge zu sehen. »Schön, daß Sie gekommen sind. Und meine liebe Mrs. Armistead.« George holte tief Luft, der lebenslangen Verstellung müde. »Sie sehen bezaubernd aus wie immer.«

Er bemühte sich, sie nicht merken zu lassen, daß er den gekränkten Gesichtsausdruck wahrgenommen hatte, der die zarten Konturen ihres Gesichtes in harte Kanten verwandelt hatte. »Lord und Lady Sefton zusammen mit Mrs. Fitzherbert, Eure Hoheit«, raunte Gardner als nächstes, gerade als Elizabeth kurz davorstand, eine Szene zu machen.

Eine verschmähte Frau, dachte er und blickte von Elizabeth zurück zu Fox in der Hoffnung, daß ihm eine Eingebung für eine clevere Erwiderung käme, als Sheridan plötzlich einschritt.

»Wenn Eure Hoheit uns entschuldigen wollen, ich wollte gerne mit Mr. Fox ein paar Worte über seine Rede morgen im Unterhaus wechseln.«

Bevor George ein Wort sagen konnte, hatte der schlanke, anmutige Sheridan Fox einen Arm um die Schulter gelegt und entführte ihn und die offensichtlich empörte Elizabeth Armistead in Richtung Wintergarten.

»Eure Königliche Hoheit«, zwitscherte die zierliche, vogelartige Isabella, als sie näher kamen; dann knickste sie neben ihrem Mann.

»Lord und Lady Sefton«, hörte er sich sagen. »Wie schön von Ihnen zu kommen.« Dann wandte er sich so langsam und ruhig, wie er es fertigbrachte, der statuenhaften Frau zu, die unbeeindruckt neben ihnen stand. Wie Isabella machte auch Maria einen Hofknicks, dann hob sie das Gesicht und schaute ihm direkt in die Augen. Aber sie tat dies ohne Scheu, ohne das alberne aufgemalte Lächeln, das die Frauen sonst an den Tag legten, die ihm vorgestellt wurden. Sie nicht. Während die anderen Frauen hinter ihren bemalten Fächern flirteten und kicherten, stand die geheimnisvolle Frau, die zweimal seine Aufmerksamkeit auf sich gezogen hatte, in einem Kleid aus jagdgrüner Seide anmutig und gelassen vor ihm, das helle, volle, lockige Haar mit rosenfarbenen Bändern geschmückt. Aber dieses Gesicht, dieser schöne Porzellanteint und die ausdrucksvollen unverwechselbaren braunen Augen raubten ihm in einer Weise die Sprache, daß sämtliche Leute in der Reihe hinter ihnen zu tuscheln begannen.

»Lord Sefton, vielleicht wären Sie so gut, die Dame vorzustellen«, brachte es George schließlich fertig zu sagen, ohne den Blick von ihr zu wenden.

Charles Sefton zog neugierig die Augenbraue hoch, als er diesen Blickwechsel konstatierte, und blickte Maria daraufhin fast nachdenklich an. *Der Prince of Wales und die Tochter meines Halbbruders? Bestimmt nicht. Das kann doch unmöglich sein. Sie ist zu kultiviert für seine niedrigen Gelüste. Zu vornehm – ganz bestimmt zu katholisch.*

»Eure Königliche Hoheit, darf ich Ihnen meine Nichte vorstellen, Maria Fitzherbert?«

»Ich bin hoch erfreut, endlich die Gelegenheit zu haben, Sie kennenzulernen, Madam«, sagte er mit so viel Charme, wie er aufbringen konnte. »Ich hatte ja bereits das Vergnügen, Sie zu sehen, doch der Abstand zwischen uns bei diesen Gelegenheiten ließ Ihrer großen Schönheit keine Gerechtigkeit widerfahren.«

»Ich fürchte, bei ebendiesen Gelegenheiten sind die Manieren Eurer Hoheit nicht besser davongekommen.«

George sah, wie sich ihre Mundwinkel in einem Anflug von Lächeln kräuselten, während alle um sie herum schockiert schwiegen. Daß sie dazu den Mut aufbrachte! *Touché*, dachte er mit einem leichten, halb unterdrückten Lächeln.

Wie war es möglich, daß er von Anfang an gewußt hatte, daß sie so sein würde? Anders. Kühn. Dennoch völlig ohne Verstellung. Er hatte nie an ein Klischee wie das von der Liebe auf den ersten Blick geglaubt. Das war etwas für Liebesromane und Narren. Aber jetzt, als sie mit hocherhobenem Kopf ihre dunklen Augen auf ihm ruhen ließ, war er sich nicht länger sicher, was er glauben sollte.

»Maria!« würgte Lord Sefton mit erstickter Stimme hervor.

»Ist schon in Ordnung«, gluckste George. »Ich denke, das habe ich verdient, wenn nicht noch ein bißchen mehr.«

»Lord und Lady Cowper, Eure Hoheit«, flüsterte Oberst

Gardner ihm ins Ohr, während George sich wieder durch ein endloses Schweigen kämpfte.

»Noch nicht, Gardner!« knurrte er. Aber der Augenblick war vorüber. Er konnte sehen, wie Maria wegschaute, der es peinlich war, daß er ihr so lange Zeit gewidmet hatte, während noch so viele darauf warteten, vorgestellt zu werden. »Ah, ja. Zu meinem größten Bedauern, Madam, muß ich jetzt wohl fortfahren. Aber wenn Sie gestatten, würde ich mich sehr über eine Gelegenheit freuen, mich zu einem späteren Zeitpunkt des heutigen Abends privater mit Ihnen zu unterhalten.«

Als er mitbekam, wie ihr kluges Gesicht sich empört verfinsterte, wünschte George augenblicklich, er könnte seine Bemerkung zurücknehmen. Nichts von dem, was er gesagt hatte, schien sie auf die leichte und vorhersagbare Weise zu bezaubern, wie das bei allen anderen Frauen, die er kannte, der Fall gewesen war. Aber das war genau der Punkt. Maria war nicht wie irgendeine von diesen.

Er spähte auf die Reihe von Gästen hinter ihr, die sich nach draußen schlängelte, die Treppe hinab bis zu dem Säulengang am Eingang – und alle warten darauf, vorgestellt zu werden. Als er sich zu ihr umschaute, hatte sie sich bereits abgewandt und folgte ihrem Onkel, wie alle anderen zuvor, in Richtung auf den riesigen gotischen Wintergarten.

Während er Maria nachblickte, wie sie sich in ihrem grünen Seidenkleid, das über den Fußboden fegte und im Kerzenlicht schimmerte, von ihm fortbewegte, spürte George eine wilde Erregung und gleichzeitig eine Unsicherheit, die ihm völlig fremd war. Ob in der Oper oder gerade eben, als sie sich zum ersten Mal gegenüberstanden, er hatte beide Male die seltsame Vorahnung gehabt, daß Maria Fitzherbert seine Obsession werden würde – sie war die erste Frau, bei der er je den Wunsch verspürt hatte, ihrer würdig sein zu wollen.

In dem ungeheuer langgestreckten, mit Säulen versehenen gotischen Wintergarten – der, wie George hoffte, eines Tages seine Unabhängigkeit symbolisieren würde – hingen heute in regelmäßigen Abständen schwach erleuchtete chinesische Lampions. Überall in den Nischen und Winkeln standen kleine Glaslampen. Sie beleuchteten nicht nur die verschlungenen Deckenverstrebungen, sondern auch das Labyrinth aus Buntglasfenstern. Dadurch erschien der Raum jedem eintretenden Gast wie eine Traumwelt.

»So etwas habe ich noch nie gesehen«, murmelte Isabella, als sie zur Decke emporschaute, deren kompliziertes Maßwerk eine Art Spinnwebeneffekt hervorrief.

»Höchst ungewöhnlich«, pflichtete Charles Sefton ihr bei.

»Hast du seinen Gesichtsausdruck gesehen?« wisperte Isabella, während sie sich rasch zu Maria umwandte und sich dann bei ihr unterhakte. »Ich glaube, Seine Königliche Hoheit ist restlos bezaubert. Mein Gott! Daß du so mit dem Prinzen geredet und damit durchgekommen bist! Meine Liebe, was wird John sagen, wenn er diese Neuigkeiten vernimmt?«

»Mein Bruder wird nichts davon erfahren, weil es nichts zu berichten gibt – es sei denn, du erzählst es ihm, Isabella!«

»Schaut euch das bloß an«, rief Charles, als er auf die Frontseite des Saales starrte, wo geöffnete Doppeltüren in einen riesigen Garten führten, der mit einer Reihe chinesischer Lampions hell erleuchtet war.

»Ich dachte, ihr beide wärt schon einmal hier gewesen«, sagte Maria.

»Ja, aber nur im Audienzzimmer. Seine Hoheit nennt es das Blaue Samtzimmer, aber ich sage dir, Maria, es ist nicht annähernd so aufsehenerregend wie dieses. In diesem einen Raum hat unser zukünftiger König jede Regel einer anständigen Architektur gebrochen!«

Es war tatsächlich eine äußerst ambitionierte Verschmelzung des Orients mit Märchenbildern. Hinter ihnen begann sich der Raum mit den weiteren Gästen des Prinzen zu füllen. Was war das für ein Mann, der nicht nur den Mut hatte, sondern auch die Neigung, solch einen kühnen Raum zu bauen? Wie, fragte sie sich, mochten wohl die anderen Räume in diesem monumentalen Palast aussehen? Maria lächelte einen Augenblick, weil ihre Neugierde wieder die Oberhand gewonnen hatte.

»Na, wie finden Sie meinen Wintergarten?«

Sie vernahmen die tiefe Stimme des Prinzen, wohltönend in dem Buntglasgewölbe des Saales, noch bevor sie sich umdrehen und ihn hinter sich stehen sahen. Seine Goldknöpfe blitzten wie Feuer im Lampenlicht. Es war der einzige Raum, für den er die Mittel hatte auftreiben können, um ihn fertigzustellen.

»Außergewöhnlich, Eure Königliche Hoheit«, sagte Charles, der immer noch zur prächtigen Decke hinaufstarrte.

»Ja. Das ist er in der Tat. Überhaupt nicht gewöhnlich. Und genau das war der entscheidende Punkt. Mrs. Fitzherbert, verraten Sie mir doch«, er wandte sich an Maria und kam behende einen Schritt näher, »wie Ihnen mein Wintergarten gefällt!«

Charles und Isabella blickten beide gleichzeitig zu ihr hin und versuchten sie mit ihrer Mimik dazu zu bewegen, ein Kompliment zu machen. »Um ganz aufrichtig zu sein, Eure Hoheit, ich finde ihn protzig.«

»Maria!« keuchte Isabella.

»Tatsächlich«, sagte George mit einem überraschten Lächeln. Er blickte wieder in ihr Gesicht, das jetzt durch das farbige Licht der Buntglasfenster warm wirkte. Nichts in ihm wies darauf hin, auf welch ungeheuerliche Weise er mit ihr geflirtet hatte. Kein Anzeichen von Mißbilligung war zu erkennen. Auch in ihrer Antwort nicht. Nur ruhige Aufrichtigkeit. Die brachte ihm nur selten jemand entgegen – nicht einmal diejenigen, die er für seine engsten Freunde hielt.

Die Hände hinter seinem eleganten roten Frack verschränkt, das Haar mit duftendem Puder parfümiert, schaute George sich jetzt um und unterzog den Raum selbst einer Musterung. »Vielleicht haben Sie recht«, verkündete er. »Er ist ein bißchen überladen ... Sie mißbilligen ihn, also werde ich ihn morgen gleich als erstes niederreißen lassen.«

»Das kann Eure Hoheit doch nicht ernst meinen!« rief Isabella.

»Ich bin mir sicher, daß Maria nur einen Scherz gemacht hat!«

»Ganz im Gegenteil, Lady Sefton. Ich denke, Mrs. Fitzherbert ist es nie in ihrem Leben ernster gewesen. Mir auch nicht.«

»Maria, bitte«, zischte Isabella leise mit zusammengebissenen Zähnen. Ihre Finger zupften an der zarten Seide von Marias Abendkleid.

»Es war nicht meine Absicht, Eure Hoheit zu kränken«, gestand sie schließlich zu, als sie Isabellas Qual und die Mißbilligung ihres Onkels nicht länger ertragen konnte. »Vielleicht liegt es nur daran, daß ich von Architektur nichts verstehe.«

»Ich glaube, Sie verstehen eine ganze Menge von Architektur. Es ist ganz einfach so, daß Sie es nicht mögen, in welcher Weise sie hier umgesetzt ist.«

Zu seiner Überraschung verzogen sich ihre blassen, ungeschminkten Lippen wieder zu einem halben Lächeln. Endlich, als er es am wenigsten erwartet hatte, hatte er sich als geschickt erwiesen. Das ermutigte ihn.

»Ich würde mich sehr geehrt fühlen, Madam, wenn Sie bereit wären, mit mir durch den Wintergarten zu schlendern, damit ich ihn Ihnen so zeigen kann, wie ich ihn sehe.«

Maria warf Isabella, deren zustimmendes Lächeln deutlich sichtbar in die glatten Konturen ihres Gesichtes gestanzt war, einen Blick zu. Aber Maria wurde ernüchtert, als sie sich in dem überfüllten Raum umsah und die neugierig starrenden anderen Gäste bemerkte. Eine Zustimmung würde nur Tratsch entfachen. »Bei allem Respekt, Eure Hoheit, ich glaube nicht, daß es schicklich wäre.«

»Unsinn. Der ganze Raum ist doch voller Anstandsdamen. Ich werde dafür sorgen, daß Sie rechtzeitig zum Abendessen zu ihren Begleitern zurückkehren.«

Er nahm ihre Hand und zog sie durch seinen Arm, bevor sie Zeit für weitere Einwände fand. Dann führte er sie durch die Schar seiner Gäste, die sich teilte, als er und Maria gemessenen Schrittes durch den langgestreckten, überfüllten Saal schritten.

»Wenn Sie wüßten, wie sehr ich seit Ihrer Ankunft darauf

gehofft habe, einen Augenblick mit Ihnen allein zu sein«, sagte er leise, während sie so dahinschlenderten.

»Aber wie Eure Königliche Hoheit gerade bemerkten, sind wir nicht allein.«

»Ich bezog mich auf Lady Sefton, Madam. Sagen Sie mir, trennen Sie beide sich je?«

»Lady Sefton hat sich freundlicherweise bereit erklärt, mich diese Saison in London zu begleiten, da ich vor kurzem meinen Mann verloren habe.«

»Ja, das tut mir leid«, sagte er und bemühte sich angesichts eines solchen Glücksfalls aufrichtig zu klingen.

Sie erreichten die Doppeltüren, die in den ausgedehnten Garten hinausführten. Dort wiegte sich eine Gruppe von Weiden im Rhythmus der milden Abendbrise. Dahinter standen zweihundert Jahre alte Ulmen und ein schimmernder Pavillon. »Ganz gleich, für wie lange er Sie sein eigen nennen durfte«, fügte George hinzu, »Mr. Fitzherbert konnte sich jedenfalls wirklich sehr glücklich schätzen.«

Sie standen einander im Mondlicht gegenüber, und ihr jagdgrünes Kleid wogte in winzigen Wellen um ihre Beine. George kam, von ihren freundlichen Blicken ermuntert, einen Schritt näher, bis er nahe genug war, um ihren beschleunigten Atem warm auf seinem Gesicht zu spüren.

»Ich weiß, daß es voreilig ist«, sagte er mit seiner tiefen, festen Stimme, »aber ich muß das Risiko eingehen, es Ihnen zu sagen. Ich glaube, ich könnte mich sehr leicht in Sie verlieben.«

Er beobachtete, wie sie die dunklen Augen zusammenkniff. »Eure Hoheit macht sich über mich lustig«, sagte sie und wandte sich wieder der Tür zu.

»Im Gegenteil. Ich habe in meinem ganzen Leben noch keine aufrichtigeren Worte gesprochen, Maria.«

Er sprach ihren Namen ganz langsam aus. Sein Blick ruhte noch immer auf ihr, und der Klang seiner Worte ließ sie erzittern. Nach allem, was man sie je gelehrt hatte, war er viel zu vertraulich. Es war viel zu früh. Und dennoch, da war etwas. Auch sie spürte das.

Er hielt ihre Hand immer noch fest in der seinen und versuchte sie dazu zu bewegen, ihn wieder anzuschauen. »Es ist seltsam, aber an jenem Tag auf der Mall, als wir einander zum ersten Mal sahen, spürte ich tatsächlich etwas Außergewöhnliches.«

»Als Sie so wild durch die Stadt ritten?«

»Sind Sie je so geritten? Frei, während der Wind einem durchs Haar bläst? Auf den Wangen brennt?«

»Ganz gewiß nicht.«

»Es ist, als berühre man den Himmel.« Er lächelte. »Kommen Sie, ich zeige es Ihnen.«

Ein kleiner wilder Funke flackerte in ihr auf. »Jetzt? Aber es ist dunkel draußen!«

Er lachte. »Das würde ein wunderbarer Ritt!«

»Sie haben mir noch nichts von Ihrem Wintergarten gezeigt«, sagte sie leise und versuchte wegzuschauen. »Wir haben das ganz aus den Augen verloren.«

»Besser zeige ich Ihnen was von *mir*.«

»Aber Eure Hoheit, wir haben uns doch gerade erst kennengelernt.«

»Alles, was ich wissen muß, steht in Ihren Augen. Lassen Sie uns die Gelegenheit nutzen, Maria. Machen Sie einen nächtlichen Ausritt mit mir quer durch den Park! Das befreit die Seele! Auf der Welt gibt es nur wenig mehr als dieses Gefühl!«

»Ich darf mir das nicht anhören! Bitte, Eure Hoheit, fahren Sie nicht fort!« Hektisch schaute Maria sich um, als suche sie nach einem Fluchtweg. Das hatte er nicht erwartet. »Ich will Sie nicht ängstigen. Ich möchte nur in Ihrer Gesellschaft bleiben. Ich dachte, Sie würden etwas übrig haben für unerwartete Dinge.«

»Alles an Ihnen ist unerwartet.«

Er kam näher, bis sie spürte, wie seine Goldknöpfe sich gegen das enge Oberteil ihres Kleides preßten. George faszinierte sie. Er war gefährlich, wild und völlig unmöglich. Außerdem hatte er etwas ungeheuer Männliches an sich. Gott helfe ihr, aber sie begehrte ihn.

»Wir müssen wieder hineingehen«, sagte sie atemlos.

»Keine Sorge, Madam.« Er lächelte voller königlichem Selbstbewußtsein. »Sie werden auf uns warten.«

Sie wollte dennoch gehen. Also ließ er sie. Mit hastigen Schritten eilte sie davon und schlüpfte zwischen die anderen Gäste zurück, die sich langsam auf den gotischen Speisesaal zubewegten.

George stand an der Tür zum Garten und spürte die kühle Luft hereinströmen, als Sheridan plötzlich neben ihm stand. Er hielt ein Glas Champagner in der Hand, und seine schmalen Lippen waren in einem Anflug von Lächeln hochgezogen.

»Eure Hoheit ist zufrieden?«

»Nein, Sheridan, es ist weit mehr als das. Ich glaube, daß mein Leben vom heutigen Tag an nie wieder dasselbe sein wird – vielleicht zu meinem großen Nachteil.«

Nach einem opulenten Abendessen mit Salat, Brathuhn, Taubenpastete und Lachs mit Fenchelsauce – von dem Maria nichts herunterbrachte – kehrten die Gäste des Prinzen in den märchenhaften Wintergarten zurück, in dem hinter einem gemeißelten Säulengang gerade ein Orchester zu spielen begonnen hatte.

»Verrätst du mir, was er dir gesagt hat, als ihr beide allein wart?« setzte Isabella ihr hinter ihrem Fächer zu. »Ich sterbe, wenn du es mir nicht erzählst.«

»Ich sagte dir doch bereits, daß es nichts als Belanglosigkeiten waren. Ich kann mich kaum noch an den genauen Wortlaut erinnern.«

Maria war froh um die augenblickliche Anonymität inmitten der anderen Gäste. Sie hatte nur wenig mehr als ihre Suppe essen können, während die Augen des Prinzen von der anderen Seite des Saales auf sie gerichtet waren. Seine verführerischen Blicke waren niemandem entgangen, und rasch empfand sie mehr Verlegenheit als Glück.

Wie viele Leute tuschelten leise über sie, erklärten, sie sei die nächste in der langen Reihe von »Bettwärmern« des nächsten Königs von England? Sogar an ihrem eigenen Tisch raunte man sich derartiges zu. Sie hatte selbst gehört, wie man darüber sprach.

Das Orchester stimmte eine neue Melodie an. In der Nähe der geöffneten Gartentüren, wo es kühler war, begannen Paare zu tanzen, während die chinesischen Lampions über ihnen sanft in der warmen Brise schaukelten.

»Oh, sieh doch, Maria, er kommt wieder auf uns zu. Ich bin mir sicher, daß seine Hoheit mit dir tanzen will! Oh, du wirst morgen in London in aller Munde sein!«

Angst durchfuhr sie, krümmte sich dann wie ein lebendiges Wesen in ihrer leeren Magengrube zusammen. »Ich kann nicht«, murmelte sie. »... ich darf nicht!«

Als der Prince of Wales die Menge seiner Gäste wieder mit eleganten Schritten teilte, konnte Maria, wie alle anderen, sehen, daß er ihr zulächelte. War es dieses verwegene Lächeln, dem schon so viele andere Frauen erlegen waren?

Flankiert von Sheridan und Fox kam er auf sie zu. Welche Gefahr lag in dieser Kombination! Sie konnte kein weiteres Herumflirten ertragen, nicht heute abend, nachdem er schon so weit vorgeprescht war. Der Prinz war es gewohnt zu bekommen, was er wollte, und hatte ganz deutlich gemacht, daß dies, zumindest im Augenblick, Maria war.

Sie schaute sich unter den verschwommenen Gesichtern um, von denen sie keines erkannte. Alle plauderten und beobachteten die Tänzer. Aber wie konnte sie dem Prinzen entkommen, ohne aus dem Saal zu rennen? Solche Aktionen würden nur weiteren Tratsch provozieren. Wenn sie ihren Onkel Charles bat, mit ihr zu tanzen, wäre die romantisch veranlagte Isabella ihr den Rest des Abends böse.

Verzweifelt blickte sie zu einem elegant in Grau und Schwarz gekleideten jungen Mann hin, der neben ihr stand. Er hatte ein langes, schmales Gesicht und einen ovalen Mund. Vorher war er ihr nicht aufgefallen, aber jetzt war er ihre einzige Chance.

»Was würde es kosten, damit Sie einer Dame in Not beistehen?« wisperte sie ihm zu, während der Prince of Wales unablässig näher kam.

»Nur die Bitte«, erwiderte der Fremde ebenfalls im Flüsterton. »Fordern Sie mich zum Tanz auf?«

So förmlich, als sei es seine eigene Idee gewesen, wandte sich der hochgewachsene Fremde mit dem dunklen, sich ein wenig lichtenden Haar ihr zu und verbeugte sich. Dann sagte er so laut, daß die Umstehenden es hören konnten: »Dürfte ich um das Vergnügen bitten, Madam?«

Maria schaute Isabella mit gespielter Überraschung an. »Also, ich denke, ein Tanz kann nicht schaden.«

»Aber was ist mit dem Prinzen?« kreischte Isabella, die ebenso wie die übrigen Gäste bemerkt hatte, daß er schon fast bei ihr angelangt war. Sie hatte die Worte noch nicht ausgesprochen, da wurde Maria schon durch die Zuschauermenge zwischen die anderen Tänzer und in Sicherheit geleitet.

»Ich fürchte, ich weiß nicht, wie ich Ihnen danken soll«, sagte Maria, als sie die Tanzfläche erreicht hatten.

Sein Lächeln war unbeschwert und echt. »Vielleicht könnten Sie damit anfangen, daß Sie meiner Frau mein ziemlich abruptes Weggehen erklären.«

»Oh, das tut mir wirklich leid.« Maria lächelte schüchtern, während sie tanzten. »Sie sahen aus, als seien Sie allein.«

»Lord Admiral Hugh Seymour, zu Ihren Diensten«, sagte er und neigte leicht den Kopf. »Meine Frau war nur kurz hinausgegangen, um ihr Gesicht zu pudern, als Sie mich ansprachen.«

»Ich möchte mich entschuldigen. Ich bin Maria Fitzherbert.«

»Falls ich es geschafft haben sollte, Sie aus drohender Gefahr zu befreien, Mrs. Fitzherbert, bedarf es keiner Entschuldigung.«

Sie blickte in sein langes, freundliches Gesicht, in seine schläfrigen Augen und fühlte sich so sicher, als hätte sie ihn schon ihr ganzes Leben gekannt. »Für den Moment haben Sie genau das getan, Lord Seymour, und für Ihr ritterliches Einschreiten werde ich Ihnen ewig dankbar sein.«

»Seine Königliche Hoheit ist dafür bekannt, sehr verdrießlich zu reagieren, wenn er sein Ziel nicht erreicht. Es kann sein, daß Sie größeren Zorn auf sich ziehen, als Sie denken.«

Ihre Unterlippe sank herab. »Sie haben es mitbekommen?«

»Meine Liebe, jeder hier kann sehen, auf was der Prinz aus ist. Wie Sie sich vielleicht vorstellen können, sind Sie nicht die erste, auf die er ein Auge geworfen hat. Unser fescher Prince of Wales mag vieles sein, aber feinfühlig ist er, fürchte ich, nicht.«

Als die Musik endete, war George verschwunden. Lord Seymour führte Maria zurück zu ihrem Platz, an dem jetzt eine junge Frau mit hellbraunem Haar stand, das mit zu ihrem gelben Abendkleid passenden Bändern geschmückt war.

»Mrs. Fitzherbert, darf ich Ihnen meine Frau vorstellen, Lady Horatia Seymour.«

Ohne den geringsten Anflug von Eifersucht wegen des mysteriösen Verschwindens ihres Mannes mit einer anderen Frau lächelte die junge Frau mit den weichen Zügen und dem blassen Teint. »Es ist mir ein großes Vergnügen, Madam.«

»Ich möchte mich dafür entschuldigen, daß ich mich einfach mit Ihrem Mann davongemacht habe. Ich fürchte, ich saß ein wenig in der Klemme, und er war so nett, mich aus dieser zu befreien.«

»Ich kann mir Ihre Verzweiflung vorstellen«, sagte sie freundlich. »Mir ist zwangsläufig nicht entgangen, daß Seine Königliche Hoheit fuchsteufelswild war, als er Sie mit Lord Seymour weggehen sah, bevor er die Gelegenheit hatte, mit Ihnen zu sprechen.«

Maria zuckte zusammen. »Oh, er hatte mir seinen Standpunkt bereits eindeutig klargemacht, Lady Seymour.«

Maria begann sich in dem mit Gästen überfüllten Raum nach Isabella und Charles umzuschauen. »Anscheinend hat nicht nur der Prince of Wales mich verlassen«, sagte sie seufzend.

»Sie sind mit dem Prinzen gegangen. Ich hörte, daß er ihnen seine Privatgemächer zeigen wollte.«

»Besser ihnen als mir«, sagte sie unhörbar, dann spürte sie, wie ein erleichtertes Lächeln ihre Mundwinkel nach oben zog.

»Verraten Sie mir, Mrs. Fitzherbert, leben Sie in London?« fragte Horatia. »Lord Seymour und ich hatten bislang noch nicht das Vergnügen, Sie bei einer dieser berüchtigten Carlton-House-Gesellschaften zu sehen.«

»Ich bin nur zur Saison hier, Eure Ladyschaft. Ich ziehe es vor, die restliche Zeit draußen in Twickenham zu leben.«

»Ach ja. Dort ist es wunderschön.«

»Und Eure Ladyschaft?«

»Ich lebe mit den Kindern hier in London. Lord Seymour ist Admiral in der Marine Seiner Majestät, was ihn uns leider viel zu häufig wegnimmt.«

»Sie haben Kinder?« fragte Maria, die spürte, wie ihr die Frage fast im Hals steckenblieb.

»Ja. Vier und bald noch ein weiteres.« Sie lächelte.

Maria war versucht, Eifersucht zu empfinden, als sie Lady Seymour ansah. Diese hatte große haselnußbraune Augen und einen kleinen Mund, der ständig gelassen zu lächeln schien. Ihr Haar ergoß sich offen in hellen Locken über ihre Schultern. Maria hatte immer Kinder haben wollen. Bei der Vorstellung, daß diese zerbrechlich wirkende junge Frau bereits vier zur Welt gebracht hatte, während sie bei zwei Ehemännern unfruchtbar geblieben war, wurde sie ein wenig von Eifersucht ergriffen.

»Vergangenen Winter haben wir eine Tochter verloren«, fügte Horatia hinzu. Dabei verblaßte ihr liebes Lächeln. »Deshalb bedeutet dieses hier«, sie berührte sanft ihren Brauch, »alles für uns.«

»Meine Liebe, ich bin mir sicher, daß Mrs. Fitzherbert sich nicht für solche Dinge interessiert.«

»Oh, doch«, versicherte Maria, die sich für ihre geheimen Gedanken schämte. »Wann soll denn das Kind kommen?«

»Neujahr.« Ihre hellen Augen funkelten. »Wir hoffen diesmal auf ein Mädchen.«

Eine Tochter. Wie oft hatte sie sich das schon gewünscht. Ein

Mädchen, dem sie etwas beibringen konnte. Die ihre Gefährtin gewesen wäre in diesen unermeßlich langen einsamen Monaten der Witwenschaft. Sie hatte es traurig gefunden, daß sie und Edward keine Kinder bekamen, aber damals war sie noch sehr jung. Es war noch Zeit gewesen. In ihrer Ehe mit Thomas hatte sich alles verändert. Traurigkeit hatte Maria gequält, als sie in drei Jahren Ehe immer noch kein Kind bekommen hatte. Nun sah es so aus, als würde sie nie eines bekommen, was den Wunsch um so größer machte.

Sie schaute wieder zu Horatia und versuchte zu lächeln.

»Sind kleine Mädchen nicht richtige Schätze?« fragte die Frau des Admirals.

»Das sind sie in der Tat«, stimmte Maria ihr zu.

Am nächsten Morgen saß Maria aufrecht im Bett und rieb sich den Schlaf aus den Augen, als Fanny sich über sie beugte, aufgeregt wie ein Kind zu Weihnachten, und eine kleine in Samt gehüllte Schachtel in der Hand hielt.

»Eben ist die Kutsche des Princeen von Wales wieder weggefahren. Sein Lakai hat Ihnen das hier gebracht!«

Sie bemühte sich, ihren Blick auf die Uhr zu konzentrieren. Viertel nach sieben. Maria versuchte, nie vor zehn Uhr aufzustehen, wenn sie am Abend zuvor aus gewesen war. Sonst mußte sie am nächsten Tag immer mit dicken Augen und geschwollenen Füßen dafür bezahlen. Es war schon nach zwei Uhr gewesen, als sie gestern nacht zu Bett gegangen war, und jetzt platzte ihr der Schädel im grauen Dunstschleier ihres unbeleuchteten Schlafzimmers.

»Na gut. Zieh die Vorhänge auf, Fanny«, sagte sie gähnend.

Als ihre Zofe die schweren Damastvorhänge beiseite zog und mit einer goldenen Kordel festband, wurde das blaßblaue Schlafzimmer von Sonnenlicht überflutet. Die Miniaturporträts von ihrer Familie und die kleine Emailsammlung auf dem Atlasholztisch wurden zum Leben erweckt. Auf einem Tisch daneben lagen Bücher und Briefe, auf einem weiteren stand eine Vase mit duftendem Lavendel.

Sie räkelte sich wie eine Katze, streckte erst den einen, anschließend den anderen Arm und blickte dann auf die Schachtel auf ihrer Bettdecke, die in grünen Samt gewickelt und mit einem rosa Band zugebunden war. Sie spürte, wie ihr Herz schneller klopfte. Es waren genau die gleichen Farben und die gleichen Stoffe, die sie am Abend zuvor in Carlton House getragen hatte. Ganz genau.

»Wollen Sie es nicht aufmachen, Madam?« drängte Fanny eifrig, während zwei andere Dienstboten hinter dem Türrahmen hervorspähten.

»Stellen Sie sich nur vor, Madam. Vom Prince of Wales!«

Maria blickte wieder auf die elegant verpackte kleine Schachtel. Langsam zog sie an dem rosa Band. Darunter befand sich ein Silberkästchen, in das ein Bild der drei Grazien ziseliert war. Jetzt klopfte ihr Herz heftig, als sie behutsam den Deckel hob. Wissend ... fürchtend, was sie finden würde.

»Die Heiligen mögen uns schützen!« keuchte Fanny und schlug ein Kreuz über ihrer schlanken, fast jungenhaften Figur. In dem Kästchen lag auf einem Bett aus grünem Samt eine Smaragd- und Diamantbrosche, die in den Sonnenstrahlen funkelte wie das Feuerwerk bei der Krönung von König George III. Sie ließ den Kopf gegen das geschnitzte Mahagonikopfteil zurückfallen.

»Hier ist eine Nachricht, Madam. Möchten Sie, daß ich sie Ihnen vorlese?«

»Fang an«, sagte Maria, dann schloß sie die Augen.

»›Zur Erinnerung ... an den vergangenen Abend ... in der Hoffnung auf tausend weitere wie diesen.‹ Unterschrieben ist es mit George P. Oh, Madam!« keuchte sie und schlug sich mit der Hand auf den Mund.

Maria holte tief Luft, um sich zu beruhigen. »Du kannst jetzt gehen. Hol mir eine starke Kanne Tee. Ich fürchte, die habe ich heute nötig.«

Als sie wieder allein war, betrachtete Maria das extravagante Familienerbstück. Sie wußte genau, wie kostbar es war, und versuchte, wieder Luft zu bekommen. Nie wäre sie auf so eine

Idee gekommen. Dieses Juwel war außergewöhnlich und auffällig wie der gotische Wintergarten, hatte auch ein ähnliches Thema. Diamanten und Smaragde waren in einen Fächer aus dünn gesponnenem Gold verwoben. Sie hielt es gegen das Licht und beobachtete, wie die Brillanten wie ein Kaleidoskop Blitze an die Wand warfen, Azurblau vermischte sich mit dem Licht zu einem durchsichtigen Blau ... dem Blau seiner Augen.

Mittags war die gelbe Kutsche des Prinzen erneut in die Park Street zurückgekehrt. Diesmal brachte der Lakai eine Einladung auf gelblichem Pergament. Eine neuerliche Gesellschaft fand an diesem Abend im Carlton House statt. Maria schreckte vor der Vorstellung zurück, einen weiteren Abend den glühenden Avancen eines eleganten, aber gefährlichen Verehrers auszuweichen, der zufälligerweise der Kronprinz von England war.

Isabella hatte jedoch völlig andere Vorstellungen.

»Hast du völlig den Verstand verloren? Denk doch daran, was ein Zwischenspiel mit dem Prinzen für deine Beziehungen bedeuten könnte, ganz zu schweigen von der gesellschaftlichen Stellung deiner ganzen Familie!«

»Du darfst John kein Wort darüber verraten, Isabella, oder ich werde nie wieder ein Sterbenswörtchen mit dir reden, das schwöre ich dir!«

Isabella saß in einem blauen Satinsessel und drehte die Brosche in ihrer Hand hin und her. Auf dem Tisch vor ihnen standen zwei Teetassen, die halb ausgetrunken waren, und zwei Porzellanteller mit Scones und Honigplätzchen, die Maria nicht angerührt hatte.

»Er ist offensichtlich interessiert«, lächelte Isabella. »Du kannst eine persönliche Einladung ins Carlton House nicht ausschlagen. Dein Ruf in London wäre ruiniert.«

»Und was ist damit, wenn ich hingehe?«

Isabella legte die Brosche auf die Tischplatte aus Sienamarmor. Dann holte sie tief Luft, bevor sie zu Maria hinüberging, die am großen Erkerfenster stand und nachdenklich nach draußen schaute. Das Fenster ging auf den Park hinaus, in dem der Flieder bereits in voller Blüte stand.

Ihre Worte waren jetzt sanfter, erfüllt von stärkerem Mitgefühl. »Du hast mir selbst erzählt, daß du seinen Ruf kennst, Maria. Es ist allgemein bekannt, daß er Frauen schneller leid wird als seine Garderobe. Dieses Interesse an dir wird wieder verblassen, noch ehe es recht begonnen hat. Geh heute abend mit uns ins Carlton House. Sprich mit ihm, wenn er das wünscht. Flirte ein bißchen mit ihm, wenn es sein muß. Ich verspreche, noch ehe dieser Abend um ist, wird es eine Neue geben, die seine Augen zum Strahlen bringt. Aber denk an meine Worte. Wenn du den Mut findest, diese Herausforderung anzunehmen und heute mit uns zu der Einladung zu gehen, wird dein Ruf in der Londoner Gesellschaft für immer gesichert sein!«

An jenem Abend kam eine willkommene Brise auf und fegte die entsetzliche, stickige Sommerhitze davon. Der rosa, golden und blau gestreifte Himmel begann blaß zu werden. Maria sagte kein Wort, als die Kutsche mit ihr, Isabella und Charles Sefton an einer Reihe meisterhafter Häuser im palladianischen Stil vorüber durch die Bond Street in Richtung Carlton House rollte. Dieses eine letzte Mal, sagte Maria sich ... nur noch dieses eine Mal, während sie nervös mit den Falten ihres Abendkleides spielte.

Um sieben Uhr war die Bond Street noch mit Gentlemen in Zylindern, Westen und engen Kniehosen bevölkert. Elegante Damen schlenderten in breitkrempigen Hüten und pastellfarbenen Sonnenschirmen, die des Effekts wegen aufgespannt waren, neben ihnen her. Die Straße, durch die sie fuhren, präsentierte eine bunte Mischung an Geschäften: einen Schneider, einen Korsettmacher, einen Fächermacher, einen Hutmacher und einen Juwelier. Ein junges Mädchen, das Flieder und Tausendschönchen aus einem Weidenkorb verkaufte, schlenderte zwischen den Einkäufern umher. Ebenso ein geschickter, gutgekleideter Taschendieb. Maria spürte, wie ihr Herz zur rasen begann, als sie in die Pall Mall einbogen und Carlton House sichtbar wurde.

Es war ein langgestrecktes, schlichtes Ziegelgebäude, vor das man eine imposante ionische Wand gebaut hatte, um es vor den Blicken der Passanten zu schützen. Sie trug die Brosche nicht, obwohl Isabella sie darum gebeten hatte. Statt dessen hatte sie ein schlichtes naturseidenes Kleid gewählt, ein Band um den Hals und eines durch das Haar gewunden. Sie trug keine Schönheitspflästerchen, nur sehr wenig Puder und fast keine Lippenschminke. Diesmal nahm sie nur unter Protest teil und wollte dem Prince of Wales keinerlei Anlaß geben, etwas anderes zu vermuten.

Als sie an den Wachen vorbei in den Innenhof von Carlton House fuhren, ging die Sonne hinter ihnen in einem letzten Aufleuchten eines strahlenden Orange, das die Dächer an der Pall Mall mit messingfarbenen Flammen bedeckte, unter. Maria stieg aus Seftons schwarzer Kutsche, die von zwei schwarzen Hengsten gezogen wurde, und strich sich nervös die Röcke mit einer Hand glatt. Mit der anderen Hand hielt sie ihr perlenbesetztes Täschchen umklammert.

»Heute abend siehst du zum Anbeißen aus, meine Liebe«, flüsterte Charles Sefton, der seine Nichte zu beruhigen versuchte.

»Ich fürchte, Onkel«, murmelte sie, da sie das Katz-und-Maus-Spiel, das ihr bevorstand, nur zu gut kannte, »daß du unglücklicherweise heute abend mit dieser Bemerkung recht haben könntest.«

Diesmal befand der Prinz sich nicht wie am Abend zuvor im großen Foyer, um seine Gäste zu begrüßen. In der marmorgefliesten Eingangshalle wirbelten auch nicht elegant gekleidete Adelige umher. Es gab keine glühenden chinesischen Lampions, und keine Orchestermusik drang aus dem Wintergarten. Als das Trio aus dem Innenhof hereinkam, stand dort nur eine Reihe von Lakaien in weinroten Samtlivreen, einer nahm Lord Seftons Mantel entgegen, ein anderer reichte jedem von ihnen einen Ingwerlikör.

»Seine Königliche Hoheit begrüßt seine Gäste heute abend im Karmesinroten Salon. Der Wintergarten wird morgen abgerissen«, informierte einer der Lakaien sie und wandte sich dann um, um sie eine breite Flucht mit rotem Teppich ausgelegter Stufen hinaufzugeleiten.

Isabella starrte sie an, und Maria spürte die Last der Verantwortung auf sich. Krampfhaft versuchte sie, ihr kleines Likörglas ruhig zu halten, während sie hinter ihrem Onkel und seiner Frau herging. Angst schnürte ihr den Magen zu, und bei jedem Schritt zwang sie sich, nicht kehrtzumachen und wegzulaufen. Sie umklammerte ihr Täschchen noch fester mit der anderen Hand.

Die Treppe wurde von riesigen Porträts gesäumt, die alle in schweren Blattgoldrahmen an Messingketten hingen. Der amtierende König George III. in einer altmodischen weißen Perücke, mit gepudertem und leicht mit Rouge geschminktem Gesicht starrte als erster auf sie herab. Neben ihm hing ein kleineres Porträt von Königin Charlotte als junger Frau, die, zwei ihrer Lieblingshunde neben sich, auf einer Bank saß. Die nächsten beiden Bilder, die aus einer anderen Zeit auf sie herabstarrten, erkannte Maria nicht, aber sie war hingerissen von einem großen Porträt des Princen von Wales in der Nähe des Treppenabsatzes. Sie hatte gehört, daß es im vergangenen Jahr von Gainsborough gemalt worden war. Es hatte etwas Trauriges an sich, das sie nicht genau bestimmen konnte, bis ihr klar wurde, daß sein Gesichtsausdruck nicht den geringsten Anflug eines Lächelns aufwies.

»Wie nett, Sie wiederzusehen«, begrüßte der wohlbeleibte Fox Charles und Isabella.

Schwankend kam er, als sie durch die Tür schritten, durch den behaglichen Salon auf sie zu. Maria hatte den berühmten Redner an jenem Abend im Almack's nur aus der Entfernung gesehen. Diesmal kam sie ihm jedoch das erste Mal nahe genug, um feststellen zu können, wie anstößig er wirklich aussah. Seit etlichen Tagen hatte er sich weder rasiert noch Parfüm benutzt. Seltsamerweise konnte sie trotzdem die berühmte

Freundlichkeit, eine Art Charme, an ihm ausmachen, der die Menschen veranlaßte, über sein schäbiges Äußeres hinwegzusehen. »Und Sie müssen die berühmte Mrs. Fitzherbert sein. Ihr Ruf eilt Ihnen voraus«, sagte Fox, nahm ihre Hand und hob sie an die vollen feuchten Lippen.

Sein graues Haar war wie an jenem Abend ungekämmt. Die großen dunklen Augen wurden von dunklen, dichten Augenbrauen gekrönt. Sie sahen aus wie zwei schwarze Käfer und ruhten auf einer von übermäßigem Alkoholkonsum rauhen und rotgefleckten Haut.

Maria lächelte höflich und zog langsam ihre Hand zurück, spürte jedoch noch immer seinen Speichel auf den Fingern. Flüchtig streifte sie mit der Hand über den Stoff ihres Rockes und trat einen Schritt zurück. »So wie Ihnen der Ihre, Mr. Fox.«

»Wie ich höre, haben Sie heute morgen im Unterhaus wieder einmal Furore gemacht«, sagte Lord Sefton.

Fox lächelte hinterlistig und zwinkerte dann, bevor er einen gewaltigen Schluck Brandy hinunterstürzte. »Ich tue mein bestes.«

Während der berühmte Redner mit ihrem Onkel über Politik diskutierte, schaute Maria sich in dem riesigen mit scharlachroten Vorhängen dekorierten Salon um, in dem sich heute nur vereinzelte Gäste aufhielten. Da Fox sich unter ihnen befand, war sie überrascht, daß die andere berühmte Person in der Umgebung des Prinzen, die Herzogin von Devonshire, wieder nicht zu sehen war. Sie hatte immer gehört, die beiden seien die größten Anhänger des Prinzen. Da sie sich im Moment ruhig fühlte, nahm Maria endlich einen Schluck von dem süßen Ingwerlikör und ließ ihn durch ihre trockene Kehle rinnen. Der Raum war so elegant, wie es eigentlich das ganze verwohnte und schäbige Carlton House sein sollte. Er wurde von zwei riesigen Kronleuchtern mit tropfenden Wachskerzen erleuchtet; dicke Aubussonteppiche, schwere Vorhänge und rot und golden bezogene Sessel verliehen ihm Wärme. Während ihr Onkel und Fox immer weiter plauderten, schaute Maria sich beiläufig nach dem Prinzen um. Vielleicht hatte er ja vor, einen großen Auftritt zu machen, überlegte sie.

Sie nahm noch einen Schluck von dem Ingwerlikör, der langsam ihre dunklen Ängste betäubte. Die übrigen Gäste unterhielten sich miteinander. Etliche von ihnen bewunderten die Gemälde von Rubens, Poussin, Tizian und van Dyck sowie die kostbare Sammlung chinesischen Porzellans, die Seine Königliche Hoheit besaß.

Weil es ein besonders warmer Abend war, stand ein großes Fenster am Ende des Raumes offen. Von dort strömte eine sanfte Brise durch den Raum, welche die Kerzen in den Kronleuchtern flackern und große Schatten an die seidenbezogenen Wände werfen ließ.

Während ihr Onkel und Fox sich noch immer unterhielten, ging Maria zum offenen Fenster, das einen Blick auf den gewaltigen Garten und den mittlerweile zinnfarbenen Himmel eröffnete. Sie lehnte sich gegen den fransenverzierten Vorhang und atmete tief den Sommerduft von Narzissen und Jasmin ein.

»Sie sehen heute wirklich traumhaft aus«, raunte eine Stimme hinter ihr, und Maria spürte, wie sich sein Frack gegen ihr helles Kleid drückte.

Erschreckt von seiner plötzlichen Nähe wirbelte sie herum und sah sich dem Princen von Wales gegenüber. Er trug eine enge weiße Kniehose und eine elegante purpurrote Weste, die mit Spitze verziert war.

»Sie haben mir einen Schreck eingejagt«, sagte sie mit leicht zitternder Stimme.

»Ich bin froh, daß Sie hier sind.«

»Lady Sefton bestand darauf.«

»Die Gründe sind unwichtig.«

Seine Stimme war noch wohltönender als am Abend zuvor. Ihr Klang war fast hypnotisch. Seine blauen Augen glühten im Dämmerlicht, waren aber ansonsten klar.

»Einer Ihrer Diener teilte uns mit, daß Sie planen, den Wintergarten morgen abzureißen«, sagte sie, darum bemüht, das leere Likörglas, das sie noch immer zwischen zwei Fingern hielt, ruhig zu halten.

»Das habe ich vor.«

»Aber das können Sie nicht! Er ist ein Teil Ihres Heims! Ihres Erbes!«

»Mein Wintergarten gefällt Ihnen nicht, und deshalb gefällt er mir auch nicht mehr. So einfach ist das.«

»Ich bedaure, was ich gestern abend sagte. Aufrichtig.«

»Sie sagten die Wahrheit. Niemand kann Ihnen das zum Vorwurf machen.«

»Es war gedankenlos von mir, nicht an künftige Generationen gedacht zu haben, die eines Tages hierherkommen werden, um Ihren einzigartigen Stil zu bewundern.«

»Es wird nicht länger mein Stil sein, wenn er Ihnen nicht gefällt.«

Sie runzelte die Augenbrauen und senkte den Blick, aber nicht aus Koketterie. Als sie sprach, hörte man nicht mehr als ein schwaches Flüstern. »Warum tun Sie das?«

»Ich dachte, ich hätte meine Position gestern abend ganz deutlich gemacht.«

»Ich dachte gestern abend, Sie seien vielleicht ein bißchen betrunken.«

»Ich fürchte, ich war stocknüchtern. Und seitdem habe ich nicht die kleinste alkoholische Stärkung zu mir genommen.« Als sie wieder in seine Augen schaute, lächelte er freundlich und löste auf diese ihm ureigene lässige, charmante Art die Spannung zwischen ihnen. »Sagen Sie mir, Maria, entspricht mein Karmesinroter Salon mehr Ihrem Geschmack?«

Wie im Reflex blickte sie sich um und erwiderte dann erneut ein wenig verlegen seinen Blick. Röte befleckte ihre Wangen. »Er ist wundervoll.«

»Da bin ich erleichtert«, sagte er ruhig, und der schwache Anflug eines Lächelns umspielte seinen Mund.

»Aber Sie müssen versprechen, Ihren großartigen Wintergarten nicht niederzureißen. Ich würde ungern in kommenden Jahren diese Last auf meinem Gewissen tragen.«

Er beobachtete, wie ihr Mund Worte formte, die weiche Form ihrer ungeschminkten Lippen, die nach oben zu jenem makellosen Alabastergesicht führten. Es war erfüllt von einer vertrauensvollen Unschuld, die ihn vollkommen erschütterte.

Der Wintergarten war Teil seines geheimsten Ichs. Dies war der Raum, den er völlig selbständig hatte entwerfen und konstruieren können. In dieser Hinsicht betrachtete er ihn als größte Machtdemonstration seinem Vater gegenüber, und er wollte, daß Maria ihn ebenso sah wie er.

»Ich werde Ihnen gestatten, mich davon abzubringen, Madam, aber nur, wenn Sie zustimmen, mir heute abend einen Wunsch zu erfüllen.«

Maria blickte mit der offenen Verletzlichkeit eines Kindes zu ihm auf, völlig frei von jeglicher Koketterie, und es war jetzt an ihm, nach Luft zu schnappen.

»Lassen Sie mich Ihnen meinen Wintergarten zeigen, wie ich ihn sehe«, schlug er mit sanfter Stimme vor. »Wenn Sie dann immer noch nicht von seiner Großartigkeit überzeugt sind, wird er morgen, wie geplant, in Schutt gelegt.«

Gemeinsam schlenderten sie durch den Raum. Maria registrierte Isabellas zustimmendes Nicken, als sie an ihr vorübergingen. Während sie langsam durch die hohen Doppeltüren schritten, spürte er, wie ihre Hand, die in seiner lag, sich entspannte, und gemeinsam gingen sie die große Treppe hinab.

»Also, mit etwas Glück geht dort wohl die neueste Mätresse des Princen von Wales.« Lord Sefton lächelte.

»Wenn das stimmt, geht dort eine furchtbar unglückliche junge Frau«, korrigierte Charles James Fox ihn zwischen gewaltigen Schlucken Bordeaux.

Die Arme vor der Brust verschränkt, lehnte George im Schatten, den das Kerzenlicht warf, an einer glatten Marmorsäule. Der riesige Wintergarten sah heute ohne die glühenden Lampions und die wirbelnden Massen völlig anders aus. Ohne die sich vermischenden Parfüms oder die mitreißende Musik. Maria schaute sich langsam um, saugte die phantasievolle, beinahe mythische Schönheit der leeren Halle in sich auf. Sie fand, daß sie jetzt in der Stille mehr einem Kirchenschiff glich, langgestreckt und weiträumig, wie sie war, perfekt ausbalanciert mit zwei Reihen gemeißelter Säulen, beleuchtet von der prächtigen fächerförmigen Buntglasdecke.

An diesem Abend, da das Mondlicht durch das gefärbte Glas fiel, war sie beinahe himmlisch.

George wartete schweigend, während sie den Marmorboden bis zum Ende abschritt und dabei die ganze Zeit zur Decke emporschaute, einer Arbeit, die sein größter Stolz war. Nach einem kurzen Moment kehrte Maria zu ihm zurück. Ihre Gesichter flackerten in dem einsamen goldenen Licht der Öllampe, die sie für sie beide in der Hand hielt.

»Es ist anders als alles, was ich bisher gesehen habe«, sagte sie beinahe atemlos.

»Das trifft genau den Punkt«, lächelte er.

»Vollkommen symmetrisch ... und ausgeschmückt ... «

»Wie ein Phantasiegebilde?«

»Ja, ganz genau.« Sie blickte zurück in die schattenreiche Halle, die ohne das farbenspendende Licht ihrer Lampe wieder in Dunkelheit getaucht war. »Vielleicht besitze ich nicht die architektonischen Kenntnisse, um diesen Raum zu begreifen, aber ich weiß genug über Gefühle, um zu hoffen, daß Sie ihn noch viele Jahre lang so erhalten werden, wie er ist.«

Er kam einen Schritt näher, fuhr mit der Hand langsam über die glatte Seide ihres Ärmels und das warme Fleisch darunter.

»Nichts, Maria, bleibt, wie es ist. Alles verändert sich, und wenn wir gedeihen wollen, müssen auch wir in der Lage sein, uns zu verändern.«

»Es ist nicht immer ganz so einfach, Eure Hoheit.« Sie seufzte und wich diesem Blick aus, der sie mit der gleichen beunruhigenden Intensität durchdrang wie in jener Nacht in der Oper. George kam einen Schritt näher und drehte ihr Gesicht wieder dem seinen zu.

»Doch, das ist es, Maria. Wie dieser Raum. Sie müssen sich nur gestatten, es so zu sehen.«

»Warum haben Sie mich hierhergeführt?«

»Um meinen Wintergarten zu retten, natürlich.« Er lächelte kühl.

»Ich meine heute abend. Was war der wahre Grund, daß Sie mich noch einmal eingeladen haben?«

»Ich glaube, Sie kennen die Antwort«, erwiderte er mit dunkler Stimme, dann hob er die Hand, um ihre Wange zu berühren. Aber als er sich ihren Lippen näherte, stoppte Maria seine Liebkosung mit entschiedenem Griff.

»Ich werde mich weder von Eurer Hoheit noch von sonst irgend jemandem zum Narren machen lassen«, sagte sie, aber ihre Stimme zitterte stärker, als sie beabsichtigt hatte.

»Sie sind eine ganz ungewöhnliche Frau, Maria Fitzherbert«, sagte George immer noch lächelnd. »... und ich möchte Ihnen doch nur eine Freude machen, so wie ich hoffte, Sie mit der Brosche zu erfreuen.«

Marias Gedanken, die in der Überlegung steckengeblieben waren, welche Auswirkungen ein so intimer Augenblick mit einem so notorischen Schurken nach sich ziehen würde, machten eine rasche Kehrtwendung. Sie erinnerte sich an die einzigartig funkelnde Ansammlung von Diamanten und Smaragden in Gold, die in dem mit Samt ausgeschlagenen Kästchen zwischen den Parfümflakons und den Familienminiaturen auf ihrem Toilettentisch lag. Es war ihr jetzt peinlich, daß sie ihm nicht einmal gedankt hatte.

»Verzeihen Sie mir. Sie ist wundervoll«, log sie, und zwar schlecht. »Aber ich kann sie nicht behalten.«

»Ist sie zu protzig?« fragte er mit spielerischem Vorwurf.

»Es wäre nicht schicklich.«

Sein spöttisches Lachen überraschte sie so sehr, daß sie seine Hand auf ihrem Arm gar nicht bemerkte, die nach oben in Richtung Schulter wanderte. Sie konnte immer noch einen Schritt zurück machen, aber mit einem Mal fühlte sie sich auf seltsame Weise wie gebannt, als er seine Samtweste gegen die Falten ihres naturseidenen Abendkleides preßte.

»Ich habe noch immer jede Frau errungen, die ich haben

wollte, Maria«, sagte er ihr, den flüsternden Mund nur einen Atemzug von ihren leicht geöffneten Lippen entfernt. Ihr Körper fühlte sich jetzt geschwollen an. Ihr Herz klopfte, und sie rang verzweifelt nach Luft. »Es war die beste Möglichkeit, dem König eins auszuwischen – ihn durch meinen Eigensinn in Verlegenheit zu bringen. Aber seit dem Abend in der Oper ist alles bedeutungslos.«

»Ich kann es nicht riskieren, Ihnen zu glauben. Es hat schon so viele andere gegeben.«

Sein Mund streifte ihre Wange, sein Atem war heiß und süß. »Und du wirst die letzte sein.«

Er war ein Mann mit großer körperlicher Ausstrahlung – prachtvoll gewachsen und sehnig. George drückte sich an sie, und in diesem Moment traf sie die Erkenntnis wie ein Schlag. Er meinte all das wirklich, jedes einzelne Wort. Er hatte vor, sie in diesen Strudel mitzureißen, und sie war unfähig, ihn daran zu hindern.

Seine Lippen waren erst sanft, dann drängender. Er schmeckte genauso, wie er sich anfühlte, vollkommen männlich, leicht würzig, wie Zimt und Anis. Als ihr Kuß inniger wurde, rauh und leidenschaftlich, zogen sie seine Arme noch fester an sich. Seine Nähe, sein hochgewachsener, schlanker Körper erregten sie unglaublich. Sie erwiderte seinen Kuß, öffnete ihre Lippen. Ihr Körper erinnerte sich an die Ekstase, die zwischen Mann und Frau entfacht werden konnte. Sie hatte in den Jahren der Einsamkeit mit ihrem ungeliebten zweiten Mann vergessen, wie das war. Bis jetzt.

George berührte sie, als sei sie etwas Kostbares. Noch kein Mann zuvor hatte sie so behandelt. Als er sich nun lustvoll an sie drückte, seine kraftvolle Hand um ihre Brüste legte, die zarte Schwellung oberhalb des Spitzenbesatzes berührte, glitt ihr die Öllampe aus den schwach werdenden Fingern. Sogleich entfachte sich in der Öllache ein heftiges Feuer. Maria zuckte zurück, rang nach Luft und blickte auf den Flammenkreis hinab, der zwischen ihnen auf dem Marmorboden loderte.

»Hab keine Angst«, versuchte er ihr zuzuraunen. »Ich werde einfach die –«

Aber bevor er ihr mitteilen konnte, daß nur einen Atemzug entfernt Diener darauf warteten, eine solch kraftlose Flamme auszulöschen, wirbelte sie auf dem Absatz herum und rauschte an ihm vorbei, eilte in die Sicherheit des von Kerzen hell erleuchteten Flures zurück und verschwand aus seinem Blickfeld.

3. Kapitel

Maria nahm das kleine in Samt gehüllte Kästchen von ihrem jungen irischen Butler entgegen. Dann blickte sie zu Isabella und Anne. Beide saßen ihr gegenüber auf einem Mahagonisofa mit schnörkelverzierten Armlehnen und Säbelbeinen und hielten formvollendet ihre Teegläser in der Hand.

»Ein weiteres Geschenk des Prince of Wales?« fragte Isabella. *Ausgerechnet diese Uhrzeit mußte er auswählen, um etwas zu schicken!* dachte Maria wütend, als sie sich mit den neugierigen Gesichtern ihrer Freundinnen konfrontiert sah.

Sie blickte in Isabellas keckes und zugleich verschmitztes Lächeln, dann hinüber zu der gertenschlanken und eleganten Lady Lindsay. Nervös nippte Anna an ihrem Tee, um nicht damit herauszuplatzen, was sie wirklich von solch einem Skandal hielt. Maria stellte das Kästchen auf das Marmortischchen neben ihrem Sessel und nahm ihren Tee wieder auf.

»Also, du wirst es doch wohl öffnen, oder nicht?« fragte Anne unschuldig.

»Das werde ich«, sagte sie, trank einen Schluck Tee und griff zu einem Stück Ingwergebäck. »Nur ... jetzt noch nicht.«

»Oh, aber du mußt!« protestierte Isabella lautstark. »Lady Lindsay ist deine Freundin, und ich bin sogar deine Verwandte! Du hast die Pflicht uns zu zeigen, was Seine Hoheit dir geschickt hat!«

»Was immer es ist, Isabella, du kannst sicher sein, daß es genau wie das vorige Geschenk zurückgehen wird.«

Anne blickte zu Isabella, um sich bestätigen zu lassen, daß dies nicht die erste Demonstration der Zuneigung des Prinzen war.

»Hältst du das für möglich?« stieß Isabella hervor, die es selbst nicht fassen konnte. »Seine Hoheit hat ihr eine prächtige Smaragdbrosche geschickt, und sie besaß die Unverschämtheit, sie zurückzuschicken!«

»Anders zu handeln würde nicht nur gegen meine Religion, sondern gegen alles, woran ich glaube, verstoßen.«

»Ein Andenken vom zukünftigen König von England entgegenzunehmen kann nicht gegen irgend jemandes Religion sein«, entgegnete Anne.

Maria schürzte die Lippen und blickte dann wieder zu ihren Freundinnen. »Nein, aber Seine Hoheit in dem Glauben zu lassen, daß dies zu irgend etwas führen würde, verstößt ganz entschieden dagegen.«

Sie setzte das Ingwergebäck und den Tee ab und erhob sich ruhig aus ihrem Sessel. Ihrem Gesicht merkte man keinerlei Veränderung oder Reaktion an, so daß ihre Besucherinnen nicht sahen, was in ihr vorging. »Ich würde euch anlügen, wenn ich behauptete, die Aufmerksamkeit seiner Königlichen Hoheit seien nicht schmeichelhaft für mich«, sagte sie, was in den Ohren der beiden ein wenig hochmütig klang. »Aber ihr müßt mich verstehen. Ich kann und werde mich nicht bei irgend jemandem mit einer Stellung begnügen, die geringer ist als die einer anständigen Ehefrau.«

»Vielleicht hat er das ja im Sinn«, warf Anne ein.

»Oh, laßt uns darüber nicht streiten, ja? Ihr kennt genausogut wie ich das Königliche Ehegesetz, das der König einführte, als der Bruder seiner Majestät seine erbärmliche Ehe zu einer Zielscheibe des Spottes machte. Und darüber hinaus gibt es auch noch das Gesetz zur Regelung der Erbfolge, in dem es ganz klar heißt, daß der Thronerbe alle Anrechte auf die Krone verliert, wenn er eine Katholikin heiratet.«

»Schon gut. Vielleicht denkt er nicht wirklich an eine Eheschließung, Maria«, räumte Anne ein. »Aber du gewinnst eine Menge, wenn du seine Aufmerksamkeiten nicht völlig zurückweist.«

»Genau das habe ich ihr auch gesagt.«

»Bitte, Maria, öffne das Geschenk. Wir sind die beiden besten Freundinnen, die du auf Erden hast. Wenn du es uns beiden nicht zeigen willst, wem dann?«

Maria wollte schon sagen, daß sie bei so »lieben Freundinnen« wie den beiden nicht länger darüber nachgrübeln muß, woher die gierigen Klatschmäuler Londons ihre Informationen bezogen. Aber sie besann sich eines Besseren.

»Was auch immer es ist, es geht zurück. Es ist also völlig sinnlos«, sagte sie entschieden. »Hiermit Schluß, aus und Ende, und ich würde euch beiden sehr danken, wenn ihr mich nicht länger wie zwei verirrte Hündchen anschauen würdet. Diese Scharade mit dem Princen von Wales hat schon lange genug gedauert.«

Sie lehnte sich zurück, schüttelte ihre Röcke auf und griff wieder zu ihrem Glas. Aber der Tee schmeckte jetzt bitter. Sie blickte in die beiden Gesichter ihr gegenüber, aus denen deutliche Mißbilligung sprach. In das Schweigen hinein schlug die Uhr neben der Tür fünf. Als sie aufschaute, sah sie, wie zwei ihrer Diener durch die Salontüren hereinspähten. Vermutlich hatten sie jedes Wort mitbekommen.

Zuerst hörte sie das Geräusch im Traum.

... Hohl und mißtönend. Wie ein Zweig, der in der Dunkelheit gegen ein Fenster schlug. In weiße Seide gehüllt stand Maria da und beobachtete einen gesichtslosen Mann, der einen Zettel an den Stamm einer Ulme nagelte, deren Äste nackt und gekrümmt wie die Knochen eines Skeletts waren. Es war der einzige Baum. Während sie sich bemühte zu erkennen, was da draußen passierte, drehte der Mann sich um. Er hatte das Gesicht des Herzogs von Bedford. Auf dem Blatt stand, in Blut geschrieben, Hure ...

Erschrocken fuhr sie hoch, aber es klopfte noch immer. Sie versuchte sich in der Dunkelheit zu orientieren. Das Geräusch kam von unten. Jemand war an der Haustür. Sie tastete nach der Kerze auf ihrem Nachttisch und versuchte die bronzene Kaminuhr in der anderen Ecke des Zimmers zu lesen. Das Feuer neben ihrem Bett war beinahe erloschen, aber es drang genügend Mondlicht durch das Fenster, um etwas zu sehen. Es war kurz vor drei Uhr morgens.

Plötzlich hörte sie Schritte auf dem Flur, dann Stimmen. Ihre Diener eilten herein, um John zu wecken. Sie sprang in ihrem Baumwollnachthemd aus dem Bett und sauste barfuß durch das Zimmer. Draußen auf dem Flur tuschelten zwei ihrer Diener leise vor der Tür ihres Bruders.

»Weckt ihn nicht auf«, flüsterte Maria, die eine noch nicht entzündete Kerze in der Hand hielt.

»Aber er klingt sehr hartnäckig, Madam. Und schließlich ist er der Prince of Wales.«

»Und wenn Suleiman der Prächtige draußen stünde! Niemand wird mitten in der Nacht in mein Haus gelassen! Wenn Seine Hoheit ernsthaft vorhat, Jagd auf mich zu machen, muß er zuallererst lernen, daß er dabei mit seiner üblichen Vorgehensweise nicht weiterkommt!«

»Jacko hat ihm mitgeteilt, daß Sie schon vor Stunden ins Bett gegangen seien, aber er besteht darauf, Sie noch diese Nacht zu sehen. Er sagt, er fände keine Ruhe, bevor er nicht wisse, ob das Geschenk Sie erfreut habe oder nicht.«

Verlegen blickte sie beiseite, als Jacko Payne, ein hochgewachsener, grobschlächtiger Mann, der eher den Eindruck eines Bauern als eines Butlers machte, einen Schritt auf sie zutrat.

»Seine Hoheit muß völlig betrunken sein, so hierherzukommen«, mutmaßte er. »Alle reden davon, wie unbesonnen er ist.«

Wie eine Motte im Licht, so tanzte Georges Bild strahlend und tollkühn vor ihr. Einen Augenblick lang war es Maria völlig gleichgültig, welches Schicksal sie beide ereilen würde, wenn das so weiterging.

Sie lehnte sich gegen den kalten Eichentürrahmen, in ihrem Kopf wirbelte es, daß ihr beinahe der Schädel platzte vor Angst und vor Erheiterung.

»Gehen Sie noch einmal zu ihm, Jacko«, wies sie ihn schließlich mit einer Stimme an, die wohlgeübt in energischem Auftreten war. »Sagen Sie diesem Gentleman, daß ich geweckt worden bin und meine Anweisungen völlig eindeutig sind. Sagen Sie ihm, daß ich zu dieser Stunde niemanden empfange. Und daß ich, wenn er nicht weggeht, gezwungen sein werde, eine Beschwerde direkt an den König zu richten.« *Georges größten Feind.*

Als die beiden Diener wieder nach unten geeilt waren, schloß Maria die Tür und kehrte zurück in ihr dunkles Schlafzimmer. Hier war es sicher und warm, voller vertrauter Dinge, vertrauter Gerüche. Nachdem sie die Kerze an den Funken der letzten Glut im Kamin entzündet hatte, saß sie auf der Bettkante und lauschte durch das Fenster der mißtönenden Melodie von Georges tiefer kultivierter Stimme. Dann war Jacko zu hören. Dann wieder George. Maria hielt die Luft an, bis sie das Schlagen der Kutschentür und das Klappern der Räder hörte, die ihn aus der Park Street wegführten.

Als er weg war, öffnete Maria ihren Nachttisch und holte das Kästchen heraus. Es war genau wie das letzte mit rosenfarbenen Bändern verschnürt. Als sie es zum zweiten Mal in jener Nacht öffnete, blickte sie auf ein kleines, von Diamanten eingefaßtes Medaillon. Das elegante Bild des Prinzen, ein Miniaturgemälde, schaute sie an.

Sie preßte das Medaillon an ihre Wange und dachte an den gänzlich zügellosen Prinzen, der in seiner Rücksichtslosigkeit wahrscheinlich gerade die Hälfte aller Familien in der Park Street geweckt hatte.

Vauxhall, der noble Vergnügungspark auf der anderen Seite der Themse, war hell erleuchtet von Tausenden von Lampen, die den Himmel in funkelndem Gold erstrahlen ließen. Vor dem Abendessen wanderten die Gäste über den zartrosa Kiesweg zwischen Glockenblumen und rosa und weißem Fingerhut dahin. Die Frauen trugen hauchdünne Sommerkleider, das Haar gepudert und im Nacken zusammengefaßt, und riesige, mit Bändern verzierte Hüte. In sämtlichen Ecken des Parks schlenderten Frauen in Lavendelblau, Olivgrün und Flieder mit eleganten Männern in braunen, blauen und grünen Fracks über engsitzenden Kniehosen dahin.

In Tothill Fields und Old Westminster, direkt auf der anderen Seite des Flusses, bettelten Kinder auf den Straßen, rannten durch schäbige kleine Häuser und düstere Gassen. Tag für Tag war die Londoner Luft bis zum Ersticken geschwängert mit Kohlenstaub. Aber die vornehme Gesellschaft hinter den mit Weinlaub bedeckten Wänden von Vauxhall amüsierte sich königlich. Hier war es schön, hell und so pittoresk wie in einem Gemälde von Gainsborough.

In einem mit purpurroten Blumen bestickten weißen Seidenkleid schlenderte Maria zwischen Isabella und Anne einher. Unter einem Hut mit breiter Krempe lugten ihre blonden Ringellocken hervor. Hinter ihnen marschierten Charles Sefton und Marias Bruder John Seite an Seite. Beide Männer, der eine groß und schlank, der andere älter und eher gedrungen, tuschelten und wiesen einander auf all die hübschen Mädchen hin, die gemeinsam im Park flanierten in der Hoffnung, einen Ehemann zu finden.

Maria hatte niemandem, am wenigsten Isabella, von der Störung an ihrer Haustür in der vergangenen Nacht erzählt, und sie hatte auch nicht die Absicht, das zu tun. Sie konnte die zusätzliche Komplikation durch ein so pikantes Detail nicht ertragen, wurde sie doch bereits jetzt unter Druck gesetzt, die gefährlichste Liaison in ganz London einzugehen. Dabei wäre die Stadt alles andere als unangenehm, wäre da nicht das fortdauernde Interesse des Prinzen. Er war das einzige Hindernis in einem ansonsten perfekt geordneten Leben.

Sie blickte die schattige Allee raschelnder Kastanienbäume, die vor ihnen lag, entlang, als die sanfte Musik eines Stückes von Händel erklang, gespielt von einem Orchester in einem

Pavillon am Ende des Parks. Sie hörte ihren Bruder und ihren Onkel hinter sich. Sie stritten sich gerade über ein junges Mädchen, das in den dunkleren Teil des Parks geeilt war, wo hinter einem dichten Laubvorhang unter riesigen Bäumen ungestört die Liebenden spazierengehen konnten. Nach dem, was Maria gehört hatte, ging die Debatte darum, ob sie alleine zurückkehren würde oder nicht.

»Kommen Sie morgen mit uns zur Aquarellausstellung nach Blackheath?« fragte Isabella Anne, während sie ihren Elfenbein-Satin-Sonnenschirm im Kreise drehte.

»Ich habe mich noch nicht entschieden«, erwiederte Lady Lindsay seufzend und starrte in die Ferne in einen weiteren dunklen Gang, der zwischen Weiden hindurchführte. Auch dorthin waren kichernd ein paar junge Damen verschwunden, eifrig verfolgt von zwei jungen Männern. Das Quietschen und Lachen kurz darauf entging keinem von ihnen, besonders Maria nicht.

Sie war froh, die Stadt morgen zu verlassen, all dies hinter sich zu lassen, und sei es auch nur für einen Tag. Heute im Morgengrauen hatte sie auf dem gleichen ecrufarbenen Pergamentpapier eine weitere Einladung zu einem Ball im Carlton erhalten. Darunter hatte George in seiner kühnen Handschrift gekritzelt, daß sie eine Behandlung erwarten dürfe, die einer Königin würdig sei. Nachdem sie das gelesen hatte, war Maria mehr denn je erleichtert, Charles und Isabella nach Blackheath begleiten zu können. Zuerst hatte sie sich über ein bißchen Aufregung gefreut, das stimmte. Aber seit sie sich vor weniger als einer Woche begegnet waren, hatte George ihr Leben völlig auf den Kopf gestellt. Sie hatte schon daran gedacht, London ganz zu verlassen, statt weiter den Blicken und dem Getuschel standzuhalten, dem sie bereits ausgesetzt war.

Der Ausflug morgen gab ihr einen legitimen, wenn auch nur vorübergehenden Grund, dem ausgesprochen hartnäckigen Prinzen aus dem Weg zu gehen – und ihren eigenen wirren Gefühlen für ihn. Nachdem John und Charles darauf bestanden hatten zu warten, bis die Mädchen wieder unter den Bäumen hervorgerannt kamen, schlenderten sie zurück zu den kleinen Logen in der Nähe des Orchesterpavillons, in denen man speisen konnte. In Lord Seftons Loge erwartete sie zwischen kostbarem Silbergeschirr mit Kalbsbraten, Taubenpastete, Hammelkeule, Vanillecreme und Johannisbeertörtchen zu jedermanns Überraschung Francis Russell, der Herzog von Bedford.

»Schön, dich wiederzusehen, Smythe«, sagte er und stand mit ausgestreckter Hand auf. In der anderen hielt er ein Kristallglas mit Sherry.

»Gleichfalls, mein Bester. Wo hast du gesteckt?«

»In Bath, um meinen Kummer zu ertränken, wenn Sie mir diesen Scherz erlauben«, sagte er schlicht. Er brauchte Maria nicht anzuschauen, um sie wissen zu lassen, daß sie es war, die sein Herz gebrochen hatte. »Lady Sefton«, sagte er statt dessen, »elegant wie immer.«

»Danke, Euer Gnaden.«

Er nickte Lady Lindsay zu. Dann, nach einem peinlichen Schweigen, wandte John sich an Isabella. So geschickt, als hätte er die Musik eben erst wahrgenommen, sagte Marias Bruder: »Also, das ist doch meine Lieblingsmelodie, die sie dort gerade spielen. Würdest du mit mir tanzen?«

»Oh, ja, gerne.«

Charles Sefton folgte dem Beispiel seines Neffen und wandte sich an Anne. »Ich fürchte, ich bin kein großer Tänzer, aber vielleicht würden Sie es gerne einmal versuchen, Lady Lindsay?« Widerstrebend sank Maria in den leeren Sessel neben Francis, nachdem ihre Begleiter sie so rasch im Stich gelassen hatten. Diese Art Komplikation – ein weiterer glühender Verehrer – war das letzte, was sie brauchte auf der Welt.

»Nun, Sie können sich ebensogut auch setzen, jetzt da wir so taktlos allein gelassen worden sind«, fauchte sie, wütend auf diese Weise manipuliert worden zu sein, obwohl sie ihre Gefühle für den Herzog jedem gegenüber mehr als einmal deutlich kundgetan hatte.

»Ja, das tut mir leid«, sagte Francis und nahm wieder in seinem Sessel Platz, der neben ihr stand.

Sie schaute zu ihm auf. Sein Blick war so schlicht und leidenschaftslos wie eh und je. »Haben Sie das arrangiert?«

»Ihr Bruder John suchte mich gestern auf. Er drängte mich, noch einen Versuch zu unternehmen«, gestand er aufrichtig und lachte dann, durch ihre Gegenwart wieder ganz durcheinandergebracht.

Er trank einen Schluck Sherry, weil ihm nichts weiter zu sagen einfiel, und begann sich unter den Leuten, die an den anderen Tischen saßen, umzuschauen.

»Ich bin wirklich keine so schlechte Partie, wissen Sie.«

Etwas in der Art, wie er es sagte, die unsichere Modulation seiner Stimme, ließ sie augenblicklich bedauern, daß sie so schroff gewesen war. Dies war nicht seine Schuld. Er hatte ihr nur einen Antrag gemacht. Anders als ihr Bruder beharrte der Herzog von Bedford nicht darauf, daß sie ihn annahm. Seine Hand ruhte auf dem weißen Leinentischtuch. Maria streckte die Hand aus und legte sie auf die seine. »Sie werden eines Tages ein wunderbarer Ehemann sein, Francis.«

Er sah sie an. »Aber nicht Ihrer.«

»Nein. Nicht meiner.«

»Nun gut, ich mußte es noch ein letztes Mal versuchen. Sie kennen doch John, immer voller großartiger Hoffnungen. Ein ziemlich ansteckender Bursche.«

Er wartete einen Augenblick und tat so, als lausche er der Musik. Dann sagte er: »Sagen Sie, Maria, ist das wahr? Haben Sie mich verschmäht wegen einer Tändelei mit dem Prince of Wales?«

Die Frage stach wie eine Nadel, und sie zog zuckend ihre Hand zurück. Nur der verletzliche Ausdruck seines weichen Gesichtes hielt sie davon ab, aufzuspringen und aus dem Park zu stürmen. Er wollte nicht grausam sein. Er wollte nur zu ihr vordringen. »Ich sagte nein zu Ihrem Antrag, Francis, weil ich Sie nicht liebe. Auch glaube ich nicht, daß Sie in so kurzer Zeit sicher sein können, mich zu lieben. Wir haben beide etwas Besseres verdient als eine Ehe, die nur vom gesellschaftlichen Stand her passend ist.«

»Der Prince of Wales hat allen seinen Freunden erzählt, daß er in Sie verliebt ist. Er sagt auch, Sie hätten ihn bis jetzt noch nicht abgewiesen. Das habe ich erst gestern von Charles James Fox gehört.«

»Der Prince of Wales besitzt eine blühende Phantasie.«

»Wenn das hilft, ihr Herz zu gewinnen ... Ich beneide ihn.«

Einen Augenblick lang schaute er sie kühn an, aber es war wohl nur ein Blick, der sie warnen sollte, ihn nicht noch weiter zu verletzen.

»Ich sage Ihnen etwas, Francis, im Augenblick brauche ich weit mehr einen Freund als einen Geliebten.«

»Oder einen Ehemann?«

»Oder einen Ehemann.« Sie lächelte sanft.

Nach einem weiteren Moment angespannten Schweigens griff er unter die Tischdecke, deren Enden in der abendlichen Brise flatterten. Er drückte ihre Hand, die in ihrem Schoß lag.

»Wenn es das ist, was Sie wirklich wollen ... was Sie brauchen, dann, meine liebe Maria, haben Sie in Francis Russell einen Freund fürs Leben.«

»Ah! Da seid ihr ja! Ist alles geregelt?« fragte John eifrig, als er zurückkam, zwischen sie trat und jedem eine Hand auf die Schulter legte.

»Das ist es«, bestätigte Francis.

»Phantastisch! Ich wußte doch, daß sie zu Verstand kommen würde.«

»Deine Schwester hat ihre Entscheidung nicht geändert.«

Isabella, Charles und Anne setzten sich auf die freien Plätze, während Maria und Francis einander zulächelten.

»Aber, i-ich verstehe nicht ganz. Du sagtest doch selbst, alles sei geregelt –«

»Das ist es auch. Deine Schwester und ich werden etwas Besseres sein als Mann und Frau, John. Wir sind übereingekommen, Freunde zu werden.«

Triumphierend schaute Maria ihren Bruder an. Dann warf

sie einen Blick auf Isabella. Schließlich schaute sie zu Anne herüber. Keiner von ihnen lächelte.

In deren Augen hatte sie gerade den größten Fehler ihres Lebens begangen.

»Mrs. Fitzherbert?«

Maria drehte sich auf dem Absatz um, gerade als der Kutscher den Schlag ihrer Kutsche öffnete und ihr hineinhelfen wollte. Vor dem Tor zum Vauxhall-Park hatte ihr ein hochgewachsener junger Mann in Begleitung einer sehr blassen, zartgebauten Frau mit herzförmigem Gesicht etwas zugerufen. Sofort erkannte sie die beiden. Es waren Lord Admiral und Lady Seymour.

»Wie nett, Sie wiederzusehen«, sagte Maria und ging mit einem Lächeln auf sie zu. »Gott sei Dank bin ich heute nicht in einer solch mißlichen Lage wie das letzte Mal, als wir uns kennenlernten.«

»Wir haben uns beide befragt, wie es Ihnen wohl nach unserem Tanz an jenem Abend im Carlton House ergangen ist«, sagte Hugh Seymour.

»Zweifellos haben Sie die Gerüchte gehört«, antwortete Maria, deren Lächeln ein wenig schwächer wurde.

»Nichtigem Tratsch zu glauben wäre ein schwerer Fehler.«

»Seien Sie gesegnet dafür«, sagte sie und verschränkte ihre Hände. »Ich kann Ihnen nie genug dafür danken, daß Sie mir zur Hilfe kamen.«

»Das war nur die Pflicht eines Gentleman«, wehrte Hugh bescheiden ab und neigte den Kopf so, wie er es an jenem ersten Abend getan hatte.

Isabella rief sie aus der wartenden Kutsche. Maria wünschte ihnen gute Nacht und wandte sich ab, als Horatia hinter ihr herrief.

»Wir freuen uns darauf, Sie morgen abend zu sehen. Ich hoffe, daß Sie die Hilfe meines Mannes dann nicht wieder so dringend brauchen.« Maria blieb stehen und drehte sich erneut um. »Morgen abend, Eure Ladyschaft?«

»Im Carlton House. Die Gesellschaft zu Ihren Ehren. Wie ich hörte, kommen alle.«

Nachdem sie scharf Luft geholt hatte, als hätte sie jemand geschlagen, drehte Maria sich langsam weiter um. Gerade als sie sich einen Funken Gefühl für den stürmischen Prinzen einzugestehen begonnen hatte, als sie zu glauben angefangen hatte, daß der ganze üble Tratsch über ihn unwahr sein könnte, überwältigte sie der Zorn. Marias Gesicht erstarrte, aber sie wartete erst, bis sie ihre Empörung verbergen konnte, bevor sie sprach.

»Ich fürchte, der Prince of Wales war voreilig. Ich habe morgen abend eine andere Verpflichtung, und daher werde ich nicht in der Lage sein, seine Gesellschaft zu besuchen.«

Sie war selbst überrascht, wie beherrscht ihre Stimme klang, da sie doch über Georges Arroganz völlig entsetzt war. Maria hatte den anmaßenden Prinzen wissen lassen, daß sie morgen abend nicht zur Verfügung stehen werde. Das war höflich ausgedrückt. In Wahrheit hatte sie nicht die Absicht, sich jemals wieder dieser verführerischen Gefahr auszusetzen.

Nein, absolut nie mehr.

»Ich kann es nicht glauben!« rief Isabella. »Er folgt uns tatsächlich!«

Maria drehte sich um, jetzt, da sie sicher in der mit Leder ausgeschlagenen Postkutsche ihres Onkels saß. Durch das kleine Glasfenster sah sie, wie die gleiche leuchtendgelbe Kutsche ihnen in diskretem Abstand folgte. Maria bekreuzigte sich. Sowohl Lady Lindsay als auch Isabella starrten sie an, während sie schweigend auf dem schwarzen Ledersitz saß und nach vorne schaute. Nur eine einzige Schweißperle auf ihrer Stirn verriet, daß der Prince of Wales irgendwelche Gefühle in ihr heraufbeschwor.

Insgeheim war Maria dankbar, daß ihr Bruder und ihr Onkel sich entschlossen hatten, mit dem Herzog von Bedford in die St. James' Street zu fahren statt sie nach Hause zu begleiten. John verstand es viel besser als sonst jemand, in ihren Augen die Wahrheit zu lesen, und das war eine Komplikation, die sie im Augenblick nicht brauchte.

»Was wirst du ihm sagen?« fragte Isabella atemlos, zwei Finger auf den Lippen.

»Ich habe nicht vor, Seiner Hoheit irgend etwas zu sagen.«

»Und wenn er an deine Tür kommt?« beharrte Anne.

»Dann wird er abgewiesen, genau wie vergangene Nacht.«

»Maria, das hast du doch nicht wirklich getan?!« keuchte Isabella, die sich noch immer die Finger gespreizt wie ein Fächer vor die geöffneten Lippen hielt.

»Und ob ich das getan habe. Er hing um drei Uhr morgens an meiner Tür herum, ängstigte meine Dienstboten, und dergleichen werde ich nicht dulden ... ganz gleich, wer er ist!«

Auf Marias Befehl hin, die mit ihrem langen perlenfarbenen Spazierstock gegen das Dach klopfte, fuhr die Kutsche schneller, an Piccadilly vorüber in die Park Lane.

»Hier werden wir ihn abhängen, da bin ich mir sicher«, murmelte Maria, als sich ihre Kutsche unter Dutzende anderer mengte.

Anne und Isabella sahen einander verblüfft an, drehten sich dann um und spähten aus dem kleinen Heckfenster, um festzustellen, ob die Kutsche des Prinzen ihnen immer noch folgte. Schließlich wandte Isabella sich wieder Maria zu. Die ganze Welt stand ihr offen, Männer lagen ihr zu Füßen. Nicht weil dies ihr Wunsch war oder ihrer Inszenierung entsprach, sondern weil sie überhaupt nichts getan hatte. Maria war schon immer anders gewesen, überlegte Isabella. Sie hatte etwas an sich, das mit den niederträchtigen Spielchen der Gesellschaft nicht vereinbar schien. Etwas Ungewöhnliches umgab sie. Bestimmt war der Prince of Wales deshalb so fasziniert und der Herzog von Bedford so untröstlich. Sie war eine Herausforderung. Sie war das Ziel ihrer Jagd, der Preis in einem der endlosen Wettbewerbe, die sie im Brook's oder Boodle's oder irgendeinem anderen modischen Club in der St. James' Street austrugen. Und deshalb war Isabella wider ihren Willen ein kleines bißchen eifersüchtig.

Mit einem Ruck blieb die Kutsche vor dem Haus in der Park Street stehen. Maria sprang heraus, eilte durch das eiserne Tor, die vier Stufen hinauf. Sie wartete nicht darauf, daß Jacko ihr die Tür öffnete. Statt dessen stürzte sie einfach hinein und ließ die schwere dunkle Tür offenstehen. Isabella und Anne rafften ihre Röcke zusammen und folgten ihr langsam. »Ich schätze, wir haben ihn abgehängt«, sagte Anne, deren volle Stimme vor Enttäuschung ganz schrill klang.

»Eine Schande«, bestätigte Isabella.

Als sie die oberste Stufe vor der Eingangstür erreicht hatten, stand Jacko mittlerweile bereit, um sie hereinzulassen. Isabella warf einen Blick zurück die Park Lane hinunter, dann hinüber zum Hyde Park. Im Schatten der untergehenden Sonne schlenderten immer noch Paare umher. Wirklich eine Schande.

Als Isabella und Anne den Salon betraten, saß Maria bereits am Pianoforte, den Kopf über die Tasten gesenkt. Fanny servierte Pfefferminzlikör in winzigen Kelchgläsern mit Kristallstielen. Während sie Isabella und Anne die Gläser reichte, ließen sich die Frauen gemeinsam auf dem blauen Seidensofa nieder.

Obwohl Maria begonnen hatte zu spielen, achteten sie nicht auf die Musik. Das Klappern der Räder, als die gelbe Kutsche vor dem Haus anhielt, war zu laut, um es zu überhören. Ein langsames Quietschen folgte, wie das Schreien einer Katze, als die Kutschentür geöffnet wurde. Maria hörte auf zu spielen, griff nach ihrem Likör und trank ihn aus. Dann stellte sie das leere Glas zurück und begann mit dem Klavierspiel fortzufahren, als hätte sie nichts gehört.

Wie bereits auf dem ganzen Weg von Vauxhall hierher wechselten Isabella und Anne Blicke. Man hörte schlurfende Schritte. Gedämpfte Stimmen. Dann das Schnappen des Eisentores. Außerstande, dies noch einen Augenblick länger auszuhalten, schoß Anne zum Fenster und spähte hinter den Samtvorhängen hinaus.

»Er ist es!«

Isabella ging rasch zum Klavier und legte ihre Hände auf die von Maria. Die Musik brach wieder ab. Das Klopfen dröhnte wie ein Donnerschlag in dem plötzlich stillen Salon. Jacko schaute Maria an und wartete auf Anweisungen. Niemand rührte sich.

»Was willst du tun, Maria?« fragte Isabella in spitzem kampflustigem Ton, die Hände in die Hüften gestemmt. »Du kannst den Princen von Wales nicht einfach ignorieren!«

»Ich bin eine ungebundene Frau. Ich tue, was mir paßt.«

»Maria, sei doch um Himmels willen ernst!«

Wieder wurde der Messingklopfer in Form eines Löwenkopfes angehoben, und es donnerte energisch an der Tür. »Hast du vor, den künftigen König von England völlig vor den Kopf zu stoßen?«

»Ich habe vor, dafür zu sorgen, daß er sich im Umgang mit mir wie ein Gentleman benimmt.«

Isabella schüttelte den Kopf, als beharrlich weitergeklopft wurde.

»Soll ich zur Tür gehen, Madam?« fragte Jacko vorsichtig und trat ein wenig weiter in den Salon.

»Auf der Stelle.« Isabella scheuchte ihn mit einer Handbewegung aus dem Zimmer.

»Nein, Jacko! Achte nicht darauf.«

»Maria!« rief Anne und stürzte neben Isabella zum Klavier. »Du mußt doch wenigstens die Tür öffnen! Da er uns gefolgt ist, weiß er, daß du hier bist.«

»Ich lasse nicht zu, daß irgend jemand, nicht einmal ein Prinz, mir wie ein voyeuristischer Wüstling durch London folgt!«

Das Klopfen wurde noch drängender. Maria musterte ihre ängstlichen Gesichter. »Also gut, Jacko«, gab sie schließlich nach. »Wenn Sie schon mit ihm reden müssen, sagen Sie Seiner Hoheit, daß ich heute abend niemanden empfange. Sagen Sie ihm, ich sei müde und bereits zu Bett gegangen.«

Isabella schüttelte den Kopf und wandte sich ab. »Du bist ein Dummkopf, Maria Fitzherbert. Du überraschst mich mit deinem Verhalten. Vielleicht wünschst du seine Avancen nicht, und das kann ich dir wirklich nicht zum Vorwurf machen. Aber durch deine Unhöflichkeit schneidest du dir ins eigene Fleisch!«

Bevor Maria Zeit hatte, ihre Entscheidung zu überdenken, platzte der Kammerdiener des Prinzen, Orlando Bridgeman, an Jacko vorbei in den Salon, den hohen Zylinder in den Händen. »Madam, bitte. Seine Hoheit möchte nur mit Ihnen sprechen. Er ist sich bewußt, daß Sie um Ihren Ruf besorgt sind, und bittet Sie nur, ihm ein paar kurze Augenblicke zu schenken.«

»Ist schon gut, Bridgeman. Ich bin durchaus imstande, mich selbst um meinen angeschlagenen Ruf zu kümmern.«

Der Prince of Wales stand hinter seinem Diener zwischen den schweren Samtportieren, die ins Foyer führten, mit klarem Blick und unbewegt, in einem eleganten Aufzug aus grauem Satin und einem gestärkten weißen Halstuch. Anne und Isabella versanken in einem tiefen Knicks. Maria blieb am Pianoforte sitzen, als er die teppichbespannten Stufen in den Salon herabschritt.

»Wären die Damen so freundlich, Mrs. Fitzherbert und mich einen kurzen Augenblick lang allein zu lassen?« sagte er, mehr in befehlendem denn in fragendem Ton.

Hilflos blickte Maria auf die Tasten hinunter, als ihre beiden Freundinnen den Dienern aus dem Zimmer folgten. Trotz ihrer Entschlossenheit fürchtete sie sich davor, wieder mit ihm allein zu sein.

»Das ist äußerst ungehörig von Ihnen«, sagte sie mit zitternder Stimme, während sie geistesabwesend immer den gleichen Ton klimperte.

»Ich weiß. Und ich entschuldige mich. Aber, Maria, Sie haben mich völlig verhext, und, um es ganz deutlich zu sagen, ich habe vor, Sie für mich zu gewinnen.«

»Ich bin nicht irgendein Preis, den man gewinnen kann!«

»Für mich sind Sie das.« Mit raschem Schritt kam er auf sie zu und stand dann an der Stelle, wo Isabella gestanden hatte, das kantige Gesicht im Schatten des Lichtes der Straßenlaterne. Aber sie fuhr fort, mit nervöser Bewegung schiefe Akkorde anzuschlagen, um seinem Blick auszuweichen. »Ich hatte kein Recht, gestern nacht hierherzukommen, und Sie haben jeglichen Grund, auf mich wütend zu sein.«

Einen Moment hielt er inne, achtete sorgfältig auf seine Worte und den Ton, den er wählte. Aber er wollte aufrichtig zu ihr sein. Er wollte ihr begreiflich machen, daß er für sie etwas Besonderes empfand.

»Gewisse Aspekte meines Lebens haben sich in jüngster Zeit schwierig gestaltet, und ich gestehe, daß ich gestern abend ein bißchen zuviel getrunken habe. Das ist eine Gewohnheit, die ich mir schon seit langem angeeignet habe, die ich aber vorhabe abzulegen. Ich hatte den morgigen Abend arrangiert als Möglichkeit der Wiedergutmachung, um Ihnen zu zeigen, daß meine Gefühle für Sie zwar plötzlich aufgeflammt, aber von großer Tiefe sind.«

Er legte einen Finger auf seine Lippen. Wartete wieder, vorsichtig abwägend, wie er an diese neue und zerbrechliche Verbindung zwischen ihnen herangehen sollte. »...Aber jetzt erfahre ich, daß Sie mir einen Korb gegeben haben, und ich befürchte, daß der Grund dafür meine Taktlosigkeit vergangene Nacht ist.«

»Ich habe Ihnen für die Einladung einen Korb gegeben.«
»Das Ergebnis ist das gleiche.«
»Ich hatte bereits andere Pläne gemacht.«
»Und die kann man nicht ändern?«
»Ich wollte sie nicht ändern.«

Überrascht trat George einen Schritt zurück. »Nun. Sie sind weiterhin wirklich sehr direkt.«

Maria bekam selbst mit, wie barsch ihre Worte klangen, und erhob sich, während er auf ihre Sammlung kleiner goldgerahmter Familienporträts am anderen Ende des Zimmers starrte.

»Ich werde Ihnen eins sagen, Madam«, sagte er leise, ohne sie anzuschauen. »An jenem Abend in der Oper habe ich Sie im Kerzenlicht eine ganze Weile beobachtet, bevor Sie mich überhaupt wahrnahmen – Ihre Augen waren tränenerfüllt von der

Musik, und schon damals sagte ich mir, das ist eine Frau, die, wenn ich dies zulasse, mir leicht das Herz brechen könnte. Und das ist etwas, Madam, das keine ... keine je getan hat, weil ich mir nie gestattet habe, so viel zu empfinden.«

Sie spürte, wie es ihr den Hals zuschnürte. »Eure Hoheit, ich –«

»Ich bin ein Mann, der nicht immer klug handelt, Maria. Das ist für niemanden hier in London ein Geheimnis«, sagte er und drehte sich endlich wieder zu ihr um. Seine blauen Augen ließen sie vergessen, was sie zu sagen beabsichtigt hatte. »Wie Sie vielleicht wissen, ist Verrücktheit in meiner Familie offenbar weit verbreitet. Mein eigener geschätzter Vater ist wirklich bahnbrechend auf diesem Gebiet. Aber ich versichere Ihnen, daß ich nicht gänzlich so bin, wie es in den Zeitungen dargestellt wird. Bitte glauben Sie mir, daß in meinen Gefühlen für Sie, obwohl sie sehr unverhofft sind, nicht das kleinste bißchen Verrücktheit steckt. Ich weiß ohne jeden Zweifel, was ich möchte.«

Sie waren sich jetzt so nahe wie an jenem Abend im Carlton House in den bunten Schatten des Wintergartens. Seine Stimme war damals so warm und schmeichelnd gewesen wie jetzt.

»Zwischen uns ist etwas Besonderes, Magisches. Eine Seelenverwandtschaft. Ich weiß nicht, wie oder warum, aber sie ist da. Und Sie spüren das auch.«

Er durfte nicht wissen, wie sehr er sie berührt hatte. Es war zu gefährlich – zu unsicher, versuchte sie sich einzureden, während er näher kam. Nur ihr rascheres Atmen und das Heben und Senken ihrer Brust unter dem opalfarbenen Kleid würden sie verraten, wenn sie ...

Doch dann lag wieder seine warme Hand auf ihrem dünnen Ärmel, und sein Körper preßte sich gegen ihren. Diesmal wehrte Maria sich nicht, als sie seine Lippen über ihr Kinn streifen spürte. Sie fühlte seinen warmen Körper, sein Herz, das ungeduldig gegen das Oberteil ihres Kleides pochte.

»Ich ... wünsche mir sehr, Sie noch einmal zu küssen«, flüsterte George. Sein Mund schwebte über ihrem, als er ihr Gesicht zurückneigte und sie mit der verführerischen Berührung seiner Lippen überwältigte.

Der Kuß wurde inniger, und Maria spürte nichts anderes als eine wilde Woge der Sinnenlust und die Macht ihrer Verbindung. Die Augen fest geschlossen, von seinen Armen eng umschlungen, fühlte sie sich wie in einem langen Samttunnel, in dem nur Dunkelheit herrschte ... und Lust. Es erregte und erschreckte sie gleichzeitig, und sie erbebte, als seine Zunge in ihren Mund drang und sie wie Butter in seinen kraftvollen Armen schmelzen ließ.

Als George sich von ihr losriß, sah er, daß ihr Gesicht erhitzt war und ihre dunklen Augen vor Überraschung weit aufgerissen waren. Er berührte mit einem Finger ihre feuchten Lippen.

»Ich meine, was ich gesagt habe. Es ist keine Verrücktheit.«

»Bitte gehen Sie«, gab sie ihm zur Antwort, und wieder zitterte ihre Stimme. Es war nicht ihre Absicht. Sie wollte das nicht. Aber sie mußte ihn vom Gegenteil überzeugen. Zu ihrer beider Wohl.

»Gut. Aber gestatten Sie mir, morgen wiederzukommen.«

»Ich reise morgen mit Lord Sefton und seiner Gattin nach Blackheath.«

»Um wieviel Uhr brechen Sie auf?«

»Wir fahren um zwei.«

Sie waren sich noch immer nahe. Nach wie vor spürte sie seinen Atem auf ihrem Gesicht. Begierde jagte durch ihre Adern und machte es ihr unmöglich, auch nur annähernd rational zu denken.

»Dann komme ich um kurz nach elf in Ihren Garten. Wenn Sie möchten, können wir uns dort treffen.«

Als sie keine weiteren Einwände erhob, wandte sich George siegesgewiß von ihr ab und raffte Hut, Handschuhe und Stock zusammen. Er wußte, daß die Diener und Isabella die ganze Szene beobachtet hatten, aber das war ihm egal. Nach einem Leben voller bedeutungsloser Affären, die von Einsamkeit, Verzweiflung und Langeweile genährt waren, hatte er sich jetzt darauf festgelegt, etwas Reineres zu finden, etwas Echtes.

Und zum ersten Mal hatte er heute abend in ihren Augen einen Hoffnungsschimmer gesehen – daß auch sie es wollte, ganz gleich wie sehr sie auf dem Gegenteil beharrte.

Im Brook's waren die großen grünen Spieltische voll belegt. Herren im Mantel spielten endlos Spiel um Spiel Pharao und Whist und tranken große Mengen Brandy, um sich zu beruhigen. Zwischen den Wetten klickten winzige silberne Schnupftabakdosen in rhythmischen Synkopen. Fox und Sheridan spielten an einem runden Tisch in der Nähe des Kamins, als John Smythe und Charles Sefton den prächtigen Raum betraten. Überall waren Diener, liefen um die Stammgäste herum, gossen Tee aus silbernen Teemaschinen ein und servierten Brandy und Likör aus den feinsten Kristallkaraffen. Beim Spielen redeten alle über die beklagenswerten Zustände in Frankreich. Die meisten waren der Ansicht, es werde zweifellos zu einem großen Aufruhr ohne wirkliche Reformen führen. Lord Salisbury nahm eine Prise Schnupftabak. Dann erklärte er, seiner Meinung nach könne man nicht vorhersagen, wohin die Taten eines Königs wie Ludwig XVI. und einer Königin wie Marie Antoinette das französische Volk führen würden.

»Oh, Sefton, da sind Sie ja«, knurrte ein mürrischer Gentlemen mit steifem grau-weiß gestreiftem Halstuch und einem olivgrünen Frack und schaute von einer Prise Schnupftabak auf. »Kommen Sie her und spielen Sie mit. Edward hier betrügt elend, und ich suche verzweifelt rechtschaffene Spieler.«

»Dann suchen Sie nicht in London«, spottete Lord Townshend mit einem Glas Sherry an den Lippen.

John ging langsam auf einen der beiden leeren Plätze zu. Sheridan hörte noch vor Fox die Aufforderung an Sefton und stellte die Verbindung zwischen dem jungen Mann und Mrs. Fitzherbert her. Schließlich war er derjenige gewesen, der Lady Sefton überredet hatte, dafür zu sorgen, daß die Nichte ihres Mannes an jenem Abend ins Carlton House kam.

Er schaute auf, fasziniert von den Möglichkeiten des Verlaufs einer so peinlichen Situation.

»Setzen Sie sich doch bitte, Gentlemen«, forderte Sheridan sie auf und steckte seine kobaltblaue Emailschnupftabakdose wieder in die Tasche seines grauen Fracks. John zog einen Stuhl für seinen Onkel nach hinten, dann für sich selbst.

John tat sein Bestes, um den Anschein zu erwecken, dies sei ein ganz gewöhnlicher Vorfall. Aber insgeheim war er überwältigt, von einer so berühmten und gefeierten Figur wie Richard Brinsley Sheridan zum Spielen aufgefordert zu werden. Die Dinge zu tun, die dieser Mann getan hatte, die Dinge zu sehen, die er gesehen hatte! John hatte *School for Scandal* bereits fünfmal gelesen und war mitten in der sechsten Lektüre der Komödie.

Der Sheridan, den er jetzt im Schein eines schweren Kristallkronleuchters auf der anderen Seite des Tisches sah, war ein distinguiert aussehender Mann, der in seiner Jugend teuflisch schön gewesen sein mußte. An den Schläfen durchzogen Silberstreifen die dunklen Wellen und betonten sein kantiges Gesicht, das immer noch die hübschesten Frauen anzog.

»Sie beide kennen Mr. Fox und Mr. Sheridan und Lord Townshend«, schnaubte der betagte Aristokrat Salisbury und streckte ihnen seine blaugeäderte Hand zur Begrüßung entgegen.

Townshend nickte.

John lächelte und nickte dann ebenfalls.

»Aber kennen wir sie?« knurrte Fox, der von seinen Karten aufschaute und seine dichten schwarzen Augenbrauen in einer Weise runzelte, daß sie miteinander verschmolzen.

»John Smythe, zu Ihren Diensten, Sir.« Marias Bruder lächelte ein wenig zu eifrig für den Geschmack eines der furchteinflößendsten Tische Londons. »Und dies ist Lord Charles Sefton, mein Onkel.«

Fox musterte ihn genauer. »Ihre Frau ist Lady Isabella Sefton?«

»So ist es, Sir.«

»Dann ist sie also diejenige, die diese mysteriöse Frau begleitet, ohne die der Prince of Wales nicht leben zu können

glaubt. Zumindest diese Woche«, fügte er mit einem spöttischen Lächeln hinzu.
Alle begannen in sich hineinzuglucksen.
Fox rülpste und stieß sich vom Tisch zurück, so daß unter zwei fehlenden Knöpfen Flecken auf seiner eleganten Seidenweste sichtbar wurden.
»Sicher irren Sie sich«, sagte John, der die Verachtung auf ihren alternden Gesichtern wahrnahm. »Lady Sefton ist die Begleiterin meiner Schwester, Mrs. Fitzherbert, und ich kann Ihnen versichern, Gentlemen, daß ich der erste wäre, der es wüßte, wenn Seine Hoheit um sie werben würde.«
»Die Jugend.« Lord Townshend lachte in seinen Brandy. Sheridan beobachtete, wie das makellose Gesicht des jungen Mannes dunkel wurde vor Zorn.
»Sir, der Herzog von Bedford macht meiner Schwester den Hof!«
»Pst.« Charles Sefton zwang seinen Neffen mit einer festen Hand auf dem Knie, ruhig zu bleiben, während er selbst wie die anderen immer weiter lächelte.
»Er macht ihr den Hof, ja?« fragte Fox respektlos. »Nennt man das heutzutage so?«
John rückte vom Tisch weg, seine Augen glühten vor Zorn. »Ich bitte Sie, sagen Sie, was Sie wirklich meinen, Sir!«
»Ich glaube, das habe ich getan, Junge«, erwiderte Fox, der ihn nicht wieder anschaute.
Steif wie eine Marmorstatue, die Arme zu beiden Seiten, die Hände zu Fäusten geballt, ragte John drohend über ihnen auf.
»Setzen Sie sich, Mr. Smythe«, sagte Sheridan mit fester strafender Stimme, als seien er und Fox Schuljungen, die gerügt werden müßten.
Langsam verblaßte Fox' sardonisches Lächeln angesichts dieser bedrohlichen jugendlichen, ungezähmten Wut. Weise entschloß er sich, den jungen Mann nicht länger zu reizen, räusperte sich und schaute wieder auf seine Karten. John sah seinen Onkel an, auf dessen Gesicht sich ebenso wie auf dem von Sheridan Verachtung widerspiegelte. Langsam sank er auf

den freien scharlachroten Sessel, während Lord Townshend begann, die Karten auszuteilen. Er nahm seine Karten vom Tisch auf, aber in seinem Kopf wirbelten die Emotionen und der Schock sturzbachartig durcheinander.

Hatte sie deshalb Francis Russell zurückgewiesen? Eher erwürge ich sie, als zuzulassen, daß sie ein weiteres Zwischenspiel dieses verdorbenen, impulsiven dürftigen Ersatzes von einem königlichen Erben wird!

Er hatte all diese schmutzigen Geschichten gehört. Alles über die Frauen. Alles über die Spielerei. Er las wie jeder andere Zeitung. Nein. Maria durfte die Familie einfach nicht auf diese Weise in Verruf bringen.

Er spürte, wie sein Gesicht fleckig wurde. Die Ader an seinem Hals pulsierte vor Zorn, je länger er darüber nachdachte. Er konnte es einfach nicht zulassen. Unmöglich! Ihretwegen! Seinetwegen. Aufgrund dessen, was solch ein Skandal ihnen allen antun würde.

»Spielen Sie, mein Junge?« hörte er Fox über das Rauschen seines eigenen finsteren Zorns hinweg fragen.

John atmete tief, bis er sich wieder zu Verstand kommen spürte. Dann warf er einen Blick auf seine Karten. Vor seinen Augen tanzte ein Nebel aus Rot, Weiß und Schwarz. Aber er mußte sich zumindest im Moment darüber hinwegsetzen. Es war eine zu großartige Gelegenheit, mit solchen einflußreichen Köpfen zu spielen. Wirklich ein Privileg. Jeder in London war dieser Ansicht ... selbst wenn Sheridan sich für seinen Geschmack als ein wenig zu selbstgefällig herausstellte und ihm der Anblick des extravaganten, zerzausten Charles James Fox bereits Zahnschmerzen verursachte.

Am nächsten Morgen brach Maria einen Jasminzweig ab und hielt ihn sich unter die Nase. Er war voll erblüht und duftete köstlich. Der Kiesweg war gesäumt von Primeln, Geranien und hoch aufragendem weißen Baldrian. Sie liebte den Sommer besonders wegen der Blumen.

»Komme ich zu spät?«

Eine tiefe, feste Stimme erklang hinter ihr, und sie wußte aufgrund des berauschenden Zibetparfüms, das diese Worte begleitete, daß es der Prince of Wales war.

Fast wäre sie vor Isabella und ihrem Onkel aufgebrochen, um nicht gezwungen zu sein, ihm wieder gegenüberzutreten. Aber das war ein vergeblicher Funke Logik in einer Situation, die von Anfang an jeglicher Vernunft trotzte.

George hatte gestern, als er sie küßte, ihren Entschluß ins Wanken gebracht, und tief im Inneren, unter den Schichten des Widerstandes, wollte irgend etwas in ihr dasselbe noch einmal empfinden. Mit ihm.

Maria drehte sich um. Ein breitkrempiger Strohhut beschattete ihr Gesicht, und sie hielt einen Strauß aus Stockröschen, Rosen und kleinen duftenden Jasminrispen in den Armen.

George trat einen Schritt zurück. Ihr Gesicht wirkte genau wie am ersten Abend in der Oper, bevor sie ihn wahrgenommen hatte. Sanft. Verletzlich. Die Wangen rosig angehaucht. Voll von einer Lebensfreude, die er noch nicht einmal ansatzweise verstand. Seine einzige Hoffnung bestand darin, sie zu gewinnen, sie in seine turbulente, lieblose Welt hineinzuziehen und diese dadurch zu ändern. Und sich ebenfalls.

»Ist alles in Ordnung mit Ihnen?« fragte sie mit einem besorgten Unterton, bei dem ihm warm ums Herz wurde.

»Das Morgenlicht steht Ihnen«, sagte er sanft und hielt ihr seinen gebeugten Arm entgegen, so daß Maria sich unterhaken konnte.

Sie schlenderten im Schatten einer Pergola, die dicht mit smaragdgrünem Efeu überwuchert und mit rosaroten Rosen verbrämt war, einen der Gartenwege entlang.

»Ich freue mich, daß Sie zugestimmt haben, mich zu sehen.«

»Ich habe nie zugestimmt. Und eingeladen haben Sie sich selbst«, sagte sie mit einem halben Lächeln.

»Aber Sie haben mich nicht zurückgewiesen. Nur das ist wichtig.« Einen Augenblick später sagte er: »Ich habe Ihnen etwas mitgebracht.«

»Ich hoffe, nicht noch mehr Juwelen.«

Er blieb stehen und drehte sich zu ihr um. »Erst wenn Sie mir sagen, daß ich das darf.« George zog eine kleine Schachtel, die in orange Folie eingewickelt war, unter seinem dunkelblauen Mantel hervor und hielt sie ihr hin. Mißtrauisch blickte sie zu ihm auf, die Vorsicht kehrte zurück.

»Eine Lockspeise!« Er lachte, als er ihr Zögern bemerkte. Sie schaute von der Schachtel auf und mußte dann auch lachen. »Ich hoffe, Sie mögen Süßigkeiten«, sagte er.

Immer noch lachend nahm sie die Schachtel, und als sie wieder zu ihm hochblickte, fühlte sie sich glücklich, beschwingt und vollkommen entwaffnet. »Das tue ich. Danke.«

»Gut.« Er lächelte. »Sehr schön.«

Sie schlenderten weiter, vorbei an einer kleinen Vogeltränke aus Ton, in der zwei hellgraue Finken planschten. Als George die kleine eiserne Bank in einer bemalten Laube sah, nahm er Maria bei der Hand und führte sie dorthin. Eine Weile unterhielten sie sich müßig im Schatten der Laube, während die Bienen in den Blumen um sie herum summten. Dann wechselte George das Thema.

»Wissen Sie, daß vor Ihnen noch nie eine Frau den Mut hatte, mich zurückzuweisen?«

»Man sagt, für alles gibt es ein erstes Mal.«

»Sie sind wirklich die kurioseste und gleichzeitig faszinierendste Frau, die ich je kennengelernt habe, Maria«, sagte er mit einer so achtunggebietenden Stimme, daß sie eine Gänsehaut bekam.

»Eure Hoheit, bitte –«

Maria sprang auf, aber George packte ihre Hand und zog sie wieder neben sich. Kraftvoll. Gebieterisch. Mit einem Hauch von Gefahr. All die Dinge, die sie sich bei den Männern, die sie geliebt hatten, gewünscht und doch nie bekommen hatte.

Er beugte den Kopf, um den Duft des Rosen-und-Jasmin-Straußes aufzunehmen, den sie wie einen Schild zwischen ihnen hielt. Diese Geste, eine Kleinigkeit nur, sorgte dafür, daß sie sich entspannte. »Ich möchte nichts weniger auf der Welt, als Sie beleidigen, und doch tue ich anscheinend ständig nichts anderes.«

Sie spürte diesmal die Aufrichtigkeit seiner Worte, als besäßen sie eine eigene Macht, und dieses Wissen löste in ihr plötzlich den Wunsch aus, freundlicher zu sein.

»Es liegt einfach daran, daß Sie ständig auf mich einstürmen, mich bedrängen, Sie zu akzeptieren, als ginge es hier um eine Art Wettbewerb. Aber noch nie haben Sie aufrichtig über sich selbst gesprochen, so daß ich etwas mehr über den Mann erfahren könnte, mehr kennen würde als nur sein Erscheinungsbild in der Öffentlichkeit.«

George hielt einen Augenblick inne und schaute dann überrascht zu ihr hoch. »Ich glaube, es hat mich noch nie jemand darum gebeten.«

Sie berührte seine Hand. »Ich bitte Sie darum.«

Der Hoffnungsfunke war zu einer Flamme geworden. Seine Stimme wurde tiefer, als er seine Worte sorgfältig wählte. »Ich vermute, daß all die anderen genau an diesem Bild interessiert waren, nicht an dem Menschen. Ich habe mich daran gewöhnt, Frauen nur das zu geben, was sie, wie ich glaubte, haben wollten.«

»Ich will nicht wie diese anderen Frauen sein«, sagte sie und legte ihre Hand auf die seine.

Sie lächelten einander vorsichtig an.

»Sie für jemanden wie alle anderen zu halten wäre unmöglich.«

»Sagen Sie es mir«, flüsterte sie.

Er wandte den Blick von ihr ab hinaus in den Garten. Er war noch nie zu einer Frau in seinem Leben ehrlich gewesen und war sich unsicher, ob er es jetzt konnte. Das Risiko war so groß. Aber zum ersten Mal wollte er es versuchen, Maria zuliebe.

»Ich denke, man könnte mein Leben als eine künstliche Nachbildung bezeichnen.« Er ließ die Worte nachklingen, um zu entscheiden, ob ihm eine Fortsetzung dieser Beichte erträglich schien. Die Empfindung, die ihn im Nachhall seiner eigenen Worte überfiel, war seltsam, aber dennoch tröstlich.

Er fuhr fort. »Ja, ich lebte ganz großartig, so wie die meisten sich das auch vorstellen würden. Wenn es dem König gerade so gefiel, genoß ich das ganze Drum und Dran königlicher Prachtentfaltung. Und dennoch lebte ich selbst in diesen Phasen nicht wirklich, wie ich heute weiß.« George drehte seine Hand um und umklammerte ihre mit einer Art beherrschter Verzweiflung. »Ich weiß nicht, ob Sie das verstehen können.«

»Ich bin mir nicht sicher.«

»Nein, ich glaube, das können Sie nicht. Schließlich, warum auch? Sie hatten ja eine Familie, für die Sie mehr bedeuteten als die bloße Fortsetzung einer Dynastie, ein Bedarfsartikel, der gepflegt und bei der Stange gehalten werden mußte.«

»Aber sicher ist Ihr Leben doch mehr gewesen als das.«

»Da bin ich mir nicht so sicher.«

»Es muß doch irgend jemanden gegeben haben, der sich wirklich um sie gekümmert hat.«

Das Bild von Belle Pigot tauchte vor seinem inneren Auge auf. Aber er sagte es nicht. »Eines Tages werde ich, so Gott will, der König von all dem sein«, sagte er mit ausgestreckter Hand. Dann schaute er sie mit dem traurigsten Gesichtsausdruck, den sie je in ihrem Leben gesehen hatte, wieder an. Sein Blick raubte ihr den Atem.

»Aber ich will mehr. Was ich will, Maria, ist, als Mann geliebt zu werden, nicht als Prinz aufgrund dessen, was meine Stellung bietet. Und das Traurigste von allem ist, daß ich nicht einmal wußte, wie einsam ich war, bis ich zum ersten Mal in Ihre Augen schaute.«

Als er sich vorbeugte, um sie zu küssen, wich Maria zurück.

»Eure Hoheit muß wirklich damit aufhören.«

»Weil Sie mir immer noch nicht glauben?«

»Weil ich nicht das gleiche empfinde.«

»Aber woher wissen Sie das, wenn Sie Ihre ganze Energie darauf verschwenden, sich gegen diese Möglichkeit zu wehren?«

»Sie sind der Prince of Wales, und ich bin einfach nur eine weitere Eroberung.«

»Großer Gott! Ich habe Ihnen mein Herz offengelegt, einfach, weil Sie mich darum gebeten haben, und dann besitzen Sie den Mut, mich mit solch einer Gleichgültigkeit zu verwunden! Ich verstehe Sie überhaupt nicht!«

Sie ließ das Schweigen zwischen ihnen einen Augenblick fortdauern, während sie an dem weißen Band der ungeöffneten Konfektschachtel herumnestelte. »Sie ängstigen mich.«

»Weil ich den Mut habe, ehrlich zu sein?«

»Ihre Leidenschaft ängstigt mich.«

Er nahm ihr Kinn sanft in seine Handfläche, durch ihre plötzliche Aufrichtigkeit nur angespornt. »Sie müssen nichts an mir fürchten, schöne Maria. Ich möchte Ihnen nur Glück und Zufriedenheit schenken. Und das kann ich, wenn Sie mir die Chance dazu geben.«

Als er sich ihr diesmal zuwandte, widerstand Maria ihm nicht. So gefährlich es auch war, sie verzehrte sich nach dem Gefühl seiner warmen Lippen auf den ihren. Sie sehnte sich danach, daß er ihren Körper an sich zog und sie die volle Macht seiner Begierde wieder spürte.

Widersprüchliche Gefühle überwältigten sie – Verlangen, Taumel, Zuneigung und nach wie vor auch der Drang, ihn von sich zu stoßen, weil dies alles so gefährlich war. Während sie sich küßten, atemlos und drängend, und seine Zunge mit der ihren verschmolz, fühlte Maria sich voller Euphorie und gleichzeitig den Tränen nahe. Sein Griff um ihren Arm wurde fester, sie schnappte nach Luft, hatte das Gefühl zu ertrinken.

»Ich will dich«, wisperte er in ihr blaßgoldenes Haar, als sie sich voneinander losrissen. »Ich will dich ganz. Ich sehne mich verzweifelt danach, deinen Körper unter mir zu spüren, dir den Rest von mir ebenso voll und ganz zu schenken wie mein Herz.«

Maria zuckte zurück. Die Blumen und die Schachtel mit dem Konfekt fielen zu Boden. »Also wollen Sie mich zu Ihrer ... Mätresse machen?«

»Ich wünsche mir, daß du die einzige Frau in meiner Welt bist. Was immer das zwischen uns beiden bedeuten mag.«

Er versuchte sie an sich zu ziehen, aber sie widersetzte sich ihm, ernüchtert durch die Erkenntnis dessen, was er ihr gerade vorgeschlagen hatte. Aber darauf kam es gar nicht an. Sie durfte keinerlei Art von Beziehung zu diesem Prinzen unterhalten. Er war für sie tabu. Guter Gott, woran hatte sie gedacht? Gefühle?... Phantasien? Das war Wahnsinn.

Ja, sie wollte verliebt sein. Ja, sie wollte fühlen, was so ein unglaublich schöner und gefährlicher Mann sie fühlen ließ. Angebetet sein. Mitgerissen zu werden. Aber nicht um diesen Preis.

Ehre. Ruf. Wenn diese verloren waren, was blieb ihr dann noch? Wie anders war sie als dieser Mann neben ihr. Wie anders ihre Vergangenheit. Wie anders waren anscheinend auch ihre Träume für die Zukunft. Auf der einen Seite ein makelloser Ruf. Auf der anderen Seite einer, der nicht schlechter hätte sein können. In ganz London wurde er in Karikaturen als leichtsinniger, lasterhafter Erbe dargestellt. Jeder Augenblick mit ihm wie der jetzige war ein Risiko. Schweigend und überrascht saß er da; ihr Gesicht hatte sich rasch zu einer schützenden Maske des Vorwurfs verwandelt, ihre dunklen Augen blitzten.

»Es ist vielleicht für einen Mann wie Sie ein Schock...«

Er schüttelte den Kopf. »Alles, was Sie tun, überrascht mich, Maria.«

»Ich bin eine gläubige Katholikin, Eure Hoheit.« Sie warf den Kopf zurück und versuchte verzweifelt, entschiedener zu klingen, als sie sich fühlte. »Ich kann niemandes Mätresse sein. Auch nicht die Ihre. Ganz gleich, was ich empfinde.«

»Ich hatte überhaupt keine Ahnung, daß Sie meine Gefühle für Sie als Beleidigung auffassen würden.«

»Nun, jetzt wissen Sie es.«

Er nahm wieder ihre Hand und drückte sie. »Kommen Sie mit mir.«

»Das kann ich unmöglich.«

»Ihre Ehre wird nicht gefährdet. Sie haben mein Wort.«

Sie hielt einen Augenblick inne und studierte sein Gesicht.

Sie las nur Aufrichtigkeit darin. »Aber wohin wollen Sie gehen?«

»Nicht weit von hier. Wirklich nur um die Ecke. Ich würde gerne den Bewohnern eines kleinen Hauses in der Canterbury Road einen Besuch abstatten. Dort lebt jemand ganz Besonderes, den Sie kennenlernen sollten. Ich werde dafür sorgen, daß Sie rechtzeitig vor Ihrer geplanten Abfahrt nach Blackheath zurück sind.«

Er merkte, wie überrascht sie war. Canterbury Road war eine bescheidene Wohngegend, in der Londons arme Bevölkerung lebte. George zog sie schweigend hoch. Sie standen einander gegenüber. »Wir schlüpfen einfach zu Ihrem Gartentor hinaus. Es ist nur ein kurzer Weg. Bitte, Maria. Es ist wichtig für mich.«

»Aber Ihr Fahrer, Ihre Wache? Ist das denn sicher?«

»Wir gehen unbeobachtet hinaus, machen wie irgendein x-beliebiges Londoner Paar einen Spaziergang. Das allein«, meinte er lächelnd, »ist das Spiel wert.«

Die Frau, die nach zweimaligem Pochen des halbverrosteten Klopfers die Tür öffnete, war klein und unscheinbar. Sie trug ein schmuckloses elfenbeinfarbenes Leinenkleid mit einem weißen Schultertuch und ein Häubchen. Überrascht riß sie ihre dunklen Augen auf, als sie den Prince of Wales vor ihrer Tür sah.

»Was um Himmels willen – Was tun Sie hier, Sir?«

George lächelte. »Bitten Sie uns doch herein, Belle, bevor Ihre Nachbarn sich dasselbe fragen.«

Das Fachwerkhaus, das Belle Pigots krankem Bruder gehörte, war klein. Aber was ihm an Größe fehlte, machte es durch Wärme und Charme wett. Ein riesiger Kamin beherrschte eine ganze Wand des niedrigen Wohnzimmers, in dem Polstersessel standen und ein Tisch mit einer Vase voller Tausendschönchen auf einem Spitzendeckchen. Beim ersten Schritt über die Schwelle spürte Maria, wie sie sich entspannte. Das war eine Welt, die weit entfernt war von dem Pomp und der Pracht in Carlton House.

»Wie geht es ihm, Belle?«

Sie machte einen korrekten Knicks. »Meinem Bruder geht es viel besser, seit er erfahren hat, daß wir nach Madeira reisen. Das ist alles Ihr Werk, Sir, und wir danken Ihnen ganz herzlich.«

George lächelte und küßte ihre Wange. »Sind wir jetzt also beim Sir angelangt, wo du mir doch früher die Tränen abgewischt und mich ins Bett gestopft hast? Nicht mit mir, meine Gute!«

Belle warf Maria, überrascht über deren Anwesenheit, einen Blick zu, und Maria erfaßte instinktiv, wie ungewöhnlich es war, daß er eine Frau hierherbrachte. »Mrs. Fitzherbert«, sagte er. »Darf ich Ihnen meine liebste und teuerste Freundin vorstellen – sie ist mir so teuer, wie eine Mutter es nur je sein könnte – Belle Pigot.«

»Es ist mir eine Ehre, Mrs. Pigot«, sagte Maria lächelnd und streckte ihr die Hand entgegen.

»Als ich ein Kind war«, sagte er, während er erst Maria, dann Belle zu einem Sessel geleitete und dann selbst Platz nahm – eine höchst unprinzliche Reihenfolge –, »rettete Belle mich, im wahrsten Sinne des Wortes, nicht nur vor dem König, sondern auch vor mir selbst. Ich war damals ein elender Bursche, einsam, verängstigt, der auf alles einschlug. Sie allein gab mir den Glauben, daß es dort draußen jenseits der Trostlosigkeit etwas gab, auf das es sich zu warten lohnte.«

»Ich half dir nur, die Dinge besser zu erkennen, die du bereits selbst spürtest.«

»Oh, nein. Du warst damals meine Retterin.« Er lächelte wieder.

»Und du bist auf ewig meine treueste Seele. Das läßt der Frau, die ich eines Tages heiraten werde, etwas weniger übrig. Aber ich vertraue darauf«, er warf Maria einen Blick zu, »daß die richtige Frau das verstehen wird.«

Er war solch ein Rätsel, dachte Maria, als sie sah, wie er sich entspannte, wie er hier in diesem Zimmer ein Mann wie jeder andere wurde. Voller Gefühl und Ehrlichkeit und Tiefe. Gerade als sie bereit war, die Gerüchte über ihn zu glauben, tat er die außergewöhnlichsten Dinge, um sie zu zerstreuen. Belle servierte Tee mit köstlichen kleinen Sandwiches und Kuchen, und dann half George ihrem kranken Bruder ins Wohnzimmer, deckte seine Knie mit einer gestrickten Decke zu und machte es ihm in einem Sessel nahe dem Feuer gemütlich. Charles Pigot war blaß und ausgezehrt, aber er lächelte angesichts dieses unerwarteten Besuches und speziell darüber, daß der zukünftige König von England sich die Zeit nahm, in sein bescheidenes Häuschen zu kommen und sich nach seiner Gesundheit zu erkundigen.

Als sie geplaudert und gelacht und ihren Tee getrunken hatten, bestand George darauf, Charles zurück ins Bett zu helfen. Maria räumte zusammen mit Belle das Teegeschirr ab. »Er ist hier bei Ihnen ganz anders, stimmt's nicht?« fragte Maria vorsichtig. »Anders ist diesmal nur, Kind, daß er Sie mitgebracht hat. Ihr netter Besuch ist ganz außergewöhnlich für meinen Bruder und mich.«

Maria stellte das Geschirr auf den Küchentisch. »Sie meinen, er hat noch nie zuvor eine Frau hierher zu Ihnen mitgebracht?«

»Noch nie. Ich habe natürlich von ihnen gehört, von vielen. Aber bis heute kam er immer allein hierher.«

Maria war verblüfft. »Sie sind ihm sehr teuer.«

»Genau das wollte ich Ihnen gerade sagen.« Belle ließ ihre dunklen Augen auf Maria ruhen. »Haben Sie ihn gern?«

»Ich weiß es nicht.«

»Er hat ganz eindeutig viel für Sie übrig.«

»Ich wollte das nicht glauben.«

»George ist ein äußerst komplizierter Mann, meine Liebe. Er ist in seinem jungen Leben schon sehr tief verletzt worden. Wenn er Sie hierhergebracht hat, sind Sie ihm wohl das Risiko der Liebe wert. Ich bitte Sie, gehen Sie behutsam mit diesem Wissen um.«

»Wissen Sie, daß ich katholisch bin?«

»Liebe ist Liebe, mein Kind. Sie kennt nur wenige Grenzen.

Bis zum heutigen Tag bin ich immer noch voller Scheu angesichts der Zuneigung eines Prinzen zu einer einfachen Frau vom Lande wie mir. Aber ich nehme ihn so, wie er ist, nicht wie man über ihn redet. In Ihrem Herzen sehen Sie ihn auch anders, sonst wären Sie heute nicht mit ihm hier.«

»Ich will aber nicht seine Mätresse werden.«

»Dann werden Sie seine Freundin.« Belle lächelte warm, herzlich und voller Freundlichkeit. »Er hat nur wenige echte Freunde an Orten wie dem Brook's oder in diesem alten Mausoleum, das er so verzweifelt in ein Zuhause zu verwandeln versucht. Und ich werde London für eine Weile mit meinem Bruder verlassen. So viele hier in der Stadt wollen etwas vom Prince of Wales. Wie erfrischend muß es für ihn sein, eine Frau kennenzulernen, der Selbstachtung mehr bedeutet als Macht. Kein Wunder, daß er so verzaubert ist, wenn ich das so sagen darf.«

Als sie an jenem Abend in den Salon kamen, war es beinahe Mitternacht. Die meisten Lampen waren gelöscht, und das Feuer glomm nur noch schwach. Maria sank erschöpft in einen der Polstersessel, ohne auch nur Hut und Handschuhe abzulegen. Sie fühlte sich schwer wie ein Stein. Es war ein langer Ausflug gewesen nach Blackheath und zurück. Die Straßen waren in viel schlechterem Zustand, als sie dies vom vergangenen Sommer in Erinnerung hatte.

John goß sich ein Glas Sherry ein, während Jacko ihm Mantel, Hut und Handschuhe abnahm und Fanny einen kleinen Holzscheit auf das niedergebrannte Feuer legte. Als sie mit einem langen Schürhaken hineinstieß, flackerte die Schlacke wieder auf, und Maria spürte die warme Glut. Einen Augenblick schloß sie die Augen, bis sie merkte, daß John auch ihr ein Glas Sherry hinhielt. Mit einem Nicken nahm sie es entgegen und nippte langsam die wärmende Flüssigkeit.

Zum ersten Mal in dieser Saison hatten Isabella und Charles sich entschlossen, sie an dem kleinen Eisentor abzusetzen und in ihr eigenes Haus am Piccadilly zurückzukehren, ohne noch einen Schlummertrunk mit ihnen zu nehmen. Maria war erleichtert. Nachts kühlte es sich ab, und der Friede, wenn man ihn denn alleine genießen konnte, war so herrlich.

»Dürfte ich jetzt Ihren Hut haben, Madam?« fragte ihre Zofe sie mit einer Stimme, die fast ebenso sanft und bescheiden war wie die von Maria.

»Danke, Fanny«, sagte sie müde.

Es war ein langer Tag gewesen, und dennoch konnte Maria selbst jetzt ihre Gedanken nicht vom Prinzen abwenden. Kaum hatte John sich mit einer Tageszeitung in dem Sessel neben seiner Schwester niedergelassen, als es wieder begann... das Klopfen an der Haustür.

»Jacko!« rief John geistesabwesend hinter seiner Zeitung hervor. Er schaute auf und lächelte zu seiner Schwester, aber diese war bereits aufgesprungen.

»Nein!«

Jacko kehrte in den Salon zurück, die Mäntel noch in der Hand. Sein Gesichtsausdruck war ebenso besorgt wie der von Maria. Er stand neben Fanny, die ganz blaß geworden war. Sie trat ein wenig näher auf Maria zu. »Was sollen wir bloß tun, Madam? Es ist schon das dritte Mal heute abend.«

Wieder klopfte es.

John blickte zu seiner Schwester herüber, die Lippen geöffnet, die Augen vor Überraschung weit aufgerissen.

»Wer, zum Teufel, ist das?«

Jacko schaute Maria fragend an, da er es nicht wagte, ohne ihre Zustimmung zu sprechen. Aber sie sah weg. Fanny rang nervös die Hände und warf einen Blick zur Tür.

Nach einer Pause setzte erneut das gleiche hartnäckige Klopfen gegen den Löwenkopf ein wie bereits vor zwei Tagen. In der ganzen Park Lane gab es kein Haus, das es nicht gehört hatte. Als niemand seine Frage beantwortete, eilte John zum Fenster und spähte hinter den Damastvorhängen hervor, wie Anne es getan hatte. Neben einer leuchtendgelben Kutsche mit heruntergezogener karmesinroter Fensterblende standen zwei Kutscher in königlicher Livree. Sie tuschelten miteinander, während der Prince of Wales hochaufgerichtet und gebieterisch an der Tür stand, als sei es mitten am Nachmittag.

John wirbelte herum, seine Augen funkelten, und seine schmale Nase war ganz spitz und weiß vor Zorn. »Wie kannst du es wagen, mir nicht zu erzählen, daß zwischen euch beiden etwas vorgeht? Gestern abend habe ich sogar meinen Ruf riskiert, als ich dich gegen Charles James Fox persönlich verteidigte!«

Maria schaute ihren Bruder mit ernstem Gesichtsausdruck an. »Ich dachte zu Beginn, es sei nur ein harmloser Flirt. Isabella und Anne haben ihn sogar unterstützt.«

»Dann ist das also schon einmal passiert?«

»Ja.«

»Guter Gott! Dieser lasterhafte Mensch wird uns noch zum Gespött von ganz London machen, Prinz hin oder her!«

»Er ist längst nicht so schlimm wie sein Ruf, Bruder.«

»Was zählt denn auf Erden mehr als der Ruf?«

Als sie an George dachte, was er ihr heute gezeigt hatte von sich selbst und seiner Welt, spürte sie, wie ihr Herz gerührt wurde. »Ich glaube allmählich, eine ganze Menge.«

»In einer Nacht macht er alles zunichte, was ich für diese Familie getan habe!«

»Wollen Sie also mit ihm sprechen, Sir?« fragte Jacko unschlüssig, als die Köchin und ein Zimmermädchen von der Küche hereinspähten. Beide trugen bereits Nachthemden.

John blickte wieder in das zerknitterte Gesicht des hochgewachsenen Butlers seiner Schwester, als hätte er in seiner Überraschung vergessen, daß sonst noch jemand im Zimmer war. Er sah den erwartungsvollen Gesichtsausdruck des Dieners. Schließlich war er jetzt der Haushaltsvorstand. Es war jetzt seine Aufgabe zu handeln. Aber auch wenn er noch so wütend und schockiert war, er konnte es nicht riskieren, den Kronprinzen zu beleidigen. Das würde seiner gesellschaftlichen Stellung weit mehr schaden als irgendein Aufruhr, den Seine Königliche Hoheit vor der Tür seiner Schwester veranstaltete.

»Warten Sie, bis meine Schwester und ich sicher oben sind«,

wies John ihn schließlich an, »dann teilen Sie dem Prinzen bestimmt mit, daß wir uns zur Nacht zurückgezogen haben. Ihm bleibt dann keine andere Wahl, als zu gehen.«

Jacko öffnete den Mund, um zu antworten. Dann besann er sich eines Besseren und beschloß zu schweigen. Er warf Maria einen weiteren Blick zu, weil er ihre Zustimmung suchte. Aber sie war zu verwirrt, um überhaupt irgend etwas zu sagen.

»Sehr wohl, Sir.« Jacko nickte schließlich in die Stille hinein und drehte sich wieder zur Tür um.

»Was, um Himmels willen, ist in dich gefahren, diesen Flirt zu dulden?« klagte er sie an.

Maria blickte ihren Bruder an. Würde sie es ihm je begreiflich machen können, wo sie sich doch nicht einmal sicher war, ob sie es selbst verstand? Maria dachte an Georges Augen, sein schönes Gesicht, sein Lächeln und holte tief Luft. »Nun gut«, sagte sie gleichmütig. »Du willst es also wirklich wissen? Die Wahrheit, mein lieber Bruder, lautet, daß mir nach zwei aufgezwungenen Ehen, die mich kalt, reich und allein zurückließen, jetzt plötzlich alles verändert erscheint. Ich fühle mich durch ihn wie ein anderer Mensch!«

Fanny errötete und senkte den Blick. John stöhnte. »Guter Gott, das ist ja schlimmer, als ich dachte.«

Plötzlich funkelten ihre Augen. »Ich fühle mich von ihm angezogen, guter Gott, ja. Er sieht gut aus, bringt mich zum Lachen, und zum ersten Mal in meinem Leben möchte ich sehen, was das Leben noch für mich bereithält, ohne Angst davor zu haben! Ich kann mir nicht länger vorstellen, die berechenbare und einsame Frau zu sein, die ich war, bevor ich ihn traf!«

»Das ist der helle Wahnsinn, Maria! Ich kann nicht glauben, was ich höre!«

»Ich kann offen gestanden auch nicht glauben, was ich sage. Aber das ändert nichts.« Maria erhob sich langsam, ihr Blick war noch immer fest auf ihren erstaunt dreinblickenden Bruder gerichtet. »Möge Gott mir verzeihen, daß ich diese höchst intimen Gedanken ausgesprochen habe, aber wie kein Mann vor ihm versteht der Prince of Wales es, mich aus der Fassung zu bringen, zu erregen und vollkommen zu überraschen.«

Fanny folgte Maria mit einer weißen Kerze in einem silbernen Kerzenhalter die Mahagonitreppe hoch in deren Schlafzimmer. Sie entzündete erst zwei und dann noch eine dritte Kerze, bis der ganze Raum in warmes Gold getaucht war. Sie schloß die Tür, und Maria setzte sich auf die Bettkante. Aber fast noch im selben Moment stieß John die Tür so heftig auf, daß sie mit einem lauten Knall gegen die Wand dahinter schlug.

»Laß uns allein«, befahl er in barschem Ton.

Fanny setzte die Kerze auf einen kleinen Tisch, knickste und ging.

Kurz darauf hörten sie, wie unten die Haustür geschlossen wurde. Das energische Klopfen hatte aufgehört. Durch das geöffnete Fenster vernahm man nur das mittlerweile schon vertraute Geräusch der Kutsche des Prinzen, wie sie gleichmäßig durch die Nacht rollte.

»Wenn ich auch nur noch ein Fünkchen Selbstachtung bewahren will, bleibt mir keine andere Wahl, oder, John?«

»Soweit ich sehe, nicht.«

Maria preßte ihr Gesicht in die Hände, als ob der Zauber durch die Abwesenheit des mächtigen Mannes, der sie damit belegt hatte, langsam abklingen würde. Die Realität setzte sich wieder gegen ihre Gefühle durch. Sie könnte alles verlieren, wenn sie zuließ, daß diese gefährliche Anziehungskraft weiter auf sie einwirkte. Er war Englands Thronerbe – sie mußte sich daran erinnern, ganz gleich welche Gefühle er in ihr wachrief –, und sie war eine Katholikin. Punktum.

II

Ich sprach zu meiner Liebsten, sprach –
Aus meinem Herzen ihr;
Zitternd, kalt, in grauser Furcht –
Ach, entfloh sie mir.

William Blake

4. Kapitel

Herbstlaub flog ziellos über den gepflasterten Hof, wirbelte in einem wirren Knäuel aus Rot, Gold, Bronze und Braun auf. Frankreich war Anfang Oktober 1784, zwei Monate nachdem sie aus England geflohen war, ein Feuerwerk aus Farben. Kastanien und knorrige Eichen ließen wie Tränen bunte Blätter aus einem blutroten Himmel fallen.

Unten im Tal barsten die kleinen Marktstände noch vor frisch geernteten Kartoffeln, leuchtendorangen Möhren und herrlichen grünen Wachsbohnen. Alte Frauen riefen mit runzeligen Lippen ganze Litaneien auf französisch, die abgetragenen Schürzen und Holzschuhe lehmverkrustet. Karren, die von Eseln, einige auch von Männern gezogen wurden, drängten sich auf den grobgepflasterten Straßen. Reiche Damen aus England, die der Heilquellen in dieser Stadt wegen hier waren, hoben ihre eleganten Röcke an und spazierten neben ihren Ehemännern durch dieses Gedränge. Aber oben auf dem sanft gewölbten, von einem Wald gesäumten Hügel, herrschte eine Schlichtheit, die den Rest der Welt ausschloß. Maria saß im Zwielicht alleine auf der gefliesten Veranda und trank gezuckerten Tee aus blauem Porzellan. Der Duft von gebratenem Geflügel und Kräutern begann die Luft wie ein schwerer Schleier zu erfüllen. Dies war eine andere Welt als die turbulente, die sie zurückgelassen hatte.

Das Haus in Plombières, in das sie geflohen war, bestand aus einer Gruppe von Gebäuden mit niedrigen Giebeln, die von einem offenen Hof umgeben waren. Alle Gebäude waren aus Fachwerk und mit blaßgrünem Moos überwuchert. Wenn es so kühl war wie jetzt, drängte Madame Mouchard, ihre breithüftige Haushälterin, sie in gutturalem Französisch, hereinzukommen. Aber seit sie England verlassen hatte, war die Abenddämmerung Marias bevorzugte Tageszeit. Der kalte Wind blies ihr ins Gesicht, bronzene Blätter wirbelten um sie herum. Es war das Gefühl, frei zu sein, frei von allem, was sie in England gebunden hatte.

Als Madame Mouchard keinen Erfolg mit der Bitte an ihre Herrin hatte, knallte sie die kleine grüne Tür gegen den Holzrahmen und sandte Verstärkung aus.

Lady Lindsay war groß und schlank, beinahe hager, was überhaupt nicht der Mode entsprach. Aber ihre Schönheit lag in ihrem Gesicht, einem glatten Oval mit großen veilchenblauen Augen und vollen, sinnlichen Lippen. Sie stand jetzt mit seltsam besorgtem Gesicht vor Maria. »Du solltest besser hereinkommen«, sagte Anne.

»Ist das Abendessen fertig?«

»Noch nicht. Aber vielleicht würdest du dennoch gerne ein wenig früher hereinkommen.« Ihre veilchenblauen Augen blickten eindringlich auf sie herab. »Du hast Besuch.«

Maria sah auf und stellte ihre leere Teetasse auf den kleinen Weidentisch neben ihr. Wie konnte George sie hier gefunden haben? Ihre Reiseroute war so gut ausgetüftelt, so verschlungen gewesen.

Ihr Herz begann jetzt so laut zu schlagen, daß sie ihre eigenen Gedanken nicht mehr hören konnte. In den vergangenen Wochen hatte sie zu spüren begonnen, was es bedeutete, ohne Angst zu leben, ohne den zerstörerischen Wirbelsturm, der sie ihres Friedens beraubt hatte. Sie war nicht bereit, ihn zu sehen. Noch nicht.

Maria erhob sich langsam und ließ ihr locker gestricktes Umschlagtuch auf die Fliesen gleiten. Mit einem niedergeschlagenen Seufzer folgte sie Anne ins Haus zurück und betrat ein Zimmer, in dem drei Sessel mit eingesunkenem braunem Lederpolster und zwei dazu passende Tische mit Elfenbeinfurnier standen; es war spartanisch, aber elegant möbliert. Vier kleine botanische Drucke in Eichenrahmen bildeten den einzigen Schmuck der weißgekalkten Wände.

»Madame Mouchard und ich sind vor der Tür, wenn du irgend etwas brauchen solltest«, sagte Anne mit ihrer charakteristisch hochmütigen Stimme, dann schloß sie die Tür hinter sich. Maria hielt die Luft an und ballte ihre Hände zu zwei kleinen Fäusten. Sie war noch nicht bereit, ihn wiederzusehen. Noch nicht annähernd bereit, dachte sie, als sie sich langsam umdrehte.

»Sie?« rief sie.

»Gewiß doch.« Der liebenswürdige Herzog von Bedford lächelte. Maria eilte quer durch den Raum, der wegen der Buntglasfenster in roten, blauen und grünen Schatten lag, während er ihr seine schlanken, eleganten Hände entgegenstreckte.

»Aber was machen Sie denn hier, Francis?«

»Wenn ich mich recht erinnere, sagten Sie mir eines Nachmittags in Vauxhall, daß Sie einen Freund weit mehr als einen Ehemann bräuchten. Ich nahm Sie einfach beim Wort.«

Sie standen einander gegenüber und hielten sich bei den ausgestreckten Händen. Die Angst in Marias Gesicht war der Überraschung gewichen.

»Aber wie haben Sie mich gefunden?«

»Ihr Bruder verriet mir, wo Sie sind. Ich hoffe, Sie sind nicht böse darüber.«

»Natürlich nicht. Ich bin so froh, jemanden aus England zu sehen!«

»Ja. Er erzählte mir auch, daß Anne herübergekommen ist, um Ihnen einen Monat lang Gesellschaft zu leisten.«

»Sie ist mir während der ganzen Geschichte eine gute Freundin gewesen. Bitte.« Mit einer Handbewegung forderte sie ihn auf, sich zu setzen. Sie wartete einen Augenblick, dann faßte sie sich an den Kopf und sagte: »Ich bin nur so schrecklich überrascht, Sie hier zu sehen.«

»Und nicht den Prince of Wales, vermute ich.«

Francis sah, wie das Lächeln auf ihrem Gesicht langsam verschwand. »Mein Bruder war, wie ich sehe, sehr gründlich.«

»Er ist schrecklich besorgt um Sie, Maria, so weit weg, wie Sie jetzt sind. Und um ehrlich zu sein, ich auch.«

Der aufrichtige Ausdruck auf seinem schmalen, weichen Gesicht und der Ton seiner Stimme vermittelten ihr die Gewißheit, daß es für ihn ebensowichtig war, die Wahrheit zu sagen wie zu atmen. Sie setzte sich neben ihn.

»Falls es Sie beruhigt, John hat mir nur sehr wenig erzählt. Aber trotzdem ist der Skandal in London in aller Munde. Es wird sogar getuschelt, Sie hätten den Prinzen heimlich vor ihrer Abreise geheiratet.«

»Klatschtanten.«

»Tatsächlich?« Bedford schaute sie mit einer solchen Aufrichtigkeit an, daß es ihr eiskalt den Rücken herunterlief und sie den Blick abwenden mußte.

»Also wirklich, Francis. Machen Sie sich doch nicht lächerlich. Wie könnte ich den Prince of Wales heiraten? Sie wissen genausogut wie ich, daß ich katholisch bin. Ein Fluch für England in den Augen des Königs.«

»Was ich weiß, ist, daß Sie eine schöne, charmante und mitfühlende junge Frau sind, die leicht Opfer der raffinierten Mittel werden könnte, die ein Mann möglicherweise ergreift, um sein eigentliches Ziel zu erreichen.«

Maria lehnte sich in den dunklen Ledersessel zurück und betrachtete eingehend sein Gesicht. In den abendlichen Schatten bestand es nur aus Flächen und Winkeln. Aber es war ein freundliches Gesicht, das immer noch von einem Interesse an ihr beseelt war, welches die Grenzen der Freundschaft weit überschritt. Nein, sie konnte ihm nicht die Wahrheit über ihre Gefühle erzählen. Zumindest nicht jetzt. Nicht solange alles noch so unsicher war.

Brathühnchen und Kräuter, frische Rosinenbrötchen und Törtchen, die mit dicken reifen Brombeeren beladen waren, hüllten das Haus in ein dichtes, rauchiges Aroma. Hinter den Buntglasfenstern verblaßte das messingfarbene Freudenfeuer des Sonnenunterganges allmählich.

»Bleiben Sie zum Abendessen?«

»Es wäre mir eine Ehre.« Er lächelte. Auf seinem Gesicht spiegelte sich die in seinen Fragen liegende Kritik in keiner

Weise wider. Dafür wird noch genug Zeit sein, dachte er. Besser nichts überstürzen. *Sie ist wie ein scheues junges Füllen; wenn ich sie zu sehr bedränge, stoße ich sie vielleicht völlig vor den Kopf.*

»Ich habe mir in der Stadt ein Zimmer genommen, direkt unten am Hügel, in einem kleinen Hotel ganz in der Nähe des Rathauses.«

Sie hörten beide die schwere Messingglocke, die die alte französische Köchin immer zum Abendessen läutete. Eine schwarze Krähe krächzte jenseits der hohen geschnitzten Doppeltür im Hof, die das Geräusch dämpfte. Francis lächelte über den irdischen Frieden, den dieser Ort ausstrahlte. *Vielleicht braucht sie genau das, bis ich eine Chance habe, sie für mich zu gewinnen,* dachte er.

»Dann haben Sie also vor, in Plombières zu bleiben?« fragte Maria.

»Ich habe vor, in Frankreich zu bleiben, Madam«, erwiderte er schließlich und erhob sich, um sie zum Dinner zu geleiten, »solange Sie mich brauchen.«

Am nächsten Morgen bog, noch bevor sie ihren Tee getrunken und den Toast aufgegessen hatte, die schwarz glänzende Kutsche des Herzogs von Bedford in die Straße mit den rauschenden Pappeln ein und ratterte den Hügel hinauf zum Hof des Hauses, das Maria gemietet hatte. Das einzelne Pferd, ein gepflegter schwarzweißer Wallach, wieherte und schnaubte, als Francis die Zügel anzog, um es zum Halten zu bringen. Anne, die neben Maria am Tisch saß, der auf der Veranda gedeckt worden war, blickte von einer wochenalten Ausgabe des *Morning Herald* und einer halbvollen Tasse Kaffee mit Milch auf.

»Meine Güte, wie sie dir aus der Hand fressen.«

Maria zwinkerte heftig. Das war nicht die Art Kommentar, den sie zu hören erwartet hatte. Die ganze Zeit über hatte sie den Eindruck gehabt, Anne sei eine gute Freundin. Bevor sie jedoch noch protestieren konnte, war Francis schon schlank und anmutig aus seiner Kutsche gestiegen.

Bekleidet mit einem eleganten kastanienbraunen Samtfrack mit langen Schößen, einer rauchgrauen Kniehose und dazu passenden Lederstiefeln, stand er auf dem Hof und hob die Hand zum Gruß. Dann reichte er Monsieur Mouchard die Zügel und sprang die vier Stufen zur Veranda hinauf.

»Guten Morgen, meine Damen«, begrüßte er sie und wippte auf den Absätzen seiner dunklen Lederstiefel. »Gut geschlafen, hoffe ich?«

»Sie sind schrecklich früh hier heute morgen«, gab Anne mit vorsichtigem Naserümpfen von sich.

»Das muß an der frischen Luft liegen. Vergangene Nacht habe ich wie ein Baby geschlafen und bin im Morgengrauen aufgewacht«, meinte er lächelnd und umfaßte die Rücklehne eines freien Rohrstuhls. »Darf ich?«

»Bitte.« Maria nickte, als Madame Mouchard mit einer dampfenden alten Messingteekanne aus der Küche trat.

»Bonjour, Monsieur«, schnaubte sie in ähnlich reserviertem Ton wie Anne. »Du café?«

»Könnte ich statt dessen Tee bekommen?«

Madame Mouchard, eine derbe, stämmige Frau mit dunklen Knopfaugen und vollen roten Wangen starrte auf ihn hinab. Ihr Englisch war besser, als sie es gerne zugab. Über den Wunsch des jungen Herzogs war sie alles andere als erfreut, da er mehr Arbeit für sie bedeutete. Die dichten, gerunzelten Augenbrauchen machten ihm das rasch klar.

»Na ja, gut. Vielleicht sollte ich doch besser Kaffee trinken.«

»Madame Mouchard, bitte bringen Sie Seiner Gnaden Tee und etwas frischen Toast. Dieser hier ist schon kalt«, befahl Maria mit entschiedenem Ton.

»Du weißt doch, daß es außerhalb von England keinen guten Tee gibt«, mäkelte Anne und hob den *Morning Herald* wieder vor ihr Gesicht.

Als Madame Mouchard vom Tisch wegschlurfte, murmelte sie etwas Unverständliches auf französisch, das Annes Kommentar widerzuspiegeln schien, und verschwand dann wieder in ihrer wohlriechenden Küche.

»Es tut mir leid«, entschuldigte sich Maria und versuchte zu lächeln. »Die Mouchards arbeiten jetzt schon fast zwanzig Jahre für den Besitzer dieses Hauses, und wenn er es im Herbst und im Winter vermietet, betrachten sie es, fürchte ich, als ihr Eigentum.«

»Ja. Ich verstehe, was Sie meinen.«

Eine kühle Windböe erfaßte die trockenen Blätter auf dem Hof; ein Kissen aus tiefliegenden Wolken jagte vor der Morgensonne dahin und verdunkelte den Horizont.

»Vielleicht wird es doch kein so schöner Tag, wie ich gehofft hatte«, sagte er zu Maria.

»Bis Mittag klart es wieder auf. Das Wetter ist einfach wundervoll hier. Es war jeden Tag wie im Sommer«, sagte Maria.

»Wundervoll.« Francis lächelte und schaute sie an. »Wirklich wundervoll.«

Er war gekommen, um sie auf einen Ausflug zu ein paar alten Kirchen und Dörfern mitzunehmen, mit denen der ausgedehnte Wald um Plombières übersät war. Nachdem er mit Toast und Tee fertig war und sie ihren breitkrempigen Strohhut und das blaue Samtcape geholt hatte, ließ er sie auf dem roten Ledersitz neben sich Platz nehmen. Er zog zweimal an den Zügeln, wendete und lächelte Lady Lindsay verstohlen zu, bevor das Pferd mit einem Satz vorwärtssprang und das kleine schwarze Gespann über die Steine den baumgesäumten Hügel hinabklapperte.

»Wie herrlich!« rief er und lächelte zu Maria hinüber. Seine dichten blonden Locken flogen im Wind, als sie durch den Wald fuhren. »Sie haben also wirklich noch keine dieser wunderbaren Sehenswürdigkeiten erkundet, seit Sie hier sind?«

»Ich fürchte, nein.«

»Aber wo doch all diese Schönheiten und Abenteuer direkt vor Ihrer Haustür liegen –«

Maria berührte freundschaftlich seine Hand.

»Seit ich hier bin, Francis, haben mich andere Dinge beschäftigt.«

Francis hielt den Wagen am Ortsrand eines Dorfes mit Klosterruine an. Er band das Pferd an einem Baum fest. »Sollen wir sie gemeinsam erforschen?« fragte er und deutete dabei auf die Ruine.

Maria nickte und zog sich das Cape über die Schultern. Sie gingen durch den verwilderten Garten zu einer kleinen geöffneten Seitentür und traten ein. Efeu kletterte an der Stelle hoch, wo einst ein Glasfenster gewesen war. Ein Sonnenstrahl funkelte durch die Spinnweben. Weitere Wolken zogen über die Sonne, und plötzlich frischte der Wind auf. Francis sah, wie sie unter dem Samt zitterte.

»Vielleicht sollten wir zuerst einen Platz finden, um Sie aufzuwärmen?« überlegte er, als sie wieder nach draußen gingen und auf das Dorf zusteuerten.

Bains-les-Bains bestand aus einem Haufen kleiner Fachwerkkaten. Kinderstimmen drangen nach draußen. Breithüftige, vollbusige Frauen in groben Kleidern und Kammgarnhalstüchern überquerten die engen Straßen vor ihnen. Manche trugen volle Milchkrüge, andere ihre kleinen Kinder. Über allem lag der köstliche Duft frischer Landluft.

»Vielleicht könnten wir sogar ein Glas Sherry auftreiben, damit Sie wieder rosige Wangen bekommen«, meinte Francis und nahm Marias eiskalte Hand.

»Das wäre wunderbar«, gab sie, noch immer zitternd, zu.

Er schaute sie erneut an, und in diesem Moment überkam ihn ein überwältigender Drang, sie zu küssen. Der richtige Zeitpunkt ist noch nicht gekommen, sagte er sich. Aber eines Tages ...

Während Maria und Francis die Ruinen der Abtei aus dem 13. Jahrhundert erkundeten, kam Anne aus ihrem Zimmer herunter und stieß am Fuß der Treppe auf Madame Mouchard.

»Ich habe einen weiteren Botengang für Sie«, sagte sie mit entschiedener Stimme und reichte ihr einen versiegelten Brief. »Ich möchte, daß Sie ihn noch heute nach England schicken lassen.«

»*Oui, madame. Je vous en prie.*«

Die Haushälterin wischte ihre verschwitzten Hände an der Vorderseite ihres schlichten schwarzen Kleides ab und griff mit zwei ihrer Wurstfinger nach dem Brief. Sie erkannte sofort den Namen, an den er geschickt wurde. Es war derselbe wie letztes Mal. Und das Mal davor. Er war wirklich ein sehr berühmter Mann. Aus dem Königshaus. Fast so berüchtigt wie ihr eigener König Ludwig.

»Nach wie vor, Madame, dürfen weder Sie noch Monsieur Mouchard darüber mit Mrs. Fitzherbert sprechen.«

»*Mais absolument, non, madame.*« Sie schüttelte ernst den Kopf.

»Gut. Dann bleibt es beim gleichen Preis.«

Die alte Frau entblößte lächelnd ihre faulen Zähne und bedeckte ihren Mund rasch mit einer verlegenen Handbewegung. »Ach, Madame Mouchard«, rief sie ihr hinterher, als die Haushälterin bereits ein paar Schritte zurück in Richtung Küche gemacht hatte. »Sorgen Sie wirklich dafür, daß er noch heute morgen abgeschickt wird, hören Sie? Wie Sie sich vorstellen können, wäre es überhaupt nicht angenehm, wenn Mrs. Fitzherbert entdeckte, daß ich den Prinzen über ihren Aufenthaltsort informiert habe.«

Anne empfand nur einen kurzen Augenblick lang Schuldgefühle, Maria auf diese Weise zu hintergehen. Die Gewinnmöglichkeiten waren zu groß. Es war Isabellas Idee gewesen, den Prinzen mit Informationen zu versorgen. Sie hatte das selbst an jenem Abend getan, als Seine Hoheit Maria kennengelernt hatte. Zusammen mit Richard Brinsley Sheridan hatte sie ihr Zusammentreffen arrangiert. Sowohl Maria als auch Anne würden viel davon haben, wenn der Prince of Wales glücklich war. Und wem tat das schon weh? Der wankelmütige Prinz hätte bald genug von der Jagd, und niemand würde etwas erfahren. Maria würde darüber hinwegkommen ... Natürlich würde sie darüber hinwegkommen. Dafür würde schon der Herzog von Bedford sorgen.

Aus drei Monaten in Frankreich wurden sechs, schließlich ein volles Jahr, aber Marias Gefühle für George wurden nicht schwächer, wie sie gehofft hatte. Sie erfuhr von Anne, daß ganz London davon sprach, der König habe seinem Erben untersagt, ins Ausland zu reisen. Seine Majestät befürchte, so wurde berichtet, George würde mit seiner neuesten Liebschaft durchbrennen.

Anne schrieb auch, daß alle in England jetzt über die Situation Bescheid wüßten und befürworteten, daß sie seine offizielle Mätresse würde. Besser das, sagten sie, als den Platz des Prinzen in der Erbfolge zu gefährden. Aber es war Georges langer, wunderschöner Brief an sie, der alles zu ändern begann.

Außerdem hatten beide Zeit gehabt nachzudenken und die Folgen ihrer Gefühle zu erwägen. Die energischen, schön geschwungenen Zeilen in schwarzer Tinte in Georges Briefen an sie waren voller Eindringlichkeit und Liebe. Er berichtete von Belle Pigot, von seinen Restaurationsbemühungen in Carlton House und erzählte ihr, daß er sich täglich darüber Gedanken machte, worauf sie beide zusteuerten. Es war nicht die Liebelei, an die sie zuerst gedacht hatte. Ihre Abwesenheit hatte weder in seinem noch in ihrem Herzen etwas verändert. Er habe vor, nach Frankreich zu kommen, illegal, wenn es sein müßte. Aber sie sei ihm zu teuer, um sie loszulassen.

In seinem letzten Brief, den sie in einer Tasche ihres Kleides bei sich trug, hatte George eine morganatische Ehe entsprechend dem Gesetz des Hauses Hannover und ein ruhiges gemeinsames Leben in Frankreich vorgeschlagen. Er sei voll und ganz bereit, die Thronfolge seinem Bruder Frederick und dessen Kindern zu überlassen. Das Ende der Briefe war stets gleich. Er versicherte ihr immer wieder, daß er sie nicht aufgeben werde.

»Wieder ein Brief, was?« fragte der Herzog von Bedford, als er zu ihr in den Garten hinauskam.

Maria faltete das Schreiben rasch zusammen und schaute auf. Einen Augenblick lang war sie zwischen dem Zorn über die entsetzliche Wahl, vor die George sie stellte, und den Tränen darüber, was sie aufgrund der neuen englischen Gesetze nie werden dufte, hin und her gerissen.

Francis war wütend über den Prinzen und gleichzeitig eifersüchtig auf die Macht, die er über Maria besaß. »Oh, wie ich es hasse, mit ansehen zu müssen, wie sehr Sie all das quält. Warum kann er sie nicht einfach in Ruhe lassen?«

Maria verschränkte die Arme vor der Brust, und gemeinsam gingen sie den mit Steinplatten belegten Pfad entlang. »Er sagt, daß er mich liebt, Francis.«

»Ph! Was weiß ein Mann wie er schon von der Liebe? Frauen sind für ihn Eroberungen! Es ist der Reiz der Jagd, der ihn fasziniert.«

»Als ich ihn kennenlernte, hätte ich Ihnen sicher zugestimmt.«

»Und jetzt haben Sie diese Überzeugung verloren?«

Sie nickte. Die langandauernde Spannung hatte ihre Stimme dünn werden lassen. »Er sagt, er habe vor, ins Ausland zu kommen, um mich in Hannover zu treffen und dort morganatisch zu heiraten.«

»Ich sagte es Ihnen doch, der Mann hat überhaupt kein Gewissen, wenn es um seine Begierden geht. Hören Sie mir zu, Maria. Könnten Sie wirklich mit sich selbst im reinen leben, wenn Sie zuließen, daß er den Thron von England für etwas aufgibt, das er im Augenblick für Liebe hält? Guter Gott, Sie würden den Gang der Geschichte völlig verändern!«

Maria seufzte schwer. »Das war der vorrangige Grund, warum ich nach Frankreich gekommen bin. Es wurde alles so kompliziert.«

Francis ergriff ihre Arme und hielt diese fest, bis sie sich umdrehte, um ihm ins Gesicht zu sehen. »Dann heiraten Sie mich, Maria. Lassen Sie mich alles wieder einfach für Sie machen. Sie wissen, daß ich Sie anbete, und deshalb würde daraus eine gute Ehe. Ich möchte Ihnen helfen, diesen Wahnsinn zu beenden. Bitte. Ich möchte Sie beschützen.«

Maria hob ihre Hand und strich mit sanftem Druck über

sein Gesicht. Dann bemühte sie sich zu lächeln. »Lieber Francis. Sie sind wirklich ein ganz besonderer Mann.«

»Dann sagen Sie doch, daß Sie mich heiraten werden.«

»Ich liebe ihn, Francis.«

Diese unerwarteten Worte trafen ihn ins Herz, und er ließ sie los. Maria sah, wie verletzt er war, und wandte sich ab. Sie konnte seinen Schmerz nicht ertragen, gerade jetzt, da sie von ihrem eigenen so völlig gefangen war. Sie streckte die Hand aus, um die Spitze einer langen roten Rose zu berühren, deren duftende Blütenblätter wie winzige rote Segel im Wind flatterten.

Ja, ich liebe ihn immer noch ganz und gar. Gott schütze mich vor dem, was da noch vor mir liegt.

»Ich habe mich ihm so lange widersetzt ... und dennoch ist seine Liebe unverändert geblieben«, fuhr sie ruhig fort. »Sie müssen wissen, daß mich das mehr überrascht hat als jeden anderen. Er ist bereit, für mich alles aufs Spiel zu setzen, Francis. Wie kann ich mich da von ihm abwenden?«

»Aber Sie können doch unmöglich vorhaben, ihn zu heiraten! Guter Gott, Maria, Sie sind römisch-katholisch! Sie wissen, daß das völlig illegal wäre! Der König würde nie seinen Segen zu solch einer Verbindung seines Erben geben, selbst wenn er keine Gesetze dagegen erlassen hätte! Heilige Mutter Gottes«, stöhnte er. »Maria, bitte! Denken Sie daran, auf was Sie da zusteuern!«

»Sie wissen, daß ich fast ein Jahr lang hier in Frankreich nichts anderes getan habe. Wenn ich ihn daran hindern will, England zu verlassen und seine Zukunft aufs Spiel zu setzen, muß ich zurückkehren. Aber es ist nicht nur das. Ich will nach Hause, Francis. Ich will meine Familie wiedersehen, meine Freunde.«

»Und den Prinzen.«

Sie blickte ihn an, antwortete aber nicht, denn es war mehr eine Feststellung als eine Frage gewesen. Ihr Gesichtsausdruck war jetzt verschlossen. Sie hatte ihm alles mitgeteilt, was sie ihm zu sagen bereit war.

»Dann gibt es wohl nichts, was ich tun kann, um Sie davon abzuhalten.«

»Ich werde Sie immer dafür lieben, daß Sie es versuchen wollten.«

»Aber nicht genug, um diesen Wahnsinn zu beenden.«

Es trat eine kleine Pause ein, bevor sie antwortete. Sie wandte ihr Gesicht ab, aber ihre Stimme war so voller Überzeugung, wie er es noch nie gehört hatte, und ihre Worte würden ihm den Rest seines Lebens nicht mehr aus dem Sinn gehen.

»Früher war alles so anders für mich, Francis«, sagte sie, als sie ihm schließlich antwortete. »Aber ich glaube nicht länger daran, daß es Menschen gibt, die stark genug sind, sich der Flutwelle des eigenen Schicksals entgegenzustemmen. Ich bin zu der Überzeugung gelangt, daß mein Schicksal mit dem des Prince of Wales verbunden ist und es auch immer irgendwie sein wird.«

5. Kapitel

»Sagen Sie mir die Wahrheit, Herzogin. Was wissen Sie wirklich darüber?«

Charles James Fox stellte die Frage in einem gewandten Wortgefecht mit der Herzogin von Devonshire, während sie miteinander in den stickigen und unglaublich überfüllten Räumen im Almack's tanzten. Es war Dezember.

»Charles, mein Lieber«, lächelte Georgiana als Antwort. »Welche Dame von Rang kennen Sie, die all ihre Geheimnisse preisgibt?«

»Eine kluge Dame tut, was nötig ist, um eine Katastrophe zu verhindern«, korrigierte er sie. »Sie sind die engste Vertraute Seiner Hoheit. Wenn er vorhätte, diese Frau heimlich zu heiraten, hätte er sich Ihnen bestimmt anvertraut.«

Sie waren beide keine Menschen, die leicht mit lange gehegten Traditionen brachen. Als sie zusammen tanzten, zog Fox so geschickt wie eh und je Erkundigungen ein, aber er war ziemlich betrunken. Wie üblich zeigte seine kunstvoll bestickte Weste Spuren des Abendessens.

Georgianas schlagfertige Antworten blieben boshaft und witzig. Wie jeden Abend war sie auch heute stark gepudert, geschminkt und mit Schönheitspflästerchen beklebt – ein Schutzwall für die wirkliche Frau darunter.

»Also, zumindest könnten Sie zugeben, daß sie zurück in London ist«, bedrängte Fox sie.

»Ja, dieses Gerücht habe ich auch gehört.«

»Teure Lady, Sie wissen genausogut wie ich, daß solch ein Zustand für unseren gemeinsamen Freund zu nichts Gutem führen kann. Die fragliche Dame war so lange fort und hat Seiner Hoheit so energisch Widerstand geleistet, daß sie bestimmt nicht nach England zurückgekehrt wäre, wenn für die beiden kein legitimer Weg gefunden worden wäre, zusammen zu sein.«

»Warum fragen Sie den Prince of Wales nicht selbst, wenn Sie sich so große Sorgen um seine Privatangelegenheiten machen?« entgegnete Georgiana, während die beiden unter der Orchesterloge hindurchwirbelten.

Fox runzelte finster seine dichten Augenbrauen. »Genau das habe ich versucht, Madam. Aber in letzter Zeit hat seine Hoheit alles in seiner Macht Stehende getan, um mir auszuweichen. Das alleine läßt mich das Schlimmste befürchten.«

Für Charles James Fox bedeutete das mehr als die illegale Eheschließung eines engen Freundes und deren private Folgen. Für die gesamte Whig Party, die jetzt erneut darum kämpfte, die Vorherrschaft über die Torys zu gewinnen, bedeutete dies, daß die Macht ihres einflußreichsten Anhängers auf dem Spiel stand. George durfte nichts tun, was seine zukünftige Thronfolge in Gefahr brachte. Wenn er diese Nichtadlige illegal heiratete, riskierte er alles, nicht nur seine eigene Zukunft, sondern die der gesamten Partei.

Die Herzogin von Devonshire konnte dem nicht blind gegenüberstehen. Sie hatte zu lange und zu hart an seiner Seite gekämpft, um mit anzusehen, daß alles wegen einer Liebelei den Bach hinunterging. Sie wußten beide besser als irgend jemand sonst, wie rasch George seine Geliebten vergaß ... selbst diejenigen, denen er eine Zeitlang glaubte aufrichtig zugetan zu sein.

George begehrte diese Idiotin nur so verzweifelt, weil sie ihn abgewiesen hatte. Natürlich war das der Grund. Was sonst hätte ihn blind machen können gegenüber der Bitten seiner Freunde, Vernunft walten zu lassen?

»Vielleicht sollten Sie die Sache einfach auf sich beruhen lassen«, schlug Georgiana vor. »Der Natur und der Natur des Mannes ihren Lauf lassen.«

»Das kann ich nicht! Sie wissen, daß ich das nicht kann! Wir waren zu weit mit ihm gediehen! Haben zuviel investiert!«

Georgiana stellte fest, daß er mit zunehmender Erregung aus dem Takt geriet. Er hatte recht. Die Hochzeit des Prince of Wales mit einer verwitweten Papistin wäre eine Katastrophe, nicht nur für die Whig Party, sondern auch für ihren über eine lange Zeit hinweg gewachsenen Einfluß auf ihn. Georgiana hatte die Pflicht, in dieser Angelegenheit Fox' Partei zu ergreifen.

»Wenn er Sie nicht sehen will, sollten Sie ihm einen Brief schreiben. Verleihen Sie Ihrer Besorgnis auf diese Weise Ausdruck.«

Als er sie wieder anschaute, waren seine dunklen Augenbrauen vor Überraschung hochgezogen. »Natürlich – das ist die Antwort! Ein Brief! Warum, zum Teufel, habe ich nicht selbst daran gedacht?«

Georgiana warf den Kopf zurück und lächelte, daß ihre weißen Zähne blitzten und ihre haselnußbraunen Augen im Kerzenlicht funkelten. »Wie gesagt, Charles, welche Dame von Rang kennen Sie, die all ihre Geheimnisse verrät?«

Ein rauher Dezemberwind ließ die kahlen Äste gegen das Fenster schlagen, daß die Fensterscheiben wie ein Skelett klapperten. Eine kostbare Golduhr, die auf einem Marmorkamin stand, tickte wie ein Metronom. George stand groß und schweigend neben einem blauen Samtsessel. In seiner leuchtendroten Weste, der engen weißen Kniehose, den schwarzen Stiefeln und dem hohen weißen Halstuch wirkte er sehr elegant. Er hatte seine Kleidung sehr sorgfältig ausgewählt. Es würde nie wieder eine so wichtige Begegnung geben wie diese, und das wußte er.

Schließlich wurde die Stille durchbrochen von leisen Schritten und dem Knarren der Mahagonitreppe. Er konnte den Duft von Marias zartem Lavendelparfüm riechen, bevor er aufschaute und sie auf sich zukommen sah. Ihre raschen Bewegungen warfen den Rock ihres Kleides in Falten.

Überrascht stellte er fest, daß die Zeit ihrer Trennung – anderthalb Jahre insgesamt – sie nicht verändert hatte. Ihr Haar bestand noch immer aus der gleichen Fülle weicher blonder Locken. Ihre Augen waren immer noch dunkel und unergründlich. Geändert hatte sich aber ihr Ausdruck. In ihnen lag eine neue Art von Ruhe. Die Unsicherheit, die sie aus London vertrieben hatte, war verschwunden.

Er wollte auf sie zueilen, sie in die Arme schließen und sie nie wieder loslassen. Aber er tat es nicht. Er machte einen Schritt und blieb dann stehen. Er mußte sehr behutsam sein. Sie hatte viel erduldet, um diesen Abstand zwischen ihnen zu gewinnen.

»Das ist im Augenblick alles, Jacko. Danke«, sagte Maria, als sie sich zum ersten Mal nach so langer Zeit gegenüberstanden. Weder George noch sie rührten sich, bis sie das Klicken der Tür hörten und sicher sein konnten, daß der Diener gegangen war.

»Du hast dich überhaupt nicht verändert«, murmelte er.

»Du auch nicht.«

»Ich weiß nicht, was ich erwartet habe, aber ich bin überrascht.«

»Angenehm, hoffe ich.«

Er kam auf sie zu und nahm ihre Hände. Sie fühlten sich wie Samt an. »Worte können nicht sagen, welche Freude ich jetzt empfinde.«

Maria hatte vergessen, was für ein schönes, intelligentes Gesicht er hatte, und dann diese Lippen, die zu einem ständigen rätselhaften Lächeln verzogen waren, das sie seinen Optimismus spüren ließ. In mancher Hinsicht war es, als sähe sie ihn zum ersten Mal. Aber die Augen hatte sie nicht vergessen, strahlend und kristallklar; sie hatten sie seit ihrer ersten Begegnung nicht wieder losgelassen. Jetzt blickten sie klar und entschlossen.

Wieder herrschte Schweigen. Er wartete.

Sie spürte die Zurückhaltung.

»Ich mußte wiederkommen«, sagt sie.

»Wenn du nicht zurückgekehrt wärst, wäre ich zu dir gekommen.«

»Ich glaube tatsächlich, das hättest du getan.«

Dinge, die sie gesagt hatten, Worte, die er ihr geschrieben hatte, kamen ihr in den Sinn, ließen alles verschwimmen. Freude, Begierde, Lust und Liebe, immer noch geknebelt von überwältigender Furcht. Und die Vorahnung einer Bindung, die während ihrer Trennung anscheinend nur noch stärker geworden war. »Ich sagte mir, daß ich dich irgendwie dazu bringen muß, mir zu glauben.«

»Und jetzt glaube ich dir«, erwiderte sie mit ihrer sanften, ruhigen Stimme. »Aber ich habe immer noch Angst. Alles erscheint so unsicher.«

»Das ist egal. Alles ist egal, außer daß du mich liebst.«

»Ich kann meine Religion nicht aufgeben. Selbst für dich nicht.«

»Dann werde ich dich nicht darum bitten.«

Sie standen sehr nahe beieinander, starrten einander an, hielten sich noch immer bei den Händen; beide zitterten.

»Ich will dir alles geben.«

»Ich will nur das, was du geben kannst.«

»Ich werde dich heiraten«, erklärte er. »Auf welchem Weg auch immer ich das tun kann.«

»Dann bin ich damit einverstanden.«

Sein Blick wich nicht von ihr. »Selbst wenn es bedeutet, daß wir für eine kurze Zeit, zumindest bis ich König werde, gezwungen sein werden, alle zu täuschen?«

»Solange du unsere Ehe nicht öffentlich verleugnest, werde ich dich auch nicht bitten, sie öffentlich zuzugeben.«

»Wir werden das Gesetz brechen«, warnte er sie. »Jeden Tag wird Gefahr herrschen.«

»Aber wir werden zusammensein.«

George schloß sie eng in seine Arme und hielt sie fest. Keiner von ihnen sprach, keiner von ihnen wollte das verlieren, was sie erst nach so langer Zeit zugegeben und gewonnen hatten. Wellen der Furcht vor der Zukunft brachen über Maria herein, aber sie verschloß die Augen davor. Jetzt herrschte Frieden. Seine kraftvollen Arme, die sie um sich spürte, verstärkten das Gefühl nur noch. Sie war froh, nach Hause gekommen zu sein.

Froh, sich endlich geschlagen gegeben zu haben.

Als sie es endlich zuließ, küßte er sie innig, leidenschaftlich, und sie spürte ein wildes Aufflackern der Lust, als sein Mund sich über dem ihren öffnete. Am Ende siegte seine Stärke und die Weichheit seiner warmen, vollen Lippen über ihre Gedanken und Befürchtungen. So festgehalten, wußte Maria jetzt, was immer auch daraus werden würde, daß sie diesen Mann lieben würde – *Ja, ihn für immer lieben würde.* Das restliche Haus schien jetzt sehr weit weg zu sein. Um sie herum war es ruhig, friedlich, bis auf den Wind, der an den hohen Fenstern hinter den hauchdünnen Vorhängen rüttelte. Maria stand da mit George, wußte, sah, wieviel mehr er wollte als nur diesen Kuß. Wieviel mehr er verdient hatte, nachdem er so lange gewartet hatte. Nach der unglaublichen Verpflichtung, die er einging. Sie hielt die Luft an und versuchte sich zu beruhigen, versuchte sich daran zu erinnern, wieviel ihr Religion und Ehre bedeuteten. *Bring ihn dazu, daß er noch ein bißchen länger wartet*, dachte sie. *Bis wir beide wissen, daß es der richtige Augenblick ist.*

Als hätte er ihre Gedanken gehört und verstanden, ließ sich George vor ihr auf ein Knie fallen, nahm ihre Hände und drückte sie an seine Lippen. »Ich bete dich an«, erklärte er mit seiner sanften, ruhigen Baritonstimme, die alleine schon ausgereicht hätte, sie mit ihrer Aufrichtigkeit zu verwunden. »... Jedes Stück von dir, Maria. Und ich werde dir das mein restliches Leben beweisen.«

Sie blickte nieder. Sein Blick verharrte auf ihrem Gesicht, ein Gesicht, das er nicht mehr gehofft hatte so wiederzusehen. Im Lichte einer neuen und machtvollen Intimität.

Eine Vorahnung durchschoß sie, als er die Hand ausstreckte, die Spitze ihres Kleides beiseite schob und mit großer Zärtlichkeit ihre vollen weichen Brüste berührte. Sie hörte, wie er heiser Luft holte, und wußte genau, wie sehr er sich danach verzehrte, noch viel mehr von ihr zu berühren. Aber er bedrängte sie nicht. Sie wußten beide, wie lange sie gewartet hatten, um auch nur bis dahin zu gelangen, wo sie jetzt waren. Nach einem Augenblick kam George wieder auf die Beine und drückte einen feuchten langen Kuß auf ihre Halsbeuge.

Maria schaute ihn an und mußte schlucken, als seine Fingerspitzen ihr Fleisch dort streiften, wo seine Lippen gewesen waren. Zuerst auf ihrem Hals, dann auf dem kleinen verführerischen Teil ihrer Brüste, den ihr Kleid preisgab. George nahm beide Brüste in seine Hände, küßte jede der beiden Schwellungen, die oberhalb der kühlen Seide hervorquollen, preßte sie dann auf sanfte, erotische Weise zusammen und ließ seine Lippen einen Augenblick zwischen ihnen ruhen.

Zum ersten Mal in ihrem Leben spürte Maria ihre Selbstbeherrschung allmählich vollkommen dahinschwinden. Er wich zurück, blickte sie wieder an, und die Flamme der Begierde durchschoß sie mit einer Gewalt, die sie völlig überwältigte.

Sie beugte sich ihm entgegen, empfing seinen Kuß auf halbem Wege. Ihre Münder verschmolzen miteinander, während er ihre Hände an ihren Seiten festhielt.

»Mein Gott, wie vollkommen du bist«, flüsterte er auf ihre Lippen, bevor ihr Kuß inniger und fordernder wurde. Sein Brustkorb fühlte sich an ihrem Busen hart, heiß und durch den Stoff hindurch leicht verschwitzt an. Sie klammerte sich verzweifelt an ihn, versuchte ihn so dicht wie möglich an sich zu ziehen – und doch wußte sie tief in ihrem Herzen, daß die Zeit noch nicht da war, sich ganz von ihm besitzen zu lassen.

Aber George küßte sie wieder und wieder, bis sie das Gefühl hatte, vor schwindelerregender Begierde völlig verrückt zu werden. Bis sie nichts mehr auf der Welt wollte, als ihm völlig nachzugeben. Zu bekommen, worauf sie gewartet hatten, was sie beide so verzweifelt begehrten.

Sie stöhnte atemlos, als er sie schließlich auf das Sofa hinter ihnen drückte. Tränen brannten in ihren Augen, als er sein Gesicht in ihren Haaren vergrub, das lang und golden über ihre Schultern ausgebreitet war.

Seine kräftigen Hände faßten unter sie, umklammerten durch ihr Kleid hindurch ihre Hinterbacken; er zog sie hoch und preßte sich gegen sie, tiefer, höher, härter, küßte sie, verführte sie. Die ganze Zeit über trennte ihre Kleidung sie von dem letzten, intimsten Akt, was seine Erregung jedoch nicht minderte. George bewegte sich in einem wilden, instinktiven Rhythmus auf ihr, achtete weder auf ihre Kleidung noch auf Schicklichkeit, und ihr Name schlüpfte ihm immer wieder wie ein Mantra über die Lippen. Er berührte ihre Brüste auf eine Weise, daß sie in Flammen geriet, und verwundete ihren Mund mit so wilden, sinnlichen Küssen, daß sie nur noch das Trommeln ihres Herzschlages im Ohr hatte.

Nachdem es vorüber war, saßen sie lange eng umschlungen da, in intimer, wenn auch nicht gänzlich intimer Verbundenheit, beide zitternd in der Erinnerung eines Vorspiels, das beinahe erotischer gewesen war als der noch bevorstehende Akt.

»Vergib mir«, murmelte er rauh.

Als er sich zurückbeugte, um sie anzuschauen, wurde Maria von einer neuen, überwältigenden Welle der Liebe erschüttert. Sie wußte genau, daß sie noch nie etwas auf dieser Welt als so köstlich empfunden hatte und so richtig, ganz gleich wie dreist und zügellos es gewesen war. Als er ihr die Tränen von der Wange wischte, wurde ihr klar, daß er sich nicht nur wegen dem, was er getan hatte, bei ihr entschuldigt hatte, sondern auch, weil sie weinte.

Sie hatte ihn auf die Probe gestellt. Sie hatte ihm erlaubt, sie in dieser Weise zu besitzen. Wenn alles, was der rücksichtslose Prinz wollte, die Eroberung einer verbotenen Katholikin war – wie die Klatschmäuler behaupteten –, dann hatte sie ihm gerade zumindest teilweise seinen Willen gelassen. Aber er war noch immer da, hielt sie noch immer fest, die Augen noch immer voller Liebe und Hingabe.

»Mein Liebling, glaube mir«, brachte sie heraus. »Da gibt es nichts zu verzeihen. Die Wahrheit ist, daß ich einfach glücklicher bin als je zuvor in meinem Leben.«

George beugte sich vor und küßte sie, weich, wieder sanft, befriedigt.

»Als kleiner Junge«, begann er nach einem Moment des Schweigens zögernd, »lernte ich sehr schnell, daß man Angst davor haben mußte, jemanden zu lieben. Ich ließ niemanden nahe an mein Herz herankommen. So viele Jahre habe ich damit verbracht, die anderen Teile meines Körpers in Verteidigungshaltung zu befriedigen. Jeden Teil – außer diesem ganz besonderen, den nur du berührt hast.«

Er schaute sie wieder an. Ihre Blicke versenkten sich ineinander, und sie spürte, wie ihr vor Rührung ein Kloß in den Hals stieg, weil er ihr etwas anvertraute, was er noch keiner Menschenseele mitgeteilt hatte.

»Versprich mir, daß wir stets so fest miteinander verbunden bleiben.«

»Mein Herz, mein Körper und meine Seele gehören dir jetzt ganz, George. In guten und schlechten Zeiten.«

Zunächst einmal sollten Sie daran denken, daß eine Heirat den Prinzen, der eine solche Ehe schließt, von der Thronfolge ausschließt. Inwieweit Mrs. Fitzherbert ihre religiösen Empfindungen geändert hat, weiß ich nicht. Aber ich gehe nicht davon aus, daß ein öffentliches Bekenntnis eines Konfessionswechsels erfolgt ist, und das ist ganz bestimmt keine Angelegenheit, mit der sich spaßen läßt, Sir. Eure Hoheit muß die extreme Freiheit entschuldigen, mit der ich schreibe. Wenn ein Zweifel bestehen sollte hinsichtlich ihrer Bekehrung, sollten Sie die Umstände bedenken, in denen Sie sich befinden ...

Eure Königliche Hoheit weiß auch, daß ich nicht die gleichen Vorbehalte gegen Mischehen hege, aber unter den gegebenen Umständen erscheint mir eine Ehe zum gegenwärtigen Zeitpunkt eine äußerst unglückliche Maßnahme für alle Beteiligten zu sein ...

George las Fox' besorgten Brief nicht zu Ende. »Dieser aufdringliche Kerl – mischt sich unaufgefordert in fremde Angelegenheiten!« brüllte er. »Wenn er mir das zunichte macht, nach allem, was ich –«

Hinter ihm wurden neue alabasterfarbene Vorhänge in seinem Salon aufgehängt. Lange seidene Stoffbahnen, die von der Decke bis zum Boden reichten, wurden mit goldgefranster Kordel zurückgebunden. Ein neues Sofa war aufgestellt worden, während um ihn herum vier Lakaien eifrig die Limoges-Vasen, die großen blattgoldverzierten Bilderrahmen und die Marmortischplatten polierten. Alles mußte wie neu sein. Alles mußte perfekt sein – für Maria.

»Reverend Johnes Knight ist eingetroffen, Eure Königliche Hoheit«, kündigte Lord Onslow mit hoheitsvollem Nicken an, nachdem er den Salon allein betreten hatte.

George blickte von seinem Schreibtisch auf. Die Antwort an Fox würde warten müssen. Er legte das leere Blatt zusammen mit dem Brief zurück in die Schublade und verschloß sie. Reverend Knight war der zweite Geistliche, den sein Sekretär angesprochen hatte. Weil Georges Bitte illegal war, konnte er sich gezwungenermaßen nur an die skrupellosesten Geistlichen wenden. Aber eine Eheschließung – irgendeine Art Eheschließung – war die einzige Möglichkeit, sie ganz für sich zu gewinnen. Daher mußte er sich auf einen Handel einlassen.

Nach ihrem Wiedersehen in der Park Street hatte Maria ihm erklärt, sie wisse, daß sie nicht öffentlich heiraten könnten. Zumindest jetzt nicht. Aber sie hoffte, daß sie im Rahmen irgendeiner Art von geheimer Zeremonie durch Gott zusammengegeben werden konnten.

Dies würde nicht nur ihre Seele in den Tagen voller Prüfungen, die vor ihnen lagen, beruhigen, sondern dies war auch ihr Argument gegenüber ihrem Bruder und Onkel Errington gewesen, als diese schließlich eingeweiht werden mußten. Der König war ständig krank. Das Ränkespiel würde nicht lange dauern. Daraus ließ sich großer Trost schöpfen.

Bevor George sich um Einzelheiten kümmern konnte, stellte er fest, daß es einem katholischen Priester untersagt war, eine Trauung zwischen einem Angehörigen seines Glaubens und einem Mitglied der Kirche von England vorzunehmen. Diejenigen in seinem Stab, die seine Absicht kannten, gaben ihm außerdem zu verstehen, daß es ein zu großes Wagnis sei, ihr selbst diesen einen Wunsch zu erfüllen.

Wenn diese Zeremonie, die er so sehr bestrebt war, feierlich zu vollziehen, je bekannt würde, lief er Gefahr, daß dies als ein Akt vertraulichen Umgangs mit der römischen Kirche betrachtet würde.

Ein unverzeihliches Vergehen.

Schließlich war er gezwungen, Maria von ihrem einzigen Wunsch abzubringen und sie davon zu überzeugen, daß eine anglikanische Zeremonie in den Augen Roms und der ganzen christlichen Welt Gültigkeit besaß. Ein Geistlicher der Kirche von England war die einzige Möglichkeit. Aber einen zu finden, der bereit war, das Gesetz zu brechen, selbst für ihn, war eine ganz andere Sache.

»Sehr gut. Bitten Sie ihn herein.«

George erhob sich und schritt über den blaugrünen Exeterteppich mitten im Zimmer. Er trug immer noch seinen blauen Morgenrock und die türkischen Slipper. Mit einem Fingerschnipsen schickte er die übrigen Diener auf den Flur hinaus. Lord Onslow hielt die Tür auf, als der Geistliche hereingeführt wurde, dann schloß er sie hinter ihm.

»Danke, daß Sie gekommen sind, Reverend Knight.«

Knight verbeugte sich vor ihm. »Man schlägt doch eine

Privataudienz beim Prince of Wales nicht aus, Eure Hoheit.«

»Nein, vermutlich nicht«, gab George zu, dann deutete er auf zwei sich gegenüberstehende Sessel.

Knight setzte sich nervös auf die Kante eines Ebenholzsessels und rang die blaugeäderten Hände. Dieser kleine ältliche Geistliche, der die prächtigen Wellen seines schneeweißen Haares mit Duftöl gebändigt hatte, ahnte den Grund, aus dem er herzitiert worden war. Jeder in London tuschelte darüber, daß der Prinz nach einer Möglichkeit suchte, seine Mätresse zu heiraten. Just an diesem Morgen war Knight aus dem Mount Coffee House gekommen, in dem man sich über nichts anderes unterhalten hatte.

Er war mit seinen Freunden einer Meinung gewesen, daß es in ganz England keinen anständigen Geistlichen gäbe, der bereit sei, solch eine gefährliche heimliche Zeremonie vorzunehmen, selbst wenn Seine Hoheit tatsächlich den Wunsch äußern sollte, die Frau zu heiraten.

»Darf ich Ihnen einen Brandy anbieten, Reverend?«
»Nein, danke, Eure Hoheit.«
»Tee vielleicht?«
»Ich hatte gerade Kaffee. Aber ich danke Eurer Hoheit trotzdem.«

Nervös rutschte er auf der Kante des Sessels hin und her. Der Prinz war eine eindrucksvolle Erscheinung und seine Gestalt königlicher, als er gedacht hätte. Aber in seinen blauen Augen blitzte ein Funke der Verzweiflung, der den Reverend vermuten ließ, daß die Gerüchte möglicherweise der Wahrheit entsprachen.

George holte Luft. »Also gut. Ich komme direkt zum Punkt. Es ist kein Geheimnis, daß mein Herz von einer gewissen Dame von sehr gutem Ruf gefangengenommen worden ist. Tatsächlich haben wir im vergangenen Jahr eine Menge erduldet, um zusammensein zu können.«

»Eure Königliche Hoheit spricht von Mrs. Fitzherbert.«
»Es ist eine schwere Prüfung für uns beide, Reverend

Knight. Das muß ich Ihnen vor allem anderen klarmachen«, sagte George, der nicht besonders überrascht darüber war, daß der Geistliche ihren Namen wußte.

»Nun, es ist mir sehr wohl bewußt, daß es da Leute gibt, die behaupten, ich könnte Liebe nicht von Lust unterscheiden. Das ist Tratsch, den ich unwidersprochen hingenommen habe. Andere könnten behaupten, ich sei zu jung, um zu wissen, wen oder was ich für den Rest meines Lebens will. Aber ich kann dem nur heftig widersprechen.«

Knight riß seine grauen Froschaugen auf, als ihm klarwurde, was der Prince of Wales ihm sagen wollte. Aber es überraschte ihn, mit welcher Eloqquenz und wie vernünftig dies vorgetragen wurde.

»Es ist mein Wunsch, und nun auch der von Maria, daß sie meine Frau wird.«

Knight sank, offenkundig atemlos, in den Sessel zurück. Seine blassen Lippen standen vor Überraschung offen. »Aber das Königliche Ehegesetz, Eure Hoheit?«

»Das werde ich natürlich aufheben, sobald ich den Thron besteige. Sie kennen den Gesundheitszustand des Königs. Es kann nicht mehr lange dauern.«

George ließ die Worte wie Staub in der angespannten Atmosphäre zwischen ihnen niedersinken. Er strich sich das Kinn mit Daumen und Zeigefinger, musterte den kleinen Mann und versuchte seine Antwort abzuschätzen. »Wie Sie sich vorstellen können, fällt es mir nicht besonders leicht, dieses Thema anzuschneiden.«

»Es ist auch keineswegs leicht, sich dies anzuhören, Eure Hoheit.«

»Ich bin ein verzweifelter Mann, Reverend. Ich will sie besitzen, ganz gleich, ob Sie oder ein anderer Priester die Ehe schließen.«

»Das glaube ich Ihnen.«

George rückte bis an die Kante seines Sessels vor, die Fingerspitzen gegeneinandergelegt. »Dann sagen Sie mir, daß Sie damit einverstanden sind, uns zu trauen.«

Er starrte den Prinzen eindringlich an. »Das ist keine einfache Angelegenheit. Eurer Königlichen Hoheit ist das sicherlich klar. Ich riskiere nicht nur die Bestrafung für einen illegalen Akt, sondern auch noch weitere Strafen wegen Hochverrats, wenn ich mich einverstanden erkläre.« Ein Angriff auf die englische Krone war die schwerste denkbare Straftat und konnte für den Geistlichen die Todesstrafe nach sich ziehen. »Ich bin bereit, dafür zu sorgen, daß sich Ihr Risiko lohnt.«

»Und was ist mit der zukünftigen Krone Eurer Hoheit? Ist sie Ihnen das Risiko wert?« Wieder trat ein langes Schweigen ein. Keiner der Männer schien zu atmen. »Also gut. Wenn Sie sicher sind, daß Sie das von ganzem Herzen wünschen, werde ich die Zeremonie vollziehen.«

George schoß von seinem Sessel auf den kleinen Mann zu und ergriff seine Hand. »Danke, Reverend Knight. Aufrichtigen Dank. Und es wird nicht die Art von heimlicher Zeremonie, die Sie vielleicht befürchten.« Er sprach jetzt schneller. »Der Herzog und die Herzogin von Devonshire werden anwesend sein, ebenso mein Onkel, der Herzog von Cumberland und seine Frau. Noch einmal vielen Dank.«

Knight machte ein ernstes Gesicht. »Noch keine Dankbarkeit, Eure Hoheit. Ich bin nur damit einverstanden, die Trauungszeremonie vorzunehmen, wenn es in der Zwischenzeit niemand schafft, Sie zur Vernunft zu bringen. Oder Ihnen überhaupt Einhalt gebietet. Ich werde die Hoffnung darauf bis zum Schluß nicht aufgeben.«

George blickte auf den alten Mann nieder, der ganz in Schwarz gekleidet vor ihm saß, das Gesicht bleich wie ein Bettlaken. Sein eigener Gesichtsausdruck wurde angesichts dessen entsprechend nüchtern.

»Ah, ja. Deshalb muß ich Ihnen wohl nicht sagen, daß Sie ihrem zukünftigen König in dieser Sache Vertraulichkeit schwören müssen. Sie dürfen niemandem auch nur ein Wort von meinen Plänen verraten ... um unser beider willen.«

»Ich würde es nicht wagen.«

»Gut.« George lächelte, aber es war ein schwaches Lächeln.

Zu viele Details schwirrten durch seinen Kopf. »Sie müssen mir jetzt ganz genau zuhören, weil Sie es nicht riskieren können, diese Dinge schriftlich festzuhalten.«

Knight riß die Augen noch weiter auf.

»Am nächsten Samstag abend verspüren Sie das Bedürfnis, frische Luft zu schnappen. Zwischen sieben und acht Uhr befinden Sie sich am oberen Ende der Park Lane in der Nähe der Oxford Street. Jemand wird Sie dort abholen und weitergeleiten.«

»Wohin?«

»Das ist jetzt nicht von Interesse für Sie. Aber Sie finden sich zwischen sieben und acht am oberen Ende der Park Lane ein.«

Als George sich wieder hinsetzte, erhob Reverend Knight sich langsam, ohne sich anmerken zu lassen, welche Befürchtungen er hegte. Wenn er es nicht tat, würde es jemand anders tun. Der Prinz hatte das ganz klargemacht. Ein anderer würde sicher die Gelegenheit ausnutzen, den künftigen König damit zu erpressen, die Information über eine illegale Eheschließung an die Torys weiterzugeben.

Als ein Mann Gottes mußte er dem Prince of Wales in dieser Angelegenheit helfen. Es war seine Pflicht, Englands Erben vor einem schlimmeren Schicksal zu bewahren als dem, zu welchem sein Ungestüm und seine Lust ihn bereits getrieben hatten, indem er eine so absurde Ehe zu schließen versuchte.

Nachdem er Reverend Knight zu seiner wartenden Postkutsche geleitet hatte, kehrte Onslow zurück.

»Er hat eingewilligt, es zu tun.« George strahlte.

»Herzlichen Glückwunsch, Eure Hoheit.«

»Ich möchte, daß Sie persönlich zu Mrs. Fitzherbert gehen, Onslow. Ich kann hierbei keinem anderen Boten vertrauen. Sagen Sie ihr, alles sei arrangiert. Sagen Sie ihr, daß ich sie mehr als das Leben selbst liebe und daß wir nächsten Samstag um diese Zeit ... endlich wirklich Mann und Frau sein werden.«

»Sollte Eure Hoheit bei einer so vertraulichen Mitteilung nicht lieber selbst gehen?«
»Nichts täte ich lieber. Aber ich kann es mir nicht leisten, noch mehr Verdacht zu erregen, indem ich mich an ihrem Haus sehen lasse, bevor wir das hingekriegt haben. Außerdem...« Seine Augen, diese blauen Eissplitter, funkelten vor Befriedigung, daß die Dinge endlich, endlich nach seinen Vorstellungen liefen. Als er sich an die möglichen Schwierigkeiten erinnerte, die Fox ihm bereiten könnte, fügte er hinzu: »... muß ich jetzt einen dringenden Brief schreiben.«

Mein lieber Charles,
Dein Brief hat mir größere Befriedigung vermittelt, als ich in Worten auszudrücken vermag, da er ein zusätzlicher Beweis Deiner wahren Hochachtung und Zuneigung mir gegenüber ist, die zu verdienen nicht nur mein Wunsch, sondern ein Ziel meines Lebens ist.

Mach dir keine Sorgen, mein lieber Freund. Glaub mir, die Welt wird bald davon überzeugt sein, daß es für diese Unterstellungen, die in letzter Zeit so böswillig in Umlauf gesetzt worden sind, keinen Grund gibt und auch nie gab. Ich habe keine Zeit, noch mehr zu schreiben, aber wir werden uns am Dienstag zum Dinner sehen, und ich bitte Dich, mir stets zu glauben, mein lieber Charles.
Von Herzen der Deine,
George P.
Carlton House
Sonntag, 2 Uhr
11. Dezember 1785

»Von wem ist er, Charles? Oh, laß mich doch mal sehen«, schmeichelte Elizabeth Armistead in dem verführerischen Ton, den sie einst auch so erfolgreich dem Prince of Wales gegenüber angeschlagen hatte.

Sie versuchte Fox den Brief aus den fleischigen Händen zu reißen, während sie nackt zusammen unter der lachsfarbenen Decke auf seinem großen Himmelbett lagen, dessen zugezogene Vorhänge sie wie in einer Höhle einschlossen.

»Du Teufelsweib! Laß los!« knurrte er und drehte sich auf die Seite, weg von ihr.

Die Seidenlaken glitten herunter. Sein fleischiger Körper war noch naß. Der Duft ihres Liebesspiels hing wie ein bitteres Parfüm in der Luft. Elizabeth seufzte und streichelte von hinten sein verfilztes graues Haar, während er noch einmal die beschwichtigenden Worte las.

Als Fox sich schließlich wieder auf den anderen Ellenbogen drehte, sah er, daß sie die Lippen zu einem Schmollmund geschürzt hatte und mit weit aufgerissenen Augen vor sich hin starrte. Ihr rötlichbraunes Haar lag auf dem Kissen ausgebreitet. Er berührte eine Strähne, fuhr dann mit einem Finger neckend über ihre nackte Brust und beobachtete, wie die große rosa Brustwarze hart wurde. Aber als er sie dann küssen wollte, wandte sie sich ab.

»Ach, Bess, sei doch nicht böse auf mich. Das ist doch nur etwas Geschäftliches.«

»Etwas Geschäftliches mit dem Prince of Wales, wette ich.«

»Und wenn?«

»Du hast versprochen, nichts vor mir geheimzuhalten, Charles, ebenso wie ich es dir versprochen habe. Du weißt von Seiner Hoheit und mir – warum habe ich nicht das Recht, alles über Seine Hoheit und dich zu erfahren?«

Er seufzte, lehnte sich auf die Ellenbogen zurück und schnaufte. »Unsere Verbindungen zu diesem Mann sind völlig unterschiedlicher Natur.«

»Nicht wirklich. Die eine ist bei Nacht seine Hure –«

Ohne nachzudenken sprang Charles James Fox auf und schlug ihr hart auf den Mund. Der Schlag krachte wie ein Peitschenknall in dem Zimmer, in dem nur die eiligen Schritte der Dienerschaft hinter den geschnitzten Mahagonitüren zu hören waren. Elizabeth blickte ihn an, ihre Wange brannte, aber noch stärker glühte ihr Gesicht – allerdings mehr vor Leidenschaft als vor Zorn.

»Bastard!« knurrte sie.

Ihr Widerstand erregte ihn aufs neue, und er küßte sie heftig. Sie kämpfte gegen ihn, aber er nagelte ihre Arme auf dem Bettlaken fest. »Wer ist jetzt die Hure?«

»Schwein!« schrie sie.

»Läufige Hündin!« konterte er.

Er hatte es geschafft. Er hatte den Prinzen in bezug auf diese Frau wieder zu Verstand gebracht und eine Katastrophe abgewendet. In seinem Kopf wirbelte es triumphierend, als er wieder in Elizabeth eindrang, diesmal wie besessen. Es würde keine Eheschließung geben. Die arme Maria Fitzherbert war dazu verurteilt, dasselbe Schicksal wie die anderen hübschen kleinen Melodien zu erleiden, die im Leben des Prince of Wales ein kurzes Intermezzo abgegeben hatten. Die Whig-Partei konnte sich in Sicherheit wiegen. Auch er befand sich in Sicherheit, und das hatte er der Herzogin von Devonshire zu verdanken.

Er spürte, wie die Hitze in ihm aufstieg, wie sein Körper pulsierte, als sie sich unter ihm aufbäume. Charles stöhnte, als ihre Nägel die Haut auf seinem Rücken zerfetzten. Der Sieg ist unser, und keiner kann uns aufhalten, dachte er, während sich merklich das Blut auf seinem Rücken mit Schweiß mischte, bevor er in den dunklen Abgrund der Verzückung stürzte.

»Es hat sich in ganz England herumgesprochen, Maria. Wirklich.« Ihr Bruder John lächelte. »Nicht, daß es uns etwas ausmacht«, unterstützte ihn ihr Onkel Henry Errington, der, kaum daß er davon gehört hatte, aus Shropshire gekommen war, um die Braut dem Mann am Altar zuzuführen, der eines Tages König sein würde. »Dein Vater wäre so stolz gewesen. Seine Tochter eines Tages Königin von England.«

In der Aufregung des Augenblicks hatten die beiden Männer wohlweislich die Tatsache übergangen, daß die Beziehung der beiden während Marias Abwesenheit eher berüchtigt als berühmt geworden war.

In allen eleganten Clubs und Kaffeehäusern an der St. James' Street ebenso wie in den berühmten Salons der Stadt hatte John persönlich nur tuscheln hören, unter welchen Bedingungen sie aus dem Ausland zurückgekehrt war. Selbst ihre Freunde im Almack's munkelten hinter vorgehaltenen Fächern, daß die zweimal verwitwete Maria Fitzherbert den Thronanwärter zielstrebig in den Ruin führe.

»Es ist äußerst wichtig, daß ihr gut zuhört«, sagte Maria und drehte sich zu den beiden um, die sie wie eifrige Kinder anlächelten. »Ich möchte, daß du mich zum Altar führst, Onkel, aber es wird nicht ganz die Zeremonie, die du erwartest.« Sie sah, wie ihr Onkel und ihr Bruder einen Blick wechselten und sie dann wieder anschauten, während sie versuchte, ruhig ihren Tee zu trinken. »Der König ist von unserer Absicht zu heiraten nicht informiert worden ... und wird es auch nicht.«

»Aber das ist illegal!«

»Völlig.«

»Dann ist deine Ehe auch nicht gültig!« keuchte Henry Errington. Seine rotgefleckten Wangen erbleichten unter diesem Schock.

»Seine Hoheit hat einen anglikanischen Geistlichen gefunden, der die Zeremonie durchführen wird. Dieser versicherte uns, daß unsere Verbindung in den Augen Roms Gültigkeit hat. Aber wegen des neu eingeführten umstrittenen Königlichen Ehegesetzes sind wir jetzt gemäß englischem Recht nicht getraut. Als Katholiken haben wir uns jedoch stets einer höheren Autorität gegenüber verantwortet.«

»Aber ich verstehe nicht –«

»Wir bitten dich nicht darum, etwas zu verstehen, Onkel, das wir selbst nicht ganz begreifen. Wir müssen euch um einen viel größeren Gefallen bitten. Ich glaube, es ist ein Prüfstein eurer Liebe zu mir, denn ich habe niemanden sonst auf der Welt, den ich darum bitten könnte als dich und John.«

»Alle Heiligen mögen uns beistehen«, murmelte Errington ungläubig. »Ich habe von einer solchen Tollkühnheit munkeln hören, hielt das aber nur für Geschwätz!«

»Der Prinz und ich brauchen dich und John als unsere Zeugen. Die Devonshires und selbst die Cumberlands haben plötzlich ihre Meinung geändert. Sie schickten George im letzten Moment Briefe, daß sie diesen Samstag nicht in London seien. Ich vermute, die Angst vor dem Unbekannten hat bei ihnen die Oberhand gewonnen.«

»Vielleicht war das eher Klugheit als Furcht«, meinte Henry Errington und fuhr sich mit der Hand über sein abgespanntes Gesicht. Dann blickte er wieder auf seine Nichte, die so gelassen und elegant auf der Kante ihres Stuhles vor ihm saß, als diskutierten sie über die Tageszeit oder das Wetter. Er merkte ihr keine Spur von Angst oder Besorgnis angesichts des großen Verbrechens an, das sie begehen wollte.

Maria verbarg dies viel zu gut.

»Wirst du dann nicht als seine Frau anerkannt?« fragte John von seinem Platz neben dem Kamin.

»Zunächst nicht. Aber der König, Gott schütze ihn, ist häufig krank, und George hat versprochen, sowohl das Königliche Ehegesetz als auch das Gesetz über die Erbfolge aufzuheben, sobald er dazu imstande ist.«

»Aber eine Ehefrau zu verleugnen!« empörte sich Errington mit harter Stimme.

»Aber er wird mich nicht verleugnen, Onkel. Bitte, du darfst nicht glauben, daß er das je täte. Er schwor mir bei seiner Ehre, daß er mich nie verleugnen wird. Er wird anfangs nur nicht offen zugeben, daß wir verheiratet sind.«

»Aber eure Kinder ... sie wären dann Bastarde!«

Ihre Antwort war gemessen. »Wenn uns Kinder geschenkt werden sollten, Onkel, wären sie nur, was das Gesetz betrifft, illegal. Sie wären nicht illegitim. Wirklich, ihr beiden, bitte ... schaut mich nicht so an. Es gibt keinen anderen Weg.«

»Das ist Wahnsinn!« stöhnte ihr Onkel und schlug sich die Hand vor die Stirn.

»Es gab einen anderen Weg, und das weißt du.« Ihr Bruder schaute sie finster an. »Mit dem Herzog von Bedford.«

»Ich liebe ihn nicht, John.«

»Liebe, Liebe, Liebe! Wie von einem albernen, hirnlosen Fratz höre ich nichts anderes von dir! Für so ein flüchtiges, unbeständiges Gefühl bist du bereit, nicht nur deine gesellschaftliche Stellung, sondern deine ganze Zukunft aufs Spiel zu setzen?«

»Ohne Liebe glaube ich an keine Zukunft«, beharrte Maria hartnäckig auf ihrem Standpunkt und richtete ihre dunklen Augen auf ihren Bruder. »Ich werde ihn heiraten, John, was auch immer das für mich bedeutet. Und darf ich dich daran erinnern, daß du einen schlimmeren Schwager bekommen könntest als den Prince of Wales?«

»Sie hat recht«, gab John schließlich zu, als die Atmosphäre allmählich zu bleiern auf ihnen lastete und die Entschlossenheit auf dem Gesicht seiner Schwester ihm unerträglich wurde. Er ging durch das Zimmer und setzte sich neben sie auf das kleine bestickte Sofa. »Wenn es das ist, was du wirklich willst, Maria.«

Sie lächelte sanft und küßte ihn auf die Wange. »Werdet ihr also beide als Trauzeugen fungieren?« Sie hörte ihren Onkel keuchen. »Ich weiß genau, daß ich euch mit meiner Bitte eine Menge aufs Spiel setzen lasse, und das tut mir sehr leid. Aber mir ist niemand sonst geblieben, dem ich trauen kann.«

In dem darauffolgenden Schweigen schaute Maria zu ihrem Bruder herüber. Hoffnung und Ehrgeiz spiegelten sich in seinem länglichen, hübschen Gesicht wider und funkelten in seinen dunklen Augen. Als sie quer durch das Zimmer einen Blick auf ihren Onkel Errington warf, schüttelte dieser den Kopf. Doch als ihm schließlich urplötzlich klar wurde, wie ungeheuerlich und großartig das alles war, begann auch er zu lächeln.

»Was soll das heißen, er hat seine Meinung geändert?«

»Reverend Knight hat heute morgen einen Brief geschickt, in dem es heißt, daß er gezwungen sei, es sich hinsichtlich des Rechtsbruchs noch einmal zu überlegen.«

»Ich kann nicht fassen, daß er es wagt, so etwas zu tun, und das mir gegenüber!« tobte George.

Orlando Bridgeman fuhr mit großer Behutsamkeit fort. Er begriff, was diese Nachricht für den Prinzen bedeutete. »Der Reverend sagte, daß er sich nach vielen Gebeten und langem Nachdenken außerstande sehe, die gewünschte Zeremonie zu vollziehen, und bittet Sie, Eure Hoheit, ihn von dieser Verpflichtung zu entbinden.«

George schleuderte eine riesige Duftlampe in Form eines chinesischen Buddhas quer durch das Zimmer, wo sie auf einem Seidenholztisch zerschmetterte. Der Tisch, der mit einer Reihe von Emailarbeiten und einem Miniaturbildnis seiner Mutter geschmückt war, kippte krachend auf den Teppich.

»Zum Teufel mit ihm! Zum Teufel mit ihnen allen! Erst Georgianas Weigerung, dann die meiner eigenen Onkel, Männer, die das alles besser verstehen sollten als irgend jemand anderes ... und jetzt das! *Nicht in der Stadt!* Schreiben sie. *Nicht verfügbar*, sagt sie. Also wirklich! Sie alle glauben, es sei klug, mich zu hintergehen! Das ist es nicht! Ich werde nicht zulassen, daß Maria dadurch enttäuscht wird! Sie hat um so wenig gebeten und mich im Gegenzug hoch belohnt ... Sie rechnet fest damit, daß diese Zeremonie stattfindet, und bei Gott, sie wird eine rechtmäßige Zeremonie bekommen!«

Die Meinungsänderung des Geistlichen alleine war schon eine so große Enttäuschung, daß sie ausreichte, um den Zorn des hitzköpfigen Prinzen zu entfachen. Die allzugut passende Reise der Devonshires weg von London hatte die Flammen der Wut nur noch höher schlagen lassen. Aber die größte Enttäuschung bereitete ihm sein Onkel Henry, ein Mann, der aus eigener Erfahrung wußte, was es bedeutete, aus Liebe heiraten zu wollen.

George hatte Henry, den Herzog von Cumberland, gebeten, sein Trauzeuge zu sein, um die Ehe mit Maria zu legitimieren. Ebenso wie sein anderer mitfühlender Onkel, der Herzog von Gloucester, konnte er seine Zuneigung zu einer Frau, die der König nicht billigte, verstehen. Schließlich war es Williams Ehe mit der Witwe des Erzfeindes des Königs und Henrys anschließende Eheschließung mit einer grobschlächtigen, aber temperamentvollen Witwe namens Anne Horton gewesen, die den König so erbost hatten, daß er das Königliche Ehegesetz erließ. Dieses Gesetz schrieb vor, daß der König der Ehe einer seiner möglichen Nachfolger zustimmen mußte. Aber ganz gleich, wieviel Zuneigung oder Sympathie sie für ihren Neffen hegten, im Endeffekt konnte keiner der Onkel eine so ungeheuerliche Gesetzesübertretung durch Englands zukünftigen König so offensichtlich unterstützen. Bridgeman stand vor dem Prinzen, als dieser auf die Kante seines Bettes sank. »Wenn ich einen Vorschlag machen dürfte, vielleicht sollte Eure Königliche Hoheit zunächst noch einmal überlegen, welch delikater Natur diese Angelegenheit ist, bevor Sie sich zum Handeln hinreißen lassen?«

»Was sagen Sie da?«

»Es wäre besser, einen anderen Geistlichen zu finden, als diesen weiter zu bedrängen und Gefahr zu laufen, daß Reverend Knight Ihre Absichten doch noch Ihren Feinden oder, noch schlimmer, dem König verrät.«

»Aber es ist bereits Donnerstag, Bridgeman! Wo können Sie denn einen anderen auftreiben? Sie haben es doch schon bei allen versucht, die Sie anzusprechen wagten. Großer Gott, was soll ich bloß tun? Sagen Sie es mir! Sie wissen, daß ich das für Maria möglich machen muß. Das alleine zählt!«

Der Kammerdiener starrte auf den Prinzen herunter, während dieser vor aufgestauter Wut und Frustration zitterte und mit seinen großen Händen jetzt sein Gesicht bedeckte. Wenn er bewerkstelligen könnte, was Seine Hoheit am meisten auf der Welt zu begehren glaubte, und das in einer Situation, in der der Prinz niemanden hatte, an den er sich sonst wenden konnte, – so würde das nicht so schnell vergessen werden.

Bridgeman merkte, wie sich langsam ein Lächeln auf seinen schmalen blassen Lippen breitmachte. Es gab noch eine letzte Möglichkeit. Seiner Hoheit war es egal, woher der Geistliche kam. Schließlich war er verzweifelt. An diesem kritischen Punkt war es dem Prince of Wales nur wichtig, daß irgend jemand da war, der in den Augen Gottes die Macht hatte, sie zu vereinen. Darüber hinaus gebührten das Interesse und möglicherweise der Ruhm nur dem einen Mann, der ehrgeizig und rücksichtslos genug war, den Wunsch des Prinzen Wirklichkeit werden zu lassen.

»Wie heißt er?«

»Reverend John Burt, Sir.«

Orlando Bridgeman schaute sich in dem schäbigen fensterlosen Büro im Fleet Gefängnis um und sah Wände, die vom Fett grau und von der ständig brennenden Öllampe schwarzgefleckt waren. Der Raum war stickig und stank nach Schweiß und abgestandenem Essen. Die Tische und Stühle, außer dem einen, auf dem er saß, standen voller Teller mit halbverzehrtem Kalbfleisch und soßegetränktem Brot.

Bridgeman verabscheute es, hierherzukommen, aber es war die einzige Möglichkeit.

»Wären einhundert Pfund genug, um die Schulden des jungen Kuraten zu begleichen?« fragte er und nahm eine Lederbörse heraus, die vollgestopft war mit Geldscheinen.

»In der Tat«, grunzte der Gefängnisaufseher und starrte gierig auf die Banknoten, als der Kammerdiener des Prinzen diese durchzublättern begann.

»Aber der ist nicht bereit zu gehen, bevor man ihm nicht etwas verspricht.«

Bridgeman schaute auf.

»Das is'n hitzköpfiger und ehrgeiziger junger Mensch, dieser John Burt. Wahrscheinlich ist er auch deshalb hier gelandet, nicht nur wegen der Schulden.«

»Ach, wirklich«, sagte Bridgeman und zog mißtrauisch eine Augenbraue hoch.

»Er will eine Stelle haben, sagt er.«

»Welche Art Stelle schwebt ihm denn vor?«

»Als einer der Kapläne seiner Hoheit«, erwiderte der glatzköpfige, schmierige, kleine Mann unverblümt.

Bridgeman holte Luft und legte die Börse auf den zerkratzten Eichentisch. »Und was wünscht der Reverend Burt noch für seine Dienst, Mister Hawkes?«

»Er will ein Versprechen ... ein schriftliches Versprechen, daß er Bischof wird, wenn der gute Prinz König ist.«

»Bischof, ja?«

»So isses, Sir.«

»Und Sie bekommen zweifellos als Unterhändler eine Provision.«

»Geschäft is' Geschäft, oder?« Er lächelte über einer Reihe brauner verfaulter Zähne. »Sieht so aus, als ob wir alle dabei gewinnen.«

»Anscheinend.«

»Also, was meinen Sie, Mister Bridgeman? Wollen Sie den jungen Burt für Ihre Zwecke haben oder nicht?«

Orlando starrte auf das Geld hinunter. Einhundert Pfund, eine Stelle als königlicher Kaplan und das Versprechen auf einen Bischofssitz. Er wußte, was der Prinz sagen würde. Es gab kein Hindernis, das in seinem Streben, Maria zu seiner Frau zu machen, zu hoch gewesen wäre. Kein Verbrechen. Keine Bestechung.

Nichts war zu hoch, nicht einmal etwas, das vermutlich zu einer Erpressung führen würde.

Orlando stieß seine Bedenken beiseite wie einen unerwünschten Liebhaber und griff wieder in die Lederbörse. Während er das Geld zählte, spürte er, wie ihm der seltsame kleine Mann hinter ihm seinen heißen Atem ins Genick blies.

Es hatte gerade zu schneien begonnen, als Georges leuchtendgelb lackierte Kutsche an einer Ecke nahe der Park Street anhielt. Lampen, die des dunklen Winterhimmels wegen schon früh entzündet worden waren, leuchteten aus den Fenstern der adretten Backsteinhäuser, und nur gelegentlich fuhr der Wagen eines Händlers auf dem Rückweg vom Billingsgate Markt an ihnen vorüber.

»Also, ich werde euch jetzt alle hierlassen«, sagte George mit tiefer Stimme. »Wünscht mir Glück.«

»Ich komme mit Ihnen«, sagte Bridgeman.

George langte mit einer behandschuhten Hand hinüber und berührte das Knie seines Kammerdieners. »Das kann ich nicht zulassen, guter Freund. Sie haben sich bereits in zu große Gefahr gebracht durch das, was Sie für mich getan haben.«

»Ich bin Eurer Hoheit untertänigster Diener«, protestierte er entrüstet.

»Und ich werde nie vergessen, was nur Sie für mich tun konnten, Bridgeman. Aber ich werde nicht zulassen, daß Sie noch mehr aufs Spiel setzen.«

Lord Onslow und Lord Southampton saßen schweigend auf der gegenüberliegenden Sitzbank und verfolgten den Wortwechsel. Keiner von ihnen war begierig darauf, daran teilzunehmen, wenn diese gefährliche Liaison abgesegnet wurde.

Onslow schaute nach draußen und beobachtete die kleinen weißen Flocken, die am Fenster vorbeihuschten, immer noch außerstande zu glauben, daß der Prinz seinen Plan wirklich durchführen wollte.

»Lassen Sie mich Ihr Trauzeuge sein«, drängte Bridgeman in bittendem Tonfall.

»Marias Verwandte haben zugestimmt, als Zeugen für uns zu fungieren.«

»Wie dem auch sei, ich kann nicht zulassen, daß Sie alleine gehen. Ihr Haus ist noch ein ganzes Stück von hier entfernt. Es wäre nicht sicher.«

»Ich habe eine größere Chance, unentdeckt zu bleiben, wenn ich alleine gehe, Orlando.«

Alles war bis ins letzte Detail geplant. Sie hatten bis kurz vor Einbruch der Abenddämmerung gewartet, als die Straßen rund umher verlassen dalagen und die vornehme Gesellschaft nach Hause zurückgekehrt war, um sich für das Theater oder die Empfänge, die der Abend für sie bereithielt, vorzubereiten. George sollte den Kragen am Cape seines Mantels hochschlagen und mit gesenktem Kopf alleine die Oxford Street bis zur Ecke heruntergehen, so wie jeder gewöhnliche Bürger es tun würde. Sobald er sicher war, daß er nicht verfolgt würde, sollte er in die Park Street einbiegen und zu dem kleinen rosa Ziegelhaus eilen, wo Maria und seine Zukunft ihn erwarteten.

»Dann lassen Sie mich wenigstens vor ihrer Tür Wache stehen. Ich werde Ihnen in diskretem Abstand folgen.«

»Vielleicht hat Orlando recht«, wagte Lord Onslow zu unterbrechen. »Wenn es Seiner Majestät oder einem Eurer Feinde gelungen sein sollte, Eure Absichten zu enthüllen, kann man die Zeremonie wenigstens verhindern.«

»Wenn er vor der Tür postiert steht, wäre zumindest ausreichend Zeit, Eure Hoheit zu warnen, wenn es Schwierigkeiten geben sollte«, stimmte Southampton zu.

George schaute auf seine beiden Adjutanten, deren Gesichter voller Besorgnis waren. Es schneite jetzt stärker. Er drückte die Spitze seines Malakkastockes. Natürlich hatten sie recht. Obwohl er äußerst diskret bei seinen Hochzeitsplänen vorgegangen war, konnte man nie vorhersagen, welcher Tratsch bis ans Ohr des Königs vorgedrungen war. Jetzt, da er so nahe dran war, durfte nichts und niemand ihn aufhalten.

George atmete tief aus. »Also gut, Bridgeman, mein guter Mann. Es wäre mir eine Ehre, wenn Sie bereit wären, während meiner Hochzeitszeremonie als Wache zu fungieren.«

Die gelben Vorhänge im Salon von Marias Haus waren zugezogen. Sie hielten die Gefahr draußen und dämpften die Geräusche gelegentlich vorbeifahrender Kutschen, die direkt vor dem großen Erkerfenster über das eisige Pflaster klapperten. Drinnen brannten weiße Kerzen und Messinglampen. Möbel und Silber waren poliert. Eine volle Karaffe mit Sherry und fünf Gläser standen auf einem kleinen Teewagen neben dem Kamin bereit. Aber darüber hinaus gab es keinerlei Hinweise auf das bedeutsame Ereignis, das hier stattfinden sollte. Selbst Jacko Payne und Fanny Davies hatten ebenso wie das übrige Personal am heutigen Abend freibekommen. Sie waren alle schon zu weit gegangen, um noch irgendein unnötiges Risiko einzugehen.

Maria und ihr Onkel standen bereits mitten im Zimmer und

sprachen leise mit Reverend Burt, als John dem Prince of Wales die Tür öffnete.

Maria beobachtete atemlos, wie George den dunklen Mantel, den Hut und die grauen Glacéhandschuhe auszog und auf einen Stuhl neben dem Feuer warf. Er kam ins Zimmer und strahlte sie voller Zuversicht an.

»Nun denn. Jetzt sind wir alle da«, sagte der junge Geistliche, der in seinem Chorrock dastand.

»Ganz recht.« George lächelte, seine Wangen und Nase waren von der Kälte gerötet. Während er, hochgewachsen und prächtig anzuschauen, an Marias Seite schritt, rieb er sich die Hände. Maria konnte unmöglich schöner aussehen als in diesem Augenblick, fand George. Vielleicht weil sie heute endlich ganz die Seine wurde.

Sie stand da in schlichter Reisekleidung, einer grauen Samtredingote mit einem weißen spitzenbesetzten Schal über den Schultern. Ein einfaches rosa Band schmückte ihren Hals, ihr Haar war in akkurate Ringellöckchen gelegt.

In den Händen hielt sie das kleine Gebetbuch, das ihr Vater ihr als Kind geschenkt hatte. Es war der einzige Hinweis auf ihre katholische Religion, den sie sich an diesem Tag, an dem sie England hinterging, gestattete.

»Können wir beginnen?«

Maria und George schauten beide den jungen Geistlichen an, den Orlando Bridgeman auf geheimnisvolle Weise erst am Tag zuvor aufgetrieben hatte. Er hatte das honigfarbene Haar zu stark gepudert, seine Augen waren blutunterlaufen, und er roch nach Gin. Aber man hatte ihnen versichert, daß er berechtigt war, diese Handlung zu vollziehen, und darüber hinaus wagten sie keine Fragen zu stellen.

Er begann den Gottesdienst entsprechend dem feierlichen Ehezeremoniell, welches das Gebetbuch der anglikanischen Kirche vorsah. Als George Marias Hand ergriff, schlug der Wind die kahlen Zweige leicht gegen die Fensterscheiben.

Seine Berührung fühlte sich gut an, dachte sie, während ihr Herz wild klopfte, und es war ein gutes Gefühl, ihm so nahe zu sein. Gleichzeitig sehnte sie sich nach mehr. Weit mehr als diesem erotischen Zwischenspiel in ihrem Salon. Auf ihren Wangen zeichneten sich rote Flecken ab, als sie sich daran erinnerte, was sie zusammen getan und nicht ganz getan hatten. Sie hatte bis zum heutigen Tag an dieser Art Test festgehalten. Maria wollte und mußte seine Hingabe auf die Probe stellen. Und dennoch war er jetzt hier. Trotzdem fiel es schwer zu glauben, daß George ein so großes Risiko auf sich nehmen wollte. Ihretwegen.

John betrachtete seine Schwester, deren Hand in die des Prince of Wales gelegt war, und auch er dachte an die Zukunft, während der junge Geistliche die feierlichen Worte sprach. Er war bereit gewesen, sich mit einem Herzog zufriedenzugeben, wo es doch darüber hinaus noch einen König gab.

Nun gut, einen Beinahe-König.

Der Prince of Wales mochte einen grauenhaften Ruf hinsichtlich seiner Unbeständigkeit haben, aber einer Sache war er sich sicher. Im Augenblick betete dieser seltsame, rätselhafte Mann, dieser Prinz, seine Schwester an, und das mochte ausreichen, sie eines Tages zur Königin von England zu machen.

»Ich, George Augustus Frederick, nehme dich, Maria Anne Fitzherbert ...«

John sah, wie sich die blauen Augen des Prinzen mit Tränen füllten, als er das Eheversprechen ablegte. Was genau hatte sie getan, fragte er sich, um diese außerordentliche Hingabe zu erlangen? Es war wirklich verwirrend. George riskierte in diesem Augenblick und indem er diese Worte sprach, alles auf der Welt.

»... in guten wie in schlechten Tagen, Armut und Reichtum ...«

Ihr ganzes Leben lang war Maria ein Glückskind gewesen. So klug wie schön. Erst Edward Weld. Dann Thomas Fitzherbert. Jetzt dies. Präziser gesagt hatte sie hierher vielleicht geführt, was sie nicht getan hatte. Zumindest lachte man diesbezüglich in den Clubs von ganz London in sich hinein. Sie sagten, der Prince of Wales hätte noch nie eine Herausforderung gescheut, und indem sie ihm ihren Körper vorenthielt, hatte Maria Fitzherbert ihn vor eine Herausforderung gestellt, die nicht zu unterschätzen war.

John dachte daran, wie viele Frauen in seinem Leben sich geweigert hatten, mit ihm ins Bett zu gehen. Dennoch war es ihm nie in den Sinn gekommen, irgendeine von ihnen zu heiraten. Vielleicht würde er das nie verstehen. Schließlich war er auch noch nie verliebt gewesen. Nicht wirklich.

»... in Gesundheit und Krankheit, zu lieben und zu ehren, bis daß der Tod uns scheidet, nach Gottes heiligem Gebot.«

Nachdem Maria ihr Ehegelübde abgegeben hatte, nahm George ihre Hände und küßte sie zart. John beobachtete, daß sich ihre Lippen kaum berührten, als sie sich keusch wie Kinder küßten, und er spürte, wie ihm ein Schauer über den Rücken lief. *Gott segne euch beide*, dachte er. *Denn ihr werdet es beide bitter nötig haben.*

Plötzlich vernahm man das leise Quietschen der Haustür. Eingedenk der Gefahr drehten sich alle erschrocken um. John hörte, wie seine Schwester ein Keuchen unterdrückte. Orlando Bridgeman kam herein und blieb auf dem schwarzweißen Marmor hinter der Tür stehen. Sein Gesicht war rot, der Körper erstarrt, als er sich vor Kälte die Hände rieb.

»Kommen Sie herein, Bridgeman. Es ist endlich vollbracht«, rief George mit einem herzlichen Lächeln, als alle vortraten, um feierlich die offizielle und höchst illegale Heiratsurkunde zu unterzeichnen. »Trinken Sie ein Glas Wein, um sich aufzuwärmen, und dann haben Sie alleine die Ehre, mir und meiner Braut als erster zu gratulieren!«

Die Straße nach Ormely Lodge in der Nähe von Twickenham war dicht zugeschneit. Sie waren mit Marias Kutsche, aber ohne Personal, sondern nur mit einem Kutscher aufgebrochen, um kurze Flitterwochen zu verbringen. Auf diese Weise würden weniger Fragen gestellt werden. Aber weder George noch Maria hatten mit den schrecklichen Witterungsbedingungen außerhalb Londons gerechnet. Als sie aufbrachen, war es bereits dunkel, der Schnee gefleckt mit Pfützen voll dickem Matsch in den Fahrrillen, die tief genug waren, um steckenzubleiben.

Maria lehnte den Kopf gegen den kalten Ledersitz. Die von der Trauungszeremonie verursachte Anspannung und ein leerer Magen wurden noch verschlimmert durch die Tatsache, daß sie völlig erschöpft war. Die vergangenen Tage voller Geheimhaltung forderten ihren Tribut, denn sie hatte erst kurz vor Morgengrauen für nur wenige Stunden Schlaf gefunden. Ohne Vorwarnung wurde sie nach vorne geschleudert, die Kutsche neigte sich zu einer Seite und hielt dann an.

»Was ist los?« fragte sie.

»Ich glaube, wir sind liegengeblieben.«

Maria schaute sich um. Um sie herum waren nur Dunkelheit, endlose Felder und kahle Bäume.

»Wo wollen Sie Hilfe holen?« fragte George den Kutscher.

»Besser versuche ich, Ihnen zu helfen«, erwiderte er mit einem müden Lächeln. »Es sei denn, Sie wollen Ihre Hochzeitsnacht auf einer kalten, verlassenen Landstraße verbringen, wo uns weiß Gott was zustoßen kann.«

George hielt die Lampe, während er und Maria dastanden und zuschauten, wie der Kutscher die gebrochene Achse reparierte. Endlich hatte es aufgehört zu schneien, der Wind hatte sich gelegt, so daß die Winterluft kühl und klar und still war. Sie weckte ihre Lebensgeister und erinnerte sie auch daran, wie hungrig sie beide waren.

Während der Kutscher den Schaden behob, sah George seine Braut an. Ihre Haut wirkte im bronzenen Lampenlicht wie Gold, ihre Schönheit üppiger, strahlender, als er sie je gesehen hatte. In seinem ganzen Leben hätte er nicht gedacht, jemals eine solche Freude zu empfinden.

Als sie seinen Blick spürte, drehte Maria sich in den Lampenschein und lächelte. George hätte am liebsten die Hand ausgestreckt und sie hier unter den Sternen in seine Arme genommen. Aber er wußte, daß er sie nicht wieder loslassen konnte, wenn er sie jetzt berührte. Sie hatten so lange gewartet, er hatte so lange gewartet, und für einen Mann, der sich früher keinerlei Selbstbeherrschung auferlegt hatte, waren diese Monate ohne intime Zweisamkeit eine Tortur gewesen.

Als die Achse repariert war, fuhren sie eine weitere Meile nach Hammersmith, wo sie durch die Lichter eines kleinen Gasthauses und den Duft von Lammkeule und frischem Kaffee angezogen wurden. George saß mit Maria an einem Tisch in einer vertäfelten Nische in der Nähe des Feuers und hielt unter dem Tisch ihre Hand. Sie hatten Brot und Käse und Lamm gegessen sowie eine Flasche Portwein getrunken. Jetzt, als um sie herum alles voller Teller und Becher stand, nahm Maria ein kleines, in blauen Samt eingewickeltes Päckchen aus der Tasche und legte es mitten auf den Tisch.

»Was ist das?«

»Ein Hochzeitsgeschenk.« Maria lächelte.

George schaute sie an, die müden Augen ganz überrascht. Langsam setzte er seinen leeren Becher ab. »Aber ... ich habe nichts für dich. In all der Eile habe ich das völlig vergessen.«

Sie legte ihre warme Hand auf seine und drückte sie. »Liebling, du gibst mir deine Liebe. Heute hast du mich unter großer Gefahr zu deiner Frau gemacht. Sicher weißt du, daß es kein größeres Geschenk gibt.«

Er wandte den Blick nicht von ihren dunklen Augen, als er das Geschenk aus dem Samt wickelte. Als er schließlich nach unten blickte, sah er ein kleines diamantenbesetztes Medaillon, genau wie das, welches er ihr einst geschenkt hatte. Dieses enthielt jedoch ein Miniaturbild von Maria. Es war ebenfalls an einer schwarzen Samtkordel befestigt.

Vor Überraschung stand George der Mund offen. »Oh, mein Liebling, das ist ganz exquisit.«

»Du magst es also?«

»Mögen? Ich bete es an!« Er blickte wieder auf das Bild, dann zurück zu Maria. »Der Künstler hat dich genau getroffen.«

»Findest du wirklich?«

»In der Tat.« Er ließ die Kordel über seinen Kopf gleiten und drückte das Amulett an seine Brust. »Ich werde es immer hier tragen. An meinem Herzen. So wirst du stets bei mir sein ... ganz gleich, was das Leben noch für uns beide bereithält.«

Er nahm ihre Hände in die seinen und drückte sie fest. Aber jetzt verzehrte er sich danach, sie nicht nur einfach zu berühren. Ihre warme Haut zu spüren war beinahe mehr, als er ertragen konnte, jetzt da all seine anderen Sinne befriedigt waren. Jetzt da sie ihm dieses Zeichen ihrer Liebe geschenkt hatte.

Es war ein langer Tag für beide gewesen. Er hatte so lange darauf gewartet, sich mit dieser Frau zu vereinen, die er immer seine Ehefrau nennen würde. Aber er mußte noch ein wenig länger warten ... ja, bis alles perfekt war.

Als sie endlich Twickenham erreichten, war Mitternacht schon vorüber. Es war nicht sicher, nach Einbruch der Dunkelheit zu reisen, aber George hatte darauf bestanden. Ganz gleich, was er gefühlt hatte, als sie so eng beieinander in dem kleinen Gasthaus saßen, er wollte ihre erste Nacht als Mann und Frau nicht unter Fremden verbringen.

Als ihre Kutsche in den runden Innenhof fuhr, flackerten mattgolden Kerzen in den Fenstern, um den Weg zu beleuchten, und Marias Dienstboten standen an der Tür, um sie willkommen zu heißen. Ein Lakai half Maria aus der Kutsche. Dann gingen sie gemeinsam über den Kies und die blaßgelben Steinstiegen hinauf.

»Möchten Sie gerne noch etwas zu abend essen, Madam?« fragte ihre Haushälterin, eine alte runzelige Frau, die schwerfällig neben ihnen herging.

»Nein, danke, Mrs. Bennet«, erwiderte Maria, als sie durch die Tür schritten und das Foyer betraten, das grün, weiß und golden gestrichen war. »Wir haben zum Abendessen einen Halt in Hammersmith gemacht. Ich denke, wir sind bereit, uns zur Nacht zurückzuziehen.«

Die alte Frau nickte. »Jawohl, Ma'am.«

Sie standen alleine neben der Treppe, als der Kutscher wieder hinausging, um den Rest ihres Gepäcks zu holen. »Ist mit dir alles in Ordnung?« flüsterte George, als er seine frisch angetraute Ehefrau anblickte.

Maria versuchte zu lächeln, aber mit jedem weiteren Augenblick überwältigte sie stärker das Bedürfnis nach Schlaf. »Mir geht es gut«, sagte sie erschöpft und ließ ihn ihre Hand nehmen, als sie zusammen die geschnitzte Mahagonitreppe hinaufstiegen. Das große Schlafzimmer mit der hohen, gewölbten Decke, in das sie von Mrs. Bennet geführt wurden, hatte Vorhänge aus wunderschönem, weichem blauen Damast. Das Bett, über dem sich ein Baldachin aus demselben Material spannte, stand in einer kleinen Nische.

»Möchten Sie, daß ich den Herrn in sein Schlafzimmer führe?« erkundigte sich die Haushälterin mit soviel Zartgefühl wie möglich.

»Das wird nicht nötig sein, Martha. Ich werde es ihm zeigen.«

Nachdem auch ihre letzte Tasche heraufgebracht worden war, küßte George sie auf die Wange. »Ich werde dich einen Augenblick alleine lassen, damit du dich in Ruhe umziehen kannst«, sagte er schlicht, dann folgte er dem Kutscher, der ihre Taschen getragen hatte, aus dem Zimmer. Er ging alleine zurück nach unten und in den Salon. Dieser war nur vom Mondschein, der durch das Fenster fiel, beleuchtet, aber es war hell genug, um zu erkennen, daß eine volle Flasche Brandy und ein Kreis von Gläsern auf einem Tischchen neben dem Bücherschrank standen. George goß sich ein hohes Glas der bernsteinfarbenen Flüssigkeit ein und machte es sich in einem schweren bestickten Sessel bequem.

Er war dankbar, daß es dunkel war. Er hatte nun Zeit, sich zu beruhigen, sein Herz zum Schweigen zu bringen. Er begehrte Maria schon so lange, hatte sich schon oft ausgemalt, wie es sein würde, und jetzt, da der Augenblick gekommen war, fühlte er sich durch diese Aussicht vollkommen entwaffnet.

Er war mit Dutzenden von Frauen zusammengewesen. Herzoginnen, Ladys ... Huren, aber zum ersten Mal in seinem Leben zählte dieses, ihr erstes Beieinandersein. Maria war zuvor verheiratet gewesen. Sie wußte, was sie zu erwarten hatte. Ihre Erfahrungen steigerten seine Befürchtungen noch. Seine Hand zitterte leicht, als er das Glas an die Lippen führte.

»Soll ich Feuer für Sie machen, Sir?« rief eine tiefe Baritonstimme in die Dunkelheit hinein.

»Nein, danke. Und sagen Sie bitte allen, daß sie sich jetzt zur Ruhe begeben dürfen.«

»Sehr wohl, Sir.«

Er war froh, als er hörte, wie die Absätze des Dieners über den Dielenboden klapperten und sich dann die Tür schloß. Niemand hatte ihn als Seine Hoheit angeredet. Lag das daran, daß sie es nicht wußten, oder hatte der Anstand sie zum Schweigen gebracht?

Was auch immer der Grund war, heute nacht war er einfach nur George. In Marias Armen würde er nur ein Mann sein wie jeder andere. Er blickte über den Kamin hoch. Im Mondlicht sah er ein Porträt. Es zeigte Maria als junges Mädchen in einem zartrosa Kleid. Ihr Gesicht wurde durch ein seltsames kleines Lächeln erhellt. Sie hatte sich seither wirklich kaum verändert.

Er ging durch das Zimmer und goß sich noch einen Brandy ein. Dieser brannte ihm nicht ganz so stark im Hals wie der erste. Er spürte, wie er sich entspannte und seine Befürchtungen zu verblassen begannen. Einen Augenblick lang schloß er die Augen und sah sie im Geiste vor sich.

Die Linien ihres Körpers waren voller sanfter Rundungen. Selbst unter all den trügerischen Schichten der Unterröcke mußte der Rest von ihr so schön sein wie ihr Gesicht. Er griff nach oben und zog das Amulett, das sie ihm gegeben hatte, unter seiner bestickten Weste hervor. Er hielt es fest in seiner Hand. Endlich spürte er, wie sich zum ersten Mal seit dem Abendessen im Gasthaus Begierde in ihm regte. Er trank den Brandy aus, stellte das leere Glas auf den kleinen Seidenholztisch neben dem Sessel und ging nach oben.

Zwei Kerzen brannten noch neben dem Bett, als George die Tür öffnete. Er schlich näher und sah, daß Maria in einem langen weißen Nachthemd aus hauchdünner Gaze, das mit französischer Spitze besetzt war, auf der Bettdecke lag und schlief. Ihr langes Haar war ausgebürstet und breitete sich jetzt schimmernd wie goldene Flammen auf den dicken Kissen aus. Trotz ihrer überwältigenden Schönheit und der wilden Begierde, die sie in ihm entfachte, konnte er die bangen Gedanken, die unbarmherzig an ihm nagten, nicht zum Schweigen bringen. George rückte weiter auf sie zu, bis er unmittelbar vor ihr stand. Er betrachtete die milchweiße Haut an Hals und Armen, die sie sanft über der Brust gekreuzt hatte; an ihren Ellenbogen raschelte Spitze.

Sie sah so engelsgleich aus. Aber trotz der Begierde, die in ihm brannte, brachte er es nicht über sich, sie zu wecken. Er glitt durch das Zimmer und nahm vorsichtig eine Steppdecke von der Lehne eines Brokatstuhls. So behutsam, als sei sie eine Porzellanpuppe, deckte er sie damit zu. Dann ging er wieder quer durchs Zimmer, um sich selbst auszuziehen.

Er legte Schuhe, Weste, Halstuch, Kniehose und Strümpfe in einem kleinen Stapel auf den Stuhl und kehrte dann nackt zum Bett zurück. Er löschte sachte die Kerzen aus und sank dann in der Dunkelheit neben sie auf die Bettkante.

Einen Augenblick später spürte er, wie sie sich unter der Steppdecke rührte, und, als seien ihre Körper miteinander verbunden, wie ihn ein heftiger Schauer durchlief. Erst nach ein paar Minuten brachte er es fertig, die Steppdecke zurückzuziehen und sich neben sie zu legen.

Ihre Haut zu berühren war wie eine starke Droge, er war außerstande, seine Finger davon abzuhalten, nach unten zu wandern zu ihrer Brust, die so voll und warm war unter dem hauchdünnen Gewebe. Er spürte, wie ihre Brustwarze auf seine sanfte Berührung reagierte und sich zu einem harten kleinen Gipfel erhob.

Langsam öffnete er die Schleife aus rosa Bändern oben an ihrem Nachthemd und schlug den Stoff zurück. George fuhr mit der Zunge über jeden der rosenfarbenen Nippel und sah dann hoch in ihr Gesicht, aber Maria rührte sich immer noch nicht. Seine Hände zitterten vor Leidenschaft, als er erst die eine, dann die andere Brust liebkoste.

Von etwas Ursprünglichem und Überwältigendem getrieben, schob er ihr Nachthemd über die glatte, warme Haut hoch. Er strich über das daunenweiche Haar an ihren Schenkeln, grub seine Finger in das milchige Fleisch ihres Bauches. Fieberhaft küßte er ihren Hals, ihren Mund, seinen harten Penis gegen ihren Schenkel gepreßt. Er stöhnte, woraufhin sie sich wieder rührte.

George wandte sich ab und mußte nach Luft schnappen, sein Körper raste jetzt vor unterdrückter Leidenschaft. Das war nicht richtig. So konnte er es nicht tun, ganz gleich, wie sehr er sie begehrte.

Plötzlich spürte er, wie sie sich umdrehte und ihre Brüste an seinen Rücken drückte. »Liebling«, flüsterte sie in der Dunkelheit.

Ein Strahl der Leidenschaft durchzuckte ihn. Wie erstarrt lag er da, unfähig, sich zu bewegen, als ihre warme Hand verführerisch über seinen Rücken fuhr hinauf zur Wölbung seiner Schulter. Der zarte Klang ihrer Stimme, die Sanftheit ihrer Berührung und eine Begierde, die er fürchtete nicht länger kontrollieren zu können, wenn er auch nur den geringsten Muskel bewegte, ließ George innehalten.

»Wende dich nicht von mir ab«, wisperte sie in sein Haar, und als ihre Finger die Kurve seines nackten breiten Rückens hinabfuhren, stöhnte er.

Er wagte es nicht, sich zu rühren, zu reagieren, aus Furcht, sie mit dem Gewicht seiner Sehnsucht zu erdrücken. Aber ihre Finger, lang, geschickt und warm, waren so kunstfertige Verführer, daß er nicht widerstehen konnte.

Von ihrer gefühlvollen Zärtlichkeit erregt, ließ er sich auf den Rücken fallen; sein Herz klopfte so wild, daß er kaum atmen konnte. Er beobachtete, wie sie langsam die verbliebenen Bänder, die ihr Nachthemd zusammenhielten, löste. Dann ließ sie den Stoff von ihren Schultern gleiten, legte sich wieder hin und preßte ihren nackten Körper gegen den seinen.

»Ich warne dich, meine Liebe, wenn du so weitermachst, hast du noch eine lange Nacht vor dir.«

»Ich betrachte mich als gewarnt.«

»Und ich kann dir nicht versprechen, besonders vornehm mit dir umzugehen.«

»Ich hoffte, daß du das sagen würdest.«

Begierde und Lust tobten in einer heißen Welle durch seinen Körper. Sein muskulöser Leib bäumte sich nur einen Moment lang auf, bevor er jegliche Zurückhaltung beiseite warf, ihre Arme festhielt und stürmisch in sie eindrang.

George stöhnte, als die kleinen mahlenden, rhythmischen Bewegungen die Kontrolle über seinen Körper übernahmen und seinen Verstand ausschalteten. Wirbelnd, schlagend, krachend. Blendende Hitze und Lust und ... Kraft. Wieder und wieder stieß er in sie, hart und lang, Schweiß tropfte ihm von Brust und Händen. Er spürte, daß sie sich wie eine Klette an ihn klammerte, spürte ihre feuchten Lippen auf der pulsierenden Ader an seinem Hals. Er hörte sich aufschreien, aber es war die Stimme eines anderen.

Am Ende eines langen dunklen Tunnels schimmerte ein Licht und Hitze. Blendende Hitze. Er bewegte sich immer schneller darauf zu. Stoßend. Kämpfend. Sein Herz donnerte gegen die Rippen. Als es vorüber war und er endlich wieder atmen konnte, riß er sich von ihr los und legte sich auf die Bettdecke aus blauem Damast.

»Ich habe dir doch nicht weh getan?« fragte er, als das Schweigen zwischen ihnen zu qualvoll wurde.

»Nein, mein Liebling, du hast mir nicht weh getan«, flüsterte sie als Antwort und fuhr mit einem einzelnen Finger durch das kastanienbraune Haar, das ihm zerzaust und feucht auf die Wange fiel. »Ich bin deine Frau, wirklich deine Frau, für immer und ewig. Und nichts auf der Welt hat sich je richtiger angefühlt.«

Er schaute sie im Mondlicht an, ihre dunklen Augen funkelten, ihr Gesicht war noch erhitzt vor Leidenschaft.

»Ich war nie in meinem Leben irgend jemandem gegenüber

schutzlos und wollte es auch nie sein. Das Risiko war stets zu groß. Heute komme ich mit gesenkten Waffen zu dir.« Er holte tief Luft, wollte ihr Dinge sagen, die noch nie ein Mensch von ihm gehört hatte. »Meine wunderschöne Maria. Es liegt allein in deiner Macht, mich zu vernichten... Ich bitte dich, gehe vorsichtig mit diesem Wissen um.«

»Ich liebe dich«, erwiderte sie sanft.

George drehte sich wieder Maria zu und küßte sie inniglich. Zum ersten Mal in dieser Nacht verschmolzen ihre warmen, offenen Münder miteinander. Er stieß mit seiner Zunge in die feuchte Höhlung ihrer Kehle, und sie reagierte bereitwillig darauf.

»Mein Liebling, du wirst nie bedauern, was heute aus uns wurde«, flüsterte er zurück. »Du wirst sehen, jetzt da wir einander Mann und Frau sind, wird alles gut werden.«

»Ich sage dir, sie sind verheiratet!« meinte Isabella Sefton verächtlich. »Und ich kann einfach nicht ergründen, warum sie es mir nicht anvertraut hat. Ich wußte doch von Anfang an davon.«

»Vielleicht wußte sie, daß du es nicht billigen würdest«, entgegnete Anne Lindsay, als sie zusammen mit einer größeren Gruppe von Gästen in dem mit rosenfarbenen Damast ausgeschlagenen Musikzimmer von Devonshire House saßen.

»Nun, damit hat sie recht. Ich riet ihr immer wieder, seine Mätresse zu werden. Ich gab ihr aber bestimmt nicht den Rat, ihn zu heiraten!«

»Aus Marias Warte war es wohl besser, das Gesetz als eines der Gebote zu brechen.«

»Diese elenden Katholiken!« schnaubte Isabella, dann legte sie die Finger an die Lippen und schaute sich um, nachdem ihr klargeworden war, wie laut sie gesprochen hatte. »So sicher wie der Teufel wußte die Herzogin von der Heirat.«

Beide schauten zum oberen Ende des Raumes, wo Georgiana, die Herzogin von Devonshire, stand und mit ihrem Lieblingsgeiger, einem kleinen schwarzen Jungen in adretter blauer Kniehose und einem dazu passenden Brokatfrack, sprach, der sie unterhalten sollte.

»Ich kann nicht glauben, daß sie es in irgendeiner Weise mehr als du oder ich unterstützt haben soll«, raunte Anne vorsichtiger. »Es ist doch allgemein bekannt, wie nahe sie und der Prinz sich stehen.«

»Also, Charles James Fox gegenüber hat Seine Hoheit es entschieden abgestritten. Er schrieb ihm einen Brief, daß eine Ehe zwischen ihnen überhaupt nicht in Frage käme. Fox prahlt damit in der ganzen Stadt.«

»Dann ist es vielleicht nur Geschwätz.«

»Wenn das stimmt, wo stecken sie dann? Jedes Mal, wenn ich sie besuchen will, erzählt mir Marias Haushälterin nur, daß sie die Stadt verlassen hat. Und ist dir nicht aufgefallen, daß der Prince of Wales zufälligerweise auf ebenso mysteriöse Weise aus London verschwunden zu sein scheint wie sie?«

Isabella und Anne waren nicht die einzigen, denen diese Frage zu schaffen machte. Als Weihnachten näher rückte, schwirrten in London so viele Gerüchte über eine illegale Eheschließung durch die Luft wie Nebel an einem Herbstmorgen.

»Entschuldigung. Sind Sie nicht Lady Sefton?«

Ein dünnes Stimmchen riß sie aus ihrer riskanten Unterhaltung. Als Isabella und Anne sich umdrehten, sahen sie eine kleine, schmale, sehr blasse junge Frau neben ihnen stehen.

»Die bin ich.«

»Wie ich sehe, können Sie sich nicht an mich erinnern. Ich bin Lady Seymour. Ich traf Sie vergangenes Frühjahr in Vauxhall mit Ihrer Verwandten, Mrs. Fitzherbert. Wir warteten alle auf unsere Kutschen.«

Isabella taxierte die Frau mit ihren Blicken. »Ah, ja. Jetzt erinnere ich mich. Maria stahl sich in Carlton House mit ihrem Mann davon, um einem Tanz mit dem Prince of Wales aus dem Weg zu gehen.«

»Genau.« Horatia Seymour lächelte eifrig.

»Schade, daß sie nicht so vernünftig geblieben ist.«

»Ich wollte nur einmal vorbeikommen und guten Tag sagen.

Ich habe Mrs. Fitzherbert schon so lange nicht mehr gesehen. Darf ich fragen, wo sie sich aufhält?«

»Wenn wir das wüßten«, erwiderte Isabella verächtlich, aber so leise, daß nur Anne sie hören konnte. »... Da wir gerade vom Verschwinden sprechen, Lady Seymour, wo halten Sie denn Ihren gutaussehenden Mann versteckt?«

»Der Kapitän fährt leider gerade wieder einmal zur See. Er ist sehr häufig weg und liebt es so. Aber ich muß gestehen, daß mir die Tage allein mit den Kindern lang werden.«

»Also dann müssen Sie einfach diesen Donnerstag zum Tee ins Sefton House kommen.«

»Sehr gern«, meinte sie lächelnd, aber plötzlich wirkte ihr Lächeln sehr angestrengt.

Obwohl sie ein wunderschönes violettes Seidenkleid anhatte, ihr Gesicht makellos gepudert und mit Rouge geschminkt war, konnte sie ihren Zustand nicht erfolgreich verschleiern. Offensichtlich war Lady Seymour krank. Ihr hellbraunes Haar wirkte spröde und wich am Stirnansatz zurück. Ihr schmales Gesicht war eingefallen, und augenscheinlich erschöpfte es sie sehr zu atmen.

»Kommen Sie um halb drei, damit wir Zeit haben, ein bißchen zu plaudern, bevor meine anderen Gäste eintreffen, ja?« sagte Isabella.

»Mit Vergnügen. Danke, Lady Sefton.«

»Hast du nicht die Höflichkeit ein wenig zu weit getrieben?« raunte Anne, als sie beide Horatia hinterhersahen, wie diese sich durch die anderen Gäste hindurch zurück zu ihrem Platz auf der anderen Seite des Musikzimmers schlängelte. »Sie ist überhaupt nicht dein Typ.«

»Also Anne, Liebes? Wo bleibt dein Sinn für Nächstenliebe? Das Mädchen ist ein bißchen schlicht, das gebe ich zu. Aber schließlich ist sie seit kurzem mit Mrs. Fitzherbert bekannt.«

Isabella sah, wie sich Lady Lindsays beherrschter Gesichtsausdruck überrascht verzerrte. »Das wußtest du nicht? Ich werde dir mal eines sagen. Wenn es um Beziehungen wie diese geht, kann eine kluge Dame nie genügend Freunde haben, schlicht oder nicht.«

Ein Funke der Erkenntnis leuchtete in Annes großen blauen Augen auf. »Das ist es also! Du hoffst, daß auf diese Weise ein paar Brosamen an Informationen für dich abfallen!«

»Für eine kluge Frau gibt es schließlich mehr als einen Weg, um herauszubekommen, was sie wissen möchte, und ich sage dir, Anne, was Maria betrifft, will ich die Wahrheit herausfinden.«

Zwei Tage später, frisch aus den Flitterwochen zurückgekehrt, wollte Maria gerne ihre beste Freundin sehen und stattete ihr deshalb einen unangekündigten Besuch ab, wie sie es schon oft getan hatte. Die Sonne war bereits verblaßt und eine Andeutung von Regen befeuchtete die Luft, als sie am Haupteingang einem stattlichen Lakaien gegenüberstand. Hinter der Tür hörte man Gelächter und Gläserklingen.

Sie erblaßte. »Aber da muß ein Mißverständnis vorliegen.«

»Nein, Madam«, erwiderte er kühl, aber respektvoll. »Ich versichere Ihnen, es liegt kein Mißverständnis vor. Lady Sefton empfängt heute nachmittag nicht.«

»Aber ich kann sie doch im Salon hören. Ich kann –« Ihr fehlten die Worte, als ihr klarwurde, daß Isabella sie nicht empfangen wollte.

Gott helfe ihnen allen. Schlau. Findig wie immer hatte Isabella die Wahrheit herausgefunden.

»Es tut mir leid, Madam«, fügte der Lakai einen Augenblick später hinzu, »aber ich habe meine Anordnungen.«

Sie holte tief Luft, um sich zu beruhigen. »Ja. Gut.« Maria straffte sich leicht und hob das Kinn, als sie den Stich dieser ersten Zurückweisung spürte. »Bestimmt nicht halb so leid wie mir.«

Als sie sich zu ihrer wartenden Kutsche umdrehte, hörte sie immer noch das Gelächter der Frauen und das Klingen ihrer Likörgläser. Ihr Vertrauen in eine lange Freundschaft war völlig erschüttert. »In diesen Tagen hätte ich von jedem erwartet, im

Stich gelassen zu werden«, murmelte sie, als sie gemessenen Schrittes die Stufen von Sefton House zur Straße hinabstieg. »Aber nicht von dir, Isabella.«

Seltsamerweise konnte sie ihren Mann jetzt besser verstehen, die vielen Treuebrüche, die er in seinem Leben hatte hinnehmen müssen. Aber sie fragte sich, ob sie sich je an diesen Schmerz gewöhnen würde.

George zerknüllte eine weitere Einladung zu einem Ball und beugte sich über Marias nackte Brüste, um das Schreiben in die letzte Glut des verlöschenden Feuers zu werfen.

»Wieder von der Königin?« fragte sie vorsichtig. »Vielleicht solltest du es hinter dich bringen und sie besuchen.«

»Nein.«

»Aber sie ist deine Mutter.«

»Wenn ich sie in Windsor aufsuche, wird es rundum unangenehm werden. Die Königin ist gerissen und wird mich zwingen wollen, etwas zu gestehen, das sie noch nicht hören soll.«

Sie lagen frühmorgens zusammen unter der schweren Damastdecke in dem kleinen blauen Schlafzimmer in der Park Street. Für George und Maria waren diese Stunden kurz vor Sonnenaufgang, wenn es noch still war im Haus, rasch zur kostbarsten Zeit des Tages geworden.

Anders als vor ihrer Ehe wachte George jetzt immer früh und mit klarem Kopf auf, weil er Zeit brauchte, um mit ihr zu reden und private Pläne zu schmieden, bevor er gezwungen war, um des Anstands willen quer durch die Stadt Richtung Carlton House heimzureiten.

Es war kurz vor Weihnachten, zwei Wochen nach ihrer heimlichen Eheschließung. Sie waren nach London zurückgekehrt, da sie noch mehr Gerede fürchteten, wenn sie über die Feiertage wegblieben. Obwohl Carlton House immer noch der Ort war, an dem er arbeitete und Gäste empfing, war er jetzt bei Maria zu Hause.

George lehnte sich in die Kissen zurück und blickte seine Frau an, wobei er sich für die Unzufriedenheit verachtete, die der Brief seiner Mutter in ihm ausgelöst hatte. Selbst jetzt, noch bevor die Morgenfeuer frisch entzündet worden waren und man die Dienstboten jenseits der verschlossenen Türen hin und her laufen hörte, erwärmte der weihnachtliche Duft von Rosmarin und Stechpalme das ganze Haus.

Es war beruhigend. Friedlich. Vor dem Fenster zeichneten sich filigrane blattlose Bäume gegen den dunklen Himmel ab, pudriger Neuschnee hüllte alles in eine weiche Decke. Machte alles frisch. Ein Symbol des Neuanfangs. Jetzt, da er Maria endlich besaß, zählten die Schmerzen und Enttäuschungen der Vergangenheit kaum noch.

Bis er von der Königin hörte.

»Vielleicht wenn du versuchen würdest, es ihr zu erklären –«

»Ich kann das nicht erklären, Maria. Niemandem. Das weißt du.«

Sie senkte den Kopf. »Ich dachte nur ...«

Als er ihre Enttäuschung bemerkte, versuchte er seinen barschen Ton zu mildern. Er fuhr mit dem Finger unter ihrem Kinn entlang und zog ihre Lippen auf die seinen. »Ich weiß, was du meinst, Liebling, und dafür liebe ich dich. Aber du mußt mir glauben, daß ich in dieser Angelegenheit weiß, was das beste ist.«

Maria schaute beiseite. Hilflose Tränen standen ihr in den Augen. »Ich wollte, es gäbe in ganz London wenigstens einen weiteren Menschen, der sich für uns freut.«

George drehte ihr Gesicht zurück. »Ich glaube, daß dein Bruder John hell entzückt ist«, sagte er mit einem breiten Lächeln in der Hoffnung, sie zum Lachen zu bringen.

Er wußte, was seine Ehe mit Maria ihn vermutlich kosten würde. Er wußte auch, was es sie gekostet hatte, ihrem Herzen zu folgen und illegal seine Frau zu werden, und diese düstere Erkenntnis ließ sie nicht los.

Diese zarte Blume, mit der er sich unwiderruflich vor Gott verbunden hatte, war eine Stütze der Gesellschaft gewesen, mit ihm aber bereits abgeglitten in die Abgründe des Skandals. Die meisten ihrer Londoner Freunde, die den Verdacht hegten, der respektlose Prince of Wales könnte hier zu weit gegangen sein, mieden sie.

Als Maria den Scherz über ihren Bruder nicht mit einem Lachen quittierte, nahm George sie in die Arme und drückte sie an seine Brust, bis ihre Tränen versiegten. »Es tut mir leid.« Sie schluchzte. »Ich weiß auch nicht, was heute morgen in mich gefahren ist.«

»Vielleicht hast du nicht genug geschlafen. Ich habe es ganz bestimmt nicht.« Er gluckste in sich hinein, dann küßte er ihr Haar, das ihr in einem hellen widerspenstigen Gewirr ins Gesicht fiel.

»Vermutlich wußte ich einfach nicht, was ich von alldem zu erwarten hatte.«

»Ich auch nicht, mein Liebling«, sagte er sanft. Aufrichtig. »Aber wir sind zusammen, und ist das nicht das wichtigste auf der Welt?«

Seine Gefühle berührten sie, und mit einem schwachen Lächeln wischte sie die Tränen mit dem Handrücken fort. Sie vergaß nicht oft, was er aufs Spiel gesetzt hatte, indem er sie zu seiner Frau machte, aber gestern war ein ungewöhnlich schwieriger Tag gewesen. Was ihr gestern an der Tür von Sefton House widerfahren war, konnte sie nicht so leicht verdrängen wie die anderen Dinge zuvor.

Die schlichte Wahrheit war, daß Isabella und ihre Freundschaft ihr wichtig waren.

Als ob das für einen Tag noch nicht genug gewesen wäre, war ihre Kutsche an etlichen Schaufenstern an der St. James' Street vorbeigefahren, von denen aus sie die Realität dessen, was sie getan hatte, voller Grausamkeit anstarrte. Der berühmte Karikaturist Gillray, der die königliche Familie so oft in seinen billigen Farbdrucken satirisch darstellte, hatte jetzt Maria als jüngstes Ziel aufs Korn genommen.

In hilflosem Entsetzen hatte sie auf die ›Hochzeit des Figaro‹ geblickt, auf der gezeigt wurde, wie der Prince of Wales ihr einen Ring an den Finger steckte. Nur zwei Türen weiter war ein weiterer Druck mit dem Titel ›Die königliche Favoritin: fett, blond und vierzig‹ ausgehängt, der sie beide zum Gespött machte.

Sie war gezwungen gewesen, die Kutsche auf der Straße anhalten zu lassen, weil sie sich übergeben mußte.

Aber trotz dieses grausamen Schocks, der sie in die Wirklichkeit zurückversetzte, erzählte Maria George nichts. Von den Karikaturen würde er früh genug erfahren. Aber sie wollte ihn nicht noch zusätzlich belasten. Es gab bereits schon zu viele Dämonen, gegen die sie beide ankämpfen mußten, wenn ihre Liebe eine Chance haben sollte, die heftige Attacke gegen sie zu überstehen.

»Aber wenn du die Königin nicht besuchst, was wirst du dann als Entschuldigung vorbringen?« fuhr Maria fort und drängte die Gedanken an Isabellas Verrat und die grausamen Karikaturen beiseite.

»Ich werde ihr sagen, daß ich nicht irgendwohin zu gehen gedenke, wo ich nicht voll und ganz akzeptiert werde. So einfach ist das.«

»Aber der König hat dich doch abgelehnt, nicht die Königin.«

»Sie ist die Frau meines Vaters, Maria. In einer so wichtigen Angelegenheit wie dieser muß sie seine Partei ergreifen. Sie jetzt zu besuchen wäre für uns beide ein viel zu großes Risiko.«

Später an jenem Morgen ging George durch die Flure des Carlton House zu seinen Privatgemächern. Keate und Onslow, die jeden Morgen in der Nähe der Tür auf seine Rückkehr warteten, folgten ihm jetzt pflichtschuldig.

Als er den finsteren Gesichtsausdruck sah, den er nur zu gut kannte, stellte Orlando Bridgeman ein volles Glas mit Brandy bereit, als der Prinz sein Schlafgemach betrat.

»Das will ich nicht«, knurrte dieser und warf dem wartenden Kammerdiener Mantel und Handschuhe entgegen. »Es ist elf Uhr morgens! Stell das weg.«

Bridgeman schaute die beiden anderen Männer aus dem persönlichen Stab von George an. In all ihren Gesichtern zeichnete sich leise Überraschung angesichts dieser Zurückweisung ab, als George sich auf einen Sessel fallen ließ und ein Bein über die gepolsterte Lehne warf. Tief in Gedanken versunken stützte er den Kopf in die Hand.

»Die Königin hat einen weiteren Boten aus Windsor herübergeschickt, Eure Hoheit«, wagte Bridgeman sich als erster vor.

George schaute auf. »Wann?«

»Um halb elf. Der Bote beharrte darauf, Sie persönlich zu sehen. Er sagte, er sei von Ihrer Majestät instruiert worden, nicht ohne persönliche Antwort fortzugehen. Wir waren gezwungen, ihm zu erzählen, Eure Hoheit habe zuviel Laudanum genommen, um vergangene Nacht Schlaf zu finden, und wir würden Sie nicht wachbekommen.«

»Raffiniert.« George lächelte. Er wischte sich mit beiden Händen das Haar aus dem Gesicht und seufzte tief.

»Aber was antworten wir, wenn der nächste kommt?« fragte der feiste Lord Onslow.

»Bis dahin bin ich ausgegangen. Dann können Sie die Wahrheit sagen.«

Die drei Männer wechselten erneut Blicke und sahen dann wieder den Prinzen an. »Schon irgendeine Nachricht von der Herzogin von Devonshire?« fragte George.

»Ich fürchte, nein, Eure Hoheit«, erwiderte Keate.

»Ist sie in der Stadt?«

»Ich sah den Herzog gestern abend im White's Club«, meinte Onslow.

»Zum Teufel mit ihr«, murmelte George. »Läßt mich jetzt also auch im Stich. Halten Sie meinen Anzug bereit, Bridgeman. Ich glaube, es ist an der Zeit, der guten Herzogin einen kleinen unerwarteten Besuch abzustatten.«

»Aber Eure Hoheit hat bereits zu einem Whistspiel bei Lord Townshend um drei Uhr zugesagt«, erinnerte ihn sein Kammerdiener.

»Hat er die Einladung auf mich und Maria ausgedehnt?«

Im Schlafzimmer des Prinzen wurde es still. Die Köpfe senkten sich. Bridgemans Stimme, als er endlich antwortete, klang hoch und schrill. »Nein, Eure Hoheit.«

George schaute auf, die kristallblauen Augen vor Wut zusammengekniffen. »Wie kann ich dann zu einem Whistspiel in seinem Haus zugesagt haben?«

»Eure Hoheit nahm die Einladung an ... bevor ... also, vor Ihrer Reise nach Twickenham, Sir.«

In diesen ersten Wochen konnte George nur wenig tun, um Maria den Respekt zu verschaffen, den sie seiner Meinung nach verdiente. Aber was er tun konnte, tat er mit großem Nachdruck. Bei seinen Freunden machte er es für alle Treffen zur Bedingung, daß Maria ebenfalls eingeladen wurde. Wenn sie nicht gebeten würde, käme keiner von ihnen.

George, müde von zuwenig Schlaf und zuviel Glückseligkeit und der Enttäuschung, die ihn stets heimsuchte, wenn er ohne sie ins Carlton House zurückkehrte, schaute auf und musterte ihre angespannten Gesichter.

»Also gut«, sagte er schließlich. »Suchen Sie den guten Herzog heute morgen auf, Onslow. Klären Sie das kleine Mißverständnis, und sorgen Sie dafür, daß mein Standpunkt völlig klar ist. Sagen Sie ihm, in welcher Form auch immer, daß es ganz einfach ist: Wenn er Maria nicht als Gast bei sich sehen will, wünscht er mich auch nicht als Gast bei sich zu sehen. Von dieser Regel wird es keine Ausnahme geben.«

»Es tut mir leid, Eure Hoheit, die Herzogin kleidet sich im Augenblick gerade an.«

Später an jenem Nachmittag bahnte sich George rücksichtslos den Weg vorbei an dem schlanken, livrierten Lakaien, der Georgianas Tür geöffnet hatte, ins Foyer des Devonshire House. »Ganz egal«, sagte er. »Ich werde warten.«

»Dann muß ich ganz aufrichtig sein, Eure Königliche Hoheit. Ihre Gnaden wünscht Sie nicht zu sehen.«

»Sind Sie närrisch genug, mich aufhalten zu wollen?«

Nach diesen Worten blickte er wieder den Lakaien an, der seine dunklen Augen senkte. »Nein. Das habe ich mir gedacht.« George ging ein paar Schritte auf die geschnitzte Treppe auf der anderen Seite der Eingangshalle zu. Als der Lakai neben ihm herging, blieb er stehen und fügte mit einer raschen Bewegung seines Handgelenks hinzu: »Bemühen Sie sich nicht, mein guter Mann. Ich gehe alleine hinauf. Ich kenne den Weg.«

Er wußte von der Kränkung an Lady Seftons Tür und von den anderen Damen, die sie seit ihrer Rückkehr aus Twickenham nicht mehr besuchten. Zwar hatte Maria diesbezüglich nichts zugegeben, wohl aber ihr Kutscher für ein paar Guineen.

Jetzt war die einflußreiche Freundschaft der Herzogin von Devonshire entscheidender denn je, wenn er seiner neuen Frau den ihr schuldigen Respekt zurückgewinnen wollte. Georgiana würde den Weg weisen. Dafür würde er sorgen.

Als er die Tür zu ihrem privaten Wohnzimmer öffnete, war sie umgeben von Zofen. Zwei von ihnen drehten gerade die letzten Strähnen ihres hellblonden Haares zu Ringellöckchen. Eine dritte bereitete den Puder vor. Georgiana brauchte sich nicht umzudrehen. Als sie sah, wie all ihre Dienerinnen in einen tiefen Hofknicks fielen, wußte sie, wer sich gewaltsam Zutritt zu ihrem Heim verschafft hatte.

Das war mehr, als sie hatte hoffen können.

»Das wäre alles«, sagte sie klugerweise.

Aber zu Georges Überraschung drehte sie sich selbst dann nicht um, als all ihre Zofen das Zimmer verlassen hatten. Statt dessen nahm sie ruhig einen rosa Parfümflakon von der Marmorplatte ihres Toilettentisches und begann großzügig das Bergamotteparfüm, für das sie so berühmt war, aufzutragen.

»Nicht einmal eine höfliche Begrüßung nach all der Mühe, die ich mir gemacht habe, um dich zu sehen?«

»Wir haben einander nichts zu sagen. Warum gehst du nicht auf dieselbe unverschämte Weise wieder hinaus, in der du hier auch eingedrungen bist.«

»Nicht bis wir miteinander gesprochen haben.«

»Was wünscht Eure Hoheit von mir?« fragte sie kalt und starrte sein Spiegelbild an.

»Nach einer so langen und ausgeprägten Freundschaft kehren wir also zur Förmlichkeit zurück?«

Georgiana stellte den Flakon auf den Toilettentisch zurück und drehte sich langsam auf dem Samthocker um. Sie spreizte ihre Finger auf den Knien und schaute auf. Dann sagte sie mit kaltem, wütendem Gesichtsausdruck. »Also gut, George. Was willst du?«

»Ich möchte, daß die Freundschaft, die wir angeblich – nein, ich weiß, daß sie bestand –, daß unsere Freundschaft fortdauert.«

»Freundschaft erfordert Aufrichtigkeit. Wenn du das eine einbüßt, verlierst du auch das andere.«

»Ist das wirklich so einfach?«

»Für mich ist es das.«

»Dann sei bitte so gut und sage mir ins Gesicht, wieso du das Gefühl hast, ich sei nicht ehrlich gewesen.«

»Oh, George, ist eine solche Verstellung wirklich nötig?«

»Ich glaube ja. Ich brauche dich, Georgiana. Und Maria ebenfalls.«

Der Name ihrer jüngsten Rivalin war ein Stachel, der schmerzte. Georgiana stand auf und schritt quer durchs Zimmer zu der Chaiselongue. Ihr rauchblauer Satinmorgenmantel schleifte über den französischen Teppich. »Die Wahrheit ist, ich hatte gehofft, daß meine Versicherung, solch einen Wahnsinn nicht zu unterstützen, meine Weigerung, bei der Zeremonie anwesend zu sein, dich davon abhalten würde, einen so schwerwiegenden Fehler zu begehen.«

»Wie kannst du sicher sein, daß ich nicht genau das getan habe?«

Sie drehte sich wieder um, in ihrem ovalen Gesicht schimmerte ein Hoffnungsfunke. »Dann sag mir, daß ich dir dabei geholfen habe, wieder zur Vernunft zu kommen.«

»Weder deine Proteste noch die meines Onkels könnten

mich je davon abbringen, das zu fühlen, was ich für Maria empfinde. Sicher weißt du das mittlerweile.«

Georgianas Stimme klang brüchig. »Das habe ich dich nicht gefragt.«

»Besser fragst du nur, was du hören willst.«

»Ich habe dich gefragt, ob du sie geheiratet hast.«

»Ich habe nichts getan, das ich jemals bereuen würde.«

»Zum Teufel mit deinen verdammten Spiegelfechtereien, George.«

»Es verstößt gegen die Gesetze Englands, wenn ich jemanden heirate, den mein erlauchter Vater nicht billigt.« Als sie ihn noch immer wütend anstarrte, fuhr er fort: »Georgiana, du weißt genausogut wie ich, daß ich niemanden ohne seine Zustimmung heiraten darf, wenn ich als Nachfolger meines Vaters König werden will. Und wie dir sicher bewußt ist, hatte ich seine Zustimmung nicht.«

»Dann hast du sie nicht geheiratet«, drängte sie.

»Selbst wenn ich das Gesetz hätte brechen wollen, wo hätte ich hier in London einen Pfarrer finden können, der bereit wäre, so dreist gegenüber der Krone zu handeln?«

»Hör auf, so doppelzüngig zu reden, und sag mir, daß du sie nicht geheiratet hast!«

Er sah ihre hoffnungslose Verzweiflung; das Bedürfnis zu glauben, daß sie immer noch die erste in seinem Leben war. Er wandte sich ab und tat so, als befingere er eine kleine Tonbürste des Herzogs von Devonshire. Ihr Gesicht war voller Schmerz. Sie hatten einander zu viel bedeutet.

Als sie ihn nicht mehr anschaute, fand er seine Stimme wieder. Sein nächster Satz war so sorgfältig wie ein Kartenhaus konstruiert.

»Es gab viele, die meine Absichten ebenso wie du mißbilligten. Du wußtest das. Schließlich wurde mir klar, daß es in den Augen des Gesetzes nicht in meiner Macht lag, Maria zu meiner wahren Frau zu machen.«

»Aber es lag in deiner Macht, sie glauben zu lassen, sie sei zu deiner Frau gemacht worden.«

»So war es wohl.«

Das Gespräch nahm eine Wendung, die George nicht erwartet hatte, aber er mußte es fortsetzen ... um Maria zu schützen, um zu bewahren, was sie sich aufbauten und was niemand, nicht einmal jene wenigen wohlmeinenden Freunde, zerstören durfte. Wenn er Georgiana überzeugen konnte, daß er Maria belogen hatte und nicht sie – wenn sie das verlangte, um Marias Ruf zu bewahren, dann würde er es tun.

»Vielleicht tröstet es dich zu wissen, daß Mrs. Fitzherbert diese Woche jeden Morgen die Messe in der römisch-katholischen Kirche in der Warwick Street besucht hat. Jetzt frage ich dich, teure Freundin, wie könnte sie das mit ihrem Gewissen vereinbaren, wenn wir in Sünde lebten oder ein zentrales Gesetz gebrochen hätten?«

Als Georgiana auf ihn zukam, wurde ihre Stimme sanfter. Die Spannung zwischen ihnen schwand. »Du behauptest, du liebst sie, und dennoch hast du sie so dreist getäuscht?«

»Wie du dir vorstellen kannst, ist dies eine schwierige Situation. Ich kann nicht jedem gegenüber völlig aufrichtig sein.«

Seit über einer Woche lächelte die Herzogin zum ersten Mal wieder und kam genug an George heran, daß er sie umarmen konnte. »Es ist notwendig für mich, daß du nett zu ihr bist, Georgiana«, flüsterte er, als er spürte, daß er ihren Zorn gebrochen hatte.

Als sie so beieinanderstanden, sprach er mit so leiser und verzweifelter Stimme, daß sie sich einen Augenblick lang fühlte, als seien sie wirklich die Liebenden, die sie stets eines Tages zu werden gehofft hatte. Einmal mehr war sie bereit, ihm alles zu geben, worum er sie bat.

»Maria braucht deine Freundlichkeit gerade jetzt, und wenn die anderen Damen sehen, daß du sie unterstützt, werden sie deinem Beispiel folgen.«

»Wie immer, mein Bester, werde ich tun, was du möchtest«, raunte Georgiana in seinen rauchgrauen Aufschlag, »wenn dir so viel daran liegt.«

Als er über den Piccadilly zurückfuhr, verborgen in seiner gelblackierten Kutsche, bemächtigte sich seiner ein Schuldgefühl, das sich wie Gift anfühlte. George war nicht glücklich darüber, eine alte Freundin hintergangen zu haben, besonders eine, die ihm seit Jahren treu ergeben war.

Er lehnte den Kopf gegen das karmesinrote Polster, eingelullt vom Rattern der Wagenräder, und spürte das Schamgefühl erneut in sich aufsteigen, das er empfand, weil er seine Freunde belog. Aber ihm blieb keine andere Wahl. Er mußte seine Liebe, seine Frau schützen.

Heute nachmittag hatte er in der einzig möglichen Weise gehandelt.

Zum größten Teil war er ehrlich zu Georgiana gewesen, und er tröstete sich mit dem Wissen, daß eine Auslassung nicht notwendigerweise eine Täuschung war. Maria hatte tatsächlich in ihrer Kirche den Gottesdienst besucht und die Kommunion empfangen, aber nicht aus den Gründen, die er Georgiana weisgemacht hatte.

Gemäß den Gesetzen der römisch-katholischen Kirche lebten er und Maria in rechtmäßiger Ehe. Maria Fitzherbert war in den Augen Gottes in jeder Hinsicht seine Frau. Die katholische Kirche akzeptierte ihre Ehe. Nur nach englischer Gesetzgebung war ihre Eheschließung nicht gültig.

Als er vom Hyde Park zu Marias Haus zurückkehrte, war es bereits nach sieben. Sie hatte für die Oper ein neues, fliederfarbenes Kleid angelegt und wartete im Salon auf ihn, als er hereinkam.

»Tut mir leid, daß ich zu spät komme.«

»Du bist nicht umgezogen«, sagte sie, erhob sich und ließ einen blauen ledergebundenen Gedichtband von Blake fallen.

George stand in der gleichen Kleidung vor ihr, in der er sie an diesem Morgen verlassen hatte. Sein Haar war zerzaust, und er war noch unrasiert. Ohne darauf zu achten oder sich darum zu kümmern, daß Fanny im Zimmer war, die gerade den Fuß einer Messinglampe abstaubte, ging er auf Maria zu und schloß sie fest in seine Arme.

Fanny sah das verzweifelte Gesicht des Prinzen, beobachtete, wie sie sich umarmten und nahm daraufhin leise das Staubtuch, um sie alleine zu lassen.

»Was ist passiert?«

»Ich möchte dich nur eine Weile so festhalten«, flüsterte er, während er ihren samtweichen Hals küßte und unter seinen Lippen eine Ader pulsieren fühlte.

Aber selbst jetzt, zurück in der Sicherheit ihrer Arme, seinen Mund drängend über ihrem, konnte er das Gefühl häßlichen Verrats nicht zum Verschwinden bringen. Er zog ihr Handgelenk an seinen Mund und küßte die Innenseite, der ein schwacher Duft nach Lavendel anhaftete. Dann schaute er sie an. Seine Augen funkelten vor Begierde.

»Aber wir kommen zu spät in die Oper.«

»Zum Teufel mit der Oper«, raunte er und lenkte sie langsam rückwärts zu einem Petitpointsofa, auf dem sie unter ihm zusammensank.

»Großer Gott, nicht hier, George!« wisperte sie voller Furcht, als er hungrig ihren Hals, ihr Kinn, ihr Gesicht küßte. »Was ist mit den Dienstboten?«

»Zum Teufel mit den Dienstboten!«

»George, ich kann nicht! Sie könnten jederzeit hereinkommen!«

»Aber wir haben das doch schon einmal getan, oder nicht?« Er lächelte. »Ich werde die Tür abschließen.«

Stolz und anmutig wie ein Tier bewegte er sich fast lautlos quer durch das Zimmer und kümmerte sich um das Schloß. Maria beobachtete ihn und verspürte die gleiche Mischung aus Furcht und Leidenschaft, die er stets in ihr entfachte.

Etwas annähernd so Wollüstiges hatten sie das eine Mal vor ihrer Eheschließung hier in diesem Zimmer getrieben.

Sie erinnerte sich an die wilde Leidenschaft jenes Nachmittags, ihrem ersten Zusammensein nach ihrer Frankreichreise, und ihr Herz begann vor Vorfreude zu klopfen.

Als George sich umdrehte, blickte sie, auf ihre Ellenbogen gestützt, zu ihm hoch. Sie hatte weder versucht, seine Meinung zu ändern, noch war sie hastig wieder aufgestanden. Und wie sie feststellen konnte, hatte sie ihn dadurch überrascht.

Maria sah, wie die Begierde in seinen blauen, durchscheinenden Augen größer wurde. Rasch schritt er zu ihr zurück und ließ sich auf sie gleiten, ganz Samt und Seide, Muskeln und Haut. Als er sie mit offenem Mund küßte, erzitterte sie und spürte, wie langsam in ihr das Feuer hochstieg, spürte das Pulsieren seines Körpers durch ihr schweres Winterkleid.

Maria half ihm mit seiner engsitzenden Hose. Als er sie bis zu den Knien abgestreift hatte, schleuderte er sie zusammen mit seinen Schuhen und Strümpfen auf den Boden. Aber ihr Kleid war so voller Bänder und Spitzen, daß es sie nicht leicht freigab. George küßte ihre Lippen, ihre Wangen, ihre Augenlider im Schein der sinkenden Sonne und riß sich dann verzweifelt los. Sein Atem ging heftig und rasch vor Enttäuschung. Als der letzte Zipfel der karmesinroten Sonne unterging und die Farben des Salons immer grauer wurden, hob Maria langsam ihre schweren Röcke hoch und entfernte so die letzte Barriere zwischen ihnen.

Als ihre Strümpfe und Unterröcke bei seinen Sachen auf dem Boden lagen, drückte George sie auf das Sofa zurück und drang in sie ein. Es war eine plötzliche, beinahe gewalttätige Bewegung, aber sie war weich und empfänglich, als ihre Körper sich wie ein Zopf aus feiner Seide verwoben.

Maria stöhnte und verbarg ihr Gesicht an seinem Hals, als sie spürte, wie er tief in sie stieß und sich dann wieder zurückzog, immer und immer wieder, und sie mit dieser ausgesprochen sinnlichen Bewegung neckte.

Schließlich öffnete sie die Augen und beobachtete mit unendlichem Glücksgefühl sein Gesicht, das vor Schweiß glänzte, seinen kraftvollen Körper, der sich anspannte und anstrengte. Sie liebte es so, wenn jeder Muskel seines straffen jungen Körpers ihr gehörte, wenn er ebenso verletzlich war wie sie. Mit rauhen Stößen rieb er seine Zunge an der ihren. Seine Hände brannten einen Pfad von ihren Brüsten zu ihren Hüften. Als sie spürte, wie fieberhafte Leidenschaft in ihrem Körper hochstieg, bäumte Maria sich mit einem kleinen Schrei auf. Sie wußte nicht, wie lange es dauerte, bis sie erschauerten und erschöpft gegeneinandersanken.

»Diese wilde Leidenschaft, die wir teilen, bedeutet mir alles«, sagte George einige Augenblicke später, als beide noch atemlos waren.

»Mir auch.«

Ihr Eingeständnis überraschte ihn, das konnte sie an seinem Gesicht ablesen. »Es stimmt. Bevor wir uns kennenlernten«, fuhr sie flüsternd fort, »hätte ich mir nie vorstellen können, so wollüstig und frei im Bett zu sein. Jetzt kann ich es mir anders gar nicht mehr denken.«

»Sollen wir noch in die Oper gehen?«

»Wir kämen zu spät.«

»Das macht nichts.« Er lächelte. »Vergessen Sie nicht, Madam, Sie haben jetzt zusammen mit dem Prince of Wales eine eigene Loge.«

»Würde es dir viel ausmachen, wenn wir nicht gingen?«

Sie schaute ihn so ernsthaft an, ihr Gesicht im Schatten war so entzückend, daß er ihr in diesem Augenblick nichts hätte abschlagen können. Er wäre gerne in die Oper gegangen, um sie zu präsentieren. Heute abend waren alle da, und sie bat ihn schon das zweite Mal in dieser Woche, nicht zu gehen.

Er war sich der Gerüchte, die in Umlauf waren, voll bewußt, aber dem mußten sie direkt entgegentreten. Davonzulaufen würde alles nur schlimmer machen. Sie mußten die Köpfe hoch halten. Sie mußten häufig gemeinsam in Erscheinung treten. Das Gerede konnte nicht durch Rückzug zum Schweigen gebracht werden. Und sein Vater, der immer häufiger krank war, konnte nicht ewig leben. Als alter Spieler hatte George alles auf diese kurze Zeitspanne gesetzt, um sie eines Tages zu seiner Königin zu machen.

»Was würdest du statt dessen gerne machen?« fragte er und strich mit der Hand sanft über ihre Wange.

»Ich glaube, ich würde gerne noch eine Weile einfach so mit dir zusammenbleiben.«

»Wenn wir noch länger alleine hier drinnen bleiben, fangen deine Dienstboten wirklich an zu reden.« Er gluckste in sich hinein.

»Im Augenblick ist es mir völlig egal, was irgend jemand denkt«, erwiderte sie, und ihr zartes Gesicht strahlte vor jubelnder Wonne.

George beugte sich nieder und küßte sie ein weiteres Mal, um die neuerliche Woge von Schuldgefühl einzudämmen, die ihn angesichts des Lebens voller Heimlichkeiten überkam, dem er seine geliebte Frau aussetzte.

Sie sagt wohl, es sei ihr egal, dachte er. *Jetzt, wenn sie mit mir zusammen ist, glaubt sie es vielleicht sogar. Aber es macht ihr etwas aus, und wir können uns nicht ewig verstecken.*

Er schaute wieder auf ihre lächelnden hungrigen Augen hinab. Maria lachte gewinnend, zog ihn dann in einem weiteren Kuß zu sich herab, indem sie seine Zunge in ihren Mund lockte. *Gott, wie sie mich überrascht!*

Er spürte bereits, wie sein Körper sich wieder zu regen begann. Ja, hinter diesen Mauern war eine grausame, nachtragende Welt, der sie früher oder später ins Gesicht sehen mußten. Aber der Rest der Welt mußte jetzt warten ... jetzt hielt der Prince of Wales nämlich so viel in seinen Armen, womit er zufrieden sein konnte.

6. Kapitel

»Es ist schrecklich nett von Ihnen, vorbeizuschauen. Ihr Besuch ist eine ziemliche Überraschung.«

»Ja, das kann ich mir vorstellen.«

Maria setzte sich in dem schweren safranfarbenen Sessel in ihrem neuen Haus am modischen St. James' Square zurück, während Fanny zuerst dem Gast und dann ihrer Herrin Tee einschenkte. Der Dampf aus den beiden Porzellantassen stieg in Spiralen vom Teewagen auf und löste sich in der parfümierten Luft auf, während die alte Frau Maria mit ihren grauen Augen eindringlich musterte.

»So ein schönes Zuhause«, stellte Lady Clermont beiläufig mit ihrer altersrauhen Stimme fest, während sie sich in dem geschmackvoll möblierten Salon umschaute.

»Danke, Eure Ladyschaft. Aber ich kann mir das nicht als Verdienst anrechnen, da ich das Haus nur von Lord Uxbridge gemietet habe.«

Ihr runzeliges Lächeln war echt. »Ja, ich hörte davon.«

Was sie ebenfalls – wie übrigens ganz London – gehört hatte, aber jetzt freundlicherweise nicht erwähnte, war, daß sowohl die Renovierungsarbeiten in Marias Haus in Wickenham als auch die im Carlton House ins Stocken geraten waren, weil die Ausgaben fast die ganze, unglaublich geringe Apanage des Prince of Wales verschlangen.

Nach nur wenigen Augenblicken in ihrer Gesellschaft setzte sich in Lady Clermont der Eindruck fest, daß Maria eine sehr stolze Frau war. Ganz gleich, was andere sagen mochten, ganz eindeutig war es der Prinz gewesen, nicht Maria, der darauf bestanden hatte, daß sie ihr eigenes Haus in Mayfair aufgab, um näher an seiner offiziellen Residenz zu wohnen.

Fanny bot Lady Clermont eine Auswahl von Gebäck an. »Oh, ich sollte ja eigentlich nicht«, meinte sie lächelnd, »aber in meinem Alter gibt es nicht mehr viele Vergnügen, denen man sich hingeben kann!«

Sie lachte ein ansteckendes, kehliges Lachen, nahm dann einen Butterkeks und ein Beerentörtchen und legte sie auf ihren kleinen blauen Porzellanteller.

Maria nahm nur einen kleinen Keks, ohne die Absicht, ihn zu verzehren. Sie war zu überrascht durch das unerwartete Erscheinen ihres einflußreichen Gastes.

Frances Fortescue, Gattin des Barons Clermont und winzige weißhaarige Doyenne der Londoner Gesellschaft, war eine von deren Stützen. Angeblich war sie eine gute Freundin von Marie Antoinette und ebenso von Englands Königin Charlotte. In ihrem Haus am Berkeley Square fanden einige der begehrtesten Feste Londons statt. Dennoch hatten sich ihre Wege bis jetzt, als sie ihr völlig unerwartet einen Besuch abstattete, noch nie gekreuzt.

Lady Clermont biß in das Törtchen und ließ den Bissen mit einem verzückten Lächeln im Mund herumrollen. »Köstlich, meine Liebe.«

»Danke, Eure Ladyschaft.« Maria hob langsam die Teetasse, während sich ihr Gast an einer kleinen spitzenbesetzten Serviette graziös die Finger abwischte und sie dann wieder auf ihren Schoß zurücklegte. »Also dann. Da wir nun die Höflichkeiten erledigt haben, sollten wir jetzt zur Sache kommen.«

»Wie Sie wünschen«, erwiderte Maria nickend, während eine leise Besorgnis sie durchzuckte.

»Ja, ich ziehe das vor. Ich empfinde es als solch eine Zeitverschwendung, anders vorzugehen. Und wenn Sie mich anschauen, wird Ihnen vielleicht auffallen, daß mir nicht mehr viel Zeit zum Verschwenden bleibt!«

Sie lachte wieder, und die kleinen Fältchen um die Augen und in den Mundwinkeln vertieften sich. Aber ihre Art zu sprechen, das schiere Entzücken in ihrer Stimme, ließ ihr Alter vergessen. Maria mußte zurücklächeln, und wenig später spürte sie, wie ihre Befürchtungen zu schwinden begannen.

»Wie Sie sich vorstellen können, habe ich in den vergangenen Monaten eine Menge über Sie gehört«, sagte Lady Clermont. »Ehrlich gesagt scheint niemand mehr über etwas anderes zu reden, seit Ihr Name mit dem Prince of Wales in Verbindung gebracht worden ist. Meiner Meinung nach ist es ziemlich langweilig, sich derart zu beschränken. Und dann diese gräßlichen Karikaturen, die plötzlich einfach überall auftauchen.«

Maria senkte den Blick ein wenig, der Schmerz über das jüngste Bild grub sich gewaltsam in ihr Gedächtnis und quälte sie.

»Wie ich erfahren habe, gibt es mit einigen Damen Schwierigkeiten, seit diese unangenehmen Gerüchte über Sie und Seine Hoheit einsetzten.«

»Es ist wirklich sehr nett von Ihnen, in Ihrer Besorgnis so gütig zu sein, aber –«

»Oh, meine Liebe«, sie unterbrach Marias Gedankengang mit einem Abwinken ihrer knochigen Hand, »das ist keine reine Güte. Glauben Sie mir. Ich bin vor allem eine kluge alte Frau. Es ist ziemlich borniert, so etwas zuzugeben, fürchte ich, aber es stimmt trotzdem. Die Wahrheit ist: Wenn Sie eine Freundin des Prince of Wales sind, sind Sie auch meine Freundin. So einfach ist das.«

»Dann schenken Sie den Gerüchten keinen Glauben?«

Lady Clermont war eine weise Frau. Ihr schmales faltenweiches Gesicht, dessen schlaffes Fleisch sie weiß geschminkt und mit Rouge versehen hatte, war ebenso charaktervoll wie ihre Stimme. Sie studierte Marias Gesicht eingehend, rein und unschuldig im Vergleich zu ihrem eigenen, bevor sie antwortete.

»Meine Liebe, was zwischen Ihnen und dem Prinzen vorgeht, ist nicht meine Angelegenheit. Deshalb bin ich nicht gekommen. Ich könnte mir vorstellen, daß ihr beide bereits genug Schwierigkeiten habt, ohne auch noch eine alte Frau davon in Kenntnis setzen zu wollen, ob ihr heimlich verheiratet seid oder nicht.«

»Vielen Dank«, sagte Maria leise und schaute wieder in die alten müden Augen, die weder ihre Wärme noch ihr Mitgefühl verloren hatten.

»Ich möchte gerne, daß Sie heute nachmittag um vier ins Clermont House kommen. Ich gebe eine kleine Teegesellschaft und bin der Ansicht, es ist höchste Zeit, daß man Sie wieder unter den anderen Damen sieht.«

Maria war völlig verblüfft. »Sie sind den ganzen Weg quer durch die Stadt gekommen, um mich persönlich einzuladen?«

»Warum denn nicht, meine Liebe? Wenn man Ihre Situation in der jüngsten Zeit bedenkt und die Tatsache, daß wir uns noch nicht kennengelernt hatten, war ich mir überhaupt nicht sicher, ob Sie kommen würden, wenn ich die Einladung einfach durch meinen Kutscher überbringen lassen würde.«

»Sie sind sehr freundlich.«

Sie beugte sich über den Teewagen, der zwischen ihnen stand. Sie legte ihre altersgefleckte Hand auf die Marias und drückte sie sanft. »Sie dürfen sich das nicht zu sehr zu Herzen nehmen, meine Liebe. Wirklich. Das dauert nicht ewig. Die Launen der Gesellschaft sind ebenso wechselhaft wie die Gezeiten. Nächste Woche ist es womöglich ein anderer der Königssöhne, der ihre Aufmerksamkeit gefesselt hat. Und deshalb wird unser guter König mit sieben robusten Söhnen, um ihn zu plagen, in der nächsten Zeit wohl kaum Frieden finden.«

Maria lächelte strahlend, als sie ihren Tee auf den Wagen zurückstellte.

»Sie werden also kommen?«

In den zwei Monaten seit ihrer Hochzeit hatte Maria Isabella Sefton, Anne Lindsay, ja selbst den Herzog von Bedford, der ihr in Frankreich so freimütig seine Hingabe gestanden hatte, nicht wiedergesehen. Zusammen mit dem Prinzen war sie etliche Male beim Herzog und der Herzogin von Devonshire zu Gast gewesen. Aber Maria wußte, daß diese Einladungen genau wie die heutige bei Lady Clermont arrangiert waren.

George hatte die arme Frau dazu angestiftet, dachte sie. Aber Maria mochte sie. Ihre Ladyschaft war direkt und ehrlich, und das war mehr, als sie vom restlichen London behaupten konnte. Offensichtlich war es eine Sache, als potentielle Mätresse den Nachstellungen des Prince of Wales ausgesetzt zu sein. Und eine ganz andere, das Gesetz zu brechen, um ihn zu heiraten.

»Es ist mir eine Ehre, ins Clermont House zu kommen«, stimmte Maria schließlich zu. »Danke, Eure Ladyschaft.«

»Ach. Genug damit. Wir wollen doch nur dafür sorgen, daß die Dinge für Sie beide wieder in ein normales Fahrwasser gelangen, das ist mir dann Dank genug.«

Lady Clermont hatte im Salon eine wunderbare Teetafel auf einem weißen, seidenen Tischtuch gedeckt. Es war ein prächtiger Raum mit Behängen aus melonenfarbenem Chintz. Die

Sessel und Sofas waren mit demselben Plüschmaterial bezogen. Riesige dunkle Ölgemälde hingen in Goldrahmen. Die Teppiche stammten wie die meisten Möbel aus Frankreich und waren von unschätzbarem Wert. Vor den Glastüren, die in den Garten führten, spielten Musiker ein heiteres Konzert.

Maria betrat den Raum in Begleitung von Jacko, aber als ihr Butler konnte er unmöglich weitergehen. An der Türschwelle blieb er stehen. Dort mußte er sie zu ihrem Leidwesen allein lassen.

Sie hatte kommen wollen und war erleichtert, endlich von jemandem eingeladen worden zu sein, der den Mut – und die Macht – besaß, sich gegen die Gesellschaft zu stellen. Aber jetzt, als sie da war und genau wußte, welchen Blicken sie sich stellen mußte, fühlte Maria sich nicht mehr so sicher.

»Es wird schon alles gutgehen, Madam«, flüsterte Jacko ihr zu. »Aber ich werde draußen auf Sie warten, falls Sie mich brauchen.«

Dann war er verschwunden.

Maria blickte in den riesigen gewölbten Raum. Ihr Herz klopfte wie ein Trommelwirbel. Vor ihr befanden sich jetzt ein Dutzend Damen, die sie kannte, und ein weiteres Dutzend, die sie nie zuvor gesehen hatte. Aber unter ihnen waren auch all diejenigen, die sie so dreist brüskiert hatten, als das Gerücht ihrer Ehe mit dem Prince of Wales aufgekommen war.

Sie ballte ihre Hände zu Fäusten und lockerte sie dann wieder, doch das Herzrasen konnte sie nicht unterdrücken. Sie warf einen raschen Blick durch das Zimmer. Lady Townshend war da, Lady Lindsay und, obwohl sie insgeheim das Gegenteil gewünscht hatte, sogar Georgiana, die Herzogin von Devonshire.

Maria spürte, daß sie über sie redeten. Verstohlen zu Anfang, die Hände vor dem Mund und die Fächer bis zu den Nasenspitzen hochgehalten. Dann wurden sie kühner. Rasch wurde klar, daß Maria nicht nur der Ehrengast, sondern auch das Hauptgesprächsthema war. Eine Kuriosität am Nachmittag.

»Mrs. Fitzherbert, wie nett von Ihnen zu kommen«, sagte

Lady Clermont und kam langsam auf sie zu, den kleinen, zerbrechlichen Körper schwer auf einen schwarzen Onyxstock gestützt. Dann ergriff sie Marias Hand mit einer solch dramatischen Geste, daß es niemandem im Raum entgehen konnte.

»Ihr Haus ist wundervoll«, sagte Maria, der es gelang, diese Worte trotz einer furchtbar trockenen Kehle hervorzubringen.

»Danke, meine Liebe.«

Ihre Ladyschaft fingerte an einer Perlenkette herum, während sie sich im Zimmer umschaute. »Bitte, kommen Sie doch herein und trinken Sie ein Glas Limonade mit den anderen. Ich habe genügend Alkohol hineintun lassen, daß es ein interessanter Nachmittag wird!«

Lady Clermont stützte sich mit der einen Hand auf ihren Stock, mit der anderen nahm sie Maria am Ellenbogen und durchmaß mit ihr die ganze Länge des Salons. Maria registrierte verblüfft, wie das leise Getuschel abrupt abbrach und statt dessen freundliche Höflichkeiten erklangen.

»Nett, Sie wieder einmal zu sehen, Mrs. Fitzherbert«, sagte Lady Townshend, als sie vorübergingen.

»Sie sehen wunderbar aus, Mrs. Fitzherbert.« Die Herzogin von Argyll nickte.

»Wie fühlen Sie sich?« hörte sie die alte Frau mit den stolz aufgetürmten weißen Locken und den Lachfältchen in den Augenwinkeln durch ein vornehmes Lächeln hindurch wispern. Maria warf einen Blick zu ihr herüber. Sie stand nach einer endlos scheinenden Prozession mit Lady Clermont an einem Tisch voller hoher hellgelber Gläser mit Limonade.

Bevor sie die freundliche Frage ihrer Gastgeberin beantworten konnte, spürte sie jemanden hinter sich. Sie erkannte die schrille Stimme, bevor sie sich noch umdrehte. Das Blut gefror ihr in den Adern.

»Meine liebe Maria. Wie schön, Sie einmal ohne Seine Hoheit zu sehen«, bemerkte Georgiana mit leicht spöttischem Unterton, den sie nicht unterdrücken konnte. »Ich sagte gerade zu Abigail, daß es wirklich höchste Zeit sei. Es gibt so viele Orte außer der Oper, an denen man sich einfach sehen lassen muß.«

»Danke.« Sie zwang sich zu lächeln.

Maria wußte nur zu gut, was die Herzogin von Devonshire ihr gegenüber empfand. Dennoch bemühten sich diese Frauen ganz plötzlich alle um sie, als sei sie wichtig, als wollten sie sie wirklich in ihren Kreis ziehen, sie zu einer der ihren machen. Und für dieses kleine Wunder war nur ein einziger Mensch auf der Welt verantwortlich...

»Mrs. Fitzherbert, ich glaube, Sie kennen Lady Horatia Seymour«, sagte die Herzogin.

Maria warf einen Blick auf die schlanke, zarte, junge Frau, die neben Georgiana stand. Obwohl sie sie nicht einordnen konnte, kamen ihr das Gesicht, die fast ausgezehrten bleichen Wangen, die großen, ernsten haselnußbraunen Augen bekannt vor. Plötzlich erinnerte sie sich.

»Natürlich. Wir lernten uns vergangenes Jahr im Carlton House kennen.«

»Ich fühle mich sehr geehrt, daß Sie sich daran erinnern, Mrs. Fitzherbert«, erwiderte Horatia mit einer Stimme, die so sanft und verletzlich war wie der Rest von ihr.

»Und wie geht es Ihrem Gatten?«

»Er ist leider wieder einmal auf See. Seit Weihnachten haben wir uns nicht mehr gesehen.« Ihr bleiches Lächeln erstarb. »Ich danke Gott dafür, daß ich meine Kinder ständig um mich habe. Ohne ihre Gesellschaft würde ich in seiner Abwesenheit völlig verrückt... und natürlich ohne die von Lady Sefton. Wir sind in den vergangenen Monaten oft bei ihr zu Gast gewesen«, erklärte sie. Ihr war nie klargeworden, daß Isabella Seftons wahres Motiv darin bestanden hatte, aus Lady Seymour, die über gute Verbindungen verfügte, Informationen herauszuquetschen. »Wir sind wirklich ziemlich gute Freundinnen geworden.«

»Wie erstaunlich«, bemerkte Maria vorsichtig.

»Es tut mir leid, was Ihnen hier in London widerfahren ist«, meinte Horatia aufrichtig. »Es war schrecklich unfair Ihnen gegenüber, und so wenig schmeichelhaft.«

Maria, der die Verschleierung noch schwerfiel, zu der Liebe

und Leidenschaft sie verführt hatten, versuchte zu lächeln. »Vielen Dank, Eure Ladyschaft.«

»Lord Seymour und ich sprachen Weihnachten darüber, als er zu Hause war, und ich kann Ihnen versichern, daß es zumindest zwei Menschen hier in London gibt, die kein einziges Wort von diesem bösartigen Tratsch glauben. Sich vorzustellen, daß ausgerechnet Sie den Prince of Wales heiraten sollten!«

Maria hielt den Kopf hoch und wandte ihr Gesicht wieder der Menge zu. »Ihr Vertrauen, Lady Seymour, ist zu liebenswürdig.«

Die Muskeln in Georges Gesicht spannten sich an.

»Trotz allem, was seine Ratgeber ihm empfehlen, beharrt der König auf seiner Weigerung, die Beschränkungen meines Einkommens aufzuheben«, versuchte er lässig zu sagen. Der Prince of Wales saß zwischen Fox und Sheridan an einem privaten Spieltisch im Brook's Club, während Lady Clermont mit Maria Tee trank. »Es ist die einzige Möglichkeit, die ihm verblieben ist, um mich zum Handeln zu zwingen, und die nutzt er voll und ganz.«

»Aber Eure Hoheit hat ihm doch die weiteren Dokumente, die er verlangte, geschickt, oder nicht?« fragte Richard Sheridan, der von seinen aufgefächerten Karten aufblickte.

»Das haben wir getan. Und dennoch erzählen seine Leute mir, er sei erzürnt über meine Weigerung, all die Gerüchte, die über meine Ehe in Umlauf sind, öffentlich für falsch zu erklären.«

»Vielleicht will er ja nur Ihre persönliche Leugnung hören, etwas Illegales getan zu haben«, bemerkte Fox, bevor er einen großen Schluck Brandy nahm.

»Unsinn. Auf diese Weise versucht er meine Zustimmung zu einer Verbindung mit irgendeiner ausländischen Prinzessin zu erlangen! Er hat mich mittels meiner Finanzprobleme in die Ecke gedrängt, und das hat, wie er genau wußte, phantastisch funktioniert. Vergessen Sie nicht, ich bin ein persönliches Eigentum, das verheiratet werden soll, um zwei Länder miteinander zu verbinden, nicht wegen irgend etwas, das mit Liebe zu tun hat. Ich sagte ihm, daß ich nie heiraten werde, und darin bleibe ich fest. Marias wegen könnten wir sogar gezwungen sein, im Ausland zu leben, falls dieses grausame Gerede, das sich so vehement gegen sie richtet, weiter andauert.«

»Aber, Eure Hoheit, wenn das Ihre feste Absicht ist, wird Ihr Einfluß sehr geschmälert, und was soll dann aus der Partei werden?« fragte Fox. Seine volltönende Stimme klang äußerst beunruhigt.

George blickte seine beiden engsten Freunde an. Fox' dunkle buschige Augenbrauen waren steil nach oben gezogen, sein blasser Mund eine harte dünne Linie.

»Die augenblickliche Stoßkraft der Whig-Partei könnte ohne Ihre Unterstützung nie erhalten bleiben«, kam ihm Sheridan vorsichtig zu Hilfe.

»Ich werde Euch nie völlig im Stich lassen. Das wißt ihr beide. Aber im Augenblick stehen die Dinge nicht gut. Ich mache mir Sorgen um Maria. Meine Verbindung mit den Whigs ist einer von vielen Gründen, die der König benutzt, um mir feindlich gesonnen zu bleiben. Wir alle wissen jedoch genau, daß seine Art und Weise, mich zu behandeln, ganz andere Ursachen hat. Daher ist es vielleicht günstiger, mich in politischen Dingen ein wenig zurückzuhalten ... zumindest bis all dies entschieden ist.« Er nahm einen Cherry Brandy, den ersten seit Tagen, und trank ihn in einem Schluck aus. »Ich weiß wirklich nicht, wie ich diesen Krieg gegen ihn gewinnen soll.«

»Vielleicht würde es reichen, Seiner Majestät gegenüber die Ehe zu leugnen«, stieß Sheridan tapfer zum Kern der Sache vor. »Dann wäre er nicht so schrecklich darauf aus, Sie mit einer anderen zu verheiraten, nur um Sie von Ihrer Katholikin abzubringen.«

»Er hat recht, wissen Sie«, stimmte Fox mit jetzt lebhafter und hoffnungsvoller Stimme zu. »Schließlich leugnete Eure Hoheit solche Absichten auch mir gegenüber.«

George gestand diesen Punkt mit einem ernsten Kopfnicken zu. »Das stimmt.«

»Es ein zweites Mal zu tun wäre doch eine einfache Sache.« Er seufzte tief. »Mein Brief an Sie scheint schon so lange zurückzuliegen, Charles. Vieles hat sich seitdem geändert.«

»Wäre es wirklich etwas anderes, den König auf dieselbe Weise zu beruhigen wie mich?«

»Ich werde diese Art von Gerede nicht einer Antwort würdigen, Fox!« fauchte George, der wütend war, so aufgestachelt zu werden.

»Aber so etwas zuzugeben ist doch eine Kleinigkeit«, drängte Fox ihn unklugerweise.

»Bitten Sie mich nicht, etwas zu erklären, das Sie nicht einmal ansatzweise verstehen könnten!« entgegnete George. »Ich werde Maria ihm gegenüber nicht verleugnen, und damit hat es sich!«

Sheridan wartete schweigend, während Fox seine Karten hinlegte und aufstand. »Vielleicht sollte ich das als Stichwort nehmen, um mich zu den anderen zu einem Spiel zu gesellen. Wenn Eure Hoheit so freundlich wären, mich zu entschuldigen.« Er nickte höflich und durchquerte dann schwerfällig den Raum.

Sheridan schaute den Prinzen an, sobald sie allein waren. »Charles meint es nur gut.«

»Das weiß ich«, sagte George und kippte in einem einzigen Schluck einen zweiten Brandy hinunter, um den Ton des Bedauerns zu unterdrücken, der sonst die Oberhand gewinnen würde.

»Er ist ein guter Mann«, sagte Sheridan und fügte dann vorsichtig hinzu, »aber er begreift nicht, was wirklich alles auf dem Spiel steht, stimmt's nicht?«

George blickte seinen Freund an, erschrocken darüber, auf was dieser anspielte.

Er musterte das schmale, feine Gesicht, die Augen, die ihn mit der Eindringlichkeit eines bengalischen Tigers fixierten. Richard Sheridan bat nicht um ein Geständnis. Kein Wort des Eingeständnisses war zwischen ihnen nötig, da er die Wahrheit irgendwie entdeckt hatte oder zumindest entdeckt zu haben glaubte. George holte tief Luft, dann lehnte er sich in seinem Sessel zurück und wischte sich über das Gesicht.

»Niemand begreift, in welcher Situation ich mich befinde. Das ist unmöglich.«

»Wenn Sie gestatten, Eure Hoheit, ich glaube, ich tue es.«

George schaute auf, und seine Leidenschaft für Maria und die Verzweiflung über seine Umstände loderten wie eine helle Flamme zwischen ihnen. »Dann sagen Sie mir, Sheridan, können Sie verstehen, daß man eine Frau so liebt, daß man alles ... alles tun würde, alles versprechen würde, um sie zu bekommen?«

»Ich glaube, ja.«

Er schüttelte den Kopf. »Jemanden mit solcher Verzweiflung zu lieben, daß Täuschung, Gewalt ... ja selbst Mord nicht ausgeschlossen wären?«

»Ja, ich glaube, ich kann diese Art Verzweiflung nachvollziehen.«

George schaute seinen alten Freund wieder an, und sein angespanntes Kinn lockerte sich. Schließlich sagte er leise und entschlossen: »Es gibt nichts, das ich nicht tun würde, damit Maria bei mir sicher ist. Ich würde weit gehen, Sheridan, sehr weit. Selbst auf meine eigene Gefahr hin.«

»Warum sagen Sie dann nicht ein paar bedeutungslose Worte in der Öffentlichkeit, um für Sie beide Zeit zu gewinnen? Um den König davon abzuhalten, Sie zu einer politischen Heirat mit einer anderen zu zwingen?«

Er seufzte schwer. »Ich versprach ihr, daß ich sie nie verleugnen würde.«

»Ihr Vater ist kein gesunder Mann. Das wissen Sie. Es dauert doch gar nicht mehr lange, und Sie können das Königliche Ehegesetz widerrufen und Maria zu Ihrer Königin machen.«

George fuhr sich mit einer Hand durchs Haar. »Aber die Wahrheit bedeutet ihr alles.«

»Es gibt Zeiten, in denen der Zweck die Mittel heiligt. Ich glaube, Sir, dies könnte eine dieser Gelegenheiten sein.«

»Bevor ich dieses Risiko eingehe«, sagte er und seufzte,

»gibt es noch eine letzte Möglichkeit, die ich ausprobieren kann. Einen Menschen, zu dem ich gehen kann und der die Macht besitzt, all dem ein Ende zu setzen, bevor es außer Kontrolle gerät.«

George schloß einen Moment lang die Augen, als die Kutsche in den kiesbedeckten Innenhof von Windsor Castle fuhr. Er hatte nicht kommen wollen. Er hatte sich selbst nach dem letzten Zusammenstoß mit dem König gelobt, daß dieses Kapitel für ihn abgeschlossen sei. Aber es gab immer noch einen kleinen Funken Hoffnung, nämlich daß sie sah, wie glücklich er war, und diesen Wahnsinn stoppte, indem sie seine Partei ergriff und dadurch irgendwelche gefährlichen Erklärungen bezüglich Marias unnötig machte. Sie hatten sich einmal so nahegestanden. Nicht so nahe wie er und Belle Pigot. Aber sie war schließlich immer noch seine Mutter.

Am Märzhimmel zeigte sich erst jetzt ein Funken Farbe, als die blutrote Sonne hinter dem riesigen Schloß aus grauem Stein allmählich versank. Die Pferde scharrten auf dem Kies mit den Hufen und schüttelten ihre schimmernden dunklen Mähnen, als der Kutscher die Zügel zog, um sie zu beruhigen.

»Ho!«

George zog die karmesinrote Sonnenblende hoch und blickte auf den prächtigen Palast, der sich als Silhouette gegen die Farbpalette des frühen Abendhimmels abhob. Erinnerungen an Kindheitssommer, die er hier verbracht hatte, schwirrten ihm durch den Kopf. Er sah sich selbst. Seinen Bruder Frederick. Fast konnte er das Parfüm seiner Mutter riechen. Er erinnerte sich an die Sammlung chinesischer Mandarinfiguren, die sie hier aufbewahrte. (»Sei vorsichtig, George. Schau sie nur an. Stell dich hier neben mich. Rühr sie nicht an. Rühr sie niemals an.«) Bruchstücke aus der Vergangenheit ließen einen Augenblick lang den Haß verblassen, den er jetzt für die beiden empfand, die dieses Haus bewohnten.

Zwei livrierte Lakaien mit blütenweißen Handschuhen kamen rasch die Vordertreppe herabgelaufen und öffneten den

Schlag seiner Kutsche. Der verlorene Sohn kehrt heim, dachte er bitter, als ein eisiger Windstoß zur Tür hereinfuhr und ihn in die nüchterne Gegenwart zurückholte.

George und die Lakaien schritten gemeinsam in die Eingangshalle, so daß drei Paar Absätze rhythmisch auf dem blaß lachsfarbenen Marmor klapperten.

Königin Charlotte saß, die Hände im Schoß gefaltet, in einem der privaten Wohnzimmer. Der Raum war wie das übrige Haus in elisabethanischem Stil eingerichtet, mit schwerer dunkler Täfelung und einem riesigen Kamin, der eine ganze Wand beherrschte.

Die Königin war umgeben von Gemälden ihrer Kinder. Sie bedeckten die Wände vom Boden bis zur Decke. Amelia als Baby in einem Goldrahmen neben dem Fenster, das auf den Garten hinausging. Frederick mit vierzehn, die rosigen Wangen voller Unschuld, hing an einer Messingkette neben einem kleinen goldgerahmten Bild von Ernest.

Sein eigenes Porträt, das gemalt worden war, als er zwanzig wurde, hing an einem Ehrenplatz über dem prasselnden Kamin. George schaute zu seinem Bildnis empor. Das sei ihr bestes Jahr gewesen, sagte sie immer. Bevor er ein Mann wurde. Bevor er sie verlassen hatte und ins Carlton House zog, weg von seinem zunehmend verrückten Vater.

Die Königin saß mit einer ihrer jüngsten Töchter, Prinzessin Sophia, und zwei ihrer Hofdamen da und hörte zu, wie das Kind aus Homers ›Ilias‹ rezitierte.

Sie hatte sich nicht verändert, dachte George, als er seine Mutter im Feuerschein dort sitzen sah. Ihr wie poliertes Silber wirkendes graues Haar krönte ein Gesicht, das seine jugendliche Schönheit noch nicht ganz verloren hatte, aber sie besaß auch immer noch diese königliche Haltung, die ihn geängstigt hatte, seit er das Alter erreicht hatte, um diese wahrzunehmen.

Kerzengerade, die Hände ordentlich auf dem Schoß gefaltet, saß sie da, während Sophia las. Die junge Prinzessin sprach ganz flüssig, bis sie ihren Bruder wahrnahm. Wie alle anderen in England hatte auch Sophia die Gerüchte über George und die Papistin gehört.

Nachdem sie den undurchdringlich und verzweifelt wirkenden Erben kurz boshaft angefunkelt hatte, nahm sie ihre Rezitation wieder auf.

George lauschte seiner Schwester und beobachtete ihrer beider Mutter, während er am Eingang stehenblieb. Der Akt des Vorlesens versetzte ihn in eine andere Zeit, an einen anderen Ort, als er noch ein Junge gewesen war und sie ihn voller Wohlwollen betrachtet hatte. Er verspürte einen Anflug von Eifersucht.

Charlotte war eine gute Frau und eine gute Mutter. Auf ihre Weise. Aber sie war nicht fähig, sich mit den Grauzonen des Lebens auseinanderzusetzen. Für Englands Königin gab es nur schwarz und weiß. Es blieb kein Platz für etwas dazwischen. Selbst wenn es um das Glück ihres eigenen Sohnes ging.

George war als Kind weder Vater noch Mutter besonders angenehm gewesen. Er war zu eigenwillig. Zu leichtsinnig. Zu wild. Als die kleine Prinzessin Sophia die letzten Worte las, bekam die Königin schließlich mit, daß er in der Tür stand und blickte hoch. »George!« rief sie, mehr überrascht als erfreut. Die beiden Hofdamen sprangen auf und versanken in einen tiefen Knicks. »Ich hatte beinahe schon die Hoffnung aufgegeben, daß du kommen würdest.«

»Nun, hier bin ich.«

»Weiß Seine Majestät, daß du hier bist?«

Er blickte sich um und kam dann auf seine Mutter zu. »Nein, und ich würde es vorziehen, wenn es dabei bliebe. Können wir uns ungestört unterhalten?«

Die Königin erhob sich langsam, azurblauer Taft ergoß sich von ihrem Schoß wie Wellen in einem Strom. Als sie ihre Röcke geglättet hatte, blickte sie ihren Sohn an. Es trennte sie nicht nur die Länge des Raumes; zwischen ihnen herrschte eine gespannte Atmosphäre.

Sie kleidete sich nach altem Stil, trug eine gepuderte Perücke, zwei Schönheitspflästerchen am Kinn und war auch im

Gesicht stark gepudert. Immer noch konnte man ihr ansehen, daß sie es einst verstanden hatte, selbst den skrupellosesten Diplomaten zu verzaubern. Als sie nickte, wurde seine Schwester, ein Kind, das er kaum kannte, von den beiden Hofdamen aus dem Zimmer gebracht. Als George so vor ihr stand, wirbelten Charlotte die widersprüchlichsten Gedanken durch den Kopf. Ihr Sohn wirkte ruhiger und glücklicher. Verzweiflung und Wut waren verschwunden.

Sie hatte Maria Fitzherbert einmal kennengelernt und hatte sie als attraktiv, aber einige Jahre älter als er in Erinnerung. Ohne Zweifel war das der Hauptgrund, warum ihr Sohn so für sie eingenommen war. Maria war gewiß nicht die erste reife Schönheit, die ihm den Kopf verdreht hatte. Aber sie zu heiraten! Sich derart unverschämt gegenüber der Krone zu verhalten! Seine Pflicht so zu verletzen! Konnte er das wirklich getan haben?

Sie holte Luft, um sich zu beruhigen, als sie sich einander gegenüberstanden. Vielleicht hatte sie sich grundlos Sorgen gemacht. Vielleicht war er gekommen, um die Gerüchte zu dementieren ... endlich. Schließlich war sie die erste Frau in seinem Leben. Er konnte immer noch zu ihr kommen, selbst jetzt. Man durfte zumindest hoffen.

Als die Dienerinnen und Sophia den Raum verlassen hatten, ging die Königin auf ihn zu und umarmte ihn. Es war so lange her, seit sie dieses Kind, ihr erstes Kind, in den Armen gehalten hatte. Aber sie spürte, daß er rasch unter ihrer Berührung erstarrte, und löste sich deshalb langsam wieder von ihm.

»Ich habe dir etliche Male geschrieben«, sagte sie und fand dabei in Ton wie in Haltung zu ihrer Förmlichkeit zurück. »Ich habe dir sogar einen Boten ins Haus geschickt. Der König und ich hatten die Hoffnung gehegt, dich Weihnachten zu sehen.«

»Ich weiß. Es tut mir auch leid. Aber die Dinge gestalten sich in der letzten Zeit ziemlich kompliziert.«

»Du nimmst damit vermutlich auf Mrs. Fitzherbert Bezug.«

George blickte sie an. Er konnte seine Überraschung nicht verbergen. »Du weißt also von Maria?«

»Mein Sohn, ich bezweifle, daß es in ganz England eine Menschenseele gibt, die noch nicht über dich und diese Lady Bescheid weiß.«

»Ich liebe sie, Mutter, und zum ersten Mal in meinem Leben bin ich glücklich. Wirklich glücklich.« Er lächelte. Seine großen Augen glänzten, wie sie es getan hatten, als er noch ein Junge war, und Charlotte versetzte dies plötzlich einen Stich. Sie empfand Schuldgefühle dabei, ihrem Kind diesen glücklichen Ausdruck, den sie jetzt auf seinem Gesicht sah, zerstören zu müssen; das Wissen, daß dies weit mehr war als das Techtelmechtel, an das sie geglaubt hatte, war beinahe schmerzhaft.

»Maria ist wunderbar. Gott hat mich diesmal gesegnet. Ich möchte so gerne, daß du sie kennenlernst, daß du sie bei Hof empfängst. Das würde dazu beitragen, vieles wiedergutzumachen.«

»Ich bezweifle sehr, daß dies möglich sein wird«, zwang Charlotte sich, nüchtern zu entgegnen.

»Sie ist schon bei Hof vorgestellt worden, Mutter, das weiß ich.«

»Damals lagen die Dinge anders.«

Ihre Zurückweisung brachte seine Phantasie zum Schweigen und ließ ihn mit einem Ruck in die Gegenwart zurückkehren. »Ist es des Königs wegen?«

»Weil du dich zu oft gegen ihn gestellt hast, George. Sicherlich ist es keine Überraschung für dich, daß er äußerst wütend auf dich ist.«

»Ja, das weiß ich.«

Sie war jetzt kühl. Völlig beherrscht. »Du bist recht extravagant gewesen mit deiner Renovierung und dem Umbau von Carlton House. Was mir seltsam vorkommt, denn wenn mein Bote dich aufsuchen will, bist du fast nie dort.« Sie legte ihm eine Hand auf die Schulter und drückte sie. Ihre Finger waren knochig wie die eines Skeletts und strahlten keinerlei Wärme aus.

Sie hatte das Gesprächsthema behutsam, aber unerbittlich,

wie Mütter dies tun, vom Unwichtigen auf das gelenkt, was sie am dringendsten wissen wollte.

»Sag mir, George«, sagte sie sanft und zärtlich, aber geschickt wie ein Politiker, »was hast du getan?«

Sie wußten beide, daß sie nicht über Carlton House sprach.

»Nichts, das ich je bereuen werde.«

»Ich frage mich, mein Sohn, wie du dir dessen so sicher sein kannst. Das Leben ist lang. Gefühle wandeln sich. Deine haben sich in der Vergangenheit zweifellos häufig geändert, was Frauen anbelangte.«

»Sie werden sich, soweit es Maria betrifft, nicht ändern. Mutter, bitte.« Er schaute sie wieder eindringlich an, seine Stimme war der Verzweiflung nahe und verwundete sie dadurch stärker, als sie es je für möglich gehalten hätte. »Wenn du sie akzeptieren könntest, dann müßte der König es auch tun. Und ich stünde nicht wie jetzt vor dieser unmöglichen Wahl. Bitte.« Er haßte es, so betteln zu müssen. Aber ihm blieben so wenige Möglichkeiten. »Empfang sie doch bei Hofe. Nur einmal. Mir zuliebe.«

»Ich kann nicht.«

»Du meinst, du willst nicht.«

»Ich meine, ich kann nicht. In über dreißig Jahren Ehe habe ich mich nicht ein einziges Mal gegen meinen ehrenwerten Gatten, deinen Vater, gestellt, und ich habe nicht vor, jetzt damit anzufangen. Du weißt genausogut wie ich, daß diese Wahnphasen, unter denen er leidet, schlimmer werden, und ich werde deinetwegen nicht noch mehr Unruhe in sein Leben bringen als nötig.«

»Nicht einmal, um für mein Glück zu sorgen?«

»Ich kann ihm das nicht antun, George.«

Er zögerte einen Augenblick, bevor er sich ein letztes Mal zu ihr umdrehte. Ihr Gesicht wirkte verkniffen, im Licht des Kaminfeuers konnte er nur zu deutlich erkennen, daß sie ihre Meinung nicht ändern würde. Schließlich, als es nichts mehr zu sagen gab, als die letzten angenehmen Erinnerungen an seine Jugend, die er heraufbeschworen hatte, sich wie Nebel aufgelöst hatten, beugte George sich vor und gab ihr einen eisigen Kuß auf die Wange.

»Schön, dich wiedergesehen zu haben, Mutter«, sagte er trocken. Dann drehte er sich um und verließ das Zimmer.

Am nächsten Morgen betrat George das Frühstückszimmer, als Jacko Payne gerade Nelkentee, frisch gebackene Kekse und Toast auf den Tisch stellte. Mit einer Handbewegung entließ er den Butler. Als sie allein waren, sank er auf den Platz neben Maria und ergriff ihre Hand.

Seine Augen waren blutunterlaufen, sein Mund fühlte sich so trocken an wie Wüstensand. Sein Körper sehnte sich nach Schlaf, den er schon seit einigen Nächten nicht hatte finden können, weil ihm das, was über ihn hereinbrach, so sehr zu schaffen machte.

»Es tut mir leid wegen gestern abend«, sagte er leise. Jetzt roch er angenehm nach frischem Wasser und teurem Zibetparfüm. Aber sein Schädel, in dem es dröhnte wie von Trommelwirbeln, erinnerte ihn noch immer daran. »... daß ich so spät nach Hause gekommen bin.«

»Ich kann nicht behaupten, daß ich deinen Freund Mr. Fox besonders mag«, sagte Maria und spießte ein Stück Speck auf ihrem Teller auf.

Nach dem katastrophalen Treffen in Schloß Windsor war George in den Brook's Club zurückgekehrt und dann von Fox nach Hause gebracht worden.

Sie hatten keinen guten Eindruck gemacht.

»*Jacko soll dir einen Tee aufgießen, George*«, *hatte sie gedrängt, als sie zur Haustür gekommen war.*

»*Tee!*« *hatte Fox sie angeknurrt.* »*Er braucht keinen Tee! Der Mann braucht einen Brandy!*«

»*Ich glaube, davon hatte er schon genug.*«

Fox hatte sie so besitzergreifend wie ein rivalisierender Liebhaber angestarrt. »*Also, der Meinung bin ich nicht, und ich weiß schon viel länger, was gut für ihn ist als Sie, Mrs. —*« *Mit voller Absicht hatte er die Pause ausgedehnt, bevor er lässig ergänzte:* »*immer noch Mrs. Fitzherbert... nicht wahr?*«

»Ich möchte London verlassen«, kündigte George jetzt an, ergriff ihre Hand noch fester und drückte sie. »Sofort, noch heute.«

Neugierig sah Maria ihn an. »Wo, um Himmels willen, sollen wir denn hin?«

»An der Küste gibt es ein kleines Dorf. Dorthin bin ich gegangen, um wieder klare Gedanken zu fassen, als du mich verlassen hast und nach Frankreich gereist bist.«

Sie legte ihre Gabel klappernd auf den Porzellanteller. »Brighton.«

»Ja, Brighton.«

»Aber dort gibt es doch nur Strand.«

»Genau! Kilometerweit Strand und kühle frische Luft.« Er zog ihre Hand an seine Lippen und küßte sie. »Und Freiheit... glorreiche Freiheit von alledem hier, von den unanständigen Blicken und den Fragen unserer Freunde, vom König... von Fox.«

Sie schaute beiseite, aber er hielt weiterhin ihre Hand fest. *Aber können wir auch vor dem Schicksal davonrennen?* fragte sie sich. »Ich weiß nicht, George.«

»Es ist wunderschön dort. Ich verspreche dir, daß du es lieben wirst. Ach, der Himmel und das Wasser sind dort so blau. Ich sage dir, Liebling, du kannst gar nicht erkennen, wo das eine aufhört und das andere anfängt.« Er rückte näher und legte ihre Hand auf sein Herz. Seine Augen funkelten vor Aufregung. »Ich habe dort ein kleines Bauernhaus gemietet. Es ist nicht schrecklich elegant, wohlgemerkt, aber es hat einen phantastischen Blick aufs Meer. Und bei Nacht schreien die Möwen in einem Rhythmus, der hypnotischer ist als jedes Wiegenlied.«

Er küßte die kleine Ader auf der Innenfläche ihrer Hand direkt unterhalb des Handgelenks und blickte ihr dann in die Augen. »Die Wahrheit ist, ich muß weg von hier, Maria. Ich glaube, wir müssen uns eine Weile von diesem ganzen Chaos freimachen.«

»Aber was ist mit Carlton House und den ganzen Restaurierungsarbeiten, die dort im Gange sind? Du steckst doch mitten in so vielem drin, und du hast so hart gearbeitet, etwas daraus zu machen, auf das du stolz sein kannst.«

Er rückte auf seinem Stuhl zurück, wandte den Blick aber nicht von ihr. Ihr blasses makelloses Gesicht war so voller Unschuld. Voller Hingabe. Sie würde nie wirklich verstehen, welche Dämonen ihn beherrschten, ihn antrieben. Wie nötig es für ihn war, ihnen so lange wie möglich zu entfliehen.

»Ich werde das Haus für eine Weile schließen. Ich habe bereits mit Onslow darüber gesprochen, den größten Teil des Personals zu entlassen.«

»Aber warum?«

Er schwieg einen Moment, dann gestand er ihr die Wahrheit. »Ich kann es mir nicht leisten, sie zu behalten.«

Sie schaute sich in dem heiteren zitronengelben Frühstückszimmer um, das erst kürzlich mit teurem handgemaltem Stoff tapeziert worden war. Blickte auf das neue Wedgewoodservice. Die bestickte weißlichgelbe Tischdecke. Er hatte darauf bestanden, ihr all dies zu kaufen, damit sie von schönen Dingen umgeben war. »Dieses Haus hier ist das Problem«, sagte Maria kopfschüttelnd.

»Nein! Das darfst du nicht einmal denken! Ich will, daß du von Schönheit umgeben bist und Dingen, die dich zum Lächeln bringen. Du verdienst mehr, als ich dir je geben kann. Außerdem ist das eine Sache zwischen dem König und mir, die schon lange bevor ich dich kennenlernte, anfing. Es geht dabei um mehr als Geld. Ein Willenskampf – der jetzt offensichtlich ein Spiel auf Leben und Tod wird.«

»Wenn ich das doch gewußt hätte. Wenn du mir etwas gesagt hättest –«

Seine Lippen verzogen sich zu einem sanften Lächeln, und er fuhr mit dem Finger unter ihrem Kinn entlang. Einen Augenblick schwieg er. »Was hättest du dann getan? Hm? Ich weiß, daß dein Mann dich abgesichert zurückließ, Liebling, aber nicht einmal dein Vermögen könnte mich jetzt aus der riesigen finanziellen Zwangslage retten, die in meiner Jugend entstanden ist, als ich dem König von England halsstarrig immer weiter trotzte.«

Sie rückte bis an die Stuhlkante. »Aber ich brauche all diese Sachen nicht, George. Ehrlich nicht! Ich wollte dieses Haus oder diese teuren Kleider nie«, meinte sie und zupfte an ihrem Seidenärmel.

»Dann komm mit mir nach Brighton, auf den Bauernhof.« Er drückte ihre Hand wieder an sein Herz. »Wir lassen alles hinter uns und leben ganz schlicht, wie einfache englische Menschen. Nur wir beide. Bitte, Maria. Sag, daß du mitkommst.«

Sie blickte in seine Augen und sah dort mehr als nur die Notwendigkeit, seinen Gläubigern oder dem empörenden Anschwellen des Geredes davonzulaufen, das sich nun in ganz London breitmachte. Aber was ihn wirklich quälte, würde er ihr gegenüber nicht preisgeben.

Ganz gleich, wie eng die Liebe sie miteinander verbunden hatte, es gab einen Teil von George, der ihr immer noch verschlossen war, der jedem verschlossen blieb, der ihn zu lieben versuchte. Eine ruhelose, gequälte Seite, etwas in seiner Seele, dem er durch diesen Schachzug zu entfliehen suchte, und das ängstigte sie.

Sie fuhr mit den Fingern über sein unrasiertes Kinn. »Ich bin deine Frau, George Augustus«, flüsterte sie und räumte damit alle Zweifel beiseite. »Und ich werde überall dorthin gehen, wo du hingehst, solange du mich willst.«

»Oh, mein Liebling ...«, raunte er über ihre Fingerspitzen hinweg. »Das wird immer sein.«

Die Glocken von Brighton erklangen zu ihrer Begrüßung, und die Kanonen des Artilleriebataillons schossen einen königlichen Salut zur Ankunft des Prince of Wales und Mrs. Fitzherbert. Eine Woche nachdem George und Maria sich in ihrem bescheidenen Bauernhaus mit Blick aufs Meer niedergelassen hatten, wurden die Straßen der kleinen Stadt an der See von einem farbenprächtigen Feuerwerk illuminiert. In der Castle Tavern und dem Old Ship Inn stießen die Stadtbewohner auf ihren jüngsten und berühmtesten Bewohner an.

»Schau dir das an!« rief George, als sie gemeinsam vor dem hohen offenen Fenster standen und der Sommerhimmel in eine sprühende Explosion von Licht und Farben getaucht war. »Das ist für uns!«

»Das ist für dich, mein Liebling. Sie verehren dich hier.«

»Nicht halb so sehr, wie ich dich verehre.«

Sie wandte sich ihm zu, und zum ersten Mal seit vielen Tagen beobachtete sie, wie sich seine Mundwinkel zu einem heiteren Lächeln hochzogen, als er auf den Sandstrand und das dahinter liegende Meer hinausschaute. Keine grausamen Karikaturen von Gillray. Keine höhnischen Bemerkungen von Cruikshank. Keine wütenden Gläubiger. Keine dunklen Versuchungen von Fox oder sonst jemandem.

»Kannst du etwa behaupten, daß du es hier nicht schön findest?«

»Aber ich finde es doch schön«, flüsterte sie als Antwort und legte den Kopf auf seine Schulter.

Die Veränderung hatte bei George unmittelbar eingesetzt. Sie waren weniger als eine Woche in Brighton, aber die wiedererwachte Versuchung, sich selbst mit Brandy oder mit Spielen zu betäuben, war abgeklungen, sobald sie die Probleme und den Tumult in London zurückgelassen hatten.

Von Beginn ihres Aufenthaltes am Meer an waren er und Maria offen in der Stadt spazierengegangen. George verbeugte sich und lächelte die Stadtbewohner im Vorübergehen freimütig an. Er genoß ihre freundlich respektvollen Grüße. Begeistert war er aber darüber, daß er zum ersten Mal im Leben die Freiheit hatte, einfach nur er selbst zu sein. Wie jeder andere Mann, mit einer Frau, die ihm die Welt bedeutete.

Maria wandte sich vom Fenster ab und trat zurück in ihr gemütliches elfenbeinfarbenes Schlafzimmer, das im Schein von Kerzen, Öllampen und einem warmen Feuer wie schmelzender Honig glühte.

George betrachtete ihr Gesicht, das die explodierenden Feuerwerkskörper erst blau, dann rot, schließlich golden beleuchteten. Sie trug das Haar heute offen, in sanften goldenen Wellen auf die Schultern gebürstet, und ihr Gesicht war ungeschminkt. Seit sie hierhergefahren waren, hatte sie keine Schminke benutzt, da sie diese Ungezwungenheit vorzog. Er sah zu, wie sie eine Kerze ausblies, dann eine weitere. Schließlich waren auch die Öllampen gelöscht, bis der Raum von dunklen Schatten erfüllt war. Aber immer noch spendeten die gelegentlich explodierenden Feuerwerkskörper Licht und das Feuer, das in dem alten beigen Steinkamin loderte, Wärme.

Maria beobachtete die tanzenden Flammen. Sie merkte, wie die Hitze ihr Gesicht wärmte. Sie atmete tief und spürte, wie eine neue Welle der Ruhe sie durchdrang. Dieses turbulente Jahr hatte so lange gedauert, daß sie vergessen hatte, wie sich Frieden wirklich anfühlte. Aber hier in Brighton mit George in diesem schlichten kleinen Bauernhaus am Meer spürte sie ihn.

»Bist du glücklich?«

»Ich bin glücklich, weil du glücklich bist, Liebling.« Sie lächelte heiter und gelassen im berstenden farbigen Licht. Er küßte sie auf den Kopf, dann zog er sie enger an sich, als mit einer kalten Brise frische salzige Luft durch das Fenster drang. »Jetzt kommt alles in Ordnung«, flüsterte er. »Alles wird gut. Du wirst sehen.«

Am nächsten Tag wählten sie ein kleines angrenzendes Haus aus, das Maria offiziell bewohnen sollte, um den Schein zu wahren. Es war ein bescheidenes Ziegelhaus, aber es lag nahe genug an dem größeren Bauernhaus, um für ihre Zwecke geeignet zu sein. Selbst so weit von London entfernt konnte sie es nicht riskieren, offen mit dem Prince of Wales zu leben.

Nicht bis er endlich die Freiheit hatte, sie als seine Frau anzuerkennen.

Nach ihrem Nachmittagsspaziergang am Strand durchstöberten sie die winzigen Geschäfte an der North Street. Beide mußten wie alle anderen auch über Fischernetze steigen und sich bücken, um in die Fischerhäuschen mit den niedrigen Dächern zu gelangen. Aber gerade das trug zu deren Charme bei. Maria kaufte eine Steppdecke, die eine Fischersfrau genäht hatte, für ihr einfaches Himmelbett, und George erstand für sie eine Ausgabe von Shakespeares Dramen, die sie noch nie ganz gelesen hatte.

Sie gingen im Raggett's vorüber, einem Club mit Spieltischen wie im Brook's in London. Bei Maria fest untergehakt, von der Luft belebt und beladen mit ihren Schätzen, verspürte George zum ersten Mal, soweit er sich erinnern konnte, keinen Drang, sich zu den Spielern zu gesellen.

Das war ihr Verdienst, sie schenkte ihm Kraft – seine Maria. Als sie vorüberschlenderten, winkten und lächelten die Stadtbewohner, die sich dort versammelt hatten, ihnen durch eines der großen Erkerfenster zu. Sie beobachteten, wie der berühmte Bewohner mit seiner Dame zurück auf die überfüllte North Street ging.

Es hatte nur wenige Tage gedauert, bis die Menschen in Brighton die königlichen Hoheiten, die jetzt in ihrer Mitte lebten, akzeptierten. Sie behandelten George und Maria als das, was sie gerne gewesen wären – irgendein beliebiges Ehepaar. Niemand fragte, ob sie verheiratet waren oder nicht. Niemand schien sich darum zu kümmern. Sie waren arm und verschuldet, weil er dem König gegenüber seine Hochzeit nicht geleugnet hatte. Ihre Zukunft hätte nicht ungewisser sein können.

Und es war wirklich die allerbeste Zeit ihres Lebens.

Im Spätsommer saß Maria versunken in dem aufs Meer hinausführenden kleinen Garten hinter dem Bauernhaus, und George zitierte eine Passage aus ›Hamlet‹, die sie als seltsam passend empfand. Dieses Shakespearestück, in dem es um den Verrat eines Sohnes durch seine Mutter ging, war als kleiner Junge sein Lieblingsdrama gewesen. Das Buch, das er ihr im Dorf gekauft hatte und aus dem er jetzt vorlas, war ein Versuch, mit ihr eine Kindheit und eine Vergangenheit zu teilen, die er bislang noch nie jemandem zu enthüllen vermocht hatte.

Als er zu der Passage kam, in der Laertes zu Ophelia spricht, zitterte Georges Stimme, und die Worte erschütterten ihn bis ins Mark.

Er liebt dich jetzt vielleicht;
Kein Arg und kein Betrug befleckt bis jetzt
die Tugend seines Willens: doch befürchte,
Bei seinem Rang gehört sein Will' ihm nicht.
Er selbst ist der Geburt ja untertan;

Sie sah, wie sein eckiger Kiefer die seltsam passenden Worte formte, wie er die Augen zusammenkniff, wenn ihn etwas sehr berührte. Die kühle Brise zerzauste die kastanienbraunen Locken rund um sein Gesicht und hauchte seine Wangen rosig an. Maria berührte seine Hand, als er seine Rezitation beendete. Er blickte sie an und sah, daß ihr Tränen in den Augen standen.

»Es sollte dich nicht traurig machen«, sagte er.

»Es ist solch eine tragische Geschichte.«

»Weißt du, ich glaube, ich verstehe Hamlet wirklich, was ihn antrieb – der Verrat und die Enttäuschung, die sein Leben auszumachen scheinen und sein tragisches Ende ahnen lassen. Was es war, wird in diesen wenigen Zeilen so brillant zusammengefaßt, finde ich.«

»Es ist eine wunderbare Stelle.«

»Weißt du, ich habe mich selbst immer wie Hamlet empfunden. Wie er glaubte ich nicht, je eine solche Erfüllung finden zu können.«

Maria schaute auf das Meer hinaus, das wie flüssige Juwelen unter einem sonnendurchtränkten Himmel glänzte. »Ich auch nicht.«

»Manchmal, wenn du nicht bei mir bist, wenn die Vergangenheit in meinen Erinnerungen wächst und ich gezwungen bin, daran zu denken, fange ich an zu fürchten, daß, was zwischen uns besteht, nicht von Dauer sein kann.«

»So etwas darfst du nicht einmal denken«, sagte sie zärtlich.

»Um uns herum herrscht soviel Dunkelheit, sind so viele Menschen, die uns gerne scheitern sehen würden.« Nach einem Moment des Nachdenkens lächelte er und küßte nacheinander ihre Wangen. »Aber dann bist du da, mein Liebling, du bist mein Licht, du strahlst hell genug, um jede Finsternis zu erleuchten, die andere auf uns werfen. Mit Liebe können wir gegen alles ankämpfen. Das glaube ich fest.«

»Liebe war für Hamlet nicht genug.«

George lächelte und griff ihr zärtlich unters Kinn. »Aber schließlich hatte Hamlet nicht dich!«

Maria blickte in seine Augen, so voller Aufrichtigkeit, voller Liebe. Tränen glitzerten in ihren Augen. Beruhigt zog er sie an sich und küßte ihre Wangen, während sie flüsterte: »Nichts, was wir nicht zulassen, kann uns je trennen. Daran müssen wir glauben.«

7. Kapitel

»Natürlich, Weltje, führen Sie ihn herein!«

Im Sommer 1786 war der ein wenig schweinchenartig aussehende Koch des Prinzen sein Majordomo in Brighton geworden. Später an jenem Nachmittag stand der fette kleine Mann mit den kurzen Beinen vor George. Soeben hatte er angekündigt, daß Richard Brinsley Sheridan eingetroffen sei. Maria blickte von ihrer Stickerei auf und sah, wie das Feuer alter Freundschaft hell in den blauen Augen ihres Mannes auflodernde. Sie spürte, wie ihr Mut sie verließ, als sie daran dachte, wie Fox sich in jener Nacht vor ihrer ersten Abreise aus London so vulgär in ihr Haus und zurück in das Leben des Prinzen gedrängt hatte. Sheridan war ein ebenso guter Freund von George wie Fox, und seine Anwesenheit würde sicher die gleiche Wirkung haben. Sie biß sich auf die Unterlippe, als George aufstand und zur Tür ging.

»Richard, du alter Hund!« strahlte er den hochgewachsenen, vornehm wirkenden Sheridan an, als dieser um die Ecke bog. Er trug einen eleganten kamelfarbenen Frack und einen schwarzen Hut und hielt einen Lavendelstrauß im Arm. Sein immer noch braunes Haar war jetzt an den Schläfen von Silbersträhnen durchzogen. An jenem Abend im Almack's war Maria gar nicht aufgefallen, was für ein bemerkenswerter Mann er tatsächlich war.

»Eure Hoheit.« Er verbeugte sich geziemend, bis George ihm auf den Rücken klopfte. Er würde ihm nie vergessen, wie loyal sich Sheridan ihm gegenüber verhalten hatte – wie Sheridan ihm an Marias erstem Abend im Carlton House aus der Verlegenheit geholfen hatte, als Elizabeth Armistead eine Szene machen wollte.

»Vergessen Sie das hier, mein Freund. Hier in meinem Bauernhaus am Meer bin ich einfach George.«

Maria beobachtete, wie die beiden Männer sich wie Brüder umarmten und in sich hineinlachten. Sie spürte einen Anflug von Neid, hielt George ihn doch fest, als sei es Jahre her und nicht bloß einen Monat, seit sie sich zuletzt gesehen hatten.

»Oh, ist das schön, Sie zu sehen!«

»Mir geht es genauso.«

»Verdammt, Richard. Warum haben Sie nicht Bescheid gegeben, daß Sie kommen?« George grinste und legte den Arm um Sheridans eckige Schultern. »Kommen Sie doch herein und begrüßen Sie meine ...« Er hielt inne. »Maria.«

»Ich habe schon viel von Ihnen gehört, Mr. Sheridan«, brachte sie in gleichmütigem Ton hervor, während sie ihm die Hand entgegenstreckte.

»Wenn auch nur ein Wort davon schmeichelhaft war, würde ich mich glücklich schätzen, daß es Ihr Ohr erreicht hat, Madam.« Er reichte ihr den Lavendelstrauß, dessen Duft bereits den Raum erfüllte. Dieser offensichtliche Zufall freute sie. Mit Sicherheit hatte er nicht gewußt, daß dies ihre Lieblingsblumen waren oder daß sie sich immer mit dem Duft parfümierte. »Dies ist das allermindeste, was ich Ihnen dafür anbieten kann, daß ich Sie so unerwartet überfalle«, sagte er mit schmeichelnder Stimme.

Maria nahm die Blumen entgegen und schnupperte daran. Sie spürte, wie ihre Mundwinkel in einem zögernden Lächeln zuckten. »Das war sehr nett von Ihnen, Mr. Sheridan. Vielen Dank. Wenn Sie mich jetzt entschuldigen wollen, werde ich einmal sehen, ob Weltje eine Vase hat.«

An der Tür blieb sie stehen und drehte sich noch einmal um. »Sie bleiben doch zum Abendessen, Mr. Sheridan, nicht wahr?«

»Ich möchte mich Ihnen nicht aufdrängen, gnädige Frau.«

Sie warf einen Blick auf ihren Mann, der noch immer vor Überraschung strahlte. »Nein, Mr. Sheridan. Sie fallen uns überhaupt nicht zur Last.«

Als sie allein waren, führte George Richard zu dem Sessel, in dem Maria gesessen hatte. Den Stickrahmen hatte sie nachlässig auf eine der Sessellehnen geworfen. Er setzte sich, und die beiden Männer sahen einander an.

»Also. Welche Neuigkeiten bringen Sie aus London mit?«

»In der Stadt ist alles unverändert. Dunkel, dreckig und ziemlich trostlos, fürchte ich.«

»Und wie geht es Georgiana?«

»Sie ist bissig wie eh und je.« Er lächelte. »Ich vermute, daß sie Sie vermißt. London ist immer noch London, aber seit Sie Ihren Abschied genommen haben, ist es doch nicht mehr dasselbe.«

»Das kann ich mir denken. Jetzt gibt es niemanden mehr, über den man so köstlich herziehen kann.«

Sheridan reagierte nicht auf diese Bemerkung.

Aber es stimmte. So lange waren er und Maria überall das Hauptgesprächsthema gewesen. Die Gesellschaft klatschte über sie. Die Zeitungen munkelten über die Natur ihrer Liaison. Die Karikaturisten waren weniger freundlich in ihren Mutmaßungen.

»Und Sie, Sir«, wechselte er klugerweise das Thema, während er an der Stickerei herumspielte. »Wie ist es hier am Meer? Ich muß sagen, Sie strahlen ja förmlich.«

»Ich habe diese andere Welt völlig hinter mir gelassen, Sheridan. Ich habe einfach aufgehört, Dinge verändern zu wollen, die außerhalb meiner Kontrolle liegen, und ich kann Ihnen sagen, ich war noch nie glücklicher. Es mag sich unwahrscheinlich anhören, aber es ist, als hätte ich überhaupt nicht gelebt, bevor ich Maria kennenlernte. Wenn ich jetzt zurückschaue, kommt es mir vor, als sei ich nur auf der Stelle getreten.«

»Sie ist wirklich bezaubernd«, pflichtete Sheridan ihm bei.

»Aber es ist nicht ihre Schönheit, die ich am meisten schätze«, sagte er und rutschte in seinem Sessel nach vorne. »Marias größte Gabe ist es, daß sie innerlich mehr als schön ist. Ich sage Ihnen, dank ihrer Geduld und ihrer Liebe zu mir habe ich begonnen, Dinge an mir zu entdecken, von denen ich gar nicht wußte, daß sie vorhanden waren. Ich glaube jetzt, daß ich eines Tages sogar ein ganz akzeptabler König werden könnte.«

»Das freut mich für Sie.«

»Und ich habe, seit wir hier sind, keinen einzigen Brandy getrunken. Können Sie sich das vorstellen? Ich habe auch nicht die geringste Neigung verspürt, mit irgend jemandem um irgend etwas zu wetten.«

»Das ist wirklich verblüffend«, meinte er und lächelte verstohlen, da er Georges dunklere Seite kannte, die die augenscheinlich tugendhafte Maria vermutlich nie entdecken würde. George setzte sich wieder auf seinem Sessel zurück, und sein Lächeln verblaßte allmählich. »Wenn der König nur aufhören würde zu drohen, mich in eine politische Ehe zu zwingen, damit ich für Maria außer Reichweite bin, wäre mein Leben beinahe vollkommen.«

»Ja, das bleibt ein Problem. Letzte Woche hörte ich, daß er kurz davorsteht, die Braut auszuwählen. Sie soll aus Hannover stammen.«

»Ich weigere mich, Maria zu verleugnen, also droht er mir damit.«

»Vielleicht sollte jemand anders von Bedeutung Ihre Ehe bestreiten. Jemand im Parlament. Das reicht Seiner Majestät vielleicht, auch wenn Sie es nicht selbst sind.«

Das war eine gefährliche Taktik, und Sheridan wußte das genau. In London glaubte man bereits, daß Maria die heimliche Frau des Prinzen sei. Es zu glauben war eine Sache, aber das protestantische Empfinden in England war so stark, daß es die Whigs ruinieren würde, wenn sie im Parlament für ihn einträten. Einen Mann öffentlich zu unterstützen, der möglicherweise das Gesetz gebrochen hatte, um gegen die öffentliche Meinung eine Katholikin zu heiraten, könnte für die Partei den Tod bedeuten.

»Vielleicht könnte ich ein unabhängiges Mitglied aufspüren, das bereit wäre, in Ihrem Namen zu sprechen.«

»Öffentlich zu sprechen?« George lachte bitter. »Das wäre wie die Suche nach der Nadel im Heuhaufen!«

»Oh, ich weiß nicht. Sie haben mir doch schon einmal vertraut. Ich habe dafür gesorgt, daß Ihre Maria Ihnen im Carlton House vorgestellt wurde. Habe ich mir da nicht Ihre Anerkennung verdient?«

»Aber wen könnten Sie finden, um Himmels willen? Sie wissen genausogut wie ich, daß es in London nur äußerst wenige gibt, die sich nicht dafür entschieden haben, entweder für die Whigs oder für die Torys Partei zu ergreifen.«

»Wir brauchen nur einen zu finden.«

Er stand jetzt neben dem Prinzen, und sie flüsterten mit leiser Stimme miteinander.

»Das stimmt wohl.«

»Dann vertrauen Sie mir in dieser Sache.«

George strich sich über das Kinn, während er die Stirn runzelte. »Wenn ich zustimme, müssen Sie mir versprechen, daß Maria nicht erfährt, daß ich darin verwickelt bin«, beschwor er Sheridan und drückte zur Bestärkung seinen Arm. »Sie hat bereits genug mitgemacht mit all diesem Tratsch und den grauenhaften Karikaturen. Ich will nicht, daß sie sich noch mehr Sorgen macht.«

»Natürlich nicht.«

»Es könnte sehr unangenehm werden«, warnte George seinen alten Freund. »Man könnte Ihnen etwas nachsagen.«

»Das ist mir klar. Aber das ist ein Risiko, das ich für meinen künftigen König gerne auf mich nehme.«
»Dann habe ich also Ihr Wort?«
»Sir.« Sheridan neigte respektvoll den Kopf. »Das versteht sich doch von selbst.«

Am nächsten Nachmittag machten die drei einen Ausflug in das Hügelland. Inmitten von Kilometern samtweicher Grasnarbe, umweht von einer ständig kühlen Meeresbrise, war es ein vollkommener Ort, um einen Nachmittag zu verbringen. Brighton war berühmt für seine Strände, die jeden Sommer Londoner, aber auch Franzosen anzogen, um in dem heilkräftigen Salzwasser zu baden. Aber die kleine Stadt war auch stolz auf ein ganz besonderes, schillerndes Wochenende.

Der Landadel, der aus London gekommen war, um die Rennen zu sehen, fuhr mit Kutschen zum Hufeisenfeld, während die Stadtbewohner um sie herum auf dem Moosboden saßen oder standen. Französische Aristokraten, die von diesem Ereignis gehört hatten, mischten sich unter die Engländer und saßen in neuen teuren Randems um die Rennbahn herum.

Damen mit riesigen Strohhüten, dekoriert mit pastellfarbenen Bändern und Schleifen, schlenderten wie auf einem Gainsborough-Gemälde über den Rasen, drehten ihre Sonnenschirme und warteten auf den Beginn des Rennens. Angeblich befand sich der Duc de Chartres unter den Zuschauern, und alle bemühten sich, einen Blick auf ihn zu erhaschen.

Er war jedoch nicht das einzige Juwel, das unter dem Himmel von Brighton strahlte. Da der Bruder des Königs, der Herzog von Cumberland, dort ein Haus besaß, betrachtete man Brighton bereits als königliche Residenzstadt. Außerdem waren in der Nähe zahlreiche Militärregimenter stationiert.

Maria saß zwischen George und Richard in der offenen schwarzen Barouche des Prinzen und betrachtete die Menge. Sie sah, wie die Uniformen in der Sonne glänzten, als die Offiziere mit geschwellter Brust unter den Zivilisten umherstolzierten.

»Oh, ist das nicht aufregend.« Sheridan lächelte. »Ich bin seit Ewigkeiten nicht mehr beim Rennen gewesen. Sollen wir nicht mit den anderen wetten?«

Kaum hatte er die Worte ausgesprochen, als ihm klarwurde, was er gesagt hatte. Sein schmales Gesicht wurde bleich. »Oh, es tut mir leid, Eure Hoheit.«

George lächelte nur zufrieden; seine Hand ruhte auf Marias mit apricotfarbenem Satin bedecktem Knie. Das Spielen war eine Angewohnheit, die er anfangs nur schwer hatte aufgeben können. Es gab keinen Grund, warum es für Sheridan leichter sein sollte. »Nein, danke, Richard«, sagte er freundlich. »Aber wetten Sie nur. Bitte.«

Maria blickte ihren Mann an und sah sein unbeschwertes Lächeln, die von der Seeluft leicht geröteten Wangen. Vom Glück. Es beruhigte sie, daß der Wunsch zu spielen ihn beinahe wie ein böser Geist verlassen hatte.

»Na ja, vielleicht nur eine Kleinigkeit«, gab Sheridan nach. »Mrs. Fitzherbert?«

»Natürlich, Liebling«, ermutigte George sie. »Geht nur, alle beide. Vielleicht möchtet ihr euch die Beine ein wenig vertreten.«

»Wenn du sicher bist, daß du alleine zurechtkommst«, sagte Maria und schaute ihn an.

»Solange du nicht zu lange weg bist.« Er lächelte und fuhr mit den Fingern leicht über ihren Oberschenkel.

Waren sie verheiratet?

Sie *mußten* verheiratet sein. Er hatte sich so dramatisch verändert, daß dies nicht durch eine bloße Geliebte herbeigeführt worden sein konnte. Aber Sheridan sagte nichts. Er half Maria die beiden Stufen der Kutsche hinab auf das weiche, smaragdgrüne Gras. Er beobachtete, wie der Wind die Falten ihres Kleides bauschte. Dann hob sie ihren Sonnenschirm hoch, um ihr Gesicht gegen die Sonne zu schützen, während sie gemeinsam durch die Menge schritten.

»Wissen Sie, Madam«, begann Sheridan, als sie an einer Gruppe von Stadtbewohnern vorbeikamen, die auf dem weichen Gras ein Picknick veranstalteten. »Sie haben einen außerordentlich glücklichen Mann aus ihm gemacht.«

»Ich habe für ihn nicht mehr getan als er für mich.«

»Ich kenne Seine Hoheit schon sehr lange, und ich wollte gerne die Gelegenheit haben, Ihnen im Vertrauen zu sagen, wie froh ich bin, daß es Sie in seinem Leben gibt.«

Maria neigte den Kopf zur Seite und musterte ihn, dann sagte sie: »Sie sind wirklich ganz anders als die anderen Freunde des Prinzen, Mr. Sheridan.«

»Sie meinen Fox?« fragte er mit starkem schottischem Akzent. »So verschieden sind wir gar nicht. Die Verpackung ist wohl anders, aber der Inhalt ist sicherlich ähnlicher, als Sie das vielleicht vermuten.«

»Ich habe Mr. Fox kennengelernt, und ich habe Sie kennengelernt«, entgegnete sie entschieden, »und ich kann ohne Zögern behaupten, daß Sie sich überhaupt nicht gleichen.«

Als vom Meer eine Brise über sie strich, nahm er den Lavendelgeruch ihrer Haut wahr. Es war ein brillanter Einfall gewesen, ihr gestern diese Blumen mitzubringen. Nur eine Geste, aber bei ihr hatte er damit das Eis gebrochen. Als kluger Mann sammelte er Informationen wie ein Eichhörnchen Nüsse. Man wußte nie, wann man sie brauchen konnte. Er hielt ihren Arm oberhalb des Ellenbogens, als sie an einer Gruppe Landadliger vorbeigingen, die alle in rasendem Tempo Französisch sprachen. Sheridan lächelte.

»Wie oft habe ich mir schon gewünscht, diese vermaledeite Sprache zu beherrschen«, jammerte er. »Zu gerne wüßte ich, worauf sie setzen.«

Maria blieb einen Augenblick neben ihnen stehen. Als sie dann Sheridan wieder den Blick zuwandte, kräuselten sich ihre glatten Lippen zu einem Lächeln. »Alle sind der Ansicht, im ersten Rennen werde das Pferd gewinnen, das Sir John Lade reitet.«

Er blickte sie an, und langsam zog ein Lächeln seine Mundwinkel hoch. »Mrs. Fitzherbert, Sie sind wunderbar!«

Als sie ihre Wetten abgegeben hatten, kehrten sie über das

überfüllte Hügelland zur Kutsche des Prinzen zurück. Aus der Entfernung sahen sie den Rücken einer Frau in rosafarbener Seide, die neben einem Mann stand. Alle lachten.

»Da seid ihr ja!« rief George ihnen zu und winkte. »Ich habe hier ein paar alte Freunde von dir aufgegabelt. Lord und Lady Seymour, dies ist mein teurer Freund, Mr. Sheridan.« Dann blickte er auf sie herab, die Lippen in verschmitztem Entzücken verzogen. »Maria kennen Sie, glaube ich, bereits.«

Beide drehten sich gleichzeitig um, und Maria stand dem Mann gegenüber, der sie davor bewahrt hatte, an jenem seltsamen ersten Abend im Carlton House mit George zu tanzen. Die Röte stieg ihr den Hals empor und brachte ihr Gesicht zum Glühen wie Wein, der über ein Tischtuch vergossen worden ist. All das schien jetzt schon so lange zurückzuliegen, aber sein Gesicht und seine Freundlichkeit hatte sie nicht vergessen.

»Es ist schon lange her, Kapitän«, sagte sie, als er ihre Hand ergriff. »Ich hatte jedoch das Glück, Ihre reizende Frau bei einer Reihe von Gelegenheiten zu treffen.«

»Bei Lady Sefton und auch im Devonshire House«, bestätigte Horatia mit einem eifrigen Lächeln.

»Das hat sie mir berichtet.« Lord Seymour lächelte seine Frau bewundernd an.

»Eure Ladyschaft sieht viel wohler aus«, stellte Maria fest.

»Dank der Seeluft«, erwiderte Horatia. »Wir bleiben den Rest des Monats hier.«

»Sie und natürlich Lady Sefton haben meiner Frau durch eine ziemlich schwierige Zeit geholfen, als ich weg war, Mrs. Fitzherbert, und dafür kann ich Ihnen gar nicht genug danken«, sagte Lord Seymour in charmantem Ton.

George beugte sich spöttisch lächelnd aus seiner neuen Barouche über sie. »Ich erzählte Cousine Horatia gerade, wie amüsant ich die Freundschaft zwischen dir und den beiden Menschen finde, die dich an jenem Abend vor nicht allzulanger Zeit vor dem bewahrten, was dein Schicksal werden sollte.«

Maria erbleichte. »Deine Cousine?«

»Überraschung.« George strahlte über das ganze Gesicht, und seine blauen Augen funkelten.

»Horatia ist nicht nur meine Frau«, warf Hugh ein, »sondern auch eine angeheiratete Cousine des Prince of Wales. Die frühere Horatia Waldegrave.«

Maria schnappte nach Luft und legte die Finger auf die Lippen. »Ich hatte keine Ahnung. Warum hat Eure Ladyschaft mir das nicht gleich am ersten Abend erzählt? Ich brachte Sie beide doch in eine sehr peinliche Situation.«

»Das änderte nichts an Lord Seymours oder meiner Hilfsbereitschaft Ihnen gegenüber.« Sie lächelte freundlich und warf George dann einen vorwurfsvollen Seitenblick zu. Maria hatte in früheren Jahren von Horatia Waldegrave gehört. Horatia und ihre Schwestern waren in den Aufruhr mit hineingerissen worden, den es gegeben hatte, als ihre Mutter in zweiter Ehe den Bruder des Königs, den Herzog von Gloucester heiratete. Wie weithin bekannt war, mißbilligte Seine Majestät diese Ehe, und sie wurde so zu einem der Hauptgründe für das Königliche Ehegesetz.

Die ganze Zeit über hatte Maria versucht, Horatia gegenüber Distanz zu wahren. Sie hatte nämlich befürchtet, daß ein so schlichter Mensch wie diese zarte, blasse Blume unmöglich verstehen könnte, was sie dazu getrieben hatte, ein Verbrechen zu begehen, indem sie Georges Frau wurde. Jetzt erkannte sie die Wahrheit. Horatia hatte einen ganz ähnlichen Aufruhr im Zusammenhang mit ihrer eigenen Mutter hinnehmen müssen. Horatia Seymour verstand besser als jeder andere außer der Herzogin von Gloucester selbst Marias Gedanken und Befürchtungen.

»Oh, phantastisch, die Rennen beginnen.« George strahlte. Dann warf er einen Blick hinab auf alle, die sich um seinen Wagen versammelt hatten. »Lord und Lady Seymour, Mrs. Fitzherberts Freunde sind auch meine Freunde«, sagte er. »Wir haben nichts schrecklich Elegantes zu bieten, fürchte ich, aber wenn Sie sich heute zum Abendessen zu uns gesellen wollen, wären wir entzückt.«

Die beiden schauten einander an und strahlten. Jeder wußte, daß der Prince of Wales, seit er mit der Dame seines Herzens London verlassen hatte, nur noch sehr selten Gäste empfing, und auch dann nur im intimsten Kreise.

Dies war eine viel größere Ehre als eine Einladung ins Carlton House. Nachdem sie sich mit Blicken verständigt hatten, sahen Hugh und Horatia beide eifrig zum Prinzen hoch, der wie eine Statue über ihnen thronte. »Also dann im Bauernhaus, Eure Hoheit?«

»Ah. Dann wissen Sie also, wo es ist?«

»Ach, Eure Hoheit.« Lord Seymour lächelte. »Wir brauchten nur einen Nachmittag, um herauszufinden, daß jeder in Brighton weiß, wo *das* Bauernhaus ist!«

Als die Seymours zu ihrem eigenen Wagen zurückgekehrt waren und Maria wieder neben ihm saß, hob George ihre Hand an seine Lippen und küßte sie sanft. »Es braucht dir nicht peinlich zu sein, was vor so langer Zeit zwischen dir und mir und Hugh vorgefallen ist, Liebling.«

»Lord Seymour war an jenem Abend sehr freundlich zu mir«, flüsterte sie. »Aber jetzt erscheint es mir eigentlich ziemlich närrisch, vor dir Angst gehabt zu haben.«

»Ja, da hast du recht.« Er strahlte. »Wenn man bedenkt, wie die Geschichte ausgegangen ist.«

Leere Dessertteller und halbvolle Burgundergläser standen auf dem Abendbrottisch. »Was kann ich Ihnen noch anbieten, Lord Seymour?« fragte Maria.

»Ich kann keinen einzigen Bissen mehr essen«, antwortete er, tätschelte seinen flachen Bauch und lächelte wie eine wohlgefütterte Katze.

»Alles war ausgezeichnet«, fügte Horatia mit ihrer schwachen, leicht kindlichen Stimme hinzu.

»In der Tat«, bestätigte Sheridan. »Sogar noch besser als gestern abend.«

»Ich hätte schrecklich gerne das Rezept Ihres Kochs für das Lammgericht«, bat Horatia.

»Oje, ich fürchte, Weltje gibt nie die Zusammensetzung seiner Kreationen preis. Für ihn sind sie so kostbar wie eigene Kinder«, sagte George. Vorgebeugt fügte er flüsternd hinzu: »Ich fürchte, er ist ein bißchen exzentrisch.«

»Da wir gerade von Kindern sprechen, wie viele haben Sie jetzt, Admiral?« fragte Maria gepreßt.

»Fünf, Madam.« Er lächelte voller Stolz. »Alles Söhne.«

»Welch ein großes Glück«, zwang Maria sich zu sagen, aber ihr Gesicht war traurig.

»Ja.« Er nickte ernst. »Aber jedes große Glück hat seinen Preis, nicht wahr? Es ist schwierig für meine Frau. Seit der Geburt unseres zweiten hat sie sich nie wieder richtig erholt.«

Horatia senkte den Kopf und unterdrückte ein Hüsteln. Maria schaute zu den beiden herüber. Sie mit dem hellbraunen Haar und der blassen Haut, aber den leuchtenden Augen eines Engels. Er, robust und voller Gesundheit. Ihr Beschützer. Einer verliebter als der andere und gesegnet mit einem Haus voller Kinderlachen.

Der Neid nagte heute an Maria wie ein leichtes Gift.

»Wenn Sie mich entschuldigen wollen«, sagte sie und erhob sich anmutig vom Tisch. Sie mußte dringend Luft schnappen. Maria betrat den Balkon, der aufs Meer hinausging. Nahezu unverzüglich spürte sie die Gischt des Ozeans und die kühle Nachtluft auf Gesicht und Haar, und allmählich erwachten ihre Lebensgeister wieder. Rasch empfand sie ihre wenig christlichen Gedanken als närrisch.

»Wissen Sie, manchmal mag ich sie überhaupt nicht, die lieben Kleinen.« Horatias schwache Stimme war in das Brausen der feuchten Luft hinter ihr verwoben. Maria drehte sich um.

»Gott helfe mir, aber es gibt Zeiten, in denen ich ...« Horatia näherte sich Maria. Gemeinsam blickten sie auf die unendliche Schwärze des Meeres hinaus. »Ich war früher so gesund«, sagte Horatia. »Ich weiß, das ist schwer zu glauben, wenn man mich heute anschaut, aber als ich Hugh kennenlernte, war ich Ihnen nicht unähnlich. Er sagte, er verliebte sich in mein Lächeln ... das heute nicht mehr so bezaubernd ist.«

Maria versuchte nicht dem Zwang nachzugeben, die hohlen Wangen und die dünnlippige Linie ihres freudlosen Lächelns anzustarren. Aber sie hatte das Gesicht gesehen, das früher gemalt worden war. In einer anderen Ära. Horatia war eine der schönen Waldegrave-Schwestern, die Sir Joshua Reynolds auf dem Höhepunkt ihrer Schönheit porträtiert hatte.

»Ich stelle mir vor, daß Sie sich am meisten auf der Welt das wünschen, was ich habe. Hingegen würde ich alles hingeben, um noch einmal so schön und gesund zu sein wie Sie.«

Maria senkte den Blick. »Es tut mir so leid.«

»Das braucht es nicht. Ich habe meine Wahl getroffen. Wir alle tun das. Und es sind so liebe Kinder, wirklich. Jedes mit einer eigenen Persönlichkeit und eigenen Zielen.« Sie wandte sich von Maria ab und ließ ihr Haar vom Wind zurückblasen wie ein fahles braunes Segel. »Am meisten bedauere ich, daß ich nicht erleben werde, wie sie zu den großartigen Menschen heranwachsen, die sie ganz bestimmt werden.«

»So etwas dürfen Sie nicht sagen!« keuchte Maria.

»Ist schon in Ordnung. Wirklich. Ich weiß es schon seit langem. Oh, ich werde noch nicht jetzt sterben. Aber ich werde nicht lange leben. Hugh bringt mich an die See, so wie jetzt, oder manchmal nach Frankreich, zu den Heilquellen, immer auf der Suche nach einem Heilmittel gegen meine Krankheit.«

»Er ist ein guter Mann«, bestätigte Maria behutsam.

»Das ist er, Mrs. –« Horatia brach die Anrede ab, wandte sich um und schaute die schöne Katholikin an, die das Herz eines protestantischen Prinzen gestohlen hatte.

»George hat es Ihnen gesagt«, stellte Maria überrascht fest.

»Meine Mutter, die zu der Feier eingeladen war, erzählte es mir. Deshalb konnte George es jetzt auch nicht abstreiten.«

»Es tut mir leid, ich –«

»Das braucht es nicht. Er ist sehr stolz auf die Tatsache, daß er trotz des überwältigenden Widerstandes den Mut besaß, Sie zu heiraten. Ich vermute, daß er es nur sehr wenigen anderen Menschen gesagt hat, obwohl er es am liebsten in ganz England von den Dächern gerufen hätte.«

Maria schaute sie an und versuchte ihren Gesichtsausdruck zu deuten. »Und Sie billigen es nicht?«

»Nur Gott hat das Recht zu urteilen.«

»Wir befanden uns wirklich in einer unmöglichen Situation.«

»Wie ich schon sagte, wir alle treffen unsere eigenen Entscheidungen. Sie haben sich entschieden, Ihr Leben mit meinem Cousin zu verbringen, was immer das Ihnen beiden bringen mag. Eines kann ich Ihnen sagen, Mrs. Fitzherbert. Ich habe ihn in seinem ganzen Leben noch nicht glücklicher gesehen.«

»Bitte«, flüsterte Maria und streckte ihr die Hand entgegen. »Von heute abend an müssen Sie mich Maria nennen.«

»Dann müssen Sie aber auch Horatia zu mir sagen.«

»Gerne.«

Als alles, was gesagt werden konnte, gesagt worden war, wandten sie sich Hand in Hand wieder dem Meer zu.

In jener Nacht lag Maria, nachdem die Gäste gegangen waren, in Georges Armen, an seiner nackten Brust. Sie spielte mit der schwarzen Samtkordel, an der er nach wie vor das Medaillon mit ihrem Miniaturbild um den Hals trug. Der Mond fiel durch das Fenster, das nicht zugezogen war, und tauchte den Raum in silbrige Schatten. Sie schaute auf und sah auf dem schlichten Seidenholztisch neben dem Bett den Shakespeareband, den er für sie gekauft hatte, zwei von Georges Schnupftabakdosen und einen Stapel ungeöffneter Briefe von Isabella. Da war immer noch eine blutende Wunde. Aber es waren nicht die Gedanken an Isabella oder die Zurückweisung an ihrer Tür, die sie so völlig entmutigt hatten.

»Was ist es, Liebling? Etwas, das Horatia gesagt hat?«

Maria schaute zu ihm auf. Ihre Gedanken waren erfüllt von Bildern Isabellas, die sie am liebsten vergessen hätte, und Erinnerungen an ihre Unterhaltung mit Horatia, die ihr nicht aus dem Sinn gingen. »Du hättest gerne ein Kind, nicht wahr?«

»Ich glaube, ich wünschte mir nichts auf der Welt so sehr«,

antwortete sie mit leicht brechender Stimme. »Aber wir beide wissen, daß es unmöglich ist.«

»Nichts ist unmöglich für uns.«

»Das Kind hätte keine Zukunft, George. Denk daran, daß wir in den Augen Englands nicht Mann und Frau sind.«

»Aber du weißt doch, daß dies nur ein vorübergehender Zustand ist.«

Sie schaute ihn mit einem düsteren Blick an. »Bis du König bist.«

»Ja. Bis ich König bin.«

»Bis dahin wäre es ein zu großes Risiko.«

»Aber wenn du vorher ein Kind erwarten würdest?« fragte er ein wenig hinterhältig und äußerte dadurch zum ersten Mal seine Hoffnung, daß sie zufälligerweise schwanger werden könnte.

»Ich möchte nicht mehr darüber reden, ja?« bat sie, und er konnte den Schmerz in ihrer Stimme hören. »Ich bin jetzt ziemlich müde.«

Er küßte ihr Haar und zog sie enger an sich. »Sei jetzt still, mein Liebling. Und wenn du am Morgen aufwachst, werde ich, wie immer, neben dir sein. Dann werden wir darüber sprechen.«

Sie wollte ein Kind, und er wollte ihr eines schenken. Er hatte sie noch nie so traurig gesehen wie heute abend, als sie Horatia gegenübergestanden und an all deren aufgeweckte und hübsche Kinder gedacht hatte.

Es war ein Wunsch, der so tief im weiblichen Herzen verwurzelt war, daß er ihn nie ganz verstehen konnte. Aber sie brauchte ein Kind, dessen war George sich völlig sicher. Als sie zusammen auf den Kissen lagen, fragte er sich, was für eine Art Mensch ihre Verbindung wohl hervorbringen würde. Die Frage erregte ihn. Mit Maria ein Kind zu haben ... *Ja, es mußte ein Mädchen sein,* malte er sich aus. Soviel schien vom Schicksal bestimmt zu sein.

Es würde genau wie Maria aussehen. Das gleiche blonde Haar. Die gleichen Augen, tiefgründig und voller Aufrichtigkeit. Ein Symbol der Liebe, die sie miteinander teilten. Maria war der Schlüssel zu seinem Glück – ein Kind war der Schlüssel zu ihrem.

Er schaute auf sie hinunter und berührte die Haut ihrer Schulter. Weich. So weich. Wie die eines Kindes ... Manchmal ängstigte es ihn, wie sehr er sie brauchte, daß es nie genug war, selbst wenn er sie besaß.

Sanft fuhr George mit den Fingern über ihre Brust bis zu der rosenfarbenen Brustwarze. Unter seiner Berührung wurde sie hart. Er beobachtete, wie sich Gänsehaut über ihren Körper ausbreitete. Seine Gedanken begannen zu wirbeln. Lust. Furcht. Lust. Dann wieder Furcht. Er berührte ihre Schenkel unter der Bettdecke, teilte sie dann, als sei es das erste Mal. Als er sie wieder anblickte, öffnete sie die Augen. Sein Herz und sein Verstand flossen über vor Gefühl. Er zog sie in seine Arme, küßte ihre Lippen und zerrte an ihrem hauchdünnen mintgrünen Nachtgewand.

»Liebe mich«, flüsterte er immer wieder in den üppigen Wust ihres goldenen Haares. »Liebe mich einfach, und ich weiß, wir können allem ruhig ins Auge sehen.«

»Das werde ich immer tun«, flüsterte sie zurück.

8. Kapitel

Die Messingfarben des Herbstes und der blutrote Himmel, der die Morgendämmerung signalisierte, kamen und gingen zweimal in ihrem sicheren kleinen Zufluchtshafen Brighton. Als sie sich zum zweitenmal auf die unausweichliche Rückkehr für den Winter in die Stadt vorbereiteten, blieb Marias Periode aus. Gleichzeitig zeichnete sich außerdem eine körperliche Veränderung ab, die darauf hinwies, daß sie endlich mit dem gesegnet würde, was sie sich am meisten auf der Welt wünschte.

Einem Kind ... dachte sie aufgeregt, *ihrem Kind.*

Doch Maria schwieg über ihre Vermutung, denn eine grausame Fügung des Schicksals ließ den König jetzt darauf beharren, daß George eine politische Ehe schloß, wenn er seine heimliche Ehe mit Maria nicht leugnete. Er hatte sogar bereits eine Frau für ihn ausgesucht. Die zukünftige Braut war Georges Cousine ersten Grades, Caroline von Braunschweig. Und der König würde diese Vereinigung mit Waffengewalt erzwingen, falls George nicht einverstanden war, ihm persönlich gegenüber ein für allemal die Gerüchte über eine heimliche Ehe zu dementieren. In diesem Rennen gegen die Zeit verlor George rasch an Boden. Sheridan hatte noch immer kein Parlamentsmitglied gefunden, das bereit war, im Namen des Prinzen zu sprechen. Die Whigs drängten ihn, einen anderen Ausweg zu finden. Das protestantische Volksempfinden in England sei zu stark, sagten sie, um die Entdeckung zu riskieren, daß ihr berühmtester Anhänger, der Prince of Wales, tatsächlich heimlich mit einer Katholikin verheiratet war. Das könnte den Ruin für die Partei bedeuten, ganz zu schweigen von der brutalen Strafverfolgung, die Maria als Gesetzesbrecherin zu erwarten hätte, wenn er nicht bald irgendeine Form von Erklärung abgäbe.

George war also in jedem Fall auf der Verliererseite.

Wenn er eine Erklärung abgab, um sie zu retten, verlor er das kostbare Vertrauen seiner Frau. Wenn er weiter schwieg, würde Maria eines Tages womöglich ins Gefängnis geworfen, weil sie das Gesetz gebrochen hatte.

Sie verließen Brighton spät im November, als die meisten der kleinen honigfarbenen Häuser mit den Erkerfenstern für den Winter verschlossen wurden und von morgens bis abends Nebel das kleine Dorf am Meer wie mit einem Leichentuch zudeckte. Widerstrebend kehrten sie nach London zurück. George öffnete einen Teil des Carlton House. Maria nahm wieder ihr heimliches Leben in dem Herrenhaus auf, das er ihr am St. James' Square gemietet hatte. Noch immer brachte sie es nicht fertig, ihm zu sagen, was sie vermutete, bis sie absolut sicher war.

Es war eine Rückkehr zu Täuschungsmanövern, Lügen und Versteckspielen. Für London war es nicht mehr als die Rückkehr zum Alltagsgeschäft, für Maria hingegen war es der Anfang eines sehr kostbaren Traums. Aber der Zeitpunkt hätte nicht ungünstiger sein können.

»Nathaniel Newnham.«

George blickte in Marias Frühstückszimmer von der Morgenzeitung hoch zu Sheridan, der hochgewachsen, elegant und außer Atem in der Tür stand.

»Nathaniel Newnham ist ein Unabhängiger und hat sich endlich bereit erklärt, heute nachmittag Ihre Situation im Parlament zur Sprache zu bringen.«

»Sch! Maria könnte Sie hören!« raunte George und bedeutete Sheridan, die weißgestrichene Tür hinter sich zu schließen. »Wie um alles in der Welt haben Sie ihn dazu bewogen, nach so langer Zeit seine Meinung doch noch zu ändern?«

»Ach, wer weiß schon, warum Menschen tun, was sie tun? Ich kann nur sagen, daß er mich gestern zu Hause aufsuchte und sagte, daß er nun bereit sei, es zu machen.«

»Heute?«

»Heute.« Sheridan lächelte und polierte seine Fingernägel an seiner bestickten schwarzen Weste, offensichtlich sehr zufrieden mit sich.

George warf seine Zeitung hin und fuhr sich schweigend mit der Hand durchs Haar. Die Versuchung war groß. Wenn dieser eine kalkulierte Akt dem ein Ende setzen würde, daß sein Vater Druck auf ihn ausübte, eine andere zu heiraten, wenn er ihm Zeit verschaffte, bis er Maria zu seiner Königin machen und sie dadurch vor jeglicher Strafverfolgung schützen konnte, dann wäre er das Risiko wert. »Guter Gott ... Selbst wenn ich nicht selbst die Worte ausspreche – wenn es dazu kommt, daß Newnham unter Druck die Aussage macht, hat das auf Maria die gleiche Wirkung.«

»Im Laufe der Zeit wird sie es verstehen und Ihnen vergeben. Denn ganz gleich, wie es zwischen Ihnen begann, was auch immer gesagt wurde, Sir, jetzt bleibt Ihnen kaum eine andere Wahl.«

George fuhr sich mit der Hand über das Gesicht. »Ich muß ein Versprechen brechen, das ich zu halten gelobte.«

»Aber wenn es funktioniert, wenn der König sich damit zufriedengibt und mit diesem Wahnsinn aufhört, heiligt der Zweck dann nicht die Mittel, wie ich bereits sagte?«

»Werden Sie dort sein?«

»Oh, Sir«, sagte Sheridan mit selbstgefälligem Grinsen, »ich kann Ihnen versichern, daß ich mir dieses Ereignis nicht entgehen lasse.«

»Ich möchte, daß man mir sofort umfassend Bericht erstattet.«

»Ich werde sobald als möglich zurückkehren.«

George fuhr sich wieder mit der Hand durchs Haar und warf einen besorgten Blick zur Tür. »Besser, Sie kommen zu mir ins Carlton House. Hier ist das Risiko zu groß, daß Maria uns auf die Schliche kommt.«

George befand sich alleine im karmesinroten Salon, als Sheridan am Abend um halb neun im Carlton House eintraf. Der Vertraute des Prinzen war nicht annähernd so voller blasierter Selbstsicherheit wie zuvor. Er kam spät, weil er im Brook's eine Pause eingelegt hatte, um sich mit einem Brandy Mut zu machen und seine ramponierten Nerven zu beruhigen. Es war ein höllischer Nachmittag gewesen.

»Kommen Sie herein, Sheridan.« George sprang auf, sobald er ihn sah, und bedeutete dem Lakaien mit einer ungeduldigen Geste, die Tür zu schließen und sie allein zu lassen.

Im Kamin brannte Holz mit Ingwerduft, von dem der ganze Raum erfüllt war. Sheridan wurde ein wenig übel von dem Duft, aber auch vor Angst.

»Nun? Wie war es? Erzählen Sie mir alles!«

George packte seinen Freund an der Schulter und führte ihn zu einem Sessel gegenüber seinem eigenen. Beide setzten sich auf die Kante der karmesinroten Samtpolster. Sheridan hatte gehofft, einen Brandy angeboten zu bekommen, ein letztes Mittel, um die herbe Enttäuschung zu lindern. Aber der Prinz war zu aufgeregt, um an dieses Gebot der Höflichkeit zu denken.

»Ich fürchte, es ging nicht gut, Sir.«

George machte ein langes Gesicht. »Was ist passiert?«

Sheridan holte tief Luft. »Also. Wie vereinbart, ergriff Newnham in Ihrem Namen das Wort.«

»Und?«

»Zuerst war er wirklich großartig. Er nannte Ihre Situation eine Geldverlegenheit, die jemand von Ihrer Stellung nicht gezwungen sein sollte zu ertragen.«

»Was ist denn dann das Problem?«

»Nicht so sehr was, sondern wer, Sir. Der Premierminister.«

»Pitt?«

»Pitt, Sir, ja. Er verlangte ziemlich dreist zu wissen, welchen Beweis Newnham denn habe, daß die Gerüchte, die den König so aufbrächten, unwahr seien. Als er mit dem Rücken zur Wand stand, war Newnham gezwungen zuzugeben, daß er mit Eurer Hoheit nicht gut genug bekannt sei, um Beweise vorlegen zu können. Danach war er, fürchte ich, bemitleidenswert ruhig.«

»Zum Teufel damit! Die ganze Anstrengung war also völlig umsonst!« George sank gegen die Rückenlehne des Sessels. »Ist das alles?«

»Ich wollte, es wäre so, Sir.«

»Also raus damit, Sheridan.«

»Premierminister Pitt schlug vor, war wir am meisten befürchteten – gerichtlich gegen Maria und ihre Familie wegen Gesetzesbruch vorzugehen.«

»Dieser Bastard!«

»Ich fürchte, Eure Hoheit, jetzt, da Öl ins Feuer gegossen worden ist, werden Pitt und seine Anhänger die Sache nicht auf sich beruhen lassen, bis sie völlig geklärt ist. Wir haben heute hoch gepokert und sind jetzt an einem Punkt angelangt, an dem es kein Zurück mehr gibt.«

George stand auf und ging zum Fenster, wo Wind und Regen die hohen Fensterscheiben klappern ließen. »Ich hätte nie gedacht, daß es so weit kommt. Ich war der Ansicht, Maria und ich könnten sie alle für die kurze Zeit, bis ich König bin, hinters Licht führen«, sagte er ruhig, während er über den regendurchweichten Garten blickte, der sich bis zum Marlborough House erstreckte. »Ich hätte meine Seele verwettet, daß niemand wirklich glauben würde, der Prince of Wales bräche das Gesetz auf so dreiste Weise, wie ich es getan habe. Eine Zeitlang war Unglaubwürdigkeit meine beste Verteidigung.«

»Jetzt, da es offen zutage liegt, muß etwas getan werden, um Sie und Maria außer Gefahr zu bringen«, schlug Sheridan tapfer vor, während er sich erhob, aber an seinem Sessel stehenblieb. »Die Angelegenheit ist in eine Sackgasse geraten. Ihre Frau und deren Familie werden nie frei von der Gefahr einer Strafverfolgung oder sogar einer Haftstrafe sein, wenn diese Ehe nicht kategorisch geleugnet wird. Sie müssen sie verleugnen, Sir.«

»Das werde ich nicht! Maria und ich werden nach Brighton fahren und dort, außerhalb des Kampfgetümmels, bleiben, bis ich an die Herrschaft gelange.« In seiner Stimme klang jetzt Panik an. »Dann wird sie Königin, wie wir es immer geplant haben!«

»Das könnten Sie tun«, erwiderte Sheridan vorsichtig. »Aber Sie sollten vielleicht bedenken, was Ihr Volk über Sie sagen könnte, wenn der Tag da ist. Sie hätten einen neuen König, der sich Schwierigkeiten nicht gestellt hat, sondern vor ihnen davongelaufen ist.«

»Also, ich kann mich bestimmt nicht hinstellen und die Existenz des Menschen leugnen, der mir das Leben zurückgegeben hat! Lieber würde ich mir die Zunge herausschneiden, als ihr das anzutun!«

»Es bleibt nur noch eines. Etwas, das ein Freund tun kann... das ich tun kann und tun werde. Anders als Newnham wird man mir glauben.«

George verstand ihn und war tief gerührt. »Ich werde Sie nicht bitten, für mich zu lügen.«

»Ich würde es nur zu gerne tun, wenn es Ihnen helfen würde, Ihrer Maria gegenüber ein reines Gewissen zu bewahren und sie außer Gefahr zu bringen. Unsere Freundschaft ist weithin bekannt, und meiner Erklärung wird man, anders als Newnhams, Glauben schenken. Außerdem haben sie keinen handfesten Beweis für eine solche Verbindung mit ihr, die sie gegen uns verwenden könnten.«

George drehte sich um und lehnte sich an einen der langen roten Vorhänge, der sich unter dem Druck seines Körpers kräuselte. Sein Gesicht wirkte im grauen Licht des Fensters gefaßt. »Newnham ist eine Sache. Aber, alter Freund, selbst in einer so verzweifelten Situation wie dieser kann ich nicht zulassen, daß Sie das tun, weil Sie im Innersten die Wahrheit kennen. Das wäre selbst für mich zuviel Täuschung.«

»Dann ein anderer Freund, jemand, der respektiert wird, der Sie gut kennt, aber nicht die Wahrheit?«

»Ich wollte, es gäbe solch einen Menschen.«

Sheridan kratzte sich das Kinn. »... Wie wäre es mit Fox?«

Einen Augenblick lang herrschte Schweigen im Zimmer. In Gedanken versetzte er sich zurück in die lasterhafte Vergangenheit, die er mit Fox geteilt hatte, erinnerte sich an das Band, das zwischen ihnen entstanden war. »Aber wie?«

»Es gab doch einmal einen Brief, von Eurer Hoheit selbst geschrieben, in dem Sie alles abstreiten. Ich weiß, daß er noch immer daran glaubt.«

George holte tief Luft. »Den Brief hatte ich völlig vergessen.«

»Also gut, es ist ganz einfach. Er kann vor das Parlament, vor den Premierminister treten, und im Brustton der Überzeugung, als Ihr Freund, sagen, was er für die Wahrheit hält. Das könnte ausreichen, um sie zu beschwichtigen, und Sie müssen Ihr Versprechen nicht direkt brechen.«

Alles, was er denken konnte, alles, was er vor seinem geistigen Auge sah, war Maria. Der einzige Mensch auf der ganzen

Welt, der ihm wichtig war. Er sah vor seinem geistigen Auge, wie man Schande über sie brachte, wie sie gerichtlich verfolgt wurde, ... guter Gott, möglicherweise sogar ins Gefängnis geworfen wurde dafür, daß sie ihn illegal geheiratet hatte!

Verzweiflung hüllte ihn ein wie ein schwerer Mantel. »Glauben Sie, er würde das tun?«

»Ich vermute, es würde ihm großes Vergnügen bereiten, im Unterhaus Ihre Ehe mit Maria abzustreiten.«

Bei ihrem Namen zuckte George zurück. Bei der Aufrichtigkeit und Ehrlichkeit, die dieser wachrief. Er ritt sich jeden Moment tiefer herein. Wenn er zuließ, daß dies geschah – wie konnte er je später, wenn er König war, dem Volke gegenüber die Geschichte zurechtrücken?

Wie konnte er je hoffen, sie zu seiner Königin zu machen? Er schloß die Augen, aber ihr Gesicht blieb. Von Liebe erfüllt. Voller Vertrauen. Die Frau, die ihn völlig verändert hatte. Die ihm eine Zukunft geschenkt hatte. George öffnete sie wieder und sah Sheridan immer noch vor seinem Sessel stehen, mit gespanntem, erwartungsvollem Gesichtsausdruck.

»Wenn mir eine Wahl bliebe ... irgendeine Wahl. Aber wenn ich es nicht irgendwie verhindere, wird der König dafür sorgen, daß ich zum Bigamisten werde.«

»Möchten Sie, daß ich sie aufsuche, Eure Hoheit, während Sie sich mit Fox treffen? Da ich heute dort war, kann ich sie warnen, daß die Dinge sehr übel ausgehen könnten, jetzt, wo die Diskussion dieses Niveau erreicht hat. Wenn ich zu ihr gehe, erscheint das vielleicht natürlicher und hält Sie heraus.«

George seufzte schwer, als er zu der Sesselgruppe und dem Seidenholztischchen am Kamin zurückging. »Sie hat Sie mittlerweile wirklich gern, Richard, und schenkt Ihnen Vertrauen. Verdammt noch mal, wie ich es verachte, so etwas tun zu müssen!« stöhnte er und fuhr sich mit den Fingern durch das zerwühlte Haar. Er wirkte so verängstigt und wild wie ein gejagter Löwe. »Alles, was mir jetzt noch geblieben ist, Richard, ist sie zu beschützen, trotz des Preises, den ich ihr wahrscheinlich zahlen muß.«

»Ja, Sir.«

»Gehen Sie morgen früh zu ihr. Erzählen Sie ihr, was heute geschehen ist, was Pitt vorhat.«

Sheridan trat von einem Fuß auf den anderen. »Das werde ich, Eure Hoheit.«

»Warnen Sie sie. Aber erzählen Sie ihr nichts von unserem Plan Fox betreffend. So Gott will, ist es nicht nötig, die Ehe glattweg abzustreiten. Vielleicht geschieht ja noch etwas.«

»Ich werde mit äußerster Diskretion vorgehen.«

»Ich wollte sie für immer und ewig beschützen, wissen Sie.« Er seufzte wieder, und sein Herz tat weh. »Jetzt muß ich sie beschützen, solange ich es vermag.«

So weit war er also gekommen.

Maria ging, lange nachdem Sheridan sie verlassen hatte, in ihrem Garten spazieren. Ihre Stimmung war so trüb wie der schieferfarbene Himmel.

Armer Richard, er war gezwungen gewesen, den Schlag abzumildern. Er war demütig in Georges Namen zu ihr gekommen. Irgendwo im Hinterkopf hatte sie gewußt, daß die wahre Natur ihrer Beziehung zum Thronerben eines Tages ein öffentliches Thema würde. Dennoch hatte Maria insgeheim die Hoffnung gehegt, daß dies erst geschehen würde, wenn er sie bereits öffentlich als die künftige Königin anerkannt hätte. Aber diese Vorstellung welkte rasch dahin. Sie war reine Phantasie, und Sheridan war gekommen, um sie wegen realer Gegebenheiten zu warnen. Die der Täuschung, die George und sie wissentlich inszeniert hatten.

Sheridan hatte ihr so gelassen wie möglich mitgeteilt, daß am nächsten Tag im Unterhaus irgendeine Art von Reaktion hinsichtlich ihrer Verbindung zum Prince of Wales erforderlich werden würde. Aber sein Ton hatte etwas noch viel Schwerwiegenderes prophezeit.

Sie ging noch ein paar Schritte und ließ sich den beißendkalten Wind ins Gesicht wehen. Maria hatte vor langem geschworen, daß sie nichts sagen würde, das die Zukunft gefährden könnte, für die George geboren worden war. Ganz gleich, was geschah, sie würde zur wahren Natur ihrer Verbindung schweigen. Er würde ebenso handeln. Sie wußte, daß er sie nicht verleugnen würde. Sie mußte darauf vertrauen, daß, unabhängig von den Geschehnissen, die eine wahre Liebe ihres Lebens sein Ehrenwort halten würde.

»Fanny sagte, ich würde dich hier draußen finden.«

Maria war so sehr in Gedanken verloren gewesen, daß sie nicht gehört hatte, wie hinter ihr jemand auf sie zukam. Sie wirbelte herum und sah Isabella in mandelfarbenem Samt auf den Steinplatten stehen, die Hände in einem Pelzmuff verborgen. Ihr Gesicht war von der Kälte gerötet, aber ihre Augen blickten klar und entschlossen.

»Ich hoffte, du würdest zu gnädig sein, um mich wieder hinauszuschmeißen, wenn ich herkäme«, gestand sie leise.

»Hallo, Isabella«, erwiderte sie mit dünner und distanzierter Stimme.

»Ich bin so froh, endlich eine Gelegenheit zu finden, mit dir zu sprechen.«

Maria blickte sie an, das sanfte Gesicht vor Zorn ganz angespannt. »Und was läßt dich glauben, diese Gelegenheit sei jetzt da?«

»Der Anstand, der dich stets ausgezeichnet hat, läßt mich hoffen, daß du dich von einer Freundin nicht abwendest.«

Besser diese Antwort unerwidert lassen, überlegte Maria, *als zu sagen, daß es Isabella war, die sich als erste so grausam abgewandt und das Band zwischen ihnen zerschnitten hatte, als sie ihre Freundschaft am dringendsten brauchte.*

»Oh, Maria, bitte. An jenem Nachmittag handelte ich übereilt, und das werde ich den Rest meines Lebens bedauern. Ich schwöre es ...« Mit flehentlicher Miene kam sie einen Schritt näher. »Und wir hatten so viel Spaß in jener ersten Saison, nicht wahr? Ich hatte das Gefühl, ein Teil deines Lebens zu sein, und du warst so ein wichtiger Teil des meinen. Ich war da bei all den ungestümen Auftritten des Prinzen. Ich hatte das Gefühl, dir auf meine bescheidene Weise durch alles hindurchgeholfen zu haben. Dann plötzlich wurde ich ausgeschlossen. Ich wußte nicht, was ich tun, was ich glauben sollte. Als ich schließlich die Wahrheit entdeckte, geriet ich, fürchte ich, in Panik.«

»Es gibt Dinge, Isabella, die man einfach nicht besprechen kann«, erwiderte Maria mit angespannter leiser Stimme. »Nicht einmal mit den engsten Freunden.«

»Wahrscheinlich«, gab sie zu. Sie sprach plötzlich leiser und war außerstande, zu ihr aufzuschauen. »Die Wahrheit ist wohl, daß ich dich um das beneidet habe, was geschah. Wirklich. Du warst gefangen in einem Wirbelsturm romantischer Gefühle, und ich wollte mit dir mittendrin sein. Daß dies nicht möglich war, schmerzte mich.«

Sämtliche Gefühle von Schmerz, Verrat und Isolation, die sie empfunden hatte, stürmten jetzt mit doppelter Kraft wieder auf sie ein. Maria betrachtete die Frau, der sie einst als Freundin vertraut hatte. »Die Wahrheit ist, Isabella, daß du es auch mißbilligt hast, und deshalb, mehr als aus jedem anderen Grund, wolltest du mir nicht gegenübertreten, als ich aus Twickenham zurückkehrte. Deshalb hast du mir deine Tür versperrt.«

Sie standen eine Weile schweigend da. Isabella spielte nervös mit ihrem Schal. »Es ist dein Leben, Maria«, sagte sie schließlich, während ihre Augen sich mit Tränen füllten. »Es ist nicht an mir, es zu mißbilligen. Wenn du ihn tatsächlich geheiratet hast, auf die eine oder andere Weise, wie man behauptet, und du glücklich bist, dann freue ich mich für dich. Freue mich wirklich.«

Maria unterdrückte ein Lächeln. Es war wirklich schön, sie wiederzusehen, Fehler hin oder her. Und sie brauchte gerade jetzt eine Freundin. Diese Monate mit George waren die besten ihres Lebens gewesen, aber die unbeschwerte Vertraulichkeit weiblicher Gesellschaft hatte sie vermißt. Trotz allem, was zwischen ihnen vorgefallen war, hatte ihr Isabella gefehlt. Maria streckte die Arme aus, und Isabella stürzte sich mit der Hingabe eines kleinen Kindes, das wieder in Gnaden aufgenommen worden war, in diese hinein.

»Oh, es tut mir so leid, daß ich dich an jenem Tag nicht hereingelassen habe ...«

»Still«, ermahnte Maria sie und hielt sie so fest umklammert, als seien sie Schwestern.

»Ich habe mich so schlecht benommen.«

»Es war für uns alle eine schwierige Zeit der Entscheidung.«

»Das ist keine Entschuldigung. Ich war deine Freundin, aber ich war nicht für dich da, als du mich brauchtest. Es begann als großartiges Spiel, und ich war einfach schockiert, daß du ihn wirklich –« Isabella biß sich auf die Zunge.

»Vielleicht haben wir alle etwas gelernt«, meinte Maria freundlich. Sie spürte, daß auch ihr die Tränen in den Augen brannten, als das Band zwischen ihnen neu geknüpft wurde. »Laß uns nie wieder darüber sprechen, hm?«

Isabellas Freundschaft und Unterstützung hätte kaum zu einem besseren Zeitpunkt kommen können. Sheridans Besuch und seine verschleierte Warnung hatten sie geängstigt. Er hatte ihr nicht alles gesagt. Da war sie sich sicher. Aber was würde morgen im Unterhaus passieren? Was würden die Parlamentsmitglieder tun, jetzt da es Hinweise auf eine illegale Ehe gab?

Darauf mußte sie warten.

»Ich bin nicht alleine gekommen«, sagte Isabella schließlich, als sie einander gegenüberstanden und ihr warmer Atem in der kalten feuchten Luft sichtbar wurde. »Ich hoffe, meine Überraschung gefällt dir.«

Maria neigte den Kopf zur Seite und blickte sie mit tränengefüllten Augen fragend an. Aber Isabella lächelte nur, hakte sich bei ihr unter, wie gute Freundinnen es tun, und führte sie den Pfad zurück zum Haus.

Als sie aus dem Garten ins Haus traten, sah Maria im Salon drei weibliche Gestalten. Lady Lindsay und die Herzogin von Devonshire flankierten einen hellblauen Lehnstuhl, in dem in bernsteinfarbener Seide wie eine *grande dame* Lady Clermont thronte, das Haar mit Perlen umwunden.

Maria blieb vor der Tür stehen und betrachtete sie. Anne

und Georgiana sprachen leise miteinander, während Lady Clermont regungslos und majestätisch wie eine Königin dasaß. Sie blickte sich zu Isabella um.

»Sie möchten so gerne deine Freundinnen sein, Maria, aber wenn es dir nicht angenehm ist, sie hier zu haben«, flüsterte Isabella, »werde ich sie bitten zu gehen.«

»Nein, es war nett von dir, sie mitzubringen. Gerade jetzt bedeutet mir ihre Unterstützung sehr viel. Danke.« Maria drückte ihren Arm, und gemeinsam betraten sie den Salon.

»Ah, da sind Sie ja, Kind.« Lady Clermont lächelte und streckte ihr die altersgefleckte Hand entgegen.

»Es ist so freundlich von Eurer Ladyschaft, daß Sie gekommen sind«, erwiderte Maria und ergriff ihre Hand. »Danke.«

»Ich habe Sie die ganze Zeit ihrer Abwesenheit über vermißt, meine Liebe.«

»Wie wir alle«, sagte Anne, die lächelte und die Arme ausstreckte. Maria ging auf sie zu, und sie umarmten sich.

»Ich weiß, wir hatten unsere Differenzen«, sagte Georgiana, die ein wenig näher kam, als sie an der Reihe war. »Ich war wohl ziemlich unangenehm. Aber ich muß zugeben, daß Sie den Prinzen völlig verändert haben. Jeder sagt das. Wir hatten jetzt alle Zeit genug, diese Veränderung zu beobachten und festzustellen, daß Sie eine ganz wunderbare Ehefrau für ihn sind.«

Maria wandte sich von der Herzogin ab, erschrocken über diese sehr klug getarnte Anschuldigung, diesen Versuch, sie zu bewegen, die Wahrheit zu gestehen. Wenn sie bedachte, was gerade jetzt auf dem Spiel stand, was im Parlament vor sich ging, wurde sie bleich vor Angst.

»Also wirklich. Schauen Sie doch nicht so überrascht. Wir wissen es alle«, sagte Anne so beiläufig, als redeten sie über etwas, das weder illegal noch so außerordentlich unpopulär war. »Das ist nichts, was man in einer Gesellschaft, die so intim und geschlossen ist wie unsere, leicht geheimhalten kann.«

»Was wir eigentlich sagen wollen, ist«, ergriff Isabella das Wort, »daß wir uns geehrt fühlen, zu den Freunden Ihrer Königlichen Hoheit, der Princess of Wales, zu gehören.«

»Ihr dürft mich nicht so nennen!«

»Aber Sie sind die Frau des Prince of Wales. Das wissen wir«, setzte Georgiana ihr zu.

»Diese Worte sind gefährlich – für George genauso wie für mich!«

»Deshalb sind wir hier. Wir haben gehört, was gestern im Unterhaus passiert ist«, sagte Isabella. »Solche Neuigkeiten verbreiten sich blitzschnell. Aber das Thema mußte ja früher oder später aufkommen. Hoffentlich erringst du eines Tages, mit unserer Unterstützung als Anfang, die Gunst des Königs, und ihr könnt beide dieses gräßliche Chaos hinter euch lassen.«

»Ich glaube, das reicht, meine Damen«, unterbrach Lady Clermont sie mit erhobener Hand.

Als sei sie in einem sicheren Hafen angelangt, sank Maria mit aschgrauem Gesicht auf den Stuhl neben der alten Frau. Sie dachte wieder an Sheridans Warnung. Er hatte sie ermahnt, über die extreme Gefahr nachzudenken, in der George sich jetzt befand. Der geringste Hinweis auf eine Eheschließung könnte sie beide ruinieren.

»Wenn ihr wirklich meine Freundinnen seid, wie ihr behauptet, müßt ihr mir alle versprechen, nie, nie wieder diese Bezeichnung für mich zu benutzen. Versprecht mir das!«

Isabella und Anne schauten erst einander an, dann hinunter zu Lady Clermont. Maria hatte das Gerücht weder abgestritten noch bestätigt. Aber Horatia Seymour hatte alles bereits so gut wie zugegeben.

Und wenn das stimmte, würde der Prince of Wales, wenn er eines Tages endlich zum König gekrönt würde, auch einen Weg finden, sie zu seiner Königin zu machen. In diesem Fall konnten sie nur hoffen, sich ihre Gunst zu erhalten, indem sie jetzt taten, was sie verlangte.

Jetzt, da die Dinge so unsicher lagen.

9. Kapitel

Es war außerordentlich gut gelaufen.

Zumindest war Charles James Fox dieser Ansicht, während er im gedämpften Kerzenlicht des Brook's Clubs seinen Cognac schlürfte. Obwohl der Prinz dies bestritten hatte, wußte er, daß er bei ihm in Ungnade gefallen war, seit sie die Szene betreten hatte. Oder besser gesagt, seit Maria Fitzherbert wie ein Vulkanausbruch in die Szene geplatzt war und hinter sich nur Trümmer und völlig veränderte Leben zurückgelassen hatte.

Seine Rede im Unterhaus, eigentlich dazu bestimmt, den Prince of Wales zu verteidigen, bot die perfekte Gelegenheit, sich selbst wieder ins rechte Licht zu rücken. Als er gestern abend spät ins Carlton House gerufen worden war, hatte er seine Hilfe angeboten, noch bevor er darum gebeten worden war.

Heute nachmittag – bewaffnet mit dem Brief, den er vor einiger Zeit von Seiner Hoheit erhalten hatte, um sich Mut zu machen – war Fox kühn gewesen. Brillant. Entschlossen. Als ein Vertrauter des Prince of Wales besaß er einen positiven Beweis, daß nie eine Eheschließung stattgefunden hatte. Aber er hätte es auch mit weniger in der Hand getan, bloß um diese selbstgerechte Papistin in so öffentlicher Weise verleugnen zu können.

Verheiratet – also wirklich! Wie konnten solche grundlosen Gerüchte nur entstehen?

Ah, Ruhm war etwas so Göttliches. Er lachte, ein Ausdruck selbstgefälliger Zufriedenheit ließ seine dunklen buschigen Augenbrauen zu scharfen Spitzen hochstehen. Gut möglich, daß er als derjenige in die Geschichte einging, der alleine den Prince of Wales vor bitterer Armut und der Ehe mit einer königlichen Kuh wie dieser Caroline von Braunschweig bewahrt hatte. Ja ... sehr gut möglich.

Jetzt wollte er sich betrinken. Fürchterlich betrinken. Eine

Feier. Zur Wiederherstellung seiner Macht. Als es hart auf hart ging, wen hatte man da gerufen? Einmal Fox, immer Fox. Dieses Weib konnte den Erben nach Brighton oder in welches Versteck auch immer locken, aber sie würde ihn immer als das gleiche hungrige Tier zurückbringen, an das er sich erinnerte. Fox' Liebe für Leidenschaft und Aufregung war für George ein Lebenselixier, das Maria Fitzherberts weibliche Gesellschaft ihm nie bieten konnte. Er würde sein Leben dafür aufs Spiel setzen, jetzt da er so plötzlich und in so bewunderungswürdiger Weise wieder in Dienst genommen worden war.

»Haben Sie etwas dagegen, wenn ich mich zu Ihnen geselle?« Fox blickte unerwartet in das Gesicht von Orlando Bridgeman, dem Kammerdiener des Prinzen, der mit trübem Blick im Schatten zwischen Kamin und den drei belegten Spieltischen hin- und herschwankte. Ganz eindeutig befand er sich bereits in dem Grad an Trunkenheit, den Fox erst noch zu erreichen hoffte. Er mochte den Burschen nicht. Hatte ihn noch nie ausstehen können. Er war zu eifrig bemüht. Zu ehrgeizig ... Zu sehr wie er selbst.

»Wenn es sein muß.« Er lächelte unaufrichtig und hob die Hand, um einen weiteren Cognac zu bestellen, während Bridgeman es sich in dem Ledersessel neben ihm gemütlich machte.

»Ich habe gehört, was Sie heute im Unterhaus vollbracht haben.«

Bridgeman schwankte weiter, während der Feuerschein über seine eckigen Gesichtszüge fiel.

»Tatsächlich?«

»Es heißt, Sie seien phantastisch gewesen.«

»Hm«, brummte Fox, als er den neuen Cognac entgegennahm und seinen Kopf gegen das dunkelrote Leder zurücklehnte.

»Nur schade, daß Sie falsch informiert waren.«

Es war wie ein Guß Eiswasser. Erst die Worte, dann ihre Bedeutung. Fox hob den Kopf so rasch an, wie er ihn angelehnt hatte, und blickte seinen unwillkommenen Begleiter an. Sein

Blick flog über das ernste Gesicht, das seinem eigenen nicht unähnlich war in seiner Strenge und wegen der betonten dunklen, gewölbten Augenbrauen.

»Ich vermute, Sie wollen damit etwas Bestimmtes sagen«, fuhr Fox ihn an.

»Nur, daß Sie den Prinzen zu Unrecht verteidigt haben.«

Fox verdrehte die Augen. »Oho? Und wieso sollte das der Fall sein, Mr. Bridgeman?«

»Weil Sie Ihren alten Freund nicht so gut kennen, wie Sie vorgeben. Es gibt andere, die ihn noch ein bißchen besser kennen.« Bridgeman raunte ihm hinter vorgehaltener Hand, um sein albernes, trunkenes Grinsen zu verbergen, zu: »Sie *sind* tatsächlich verheiratet!«

»Ihr Scherz zeugt wirklich von ziemlich schlechtem Geschmack«, sagte er und wandte sich wieder dem Feuer zu.

»Das ist kein Scherz, Sir. Das kann ich Ihnen versichern.«

»Aufgrund welcher Quelle geruhen Sie, so etwas zu behaupten?« fragte Fox.

»Ich weiß es aus erster Hand, Sir. Ich war dabei.«

Hmm. Aus erster Hand. Genau, was ich im Unterhaus sagte, dachte Fox, schätzte den jungen Mann schweigend ab und spielte mit seinem Cognacglas.

»Und warum erzählen Sie mir das jetzt?«

»Ich respektiere Sie sehr, ja, ich bewundere Sie.«

»Ersparen Sie mir Ihre Doppelzüngigkeit«, stöhnte Fox. »Ich habe selbst ein Dutzend Mal gehört, wie Sie Seiner Hoheit Ihrer Treue versicherten.«

»Aber in dieser Sache ist Seine Hoheit nicht derjenige, der gebeten wurde, den Narren abzugeben.«

Touché. Fox senkte den Blick und wischte geistesabwesend Krümel von seiner Samtweste. Das Gefühl machte sich rasch und heftig breit, wie ein Messerstich. Jetzt blutete er. Loyalität. Vertrauen. Sogar Liebe. Sie strömten reichlich aus der langen blauen Ader, die an seinem dicken Hals pulsierte. War es möglich, daß die Katholikin in Wirklichkeit doch seine Frau war? Daß sie das Gesetz gebrochen und sich dann an ihn gewandt hatten, damit er tat, was sie wollten und dadurch Georges Ansehen im restlichen England rettete?

Fox versuchte die Wunde nicht preiszugeben, aber der Schock machte dies unmöglich.

»Ich hoffe, ich habe die Dinge für Sie nicht noch schlimmer gemacht, Mr. Fox.« Bridgeman sprach jetzt genauso unaufrichtig wie der berühmte Whig-Politiker.

»Ich glaube kaum, daß dies möglich wäre.«

Als der erste Schock nachließ, traf ihn die Realität mit voller Wucht. Wenn das bekannt würde, befände er sich in einer sehr gefährlichen Situation. Er hatte das Unterhaus belogen! Unwissentlich hatte er dem Prince of Wales geholfen, die Krone zu täuschen! Wenn er jedoch versuchte zu widerrufen, was er erst heute nachmittag so kühn behauptet hatte, würde das nicht nur Georges Ruf ruinieren, sondern auch seine eigenen Hoffnungen, je wieder zur politischen Macht aufzusteigen, zerschmettern.

Er würde nie ohne die Whigs zur Macht gelangen.

Und die Whigs waren nichts ohne den Prince of Wales.

Aufgrund des Cognacs und des erlittenen Schocks kam er nur mit Mühe auf die Beine. Charles James Fox stand einen Augenblick unentschlossen vor Orlando Bridgeman. Dieser Speichellecker hatte ihm wirklich einen Gefallen getan. So schmerzlich es auch war, jetzt wußte er ohne jeden Zweifel, woran er bei Englands Thronerben war.

»Ich würde Ihnen gerne für Ihre Ehrlichkeit danken«, sagte Fox barsch.

»Oh, das ist wirklich nicht nö-«

Fox hob die Hand. »Ich sagte, ich würde Ihnen gerne danken. Aber ich finde, daß in diesem beklagenswerten Fall von Subversion, Mr. Bridgeman, guter Geschmack und gesundes Urteilsvermögen dies einfach verbieten.«

Er klopfte mit seinem Spazierstock auf den Boden, als wolle er einen Schlußpunkt setzen, und sagte nichts mehr. Dem erfahrenen Staatsmann, der berühmt dafür war, nie um Worte verlegen zu sein, blieb nichts mehr zu sagen übrig.

Da seine politische Zukunft auf dem Spiel stand und seine Loyalität völlig erschüttert war, wandte er sich ab. Seine kurzen, schnellen Schritte trugen ihn über den teppichbelegten Boden im Brook's hinaus in die frische Nachtluft zu seiner wartenden Kutsche. Aber sie übertönten nicht Orlando Bridgemans mit großem Eifer abgelegtes quälendes Geständnis, daß der Prince of Wales einen alten, ergebenen Freund hintergangen hatte ... mit voller Absicht.

»Ich will ihn nicht sehen«, sagte Maria mit ausdrucksloser Stimme, als sei alles Leben aus ihr gewichen.

»Aber Seine Hoheit ist draußen und droht, die Tür aufzubrechen, wenn wir ihn nicht einlassen«, drängte Isabella und blickte mit besorgtem Gesichtsausdruck auf Jacko Payne, der in der Eingangshalle stand.

Es hatte genau eine Stunde gedauert, bis sie vernommen hatte, was an jenem Nachmittag im Unterhaus vorgefallen war. Nur einen Augenblick hatte es gedauert, um ihre Ehe und ihr Vertrauen in George bis ins Innerste zu erschüttern.

Ein eifriger junger Reporter des ›Morning Herald‹ war an ihre Tür gekommen, um zu fragen, ob sie einen Kommentar dazu abgeben wolle, daß Mr. Fox, der werte Freund des Prinzen, ihre Ehe mit dem Thronfolger öffentlich und sehr bestimmt bestritten habe.

So hatte sie davon erfahren. Von einem Fremden.

Maria wußte genau, was diese öffentliche Leugnung für ihren Ruf und für ihre Zukunft bedeutete. Sie wußte ebenfalls, wer dahintersteckte.

»Maria!« tobte George, während er gegen die lackierte Eingangstür donnerte. Das erinnerte sie an früher. An sein glühendes Werben. An verbotene Gelüste. Bevor sie nachgegeben hatte. Bevor sie alles riskiert hatte aus Liebe zu ihm.

»Öffnen Sie nicht.«

»Maria, also wirklich!« rief Isabella entsetzt. »Der Mann ist dein Ehemann, um Himmels willen! Willst du deine schmutzige Wäsche vor der gesamten Nachbarschaft waschen?«

Tränen strömten ihr schneller über das Gesicht, als sie sie wegwischen konnte. »Mein Ehemann hat mich hintergangen.«

»Woher weißt du das? Du hast ihm nicht einmal die Chance gegeben, es dir zu erklären!«

Ihre Stimme zitterte, als sie die Tränen mit dem Handrücken abwischte. »Was zu erklären, Isabella? Du weißt genausogut wie jeder andere hier in London, daß Fox seine Marionette ist! Er hätte es nie gewagt, einen so kühnen Schritt ohne Georges Billigung zu tun.«

»Bist du es ihm nicht wenigstens schuldig, ihn anzuhören?«

»Ihm zuhören, wie er die Wahrheit rechtfertigt? Das könnte ich nicht ertragen.«

»Maria! Öffne die Tür!«

»Wenn du ihn nicht hereinläßt, werde ich es tun!« rief Isabella.

»Hintergehe mich noch einmal, Isabella Sefton, und unsere Freundschaft ist wirklich vorbei!«

Georges heftiges Klopfen erschütterte das ganze Haus. Die riesigen goldgerahmten Gemälde schwankten bei jedem Schlag an ihren Ketten. Die Emailsachen und Familienminiaturen im Foyer klapperten auf zwei gegenüberstehenden Mahagonitischen. Maria preßte die Hände auf die Ohren, als er immer wieder ihren Namen rief.

Plötzlich und völlig unerwartet herrschte Stille im Raum. Maria blickte auf. Im Salon ertönte das Klicken des Türschlosses. Die prächtige lackierte Tür öffnete sich quietschend. Isabella erstarrte, als John Smythe hinter dem Prince of Wales ins Zimmer kam.

»Guter Gott, Maria, was um alles in der Welt denkst du dir dabei, seine Hoheit einfach auszusperren?« fragte ihr Bruder mit ungläubigem Schnauben.

Niemand antwortete. Alle schienen den Atem anzuhalten. George blickte Maria an, aber diese wandte sich ab. Langsam und gemessen trat er an ihre Seite.

»Ich möchte mich gerne unter vier Augen mit dir unterhalten«, sagte er mit immer noch bebender Brust.

»Aber ich möchte mich nicht unter vier Augen mit dir unterhalten.«

»Maria!« keuchte John. »Vergeben Sie ihr, Eure Hoheit. Vielleicht ist sie krank geworden.«

»Das stimmt. Ich kann mich nicht erinnern, mich je im Leben schlechter gefühlt zu haben«, sagte sie und spielte träge mit dem schmalen goldenen Trauring, von dem die Welt glaubte, er stamme von Thomas Fitzherbert.

Der stechende Geruch brennenden Holzes aus dem Kamin, Isabellas Jasmin- und Marias Lavendelparfüm wehten in dem darauffolgenden Schweigen durch den Raum.

»Vielleicht sollte ich einen Moment mit ihr sprechen, Eure Hoheit«, schlug John vor, »und einmal sehen, ob ich ihre Stimmung nicht bessern kann ... wenn nicht gar ihre Manieren.«

»Es gibt nichts, das du mir sagen könntest«, entgegnete sie ihrem Bruder mit dünner, kaum hörbarer Stimme.

John blickte zu Isabella hinüber, die nur den Kopf schüttelte. »Was um alles in der Welt ist denn hier passiert?« fragte er. Aber keiner in dem spannungserfüllten Salon unternahm einen Versuch, ihm zu antworten.

»Ich weiß Ihre Fürsorge zu schätzen«, sagte George schließlich leise. Er legte John freundschaftlich die Hand auf den Rücken. »Ich fürchte, es hat eine Art Mißverständnis gegeben. Aber wenn ihr alle so freundlich wärt, uns allein zu lassen, könnten wir es sicher aufklären.« Als Maria ihn jetzt anschaute, war ihr Gesichtsausdruck wütend und vorwurfsvoll, aber sie sagte nichts.

»Bitte«, wiederholte George, bis John, Isabella und Jacko das Zimmer durch die beiden offenen Speisezimmertüren verließen. George setzte sich neben sie auf das blau-grüne Brokatsofa und nahm sanft ihre Hand. Er beobachtete sie, während er die Hand an seine Lippen zog und den Finger mit seinem Ring küßte.

Sie riß sich nicht von ihm los, ermutigte ihn aber auch nicht. Ihre Gleichgültigkeit berührte ihn viel stärker, als es ihr Widerstand je getan hätte. Ihr Gesicht, als er zu ihr aufschaute, war kalt und völlig ausdruckslos.

»Ich weiß, es war ein Schock«, sagte er langsam und kämpfte darum, Worte zu finden, die sie ihm glaubte. »Gott im Himmel, wenn ich dir das hätte ersparen können ... Aber am Ende blieb mir keine andere Wahl, um dich zu beschützen.«

»Man hat immer eine Wahl, George.«

»Maria, du mußt begreifen, daß das politische Klima im Moment sehr gefährlich ist.« Er mußte darum kämpfen, daß seine Stimme fest blieb.

»Du hast es versprochen. Und ich habe dir geglaubt.«

»Gott stehe mir bei, glaubst du, ich wüßte das nicht?« flüsterte er und hielt sich die Stirn.

Schließlich blickte sie ihn an und suchte verzweifelt in seinen Augen nach Aufrichtigkeit. Wenn sie ihm doch nur glauben könnte, daß er sie nicht wissentlich hintergangen hatte. In Marias Kopf hing ein verschwommener roter Schleier. Sie hatte wieder Angst vor der Macht dessen, was sie zusammen erlebt hatten. Angst vor dem, was sie beide ihrer Meinung nach durch Georges Treuebruch für immer verloren hatten.

Wie konnte sie ihm je wieder glauben, geschweige denn vertrauen?

Es gab für sie jetzt keine Möglichkeit mehr, je seine rechtmäßige Königin zu werden. Und das Kind, das sie trug, was sie vor diesem Mann noch immer geheimhielt, würde für immer ein Bastard sein, eine Zielscheibe des Spottes, der ebensowenig einen legitimen Platz in der Welt hatte wie sie.

Als Marias Augen über sein Gesicht glitten, blutete ihr Herz mit jedem Schlag ein bißchen mehr. Nach einigen Augenblicken erstickten Schweigens, als er es nicht über sich bringen konnte, sie anzuschauen, hatte Maria ihre Antwort. Sie hatte ihre ganze Liebe und ihr Vertrauen in diesen Mann gesetzt, und er hatte sie, aus welchem Grund auch immer, hintergangen.

»Ich kann so nicht weitermachen. Es ist Schluß.«

»Das ist nicht dein Ernst.«

»Doch.«

»Du bist meine Frau. Es kann nie zwischen uns vorüber sein!«

»Du hast mir geschworen, daß du unsere Ehe nie leugnen würdest.«

»Und das habe ich auch nicht getan! Du weißt, daß es Fox war, der vor dem Unterhaus aufstand! Mit voller Absicht sprach ich nicht selbst, damit ich nicht gezwungen würde, mein Versprechen zu brechen!«

»Dennoch spieltest du deine Rolle«, sagte sie mit bitterer Entschlossenheit und drängte ihre wütenden Tränen zurück, »... so wie ich meine.«

»Nein! Ich werde nicht zulassen, daß dies das Ende für uns bedeutet!«

»George, ich kann nicht so weiterleben! Ganz England glaubt, ich sei nicht besser als eine Straßenhure, die du zu deinem eigenen, dir wohlbekannten Nutzen getäuscht hast! Der größte Gimpel von allen!« Sie sprang auf und riß sich von seiner Berührung und dem fauligen Dunst seiner Täuschungsmanöver los.

»Jacko!«

Ihr muskulöser irischer Butler mit dem zerzausten roten Haar kehrte in den Salon zurück. »Ja, Madam.«

»Jacko, seien Sie so gut und begleiten Sie Seine Hoheit zur Tür.«

»Maria, es ist nicht vorbei zwischen uns!«

»Bitte, George ... laß es gut sein ... Laß mich gehen.«

»Aber du bist meine Frau! Meine Ehefrau, um Himmels willen!«

Wut und Verrat brannten wie ein onyxfarbenes Feuer in ihren dunklen Augen. »Nach dem heutigen Tag bin ich in den Augen Englands nichts als deine Konkubine, und ich sagte dir schon vor langer Zeit, daß ich für keinen Mann eine Hure sein könnte. Nicht einmal für dich.«

Als Jacko die Tür öffnete, kamen John und Isabella langsam aus dem Speisezimmer zurück. Sie hatten jedes bittere Wort zwischen dem Prinzen und Maria gehört. Ein kalter Winterwind fegte herein, als sie im Foyer standen und beobachteten, wie Englands künftiger König an der Tür verweilte und auf eine letzte Chance hoffte, daß sie noch ihre Meinung änderte.

Maria erwiderte seinen Blick offen, den Schmerz unter einer dicken Schicht Entschlossenheit verborgen. Sie durfte ihn nicht sehen lassen, daß ihr Herz brach. »Der Schaden ist bereits eingetreten. Ich kann nie deine rechtmäßige Ehefrau, deine Königin sein. Nicht nach dem heutigen Vorfall. Damit wollen wir es belassen.«

»Niemals!« erklärte er, und jetzt klang seine Stimme bitter. »Was wir haben, wird nie vorüber sein! Du bist dazu geboren, meine Frau zu sein, Maria, und beim allmächtigen Gott, du alleine wirst als meine Frau sterben!«

Nachdem er gegangen und das Haus in ein angespanntes Schweigen verfallen war, sprang John die beiden Mahagonistufen hinab in den Salon zu seiner Schwester.

»Was, im Namen Gottes, hast du dir dabei gedacht?« fragte er ungläubig. Aber seine Schwester antwortete nicht.

»Vielleicht ist jetzt nicht der beste Moment –«

»Halt dich heraus, Isabella!« herrschte John sie mit wütendem Gesicht an. »Maria, ich habe dich etwas gefragt!« Als sie ihm immer noch nicht antwortete, packte er sie an den Schultern und wirbelte sie herum, so daß sie ihm gegenüberstand. Sie waren von etwa gleicher Größe, und er schaute ihr offen ins Gesicht. »Wie konntest du so mit deinem Ehemann sprechen? Du bringst alles, was wir aufbauen, in Gefahr!«

»Er ist nicht mein Ehemann.«

»Was redest du da? Ich stand neben dir, als ihr euer Gelübde ablegtet.«

»Leere Schwüre.«

»Sie waren ebenso bindend wie Isabellas Gelübde Charles gegenüber.«

Maria schaute John wütend an. »Sie waren illegal, und das weißt du! Aber es ist sowieso egal, jetzt da jeder in England von einem der engsten Freunde des Prinzen erfahren hat, daß wir überhaupt nie verheiratet waren.«

»Daran kannst du doch George nicht die Schuld geben, oder?« fragte John, der verzweifelt mit dem Finger auf sie einstach. »Du weißt doch, daß Fox derjenige war, der gesprochen hat!«

»Vielleicht hat Charles Fox die Worte formuliert, und das werde ich ihm nie vergeben. Aber jemand anders setzte sie ihm in den Kopf.«

»Ruinier uns das nicht, Maria, ich warne dich!« drohte er ihr und schüttelte sie. »Nicht, wo der jetzige König krank ist und du beinahe Königin!«

Marias Mund bildete eine harte Linie. »Nur das ist dir wichtig, nicht wahr? Ganz gleich, wie hoch der Preis ist, dir ist nur wichtig, daß ich eines Tages trotz allem Königin von England werde!«

»Und was ist daran so falsch?« fragte er, als sie sich aus seinem Griff losriß. »Sag mir, haben dir Edward Weld oder Thomas Fitzherbert je eine so himmlische Zukunft geboten?« Er ließ die Worte verklingen. Als er fortfuhr, klang seine Stimme flehentlicher. »Denk daran, Maria, bitte! Eines Tages Königin von England!«

»Und du deren Bruder! Ist es nicht das, John? Ist es nicht das, um was es dir wirklich geht?«

Er überlegte einen Augenblick, ob er es abstreiten sollte oder nicht. »In Ordnung, ja. Es würde mir gefallen, wenn meine Schwester eines Tages ihrem katholischen Glauben abschwörte und Königin würde. Aber was ist denn schon schlimm daran? Guter Gott, Maria, der Mann ist verrückt nach dir. Bestimmt weißt du das besser als irgend jemand sonst! Schau dir doch nur an, wie weit er ging, welche Gesetze er brach, um dich zu heiraten!«

»Und wie er im Handumdrehen dafür sorgt, daß die Ehe verleugnet wird. Läßt seinen Freund Fox im Unterhaus abstreiten, daß wir verheiratet sind.«

»Du weißt genau, daß unser völlig verrückter König das zum Streitfall gemacht hat und George mit dem Rücken zur Wand stand! Mein Gott, willst du wirklich, daß er zum Bigamisten gemacht wird, gezwungen wird, noch einmal zu heiraten, nur um deine kostbare Ehre zu retten?«

Maria stand schweigend da, mit dem Rücken zu ihrem Bruder, während sie mit leerem Blick in das lodernde Feuer starrte und verzweifelt versuchte, ihr Herz zu beruhigen. Sie sah ihr gemeinsames Leben in Erinnerungsfetzen aufflackern, Augenblicke, in der Zeit erstarrt, wie auf einem Gemälde. Wie sie ihn zum ersten Mal auf der Mall gesehen hatte, als er sie von seinem Pferd herab so beunruhigend anlächelte. Die Rose, die er ihr vor die Tür gelegt hatte. Das Feuer, das ihre Kerze an jenem Abend im Wintergarten entfacht hatte, das sie aus dem Carlton House und vor ihm hatte davonlaufen lassen.

Aber das stärkste Bild war, wie er neben ihr in ihrem Bett gelegen hatte und die Worte, die sie gefangengenommen und all diese schwierigen Monate hindurch beruhigt hatten. Es waren die Worte, die ihr die Kraft gegeben hatten, all die Dinge zu ertragen, denen sie als seine heimliche Frau trotzen mußte.

Vielleicht kann ich dich jetzt noch nicht zur Princess of Wales machen, hatte er gesagt. *Aber ich werde auch nie abstreiten, daß du und ich Mann und Frau sind. Das verspreche ich dir.*

Sie zitterte und schloß die Augen. Liebe war so stürmisch. So gefährlich. *Wenn er doch zuerst zu mir gekommen wäre.*

All diese Gedanken summten in ihrem Schädel. Sie versuchte sie zu verscheuchen, aber sie ließen sich nicht bezwingen. Sie hatte ihn geliebt. Ihm vertraut. Bald würde sie sein Kind gebären. Er hatte sie hintergangen. Ganz simpel. Direkt und schmerzhaft wie der Tod.

»Maria. Schwester ... bitte. Denk darüber nach, welchen Fehler du damit machen würdest. Denk darüber nach, was das für uns alle bedeuten würde.«

Schließlich drehte sie sich um und blickte ihren Bruder wieder an. Ihr Gesicht wirkte fest entschlossen. »John, nicht einmal für den Prince of Wales könnte ich meine Seele verkaufen. Wieso glaubst du, ich könnte es für dich tun?«

Belle Pigot stand an der Tür, als George hereinkam. Er war so tief in Gedanken versunken, seit Sheridan ihn spät am vergangenen Abend verlassen hatte, daß er sie nicht sah, bis sie sich unmittelbar gegenüberstanden. Es war kurz nach Sonnenaufgang, und er hatte noch nicht geschlafen.

»Ich habe einen Brief aus Madeira bekommen«, erklärte sie lächelnd. Sie hatte ihren Bruder vor einigen Monaten zur weiteren Erholung dortgelassen.

»Von Charles?«

»Die Ärzte meinen, er sei fast wieder soweit hergestellt, daß er nach Hause kommen kann. Dank dir.«

Die beiden alten Freunde umarmten sich, und George spürte ihre Freude. Einen Augenblick lang ließ dies ihn seinen eigenen Schmerz vergessen. Es gab niemanden, der Glück mehr verdiente als Belle.

»Wie kann ich dir das je zurückzahlen?« fragte sie leise.

Er griff ihr unters Kinn. »Dieser Ausdruck jetzt auf deinem Gesicht ist Bezahlung genug.«

Hand in Hand gingen sie in den dämmrigen Wintergarten. Es war der gleiche prächtige Raum, in dem damals in jener Nacht, als er Maria kennenlernte, der Ball begann. Jene Nacht, die sein Leben für immer verändert hatte.

Belle wurde alt. Er konnte das im ersten Tageslicht sehen. Die Haut an ihrem Hals erschlaffte, und wenn sie lächelte, war ein ganzes Geflecht neuer Fältchen um ihre Augen. Elende Sterblichkeit, dachte er. Sie waren beide davon betroffen. Aber dieses Glück, auf das sie so gehofft und für das sie so gebetet hatte, die Genesung ihres Bruders, war eingetreten, und George selbst glaubte zum ersten Mal, seit er Maria kennengelernt hatte, an die Möglichkeit von Wundern.

Wenn Gott für ihn doch auch ein Wunder tun würde.

Belle fuhr mit der Hand zärtlich über Georges Kinn. »Was bereitet dir denn Kummer, mein Herz?«

»Nur die Welt, Belle.« Er seufzte.

»Ich habe gehört, was gestern im Unterhaus passiert ist.«

»Nicht nur du, ganz London.«

»Aha. Dann ist sie, eine Frau mit großem Ehrgefühl, also wütend darüber, daß sie öffentlich verleugnet worden ist.«
»Wärst du das nicht?«
Sie lächelte traurig. »Ich weiß nicht genau, wie ich mich fühlen würde. Ich glaube, niemand außer deiner Maria kann das wissen. Was ich als Frau jedoch weiß, ist, daß dies alles für sie nicht leicht gewesen sein kann.«
Er ballte seine Hände zu Fäusten und hielt sie hilflos hoch. »Und ich kann es nicht ertragen, daß sie unglücklich ist.«
»Das weiß ich, Kind.«
»Warum weiß sie es dann nicht, Belle? Warum vertraut sie der Liebe nicht, die wir füreinander empfinden? Daß ich alles dafür tun würde, daß sie in Sicherheit ist. Und wir zusammenbleiben können. Daß der Rest sich ergeben wird, wenn die Zeit gekommen ist?«
Sie blickte zu George auf, und ihre dunklen Augen waren voller Hingabe. »Ich vermute, ihr beide tut euer Bestes in einer sehr schwierigen Situation. Das eine kann ich dir sagen: Ich bin schrecklich stolz darauf, wie du ihretwegen den Manipulationen des Königs mutig die Stirn geboten hast.«
George nahm die alte Frau in den Arm. Obwohl, anders als in seiner Kindheit, er sie jetzt festhielt, fand er in ihren Armen großen Trost. Es war, als ob alle Sorgen der Welt in einem einzigen Augenblick wie weggeblasen wären. So wie es bei seiner eigenen Mutter hätte sein sollen.
Im blaßrosa Sonnenlicht des frühen Morgens standen sie gemeinsam am Fenster und schauten auf die Pall Mall hinaus.
»Du wirst es schon schaffen«, versicherte sie ihm sanft. »Eure Liebe wird diese Prüfung bestehen.«
Mit schmerzerfülltem Blick schaute er sie an, wollte glauben, was sie sagte. »Wieso klingst du so sicher?«
»Weil man so eine Liebe wie deine nur einmal im Leben erlebt. Es ist eine Geschichte wie aus dem Märchen. Denk an meine Worte, Kind. Sie werden Bücher über euch schreiben und sich über euch wundern, noch lange nachdem wir alle nicht mehr sind.«

Hinter der Wand, die Carlton House von der Pall Mall trennte, beobachtete George die Wagen auf ihrem Weg zum Markt und die frühmorgendlichen Passanten, während er Belles beruhigende Hand hielt. Aber wie immer mußte er nur an Maria denken. Er betete leise für den Tag, der vor ihm lag. Für eine weitere Chance, alles richtigzustellen.

Aber ohne sie sah er allem mit Schrecken entgegen.

»Dieser verdammte Bastard hat mich benutzt!« stöhnte Fox verzweifelt.

Elizabeth Armistead brauchte nicht fragen, wem er zum Opfer gefallen war. Früher oder später mußte das passieren. Sie hatten den gleichen Schmerz erfahren; der Prince of Wales hatte ihr öfter weh getan, als sie zählen konnte, damals, als er glaubte, er sei in sie verliebt ... und danach.

»Willkommen im Club«, sagte sie mitleidlos. Es war das erstbeste, das sie herausbrachte. Ihr einziges Zeichen von Mitgefühl bestand darin, daß sie dem stöhnenden Mann die glänzende Stirn mit einem spitzenverzierten Taschentuch abtupfte. Elizabeths Gesicht war immer noch hübsch. Dichtes rotes Haar, das nur von wenigen Silberstreifen durchzogen war, fiel ihr in üppigen Strähnen um das Kinn. Das volle Haar ließ ihre lange Nase und die dünnen roten Lippen weicher wirken.

Die Ringe unter ihren Augen konnten noch mit weißer Schminke abgedeckt und ihre Üppigkeit in einem Korsett versteckt werden. Neben Fox' Schweinchengesicht, den von roten Adern durchzogenen Wangen und den Hängebacken erschien sie ziemlich jugendlich.

»Ich sage dir, das ist der reine Wahnsinn!« schnaubte Fox in ein Glas Portwein, das er mit drei Fingern hielt. »Ich habe heute abend nicht nur von seiner Marionette Bridgeman erfahren, daß der Prince of Wales tatsächlich mit dieser alten Vettel verheiratet ist. Als ob das allein nicht schrecklich genug wäre! Aber jetzt, nachdem er mich so gut wie darum gebeten hat, sie öffentlich zu verleugnen, ist die Dame anscheinend erbost über das, was ich getan habe! Und weißt du was? Jetzt erwartet er tatsächlich von mir, daß ich morgen vor das Unterhaus trete und den Schlag abmildere, damit sie ihn wieder in ihr Bett läßt! Also ich weigere mich, das kann ich dir sagen! Ich weigere mich kategorisch!«

Elizabeth lehnte sich im bernsteinfarbenen Schein des Feuers in ihrem Schlafzimmer zurück, während Charles wütend nur halb verständliche Vorwürfe vor sich hin murmelte. Wie skrupellos der Prince of Wales doch war, dachte sie. Wie egozentrisch! Würde ihm recht geschehen, wenn seine jüngste Liebschaft ... seine Frau oder was auch immer sie war – diese Fitzherbert – ihn verlassen hätte. Wie herrlich war es zu erleben, daß der Spieß endlich umgedreht wurde. Aber in der letzten Zeit beschäftigte sie sich gedanklich nur noch gelegentlich mit George.

Elizabeth Armistead war überrascht, daß ihr Charles so rasch ans Herz gewachsen war. Ihre Affäre mit dem Prince of Wales und seine Zurückweisung hatten ihren Tribut gefordert und sie zynisch werden lassen. Zu ihrem letzten Treffen war sie ursprünglich gegangen, um den Prinzen zu ärgern. Indem sie mit seinem besten Freund ins Bett ging. So hatte es angefangen. Sein majestätisches Gesicht an jenem Abend bei ihrem Auftritt im Carlton House war ein sehr wirkungsvolles Mittel gewesen, um ihr rachsüchtiges Herz zu beschwichtigen.

Sie schaute Charles an, den leicht geneigten Kopf, die kurzen Finger mit den abgekauten Nägeln, die jetzt nervös mit der karmesinroten Borte spielten, mit der die Kante seiner gestreiften Jacke abgesetzt war.

Er war ein dunkler Typ von schwerer Statur, aber er besaß eine seltsame Liebenswürdigkeit, mit der er zunehmend ihre Zuneigung gewonnen hatte. Sie wußte, daß er spielte, daß er trank. Und andere Frauen hatte. Aber sie war ihm trotzdem zugetan. Schließlich war sie keine junge Frau mehr, und sie hätte die letzten ihr verbliebenen Jahre relativer Jugend an ein unwürdigeres Objekt als Londons größten lebenden Redner verschwenden können.

Sie legte den Kopf an seine in rote Seide gehüllte Schulter, weil sie wußte, daß ihn das beruhigte. Er langte nach oben, ohne sie anzuschauen. Ihr offenes Haar war ein wildes Gewirr zwischen seinen Fingern. Diese Berührung ermutigte sie. Sie versuchte es mit der wirksamsten Methode, ihn zu beschwichtigen, griff nach unten und öffnete die Knöpfe auf beiden Seiten seiner Kniehose. Er versuchte ihre Hand wegzustoßen. Zuviel war heute geschehen. Aber sie war hartnäckig. Er atmete schwer, als er spürte, wie ihre zarten Finger sich um sein schlaffes Fleisch legten.

»Nicht jetzt, Bess«, raunte er, ohne es allerdings wirklich zu meinen, ließ den Kopf zurücksinken und machte die zitternden Augenlider zu.

Ihr Griff wurde fester. Sie spürte, wie es unter ihren Fingerspitzen zu pulsieren begann. Sie schloß die Augen und sah statt dessen George nackt bei ihr, wie er es früher gewesen war. So jung und prachtvoll ware er damals anzuschauen. Die Erinnerung an ihn war erschreckend real. Der Geruch von Zibet in seinem mit dunklem Stoff ausgeschlagenen Schlafgemach im Carlton House. Das Gefühl seiner kräftigen Hände auf ihrem Rücken. Seine Lippen, die mit der Wölbung ihres Halses verschmolzen ... Was er ihr gezeigt hatte. Was er ihr für immer genommen hatte. *Zum Teufel mit dir! Fahr zur Hölle, George Augustus! Jetzt lernst auch du diesen Schmerz kennen!*

Charles sackte einige Augenblicke später keuchend gegen sie. Wut und Leidenschaft waren gleichermaßen weggeschwemmt. Als sein Herz wieder langsamer klopfte, berührte er wieder ihr Haar. »Ich kann ihn nicht besuchen«, murmelte er in ihren üppigen, mit blauem Samt bekleideten Busen, während die Realität ihm erneut Stiche versetzte. »Wenn ich jetzt widerrufe, was ich behauptet habe, ist meine Ehre für immer verloren.«

»Aber was wird aus deiner Beziehung zu Seiner Hoheit, wenn du dich weigerst, seiner dringenden Bitte, ihm zu helfen, nachzukommen?«

»Zwischen uns gibt es keine Beziehung«, fauchte er. »Orlando Bridgeman hat mir das gezeigt ... dieser abscheuliche kleine Bastard.«

Die jüngste Karikatur von Gillray porträtierte Maria verlassen auf einem Felsen sitzend und ein Kruzifix in der Hand haltend. Während er mit seinem Freund auf einem Schiff namens Ehre davonsegelte, sagte George zu Charles James Fox: »Ich habe sie noch nie im Leben gesehen!«

George zerriß die Zeitung, nachdem er nur einen Blick darauf geworfen hatte, und schmiß die Fetzen in die Luft, so daß es im Zimmer weißes Papier regnete. »So wahr mir Gott helfe, ich könnte diesen Mann mit bloßen Händen erwürgen für das, was er ihr damit noch zusätzlich antut!«

Orlando Bridgeman stand hilflos neben dem Prinzen, der den Tag mit einem Ausritt verbracht hatte, um die Frustration, die in ihm schwelte, zu ersticken. Als das nichts nützte, trank er und gab damit dem großen Laster nach, das er einst aus Liebe zu seiner Frau aufgegeben hatte.

Drei lange Tage war es jetzt schon her, und noch immer spürte er, wie ihn diese Hilflosigkeit wie eine Flamme verzehrte. Er blickte hoch zu dem größten Porträt, das er von Maria besaß. Als sie dafür in Brighton Modell gesessen hatte, war er dabeigewesen und hatte zugeschaut. Der Anblick ihres Bildes in dem schweren Goldrahmen traf ihn mitten ins Herz. Ihr heiteres Lächeln hätte ihn umgebracht, wenn er es noch einen Moment länger angeschaut hätte.

Bridgeman hatte keine Ahnung. Niemand verstand, welche Bedeutung sie für sein Leben hatte, wie sehr er in Wirklichkeit sich selbst hintergangen hatte, als er Maria täuschte. »Es ist noch nicht vorbei«, murmelte er mit einer Hand vor den Augen. »Das wird es nie sein!«

Maria saß alleine auf ihrem Bett und beobachtete die einzelne goldene Flamme, die in einer Glaslampe auf dem Ebenholzsekretär flackerte und durch das ganze Zimmer strahlte. Sie sah, wie der Regen an die hohen, mit Vorhängen verkleideten Fenster prasselte. Den ganzen Tag über hatte es geregnet. Passend, dachte sie, zu der finstern Trostlosigkeit, die sich ihres Gemütes bemächtigt hatte und nicht wieder weichen wollte.

Sie war nicht in der Lage gewesen, irgend etwas anderes zu tun oder zu denken, seit der Bote des Prinzen um acht Uhr aus dem Unterhaus gekommen war.

In einer langen, versöhnlichen Rede hatte Richard Brinsley Sheridan an jenem Nachmittag über den Prince of Wales und *eine andere Person* gesprochen. In dieser verschleierten Bezugnahme auf Maria hatte der gute Sheridan erklärt, daß im Gegensatz zu allem, was möglicherweise zuvor angedeutet worden sein mochte, die Witwe von Thomas Fitzherbert Anspruch auf den aufrichtigsten Respekt hätte.

Daß Sheridan zu ihrer Verteidigung aufgestanden war, gefiel ihr. Nach der Zeit, die sie in Brighton miteinander verbracht hatten, wußte sie, welch liebenswürdiger Mann er war. Dennoch änderte das nichts an dem Verrat, den George wie eine dunkle und gefährliche Geliebte zwischen sie gestellt hatte.

Maria schaute zu ihrer Ausgabe der Shakespearedramen auf ihrem Nachttisch, die George ihr gekauft hatte. Für Maria symbolisierte dieses Buch so viel. Es lag neben der Miniatur von George an der schwarzen Samtkordel.

Sie drehte das Bild um und blickte beiseite. Ein Klopfen an der Tür unterbrach ihre wirren Gedanken.

»Danke, Fanny, aber ich bin nicht hungrig«, rief sie. Es klopfte wieder. »Fanny, ich sagte –«

Es war George, der die Tür öffnete. »Darf ich hereinkommen?« fragte er und trat in den Lichtschein.

Ihr Herz machte einen Satz, als sie ihn sah. Wie es das immer tat. Wie es das immer tun würde. Sie spürte eine Welle von Übelkeit. *Wieder das Kind.* Gott, wie gerne würde sie ihm davon erzählen.

»Ich bin sehr müde«, sagte sie statt dessen.

In einem grauen, regendurchtränkten Mantel, den er nicht an der Tür abgegeben hatte, kam er auf sie zu. »Ich kann an nichts anderes denken, als an das, was zwischen uns passiert ist.«

»Gut zu wissen, daß ich damit nicht alleine bin.«

Er setzte sich auf die Kante ihres Bettes und nahm ihre Hand, aber sie wandte sich ab. »Schau mich an, Maria.« Seine Stimme war tief und flehend. »Ich bitte dich, schau mich an!«

Zögernd wandte sie sich ihm zu. Überrascht stellte sie fest, daß sein elegantes Gesicht grau und müde wirkte, daß er sich nicht rasiert hatte. »Hast du gehört, was heute im Unterhaus passiert ist?«

Als sie wieder wegsehen wollte, griff er mit einem Finger nach ihrem Kinn und zwang sie, ihn anzuschauen. »Bitte, wende dich nicht von mir ab.«

Auf ihren Gesichtern, die einander jetzt sehr nahe waren, lagen Schatten.

»Wenn ich ungeschehen machen könnte, was passiert ist, würde ich das tun, das weißt du. Aber ich mußte dich vor einer großen Gefahr schützen. Bitte versteh das doch!«

Als sein inständiges Flehen keine Wirkung zeigte, ließ er ihre Hand los und stellte sich steif neben ihr Bett. »Wir können doch nicht so weitermachen, weißt du. Vor Gott sind wir Mann und Frau.«

»Und vor dem König von England, was sind wir da, George?«

Er trat zurück. »Ich glaube, dir ist nicht klar, welche Gefahr uns droht, Maria. Das ist kein Spiel. Ich kämpfe gegen den König von England und gegen das Parlament um unser beider Leben! Wir haben das Gesetz gebrochen!«

»Das wußten wir an dem Tag, als wir heirateten.«

»Ich glaubte fest, daß er schon bald sterben würde. Darauf setzte ich alles! Ich dachte, ich hätte die Macht, Dinge zu ändern. Jeder glaubte das angesichts des Wahnsinns, der ihn erfaßt hat.«

Sie glitt von ihrem Bett, aber er packte sie. Plötzlich saß sie in der Falle, eingezwängt zwischen dem schweren Bettrahmen und seinem kraftvollen Körper. Seine Finger hielten ihre Arme schmerzhaft umklammert.

»Geh nicht fort von mir!« befahl er und küßte sie rauh erst auf die Lippen, dann auf die glühenden Wangen.

Er biß sie in den Nacken, küßte ihn über und über und versuchte sie auf die einzige Weise, die er kannte, zum Nachgeben zu bewegen.

Plötzlich herrschte ein Kampf zwischen ihnen. Sie wehrte sich, was ihn jedoch nur um so entschlossener machte. Seine Augen funkelten wie geschliffene Saphire, als die schiere Kraft seines Gewichtes sie auf das ungemachte Bett zurückzwang.

»Nein, George –«, versuchte Maria zu schreien, aber er erstickte ihre Worte mit seiner Zunge.

»Bei Gott, du bist meine Frau!« knurrte er liebeshungrig, während er ihr das Oberteil des Nachthemdes von der Brust zerrte.

Das zarte Baumwollgewebe riß unter seinen wutentbrannten Händen. Gerade als ihr Instinkt ihr riet, sich wieder zur Wehr zu setzen, blickte sie auf und sah in seinem Gesicht Furcht und Verzweiflung. Bestürzt versank sie in Passivität. Er spürte es und hielt in seiner Bewegung inne. Die Atmosphäre zwischen ihnen war erfüllt von Wut und Leidenschaft, als sich die Tür öffnete und Kerzenrauch zu ihnen herüberzog.

»Ich weiß, daß Sie sagten, Sie hätten keinen Hunger, Madam, aber ich habe Ihnen trotzdem etwas Toast und Tee gebr–« Fanny verstummte, als sie in der geöffneten Tür stand, ein Silbertablett in den erstarrten Händen. »Oh, verzeihen Sie, Madam! Sir!« keuchte sie. »Ich hatte keine Ahnung, daß Seine Hoheit im Haus ist!«

So schnell, wie sie hereingekommen war, war Marias Zofe wieder aus dem Zimmer verschwunden. Sie murmelte vor sich hin, als sie den Gang entlanghastete. Der erbitterte Wettstreit zwischen ihnen war vorüber. Langsam zog George sich zurück und stand auf. Maria rührte sich nicht. Das Nachthemd war von ihrer Brust gerissen, und ihr schönes weißes Gesicht hatte rote Kratzer von seinem Zweitagebart.

Entsetzt schaute er sie an. Scham erstickte jedes mögliche Wort der Entschuldigung, als sie sich plötzlich mit schmerzverzerrtem Gesicht zusammenkrümmte. »Was ist los? Was ist passiert? Maria! Du mußt es mir sagen!«

»Nein.« Sie weinte, hörte ihn nicht, der reißende Schmerz überwältigte sie völlig. Ein heftig ziehendes Gefühl tief in ihrem Bauch löschte alles andere aus. »Nicht das!« schrie sie, während George sie festhielt und hilflos zusehen mußte, wie ein Schwall leuchtendroten Blutes ihr Nachthemd befleckte. »Bitte, o Gott! Du kannst mir das doch nicht auch noch wegnehmen!«

10. Kapitel

Er ging alleine zurück in das schwachbeleuchtete Schlafzimmer, das ganz in Schatten getaucht dalag. Neben ihrem Bett brannten einige Kerzen auf einem kleinen Rosenholztisch. Maria schlief wieder, wie den größten Teil der vergangenen zwei Tage, auf einer blauen Seidennackenrolle und einem Dutzend seidenbezogener Kissen. Sie trug jetzt ein wunderschönes elfenbeinfarbenes Nachthemd, die Spuren ihrer Fehlgeburt waren von Fanny und dem Doktor, der ihr ein Beruhigungsmittel gegeben hatte, beseitigt worden.

Dennoch hatte sie trotz des Laudanums gewußt, daß er da war, hatte seine Gegenwart, seine Berührung, seine Tränen gespürt. Mit einer Entschlossenheit, die eines Königs würdig war, aber dennoch jeden überraschte, hatte er alle nach unten geschickt, ihre Ärzte und ihr Personal, während er alleine bei ihr saß und Wache hielt, sie pflegte, ihre Kleidung wechselte, die Kissen aufschüttelte, ihr Wasser gab und ihr die Stirn kühlte.

Erneut sank George neben ihr auf den Stuhl und nahm ihre Hand. Er war seit jener ersten Nacht nicht mehr als ein paar

Minuten von ihrer Seite gewichen, allein durch seine Liebe und Kaffee aufrechtgehalten.

»Es tut mir so leid«, flüsterte er wieder, wie schon so oft, und fuhr mit einem Finger über die Ader auf der Rückseite ihrer Hand. Diesmal öffnete Maria endlich die Augen.

George machte einen Ruck nach vorne. »Ich wußte nichts von dem Kind ... Ich schwöre dir, ich wußte es nicht.«

»Ich war kleinlich und närrisch«, erwiderte sie mit schwacher Stimme.

»Das warst du nicht«, versicherte er ihr und hielt ihre Hand noch fester. Dann zog er sie an seine Wange, über die Tränen rannen. »Wir beide wollten doch so gerne ein Kind haben. Warum hast du es mir nicht erzählt?« fragte er niedergeschmettert.

»Zuerst war ich mir unsicher, ob es wirklich stimmte. Ich habe so viele Jahre darauf gewartet ... Dann spitzten sich die Dinge mit dem König zu. Es schien einfach nie der richtige Augenblick zu sein.«

»Als wir heirateten, schworen wir, in guten wie in schlechten Tagen zusammenzuhalten. Und ich glaube, schlechter kann es kaum noch werden.« Er versuchte zu lachen, wurde aber rasch wieder von der Heftigkeit seines Schmerzes überwältigt. Er schaute sie direkt und mit solcher Aufrichtigkeit an, daß sie glaubte, er könnte ihre Qual tatsächlich fühlen. »Du bist mein Leben«, sagte er aus tiefster Seele.

»So wie du meines.« Sie legte die Hand um sein Kinn und er schmiegte zärtlich sein Gesicht hinein. »Es war nur mein sehnlichster Wunsch, unser Kind zu bekommen.«

»Wir werden eines bekommen ... Mein Gott, Maria ... Ich hatte doch nicht die Absicht, dich zu verletzen.«

»Ich weiß.«

Er nahm ihre Hand und zog sie an die Lippen; sein Gesicht strahlte vor wiedererweckter Hoffnung. »Sag, daß du mit mir nach Brighton gehst«, bat er zärtlich. »Ich möchte, daß wir fahren, sobald es dir gut genug geht, um reisen zu können. Du weißt, daß wir dort am glücklichsten waren. Wir können gemeinsam noch einmal beginnen. Zum Teufel damit, was die

Leute von mir denken! Zum Teufel mit dem besudelten Geld des Königs und seinen Drohungen!«

»Es wird nicht so einfach sein, sich von dem abzuwenden, was rechtmäßig dir gehört.«

»Einfach, nein. Aber zusammen können wir es schaffen. Ich weiß, daß wir es können, mit deiner Liebe.«

»Du bist mein Mann«, sagte Maria sanft, und ihre dunkelbraunen Augen schimmerten vor Hingabe. »Und wo du hingehst ...«

»Ich verehre dich«, murmelte er und drückte einen zarten Kuß auf ihre Stirn. »Es wird wundervoll dort werden. Du wirst sehen. Es ist so viel verändert worden. Weltje kümmert sich um den Ausbau des Bauernhauses, während wir weg sind, zumindest soweit wir es uns leisten können. Er sagt, unter den gegebenen Umständen ist das, was sie bis jetzt geleistet haben, aufsehenerregend.«

»Bei deinem, um es mal so zu sagen, innovativen Sinn für Architektur, Liebling«, sagte sie mit einem schiefen Lächeln, als sie sich erinnerte, wie sie zum ersten Mal den Wintergarten im Carlton House gesehen hatte, »ist es bestimmt aufsehenerregend.«

11. Kapitel

Das Bauernhaus in Brighton war vollständig umgebaut worden. Es wurde jetzt von dem stolzen Weltje, der die Renovierungsarbeiten geleitet hatte, Seepavillon genannt. Das gemütliche rote Ziegelgebäude, ihr Zufluchtsort im ersten Sommer ihrer Ehe, war für immer verschwunden. An seiner Stelle hatte Henry Holland, der berühmte Architekt des Drury Lane Theaters, ein eindrucksvolles Bauwerk im griechisch-römischen Stil, umgeben von einem Kreis aus sechs ionischen Säulen mit klassischen Statuen, geschaffen.

Die Veränderungen in dem Bauernhaus spiegelten den Wandel im Leben von George und Maria wider. Endlich hatte der Prince of Wales durch sein geduldiges Warten in der Pattsituation mit dem König einen Sieg errungen, auf den er schon gar nicht mehr gezählt hatte. Er hatte tatsächlich den Finanzkrieg mit dem knauserigen und nachtragenden Staatsoberhaupt gewonnen.

Im Juli gewährte das Parlament George endlich 161 000 Pfund, um seine Schulden zu begleichen, und weitere 60 000 Pfund für die Fertigstellung von Carlton House. Nach der öffentlichen Leugnung seiner angeblichen illegalen Ehe mit einer Katholikin durch einen seiner engsten Freunde hatte der König seinen ältesten Sohn auch damit überrascht, daß er seine jährliche Apanage um 10 000 Pfund erhöhte. Dadurch wurde zwar immer noch nicht die Summe von 100 000 Pfund erreicht, die früheren Kronprinzen bereits im siebzehnten Jahrhundert zur Verfügung gestanden hatten. Aber der Vater hatte dem Sohn, der sich geweigert hatte zu kapitulieren, ein Zugeständnis gemacht. Auch wenn der König den Druck auf George erhöhte, eine legale Ehe zu schließen, hier in Brighton konnte der Prinz dies einfach ignorieren. Und George war frei, der Mann zu sein, in den Maria sich verliebt hatte.

Hier am Meer war er hingebungsvoller denn je, und sie waren selten einmal getrennt. Selbst in den frühen Morgenstunden, wenn Old Smoker ihm bei seinem täglichen Bad im Meer half, wartete Maria am Strand mit einem Handtuch auf ihn. »Wie geht es Ihnen heute, Mrs. Prince?« rief Old Smoker Maria stets zu. Sein Gesicht war dunkel und gegerbt wie Leder; wenn er lächelte, sah man seine perlenweißen Zähne. »Das Leben ist herrlich!« erwiderte sie und winkte ihm zu.

Den Nachmittag verbrachten sie und George im Kreise ergebener Freunde – allen voran Hugh und Horatia Seymour, die ihnen von London hierhergefolgt waren. Die Stunden verrannen mit Whistspielen oder endlosen Cricketpartien in dem ausgedehnten moosgrünen Park am Meer. Maria war erleichtert, daß sie die Herzogin von Devonshire kaum noch sah. Nicht so froh war sie dagegen, daß sie Richard Sheridan, den sie sehr mochte, nur so selten zu Gesicht bekam. Gott sei Dank jedoch trafen sie Charles James Fox überhaupt nicht mehr.

Brighton war eine andere Welt. Sicher. Freundlich. Fern vom Londoner Tratsch wurde Maria hier nach wie vor mit Respekt und Bewunderung gegrüßt. Hier gab es nur Glück und Träume. Ihrer beider Träume. Vielleicht, so Gott wollte, ein weiteres Kind.

Im Spätsommer wurde George sein zweitgrößter Wunsch erfüllt. Sein Bruder Frederick, der teuerste Freund und Vertraute seiner Jugendzeit, durfte nach England zurückkehren.

Wenn er Maria zu erklären versuchte, wie er aufgewachsen war, benutzte George häufig die Geschichte des Exils seines jüngeren Bruders als Beispiel für die Grausamkeit ihres Vaters. Sechs Jahre lang hatte der König Prinz Frederick nach Hannover und Frankreich verbannt, um ihn Georges Einfluß zu entziehen.

»Jetzt, da der älteste Sohn sein Leben anscheinend in Ordnung gebracht hat«, spottete George mit überraschender Bitterkeit, als er sich auf die Reise nach Windsor vorbereitete, um ihn ans Meer zu holen, »hat Seine Majestät offenbar entschieden, daß für seinen Lieblingssohn kein Risiko mehr besteht.«

»Oh, George, wirklich. Ich kann nicht glauben, das Seine Majestät so –«

Aber Horatia pflichtete ihm sanft bei. Grausamerweise hatte der König nie einen Hehl daraus gemacht, daß er Frederick all seinen anderen Söhnen vorzog. Ihn von George fernzuhalten, den als Erben ins Exil zu schicken zu gefährlich gewesen wäre, war nach Ansicht des Herrschers die einzige Möglichkeit, ihn zu schützen. Aber jetzt war Frederick zurückgekehrt und wollte unverzüglich nach Brighton kommen. Nur das Kind, das Maria sich so verzweifelt wünschte, hätte ihr Leben noch vollkommener machen können.

Zwei Tage später, als sich dick wie Wolken Nebel über die kleinen Ziegelhäuser wälzte, fuhren die beiden ältesten Söhne von König George III. gemeinsam mit der eleganten schwarzen Barouche des Prince of Wales nach Brighton. Selbst in dieser luxuriösen Kutsche durchfeuchtete der Nebel ihre Kleidung und überzog ihre Gesichter und Hände mit klebrigem Salzwasser. Aber das mochte George an diesem kleinen Fischerdorf am liebsten. Es war der Geruch von Freiheit.

»Also, sag mir die Wahrheit. Hast du sie nun wirklich geheiratet oder nicht?« fragte Frederick, als sie endlich in der Ferne die Kuppel des Seepavillons sehen konnten.

George zog eine Augenbraue hoch und schaute zu seinem Bruder herüber, der die jüngere Version seiner selbst war. Er besaß das gleiche eckige Kinn und die gleichen roten Wangen, die gleichen zerzausten Locken, aber einen Ton heller. Die Unschuld war jedoch verschwunden und durch die Leichtsinnigkeit und die Sehnsucht nach Abenteuer, die beinahe seine eigenen frühen Jahre ruiniert hätten, ersetzt worden. »Seit wann glaubst du denn Klatsch und Tratsch, Freddie? Haben dir das die Französinnen beigebracht?« George lachte, beugte sich vor und boxte seinen Bruder leicht gegen die Schulter.

»Ich habe Grund zu der Annahme, daß es mehr ist als nur Gerede.«

»Ach ja? Und welchen?«

»Mutter glaubt, daß du verheiratet bist.«

Steif preßte George sich gegen seinen Ledersitz. Sein unbeschwertes Lächeln verflog. »Sagte sie dir das?«

»Das brauchte sie nicht. Ich konnte es von ihren Augen ablesen, als sie über deine Situation sprach.«

George starrte auf das stürmische Meer jenseits des Kutschenfensters. »Du bist lange weg gewesen, Freddie, mein Junge. Vieles hat sich verändert.«

»Was ist denn daran verkehrt, mir die Wahrheit zu sagen?«

»Du weißt, sie ist katholisch.«

»Ja, und? Wenn ich ein Tory wäre, würdest du mich dann verleugnen?«

»Das ist nicht das gleiche, und das weißt du.«

Sie waren in eine Sackgasse geraten. Die Kutsche klapperte an einer Reihe kleiner roter Ziegelhäuser entlang, in denen Fischer ihren Tagesfang säuberten. Bronzefarbene Gesichter waren über grobmaschige Fischernetze gebeugt, und über allem hing der Geruch nach salziger Luft, Fisch und feuchter Erde.

»Also, wenn du nicht verheiratet bist, könntest du diesem Skandal leicht ein Ende bereiten. Tu doch, worum Vater dich bittet. Heirate unsere Cousine Caroline und behalte die zauberhafte Maria als deine Geliebte.«

»Ich schrieb dir doch in meinem Brief, daß ich weder Caroline noch sonst jemanden heiraten werde.«

»Du meinst, du kannst nicht.«

»Das kannst du verstehen, wie du willst.«

Frederick wartete einen Augenblick, dann drehte er sich um und blickte George an. »Wenn du diese Maria wirklich liebst, gibt es vielleicht eine Möglichkeit, irgendeinen Schachzug, um eure Verbindung legal zu machen.«

»Ich weiß nicht, Freddie. Einst erschien alles so einfach. Aber jetzt...« George beendete den Satz nicht. Statt dessen zog er einen kleinen Silberflakon aus einem Fach vor dem Sitz und reichte ihn seinem Bruder. »Etwas zum Aufwärmen, bevor ich euch einander vorstelle.«

»Brandy?«

George lächelte diabolisch. »Cognac natürlich.«

Frederick nahm einen tiefen Schluck und gab George den Flakon zurück. Das Aroma umspielte ihn und füllte seine Nase mit dem Trost eines alten Freundes. Das hatte er nicht erwartet. Seit seiner Versöhnung mit Maria nach dem Vorfall im Unterhaus hatte er nicht getrunken.

Ohne selbst zu trinken, verschloß er ihn wieder.

»Leistest du mir keine Gesellschaft?«

George warf einen Blick auf den Flakon, roch das durchdringende Aroma und dachte an die wärmende Wirkung nur einen Becher weit entfernt. »Ich glaube nicht.«

»Nun komm schon. Nur ein Schlückchen. Ich hasse es, allein zu trinken.«

»Und ich hasse noch mehr, was für ein Mann ich bin, wenn ich trinke.«

»Du hast dich wirklich verändert, was?« Frederick lächelte. »Erzähl mir von ihr, damit ich weiß, was ich zu erwarten habe.«

Es war so lange her, daß er jemanden gehabt hatte – einen Bruder, mit dem er wirklich reden konnte. Freddie wieder zu Hause zu haben war schöner, als er je gedacht hätte. George lehnte sich gemütlich gegen seinen Sitz und begann zu lächeln.

»Also, zunächst einmal kannst du bei Maria nie sicher sein, was du zu erwarten hast.«

»Rätselhaftigkeit ist immer etwas Schönes.« Frederick gluckste in sich hinein und nahm noch einen Schluck Cognac.

»Versteh mich nicht falsch, Freddie. Es gibt keine feinere Frau in ganz England. Oder auf der ganzen Welt. Aber sie ist anders als alle, die ich je kennengelernt habe...« Er seufzte leise, weil er sie vermißte. »... oder je kennenlernen werde. Sie ist die erste Frau, die je den Wunsch in mir geweckt hat, mich zu ändern.«

Er lehnte den Kopf gegen das Polster zurück, als die Kutsche in den Privatweg zu seinem Pavillon einbog.

»So etwas Besonderes?«

»So etwas Besonderes.«

»Dann hast du sie geheiratet.« Frederick lächelte verschmitzt. »Du bist doch viel zu egozentrisch, um dir so jemanden entgehen zu lassen, ganz gleich wie schlecht die Chancen standen.«

»Meinst du, ja?« fragte George mit einem schlauen Lächeln.

Maria überwachte gerade das Aufhängen der grün-weiß karierten Seidenvorhänge über dem Bett im Schlafzimmer des Prinzen, als die beiden Brüder hereinkamen. George wollte auf sie zugehen, aber Frederick hielt ihn zurück. Sie hatte sie nicht hereinkommen hören, und er wollte sie einen Augenblick aus der Entfernung beobachten. Bevor sie einander vorgestellt wurden, wollte er die Frau sehen, für die sein impulsiver Bruder es gewagt hatte, ein Land und eine Krone aufs Spiel zu setzen.

Sie waren zu weit entfernt, um verstehen zu können, was sie den Handwerkern sagte, aber Maria schaute zu zweien von ihnen hoch, die auf Leitern den leuchtenden Stoff, den sie und George persönlich ausgesucht hatten, wie ein bauschendes Zelt über das Bett hängten.

Die beiden beobachteten sie, wie sie sich mit der federleichten Anmut eines Schwans bewegte. Zwei Schritte vor, dann einen zurück. Sie hatte die Hände in die Hüften gestemmt, und dann wieder dirigierte sie mit ausgestrecktem Arm die Bewegungen der Männer. Ihr Haar war nicht so gelockt wie wenn sie ausging. Statt dessen ergoß es sich in honigfarbenen Wellen über ihre Schultern. Aus dem Augenwinkel warf Frederick einen Blick auf George. Er sah die Erwartung in seinem Gesicht.

»Behauptest du noch immer, sie sei nicht deine Frau?« wisperte Frederick mit Blick auf die Augen seines Bruders, die wie Juwelen funkelten.

»Ein bißchen ausstaffieren, das ist alles. Nichts, was Georgiana nicht auch im Carlton House getan hätte.«

»Ich spreche nicht von der Dekoration deines Schlafzimmers, George.« Er lachte lautlos in sich hinein. »Ich bezog mich auf diesen dämlichen ergebenen Ausdruck eben auf deinem Gesicht.«

George hörte auf zu lächeln. »Laß es sein, Freddie. Und freue dich für mich, daß ich ein bißchen Frieden gefunden habe.«

Plötzlich, als einer von ihnen sich ein wenig bewegte, quietschte ein Dielenbrett, und Maria schaute zur Tür. »George!« rief sie und winkte, bevor sie mitbekam, daß jemand neben ihm stand. Dann kam sie ihnen vorsichtiger entgegen, als sie es sonst getan hätte. In ihrem Schritt lag mehr Schicklichkeit, und ihre Hände waren leicht ineinander geschlungen, um sicherzugehen, daß sie ihren Mann nicht in Gegenwart eines Fremden berührte.

Aber Frederick hatte bereits alles gesehen, was nötig war. Er wußte, daß er die wahre Beziehung, die zwischen den beiden bestand, während der kurzen Beobachtung erfaßt hatte. Für ihn würde es nie irgendeinen Zweifel geben, daß sein Bruder gelogen hatte ... daß er tatsächlich für diese Frau seine künftige Krone und sein Leben riskiert hatte.

»Willkommen zu Hause, Eure Hoheit«, sagte sie und versank in einem tiefen Knicks. Ihr Kleid bauschte sich um sie in Wellen aus bernsteinfarbenem Damast.

»Maria Fitzherbert, darf ich Ihnen meinen Bruder Frederick vorstellen?« sagte George mit ebensoviel Förmlichkeit wie sie.

»Also, es ist mir ein Vergnügen, die Frau kennenzulernen, die es endlich geschafft hat, das Herz meines Bruders zu erobern«, sagte er mit dem gleichen dicklippigen, gefährlichen Lächeln wie George.

Als sie wieder knickste, ergriff Georges Bruder ihre Hand. Er küßte die blasse Haut oberhalb ihrer Finger. »Es ist mir eine Ehre, Eure Gnaden kennenzulernen«, sagte sie mit samtweicher Stimme.

»Also, ich hoffe doch, daß wir im privaten Rahmen nicht so förmlich bleiben, oder, George?« Er warf seinem älteren Bruder einen Blick zu, während er immer noch Marias zarte Hand hielt.

»Hier in Brighton, Freddie, tun wir, was uns gefällt.«

»Phantastisch. Dann müssen Sie mich Frederick nennen, Mrs. Fitzherbert.«

»Oh, das kann ich unmöglich.«

Aber als sie aufschaute, nickte George zustimmend. Es war beinahe, als erblickte man Zwillinge. Prinz Frederick war nicht so hochgewachsen, und sein Gesicht war noch frei von Falten, die sich jetzt auf Georges einst glatter Haut breitmachten. Aber ansonsten sahen sie sich verblüffend ähnlich. »Nun gut«, gab sie nach, als sie feststellte, daß er wie George seinen Willen haben wollte. »Es ist mir eine Ehre ... Frederick. Aber dann müssen Sie mich Maria nennen.«

Nachdem sie die Vorstellungen hinter sich gebracht und

eine neue Freundschaft eingeleitet hatten, räkelte Frederick sich wie eine Katze und fing an zu gähnen. »Vielleicht wärst du so gut, lieber Bruder, und läßt mich von einem deiner Diener in meine Räumlichkeiten bringen. Ich würde gerne vor dem Abendessen ein Nickerchen machen.«

»Natürlich«, sagte George und winkte einen der Lakaien herbei, die direkt vor der Tür herumlungerten. »Bring Seine Gnaden in den Blauen Raum«, sagte er und versetzte seinem Bruder einen Klaps auf den Rücken. »Es ist ein sehr hübsches Zimmer, Freddie. Maria hat es selbst ausgestattet. Es hat genau wie dieses einen Blick aufs Meer, und ich garantiere dir, daß du beim einlullenden Plätschern der Wellen schlafen wirst wie ein Baby.«

Frederick drehte sich an der Tür noch einmal um. Seine Augen funkelten genauso blau wie die von George. »Oh, ich weiß nicht, lieber Bruder.« Er lächelte. »Jetzt da ich sie selbst kennengelernt habe, glaube ich nicht, daß irgend jemand in Brighton so gut schläft wie du!«

Das Abendessen fand zu Ehren von Frederick statt.

Der lange Mahagonitisch, der mit Bienenwachs glänzend wie ein Spiegel poliert war, stand mitten im gelb und kastanienbraun gestrichenen Speisezimmer, in dem sich Hugh und Horatia Seymour, Richard Sheridan und Lord und Lady Abergavenny drängten. Lord und Lady Clermont waren soeben aus London eingetroffen. Die Prinzessin de Lamballe war erst kürzlich auf Vorschlag ihrer Herrin, Königin Marie Antoinette, ihrer Gesundheit wegen von Frankreich nach England gekommen.

Lord und Lady Jersey, die neben George saßen, waren die einzigen, die Maria noch nicht kennengelernt hatte.

Es war ein denkbar grandioser Abend, den der Prince of Wales für seinen Bruder gestaltete. Kristallkaraffen, gefüllt mit dem besten französischen Wein. Mandelcremesuppe. Silberplatten, auf denen sich Kalbsschnitzel mit Zitronensauce türmten. Rindfleisch. Lamm. Birnentorte mit Marzipan. Hell erleuchtete Kandelaber. Seidenvorhänge in der Farbe frischer Äpfel. Wedgewoodporzellan. Chinesische Teppiche. Von allem das Beste. Für seinen Bruder Frederick nur das Beste.

Trotz der außerordentlichen Opulenz und der festlichen Atmosphäre schien das einzige Thema, über das alle sprechen konnten, die turbulente Situation in Frankreich zu sein. Der Aufruhr auf den Straßen, in der Regierung und – was am dramatischsten war – im Volk drohten zum völligen politischen Zerfall zu führen. Georges und Marias Gäste versuchten, während sie um den Tisch herum saßen, sich auszumalen, welche Formen dieser Zerfall annehmen könnte.

»Also, ich kann nur sagen, daß dies meiner Meinung nach von ganz schlechtem Geschmack der Franzosen zeugt«, mäkelte Lady Abergavenny, eine vollbusige Dame mit einer tiefen kehligen Stimme, ähnlich der ihres Gatten. »Ich sage Ihnen, ich verstehe einfach nicht, wie etwas so schrecklich Barbarisches wie gegenseitiges Köpfen, gleich einem Stamm von Wilden, mehr Essen auf den Tisch bringen soll!«

»Ich bin ganz Ihrer Meinung. Aber die Franzosen gehen nach anderen Grundsätzen vor«, sagte Hugh Seymour, während er einen Löffel Suppe vor dem Mund balancierte.

Die französische Prinzessin de Lamballe, eine sehr würdevolle Frau mit blondem Haar und blauen durchdringenden Augen in einem schmalen, blassen Gesicht, stellte ihr Glas so heftig ab, daß Rotwein auf das weiße Seidentafeltuch spritzte. »Nicht wirklich anderen Grundsätzen, Lord Seymour. Im Augenblick vielleicht nur verzweifelteren.«

Rein zufällig fiel Maria inmitten von all dem auf, daß die sehr aufs Flirten bedachte Lady Jersey George erste verstohlene Blicke zuwarf.

Frances war keine Frau von großer Schönheit, und besonders jung war sie auch nicht mehr. Ihre Kinder waren bereits erwachsen. Aber die Erinnerung an die Schönheit ihrer Jugend hing immer noch wie ein unvergeßlicher Schatten über ihrem dunklen Haar, den kohlrabenschwarzen Augen und der blaß olivfarbenen Haut.

Nach etlichen Versuchen erhaschte sie den Blick des Prinzen und schaute dann beiseite. Einen Augenblick später sah sie ihn wieder an, mit einem aufdringlich kessen Lächeln.

Maria lehnte sich steif gegen die Rücklehne ihres Stuhles, während sie all dies beobachtete und sich dann abwandte. Sie wußte, welche Macht George immer über Frauen gehabt hatte. Aber was es diesmal irgendwie schlimmer machte, war die Tatsache, daß sie wegen all der Vorbereitungen für heute abend keine fünf Minuten alleine miteinander verbracht hatten, seit er mit Frederick nach Brighton zurückgekehrt war. Maria hatte keinen einzigen Augenblick mit ihm allein gehabt, um ihm von der seltsamen und unheilvollen Furcht zu erzählen, die sich jetzt seit einigen Tagen unangenehm bemerkbar machte, und sich vom Ton seiner Stimme und von seiner Berührung wie immer beruhigen zu lassen.

»Wie viele haben sie jetzt in dieser Raserei schon umgebracht?« fragte Lord Abergavenny so unbekümmert, als erkundigte er sich nach dem Teepreis.

Die Prinzessin de Lamballe starrte ihn an. »Ich glaube kaum, daß sie zählen, Sir.«

Lady Jersey spielte mit dem schwarzen Samtband um ihren Hals, als sie jetzt kühner mit George flirtete. Endlich erhob Maria sich, während eine Woge von Wut sie durchrann. Die Unterhaltung brach ab. »Entschuldigen Sie«, sagte sie forsch. »Ich könnte etwas frische Luft vertragen.«

»Ich gehe mit Ihnen«, bot Frederick an und sprang von seinem Stuhl auf. Er verließ hinter ihr das Speisezimmer.

Lange Zeit schlenderten sie Seite an Seite dahin, vorbei an Stockrosen und duftendem Jasmin. In der dunklen Ferne tosten die Wellen. Keiner von ihnen sprach. Vor ihrem inneren Auge sah Maria Lady Jersey, ihre gierigen roten Lippen, die verführerischen Blicke ihrer marmorschwarzen Augen. Sie zitterte. Sie konnten vor der Wirklichkeit davonlaufen, hierher nach Brighton. Aber die reale Welt mit ihrer Macht, sie zu zerstören, war bereits da, wartete jeden Moment darauf, sie sich wieder einzuverleiben.

Frederick hatte gesehen, was sie so aus der Fassung gebracht hatte, aber da er die Vergangenheit seines Bruders nur zu gut kannte, brachte er es nicht über sich, dieses Thema anzusprechen. Er mochte sie bereits viel zu sehr.

»Frösteln Sie, Madam? Möchten Sie gerne hineingehen?«

»Nein!«

Er sah trotz der nächtlichen Schatten, daß ihre Augen feucht waren. »Ich bin noch nicht ganz soweit, wieder hineinzugehen«, sagte sie. »Ich danke Ihnen, Frederick.«

Er zuckte seine in grauen Samt gekleideten Schultern und ging weiter neben ihr her. »Ich habe nichts dagegen«, meinte er. »In den letzten Jahren habe ich genug von Frankreich gesehen, daß es für mein Lebtag reicht. Über dieses grauenhafte Chaos brauche ich mir nicht auch noch etwas anzuhören.« Sie gingen einen engen Pfad entlang, der am Strand vorbeilief. Es war ein Kiesweg, der mit Reihen von weißem und rosa Fingerhut gesäumt war. Daneben befand sich eine von Weinlaub überwucherte Wand mit einem weiteren Blütenmeer. Maria schleuderte die Schuhe von den Füßen und ging auf Strümpfen über den Strand. Der Vollmond schien wie eine riesige in Flammen stehende Zitrone auf sie herab.

»Wissen Sie, ich wollte Ihnen sagen«, er nahm ihre Hand und drückte sie freundschaftlich, »ich bin so froh, daß Sie die Frau meines Bruders sind.«

Maria blieb stehen. Sie hatte das Gefühl, als setze ihr Herzschlag aus. Dann gewann sie ihre Fassung soweit wieder, daß sie weiter über den weichen feuchten Sand schlendern konnte. »Sie dürfen nicht alles glauben, was Sie hören, Frederick«, sagte sie, ohne mit der Wimper zu zucken.

»Sie brauchen es mir gegenüber nicht zu leugnen, Maria. Nach meiner eigenen langen Verbannung verstehe ich besser als irgendein anderer, wie schwierig die Beziehungen zu dieser Familie sein können und wozu man getrieben werden kann. Besonders jemand wie George. Aber seien Sie versichert, daß es zumindest einen Angehörigen der königlichen Familie gibt, der begeistert davon ist, daß mein Bruder genug gesunden

Menschenverstand aufbrachte, ein so durch und durch charmantes Wesen zur Ehefrau zu nehmen. Ich kann nur hoffen, daß er eines Tages den Mut und die Gelegenheit findet, Sie vor dem Rest der Welt anzuerkennen.«

Maria lächelte schwach und blieb erneut stehen, um zum Mond hochzuschauen. Sie holte tief Luft und hielt sie dann an, als sei es ihr letzter Atemzug. Frederick streckte ihr die Hand entgegen. Schließlich nahm sie sie. Als sie wieder hineingingen, hatten George und seine Gäste sich in die Bibliothek zurückgezogen, um Brandy zu trinken. Alle saßen am Feuer und diskutierten über die französische Politik. Alle außer George und Lady Jersey.

Letztere stand am anderen Ende des Raumes, gegen eine der seidenbespannten Wände gelehnt, und blickte zu George empor, während er mit ihr sprach.

Ist es möglich, daß es wieder anfängt? Daß er seine alte Lebensweise wieder aufnimmt? Leise Übelkeit stieg in ihr hoch, als sie die beiden zusammen sah. Vielleicht war dies die Ursache ihrer Furcht, dieses Gefühl, das sie seit Tagen nicht losließ, daß etwas Finsteres und Schreckliches geschehen würde.

»Oh, Maria, du bist zurück.« Horatia lächelte und hob die Hand. Maria schaute zu ihr herüber und spürte einen Augenblick lang, wie Rührung ihr Herz erfüllte. Was für eine liebe Freundin sie hier in Brighton geworden war, für sie und George. »Komm, setz dich neben mich«, rief Horatia, aber Maria hatte nur Augen für ihren Mann und die Frau des vierten Grafen von Jersey, die immer noch in leises Flüstern versunken waren.

»Ich fürchte, ich fühle mich nicht sehr gut. Ich glaube, ich sage jetzt gute Nacht.«

Horatia folgte ihrem Blick und bekam mit, was Maria sah. »Ich komme mit dir. Wir können uns noch ein wenig unterhalten, bevor du schlafen gehst.«

Horatia legte Maria eine Hand auf die Schulter. Sehr ruhig sagte sie: »Mach dir nicht allzuviel daraus. Es bedeutet nichts, wenn er mit ihr spricht. Das ist nur ein Spiel, nicht mehr. Lady Jersey möchte nur gerne behaupten können, daß sie an einem zauberhaften Abend einen Augenblick lang imstande war, die Aufmerksamkeit des schneidigen Prince of Wales zu fesseln.«

»Des verheirateten Prince of Wales.«

»Er betet dich an, Maria«, flüsterte Horatia eindringlich. »Du bist seine Frau. Denk daran, was er für dich bereits aufs Spiel gesetzt hat. Du bist die eine wahre Quelle seiner Kraft, die Frau, die alles für ihn verändert hat. Jeder, der das nicht sieht, ist ein Narr. Ganz gleich, wohin das Leben euch beide führt, du bist diejenige, zu der er immer wieder zurückkehren wird.«

Diese Demonstration von Überzeugung von jemandem, der so sanft und bescheiden wie Horatia war, überraschte sie. Maria streckte die Hand aus und strich Horatia eine lose braune Haarsträhne hinter das Ohr, eine freundliche Geste. Immer war es diese eine Strähne, die, ganz gleich wie sorgfältig sie ihre Haare lockte, den festen Ringellöckchen entkam und glatt herunterhing. Maria erinnerte sich daran, daß es jeden Abend, den sie seit dem vergangenen Sommer zusammen verbracht hatten, so gewesen war. Eine Welle von Zärtlichkeit durchströmte sie, als ihr klarwurde, daß zumindest einige Dinge sich nie änderten. Maria umarmte sie, küßte sie zärtlich auf die Wangen und wünschte dann der Frau, die wie eine Schwester für sie geworden war, gute Nacht.

Die Kerzen brannten noch, und ein Feuer loderte in dem kleinen steinernen Kamin in Marias Haus auf der anderen Seite des Gartens vom Pavillon. Sie warf ihr Cape auf den Kleiderständer neben der Tür. Sie konnte Belle Pigot hören, die zu Marias neuer Begleiterin erkoren worden war. Ihre geträllerten Weisen drangen durch das bescheidene Haus, wenn sie in der Küche sang. So eine liebe alte Frau. Maria war von Tag zu Tag stärker auf sie angewiesen, genau wie George in seiner Kindheit. Kurz nach dem Fiasko im Unterhaus hatte Belle sich einverstanden erklärt, Maria überall in der Öffentlichkeit zu begleiten und ihr allgemein das Leben ein wenig bequemer zu machen. George wußte aus lebenslanger Erfahrung, daß es niemanden auf der Welt gab, der seiner teuren Frau mehr Trost und Stärke vermitteln konnte als seine eigene liebe Belle.

Maria sank in den Sessel neben dem Feuer, als die Tür sich öffnete und Belles kleine Gestalt ins Licht wackelte. »Sie sind früh wieder zu Hause, Madam. Wie war die Party für Prinz Frederick?«

»Es war wunderbar, Belle. Danke.«

»Möchten Sie etwas aus der Küche haben? Etwas Tee vielleicht?«

»Nein, danke. Ich werde nur noch eine Weile hier sitzen bleiben, um wieder zu Atem zu kommen. Die Einsamkeit wird mir jetzt guttun.«

»Dann wünsche ich Ihnen eine gute Nacht.«

»Gute Nacht, Belle«, rief Maria hinter ihr her. Als sie wieder in der Küche war, setzte ihr seltsamer Gesang erneut ein. Maria wandte sich dem Feuer zu; Tränen schimmerten auf ihren blassen Wangen.

Du Närrin! Du weißt, daß du die einzige Frau bist, die George begehrt! Ganz gleich, was der Rest der Welt glauben mag. Er hat sich mir dir verändert. Für dich ... Deinetwegen.

Dennoch kannte sie wie jeder in England seinen Ruf bei Frauen, und es ängstigte sie außerordentlich zu glauben, daß George, der Mann, den sie anbetete und hochhielt als Licht ihres Lebens, sich je wieder so weit erniedrigen könnte. Da sie nahe am Feuer saß, fiel ihr Blick auf ein zerknülltes Stück Papier. Es war in den Kamin geworfen worden, um es zu vernichten, war aber noch nicht verbrannt. Maria hob es auf und faltete es auseinander. Als sie feststellte, daß es ein gedruckter Vers war wie diejenigen, denen sie in London ausgeliefert war, setzte ihr Herz einen Schlag aus.

Zu Brighton ist's, dem Stolz der Seebäder,
Versammelt dort hochwohlgeborene Lords und Ladys,
Aber nein, 's ist Englands erster Prinz – und die infame
Dame Fitz ...

Mehr zu lesen brachte sie nicht über sich, dann zog Maria mit alabasterweißem Gesicht die Glocke. Einen Augenblick später kehrte Belle in das Wohnzimmer zurück. »Entschuldigung, Madam. Ich dachte, Sie seien schon hinauf und schlafen gegangen.«

Maria hielt ihr den zerknüllten Papierfetzen mit dem geschmacklosen Gedicht des Moralapostels entgegen. Sie fühlte sich, als sei eine volle Breitseite auf sie abgefeuert worden. Hier in Brighton, wo sie immer sicher gewesen war, hatte sie an so etwas nicht einmal gedacht. Sollte sie jetzt auch hier zur Zielscheibe obszönen Spottes werden? Die Hure des Prinzen?

»Hast du das gesehen?«

Belle schlug die Augen nieder. »Leider, Madam.«

»Wie hat das den Weg in mein Haus gefunden?«

»Bestimmt nicht durch mich. Aber als ich es fand, wollte ich es sofort verbrennen. Es tut mir leid, daß mir dies nicht besser gelungen ist.«

»Gibt es davon noch weitere Exemplare?«

Ihre Stimme klang angespannt. »Sind in der Stadt angeschlagen, ja, Madam.«

»Aber ich verstehe das nicht«, hauchte Maria. Sie preßte ihre schlanke Hand gegen die Stirn, während ihr Mund von der Überraschung ganz trocken wurde. »George und ich waren hier immer vor Nachstellungen sicher... Die Bevölkerung von Brighton hat uns mit offenen Armen empfangen.«

»Entschuldigen Sie, daß ich das sage, Madam, aber es ist wirklich nicht so schlimm wie in London. Vielleicht sollten Sie es einmal so betrachten.«

»Diese Worte zielen darauf ab, grausam zu sein, Belle.« Sie hielt ihr das Gedicht entgegen und merkte, wie es in ihrem Kopf zu wirbeln begann – eine äußerst gefährliche Mischung aus Enttäuschung, Schock und Verrat. »Jeder wird daran erinnert, daß ich nicht adelig bin. Das siehst du doch bestimmt auch. Ich hatte wirklich keine Ahnung, daß auch die Bevölkerung von Brighton –«

»Zweifelsohne ist es das Werk eines einzelnen erbitterten Menschen.«

»Aber ich bin immer noch das Ziel von Spott und Hohn. Selbst hier...«

»Menschen haben Angst vor dem, was sie nicht verstehen. Ich bin mir sicher, daß es nur eine solche Reaktion ist.«

»Aber ich habe nie irgend jemandem einen Grund gegeben, mich zu verachten, oder? Ich lebe ein ruhiges Leben im Hintergrund. Bitte, Belle. Du mußt mir sagen, warum sie das tun.«

»Bei allem Respekt, Madam, sie glauben, Sie hätten ihren Prinzen geheiratet und seien dann so dreist gewesen, dies nicht nur selbst zu bestreiten, sondern auch noch andere dazu zu verleiten, dies in Ihrem Namen vor dem Parlament zu tun.«

Verblüfft sank Maria wieder auf den seidenbezogenen Sessel. Eine Zeitlang war Brighton wie eine Zuflucht in einem sicheren Hafen gewesen. Aber jetzt wurde sie auch hier, an dem einen Ort, wo sie sich akzeptiert und respektiert glaubte, genau wie in London als eine Konkubine betrachtet.

»Also habe ich mir die ganze Zeit etwas vorgemacht. Selbst hier, in unserem Refugium, sind wir nicht länger sicher.«

»Diese Verse sind die Worte eines Narren.«

Maria schloß die Augen. »Es sind die Worte des Volkes.«

»Was kann ich tun, um Ihnen zu helfen? Ich mag Sie beide doch so sehr.«

Maria holte tief und mühsam Luft und versuchte die Tränen zurückzudrängen, die ihr in den Augen brannten.

Schließlich streckte sie die Hand aus, und Belle ergriff sie. »Danke. Aber es gibt nichts, das irgend jemand tun könnte. Man sagt, die Wahrheit tut weh. Ich steige gerade aus meinem Wolkenkuckucksheim herab und stelle fest, wie schrecklich wahr das ist.« Es war, so hatte sie das Gefühl, der letzte Tropfen, der das Faß zum Überlaufen brachte.

Lady Jersey hatte gewußt, daß er dasein würde.

Ganz Brighton wußte, daß der Prince of Wales morgens im Meer badete. Aber nur Lady Jersey war kühn genug, ihm zu folgen. Er stand triefend vor Wasser am Strand, während Old Smoker seine Beine abtrocknete und Orlando Bridgeman ihm in den schweren blauen Bademantel half.

»Lady Jersey.« George lächelte, ein wenig überrascht, sie hier ohne Begleitung zu sehen.

Sie wirkte elegant und frisch in ihrer apricotfarbenen Seide, ihr ebenholzfarbenes Haar war aus dem Gesicht gekämmt und von einem passenden bänderverzierten Hut gekrönt. »Was führt Sie so früh am Morgen hierher?«

»Ich stehe immer früh auf, wenn wir ans Meer fahren«, log sie. »Ich denke, das liegt an der phantastischen Luft.«

Bridgeman knotete den Bademantel zu und warf ihr einen finsteren, mißtrauischen Blick zu.

»Ja, sie ist wirklich phänomenal.«

»Ich wollte Ihnen für den gestrigen Abend danken«, säuselte sie verführerisch und senkte ihre dunklen Augen, als beziehe sie sich auf mehr als das Abendessen, das er und Maria gegeben hatten. »Ich habe mich köstlich amüsiert.«

»Ja.« Er schaute sie an. »Maria und ich auch.«

»Wollen Sie ein Stück mit mir gehen?«

George warf einen Blick auf Marias Cottage, dann einen auf Orlando Bridgeman, der keinerlei Hehl aus seiner Mißbilligung machte. Er sollte sie besser nicht begleiten. Das könnte noch mehr Tratsch entfachen, da er wußte, daß Lady Jersey mit ihm zu flirten versuchte. Sie war gefährlich. Soviel war bereits gestern abend offensichtlich gewesen.

»Ich glaube, das wäre keine gute Idee.«

»Nur ein kleiner Spaziergang, Eure Hoheit. Was kann das denn schon schaden?«

»Ich habe große Erfahrung darin gesammelt, Schaden für mich und andere zu unterschätzen.«

»Ein winzig kleiner Spaziergang?«

»Nun gut«, gab er nach. »Bis Maria ihre Korrespondenz beendet hat und Zeit findet, sich zu uns zu gesellen, werde ich Sie begleiten.«

Der Strand war noch in Nebel gehüllt, als sie gemeinsam in

dieses dicke weiße Kissen schlenderten und rasch aus Orlando Bridgemans schützendem Blickfeld verschwanden.

»Ich hoffe, Sie verzeihen mir, daß ich das sage«, sagte Frances und klammerte sich fest an seinen Arm. »Aber Eure Hoheit ist überhaupt nicht, wie ich erwartet hatte, als ich nach Brighton kam.«

Seine Lippen verzogen sich zu einem leicht höhnischen Lächeln. »Und wie kommt das, Lady Jersey?«

Er sah, wie sie kokett errötete und um eine Antwort rang. Sie hatte keine Ahnung, wie wenig anziehend ein solch offensichtlicher Flirt auf ihn wirkte. Jetzt, da er Maria hatte. »Vielleicht meinen Sie ja, daß ich nicht ganz der Karikatur des wertlosen, verzogenen Wracks von einem Erben entspreche.«

»Sie sind viel charmanter. Sehen auch viel besser aus.«

George blieb stehen und wandte sich ihr zu. »Also wirklich, Lady Jersey, ich glaube, Sie flirten schon wieder mit mir.«

Sie schenkte ihm ihr bezauberndstes Lächeln. »Und wenn ich das täte?«

»Wenn Sie das täten.« Er atmete aus und erinnerte sich daran, wie es war, so gekonnt von einer schönen Frau in die Falle gelockt zu werden, die hinter seiner Macht und seinem Einfluß her war. Nicht hinter seinem Herz.

Gott, es war wundervoll, eine Million Meilen von all dem entfernt zu sein, Marias Liebe zu besitzen, hier unten am Meer.

»Wenn Sie das täten, würde ich mich schrecklich geschmeichelt fühlen. Aber wie Sie sich vorstellen können, müßte ich Sie zurückweisen.«

Sie fuhr mit ihrer schlanken Hand verführerisch über die mit Goldborte besetzte Kante seines Morgenmantels und berührte seine Lippen sanft mit den ihren. Es war ein keuscher Kuß, aber er verhieß viel mehr. »Niemand müßte es wissen. Es könnte unser kleines Geheimnis bleiben.«

George trat einen Schritt zurück, noch immer den Geschmack ihrer rubinroten Schminke auf den Lippen. »Es gab eine Zeit in meinem Leben, wo ich mich darauf eingelassen hätte.«

»So lautet das Gerücht.«

»Aber ich selbst wüßte es, meine liebe Lady Jersey ... ich wüßte es.«

Frances kam näher, preßte ihr apricotfarbenes Seidenkleid gegen seinen strammen, muskulösen Körper, während die Wellen gegen den Strand tosten. Aber sie ließ ihn völlig kalt.

»Nun gut. Aber falls Sie je Ihre Meinung ändern sollten –«
Sie seufzte und küßte ihn wieder, diesmal hart und mit offenem Mund, bevor sie sich umdrehte und allein davonging.

Maria lag weinend auf den Knien, als George sie fand.

Wie erstarrt stand er an der Tür zu ihrem Schlafzimmer, während sie auf dem Boden kniete, die Hände gefaltet und den Kopf im Gebet gesenkt. Ein blasser Sonnenstrahl drang durch das Fenster und vergoldete ihr zerzaustes blondes Haar, während ihr leises Weinen die Luft des frühen Morgens erfüllte.

Zur Hölle mit ihnen allen! Diese Verbrecher haben es geschafft, zu ihr vorzudringen, selbst hier!

Törichterweise hatte George in der vergangenen Nacht alleine im Pavillon geschlafen, zu müde, den Garten zu durchqueren, nachdem der letzte Gast gegangen war. Er hatte keine Ahnung, daß Maria den Vormittag nicht mit ihrer Korrespondenz, sondern in Gebet und Meditation zugebracht hatte und daß sie kaum zum Schlafen gekommen war.

Belle hatte ihn aufgesucht, gleich nachdem er von seiner Begegnung am Strand mit Lady Jersey zurückgekehrt war. Sie hatte George von dem grausamen Spottvers und seiner Wirkung auf Maria erzählt. Aber er war in keiner Weise darauf vorbereitet, die Frau, die er liebte, in dieser Weise vorzufinden. Weinend. Betend und weinend. So lange hatte sie nun schon darauf gewartet, anerkannt zu werden, den Respekt entgegengebracht zu bekommen, den sie verdiente, und dennoch schien dieses Ziel in immer weitere Ferne zu rücken.

»Lieber Gott, gib mir Kraft, dem mutig entgegenzutreten«, flüsterte Maria, die ihn nicht gehört hatte, unter Tränen. »Ich bin das Gespött der ganzen Welt. Selbst hier, hier, kann ich dem nicht entkommen ... Oh, wie ich das verachte! ... verachte, was ich geworden bin. Ein schlechter Scherz. Ein Objekt der Verhöhnung ... Die Hure, die ich geschworen hatte, nie zu sein!«

Sie ließ ihr Gesicht in die Hände fallen. »Es sollte mir nichts ausmachen aber das tut es ... Gott hilf mir, das tut es! ...«

Erschüttert trat George von der Tür zurück.

In diesem einen grausamen Moment erkannte er, daß es keine Möglichkeit gab, sie länger vor dieser Qual zu bewahren, daß er sie nirgends in Sicherheit bringen konnte, bis er König wurde. Von ganzem Herzen hatte er geglaubt, daß er sie zur Königin machen könnte, wenn er sie eines Tages heiratete, und daß dies alles dadurch ungeschehen gemacht würde.

Statt dessen hatte sie seinetwegen kein Kind, keine Familie ... und nicht einmal mehr ihre Ehre. Er war unerträglich egoistisch gewesen. Bis zu diesem Augenblick hatte er keine Ahnung gehabt, was seine Liebe sie gekostet hatte.

Bevor sie aufschauen und ihn entdecken konnte, drehte George sich um und ging wieder nach unten. Sein Gemüt war so aufgewühlt wie die Straßen von Brighton im Winter. Vor seinem inneren Auge sah er wieder die Karikaturen. Hörte den unbarmherzigen Tratsch über sie. Die Erinnerung an Isabella Seftons grausame Zurückweisung damals in London ... und das Getuschel so vieler anderer.

»Ich bin ein Narr«, flüsterte er und stolperte in den Garten zwischen ihrem Cottage und dem Pavillon hinaus.

George stand auf dem schmalen Ziegelpfad, der sich zwischen ihren beiden Häusern entlangwand und starrte zum Himmel empor. Eine kühle Morgenbrise blies ihm ins Gesicht. »Ich bin der Fluch ihres Lebens ... und all dessen, was ihr teuer ist. Dennoch ist sie mein Leben, Gott vergebe mir. Bin ich Manns genug, mich davon abzuwenden?«

George starrte ausdruckslos quer durch das dunkle, gemütliche Wirtshaus am Meer. Der Reiz dieses Lokals ließ ihn kalt, selbst als er Frederick an einem zerschrammten Eichentisch gegenübersaß, der nach Ale roch.

»Es würde dir guttun, darüber zu reden«, meinte Frederick.

»Es gibt nichts zu erzählen.« George schaute in das prasselnde Feuer neben ihrem Tisch.

»Oh, ich glaube, ich kenne dich ein bißchen besser.«

Eine Gruppe alter Männer neben ihnen spielte Karten. Die Luft im Wirtshaus war abgestanden, dichter Rauch kräuselte sich zur niedrigen Decke. Fischer spannen Seemannsgarn. Barmädchen lachten. Mit einer Handbewegung bestellte Frederick sich noch etwas zu trinken und blickte dann wieder auf George, der sich immer noch beharrlich weigerte, auch nur einen Schluck Brandy anzurühren.

»Es ist wegen Maria, nicht wahr?«

George schaute mit glasigem Blick auf. »Warum fragst du?«

»Gibt es irgend jemanden sonst auf der Welt, der dich dazu bringen könnte, so niedergeschlagen auszusehen?«

George schwieg. Sein Gesichtsausdruck wurde noch finsterer. Schließlich sagte er: »Ich möchte tun, was richtig für sie ist, Freddie. Gott, ich möchte, daß sie glücklich ist.«

»Und du glaubst, mit dir ist sie das nicht mehr?«

»Ich weiß, daß sie mich liebt. Das ist es nicht.«

»Aber irgend etwas ist es doch.«

George stierte weiter ins Feuer. Hohe goldene Flammen schossen lodernd hoch in die Schwärze des Kamins.

»Bitte«, drängte Frederick. »Du warst immer für mich da. In all den einsamen Jahren, als ich im Ausland war, hast du mir immer geschrieben, mir geholfen, den Mut nicht sinken zu lassen. Jetzt möchte ich mich dafür revanchieren.«

Als George hochschaute, musterte er Frederick aus müden Augen. So jung. Naiv. Und so von dem Willen beseelt zu helfen. Genau wie in ihrer Kindheit. Aber es war zu spät. Zu spät für Geständnisse. Niemand konnte ihm jetzt noch helfen.

»Es ist nichts, wirklich. Ich bin nur müde. Das ist alles.«

»Geh nach Hause«, bat Frederick ihn liebevoll. »Rede mit ihr, George.«

»Ich kann nicht nach Hause gehen. Noch nicht.«

Was er nicht sagen konnte, war, daß er es nicht ertragen

konnte, zu dem brennenden Schmerz zurückzukehren, den er an diesem Morgen in Marias Augen gesehen hatte, als er sie betend knien sah. Weinend. Weil er wußte, daß seine Liebe und sein aufrichtiger Wunsch, sie zu besitzen, wenn auch unbeabsichtigt, der Grund für dieses Unglück war.

Nein, Maria jetzt gegenüberzutreten würde ihn nur zu dem einen Entschluß drängen, den er nicht einmal gedanklich ertragen könnte. Alles war im Augenblick besser, als dem ins Auge zu sehen.

Sie saß in einem blauen Satinsessel und wartete.

Maria blickte hoch zu der Uhr, die im Mondschein, das durch das Fenster fiel, hell erleuchtet war. Die grausamen Verse, die sie am gestrigen Abend entdeckt hatte, taten noch immer weh. Halb drei. Kurz nach Mitternacht war Weltje zu ihrem Cottage gekommen mit einem Brief für George von der Königin. Bevor er nach Windsor zurückgekehrt war, hatte der Bote Ihrer Majestät darauf hingewiesen, daß Seine Hoheit ihn unverzüglich lesen sollte. George war jedoch seit dem frühen Nachmittag mit Frederick unterwegs.

Maria hatte Weltje nicht gestattet, eine Kerze anzuzünden oder das Feuer zu schüren. Es war besser so. Leichter, der Wahrheit nicht ins Gesicht zu sehen, zumindest eine Weile lang.

Dieser Vers hier in Brighton, wo sie sich sicher wähnte, hatte sie schwer getroffen, und sie mußte mit ihren Gedanken allein sein. Wenn sie nicht den Brief hätte übergeben müssen, wäre sie jetzt nicht gekommen.

Während sie wartete, sah sich Maria prüfend in dem Zimmer um, eines von vielen, das sie geholfen hatte zu gestalten. Die bestickte Ottomane, der Atlasholzschrank ... die Gemälde. All das hatten sie gemeinsam ausgesucht. So viel Liebe, dachte sie. Ungeduldig trommelte sie mit den Fingern auf die Lehne des steifen Walnußholzsessels. Gleich hinter dem Fenster tosten wieder und wieder die Wellen, aber sie nahm es nicht wahr. Sie hörte auch die Türklinke nicht gehen, als die beiden Brüder endlich heimkehrten.

»Warum bist du zu so später Stunde hier?« fragte George, als er ins Dunkel kam und Maria sah.

Er hatte sich so lange wie möglich im Wirtshaus herumgedrückt, um ihr aus dem Weg zu gehen, aber dennoch war sie hier, bevor er bereit war, ihr mit der schmerzlichen Aufgabe, die vor ihm lag, gegenüberzutreten. Diese Enttäuschung klang jetzt in seinen Worten durch.

»Wirklich, George. Kein Grund, unhöflich zu sein«, meinte Frederick und legte ihm fest die Hand auf die Schulter, um ihn zurückzuhalten.

Maria erhob sich. Ihr Körper schimmerte silhouettenhaft im Mondlicht vor ihm. »Du hast eine Nachricht von der Königin erhalten.«

»Oh, phantastisch«, entgegnete George in ätzendem Tonfall.

»Ich glaube, ich wünsche jetzt eine gute Nacht«, sagte Frederick.

»Vielleicht sollten Sie besser bleiben«, entgegnete Maria, während George eine Messinglampe anzündete. »Der König ist sehr krank.«

»Ach, Unsinn. Er ist viel zu gemein, um wirklich krank zu sein!«

»George, die Königin sagt, er stirbt vielleicht.«

Er blickte sie an und hielt dabei die Lampe zwischen ihnen hoch.

»Hatte er wieder einen Anfall?« fragte Frederick.

»Ihre Majestät sagt, sein Verstand sei gestört und er sei im Moment außerstande, sein Amt als König wahrzunehmen.«

»Das bringt ihn aber dem Tod noch nicht nahe«, schoß George zurück.

»Er hat Fieber und leidet nach Angaben Ihrer Majestät unter großen Schmerzen. Die Ärzte haben keine Ahnung, wie sie ihm diesmal helfen können.«

»Was will sie von mir?«

»Sie bittet dich, sofort nach Kew Palace zu kommen. Sie können es nicht länger aufschieben, einen Regenten zu benennen, der anstelle Seiner Majestät agiert.«

Seit Jahren litt sein Vater unter periodischen Schüben von Wahnsinn, aber stets hatte er sich wieder erholen können, bevor ein Eingreifen notwendig geworden war. George warf erst seinem Bruder einen Blick zu, dann Maria. Er wagte die Möglichkeit in Betracht zu ziehen, daß das Ende all ihrer Probleme zum Greifen nahe sein könnte.

»Wir müssen zum Kew Palace«, sagte Frederick.

»Ich glaube, du hast recht«, erwiderte George mit schriller Stimme, die verriet, wie überrascht er war. »Sag Weltje, daß wir bei Sonnenaufgang aufbrechen, und sorg dafür, daß er Hugh Seymour Bescheid gibt, er möge uns begleiten, hörst du, Freddie?«

»Natürlich«, antwortete er, bevor er das Zimmer verließ.

Sobald sie allein waren, ging George rasch auf Maria zu und schloß sie in die Arme. Ernüchtert durch diesen Gang der Ereignisse vergaß er völlig, welche Umstände ihn erst so spät nach Hause geführt hatten. George hielt sie in der Dunkelheit wortlos fest und fuhr mit den Fingern durch eine lange Haarsträhne vor ihrem Gesicht.

»Großer Gott. Glaubst du wirklich, es könnte endlich doch noch passieren?« flüsterte er. Aber sie antwortete nicht. »Wenn er sterben sollte, würde das alles für mich ändern – für uns. Gott, endlich.«

Maria riß sich los, sein barscher Ton zu Anfang schwebte immer noch im Raum, die Tatsache, daß er sie den ganzen Tag und den ganzen Abend ohne eine Erklärung allein gelassen hatte, brannte noch wie eine frische Wunde. »Vielleicht solltest du versuchen, noch ein paar Stunden zu schlafen«, sagte sie mit einer Stimme, die so kühl war wie seit Jahren nicht mehr. »Du hast morgen eine lange Fahrt nach London vor dir.«

Georges Augen funkelten vor Wut.

»Wie können Sie das tun?« Er platzte in das Musikzimmer der Königin im Kew Palace, das von Gästen überquoll.

Sie lauschten den Lieblingsstücken des Königs von Händel in der Hoffnung, diese könnten ihn aus seiner Krankheit reißen, während er auf der anderen Seite des Saales schwach daniederlag.

Königin Charlotte, in blaßgrüne Seide gekleidet, erhob sich. Ihr zufriedenes Lächeln erstarb beim Anblick ihres streitsüchtigen Sohnes. Die Musik brach ab. George blieb in der Tür stehen, kerzengerade aufgerichtet, das Gesicht vor Zorn hochrot.

»Spielt weiter!« befahl die Königin im Hinausgehen. George folgte ihr. »Wage es nie wieder, mich so in Verlegenheit zu bringen, oder ich schwöre dir bei allem, was heilig ist, du wirst es bereuen!«

»Wie du mir, so ich dir, ist es so, Mutter?«

Charlotte schloß die Bibliothekstüren hinter ihnen, als sie mitbekam, daß sein Zorn nicht im geringsten verrauchte. Offensichtlich war ihr ältester Sohn mittlerweile über die Bedingungen seiner Regentschaft informiert worden.

Da sie wußten, daß der Thronerbe eine katholische Witwe geheiratet und dies dann geleugnet hatte, fürchteten die Königin und der Tory-Premierminister William Pitt die gefährliche Macht, die ihm die Regentschaft verleihen würde. Es war unwägbar, welchen Titel er Mrs. Fitzherbert verleihen oder welches Gesetz er widerrufen würde, um ihre Ehe legal zu machen.

Daher hatte Pitt der Königin erklärt, daß ihr keine Wahl bliebe. Ihrem ältesten Sohn dürfe weder das Recht gegeben werden, das Eigentum des Königs anzurühren, noch das Recht, Ämter oder Pensionen zu verleihen, noch das Recht, jemanden in den Hochadel zu erheben. Wenn er sich mit diesen Bedingungen einverstanden erklärte, dann, und nur dann, würde George zum Regenten für seinen kranken Vater ernannt.

»Das ist kein Spiel, George. Es geht um England!«

»Die Regentschaft in vollem Umfang ist mein gutes Recht!«

»Solange ich lebe, wird es, bei Gott, keine Papistin als Königin von England geben!«

»Wie können Sie es wagen, mit diesem Bastard Pitt gegen Ihren eigenen Sohn Partei zu ergreifen? Sie haben mich zu Ihrer Marionette gemacht! Mir die Hände gebunden!«

»Ich bin als erstes Königin von England, George, und erst dann kann ich deine Mutter sein!«

Die Worte standen zwischen ihnen, rumorten in seinen Eingeweiden wie Gift. Aber es war ein altes Gift, ein alter Schmerz. Eine Erinnerung stieg in ihm auf, lange vergessen, aber immer noch schmerzhaft, als sie vor seinem inneren Auge immer klarer Gestalt annahm.

Er war damals ein Junge von nicht mehr als sechs Jahren gewesen mit einem süßen Gesichtchen und großen Augen, ein Junge, der in vertraulichen Augenblicken die Zärtlichkeit der Umarmung einer Mutter kennengelernt hatte. Sie duftete immer nach Moschusrosen. Oft kam sie in sein Schlafzimmer, um ihn in den Schlaf zu singen, und lachte so lieblich, wenn sie die Freiheit hatte, sie selbst zu sein, seine Mutter. Und doch hatte er immer wieder Mühe zu akzeptieren, daß ihre Pflicht stets Vorrang besaß – oft war sie lange von ihren Kindern entfernt, wenn sie den König dorthin begleitete, wohin seine Verpflichtungen oder sein Zeitvertreib ihn führten. Einmal waren sie drei Monate fort gewesen.

Er konnte sich noch daran erinnern, wie er neben Frederick in Dover am Strand gestanden hatte, an die salzige Luft, das Gekreisch der Möwen, als sie darauf warteten, daß ihre Eltern von Bord gingen. Sie hatten seinem Gefühl nach schon eine Ewigkeit unter der sengenden Sonne gewartet, beobachtet von einer großen Menschenmenge, als ihm plötzlich der Duft ihres Parfüms in die Nase gestiegen war. Und in dem Augenblick war er nur ein kleiner Junge, der sich danach sehnte, wieder bei seiner Mutter zu sein, den Schutz ihrer Arme, ihre Küsse auf seinem Gesicht zu spüren. Er riß sich aus der starren Phalanx los, die von seinem Stab gebildet worden war, und rannte auf sie zu, als sie die Gangway herabkam. Plötzlich hörte er, wie die Menge verstummte. Aber das war ihm egal. Sie war seine Mutter, und er hatte sie vermißt. Jetzt war sie wieder zu Hause.

»Nicht hier, George«, hielt sie ihn auf Armeslänge von sich entfernt, »nicht bevor ich den Premierminister begrüßt habe.«

Er blickte seiner Mutter in die Augen, als sie ihn beiseite

schob, aber dies waren nicht die wunderschönen, kühlen blauen Augen, an die er sich erinnerte. Ihr Blick war jetzt leer, das Lächeln für die Menge höflich. George spürte, wie seine Wangen brannten und Tränen ihm in die Augen stiegen, als jemand in ihrer Nähe es wagte, angesichts der öffentlichen Zurückweisung des Kindes in sich hineinzulachen. Da wurde ihm klar, daß seine Mutter nicht ihm, sondern dieser Menge von Fremden gehörte – und vor allem diesem Mann mit dem ungerührten Gesicht neben ihr, der ganz England beherrschte ... und ihn. Er erinnerte sich, daß sie ihm später an jenem Abend sagte: »Das mußt du verstehen, George. Ich habe meine Pflichten, und du wirst deine haben.«

Ja, er hatte jetzt eine Pflicht zu erfüllen, das lag so klar und deutlich vor ihm wie der Sommerhimmel. Von bitter früher Kindheit an hatten seine Eltern dieses Pflichtbewußtsein in ihm genährt. Es war seine Pflicht gegenüber Maria, dem einzigen Menschen, der ihn bedingungslos liebte, und nur ihr gegenüber. Er schaute die Königin an, alt und unbeugsam. Es fiel ihm schwer, sich jetzt daran zu erinnern, daß er sie je so sehr geliebt hatte.

»Sie haben kein Recht, Bedingungen an die Regentschaft zu knüpfen!« empörte er sich, als die bittere Erinnerung wieder schwand und die Gegenwart mit Macht zurückkehrte.

»Ich habe jedes Recht der Welt, England vor deinen Whig-Freunden zu schützen, von deiner Geliebten ganz zu schweigen!« brüllte sie ihn an. »Ich verstehe dich nicht mehr, George, wirklich nicht! Du benimmst dich, als sei das ein Spiel. Erst verbündest du dich mit der Opposition des Königs, nur um ihn zu ärgern! Dann brichst du nicht nur das Gesetz, sondern riskierst auch noch deine Thronfolge durch deine offenkundig illegale Eheschließung mit einer Hure!«

So. Es war ausgesprochen zwischen ihnen.

In dem darauffolgenden Schweigen flossen ihre anklagenden Worte zu dem Rest des gemeinen Giftes, das ihm aus ihrem Mund schon entgegengeschleudert worden war. Frederick hatte recht gehabt. Sie wußte es oder glaubte es zumindest zu wissen. In ihrem Blick tobte ein Sturm der Verachtung, als sie, die Hände auf die blaßgrünen Hüften gestemmt, nur einen Atemzug von ihm entfernt stand.

»Warum tun Sie mir das an? Warum versuchen Sie, mich dieses einen Stückchens Glück zu berauben?«

»George, bitte. Hör auf mit diesem gefährlichen Spiel, das du nur spielst, um uns die Stirn zu bieten.«

Er kniff die Augen zusammen, während das Bild der süßen Maria sein Herz erfüllte. »Wenn du glaubst, daß ich das tue, Mutter, dann hast du mich nie richtig gekannt.«

»Alles, was der König und ich wollen, ist, daß du jemanden heiratest, legal. Maria kann ewig deine Mätresse bleiben, wenn du willst. Alles wird dir vergeben und vergessen, das versichere ich dir. Mache Caroline von Braunschweig zu deiner Frau, und du bekommst die Art Regentschaft, nach der du dich sehnst, und mehr Geld, als du ausgeben kannst!«

»Ich sagte dir doch, ich werde nie heiraten!«

Ihre blauen Augen funkelten vor Zorn. »Du meinst legal.«

»Sie können mich nicht zwingen, irgend etwas zu tun, Mutter! Nicht einmal dazu, eine an Bedingungen geknüpfte Regentschaft zu akzeptieren!«

»Das stimmt. Du kannst dich weigern. Aber dann werde ich die Regentschaft selbst übernehmen, und deine Schlampe wird nie eine Chance haben, irgendeine respektable Stellung einzunehmen! Und überlege mal, was dir dann bleibt! Noch mehr Tratsch! Noch mehr Skandal! ... Und ich verspreche dir, bei Gott, noch mehr Armut!«

Er würde immer noch nicht frei sein von den Manipulationen seines Vaters. Und die Macht, Maria zu seiner legitimen Ehefrau zu machen, hätte er auch nicht. George konnte ihr Bild nicht vor den Tratschtanten und Karikaturisten schützen, die ihre Beziehung zu einem billigen Witz herabgewürdigt hatten. Dies war seine letzte Chance gewesen ... ihre letzte Chance. Es war ein schwerer Schlag, als er jetzt seiner Mutter gegenüberstand – einer Frau und einer Königin, die er weder mochte noch verstand.

»Passen Sie gut auf, Ma'am«, drohte er vor Wut kochend, wandte sich ab von ihrem Zorn und ihren Anschuldigungen und stürzte zur Tür. »Ich glaube nämlich, Sie sind genauso geistesgestört wie der König. Und geistige Gesundheit ist ein Artikel, den Sie, anders als Loyalität, nicht von William Pitt kaufen können!«

12. Kapitel

Frederick erzählte ihr, was im Kew Palace vorgefallen war; er wollte sie warnen. Maria wartete in seinem Schlafzimmer im Pavillon auf George, als er schließlich eintraf. Es war nicht ihre Gewohnheit hierherzukommen, besonders nicht bei Nacht, aber nach einer so großen Enttäuschung war sie sich sicher, daß er sie brauchen würde. Und trotz der wachsenden Spannungen zwischen ihnen galt George ihre erste Sorge. Als sie hörte, wie die Tür mit einem lauten Knall ins Schloß fiel, stand ihr Herz still.

Vom anderen Ende seines dunklen Zimmers hörte sie das Klirren von Stahl, als er eines seiner Schwerter aus der Glasvitrine neben der Tür zog. Dann stürmte George durch den dunklen Raum und schlitzte Wandteppiche und Vorhänge auf. »Verdammt! Verdammt! Zum Teufel damit!«

Maria trat vor, silbern schimmernd im Mondschein, die Arme um die Taille verschränkt, als versuchte sie sich selbst aufrecht zu halten. Ihr Haar war nicht gelockt, lange honigfarbene Strähnen fielen ihr über die Schultern. Sie setzte sich auf den kleinen bestickten Hocker. Als George sie sah, erstarrte er. Lange Zeit sagte keiner von ihnen ein Wort.

»Vielleicht hätte ich nicht herkommen sollen. Ich weiß, daß wir vereinbart haben, du würdest immer zu mir kommen«, sagte sie schließlich mit einer Stimme, die kaum lauter war als ein Flüstern. Als er nicht antwortete, fügte sie hinzu: »Ich verstehe deine Enttäuschung. Aber ich weiß nicht, was ich tun soll, um dir zu helfen, wenn du mit deinem Schmerz nicht einmal zu mir kommst.«

Selbst im Schatten sah er, welche Besorgnis und welche Enttäuschung sich in ihrem Gesicht abzeichneten. »Es liegt nicht an dir«, sagte er schließlich. »Ich habe mich mit der Königin gestritten.«

»Ich habe Angst.«

»Vor mir?«

»Vor der Distanz, die stetig zwischen uns wächst.«

»Das bildest du dir nur ein.«

»Wirklich? Es gab eine Zeit, da wärst du vor allen anderen zu mir gekommen.«

»Es war spät, Maria. Ich war müde.«

Sie nahm seine Hand. »Bitte schließ mich nicht aus, George. Laß mich Teil deines Schmerzes und deiner Enttäuschung ebenso wie deines Triumphes sein ... Laß mich dir helfen.« Langsam schaute er auf und blickte ihr in die Augen. Der Schmerz ihrer Hingabe, den er eben jetzt in ihren Augen las, war quälend. Und er fragte sich in diesem Moment des Schweigens, wie er ihr je mitteilen konnte, daß der einzige Weg aus dieser Klemme, der einzige Weg, ihr das Glück zu verschaffen, das sie so sehr verdiente, bedeutete, sie zu hintergehen – noch einmal. Der einzige Weg auf der Welt war, sie freizugeben.

»Du kannst es nicht ändern«, flüsterte er. »Niemand kann es.« Er schaute sie an und öffnete die Lippen, als wollte er noch mehr sagen, aber er sah nur vor sich, wie sie kniete, in Tränen aufgelöst, um Gelassenheit ringend, und spürte dann, wie er ihr Leben beeinträchtigt hatte. Er berührte eine Haarsträhne neben ihrem Gesicht, als sei sie ein kostbares Juwel. Dann drehte er sich ohne ein weiteres Wort um und verließ sehr langsam den Raum.

Maria beobachtete von ihrem Fenster aus, wie Georges Kutsche im ersten Morgengrauen in einer dichten Nebelwolke vom Pavillon abfuhr. Er war nicht zu ihr gekommen. Das Tageslicht hatte seine Meinung nicht geändert. Er wollte sie jetzt auf Distanz halten. Sie zumindest als Vertraute aus seinem Leben ausschließen.

Sie hatte ihm erzählen wollen, daß sie eine Weile von hier fortmußte. Daß sie die Sicherheit und den Schutz ihres Hauses in Twickenham brauchte und Zeit, um wieder stark in ihrem Entschluß zu werden. Aber offensichtlich war ihm das gleichgültig. Er mußte selbst aufbrechen.

»Ja, Madam?«

Mit glasigen Augen schaute Maria zu Fanny hoch. Sie hatte ganz vergessen, daß sie sie gerufen hatte. Langsam kam sie vom Fenster herüber und sprach ruhig, versuchte ihre Gefühle zu zügeln. »Ich möchte, daß du anfängst, unsere Sachen zu packen. Wir werden noch heute morgen nach Twickenham abreisen.«

»Ja, Madam.« Auf halbem Weg zur Tür blieb Fanny stehen, drehte sich um und fragte Maria: »Wird Seine Hoheit uns begleiten, Madam? Ich muß wissen, welche Kutsche bereitgestellt werden soll.«

»Nein, Fanny«, erwiderte sie mit einer Stimme, die schwer von Kummer war. Sie hatte die einzig mögliche Entscheidung getroffen. »Diesmal reisen wir alleine ab.«

13. Kapitel

»Sagen Sie, daß es nicht wahr ist!« Geschockt stand Orlando Bridgeman da, sicher, sich verhört zu haben. »Sie wollen Caroline von Braunschweig tatsächlich heiraten?«

»Sie ist genausogut wie jede andere Kandidatin. Wer es ist, spielt überhaupt keine Rolle.«

»Bitte, überdenken Sie das doch noch einmal, Sir!«

»Ich habe alles aufs Spiel gesetzt in der Hoffnung, heute König zu sein ... Maria als meine Königin zu haben ...« Georges

Worte klangen hohl, sein Gesicht wirkte gespenstisch blaß, als er einen weiteren Brandy herunterstürzte und das Glas dann in den Kamin schleuderte. Er preßte seine Hände gegeneinander und berührte mit den Fingern die Lippen. Der Schmerz tief in ihm war wie ein kleiner Tod. »Die einzige Möglichkeit, sie jetzt zu retten, ist sie freizugeben. Völlig frei.«

»Aber, Sir«, Bridgeman sprang vorwärts. »Das können Sie doch nicht tun! Sie lieben sie! Sie ist Ihre Frau, Ihr Herz ... Ihr Leben! Ich weiß es, ich habe Sie gesehen! Sir, bitte, das verdient sie nicht!«

»Natürlich ist sie mein Herz, Sie Narr! Mein Herz und mein Leben!« Unter Tränen, die ihm plötzlich in die Augen traten, Tränen, die er nicht mehr geweint hatte, seit er ein Kind war, sprang George auf die Beine und schritt quer durch sein Schlafzimmer. »Ich werde nie eine andere lieben! Maria wird in meinem Herzen wohnen, bis ich sterbe! Sie bedeutet mir alles! Alles!« brüllte er. »Aber weil ich sie liebe, muß ich das tun – für sie! Begreifen Sie das nicht? Guter Gott, Mann! Der schiere Gedanke an eine andere Frau macht mich krank!«

»Aber sich das Herz so aus dem Leibe zu reißen, Sir!«

»Ich muß es tun! Ich muß es für sie tun! Sie verdient ein geachtetes Leben, das ich ihr glaubte bieten zu können! Und die einzige Möglichkeit, das zu erreichen, ist, sie so wütend zu machen, daß sie schon den Gedanken an mich verachtet! ... Maria, die Liebe meines Lebens, mein Herz, meine Seele, muß die Chance auf ein wirkliches Leben bekommen, vielleicht sogar mit einem anderen Mann!« schrie er, packte eine Vase und schmetterte sie ungestüm zu Boden. »Allmächtiger Gott ...« Er sank auf die Fersen. »Sie darf keinerlei Hoffnung mehr auf eine Versöhnung hegen. Und es gibt nur eine Möglichkeit, dafür zu sorgen.«

»Es muß doch einen anderen Weg geben als etwas so schrecklich Drastisches!«

»Glauben Sie, ich hätte nicht alles bedacht? Wissen Sie nicht, daß mich dies bei jedem Atemzug gequält hat, seit mir wirklich klargeworden ist, was sie empfindet – wie dieses Leben sie zerstört? Nein, Bridgeman, es gibt keine andere Möglichkeit!«

»Wird sie nicht glauben, der König hätte Sie gezwungen?«

George holte tief Luft und stieß sie in einem schweren Seufzer wieder aus. »Nicht, wenn sie hört, daß ich wieder den alten Lastern meiner Jugend verfallen bin. Sie muß glauben, ich hätte mir eine Geliebte genommen.«

»Oh, nein, Sir«, Bridgeman schüttelte den Kopf. »Nicht diese eklige Lady Jersey.«

Verantwortungsgefühl war aus Georges Stimme herauszuhören, und ein grauer Nachmittagsschatten zog über sein tränennasses Gesicht. »Verstehen Sie denn nicht? Ich muß Maria davor bewahren, weiter der Lächerlichkeit preisgegeben zu werden, die anscheinend nie endet, weiter zur Karikatur gemacht zu werden, zur Zielscheibe des Spottes von ganz England! Es sieht so aus, als ob mein Vater, dieser verdammte Bastard, ewig weiterlebt!«

Einen Augenblick später sank Bridgeman langsam neben dem Prinzen zu Boden.

»Gott helfe mir, Maria muß glauben, daß ich ganz verrückt bin nach Lady Jersey! Dieses närrische Weib ist scharf genug auf mich, um unwissentlich meine Komplizin zu werden.« George warf ihm plötzlich einen Blick zu. »Ich rechne fest damit, daß Sie für den entsprechenden Tratsch sorgen.«

»Oh, Eure Hoheit, ich bitte Sie, verlangen Sie das nicht von mir.«

»Ich dulde keinen Widerspruch! Charles James Fox gegenüber hatten Sie ja auch ein loses Mundwerk! Das sind Sie mir schuldig, Bridgeman!«

Sein schmales Gesicht wurde blaß. »Eure Hoheit, das tut mir so schrecklich leid. Ich hatte zuviel getrunken. Es war eine krasse Fehleinschätzung, und ich –«

»Versuchen Sie mir nicht zu erklären, was nicht mehr geändert werden kann!« fauchte George ihn heftig an und sprang wieder auf die Beine. »Das ist Vergangenheit. Und ich brauche Ihre Hilfe jetzt, wie ich noch nie zuvor etwas gebraucht habe!«

»Aber nehmen Sie doch Vernunft an, Sir! Ihr öffentliches Ansehen wird noch weiter sinken!«

»Darauf gebe ich keinen Pfifferling! Was mir wirklich wichtig ist, das einzige auf der Welt, was mir wichtig ist und je sein wird, ist Maria!« Seine Hände waren entschlossen zusammengeballt, sein Gesicht mit getrockneten Tränen verschmiert. »Es war erbärmlich niederträchtig, sie zu bitten, so lange auf die Weise zu leben, wie wir es getan haben. Ich habe nur daran gedacht, wie sehr ich sie in meinem Leben brauchte. Aber diese endgültige Täuschung führt für sie vielleicht zu etwas Gutem! Es muß!«

14. Kapitel

Wie zu Stein erstarrt saß Maria vor dem zischenden Feuer in ihrem Salon in Twickenham.

»Willst du nicht wenigstens um ihn kämpfen?« fragte John ungläubig.

»Ich kann nicht.«

»Du meinst, du *willst* nicht! Guter Gott, Schwester, hast du vor, deinen Ehemann dieser Frau einfach auf einem Silbertablett zu servieren?«

»George hat ohne meine Hilfe seine Wahl getroffen, John«, sagte sie halsstarrig und hoffte, daß man ihrer Stimme den Schmerz nicht anmerkte. »Ich wollte nur für ein paar Tage weg ... Er beschloß daraus eine wirkliche Abwendung zu machen.«

»Lady Jersey hat ein Techtelmechtel mit ihm, mehr nicht. Du alleine bist seine Frau. Solange du ihm keinen Grund zu der Annahme gibst, daß du das nicht mehr länger sein möchtest.«

»Vielleicht möchte ich es ja nicht länger sein.«

Maria hatte den Klatsch über George und Lady Jersey gehört. Und so wenig sie es auch glauben mochte, ein Teil von ihr wußte, daß es bis zu einem bestimmten Grad wahr sein mußte. Schließlich war sie an jenem Abend in Brighton unfreiwillige Beobachterin des Beginns dieser Beziehung gewesen. Aber obwohl sie von John und Isabella ermutigt wurde, nach London zu fahren und um ihren Mann zu kämpfen, hatte sie sich beharrlich geweigert. Sie würde nichts weiter sagen. Ihr Kummer war tief, eine sehr intime Sache, etwas, das sie nicht teilen konnte. Die Bilder und der Treuebruch waren noch so frisch, schmerzten noch so sehr. Stundenlang saß sie alleine in dem blauen Schlafzimmer, in dem sie ihre Ehe begonnen hatten, und lauschte dem monotonen Ticken der hohen Ebenholzuhr und dem schrillen Zirpen der Grillen draußen vor ihrem Fenster. Weder Kerzen noch Lampen brannten. Sie saß starr da, eingehüllt in die Erinnerungen an seine frühere Zärtlichkeit, und betete zu Gott, daß sie von ihm hören möge. Manchmal schlüpfte sie sogar in seinen karmesinroten Frack, weil er nach ihm roch. Die schwachen Spuren von Zibet, der Geruch eines häufig getragenen Kleidungsstückes.

John donnerte mit der Faust auf den Kaminsims. »Wie kannst du nur so teilnahmslos sein? Weißt du, was du da sagst? Diese Jersey versucht ihn zu überreden, diese häßliche deutsche Prinzessin Caroline von Braunschweig zu heiraten, um ihre eigene Stellung bei Hofe und bei ihm zu verbessern. Während wir uns jetzt unterhalten, arbeitet sie gegen dich!«

»Dann soll er sich für Bigamie entscheiden, John.« Maria warf bitter den Kopf hoch, und ihre Augen blitzten entschlossen. »Ich mache das nicht.«

Zwei Tage später hießen Maria und John bei Sonnenuntergang Richard Sheridan, seine Frau Elizabeth sowie Horatia und Hugh Seymour auf dem Land zu einer Dinnerparty willkommen. Frederick, der Herzog von York, war trotz der Abwesenheit seines älteren Bruders gerne nach Twickenham hinausgekommen. Da man überall in London von dem offensichtlichen Techtelmechtel des Prinzen mit Lady Jersey sprach, war die Gruppe gleichermaßen hergekommen, um ihre Unterstützung für Maria zu demonstrieren wie um zu zeigen, daß sie Georges merkwürdig grausames Verhalten verurteilte.

Nach dem Abendessen sorgte Belle Pigot dafür, daß Himbeertörtchen, Aprikosenkuchen und würziger Honigkuchen auf der Marmorterrasse oberhalb des Themseufers serviert wurden, von der aus man den Sonnenuntergang genießen konnte. Es befanden sich immer noch kleine Ruderboote mit Engländern und ihren Damen auf dem Wasser. Die meisten von ihnen ruderten jetzt im funkelnden Spiel von Licht und Farben langsam zum Ufer.

»Mein Gott, sind die Sonnenuntergänge hier draußen prachtvoll!« meinte Elizabeth Sheridan und nahm eine Scheibe Aprikosenkuchen von dem weißbehandschuhten Diener entgegen. Die Zipfel der blauen französischen Tischdecke flatterten im Wind.

Maria warf einen Blick zu Frederick hinüber und sah wieder seinen älteren Bruder in ihm. Jetzt, da George aus ihrem Leben verschwunden war, quälte sie die Ähnlichkeit. Sie hatten die gleiche Nase und das gleiche Lächeln. Ihre Augen zwinkerten in dem gleichen leuchtenden Himmelblau.

»Entschuldigen Sie, Madam«, sagte Jacko Payne und beugte sich mit einer Hand hinter dem Rücken zu ihr herunter. In der anderen Hand hielt er einen Brief. Mit einem Blick sah sie, daß es Georges Briefpapier war.

Alle schauten sie an. Auch sie hatten es erkannt. Sheridan senkte den Kopf. Hugh Seymour blickte rasch beiseite. Es war, als wüßten oder spürten sie etwas.

»Willst du ihn nicht aufmachen?« fragte John voller böser Vorahnungen, die er nicht so erfolgreich wie die anderen verbergen konnte.

Zögernd fuhr Maria mit dem Daumennagel an der Kante des Papiers entlang, dann hielt sie inne. »Vielleicht später.«

Frederick hoffte, daß sein Bruder zur Vernunft gekommen war, da er wußte, was ihn das kostete – was es sie beide kostete. »Es ist vielleicht wichtig, meine Liebe.«

Am liebsten hätte sie entgegnet, daß George ihr schon seit

einiger Zeit nichts Wichtiges mehr zu sagen gehabt hatte. Statt dessen öffnete sie das pergamentene Schreiben. Alle starrten sie an. Vom Wasser kam ein Windstoß herüber, und ihr Körper zitterte beinahe schmerzhaft. Die Sonne verblaßte jetzt rasch, der letzte orange Schimmer verschwand hinter der Weidenböschung am Flußufer. Maria hatte zuerst Mühe, die Worte zu lesen, sie blinzelte, um seine Schrift zu entziffern. Plötzlich veränderte sich ihr Gesichtsausdruck. Sie wurde schneeweiß.

»Was ist denn, meine Liebe?«

Sie hörte Elizabeth Sheridans Frage. Oder vielleicht war es die Stimme von Horatia Seymour. Sie wußte es nicht genau. Jemand anders fragte sie, ob es schlechte Neuigkeiten gäbe, aber die Stimme war verzerrt, nicht erkennbar.

»Was, um Himmels willen, steht in dem Brief?« fragte Hugh Seymour und blickte ungläubig auf Maria hinunter, die noch immer nicht wieder ganz bei Bewußtsein war.

John fuhr sich mit der Hand über das Gesicht und blickte wie alle anderen auf seine Schwester. »Er ist vom Prince of Wales. Er schreibt ...« Die Worte blieben ihm im Hals stecken. Unfähig weiterzusprechen, reichte er Lord Seymour den Brief. Hugh las die Worte des Prinzen erst leise, dann schaute er die anderen Gäste an, die in gelähmtem Schweigen um Maria standen. »Der verdammte Bastard!«

»Was ist denn?« fragte Horatia mit bestürzter Stimme und erschrockenem Gesichtsausdruck.

»Diese Hure Jersey hat endlich geschafft, worauf sie die ganze Zeit aus war. Er sagt ... Gott helfe ihm, der Narr sagt, er habe nicht den Wunsch, Maria je wiederzusehen.«

Lange nachdem alle anderen gegangen waren, saß Maria alleine in ihrem dunklen Schlafzimmer, während ihr verschiedene Gedanken durch den Kopf schwirrten und miteinander verschmolzen. Farben. Erinnerungen. Bilder von dem Tag, an dem sie geheiratet hatten. Von ihr und George. So groß war ihre Liebe gewesen. So unergründlich. Einst hatte er geschworen, daß nichts sie je trennen würde. Ein weiteres leeres Versprechen. Ein weiterer Verrat.

In ihren Handflächen waren kleine Rillen voller getrocknetem Blut, die jetzt pochten, Stellen, in die sie ihre Nägel gegraben hatte, um den Schmerz in ihrem Herzen zu stillen. Plötzlich sah sie, in die mitternächtlichen Schatten gehüllt, einen Mann in der Tür stehen. Sein Bild flackerte wie eine Kerzenflamme. Sie kniff die Augen zusammen, als sie versuchte, das Gesicht zu erkennen, dann fuhr sie mit der Hand über ihre glasig-müden Augen.

»Wer ist da?« rief sie mit hohler Stimme. »Wer ist da?«

Das Bild bewegte sich, geriet ins Schwanken. Schließlich rief eine Stimme: »Ich bin es, Maria, Frederick.«

Sie fiel ihm in die Arme und fing wieder zu weinen an. Er hielt sie fest und tröstete sie, streichelte ihr Haar und sagte nichts, bis ihre Tränen versiegt waren.

»Es wird nie wieder so sein, wie es war, Freddie.«

»Nein. Nichts wird je wieder so sein.«

Dann ließ sie sich von ihm küssen. Aber es war ein freundschaftlicher Kuß. Erst auf die eine Wange, dann auf die andere. Sanft, wie eine Liebkosung. Ihre Augen füllten sich erneut mit Tränen. Zärtlichkeit. So viele Wochen hatte sie keine gespürt. Und er glich George so sehr.

Maria sank wieder an seine Brust; sie spürte ihn gerne. Den Moschusgeruch seines Männerkörpers. Warm. In seinen Armen sicher und beschützt, schloß Maria die Augen, und Frederick, der ihr mehr Bruder war als ihr eigener Bruder, hielt sie fest, ohne sich zu rühren, bis sie schließlich einschlief.

III

*Und wenn sie ehrlich antworten,
bezichtige beide der Lüge.*
                         Raleigh

15. Kapitel

Maria und Francis Russell gingen hinter der Weidenböschung Hand in Hand am Flußufer spazieren. Die Brise war warm und sanft wie eine Liebkosung, und die langen samtigen Blätter raschelten leise wie liebliche Sommermusik. Es war noch früh am Morgen, die Lieblingstageszeit des Herzogs, und die Hitze und der schwere Duft von Jasmin und Rosen hatten die Morgenfrische noch nicht vertrieben.

Im August 1794 war es sechs Wochen her, daß Maria den Brief von George erhalten hatte. Sechs Wochen ohne Leben, ohne Essen, ohne Schlaf. Endlich war sie leer. Keine Tränen mehr. Kein Zorn. Nicht einmal mehr Liebe. Zumindest glaubte sie das. Sie mußte nicht nur den Verlust von George verkraften, sondern bereits seit einem Jahr tobte auch ein Krieg mit dem revolutionären Frankreich unter einem Emporkömmling namens Napoleon Bonaparte. Sowohl Hugh Seymour als auch Frederick waren dem Ruf ihres Landes zu den Waffen gefolgt. Jede Nacht betete sie, daß Gott diese beiden Männer, die ihr so viel bedeuteten, schützte, damit sie heil zurückkehren konnten ... Daß sie nicht auch sie noch verlieren mußte.

Drei weiße Gänse durchschnitten die silbrige Oberfläche des Flusses, und Francis nahm eine Handvoll Brotkrumen vom Frühstück und warf sie ins Wasser. Sie beobachteten, wie die anmutigen Bewegungen der Vögel sich rasch in gierigen Wahnsinn verwandelten, als sie mit ihren langen Hälsen immer wieder ins Wasser schossen, bis all die kleinen weißen Flecken verschwunden waren und das Wasser wieder ruhig dalag.

Francis hatte lange darauf gewartet, daß Maria ihn so sehr brauchte. Aber im Laufe der Jahre hatte er Stärke in dem Glauben gefunden, daß dies eines Tages geschehen würde. Endlich hatte Maria ihn gerufen, und von bittersüßer Freude ergriffen war der Herzog von Bedford bereitwillig nach Twickenham gekommen, ohne Fragen zu stellen, und hatte ihr die Freundschaft angeboten, die er ihr einst in Vauxhall versprochen hatte.

Für ihn würde es nie eine andere Frau als Maria geben, ganz gleich, was die Zukunft für ihn bereithielt. Bedingungslos gab er sich ihr hin. Was immer sie wollte, brauchte, für wie lange, wenn es in seiner Macht stand, bekam sie es.

»Ich fange tatsächlich an, Gefallen an diesen frühen Morgenstunden zu finden«, sagte Maria und stützte sich auf Francis' in blauen Satin gehüllten Arm.

Sie schaute zurück über den abfallenden, smaragdgrünen Rasen, hoch zu ihrem Haus, dem wunderschönen Garten, die moosbewachsenen Weiden. All dies rief in ihr beruhigende Erinnerungen an frühere Jahre hervor.

Sie schlenderten zurück den Hügel hinauf, am Garten vorbei, in dem die Rosen in voller Blüte standen, und Francis nahm ihre Hand. In manchen Dingen hatte Gott ein großes Herz, dachte Maria, als sie auf eine leuchtendrote Blüte schaute, aus der eine gierige Biene den Nektar saugte. Selbst wenn Er sie jetzt durch scheinbare Gleichgültigkeit auf die Probe stellte, hatte Er ihr doch schon vor langem mit einem Freund wie Francis Russell ein kleines Wundergeschenk gemacht.

Francis drückte ihre Hand, und sie schaute zu ihm auf. Die Jahre hatten den sanften jungen Herzog verändert. Sein blondes Haar war von frühen grauen Strähnen durchzogen. Francis hatte an Charaktertiefe gewonnen, die ihn hübscher und selbstbewußter wirken ließ, als er in der Blüte seiner Jugend gewesen war. Es war seltsam, dachte Maria, als sie so dahingingen, daß sie ihn jetzt attraktiv fand, während sie früher der Anblick seiner schlichten Eleganz kaltgelassen hatte. Aber seit jenen unbeschwerten Tagen war so viel geschehen. Seit der Oper und den Gartenpartys draußen in Vauxhall, seit den Tänzen im Almack's.

Bei Maria waren die Veränderungen vielleicht nicht so sichtbar, aber sehr tiefgreifend.

In ihrer kurzen, turbulenten Ehe hatte sie George so viel vergeben. Schließlich hatten seine Täuschungsmanöver eine Schicht von Naivität heruntergerissen, die jetzt für immer dahin war. Sie war nicht länger erwartungsvoll oder idealistisch. Nicht länger die junge Frau, die nach London gekommen war im Glauben, daß der einzige Weg ihres Lebens jetzt die Liebe sei.

Die große Torheit der Unschuld! dachte sie bitter und hielt Francis Russells Hand fester.

Maria warf den Brief zu Boden. »Ich will sein elendes Geld nicht!«

»Also, er wird sie heiraten, liebe Schwester, soviel steht fest. Daher kannst du dir den Aufwand, den du hattest, wenn schon nicht die Peinlichkeit dieser Angelegenheit, ruhig entgelten lassen.«

John Smythe und Henry Errington, ihre Trauzeugen, standen jetzt im Großen Salon ihres Hauses in Twickenham vor ihr, der mit drei Rom-Ansichten von Panini dekoriert war, die George sehr bewundert hatte.

Marias Onkel Henry hatte am Morgen eine Nachricht von den Anwälten des Prince of Wales erhalten. Sie hatten ihm erklärt, daß Seine Königliche Hoheit trotz der Absicht, Caroline von Braunschweig zu heiraten, Maria weiter ihr jährliches Einkommen von 3.000 Pfund zukommen lassen wolle, das er ihr während ihrer Verbindung gewährt hatte. Außerdem hatte er noch eine weitere Bestimmung hinzugefügt, die die dünne Trennlinie zwischen Wut und Schmerz noch weiter verwischte. Die Anwälte hatten erläutert, daß der Prince of Wales Seine Majestät gebeten hatte, Marias Pension weiterzuzahlen, falls er vor seinem Vater stürbe. Für alle überraschend, war der König tatsächlich darauf eingegangen und hatte ohne weitere Diskussion zugestimmt. *Heilige Mutter Gottes!* Maria wurde vor Zorn schwindelig, als sie hörte, wie ihr Onkel Errington die Worte aussprach. War das möglich? Der König von England war in genügendem Maße davon überzeugt, daß sie tatsächlich die Ehefrau seines Erben war, um sich damit einverstanden zu erklären, für den Rest ihres Lebens für sie zu sorgen – und dennoch stand man kurz davor, diesen zum Bigamisten zu machen, um sie loszuwerden!

Sie sprang aus dem Sessel, auf dem sie gesessen hatte, und pirschte wie eine verwundete Löwin durch den Raum. Der Herzog von Bedford sah, wie sehr sie außer sich war. »Möchten Sie, daß sie gehen?« fragte er besorgt, während er zögernd im Türrahmen stand.

»Halt dich hier raus, Bedford!« knurrte John und ging einen Schritt auf seine Schwester zu.

»Also wirklich, meine Liebe«, sagte Errington zu Maria. »Unter den gegebenen Umständen ist dieser öffentliche Akt doch eine großartige Geste. Nachdem ich heute morgen mit den Anwälten Seiner Königlichen Hoheit gesprochen habe, bin ich überzeugt davon, daß der Prinz keinerlei Wunsch hegt, dich noch weiter zu verletzen.«

»Ja, sehr gnädig von Seiner Majestät, daß er sich einverstanden erklärt hat, die Konkubine seines Sohnes noch weiter zu unterstützen.«

Nach ihren Worten herrschte Schweigen im Raum. Einen Augenblick lang schien niemand zu atmen. Aber es war mehr als Mitgefühl, das Henry Errington zum Schweigen brachte. Er und sein Neffe hatten selbst an einem Verbrechen mitgewirkt, indem sie als Trauzeugen bei ihrer illegalen Eheschließung mit Englands Kronprinzen fungiert hatten. Sie durften nie vergessen, daß nicht nur Maria, sondern auch sie selbst sich in großer Gefahr befanden, solange die Dinge so blieben wie jetzt.

George zog ein finsteres Gesicht, als er sich über den Rosenholzschreibtisch mit dem unvollendeten Brief beugte, den er ihr ebenso wie eine ganze Schublade voll anderer geschrieben hatte, aber nie abschicken würde. Es gab Zeiten, da brachte ihm diese Aufgabe Frieden. Heute hatte sie nur bittere Erinnerungen aufgewühlt. Es gab keine Worte, um sie begreifen zu lassen, was er aus Liebe zu ihr getan hatte. Ihr das Leben zurückzugeben, das sie durch ihre Liebe zu ihm verloren hatte.

»Bring mir noch einen Brandy!« brüllte er einen neuen jungen Diener an, dessen Namen zu lernen er sich nicht die Mühe gemacht hatte. Dann erhob er sich von seinem Schreibtisch; den unvollendeten Brief ließ er liegen.

Damals, an jenem Tag vor Monaten, schien es ihm genau das richtige zu sein, Maria diesen grausam unverblümten Brief zu schicken, in dem er ihr dreist erklärt hatte, er hege nicht den geringsten Wunsch, sie je wiederzusehen. Noch in derselben Nacht, allein in seinem Bett, erschöpft und berauscht vom Brandy, hatte er es bereut. Aber es war die einzige Möglichkeit, sie völlig gegen ihn aufzubringen, das Werk zu beenden, das ihr Leben und ihre Ehre retten würde – ihr wiederzugeben, was ihr am teuersten war.

Mittlerweile hatte er sich einverstanden erklärt, seine Cousine Caroline von Braunschweig unbesehen zu heiraten. Komme, was da wolle, er würde sein Wort halten. Ein so drastischer Schritt wie sein Techtelmechtel mit Lady Jersey war der einzige Weg sicherzugehen, daß er nicht schwach wurde und zu Maria zurückkehrte. Der Diener in rot-goldener Livree reichte ihm den Brandy, den er in einem Zug hinunterstürzte. »Noch einen!« befahl er, während er in die üppigen Falten eines Brokatsofas sank und ein Bein über die geschnitzte Mahagonilehne schlang. Es regnete wieder, der Himmel war so grau wie sein Herz. Maria hatte den Regen immer gemocht. Sie hatte gesagt, er wasche alle Häßlichkeit weg. Noch immer schmerzte es, noch immer vermißte er sie. Er blickte zum Fenster hinaus, während es vom Dach platschte und in Strömen die Fensterscheiben hinablief.

»Ich bitte Eure Hoheit um Verzeihung«, sagte ein hochgewachsener Diener mit frischer Gesichtsfarbe, als George eben dabei war, in Verzweiflung zu versinken.

»Was ist?« knurrte er, die blauen Augen niedergeschlagen und glasig vor Erinnerungen.

»Es tut mir leid, Eure Hoheit, aber da ist eine Frau, die Sie sehen möchte. Eine Miss Pigot.«

Augenblicklich war George vom Sofa aufgesprungen. »Belle ist hier? Guter Gott, Mann, schick sie sofort herein!«

»Belle!« Er lächelte und streckte ihr die offenen Arme entgegen. »Wie geht es ihr?« fragte er, während sie sich umarmten. Die Worte schmerzten, als sie ihm über die Lippen kamen.

»So gut, wie man es erwarten kann, wenn ich ehrlich sein soll«, sagte die alte Frau ohne jeglichen Vorwurf. Dann fügte sie mit der gleichen sanften Stimme hinzu: »Ich darf wohl sagen, daß Eure Hoheit selbst nicht so besonders wohl aussieht.«

»Diese vergangenen Monate sind schwierig gewesen, alte Freundin. Hier, komm und setz dich zu mir. Dich werde ich bestimmt nicht belügen.«

George bestellte Tee für sie und noch einen Brandy für sich selbst.

»Also, wie geht es ihr wirklich, Belle? Kommt sie zurecht?«

Die kleine alte Frau musterte ihn einen Augenblick lang, um sicherzugehen, warum er gefragt hatte. Seine Augen verrieten ihn rasch. Trotz allem, was er getan hatte, um Maria aus seinem Leben zu verbannen, nachdem er alle Brücken niedergerissen hatte, was sie für nicht gespielt gehalten hatte, war dieser arme Mann doch immer noch in sie verliebt.

»Nun, sie geht nicht mehr viel aus, George«, sagte sie vorsichtig. »Sie bleibt für sich. Aber der Herzog von Bedford hat ein Haus in der Nähe von Twickenham gemietet und verbringt dort eine Menge Zeit mit ihr. Ich glaube, er ist ihr bei all dem ein gewisser Trost.«

»Dieser Bastard!« fauchte er. »Ich wußte, daß er in dem Augenblick, wo ich verschwunden war, versuchen würde, in meine Fußstapfen zu treten!«

»Er ist ein guter Mann, der schon sehr lange in sie verliebt ist.«

»Ich weiß«, gab George etwas milder gestimmt zu und ließ seinen Zorn verrauchen. »Vielleicht ist es so am besten.«

Sie wollte ihn fragen, ob er meinte, was er sagte, und warum er immer noch so aussah, als hätte er keinen einzigen Freund auf der Welt. Aber deshalb war sie nicht gekommen. Beide – Maria und er – fühlten sich schlicht und einfach elend ohne den anderen, und sie mußte sehr behutsam vorgehen, falls es je eine Hoffnung geben sollte, sie wieder miteinander zu versöhnen.

»Madam erhielt vorige Woche Nachricht von deinen Anwälten.«

Er rutschte an die Kante des Sofas, in seinen Augen leuchtete Hoffnung auf. »Hat sie verstanden, daß ich, ganz gleich was geschieht, nicht vorhabe, meine Verpflichtung ihr gegenüber aufzugeben?«

»Ihr Bruder und ihr Onkel teilten ihr mit, daß du und der König ihre Pension weiterzahlen werden«, korrigierte sie ihn.

Er nahm ihre Hand und drückte sie kräftig. »Oh, Belle. Ich habe ein schreckliches Chaos angerichtet«, sagte er, den Blick auf seine Hände gerichtet. Bei ihr hatte er die Freiheit, er selbst zu sein. »Ich kann es kaum fassen, daß ich je den Mut fand, sie gehenzulassen.«

»Es ist noch nicht zu spät.« Sie streichelte sanft seinen Rücken. »Geh zu ihr, Kind. Sprich mit ihr.«

George seufzte schwer und blickte sie wieder an. Er lehnte den Kopf gegen den blaugrünen Brokat. Er mußte stark sein. Maria zuliebe. Und er hatte bereits zuviel gesagt.

»Es ist zu spät, meine alte Freundin. Jetzt bleibt mir nur noch übrig, irgendwie die Kraft zu finden, Caroline zu heiraten.«

»Schade drum«, sagte Belle Pigot verständnislos, während zwei Lakaien ihr den Tee brachten. Die Porzellantassen, zartes rosa-weißes Wedgewood, klirrten gegen das Tablett, als die Diener das Zimmer durchqueren. »Wenn ihr beide euren Kurs hättet beibehalten können, wäre Maria bestimmt eine phantastische Königin geworden, davon bin ich fest überzeugt.«

16. Kapitel

Die ehrgeizige Lady Jersey, die dank des Klatsches über sie und den Prince of Wales zur königlichen Hofdame der angehenden Princess of Wales bestellt worden war, hatte ihn über seine zukünftige Braut informiert. Sie war dabeigewesen, als diese an Land gekommen und offen mit den Seeleuten auf den Docks von Gravesend geflirtet hatte. Auch in Greenwich hatte sie sich an der Seite der kleinen, stämmigen, nach ungewaschenem Körper und schmutziger Kleidung riechenden deutschen Prinzessin befunden, als diese vom Personal und den Patienten eines Pflegeheims für pensionierte Soldaten begrüßt wurde. Dort hatte Caroline lauthals mit heiserem Sopran gefragt: »Fehlt eigentlich jedem Engländer ein Arm oder ein Bein?«

Aber das Wissen über diese alarmierenden Vorfälle konnte George ebensowenig wie die Berichte über ihr unscheinbares Aussehen abschrecken.

»Der Widerwille gegen meine deutsche Ehefrau«, vertraute er Richard Sheridan am Abend vor ihrer ersten Begegnung an, »soll Teil meiner Buße für das sein, was ich Maria angetan habe.« Nun saß er, ordentlich gebadet und gekleidet, in jadegrüner Weste und Kniehose, alleine in einem kleinen Wohnzimmer im Windsor Castle und bereitete sich darauf vor, bei ihrem Zusammentreffen freundlich zu sein, sich nach ihrer Überfahrt, die jetzt in Kriegszeiten riskant war, und nach der Gesundheit ihrer Eltern zu erkundigen.

Draußen vor dem hohen Fenster war der Himmel blau und die Luft bitterkalt. Das paßte, wie er fand, zu dem Frost in seinem Herzen. »Sind Sie bereit, Sir?« fragte Orlando Bridgeman hinter ihm.

George erhob sich langsam und mit großer Mühe. Er holte tief Luft und vertrieb das Bild Marias, das schon den ganzen Morgen einen Schatten auf sein Gemüt warf. *Ich muß das für sie tun. Ich muß.*

Kühn schritt er hocherhobenen Hauptes in den angrenzenden Salon, um die Prinzessin und ihren Begleiter, Lord Malmesbury, zu begrüßen. Sie standen zusammen vor dem prächtigen Marmorkamin. Die Frau, der er sich näherte, lächelte, aber in dem einfallenden Sonnenstrahl konnte er sie nicht richtig erkennen.

Sie war viel kleiner als er, stellte er fest, aber mit vollen Brüsten und breiten Hüften, trug ein blaßblaues Kleid und einen dazu passenden Kopfschmuck. Ihr dunkles Haar war in feste Ringellöckchen gelegt. Gut, dachte er, wie sehr sie sich von der statuenhaften Schönheit Marias unterschied.

Als er näher kam, versuchte Caroline niederzuknien, wie Malmesbury sie angewiesen hatte, aber George zog sie rasch hoch und umarmte sie zur Begrüßung. Aber der Augenblick der Huld war von kurzer Dauer, als ihm der saure Gestank eines ungewaschenen Körpers und dreckiger Strümpfe in die Nase stach. Sie lächelte. Sein Blick fiel auf ihre schwarzen Zähne. Ihm drehte sich der Magen um.

Ohne ein Wort machte George auf dem Absatz kehrt und ging zu Bridgeman zurück, der neben der Tür stehengeblieben war.

»Bitte besorg mir ein Glas Brandy«, sagte er.

»Sir, sollten Sie nicht besser ein Glas Wasser trinken?«

George warf einen Blick zurück auf die Frau, deren Manieren, wie ihm mitgeteilt worden war, ebenso zweifelhaft waren wie ihr äußeres Erscheinungsbild, und mit voller Wucht traf ihn wie ein schweres Gewicht die Erkenntnis, was es bedeutete, eine Frau zu heiraten, die er weder lieben noch begehren konnte.

»Entschuldigen Sie mich bitte bei ihr, Bridgeman, und sagen Sie ihr, daß wir uns beim Abendessen unterhalten werden. Jetzt muß ich gehen, weil mir sonst schlecht wird.«

Frances Jersey stellte die Tischkarten beim Dinner um. Ihr Platz war auffälligerweise neben dem Prince of Wales. Caroline saß an seiner anderen Seite, rülpste, wenn sie ihren Wein trank, und hatte noch immer nicht gebadet, wie George voller

Abscheu feststellte. Der König und die Königin saßen an den gegenüberliegenden Kopfenden der langen, weißgedeckten Tafel und bemerkten das entschieden linkische Benehmen der Prinzessin nicht. In der Nische über ihnen spielten die Hofmusiker.

Als der zweite Gang serviert wurde, wandte George sich ab, als sie sich auf ihrem Stuhl zurückfallen ließ, die Beine auf entspannte Weise gespreizt, wie er es selbst bei seinen Dienstboten noch nie beobachtet hatte. Diese Schlampe, dachte er angeekelt. Mein Gott, war sie grauenhaft!

Ja, sie war genau, was er verdient hatte.

Mit halbem Ohr hörte er zu, wie sie aufgeregt und ohne Punkt und Komma auf Malmesbury einplapperte, der nickte und seine künftige Königin höflich anlächelte. Aber dann plötzlich wandte sie Frederick, der spät zu ihnen gestoßen war und sich neben Lord Malmesbury gesetzt hatte, ihre Aufmerksamkeit zu.

»Also, Sie sind doch wirklich das faszinierendste Ding auf zwei Beinen, das ich je sehen habe! Oder sehe ich etwa drei?« gackerte sie heiser, beugte sich über den würdevollen Mann, der sie von Braunschweig hierhergeleitet hatte, und klimperte dem verheirateten Herzog von York mit ihren blassen Wimpern heftig zu. »Ich hätte gar nichts dagegen, Ihnen ein bißchen Gesellschaft zu leisten!« Großer Gott, dachte George, vulgär war sie auch noch. Er schloß die Augen und rief nach einem weiteren Glas Wein. Ja, genau, was er verdient hatte.

Maria hielt den Rock ihres safranfarbenen Taftkleides hoch und senkte den Kopf, als Francis ihr in die wartende Kutsche half. Es war ein wunderschöner Tag, so lieblich wie ein Frühlingstag nur sein konnte; der Himmel war von einem wolkenlosen Porzellanblau, und eine kühle Brise, die über die silbrige Themse strich und buntleuchtende Schmetterlinge mit sich trug, zerzauste ihr Haar.

Es war ihre Entscheidung gewesen, drei Jahre nach ihrer Trennung von George endlich wieder einmal nach London zu fahren. Sie wollten zu Tattersall's, dem Auktionator an der Hyde Park Corner, um nach Vollblütern zu schauen. Zumindest war das vordergründig der Anlaß. Aber wichtiger war, daß im St. James' Palace eine königliche Hochzeit stattfand.

»Bist du sicher, daß du dem gewachsen bist?« fragte Francis, der es sich auf dem abgenutzten Ledersitz neben ihr bequem machte.

Seit er draußen in Twickenham ein Haus gemietet hatte, um in ihrer Nähe zu sein, hatte er die größere Kutsche nur wenig benutzt. Der Geruch, den die Sitze und die gepolsterten Türverkleidungen verströmten, als der Kutscher die Tür schloß, war furchtbar muffig. Maria nahm ihren Fächer heraus, öffnete und bewegte ihn mit zarten, kleinen, schnellen Bewegungen.

»Mehr, als ich es je sein werde«, erwiderte sie als Antwort und tat ihr Bestes, um ihn überzeugend anzulächeln.

Maria besaß allerdings nicht den Mut, ihm zu sagen, daß sie heute in London sein mußte. Es war jetzt acht Monate her, seit sie und George zum letzten Mal ein Wort miteinander gewechselt hatten. Aber trotz ihrer Entfremdung waren sie in den Augen Gottes immer noch als Mann und Frau miteinander verbunden. Die Wunden mochten an der Oberfläche vernarbt sein, aber in der Tiefe würden sie nie heilen. Sie würde nie wirklich glauben, daß er den Mut gefunden hatte, eine andere Frau zu heiraten, wenn sie nicht in London war, ganz in der Nähe.

Das Auktionshaus würde nahe genug sein.

»Das ist doch nicht der Weg zur Hyde Park Corner«, rief Francis verblüfft, als seine Kutsche am Nachmittag Charing Cross umrundete und dann die Pall Mall hinunterfuhr. Er warf einen Blick aus dem Fenster und dann zu Maria herüber, aber sie starrte mit ungerührtem Gesicht geradeaus. »Hast du mit meinem Kutscher gesprochen, ohne mir etwas davon zu sagen?«

»Ich bat ihn, an der St. James' Street vorbeizufahren.«

»Du meinst, du batest ihn, am St. James' Palace vorbeizufahren!« Er drehte sich zu ihr um, packte sie an den Schultern und drückte sie, bis sie spürte, wie das Blut unter ihrer Haut pochte. »Guter Gott, Maria, was kann denn dabei Gutes herauskommen?«

Als sie schließlich zu ihm aufschaute, war ihr Gesicht von einer unaussprechlichen Traurigkeit gezeichnet, die ihm den Atem verschlug. *Du verdammter Narr*, dachte er wütend im Hinblick auf den zügellosen Prinzen. *Selbst jetzt, nach allem, was du ihr angetan hast, liebt sie dich immer noch. Und so vergiltst du ihr Vertrauen? Ihre Treue? Eine öffentliche Hochzeit und Bigamie, bei der die ganze Welt zuschauen kann?* »Ich weiß nicht, was dabei herauskommen soll, Francis«, sagte Maria leise. »Ich weiß nur, daß ich das tun muß.«

»Aber es ist Jahre her. Es ist zu Ende zwischen euch. Dafür hat er gesorgt. Können wir nicht versuchen, all dies endgültig hinter uns zu lassen?«

»Vielleicht können wir das ab morgen.«

Während sie sich wieder in ihrem Sitz zurücklehnte, schaute Maria erneut aus dem Fenster. Sie hatte den Fahrer gebeten, einen kleinen Umweg über den St. James' Square zu machen, weil sie diesen früher besonders gemocht hatte. Der Platz hatte sich nicht verändert, wohl aber ihre Empfindungen für die Stadt, die sie so schlechtgemacht hatte.

Die Gebäude waren immer noch elegant und gepflegt, in der Mitte des Platzes sprudelte ein prächtiger Springbrunnen, an dem Grüppchen gutgekleideter Damen und Herren vorüberschlenderten, die Arme mit Paketen beladen.

Als sie wieder in die Pall Mall einbogen, geriet ihre Kutsche in das nachmittägliche Gedränge von Phaetons, Tilburys und Tandems. Kutscher schrien, Kutschräder rumpelten und Pferdehufe klapperten über das Pflaster.

Sie hörte das Rauschen der Kastanienbäume in der schwindenden Sonne und die Straßenverkäufer, die an den überfüllten Ecken standen und mit lauter Stimme »Honigkuchen!« schrien. Wieder ein anderer pries reife rote Äpfel an, als ihre Kutsche vorüberrollte. Maria merkte, daß sie lächelte, bis sie sich an den wahren Grund erinnerte, aus dem sie schließlich widerwillig nach London zurückgekehrt war.

»Wir müssen das nicht tun, weißt du«, murmelte Francis.

Maria starrte geradeaus. Entschlossen. Ungerührt. »Aber ich tue es.«

Am St. James' Palace drängten sich die Kutschen der Hochzeitsgäste von der St. James' Street bis nach Piccadilly. Sie gab ihrem Kutscher ein Zeichen, an der Ecke gegenüber dem Palast stehenzubleiben, einer Renaissancekonstruktion aus dunkelroten Ziegeln.

»Es ist fast sieben Uhr. Jetzt legen sie wohl gerade ihr Gelübde ab.«

Er schaute zu ihr herüber. »Woher weißt du das?«

Marias makelloses Elfenbeingesicht zeichnete sich als Silhouette vor dem leuchtendorangen Sonnenuntergang ab. Rasch verdunkelte sich der Himmel und nahm eine violette Farbe an, verblaßte dann zu Grau, als die Sonne hinter der Skyline von London untertauchte. »Ich weiß es einfach«, erwiderte sie mit hocherhobenem Kopf, die Hände im Schoß gefaltet.

Aber als um halb acht die Glocken der Königlichen Kapelle ertönten, packte Maria plötzlich seinen Arm. Ihr Herzschlag setzte aus. Jetzt war es wirklich vorbei. Er hatte es tatsächlich getan. Der Prince of Wales war jetzt ein Mann mit zwei Ehefrauen: *eine im Angesicht Gottes ... die andere im Angesicht Englands.*

Er sah, wie in ihren braunen Augen Tränen glitzerten und sie kohlrabenschwarz erscheinen ließen, aber sie vergoß sie nicht. »Ich möchte nach Hause, Francis. Bitte, bring mich nach Hause.« Er spürte, wie sie erzitterte, und hörte einen kleinen erstickten Laut, aber noch immer weinte sie nicht. Es verblüffte ihn zu beobachten, wie rasch sie sich verändern, wie unvermittelt ihre Schutzschicht von ihr abfallen konnte; wie verletzlich sie wirklich unter diesem stolzen, tapferen Äußeren war. Sanft küßte er sie auf die Wange und hätte gerne noch viel mehr getan, um sie zu trösten. »Dein Haus ist wieder offen, dein Personal erwartet uns.«

»Nein! Da will ich nicht hin! Nie wieder. Es ist sein Haus, nicht meines. Nimm mich mit in dein Haus, Francis, bitte!« Mit der verzweifelten Not eines Kindes schaute sie zu ihm auf. Bewegt von einer Mischung aus Kummer und völliger Hingabe machte sein Herz einen Satz. Das Haus zu sehen, das George für sie so prächtig ausgestattet hatte, konnte sie nicht ertragen. Es wäre voller neugieriger Dienstboten, die ebenso wie sie wußten, was an jenem Tag im St. James' Palace passiert war.

Francis schaute sie an. »Aber mein Haus ist seit dem Winter geschlossen. Es sind keine Dienstboten dort, wir finden dort nichts zu essen, vielleicht noch nicht einmal etwas zum Heizen.«

Sie rückte näher zu ihm und berührte mit den Fingern sein Gesicht. Die Tränen, die in ihren Augen schimmerten, fielen immer noch nicht herab. »Das ist mir egal. Das macht mir alles nichts aus! Bring mich nur fort von hier, Francis. Bitte! Bring mich jetzt weg!«

Sie war ihm zu nahe, als daß er zum Nachdenken fähig gewesen wäre, ihre weichen Finger berührten sein Gesicht, die andere Hand drückte noch immer seinen Arm. Ihr Parfüm und ihre Nähe machten ihn trunken vor Lust. Er küßte ihre Stirn und spürte, wie es sich in seinen Lenden regte. In dem Augenblick schienen George und was Maria für ihn empfand sehr weit weg.

»Wie du möchtest«, sagte er ernst und küßte noch einmal ihre Stirn.

Das elegante weiße Haus in der Curzon Street gegenüber der Mayfair-Kapelle lag ein Stück von der Straße entfernt hinter einem wohlgepflegten Rasen und wurde von Platanen beschattet. Drinnen ließ die Dunkelheit es weniger prächtig erscheinen. Die Möbel waren mit weißen Tüchern abgedeckt; es war kalt und dunkel wie in einer Leichenhalle.

Maria stand hinter Francis in der Eingangshalle, in der sich lauter Nischen mit Marmorbüsten befanden. Sie hielt eine einzige brennende Kerze hoch.

»Genau wie ich dir gesagt habe.« Er drehte sich zu ihr um.

»Einfach schrecklich. Bist du sicher, daß du hierbleiben willst?« Als sie nickte, sagte er: »Also gut. Ich sage dem Kutscher, er soll unsere Sachen hereinbringen. Ich werde ihm auftragen, uns morgen früh wieder abzuholen.«

Während er in den Hof verschwand, ging Maria langsam in den Salon. Im Mondlicht wirkte der mit blauem Damast ausgeschlagene Raum sturmgrau. Das Zimmer ähnelte dem Herzog von Bedford sehr. Alles war ordentlich, Tische und Stühle standen akkurat nebeneinander, alles paßte zusammen. Der Teppich unter ihren Füßen war eines der Haupteinrichtungselemente des Raumes. Er spiegelte das Muster der hohen Decke über ihnen wider. Über einem riesigen Kamin hing das Bildnis eines mürrischen alten Mannes. Daneben stand ein staubiges Klavier, das nur halb mit einem weißen Laken bedeckt war. Als sie dorthin ging und sich auf die kleine Gobelinbank setzte, rutschte das Tuch ganz herunter. Seit fast einem Jahr hatte sie nicht mehr gespielt.

In einem Schleier der Erinnerungen an getane Dinge und solche, für die nie Zeit gewesen war, stellte Maria jetzt fest, wie selten sie für George gespielt hatte. Sie berührte die Tasten mit einem Finger, und der Ton hallte in dem leeren Haus wider. Wie dumm und leichtgläubig sie doch gewesen war, dachte sie, als sie immer wieder die gleiche Taste anschlug, bis das Haus von diesem Mißklang erfüllt war.

Francis betrat den Salon und sah sie über dem Klavier zusammengesunken in die verschränkten Arme schluchzen. Endlich waren ihr die Tränen gekommen, wie er es vorhergesehen hatte. Mit einer Handbewegung bedeutete er dem Kutscher zu gehen und wartete, bis sie allein waren, bevor er zu ihr trat.

»Oh, Francis! Ich bin solch eine närrische Frau!« schluchzte sie, als er sie in die Arme schloß. »Ich habe ihn trotz allem gewollt.«

»Sch, mein Engel«, sagte er und liebkoste ihr Haar. »Du bist eine vertrauensvolle, wunderbare Frau, die an die Heiligkeit ihrer Schwüre glaubte.«

»Schwüre! Ah, was für ein Witz das ist!« rief sie bitter, und ihre Tränen ergossen sich wie Regen auf seinen dunkelblauen Frack. »Guter Gott, ich habe genug Qualen erduldet für ein ganzes Leben! Ich will keine weiteren mehr!«

»Dann wird es keine mehr geben. Nicht mit mir. Das verspreche ich dir.« Seine Worte waren wie Balsam auf ihrer gepeinigten Seele, und sie schmiegte sich an seinen Körper. Es wäre leicht gewesen, die Situation jetzt auszunutzen. Aber er liebte sie zu sehr. Statt dessen stand er geduldig in der Dunkelheit, hielt sie fest und ließ sie um alles weinen, was die Liebe zu George sie gekostet hatte. So lange hatte sie alles mit so großer Würde ertragen, daß ihre Tränen jetzt von krampfhaftem Schluchzen begleitet wurden.

Ihr dunkelgrüner Mantel rutschte von ihren Schultern. Instinktiv griff er nach unten, um ihn aufzufangen. Als er ihn langsam wieder nach oben zog, berührte er dabei unabsichtlich ihren nackten Hals. Er fühlte sich genauso weich und üppig an wie in seiner Phantasie.

»Warum, Francis? Warum mußte es soweit kommen, wenn ich ihn doch so sehr liebte?« sagte sie zwischen ihren Schluchzern. Als er in ihr Gesicht schaute, dieses wunderschöne Antlitz, das ihn für jede andere verdorben hatte, sah er, daß es von Tränen geschwollen war. Ihre schmale Nase und das ungeschminkte Gesicht waren rot gefleckt. Sanft küßte er ihre Wange und schmeckte die salzigen Tränen.

»Still jetzt, mein Engel. Still.« Er küßte die andere Wange ebenso zärtlich, und sie griff nach einer Locke seines Haares und spielte damit.

Er spürte, wie er unter ihrer Berührung vor Erregung erzitterte, und haßte sich dafür. Sie war so verletzlich, aber er konnte nicht aufhören, erst ihre Nasenspitze zart mit den Lippen zu berühren und dann immer wieder ihre Wangen. Sie waren so weich und samtig, wie er es sich immer vorgestellt hatte. Francis hielt einen Augenblick inne, ihre Gesichter waren sich nahe, berührten sich fast. Er fühlte, wie sich Marias Arme um ihn schlangen und ihm das Gefühl gaben, daß noch mehr geschehen werde, wenn er ihre Lippen berührte. Hastig riß er sich los. »Es war ein langer Tag«, sagte er. »Ich werde dir jetzt dein Zimmer zeigen.«

Maria folgte ihm schweigend in die Halle und dann ohne Protest die weit geschwungene Mahagonitreppe hinauf. Er hörte ihre langsamen Schritte. Selbst das Gehen war eine Strapaze nach soviel aufgewühlten Emotionen. Er trug in der einen Hand ihre Tasche und in der anderen eine tropfende Kerze. Wie eine verwelkte Blume klammerte sie sich an den Türrahmen, als Francis ihre Tasche absetzte und mit der Kerze zwei Glaslampen anzündete. Der Raum war in einen tiefen Bronzeton getaucht. Es war ein kleines Zimmer mit lachsfarbenen Vorhängen am Fenster und einer passenden Steppdecke auf dem schweren Himmelbett. Zwei große pastorale Landschaften in gedämpften Grün-, Braun- und Blautönen zierten die Wände zu beiden Seiten des Kamins.

»Das ist alles andere als großartig jetzt«, sagte er, als er die Vorhänge zuzog und ihr die Bettdecke zurückschlug. »Aber ich dachte, es wäre behaglicher für dich als in einem der größeren Zimmer, da wir nichts haben, um ein Feuer zu entzünden.«

Sie versuchte zu lächeln. »Ist schon gut so.«

Während er noch einmal nach unten ging und einen vollen Krug mit Wasser und einige Handtücher holte, wartete sie an der gleichen Stelle, als trüge allein der Türrahmen ihr Gewicht. »Ich dachte, nach der langen Fahrt heute würdest du dich gerne ein wenig frisch machen, bevor du zu Bett gehst.«

»Danke, Francis«, erwiderte sie leise und schaute ihn mit großen Kinderaugen an. »Danke für alles.«

»Schlaf gut«, wünschte er lächelnd und ging rasch an ihr vorbei, aus Angst, auch nur einen Augenblick länger dort zu bleiben.

»Mußt du gehen?«

Francis blieb stehen, sobald er sicher im düsteren Flur war. Er drehte sich um, und sein Herz wollte bersten, als er sie anschaute, so erschöpft und zerbrechlich wie eine weiße Taube, die im Schein des Kerzenlichtes golden schimmerte. »Ich glaube, das wäre das beste.«

Aber sie streckte ihm ihre anmutige Hand entgegen. Der Spitzenbesatz ihres Ärmels ergoß sich über ihr Handgelenk. »Bitte bleib bei mir ... nur für eine kleine Weile.« Sie nahm seine Hand und zog ihn durch den Raum zu dem bemalten Buchenholzständer, auf dem der Wasserkrug und die Handtücher neben der zweiten Lampe lagen. Langsam knöpfte sie die Brustknöpfe ihrer waldgrünen Redingote auf. Sie zog sie aus, so daß die weiße Bluse darunter sichtbar wurde. Francis beobachtete sie, außerstande zu protestieren, die Augen auf ihre Brüste geheftet. Einen Knopf nach dem anderen öffnete sie die Bluse und warf sie auf den Boden zu den anderen Kleidungsstücken. Wie hypnotisiert stand er vor ihr, konnte sich nicht rühren.

Sie zog die Nadeln aus ihrem Haar, und die goldenen Strähnen ergossen sich in einer kaskadenartigen Mähne über Schultern und Rücken. Langsam befeuchtete sie ein kleines Tuch und blickte ihn dann an.

Ihre Tränen waren jetzt verschwunden und die Schwellungen in ihrem Gesicht zurückgegangen. Sie sprach kein Wort, als sie ihm mit festem Blick in seine Augen das Tuch entgegenhielt, aber er wußte, daß sie von ihm berührt werden wollte. Sein Blut wallte auf vor Begierde, versengte seine Haut und löschte seine Vernunft aus. Er sollte das nicht tun. Es war nicht richtig, sie auf diese Weise auszunutzen.

Als sie darauf bestand, nahm er das feuchte Tuch mit zitternden Fingern entgegen und fuhr damit über ihre blasse Schulter. Er sah, wie sich ihre Augen bebend schlossen. Die kostbaren Linien ihres Körpers lagen jetzt bloß vor seinem Auge, als sie im Mieder und ihren schweren grünen Röcken vor ihm stand.

Er war dankbar, daß sie ihn nicht sehen konnte. Auf diese Weise konnte er ohne Schuldgefühle die eleganten Kurven ihrer Brüste erforschen. Er fuhr mit den Fingern langsam über ihren Hals und dann abwärts zu der Schwellung unter der Schicht aus Baumwolle und Spitze. Ihr Kopf fiel zurück, tief aus ihrem Hals drang ein leises Stöhnen. Sie waren sich wieder nahe. Er konnte ihren Atem auf seinem Gesicht spüren.

Da öffnete sie ihre Augen, Augen wie schmelzende Schokolade. »Willst du mich?« wisperte sie und fuhr mit der Hand wieder durch sein zerzaustes golden-graues Haar.

»Ich –«

Sie legte ihm einen Finger auf die Lippen, um seine Einwände zum Schweigen zu bringen, küßte dann seinen Mund und schlang ihre Arme um ihn. »Bitte sag, daß du mich willst, Francis. Bitte, ich möchte so gerne hören, daß ich begehrenswert bin.«

»Mehr als alles auf der Welt begehre ich dich, mein Engel. Mehr als alles begehre ich dich ...« flüsterte er schließlich in ihr Haar.

Es war Jahre her, daß er mit einer anderen Frau als einer der Huren von Covent Garden zusammengewesen war, und als die Leidenschaft ihn überwältigte, vergaß er, zärtlich zu sein. Francis drückte sie gewaltsam auf das Bett zurück und lag ausgestreckt über ihr, darum bemüht, seine enge Kniehose auszuziehen.

Er küßte ihren Mund und drang mit seiner Zunge so tief in ihren Hals, daß sie kaum atmen konnte. Aber Maria wehrte sich nicht dagegen. Je ungestümer er wurde, desto mehr begehrte sie ihn – desto mehr begehrte sie jeden, der sie begehrte. Sie wußte, daß Francis immer noch in sie verliebt war, aber sich ihm auf diese Weise hinzugeben, machte die Enttäuschung und den Schmerz, die sie heute erlitten hatte, zu einer fast erträglichen Last.

Er hob ihre Röcke und die Schichten ihrer Unterröcke hoch, während er immer wieder ihren Namen in ihre üppigen honigblonden Haarsträhnen flüsterte. Mit einer einzigen raschen Bewegung stieß er in sie hinein. Er spürte, daß er ihr nie nahe genug sein konnte. Sie war alles, was ihm gut und begehrenswert erschien. Die einzige Frau auf der Welt, die er je haben wollte. Dennoch war ausgerechnet sie die eine Frau, von der er selbst jetzt wußte, daß er sie nie vollständig besitzen würde.

Nur einen Augenblick später erzitterte er, überwältigt von ihrem Körper, von dem kostbaren Juwel, das er endlich in seinen Armen hielt, und fiel schlaff auf sie und die Stoffmassen um sie herum.

Während Francis immer noch auf ihr lag und sein Herz wild gegen ihre Brust klopfte, spürte Maria eine seltsame Gleichgültigkeit. Aber es war kein Bedauern. Es tat ihr nicht leid, daß dies geschehen war. Das würde es nie. Es war eine Frage des Überlebens gewesen.

Ich werde vielleicht nie einen anderen Mann als dich lieben, George Augustus, dachte sie, als Francis Russell sich langsam von ihr löste. *Aber so wahr mir Gott helfe, ich werde nicht zulassen, daß du mein Herz völlig zerstörst!* Dies war der letzte Gedanke, bevor sie in den sicheren, zärtlichen und sehr beschützenden Armen eines anderen einschlief.

Sie wußte nicht, wie lange sie geschlafen hatte, aber als Maria aufwachte, knisterte ein warmes Feuer im Kamin neben ihrem Bett, und sie war allein. Auf dem Kissen neben ihr lag eine einzelne blaßrosa Rose. Ihr süßer Duft und das Feuer halfen die Feuchtigkeit aus dem lange verschlossenen Raum zu vertreiben.

Maria streckte sich anmutig wie ein Schwan und lächelte dann. Sie war nach wie vor froh, daß es passiert war. Der Schmerz war im Licht dieses neuen Tages nicht so dunkel, so unerträglich. Es war nicht die gleiche Leidenschaft wie mit George, auch war sein Körper nicht so fest und schön, aber Francis war ein guter und freundlicher Mann. Es war richtig zwischen ihnen gewesen. Gerade als sie sich aufsetzen wollte, quietschte die Tür und öffnete sich.

»Guten Morgen«, sagte er lächelnd, als er durch das Zimmer auf sie zukam.

Er trug nur ein loses weißes Hemd und eine enge schwarze

Kniehose. Auf den Armen balancierte er ein mit Essen beladenes Tablett. Sie konnte das willkommene Aroma frisch gebrühten Tees riechen.

»Was hast du denn da gefunden? Ich dachte, es gäbe hier nichts.«

Er setzte sich neben sie auf die Bettkante und fuhr ihr mit der Hand über das Gesicht, um ihr das widerspenstige Haar aus den Augen zu wischen. Sie gähnte, als er das Tablett zwischen sie setzte. »Das dachte ich auch, aber ich habe Tee, ein paar Kekse, Marmelade und sogar einige kandierte Pflaumen aufgetrieben.«

»Ein Festmahl!« Sie lächelte.

Er goß den Tee ein und reichte ihr eine Tasse. Während sie die warme Flüssigkeit nippte, mußte sie an das erste Mal denken, daß sie ihn hatte Tee trinken sehen, vor all den Jahren, in ihrem Salon. Aber als sie jetzt zu ihm aufschaute, wie er seine Tasse an die Lippen führte, sah sie nur einen sanften Mann voll unendlicher Freundlichkeit. Impulsiv küßte sie ihn auf die Wange.

Er lächelte und stellte die Tasse auf das Tablett zurück.

»Wofür war das?«

»Für dich. Dafür, daß du der Mann bist, den ich endlich in dir sehe.«

»Kein Bedauern?«

»Keines.«

Er berührte ihren Handrücken. »Ist es dir warm genug?«

»Das Feuer ist herrlich. Aber woher hast du –« Ihre Stimme verebbte, als sie einen Blick zum Kamin hinüberwarf und dort die Überreste eines teuren Hepplewhitestuhles sah. »Oh, Francis, das hast du doch nicht getan!«

»Nun, ich konnte dich doch nicht gut erfrieren lassen, oder? Es mag Frühling sein, aber die Nächte in einem alten Haus wie diesem sind immer noch kalt. Und außerdem hatte ich sowieso vor, ihn zu ersetzen.«

Seine Impulsivität überraschte sie und brachte sie zum Lächeln. Das war eine Seite an ihm, die sie noch nie erlebt hatte.

»Ach, tatsächlich, ja?« Sie lachte und küßte ihn auf die Nasenspitze.

»Ja, wirklich«, behauptete er und erwiderte den spielerischen Kuß.

Als er sie diesmal berührte, gingen seine Hände viel geduldiger mit ihren nackten Brüsten um als in der Nacht zuvor. Sanft fuhr er mit den Fingern über ihre Brustwarzen und blickte sie dann an. Maria stellte das Tablett vorsichtig auf den Nachttisch und ließ zu, daß er seinen Mund auf ihren preßte.

Nachdem sie sich ein zweites Mal geliebt hatten, lag sie in seinen Armen und wollte nie wieder losgelassen werden. Es war schon lange her, daß sie solchen Frieden empfunden hatte.

»Hast du Hunger?« fragte er.

»Ich bin völlig ausgehungert.«

Francis richtete sich auf und setzte das Tablett wieder zu ihnen auf das Bett. »Ich fürchte, der Tee ist kalt geworden.«

»Das ist ein kleiner Preis«, sagte sie und kuschelte sich an seine Brust.

Sie aßen alle Kekse und die meisten kandierten Pflaumen auf, während sie im Schneidersitz auf dem Bett neben dem Feuer saßen. Sie lachten zusammen und erzählten einander während des Essens Geschichten über peinliche Situationen in ihrer Kindheit und die Jahre, bevor sie sich kennengelernt hatten. Francis wollte alles über sie wissen, und Maria vertraute ihm freimütig alles an. Die Sonne war schon lange aufgegangen, aber sie hatten die Vorhänge nicht aufgezogen, um so die letzten Augenblicke von Intimität zwischen ihnen auszukosten. Schließlich zog Francis sie an sich und küßte sie, als wäre es zum letzten Mal. Dann rutschte er vom Bett und begann sich anzuziehen.

»Der Kutscher wird bald hier sein«, sagte er.

»Oh, können wir nicht noch ein bißchen länger bleiben?«

»Du weißt doch, daß die Leute reden würden.«

Sie lachte unerwartet bittersüß und fegte die Krümel von der Bettdecke. »Das ist etwas, an das ich mich gewöhnt habe.« Er schaute sich vom Fuß des Bettes zu ihr um, als ob auch er gerne geblieben wäre, dann wandte er sich ab und ging zur Tür. »Ich lasse dir Zeit, dich anzuziehen.«

»Du traust dir wohl nicht?« fragte sie mit einem schlauen Lächeln.

Francis drehte den Türgriff und öffnete die Tür, aber er konnte und wollte sich nicht zu ihr umschauen, wie sie nackt und schön wie eine Göttin auf dem Bett lag, das sie miteinander geteilt hatten. »Nein, ich fürchte, das kann ich nie wieder haben«, war alles, was er herausbrachte, bevor er sie anlächelte und das Zimmer verließ.

Das Jahr nach seiner Hochzeit mit Caroline von Braunschweig war für den Prince of Wales sehr turbulent. Binnen Wochen nach der Zeremonie im St. James' Palace hieß es, Ihre Königliche Hoheit erwarte ein Kind – ein Kind, das George nicht wollte, gezeugt mit einer derben Schlampe, für die er rasch nur Verachtung übrig hatte. Seine neue Ehefrau machte sich nur selten die Mühe, sich zu waschen oder auch nur die Unterwäsche zu wechseln, wie er bald feststellte. Aber noch unverzeihlicher als ihr Mangel an Hygiene war, daß die neue Princess of Wales nicht Maria war.

Als Salz in einer Wunde, die er sich selbst zugefügt hatte, blieb Frances Jersey (die je kennengelernt zu haben er schon lange bedauerte), erste Hofdame der Princess of Wales. Seine vermeintliche Geliebte war nicht nur bei der Hochzeit anwesend gewesen, sondern sie war auch mit diesem äußerst begehrenswerten Posten ausgezeichnet worden als Belohnung für ihre Bemühungen, den Thronfolger von einer Katholikin zu trennen.

Im Januar, genau neun Monate nach seiner zweiten Eheschließung, ertönten die Glocken von all den hohen, vergoldeten Kirchtürmen Londons, um die Geburt der Tochter des Prinzen und der Princess of Wales zu verkünden. Das Kind erhielt den Namen Charlotte, zu Ehren ihrer Großmutter, der Königin von England.

»Oh, es tut mir so leid. Ich weiß nicht, warum es mir immer

noch etwas ausmacht.« Maria weinte unerwartet, als Lady Clermont sie freundlich in einer mütterlichen Umarmung festhielt.

»Na, kommen Sie, Kind«, tröstete sie sie sanft, während sie Maria in ihrem neuerworbenen Haus in der Tilney Street in Mayfair über das seidige Haar streichelte. »Sie dürfen nicht so streng mit sich sein. Schließlich haben Sie wirklich einen ziemlich üblen Schlag versetzt bekommen.«

»Aber es ist fast ein Jahr her, seit sie geheiratet haben, und mehr als drei, seit ich ihn zuletzt sah.«

»Aber Sie wissen genau, was man über die Abwesenheit und das Herz sagt, mein Kind.« Maria schnüffelte und wischte die lästigen Tränen mit einem weißen Taschentuch ab. »Aber ich liebe ihn nicht mehr! Wie könnte ich? Er ist der Ehemann einer anderen Frau!«

»Aber Ihnen gehörte er doch zuerst, oder etwa nicht?« fragte die alte Frau wissend und lächelte mit einer Freundlichkeit, die einen neuen Tränenausbruch hervorrief.

»Es ist alles so erbärmlich«, schluchzte Maria. »Ganz gleich, ob ich draußen in Twickenham oder hier in London bin, es scheint nie zu enden. Haben Sie die jüngste Karikatur dieses Parasiten Gillray gesehen? Diesmal hat er sich selbst an Grausamkeit übertroffen. Er hat die Princess of Wales und mich gezeichnet, wie wir um die drei Federn von Wales kämpfen. Und wie üblich hat er dafür gesorgt, daß es in der ganzen Stadt plakatiert wird!«

»Mein liebes Kind«, sagte Lady Clermont zärtlich und tätschelte Marias Hand, während Belle Pigot Tee und Brombeerscones servierte. »Haben Sie denn noch immer nicht gelernt, daß man so eine Sache nicht alleine ausfechten und gewinnen kann? Wenn Sie überleben wollen, besteht Ihre einzige Zuflucht darin, sich darüber hinwegzusetzen.«

Maria blickte in die Augen einer Frau, die schon viel mehr von der Welt gesehen hatte als sie. Es waren freundliche, himmelblaue Augen, die von einer vorstehenden Stirn überschattet und von tief eingegrabenen Falten umgeben waren. »Aber wie kann ich das?«

»Als allererstes können Sie das erreichen, indem Sie nicht sooft ihr neues Haus hüten, so schön es auch ist. Sie haben hier in London einen ergebenen Freundeskreis, dessen Verehrung für Sie durch all das nur größer geworden ist. Gehen Sie aus. Mischen Sie sich unter die Leute. Lassen Sie sich von denen, die Sie verehren für das, was Sie ertragen haben, die Kraft geben, die Sie gerade jetzt brauchen.«

»Wenn Sie mir die Bemerkung gestatten, Madam«, mischte sich Belle Pigot ein, als sie das Tablett absetzte. »Ich bin völlig der Meinung Ihrer Ladyschaft.«

Lady Clermont klopfte sich auf ihr knochiges Knie. »Na bitte. Sehen Sie?«

Maria blickte von einer zu anderen. Vielleicht hatten sie recht. Seit sie im vergangenen Frühjahr nach London zurückgekehrt war, hatte sie sich auf die Gesellschaft von Belle, Horatia Seymour, dem Herzog von Bedford und gelegentlichen Nachmittagsbesuchern wie Lady Clermont beschränkt.

Aber sich zu verstecken, wie sie es getan hatte, würde nichts ändern. Die Zeit schritt voran. Sie konnten nicht zurück. George war jetzt verheiratet ... legal nach Meinung der Öffentlichkeit. Und sie hatten ein Kind. Sie hatte genug Tränen um ihn vergossen, das, was von ihrer Jugend geblieben war, in einer Ehe vergeudet, die nie als legal betrachtet werden würde. Es wurde Zeit, daß sie wieder anfing zu leben.

Als sie an ihren Scones knabberten und ihren Tee nippten, führte Jacko Payne den Herzog von Bedford in den Salon. Es regnete wieder. Auf seinem Haar und seinem Gesicht lag eine dünne, feuchtglänzende Patina. Er versuchte, sie mit der behandschuhten Hand so weit wie möglich wegzuwischen und betrat dann den Raum.

»Ah, Lady Clermont. Welch angenehme Überraschung.« Er nickte, während er die Handschuhe auszog und sie Jacko zusammen mit dem dunklen Wollmantel reichte.

»Ja, ich kam ohne Einladung. Aber ich dachte, unsere liebe Maria könnte heute vielleicht ein bißchen Aufmunterung gebrauchen.«

»Das war wirklich sehr freundlich von Ihnen.«

»Maria ist ein liebes Mädchen.«

»Ich vermute, daß Sie von Englands neuer kleiner Prinzessin gehört haben«, sagte er beiläufig und nahm sich eines von den Kuchenbrötchen.

»Ich bezweifle, daß es irgend jemanden in London gibt, der nicht davon gehört hat«, erwiderte Lady Clermont und wunderte sich, wie jemand, der behauptete, Maria gegenüber eine so große Zuneigung zu hegen, so grausam sein konnte, dies so unverblümt auszusprechen.

Aber als sie sah, wie er sie anschaute, begriff die alte Frau. In ganz London war bekannt, daß der Herzog von Bedford Maria in jenen ersten finsteren Tagen nach der Hochzeit des Prince of Wales eigenhändig davor bewahrt hatte, sich etwas anzutun.

Es hieß, sie seien die besten Freunde geworden. Manche munkelten, sie seien vielleicht noch mehr als das. Ganz gleich, was zwischen ihnen war, eines war gewiß. Maria liebte ihn nicht.

Ich bin eine alte Frau und habe mit diesen müden Augen eine Menge gesehen, dachte sie, als der Herzog sich neben Maria setzte und jeden Wechsel ihres Mienenspiels verfolgte. *Wenn die junge Frau ihn anschaut, ist dort nichts als Dankbarkeit. Dennoch ist der arme Mann hoffnungslos in sie verliebt ... Eine Schande, daß sie nie für irgend jemanden außer dem Prince of Wales empfinden wird, was der Herzog von Bedford offensichtlich für sie empfindet.*

Das goldene Licht von hundert Kerzen ließ das Haus erstrahlen. Lebhafte Musik erfüllte den Salon, das Speisezimmer und die angrenzenden Säle dazwischen. Gäste drängten sich um eine Tafel, die mit einem weißen Tuch gedeckt war und auf der Schinken in Madeirasauce, Fasan in Trüffel und Mandelkuchen prachtvoll dargeboten wurden. Andere Gäste tranken in kleinen Schlückchen Wein und tuschelten zustimmend über das reizende Haus, das die sympathische erste Frau des Prince of Wales für sich gekauft hatte.

Nachdem er sie auf so unsanfte Weise fallengelassen hatte, war sie wirklich besser ohne ihn dran, meinten die meisten ... aber nur hinter vorgehaltener Hand.

Die ganze elegante Welt Londons war heute an Marias neuer Adresse in der Tilbury Street erschienen. Lord und Lady Clermont saßen vor dem pistaziengrünen gekachelten Kamin und unterhielten sich mit dem Herzog von Bedford, während Richard Sheridan und seine Frau Elizabeth mit Marias Bruder unter einem Bild ihres Vaters sprachen.

Elizabeth, eine kleine Frau mit hellbraunen Locken und einer Himmelfahrtsnase lachte fröhlich in ihrem eleganten zarten blauweißen Baumwollkleid. Am anderen Ende des Raumes erzählte Hugh Seymour zum wiederholten Male Kriegsepisoden und die Geschichte, wie er vom Parlament geehrt und für seinen Mut am Ruder seines Schiffes Leviathan mit einem Orden ausgezeichnet worden war. Horatia stand flüsternd neben ihm und unterhielt sich stolz über ihren neuesten Zuwachs. Endlich hatte sie ihre Tochter.

Aber am tröstlichsten für Maria war die Anwesenheit von Georges Bruder Frederick, dem Herzog von York, der für kurze Zeit vom Kontinent zurückgekehrt war. Während der ganzen häßlichen Angelegenheit war er ihr treuer Freund und großer Anhänger geblieben. (»Wenn Sie bereit sind, es mit der Welt wieder aufzunehmen, Maria«, hatte er gestern zu ihr gesagt, »dann werden wir dafür sorgen, daß es eine Party wird, die London nicht so schnell vergißt!«) Er kam jetzt mit einem Weinglas auf sie zu und küßte sie auf die Wange. »Eine phantastische Party. Ich wußte es.« Er zwinkerte ihr zu und ging in den Salon zurück, dessen Fenster auf die vornehme Park Lane hinausgingen.

Maria wirkte strahlend in ihrem hauchdünnen rosa Abendkleid mit hoher Taille, Spitzen und Silberborden, umhüllt von einer zarten Wolke eleganten Lavendelparfüms. Ihr Kopfschmuck, die neueste Mode, wurde auf spektakuläre Weise von einer Straußenfeder gekrönt. Die Gäste betrachteten sie voller Bewunderung, wie sie sich ungezwungen unter ihnen bewegte, lächelte, nickte und darauf achtete, daß ihre Weingläser nicht leer wurden.

Auch der Herzog von Bedford beobachtete sie. Gerade lachte sie über etwas, das Hugh Seymour gesagt hatte, und ihr Gesicht strahlte. Zwischen ihnen war es nie wieder zu der Intimität gekommen wie in jener ersten Frühlingsnacht in London. Aber er klammerte sich voller Hoffnung an die Erinnerung an das, was sie miteinander geteilt hatten. Er glaubte auch fest daran, daß sie sich jetzt, da der Prince of Wales Vater war, endlich von ihrem Traum lösen würde, sich eines Tages wieder mit ihm versöhnen zu können.

Maria hörte nicht auf zu zittern.

»Sie ist so schön, daß es mir den Atem verschlägt.«

»Nur zu. Nimm sie auf den Arm, wenn du möchtest.« Horatia lächelte stolz, während die beiden Frauen in die Wiege des Töchterchens der Seymours spähten, ihrem ersten Mädchen, einem Kind namens Mary.

»Oh, vielleicht besser nicht. Sie ist doch so klein.«

»Du wirst sie schon nicht zerbrechen.«

Maria blickte zögernd auf den krähenden Säugling, der die gleiche Haarfarbe wie seine Mutter hatte und sie aus den gleichen großen haselnußbraunen Augen anblickte. Das Kind trug ein Gewand aus elfenbeinfarbenem Satin und Spitze, das einer Prinzessin würdig gewesen wäre, und roch so lieblich wie ein Korb voller Frühlingsblumen.

»Nur zu«, ermutigte Horatia sie. »Sie hat es gerne, wenn man sie auf den Arm nimmt.«

Kein Gefühl auf der Welt war so, wie wenn man ein Neugeborenes hielt. Maria hatte das vergessen und erlebte jetzt einen Ansturm der Gefühle. Mutter zu sein. Nichts auf der Welt wünschte sie sich mehr als das. Es würde ihre Trennung von George beinahe erträglich gemacht haben.

Als sie die kleine Mary in den Armen hielt, hob Maria einen Finger, den das Kind instinktiv mit seinem winzigen Händchen packte. »Sie ist so stark!«

»Gott sei Dank kommt sie nach ihrem Vater.«

Maria schaute zu Horatia. Ihre Brust hob und senkte sich heftig mit jedem Atemzug. Wie konnte die Ankunft eines Kindes gleichzeitig solche Freude und solch äußerste Traurigkeit mit sich bringen? Aber seit Marys Geburt hatte sich Horatias Gesundheit weiter verschlechtert. Sie war häufig ans Bett gefesselt, und der Husten, unter dem sie litt, hatte sich verschlimmert.

»Sie mag dich.«

Maria lächelte zustimmend und blickte wieder auf das kleine Kind, das in ihren Armen völlig zufrieden schien. »George und ich dachten auch einmal, daß wir ein Kind haben würden.« Ihre Worte waren nur leise gesprochen, aber Horatia spürte die Sehnsucht in ihnen. »Du wärst eine großartige Mutter.«

»Ja. Aber nun gut, offensichtlich ist auch das etwas, das einfach nicht sein sollte.«

Plötzlich lehnte Horatia sich gegen den Türrahmen und begann ohne Vorwarnung zu taumeln. »Ist mit dir alles in Ordnung?«

»Ja«, antwortete sie und preßte eine Hand gegen die Brust. »Ich bin nur ein bißchen erschöpft. Vielleicht sollte ich mich hinlegen. Aber für dich und Mary ist es ein so netter Besuch. Du bist herzlich eingeladen, so lange zu bleiben, wie du möchtest.«

»Danke, meine Freundin«, sagte Maria mit einem Lächeln, und sie beide wußten, wie aufrichtig sie es gemeint hatte.

Nachdem ihre Zofe Horatia aus dem Kinderzimmer geholfen hatte, ging Maria zum Fenster und setzte sich in einen schweren gepolsterten Sessel, der neben einer Spielzeugtruhe stand. Das Baby war dabei, in ihren Armen einzunicken.

»Oh, ja. Wie sehr habe ich mir eine Kleine wie dich gewünscht«, sagte Maria mit leiser, schwärmerischer Stimme, während sie den Säugling sanft schaukelte. »Wenn ich doch nur ein Kind gehabt hätte, ich glaube, alles wäre dann etwas leichter zu ertragen gewesen. Es wäre etwas gewesen, das selbst die Gesetze Englands mir nicht hätten wegnehmen können.«

Sie legte einen Finger an die Wange des Kindes. Sie fühlte sich so weich und warm an. Wie versteinert beobachtete Maria das kleine Gesichtchen, ganz Unschuld und Schönheit. Dann plötzlich, als schrecke es aus einem bösen Traum auf, erwachte das Kind und fing an zu schreien.

»Still, mein kleiner Schatz«, flüsterte Maria, und ihr Herz floß über vor Trauer. Um George. Um das Kind, das sie nie haben würden. Um all die Liebe, die sie zu geben hatte, und darum, daß niemand da war, dem sie diese Liebe schenken konnte. »Ich werde bleiben, bis du wieder einschläfst. Ich lasse dich nicht allein. Das verspreche ich dir.«

Maria blieb dort sitzen, hielt Horatias Baby in den Armen, streichelte seine Wange, wiegte es hin und her und spürte eine Art von Erfüllung, die bisher nur in ihren Träumen existiert hatte. Als die Schatten des frühen Abends über die Wände tanzten, war sie noch immer dort und dachte daran, wie es hätte sein können. Wie es statt dessen war. Und sie bemühte sich sehr, nicht zu weinen.

Unter der Silberscheibe des Mondes stand ein schwarzer Zweispänner alleine auf der Park Street. Die Kutsche und die beiden schieferfarbenen Hengste wurden von der Dunkelheit der Nacht verborgen. George hatte absichtlich diese Kutsche ausgewählt. Sie stand gegenüber einem kleinen rosafarbigen Ziegelhaus mit zwei die Tür umrahmenden hohen Schiebefenstern. Ein einzelnes Licht im zweiten Stock glühte wie ein tiefgoldenes Leuchtfeuer. Das mußte ihr Zimmer sein. Sie war direkt hinter dem Fenster, dachte George ... nur wenige Meter entfernt, und dennoch hätten sie aufgrund der Umstände, der Entscheidungen, die er getroffen hatte, kaum weiter voneinander entfernt sein können.

Seit der Geburt seiner Tochter waren drei Tage vergangen. Ein Kind mit einer anderen Frau als ihr war etwas, das er sich nie würde verzeihen können, besonders da er wußte, was Maria Mutterschaft bedeutete. Er hatte Caroline nur am Anfang beigewohnt. Das war seine Pflicht gewesen. Jenes erste Mal, ihre Hochzeitsnacht, war ein Staatsereignis, und seitdem verfolgte ihn eine finstere Erinnerung daran. Es war die Nacht, in der er eine Ehe vollzogen und dadurch gültig gemacht hatte, die nie hätte geschlossen werden dürfen. Als ihm keine andere Wahl mehr blieb, hatte er Caroline aus einer Vielzahl von Gründen geheiratet. Aber um gegen seinen Willen und gegen sein Herz vorzugehen, hatte George sich betrunken, sehr betrunken.

»Guter Gott!« hatte Frederick entsetzt gerufen und war blaß geworden, als er seinen älteren Bruder in dem Raum hinter dem Altar mit gerötetem Gesicht gesehen hatte, schlingernd wie ein vertäutes Schiff. »So kannst du doch nicht heiraten! Du kannst ja kaum laufen!«

»Bei meiner letzten Hochzeit war ich stocknüchtern«, nuschelte George. »Das ist doch einmal eine angenehme Abwechslung.«

Ganz gleich, wieviel er in der Nacht und auch an diesem Morgen getrunken hatte, dieses Linderungsmittel hatte das unerfreuliche Bild seiner Braut nicht aus seinem Gehirn löschen können. Dunkle Locken, Glubschaugen in einem runden, roten Gesicht und dieses vulgäre kehlige Lachen.

Ich kann das nicht zu Ende führen, war sein erster Gedanke gewesen, als er sich an jenem Morgen ankleidete. Dies war eine grauenhafte Fehlkalkulation – eine großartige Geste, die er nicht durchstehen konnte. Er stand sie durch, am Altar von zwei seiner Brüder im wahrsten Sinne des Wortes aufrechtgehalten und auf dem Weg ins Ehebett von zwei von ihnen an jeder Seite gestützt.

An beide Ereignisse erinnerte George sich jetzt nur noch durch den dichten blauen Schleier des Cherry Brandy, der ihn an jenem Tag auf den Beinen gehalten hatte. Sein erster Eindruck von Caroline hatte sich als richtig erwiesen. Sie konnte sich kaum stärker von Maria unterscheiden, und das war vielleicht gut für die Strafe, die er als verdient empfand. Ihr derber und zotiger Humor, dessen Zeuge er schon bei ihrem ersten Treffen geworden war, hatte sich weiter fortgesetzt, und von der ersten ehelichen Berührung ihres nackten Fleisches an wußte er, daß die Braunschweiger Prinzessin keine jungfräuliche Braut war.

»Sag mir, wie du es gern hast, George«, hatte sie mit starkem deutschem Akzent gemurmelt, als sie sich unter ihm in seinem prächtigen Himmelbett räkelte. »Und ich lasse dich vergessen, daß du den Namen Fitzherbert je gehört hast!«

Ihr Lachen, wie immer kehlig und rauh, ließ sein Herz stillstehen, und sein Blut kühlte sich augenblicklich ab. »Du närrisches Weib!« Er rollte sich weg von ihrem Körper. »Du hast überhaupt keine Ahnung, hörst du, wie absolut unmöglich das ist!«

Aber dann vergaß er doch. Für eine kurze Zeit in jener Nacht überließ er sich betrunken ihrem Fleisch und seinem eigenen. Aber jedes Mal, wenn er hinterher in jenen ersten verblendeten, trunkenen Tagen zu ihr ging, war es dasselbe. Marias Gesicht war zwischen sie getreten. Ihr vertrauensvoller Gesichtsausdruck, ihre Freundlichkeit waren wie eiskaltes Wasser, erinnerten ihn daran, was er getan und verloren hatte und daß sie nie aus seinem Herzen weichen würde.

Nach nur wenigen Wochen, als er die Scheinheiligkeit der derben Frau nicht mehr ertragen konnte, die jeder in England (jeder außer ihm) jetzt als seine Ehefrau betrachtete, war George nach Windsor gegangen. Seine Täuschung Maria gegenüber hatte ihren Zweck erfüllt. Der Skandal um den protestantischen Prinzen und die katholische Witwe war allmählich verebbt. Die gierige Gerüchteküche war beschwichtigt worden. Lady Jersey und die Princess of Wales hatten Marias Platz als Gegenstand von Tratsch und Karikaturen eingenommen. Aber, so wahr ihm Gott helfe, selbst jetzt, nachdem er sie zerstört hatte, hörte er nicht auf, die einzig wahre Liebe seines Lebens zu vermissen. Sosehr er sich auch bemühte, George konnte den Gedanken an sie nicht aus seinem Herzen und seinem Hirn drängen. Maria war sein Prüfstein gewesen, die einzige, die je gezählt hatte. Auch wenn er weiter mit Caroline in einer Lüge leben würde, änderte sich daran nichts. Und so hatte er sich von

Caroline getrennt, nachdem er Maria und England gegenüber seine Pflicht erfüllt hatte. In aller Form. Dauerhaft. Ganz gleich was geschah, George wußte, er würde immer nur eine Frau haben. Und er hatte sich bemüht, zumindest einen Teil dieser ersten Ehe zu legalisieren.

In der Dunkelheit zog George einen Stapel Papiere aus der Tasche seines Mantels. Er brauchte die Worte nicht zu lesen, denn sie waren ihm ins Herz gebrannt. Worte, die er selbst geschrieben hatte. Er fuhr mit den Fingern über die getrocknete schwarze Tinte.

Durch diesen, meinen letzten Willen vermache ich bei meinem Tode all meine weltlichen Güter jeglicher Art Maria Fitzherbert, meiner Ehefrau, der Frau meines Herzens und meiner Seele. Obwohl sie sich nach den Gesetzen dieses Landes öffentlich dieses Namens nicht bedienen durfte, ist sie das im Angesicht Gottes, und war, ist und wird es in meinen Augen immer sein.

Ich möchte mit so wenig Pomp wie möglich begraben werden und wünsche, daß mein ständiger Begleiter, das Bild meiner geliebten Ehefrau, Maria Fitzherbert, an einem Band um meinen Hals, wie ich es zu Lebzeiten immer trug, direkt über dem Herzen plaziert, mit mir begraben werden möge ...

»Das ist der einzige Trost, den ich verdiene«, flüsterte er. Als er zum Fenster hochschaute, zerrte er an dem Samtband um seinen Hals, bis es zerriß und ihm Marias Miniaturporträt in die Hand glitt. »Und dafür sollte ich dankbar sein.«

Außerstande sich zu rühren, beobachtete er, wie eine Lampe in Marias Salon entzündet wurde, dann eine weitere, und das Haus schließlich von warmem goldenen Licht erfüllt wurde. Er konnte durch das Erkerfenster sehen, wie Jacko Payne das Feuer im Kamin entfachte – und wandte sich daraufhin ab. Die Sehnsucht war beinahe unerträglich.

George hatte herausgefunden, daß Maria aus Twickenham nach London zurückgekehrt war und vorhatte, die Saison über zu bleiben. In der Hoffnung, ihr in der Öffentlichkeit zu begegnen, war er an all den Orten aufgetaucht, die sie seiner Vermutung nach aufsuchen würde. Denn er wußte genau, daß sie nie bereit wäre, ihn privat zu treffen.

Er ging in die Oper, wie damals, an jenem ersten Abend im Königlichen Theater. In das Theater in der Drury Lane. Selbst ins Almack's. Aber es war nutzlos. »Das ist närrisch«, hatte er sich beim letzten Mal gesagt, als er sich kopfschüttelnd in der Kutsche niederließ. Er hätte sowieso nicht gewußt, was er ihr sagen sollte.

George blickte wieder zu ihrem Schlafzimmerfenster hoch, als die schattenhafte Gestalt einer Frau auf das Licht zuging. *Maria.*

Er konnte ein elegantes grasgrünes Kleid sehen, ihren Kopf, heiter und gelassen erhoben. Sie hatte sich nicht verändert, dachte er, und ein schwaches Lächeln zupfte an seinen Lippen. Sie war noch immer wie ein wundervoll eleganter kleiner Vogel, den er eine Weile gefangengehalten und der sein Leben zu etwas Erlesenem verzaubert hatte. Ein Phantasiegebilde. Aber wie Träume enden auch alle Phantasien. Dennoch hatte er das Richtige getan, erinnerte er sich selbst in einem stillen Gebet wieder.

Er hatte die Kraft gefunden, sie freizugeben, als es am wichtigsten war. Es half ihm, sich daran zu erinnern. In die zärtliche Glut von Marias Liebe getaucht, war er ein Ehrenmann geworden. Ein Mann, der Entscheidungen traf, unabhängig davon, was es ihn kostete. Das hatte sie sich immer für ihn gewünscht. Dessen hielt sie ihn für fähig. Der geistigen Stärke, ein großer König zu sein. Jetzt war er endlich bereit, es mit der Welt aufzunehmen.

Es gab nur eines, was er sich noch mehr wünschte.

17. Kapitel

Frederick war der Ansicht, es sei das beste, wenn er derjenige war, der zu Maria ging – wenn er derjenige war, der ihr eine Aussöhnung vorschlug.

Er hatte sich eines Abends dazu verpflichtet, nachdem George ihm schließlich die Einzelheiten ihrer Trennung enthüllt und ihm den edlen Grund mitgeteilt hatte, warum er sich genötigt gesehen hatte, Maria freizugeben. Aber als er bei ihr war und ihr in die verwundeten braunen Augen schaute, fand Frederick, daß er sie nicht einfach dazu drängen konnte, seinen alles andere als fehlerlosen Bruder wieder in ihr Leben zu lassen. Bestenfalls konnte er sie flehentlich bitten, sich wenigstens mit George zu treffen – sich von Angesicht zu Angesicht mit ihm zu unterhalten.

»Aber nach allem, was Sie seinetwegen in den vergangenen Jahren erduldet haben«, sagte Frederick schließlich, als er den Vorschlag endlich ausgesprochen hatte, »ist es eine Entscheidung, die nur Sie treffen können. Was ich sagen will, ist, daß ich Sie, genau wie meine Brüder, immer als Georges wahre und einzige Ehefrau betrachtet habe.«

»Sie sind ein lieber Freund, Freddie«, sagte sie mit tränenerstickter Stimme. »Danke, daß Sie immer so sehr bemüht sind, mir zu helfen.«

Er drückte ihr einen Kuß auf die Stirn und schmeckte das Lavendelwasser, in dem sie badete. »Ich wünschte, ich könnte mehr tun.«

Danach vergingen Tage. Maria war eine Gefangene ihrer Gefühle, gefesselt von ihrer Liebe zu George und ihrem Schmerz. Sie hatte gelobt, die Seine zu sein in guten und schlechten Zeiten, und das war ein Schwur, den sie nicht leichtfertig geleistet hatte. Nach den Gesetzen der Kirche war sie tatsächlich mit ihm vermählt. Nach dem Gesetz des Landes jedoch war Caroline seine Frau und – Entfremdung hin oder her – die Mutter seines einzigen Kindes. Außerdem war sie die Princess of Wales. Selbst als Frederick ihr an jenem Nachmittag mitteilte, Caroline habe ihm persönlich gesagt, sie kenne die Situation und hoffe, sie würden einen Weg finden, sich auszusöhnen, schenkte das Maria wenig Trost. Es schien immer noch eine unmögliche Situation zu sein. Letzten Endes war er immer noch ein Mann mit zwei Ehefrauen. Nach jedem Gesetzes- und Moralkodex, den sie kannte, war das verkehrt.

Völlig unerwartet stimmten auch andere Mitglieder der königlichen Familie in den Tagen nach Fredericks Besuch in die Bitte des zweiten Sohnes mit ein, Maria möge den Erben in Gnaden wieder aufnehmen. Es sei ihre Pflicht, das zu tun. Um ihn zu retten. Um die Krone zu retten.

Aber als was, fragte sie sich? *Als Ehefrau? Mätresse?*

»Also, was wollen Sie tun, Kind?« fragte Lady Clermont, als sie ein paar Tage nach Fredericks Besuch zusammen in einer Laube saßen, die vor lieblich duftenden Rosen überquoll.

»Wenn ich das nur wüßte.« Jedes der Worte, die sie aussprach, schmerzte mehr als das vorherige. »Es ist alles so verwirrend.«

»Ihr Herz sagt das eine, aber Ihr Verstand etwas anderes, hm?« Maria versuchte zu lächeln. Lady Clermont war mittlerweile gebeugt und verhutzelt, ein liebenswürdiges Überbleibsel aus einer anderen Ära. Aber diese freundliche alte Frau mit den Spuren von Rouge im faltigen Gesicht kannte sie mittlerweile so gut, und das war ein großer Trost. »Nach allem, was er mir angetan hat... uns angetan hat, und mit diesem Zorn in meinem Herzen, wie kann ich mir da noch etwas aus ihm machen?«

»Liebes Kind«, gluckste sie leise, und schon alleine das Geräusch war tröstlich, »vielleicht liegt es ja daran, daß Sie wissen und auf gewisse Weise immer gewußt haben, daß das, was er tat, aus Liebe zu Ihnen erfolgte.«

Maria wandte sich ab und beobachtete einen Schmetterling, ein leuchtendblaues flatterndes Geschöpf, das sie umkreiste und dann auf ihrem Ärmel landete. »Wissen Sie, zum ersten Mal sah ich ihn auf der Mall. Er galoppierte auf einem Hengst daher, vom Wind zerzaust und ungestüm, und er flirtete ganz offen mit mir in meiner Kutsche.«

Lady Clermont lächelte weise und berührte Marias Knie. »Das überrascht mich nicht.«

»Na ja, mich brachte das völlig aus der Ruhe. Ich war mir sicher, daß er der bestaussehende Mann war, den ich je zu Gesicht bekommen hatte, und dennoch war es diese gewinnende kindliche Art, die mich in einer Weise anzog, wie ich es noch nie zuvor bei jemandem erlebt hatte. Alle, die ich vor George gekannt hatte, waren sich ihrer selbst so sicher. Bei ihnen war so vorhersehbar, wie sich das Leben und die Liebe gestalten sollten. Aber bei George nicht. Nein, bei ihm nicht. Wie ich auf jedem Schritt des Weges gegen ihn angekämpft habe ...« Sie hielt inne, sammelte sich. »Und als wir schließlich zusammenkamen, war es für mich wie das fehlende Stück in einem Puzzle, ein Stück, von dem ich nicht einmal wußte, das es dasein sollte, bis er mich zwang, es zu sehen.«

»Er ist ein sehr schwieriger Mann, meine Liebe.«

Maria holte aus vollem Herzen tief Luft. »Ich wußte es zuerst nicht, aber er war von vielen Dämonen besessen, Dämonen aus seiner Vergangenheit, die er nie ganz bezwingen konnte. Die Notwendigkeit, Dinge vor mir geheimzuhalten, sich in Täuschungsmanöver zu verstricken, kann er immer irgendwie rechtfertigen. Ich bat ihn in Brighton, mir zu sagen, warum er sich von mir losriß.«

»Und wenn er Ihnen gesagt hätte, daß es sein Wunsch sei, Sie zu beschützen, indem er Sie verläßt, was hätten Sie dann getan?«

»Ich hätte ihn davon abgehalten! Ich hätte ihm gesagt, daß es eine Last sei, die wir gemeinsam tragen müßten.«

»Er liebte Sie genug, um Sie gehen zu lassen, damit er sie schützen konnte. Das hätte er nicht tun können, wenn Sie an seiner Seite geblieben wären.«

»Er liebte mich nicht genug, um aufrichtig zu mir zu sein.«

»Ich bin zu der Überzeugung gelangt, daß der Prinz zur damaligen Zeit das Allerbeste, das Ehrenwerteste für seine Frau tat.« Lady Clermont tätschelte sanft mit ihrer knochigen altersgefleckten Hand Marias Knie. »Und dafür respektiere ich ihn.«

Maria unterdrückte ein kleines Lächeln. »Wie kommt es, daß Sie immer genau wissen, was Sie mir sagen müssen?«

»Das Alter hat auch seine Vorzüge, meine Liebe«, sagte sie und erhob sich mit Hilfe eines eleganten kleinen Stocks mit Silberspitze. »Also dann. Wollen Sie das Risiko eingehen, ihn zu treffen?« fragte sie, während sie Seite an Seite an den Stockrosen und Fingerhüten entlanggingen.

»Vielleicht würde Gott es vorziehen, wenn man die Dinge auf sich beruhen ließe.«

Die alte Frau blickte zu Maria herüber und zog eine Augenbraue hoch. »Also das ist die Wurzel des Ganzen, hm? Ihre Religion?«

»Diesmal geht es um Bigamie, Lady Clermont, nicht um den Glauben! Er hat jetzt eine andere Frau, ein Kind!«

»Dieser eine gefährliche Akt, seine Hochzeit mit der Princess of Wales, hat Ihnen, wenn ich das sagen darf, die Sicherheit vor Strafverfolgung verliehen, ohne die Sie nie hoffen könnten, in Frieden mit Ihrem George zu leben. Ich glaube, ich habe Sie in diesen vergangenen Jahren ganz gut kennengelernt, meine Liebe. Ich weiß, daß es das ist, was Sie sich wirklich wünschen, was Sie sich immer gewünscht haben, und nicht irgendein königlicher Titel oder Ruhm und Ehre.«

»Ich hätte George geliebt, auch wenn er arm gewesen wäre.«

»Sprechen Sie mit Ihrem Priester, Maria«, empfahl sie und faltete ihre Finger ineinander. »Suchen Sie seinen Rat in der Angelegenheit, und wenn er seine Zustimmung gibt, können Sie in Frieden Ihrem Herzen und Ihrem Schicksal folgen. Schließlich gibt es in diesem Leben keinen anderen Weg, den wir beschreiten können, oder?«

Folge deinem Herzen, hatte sie mit einer Stimme voller Weisheit gesagt.

Tief in ihrem Herzen wollte Maria ihn sehen, noch einmal

mit dem zärtlichen, freundlichen George zusammensein, den sie in Brighton erlebt hatte. Aber selbst ein erstes Treffen war nicht so einfach. Nichts war mehr so einfach. Er war nicht mehr der gleiche Mann. Bestimmt war sie nicht mehr die gleiche Frau. Zwischen ihnen lagen Zeit und Abstand – es war problematisch, eine Aussöhnung auch nur in Betracht zu ziehen.

Und da war der Herzog von Bedford.

Francis hatte sie von Anfang an geliebt. Er war ihre größte Stütze gewesen, und dennoch hatte er um keine Gegenleistung gebeten. Jetzt, da sie entdeckt hatte, daß Liebe alleine nicht ausreichend war, konnte Maria nicht umhin, sich zu fragen, ob sie es sich selbst und Francis nicht schuldig war, ihnen eine Chance auf mehr als Freundschaft zu geben.

»Denken Sie zumindest darüber nach, was ich Ihnen gesagt habe, Kind.« Lady Clermont tätschelte ihr Knie.

Marias Antwort war ein tiefer Seufzer. Sie wandte den Blick ab. *Wie*, fragte sie sich, *sollte ich es fertigbringen, an irgend etwas anderes zu denken?*

18. KAPITEL

Im Herbst, als sich eben die Blätter zu verfärben begannen, kehrte Vater Nassau, der katholische Priester, den Maria beauftragt hatte, ihren Fall dem Heiligen Stuhl vorzulegen, mit einem päpstlichen Breve nach London zurück. Seine Heiligkeit hatte ihren Fall geprüft und festgestellt, daß sie nach den Gesetzen der Kirche die wahre Frau des Prince of Wales sei. Er hatte gesagt, Maria könne wieder mit ihm als seine Frau leben, wenn seine Königliche Hoheit es bei ihrem Wiedersehen aufrichtig meine mit seinen Versprechungen und wenn er seine Sünden bereue.

An dem Morgen, nachdem Maria mit ihrem Priester zusammengetroffen war, kam Horatia Seymour zu Besuch. Jacko und Fanny mußten ihr in einen Sessel helfen.

»Ich bin gekommen, um mich zu verabschieden«, sagte sie unter großer Mühe. »Ich gehe fort.«

»Was meinst du damit, du gehst fort? Wohin?«

Mühsam schluckte sie. »Hugh möchte, daß ich nach Madeira reise. Wegen meiner Gesundheit.«

Es war nicht nötig, das weiter zu erklären. Die Geburt ihres letzten Kindes, des Engelchens, das jeder jetzt Minney nannte, war die Totenglocke gewesen, die Horatia schon so lange gefürchtet hatte. Ihre Haut, einst wie Alabaster, war jetzt spröde und aschgrau. Ihre Augen, in ihrer Jugend von strahlendem Haselnußbraun, waren fahl geworden und hatten dunkle Ränder. Alle Schminke und aller Puder der Welt konnten nicht länger verbergen, daß die arme Lady Seymour an Schwindsucht litt.

»Oh, Horatia.« Maria kam zu ihr und schloß sie in die Arme. Sie küßte sie auf beide Wangen, als ginge sie für immer. »Es tut mir so leid.«

Horatia brachte ein schwaches Lächeln zustande. »Man sagt, die Luft in Madeira sei wundervoll. Hugh hegt die größten Hoffnungen, daß ich mich nach ein oder zwei Jahren wieder völlig erholt haben werde.«

»Aber natürlich.« Maria versuchte ermutigend zu klingen. »Und die Kinder?«

»Sie kommen mit mir. Ich fürchte, ich würde es nicht ohne sie aushalten, da Hugh doch so häufig fort ist. Ich werde jedoch lernen müssen, ohne meine kleine Minney zu leben.« Horatias ausgemergeltes Gesicht spiegelte den Schmerz ihrer Worte wider, und ihre Augen füllten sich mit Tränen. »Die Ärzte sagen, daß meine Kleine zu zart sei, um eine so lange Seereise zu unternehmen, wie sie vor uns liegt.«

»Laß mich sie nehmen.«

Überrascht schaute Horatia auf. »Oh, Maria, ich glaube nicht –«

»Warum nicht? Du weißt doch, wie sehr ich das Kind anbete. Keiner könnte sich in deiner Abwesenheit besser um sie kümmern!«

»Ich bezweifle, daß Hugh das billigen würde.«

»Warum nicht? Du weißt, welch wundervolles Zuhause ich ihr hier bieten kann. Niemand könnte sie, da bin ich mir sicher, mehr lieben als ich.«

Vergeblich versuchte Horatia die Anspannung aus ihrer Stimme fernzuhalten. »Wird dieses Zuhause auch wieder den Prince of Wales umfassen?«

Maria lehnte sich in ihrem Polstersessel mit dem Gefühl zurück, einen plötzlichen Stich versetzt bekommen zu haben. »Wie ich sehe, hat deine Krankheit deine spitze Zunge nicht beeinträchtigt.«

»Oh, Maria, vergib mir. Aber ich muß an das Wohlergehen meines kleinen Mädchens denken. Du denkst doch an eine Versöhnung mit ihm, oder nicht?«

»Und wenn es so wäre?«

»Bring mich doch nicht dazu, es zu sagen, Maria, bitte. Unsere Freundschaft ist mir zu teuer.«

Ihre Stimme klang scharf vor Bitterkeit. »Sag es, Horatia.«

»Schau, ich weiß, was du mit ihm erduldet hast, und du hast wirklich mein Mitgefühl. Ich weiß, es war nicht einfach für dich. Also gut, ich werde sagen, was ich denke. Maria, George ist jetzt verheiratet. Legal. Er hat eine Ehefrau.«

»Und wenn ich ihn jetzt zu mir zurückkehren lasse, unterstellen die Leute, ich sei nur seine Mätresse.«

»Es ist nicht nur das. Lord Seymour und ich sind Protestanten, und du weißt, wie er und die meisten Engländer in bezug auf Katholiken denken.«

Ein rasches Runzeln flog über ihre Stirn. »Also würdest du nur aufgrund dessen, was andere Leute glauben könnten, lieber dieses wundervolle Kind Fremden ausliefern, als sie mir zu geben, die du kennst, der du vertraust und die ihr ein phantastisches Zuhause bieten würde?«

»Maria, bitte, ich muß Minneys Wohlergehen bedenken. Sie ist doch nur ein kleines Mädchen.«

»Zufälligerweise bin ich der Ansicht, daß es keinen Platz auf der Welt gibt, wo besser für ihr Wohlergehen gesorgt würde als bei mir.«

»Sicher hast du recht, aber –«

»Dann gib mir eine Chance, Horatia. Bitte. Ich würde dieses teure Kind nie auch nur der geringsten Anstößigkeit aussetzen. Das weißt du. Sie würde ausschließlich im protestantischen Glauben erzogen werden, wenn es das ist, was du wünschst. Ich würde es nie wagen, dir oder Hugh in dieser Hinsicht zuwiderzuhandeln. Und was George betrifft, ganz gleich, ob wir uns versöhnen oder nicht, du weißt sehr gut, daß ich weder seine Geliebte bin noch es je war.«

Horatia schwankte. Ein halbes Lächeln huschte über ihre blassen, ungeschminkten Lippen. »Minney betet dich an, nicht wahr?«

»Nicht halb sosehr wie ich sie.«

Sie streckte Maria ihre Hand entgegen. »Ich spreche heute abend mit Hugh. Ich teile dir morgen seine Entscheidung mit, bevor wir abreisen.« Sie standen beide auf. »Es tut mir leid, daß ich so barsch war. Es ist nur ... also, wenn ich nicht nach England zurückkehren kann ... wenn etwas passieren sollte ...«

Maria hob die Hand. »Du brauchst nichts weiter zu sagen.«

»Ich muß einfach wissen, daß man sich ordentlich um sie kümmert.«

»Mein ganzes Leben lang habe ich mir ein kleines Mädchen wie Minney gewünscht«, sagte Maria. »Bis jetzt hat der allmächtige Gott es nicht für angemessen gehalten, mich damit zu segnen. Ich bete darum, daß er seine Meinung ändert, und sei es nur für eine Weile.«

Sie hörte ein Kind lachen, als Jacko Payne tags darauf am Nachmittag die schwarzlackierte Tür öffnete. Das Geräusch erfüllte die schattigen Winkel und Gesimse der leeren Eingangshalle.

Maria sprang in dem Salon, der direkt dahinter lag, auf die Beine. Ein Gedichtband, in dem sie gerade gelesen hatte, fiel zu Boden. Gestützt von ihrem Lakaien auf der einen Seite und

Lord Seymour auf der anderen, trat Horatia langsam ins Foyer, auf dem Arm ihre jüngste Tochter – die kostbare kleine Minney.

Maria lief durch den Raum und die beiden mit Teppich belegten Stufen hinauf auf sie zu. In Horatias Augen glitzerten Tränen, während sie das zappelnde Kind in ihren überanstrengten Armen hielt. Die beiden Frauen blickten einander wissend an; sie teilten eine Bindung, die tiefer war als Freundschaft, älter als die Zeit.

»Paß gut auf sie auf«, flüsterte Horatia, als sie Maria das Kind übergab. Fast augenblicklich hörte das kleine flachsköpfige Kind mit den hellen Engelsaugen auf zu strampeln und kuschelte sich an Marias Busen. Maria weinte. »Danke. Danke euch beiden.«

»Sie ist ein so liebes Baby«, sagte Horatia unter Tränen. »Sie macht so wenig Ärger.«

»Ich verspreche dir, Horatia, daß du es nicht bereuen wirst.«

Hugh stand stark und selbstsicher neben seiner Frau, die Hände hinter dem Rücken verschränkt. Er war schneidig wie eh und je. Nur seine glänzenden Augen verrieten seine wahren Gefühle. »Sag unserer Tochter oft, daß wir sie lieben, damit sie uns nicht ganz vergißt, Maria, hörst du?«

»Du weißt, daß ich das tun werde«, versicherte sie ihm, während das Kind mit der weißen Perlenkette um ihren Hals spielte. »Du mußt dich darauf konzentrieren, daß deine Frau wieder gesund wird, damit sie bald wieder zu uns zurückkehrt.«

»Das werde ich.« Er streckte die Hand aus und berührte ihre Schulter mit einer freundschaftlichen Geste. »Danke, Maria.«

»Ich werde euch schreiben, was sie für Fortschritte macht.«

»Sooft du kannst«, drängte Horatia. Dann nahm sie mit zitternden Händen ein schmales Gold-und-Rubin-Armband vom Handgelenk und gab es Maria. »Heb das für sie auf, ja? Meine Mutter schenkte es mir an dem Tag, als ich Hugh heiratete. Es ist ein Erbstück.«

Maria hielt das Armband einen Moment lang zögernd zwischen den Fingern und reichte es ihr dann wieder. »Du gibst es ihr. Wenn du wiederkommst.«

Horatia blickte Hugh mit müden Augen an, und er verstand. Er ließ sich das Armband von seiner Frau geben und drückte es Maria wieder in die Hand. Als er sie so freundlich anschaute, mußte sie an jenen ersten Abend denken, an dem er sie fast genauso angesehen und sie dann mit einem Tanz gerettet hatte. Wie lange lag das jetzt alles zurück.

»Komm, meine Liebe«, bat er Horatia schließlich. »Unsere Kutsche wartet.«

Hugh nahm seine kleine Tochter und drückte sie ein letztes Mal, während die beiden Frauen sich von Tränen überwältigt umarmten.

Zwei Tage nachdem Minney Seymour so unerwartet in ihr Leben getreten war, stimmte Maria einem Treffen mit George zu. Es sollte ihr erstes Zusammentreffen nach fast vier Jahren sein, und es war als private Begegnung an einem neutralen Ort geplant. Kempshott, Sir Henry Rycrofts prächtiger Besitz in den sanften Hügeln Hampshires, wurde schließlich dafür ausgewählt. Rycroft würde ihr Gastgeber sein.

Maria wurde in ein eindrucksvolles eichenvertäfeltes Foyer geführt. George sei bereits da, teilte man ihr mit, und erwarte sie mit ihrem Gastgeber im Salon. Eine Mischung aus Furcht und Erregung ließ Maria erzittern; in der letzten Zeit war ihr klargeworden, wie sehr sie ihn wirklich vermißt hatte. Seine Gesellschaft. Die trauten Augenblicke. Die Gedanken und Erinnerungen, die der Schmerz sie nicht hatte fühlen lassen. Bis jetzt.

Die beiden Männer standen neben dem prasselnden Feuer, das in dem prächtigen Kamin aus dem sechzehnten Jahrhundert knisterte und knackte. Gekrönt wurde er von einem riesigen Porträt von Kardinal Wolsey, dem Lordkanzler Heinrichs VIII.

Das Herrenhaus war seit der Zeit dieses Renaissancekönigs unverändert geblieben, und Rycroft liebte es genau so, wie es war: mit den geschnitzten hohen Decken, die mit alten Gemälden bedeckt waren. Den Hirschgeweihen an den holzgetäfelten Wänden. Den Möbeln mit dem Familienwappen.

Maria stand da im Licht der Eingangshalle, ihr Haar glänzte von einem leichten Regenschleier, der wie winzige Diamanten auf ihrem Knoten funkelte. Überrascht schaute George auf, als hätte er nicht erwartet, sie zu sehen. Sie sahen sich eine Zeitlang schweigend an.

»Meine liebe Maria«, sagte Rycroft, als er auf sie zukam. »Wie schön, Sie wiederzusehen.« Er war ein hochgewachsener würdevoller Mann mit Wellen von schneeweißem Haar und scharfen grünen Augen, denen nichts entging. Er ergriff Marias Hand und führte sie an die Lippen.

»Ganz meinerseits, Henry«, erwiderte Maria, wandte den Blick aber nicht von George.

Seine Bewegungen waren steif. Förmlich. Als seien sie Fremde. Sie standen nur die halbe Länge eines türkischen Teppichs voneinander entfernt, aber die Distanz zwischen ihnen war gewaltig. In ihrer Abwesenheit hatte George sich verändert. Selbst auf diese Entfernung sah sie, wie das Alter mit schwerer Hand über sein Gesicht gefahren war. Es erschütterte sie. Er kam einige Schritte näher und blieb dann stehen. Ihre Blicke waren aufeinander gerichtet.

»Ich hasse es, darum bitten zu müssen«, sagte Henry Rycroft. »Es ist verdammt unhöflich meinen Gästen gegenüber, aber wärt ihr beide so gut, mich einen Augenblick zu entschuldigen? Ich muß mit dem Koch über das Menü für heute abend sprechen.«

Die Kriegslist war offensichtlich, aber Maria nickte dennoch höflich. George rührte sich nicht. Er stand einfach da, starrte sie an und machte keinen Versuch, aus Anstand wegzuschauen. Sie trug ihr schönstes Kleid, ein Gebilde aus dünner, rosenroter englischer Baumwolle. Es war ein Kleid im neuen Stil, und sie fühlte sich in der neuesten Mode nicht mehr so wohl, wie es früher einmal der Fall war. Sie fand, eine Empiretaille ließ eine Frau fett erscheinen, raubte ihr die Figur. Aber eine Dame von Stand mußte auf dem laufenden bleiben, daher hatte sie sich zögernd entschlossen, dem Jahr 1800 und dem neuen Jahrhundert die Stirn zu bieten, kühn und direkt.

»Du siehst wundervoll aus«, staunte er, etwas überrascht, wie wenig sie sich – im Gegensatz zu ihm – verändert hatte.

Sie war ihm gegenüber reserviert und ängstlich. Ihr Mund war zu einer harten Linie der Verteidigung zusammengepreßt. »Was willst du von mir, George?«

»Ich will dich zurück haben in meinem Leben«, sagte er ohne zu zögern. Dann hielt er einen Augenblick inne. Aber sein Blick ruhte auf ihr. »Vielleicht sollte ich etwas Wein kommen lassen?«

»Ich möchte nichts, das mich womöglich nachgiebig macht«, fauchte Maria, wütend darüber, daß das Trinken, eines seiner Laster, wieder Gesprächsthema war. Und auch sonst hatte sich so viel an ihm geändert. Selbst die blauen Augen, jene glänzenden Augen, die sie am Anfang so leicht verführt hatten, waren nicht mehr so durchdringend wie einst. *Was hat er an sich, das mir immer mein Herz stiehlt, selbst jetzt, wenn nicht diese Augen?* fragte sie sich in stummem Zorn über sich selbst.

Er stand vor ihr in einer eleganten grauweiß gestreiften Weste und dem allzeit präsenten hohen weißen Halstuch. Sein Haar hatte jetzt an den Schläfen die ersten grauen Strähnen, gerade genug, um ihm eine gelassene Anmut zu verleihen, die er früher nicht besessen hatte. Er sah immer noch gut aus; allerdings hatte er jetzt die Reife eines Mannes, nicht mehr die Jugend, die sie einst betört hatte.

Ihr Herz schlug wie eine Trommel gegen die Rippen. Ihr Mund war trocken, und sie zitterte. Verdammt! Sie wollte jetzt so gerne ruhig bleiben. Die Gefühle, die sie vor sechs Jahren so völlig mitgerissen hatten, durften jetzt nicht wieder von ihr Besitz ergreifen. Sie war älter. Klüger. Schmerz und Enttäuschung hatten sie verändert.

»Du siehst wirklich wundervoll aus«, wiederholte er, als sie einander gegenüberstanden, getrennt durch eine geschnitzte Renaissancebank.

Hier, alleine mit ihm, erinnerte sie sich an alles. In einem Schwall der Erinnerungen strömte alles wieder auf sie ein. Die blinde Leidenschaft jener ersten Jahre. Die schützende Wärme seiner Arme. Die Konturen seines Körpers, wenn er sich über ihr wölbte und sie liebte, wie niemand es je getan hatte oder tun würde.

»Zum Teufel mit dir, George!« platzte sie plötzlich heraus. »Du wirst mich nicht wieder verletzen!«

Er trat einen Schritt näher auf sie – und damit ihrer beider Schicksal – zu und wandte seinen Blick dabei nicht von ihrem Gesicht. »Nein«, antwortete er mit tiefer Stimme. »Das werde ich nicht.«

»Du verlangst zuviel von mir«, stieß sie mit erstickter Stimme hervor. »... das hast du schon immer.«

»Ich versuchte das zu tun, was ehrenhaft war, Maria ... du hast mich immer dazu gebracht, das zu wollen.«

Die Worte rissen alte Wunden auf. Ganz langsam setzte sie sich auf die Bank, die noch soeben die einzige Barriere zwischen ihnen gewesen war. Er stand neben ihr, unsicher, ob sie wollte, daß auch er sich setzte. Gut, dachte sie. Es war besser, wenn nicht nur sie zögerlich war.

»Vielleicht möchte ich jetzt doch einen Schluck Wein trinken«, sagte sie, nach wie vor unfähig, das Zittern in ihrer Stimme zu verhindern.

Henry Rycroft hatte sein Bestes getan, um ein phantastisches Abendessen für sie drei vorzubereiten. Sie setzten sich um die Schmalseite eines unendlich langen Tisches, der so alt war wie das übrige Haus. Das Licht aus den beiden Goldkandelabern, einer an jedem Ende, flackerte. Maria konnte den mit Äpfeln gefüllten Kapaun nicht anrühren, während George und Henry versuchten, sich interessiert über aktuelle Ereignisse zu unterhalten. Die Fortsetzung des Krieges mit Frankreich. Die Kapitulation von Malta und die Rückkehr des gefeierten Admirals Nelson aus Neapel.

Während die Männer sich bemühten, Konversation zu betreiben, konnte Maria nicht anders, als ihn zu beobachten. George aß langsam und trank keinen Wein. Das war ein Zugeständnis, um das sie nicht gebeten hatte – eine Geste, die sie gleichermaßen überraschte wie erfreute.

Nach dem Essen lehnte Rycroft sich auf seinem Stuhl zurück und tätschelte sich den Bauch. »Ich habe viel zuviel gegessen und getrunken«, verkündete er und warf seinen Gästen nacheinander einen Blick zu.

Sir Henry hatte nicht gewußt, was er erwarten sollte, als er, wenn auch nach leichtem Zögern, zugestimmt hatte, als Gastgeber dieser äußerst heiklen Zusammenkunft zu fungieren. Dies hier hatte er ganz bestimmt nicht erwartet. Keiner von ihnen sprach, abgesehen von ein paar wohlgewählten Worten und improvisierten Nachfragen nach der Gesundheit des anderen. Ihre stürmische Vergangenheit war legendär. Er hielt sich an der Tischkante fest und schob den Stuhl zurück, um aufzustehen.

»Ich fürchte, ich bin heute abend kein guter Gastgeber. Ihr müßt mich entschuldigen, ich muß mir einen Pfefferminztee gegen meine Magenbeschwerden holen.« Er stand zwischen ihnen, beobachtete sie, suchte nach einen Zeichen von ihr, daß sie ihn wieder dahaben wollte. Maria schaute weg. George tupfte seine Lippen mit einer weißen Leinenserviette ab und erlaubte ihrem Gastgeber schließlich zu gehen. »Ich komme gleich wieder«, log er und ließ sie alleine.

Als George wieder zu Maria blickte, spielte sie nervös mit dem Fuß ihres Weinglases. Sie starrte diesen an, als wohne ihm eine ganz besondere Faszination inne, und wich damit nicht nur seinem Blick aus, sondern zögerte auch den anstehenden peinlichen Augenblick hinaus.

Mit einer kühnen Geste ergriff er ihre Hand und hielt diese auf dem Tisch fest. Die Verbindung zwischen ihnen zu spüren überwältigte ihn stärker, als er sich vorgestellt hatte. Mit großen, dunklen, suchenden Augen, die sich rasch mit Tränen füllten, blickte sie wieder zu ihm auf. »Es ist zu spät für uns, zuviel ist geschehen.«

Er sah sie an, und seine eigenen Augen glänzten im Kerzenlicht vor innerer Überzeugung, so wie früher. »In Ordnung. Wir wollen hier nichts beschönigen, Maria. Es sind viele Dinge geschehen, die dich schrecklich verletzt haben, und daran trage ich die alleinige Schuld. Aber jetzt, da nicht länger die Gefahr einer Strafverfolgung besteht, weil ich dem König gegeben habe, was er wollte, habe ich endlich die Freiheit, neu zu beginnen ... zu versuchen, die Sache wiedergutzumachen ...«
Er drückte ihre Hand. »Die Dinge wieder so werden zu lassen, wie sie waren.«

»Was der König wünschte, war, daß du eine legale Frau hast, und das ist jetzt der Fall. Die Dinge können nie wieder so sein, wie sie waren.«

»Dann werden sie besser sein.«

»Es ist Wahnsinn, das auch nur in Betracht zu ziehen!« Sie verkrampfte sich wieder, wich vor ihm zurück.

»Es ist das einzige auf der Welt, das je für uns beide richtig war.«

»Was ist mit deiner Tochter?« Der Gedanke an ein Kind, etwas, das sie sich am meisten auf der Welt gewünscht hatte und jetzt in Gestalt von Minney besaß, stimmte sie milder.

»Wenn es dir nicht zuviel Schmerz bereitet, würde ich sie gerne von Zeit zu Zeit sehen.«

»Das mußt du. Ganz gleich, was zwischen uns geschieht, du darfst ihr nicht den Rücken kehren.«

»Oh, Maria«, seufzte er nach einem kleinen Schweigen, ergriff wieder ihre Hand und drückte sie verzweifelt. »Ich bin vielleicht nicht immer der Mann, den du dir wünschst –« Sein hübsches Gesicht war ernst. »Aber alles, nach was ich je strebte, war, des Vertrauens würdig zu sein, das ich in deinen Augen gespiegelt sah.«

»Es ist keine Frage von Würdigsein, George. Das war es nie. Es ist eine Frage von zwei verschiedenen Welten, zwei verschiedenen Ansichten, über das Leben, über Treue ... über Aufrichtigkeit.«

Er wollte sich seine Hoffnung nicht zunichte machen lassen.

Sie waren schon zu weit gegangen. George packte sie an den Schultern und hielt sie fest. »Was wir besitzen, Maria, ist kostbar, geschieht nur einmal im Leben. Ich glaube, wir wissen beide, daß es für keinen von uns je wieder so etwas geben wird. Etwas, von dem die meisten Menschen nur träumen können ...«

»Aber«, fragte sie ihn, während er sie festhielt, »... können wir denn wirklich unseren Traum wiederfinden?«

»Wenn wir uns gemeinsam große Mühe geben, danach zu suchen«, flüsterte er, und eine Träne glänzte auf seiner Wange. »Ja, ich glaube von ganzem Herzen, daß wir das können.«

Es würde unangenehm werden, aber es mußte sein. Maria konnte sich George nicht ganz hingeben, bevor sie nicht Francis gesehen hatte. Das war sie ihm schuldig. Sie hatte überlegt, ihn zu sich zu bitten, aber sie hielt es für besser, nicht das Risiko einzugehen, daß er und George sich begegneten. Zumindest eine Weile lang würde die Wunde noch schmerzen. Sie hatte ihn nie belogen, hatte nie behauptet, zwischen ihnen bestünde mehr als Freundschaft. Aber er liebte sie, und dieses eine Mal zwischen ihnen hatte ihm Hoffnung verliehen. Sie haßte sich ein wenig dafür, daß sie ihn so benutzt hatte.

»Du hast dich mit ihm versöhnt, nicht wahr?« sagte er, als sie sich im grauen Licht des frühen Morgens gegenüberstanden. Maria fühlte sich, als habe man sie geschlagen. Sie hatte noch nicht einmal ihre Handschuhe ausgezogen. Dabei hatte sie eine elegante kleine Rede vorbereitet. Sie wollte über Freundschaft sprechen und darüber, wieviel er für sie getan hatte, als sie ihn am meisten brauchte. Von einem Augenblick zum anderen war alles weg. Jedes Wort.

Sie blickte ihn an und zwang sich dazu, die Worte auszusprechen. »Ja, Francis, das habe ich.«

Es zu vermuten war nicht das gleiche, wie es aus ihrem eigenen Mund zu hören. Er wich verletzt zurück, als sie ihm bestätigte, was er bereits gehört hatte. »Ich dachte, ich könnte besser damit umgehen«, gestand er leise. Dann schaute er beiseite, außerstande, das Glück auf ihrem Gesicht zu ertragen. So glücklich hatte er sie nie gemacht. Nicht einmal in der einen Nacht, als sie ihm ganz gehörte. »Ich hatte vorgehabt, dir zu gratulieren. Viel Glück...«

»Woher wußtest du es?« fragte sie ruhig. Ihm erschien es die denkbar unangemessenste Bemerkung in einem Augenblick, in dem sein Herz brach.

»London ist ein Dorf, zumindest was schlechte Nachrichten betrifft.« Er drehte sich wieder um. Jede Pore seines hochgewachsenen, schlanken Körpers verströmte Schmerz. Seine Augen trugen dabei die Hauptlast. »Ich wünsche dir verzweifelt, daß du glücklich bist. Allerdings hätte ich es vorgezogen, wenn du es mit mir geworden wärst.«

»Francis, ich –«

»Nein«, er hielt eine Hand hoch, als sie einen Schritt auf ihn zu machte. »Erspare dir dein Mitleid, Maria. Ich glaube nicht, daß ich das jetzt ertragen könnte.«

»Ich bemitleide dich nicht!« widersprach sie empört und versuchte wieder auf ihn zuzugehen, spürte dann aber die Barriere und blieb stehen. »Ich liebe dich von Herzen.«

»Als Freund.«

»Als meinen treuesten Freund.«

Es trat ein kurzes Schweigen ein, währenddessen er nervös mit den Fingern auf die Rücklehne eines Stuhls zu trommeln begann. »Kein besonderer Abschied, was? Keine Glückwünsche und Gratulationen, wie du sie vielleicht erwartet hast.«

»Ich habe nichts von dir erwartet, Francis, und dennoch so viel bekommen.«

Sein Lachen war knochentrocken. »Das ist wohl der Unterschied zwischen uns. Obwohl ich mich sehr um das Gegenteil bemühte, habe ich zuviel erwartet.« Er schaute zu ihr auf. »Ich habe erwartet, daß du eines Tages, wenn ich nur genug Geduld aufbrächte, das gleiche für mich empfinden würdest wie ich für dich. Seltsam, nicht wahr? Ich begehre dich, aber du begehrst mich nicht auf die gleiche Weise. Du hingegen begehrst den Prince of Wales, und auf was dieser wirklich aus ist, sind andere Frauen und mehr Geld. Hast du mir das nicht selbst gesagt?«

Maria stemmte energisch die Hände in die Hüften. Ihr Mund war zu einer harten Linie zusammengekniffen. »Diese Worte habe ich dir im Vertrauen gesagt, Francis. Nicht damit du sie mir jetzt an den Kopf wirfst, weil du verletzt bist.«

Er kam mit drei schnellen Schritten auf sie zu. »Sieh ihn doch so, wie er ist, Maria! Um Gottes willen, laß dich doch nicht von schönen Worten und Versprechungen verführen, die er unmöglich halten kann!«

»Ich weiß, daß du verletzt bist, Francis, aber ich gehe auf der Stelle, wenn du noch ein Wort gegen ihn sagst.«

Er blickte zum Fenster hinaus in die perlgraue Dämmerung. Schwer und schwarz hingen die Wolken am Himmel. Es versprach ein weiterer Regentag zu werden. Verdammter Regen! Das hatte ihm gerade noch gefehlt, jetzt wo sein Herz barst. »Vergib mir«, bat er schließlich in einem schmerzlichen Wispern.

Sie hielt sein Gesicht zwischen ihren Händen wie ein kostbares Juwel und küßte ihn zärtlich auf die Wangen. »Ich muß das tun, Francis. Bitte versteh mich doch. Ich glaube wirklich, daß dies das Leben ist, das Gott für mich gewählt hat, komme, was da wolle.«

»Ich habe Angst um dich.«

»Das brauchst du nicht. Ich möchte bei ihm sein, und ich brauche ihn.«

»Paß auf dich auf, mein Engel«, sagte er und zog ihre Hände von seinem Gesicht, obwohl er doch eigentlich nichts mehr auf der Welt wollte, als sie näher an sich heranzuziehen. »Und hüte dich vor Illusionen.«

»Wünsche mir Glück, Francis. Bitte.«

»Nun, ja«, sagte er, unfähig, den Sarkasmus in seiner Stimme zu unterdrücken, »davon wirst du, fürchte ich, eine Menge brauchen können, mein Engel.«

Überall standen Kristallvasen voller Lavendel. Der Fitzherbert-Salon, in dem die Gäste sich versammelten, bot eine erlesene Mischung aus blauem Satin und safrangelbem Samt und war voller Blumen, Bücher, Schreibtische, Sessel und tiefer Sofas. Er war gleichzeitig prächtig und ungezwungen hergerichtet für die Frühstücksparty, die George zu Marias Ehren gab – darauf hatte er bestanden.

Die Wände waren mit Rosen- und Jasminlauben bemalt, und eine davon wurde von einem lebensgroßen Porträt des Prince of Wales beherrscht. Sein Geschenk an Maria. George hatte darauf beharrt, daß es an einem hervorstechenden Platz aufgehängt wurde. Niemand sollte vergessen dürfen, durch wessen Gnade er eingeladen worden war oder wessen Ärger er sich zuziehen würde, wenn sie jemals wieder beleidigt würde.

Auf einem vergoldeten Bronzetisch daneben stand eine Büste von Marias liebem Freund Prinz Frederick. Diener in den rotgoldenen Livreen der Bediensteten des Prinzen waren im ganzen Raum und im Foyer verteilt, um die Gäste anzukündigen. Andere Dienstboten glitten über kostbarste Aubussonteppiche und boten den Gästen, die bereits eingetroffen waren, Tabletts voller kandierter Früchte an.

Obwohl er dies Maria nicht anvertraut hatte, war es Georges Absicht, ihr diesen Morgen unvergeßlich werden zu lassen. Nach dem heutigen Tag würde jeder wissen, wie sehr der Prince of Wales seine Frau anbetete ...

Seine wahre Frau.

Während er dastand und sich auf den Hacken vor- und zurückwiegte, strömte die Spitze der Londoner Gesellschaft durch die Eingangstür. Jede der Damen in ihren enganliegenden Kleidern mit der hohen Taille und dem ungepuderten Haar à la Greque wurde mit einer langstieligen weißen Rose begrüßt. Dieses Detail verriet Marias Handschrift. Soeben war Beau Brummell, der berüchtigte Londoner Dandy, eingetroffen. George beobachtete ihn, wie er gockelgleich im Salon umherschritt, den anderen Gästen zunickte und seinen neuen Seidenfrack mit Messingknöpfen vorführte. Maria hielt ihn für überheblich, aber George hatte trotzdem darauf bestanden, ihn einzuladen. Er fand Brummell unterhaltsam, und die gemeinsame Faszination für Kleidung hatte den Anstoß zu einer Freundschaft zwischen ihnen gebildet.

Lord und Lady Clermont standen mit Elizabeth und Richard Brinsley Sheridan neben einer der beiden neuen Goldstehlampen. Sie sprachen über den siebenjährigen Krieg mit Frankreich, der immer noch tobte, und den gefürchteten Bonaparte, der im Augenblick Österreich so verheerend verwüstete. Auf der anderen Seite des Zimmers befand sich ihre alte Freundin Anne, Lady Lindsay, die damals, vor all den Jahren, mit ihr nach Frankreich gegangen war. Sie stand zusammen mit Georgiana, der Herzogin von Devonshire, und Isabella, Lady Sefton, abgeschieden unter einem Kronleuchter. »Das ist alles ziemlich skandalös«, flüsterte Anne gehässig.

»Man darf nicht zu kritisch sein mit dem armen Schatz«, lästerte eine alternde Georgiana aus dem Hinterhalt, den Blick auf jene neuen Gäste gerichtet, die langsam in den eleganten kleinen Raum traten. »Alles in allem hat sie nicht viel dadurch gewonnen, daß sie ihn zurückgenommen hat, oder?«

Insgeheim fuchste es die Herzogin von Devonshire ungemein, daß die nur mäßig attraktive katholische Witwe noch eine zweite Chance mit solch einem aufregenden Mann wie dem Prince of Wales erhalten hatte.

»Sie wird nie Königin«, prophezeite Anne, die von Georgianas Gehässigkeit angesteckt worden war, voller Häme. »Ich denke, die liebe Maria hat mit Sicherheit ihre Ruhe, wenn nicht ihre Würde geopfert, als sie zustimmte, den Schurken wieder in ihr Bett zu lassen.«

Gerade in dem Augenblick trat Maria in einem eleganten opalfarbenen Kleid auf die letzte Stufe der Treppe. Eine juwelenbesetzte Brosche funkelte zwischen ihren Brüsten. Ihr Haar war perfekt frisiert, der aschblonde Knoten mit winzigen Juwelen besetzt.

»Oh, meine Liebe, ist es nicht einfach phantastisch?« gurrte Georgiana, als Maria in ihren überfüllten Salon trat. »Du und unser lieber George endlich versöhnt!«

»Es ist so romantisch wie ein Märchen!« bekräftigte Anne.

Maria blickte zu Isabella hinüber, die zwischen den beiden anderen Damen stand, aber die Frau ihres Onkels lächelte nur. *Ich glaube, sie hat beim letzten Mal eine Lektion gelernt*, dachte sie schlau. *Ihr Schweigen angesichts der Scheinheiligkeit der anderen ist weise.*

»Ich bin froh, daß ihr alle kommen konntet«, sagte Maria, und ihre Stimme klang so freundlich und aufrichtig, als ob sie ihre Worte wirklich meinte.

Als sie sich von ihnen abwandte, um sich einen anderen Gesprächspartner als das furchterregende Trio zu suchen, zupfte George sie am Ärmel. »Da bist du ja endlich, Liebling«, sagte er und küßte sie auf die Wange. »Komm, ich möchte dir etwas geben. Entschuldigen Sie uns bitte, meine Damen.«

Er entfernte sich nur ein, zwei Schritte, suchte keinen privaten Ort, der ihn vor den neugierigen Augen der anderen Gäste verbarg, und zog eine flache, in Geschenkfolie eingepackte Schachtel aus seinem Frack. Maria blickte zu ihm auf. »Oh, George, vielleicht ist dies nicht der richtige Zeitpunkt –«

»Im Gegenteil, es ist genau der richtige Zeitpunkt.« Er lächelte, voller Zuversicht. »Nur zu. Öffne es, damit jeder es sehen kann.«

Sie schaute wieder zu ihm hoch und versuchte ein wenig aus seinem Mut zu schöpfen, während sie die Verpackung entfernte. Er hatte diesen Augenblick mit Absicht ausgewählt. Obwohl sie sich nicht wieder umblickte, konnte sie hören, wie es totenstill um sie herum wurde und alle Gäste sie beobachteten.

Langsam öffnete sie den Deckel der Schachtel. Auf einem Bett aus schwarzem Samt lag eine juwelenbesetzte Brosche, eine Ansammlung von Diamanten, Smaragden und Gold, die im Tageslicht des Raumes funkelten.

»Die Warwick-Brosche«, sagte sie atemlos.

»Ich gab sie dir einmal, vor langer Zeit, als du noch nicht bereit warst, sie dir schenken zu lassen, und ich respektierte deine Wünsche, indem ich sie zurücknahm. Heute wie damals ist diese Brosche ein Symbol meiner Liebe zu dir. Eine Liebe, die nie vergehen wird.« Er lächelte stolz, als sie ihn anblickte. »Gefällt sie dir?«

»Sie ist bezaubernd.«

Maria zitterte, als sie auf die funkelnden Juwelen blickte, die er ihr in die Hand legte. Etwas, das sie einmal protzig gefunden hatte, erschien ihr jetzt als der schönste Schmuck auf der Welt, weil sie jetzt wirklich glaubte, daß er sie liebte. »Ich bete dich an, Maria«, verkündete er, so daß alle es hören konnten. »Du bist der Kern, der Inhalt meines Lebens.« Plötzlich lächelte auch sie. Maria ging auf ihn zu, um ihn zu umarmen, hielt dann aber inne. Er sah sie zögern, trat näher und flüsterte ihr ins Ohr: »Bitte, Liebling, ich möchte, daß alle sehen, wie glücklich wir sind. Komm, wir zeigen all diesen erbärmlichen Seelen, wie sehr sie sich in uns geirrt haben. Vielleicht können wir durch unsere Stärke ihrem boshaften Tratsch ein Ende setzen.«

Als Maria ihm schüchtern einen zärtlichen Kuß auf die Wange gab, ertönte um sie herum der Applaus ihrer Gäste. Aber sie spürte sofort, daß das George nicht reichte. Er mußte etwas klarmachen, und das wollte er auch tun. Plötzlich zog er sie an seine Brust und küßte sie so leidenschaftlich, als lägen sie miteinander im Bett.

Sie hörte, wie hinter ihr jemand keuchte. Vergeblich versuchte sie sich von ihm loszureißen. Er hielt sie fest umschlungen. Maria spürte seine starken Arme, seine Hände, die langsam nach oben glitten. Erst berührte er ihren Hals mit den Fingern, dann ihr Gesicht. Die Bewegung war so sinnlich, als seien sie die einzigen Menschen im Raum. Als er sich von ihr losriß, glühten Marias Wangen rosenrot.

»Ich glaube, sie hat schließlich doch den berüchtigtsten Tiger Englands gezähmt«, meinte Lady Lindsay lächelnd und überraschte mit diesen Worten sogar sich selbst.

Die Herzogin von Devonshire, die sich vom Fuß der Treppe

nicht weggerührt hatte, biß sich auf den Daumennagel. Ihre Gesichtsmuskeln waren angespannt und hart wie eine Maske.
»Da wird einem ja schlecht«, murmelte sie leise.
»Vorsicht, Georgiana«, erwiderte Lady Lindsay. »Man sieht dir deinen Neid an.«

19. Kapitel

Als das Jahr 1803 zu Ende ging, endete auch ein kurzer Waffenstillstand, der bei Amiens geschmiedet worden war. Erneut befanden sich England und Frankreich miteinander im Krieg. Die Sommermonate hindurch bereitete sich ganz England auf eine Invasion vor. Selbst einfache britische Bürger meldeten sich als Freiwillige. Prinz Frederick wurde zu ihrem Befehlshaber ernannt. George als Erbe durfte jedoch nicht in den Krieg ziehen.

Wenn er schon nicht am Krieg teilnehmen konnte, dann wollte er sich wenigstens für dessen Führung rüsten. Gemeinsam mit Maria kehrte er nach Brighton zurück, dicke Wälzer über politische Strategie, militärische Bereitschaft und Diplomatie im Gepäck, die er alle studieren wollte. Der Tod des Königs konnte nicht mehr fern sein, überlegte er, und da nun Maria wieder an seiner Seite war, wollte sich George mit ganzer Kraft darauf vorbereiten, der Herrscher zu sein, den sein Vater sich stets geweigert hatte, ihn werden zu lassen.

Und wenn seine Zeit käme, würde er, das wußte er, die Hilfe seiner Brüder haben. Die drei ältesten, Frederick, Edward und William, waren ihm alle ergeben, und alle verehrten Maria. Er erinnerte sich an das letzte Mal, als sie alle beisammen gewesen waren und über den Krieg und den Niedergang der Whig-Partei gesprochen hatten. Maria paßte so gut dazu, hörte zu, bot ihre Meinung an. Sie war Teil der Dynastie, ein Mitglied der königlichen Familie.

Unter Napoleon, der jetzt Kaiser war, wurde Holland von den Franzosen regiert. Ebenso Italien. Spanien versorgte sie mit Soldaten. Alles im Leben änderte sich, dachte George – außer Marias Hingabe.

»Wenn die Zeit gekommen ist, wirst du mir dann helfen?« fragte er sie auf der langen Kutschfahrt von London.

»Oh. Liebling, ich glaube nicht, daß das der mir angemessene Platz wäre.«

Er fuhr mit der Hand an ihrem Kinn entlang und lächelte. »Bist du nicht meine Partnerin, die Frau, die ich liebe, teilen wir nicht eine Seele?«

»Ich will gerne glauben, daß das wahr ist.«

»Es gibt niemandes Rat, den ich mehr schätze oder brauche. Ich möchte bereit sein ... muß bereit sein, wenn die Zeit kommt, um gegen die Skeptiker anzukämpfen, die mit Sicherheit meine Fähigkeit zu regieren bezweifeln werden.«

»Dann bin ich bei dir«, versicherte sie. »Es wird mir eine Ehre sein, zu tun, was ich kann.«

Ebenso wie George hatte sich auch sein Pavillon in Brighton verändert. In ihrer Abwesenheit hatte die Residenz des Prinzen am Meer unter der Leitung des berühmten Henry Holland einen kostspieligen Umbau durchgemacht. Immer weiter entfernte sich der mittlerweile reichverzierte Bau von dem kleinen Fachwerkbauernhaus, das sie einst durch seine Schlichtheit bezaubert hatte. Trotz der Tatsache, daß Chinoiserien seit den 1760er Jahren nicht mehr in Mode waren, bekam der Pavillon jetzt einen orientalischen Charakter. Keramik. Möbel. Wandteppiche. Handgemalte Tapeten. Alle in chinesischem Stil. Chinoiserie war exotisch. Ihre Wiederkehr, jetzt da sie außer Mode war, gefiel George. Das bedeutete Neuheit ... und George liebte es, neuartig zu sein. Ebenso wie der Prince of Wales und sein Pavillon hatte sich die ganze Stadt Brighton verändert. Das kleine Fischerdorf am Meer hatte seine bescheidenen Hütten in prächtige Villen im Norden, Osten und Westen umgewandelt. Neue Theater wurden eröffnet. Banken und Clubs für die Massen vornehmer Besucher, die jetzt kamen und so freigebig ihr Geld ausgaben, entstanden. Aber die Bewohner von Brighton hatten die beiden nicht vergessen, die ihnen soviel Wohlstand gebracht hatten. Sie ehrten sie in einer Weise, die weder George noch Maria in London je erlebt hatten. Draußen fanden Rennen, Cricketspiele und selbst Flottenschauen statt. Man badete im Meer. In den neu eingerichteten orientalischen Sälen des Pavillons gab es eine endlose Folge von Bällen, Konzerten, Kartenpartien und festlicher Abendessen.

Diener polierten Silber und staubten Möbel ab, bis sie glänzten. Die große Küche verströmte das köstliche Aroma gebratenen Fleisches durch die chinesische Galerie, den Musikraum, die orientalischen Kolonnaden und um die neuen Fresken herum. Die lange Tafel in dem neu eingerichteten Speisesaal war sorgfältig gedeckt mit Silber, Kristall und Brüsseler Spitze. Duftende Lavendelzweige wurden in riesigen Sèvresvasen aufgestellt, weil dies, wie es hieß, Mrs. Fitzherbert so gefiel.

Während das Personal in Brighton einen Abend mit Dinner, Freudenfeuer und Feuerwerk im Garten des Pavillons vorbereitete, saßen George und Maria zusammen auf dem Balkon ihrer gemütlichen kleinen Villa mit Blick auf das Meer. Minney saß ihnen zu Füßen, türmte Bauklötze auf und stieß sie dann wieder um.

George liebte es, jeden Morgen mit ihr hier zu sitzen, wenn die Luft am frischesten war und die Möwenscharen zu der verlassenen Steine, der Promenade Brightons, vor ihnen flogen. Oft tranken sie nachmittags hier auf ihrem Balkon Tee und grüßten die Stadtbewohner, die vorübergingen, mit einem Winken und einem Lächeln. Er war glücklich hier. Zufrieden. Maria konnte das sehen. Jeder sah es. Jeden Tag ihres Lebens fühlte sie sich gesegnet, weil sie diese zweite Chance erhalten hatten.

Er drehte sich zu Maria, nahm ihre Hand und küßte den Finger, der seinen Ring trug – einen Ring, von dem nach wie vor jeder glaubte, er stamme von Thomas Fitzherbert. »Was für ein phantastischer Geburtstag«, seufzte er.

Maria zog eine Augenbraue hoch, als sie ihn anschaute. »Aber der Tag hat doch gerade erst begonnen, mein Schatz.«

»Da stimmt schon. Aber ich habe all das, was ich jemals wollte, hier bei mir.«

»Dann brauche ich dir ja gar kein Geschenk machen«, neckte sie ihn.

Er zog sie an sich und hauchte einen Kuß auf ihre Lippen. »Vielleicht nur ein ganz kleines Geschenk.«

Maria erhob sich und ging in ihr Schlafzimmer zurück zu einer kleinen Kommode mit Intarsien neben dem Bett. Sie öffnete die oberste Schublade und nahm ein kleines Päckchen heraus, das in Goldfolie eingepackt und mit einer weißen Schleife zugebunden war.

»Es ist eigentlich mehr die Rückgabe von etwas, das dir bereits gehört«, sagte sie, nahm Minney auf den Arm und setzte sich wieder neben George.

Spielerisch schüttelte er zunächst das Päckchen, wie ein Kind es tun würde, und nahm das Klappern eines einzelnen, schweren Gegenstandes wahr. Er lächelte ihr zu, versuchte zu raten, was es war, und schüttelte es noch einmal.

Schließlich knüpfte er das Band auf und wickelte das Geschenkpapier ab. In einem kleinen Holzkästchen lag, an einer Samtschnur befestigt, das Medaillon mit einer Miniatur von ihr, das sie ihm an ihrem Hochzeitstag geschenkt hatte. Es war ebendas Medaillon, das er während ihrer Trennung versteckt hatte, als sein Anblick ihm zu schmerzlich geworden war.

»Wo«, flüsterte er, als er auf das Bild Marias blickte, ihr gelocktes, offenes Haar, das rüschen- und schleifenverzierte Oberteil ihres rosa Kleides. Mit Tränen in den himmelblauen Augen blickte er sie an. »Wo hast du es gefunden?«

»Du hast es in London gelassen, vor langer Zeit. Dein neuer Kammerdiener, Dupaquier, fand es in einer Schreibtischschublade, als du ihn batest, dir einige Papiere zu holen. Er dachte, du hättest es vielleicht verlegt, weil er mitbekam, daß du es seit einiger Zeit nicht getragen hattest.« Maria hielt ihm den Letzten Willen entgegen, den er in der Zeit ihrer Entfremdung niedergeschrieben hatte. Es war das Testament, in dem er sie nicht nur als Ehefrau anerkannte, sondern ihr all seinen weltlichen Besitz hinterließ. »Warum hast du mir davon nichts erzählt?«

Mit dem Handrücken wischte George sich die unerwarteten Tränen aus den Augen. »Ich tat in der Vergangenheit so viele impulsive Dinge, um deine Liebe zu gewinnen, da wollte ich nicht, daß du glaubtest, dies sei eines davon.«

»Ich bin deine Frau, George, in guten und schlechten Zeiten ... jetzt und für immer.«

Er reichte ihr das Medaillon. »Leg es mir um den Hals, ja?« Maria lächelte und beugte sich mit der Samtschnur in der Hand vor. Dann ließ sie diese sanft über seinen Kopf gleiten. »Ich werde es nie wieder abnehmen«, flüsterte er und preßte ihr Bild an seine Brust. »Wenn du das Dokument bereits gelesen hast, weißt du, daß ich vorhabe, es in alle Ewigkeit zu tragen.«

Sie wollte ihm das Testament zurückgeben, als er sie anschaute.

»Du bewahrst es auf.«

»Aber wenn es in die falschen Hände fallen sollte –«

Er nahm die Hand, die das Dokument festhielt, und küßte ihre Fingerspitzen. »Bei dir ist es sicher, mein Liebling. Das weiß ich.« Er berührte das Medaillon erneut und schaute zu ihr auf. »Du hast nie gezögert, das Medaillon zu tragen, das ich dir gab«, erinnerte er sich und schüttelte ungläubig den Kopf angesichts ihrer großen Hingabe zu ihm.

Maria zog es aus ihrem Kleid hervor und hielt es ihm entgegen. »Es ist noch kein Tag vergangen, an dem ich es nicht getragen hätte.«

»So wenig wie dein Vertrauen in mich je gewichen ist«, flüsterte er.

20. KAPITEL

Ganz plötzlich war Minney ein Waisenkind.

Wie von ihrer Mutter sooft befürchtet, hatte die Krankheit, die durch ihre häufigen Geburten hervorgerufen worden war, ihr Leben gefordert. An einem Sommernachmittag wurde Maria durch einen Brief informiert, daß ihre teuerste Freundin gestorben war, nachdem man Lord Admiral Seymour nach Jamaika berufen hatte. Barmherzigerweise war Hugh, der seine Frau so verehrt und so verzweifelt versucht hatte, sie zu schützen, zwei Monate später auf der Insel gestorben, ohne von Horatias Tod erfahren zu haben.

»Ich möchte sie behalten, George«, sagte Maria mit leiser Stimme. »Horatia ließ sie bei mir, und es ist das beste, wenn sie hierbleibt.«

Er bemühte sich, ihr in sanftem Ton zu antworten. »Ihre Familie ist nicht dieser Ansicht.«

»Aber sie ist an uns gewöhnt. Es wäre grausam, sie von uns zu trennen!«

In einem Testament, das vor Minneys Geburt abgefaßt worden war, hatte Lord Hugh die Schwester seiner Frau und deren Ehemann als Vormunde für seine Kinder sowie als Testamentsvollstrecker benannt. Obwohl Minney nicht eigens erwähnt wurde, waren Graf Euston und seine Frau sich der gegenwärtig unpassenden Umgebung des Kindes als Mündel der Geliebten des Prince of Wales bewußt. Sie hielten es für ihre Pflicht, das Mädchen ganz ihrem Sorgerecht zu unterstellen.

Maria nahm den Brief des Grafen Euston, in dem er bat, ihnen Minney zu übergeben, und warf ihn ins Feuer. »Das werde ich nicht tun, und damit hat es sich! Sie können nicht von mir verlangen, daß ich sie aufgebe, George! Dafür liebe ich sie viel zu sehr!«

George verstand, was sie für das Kind empfand, denn er fühlte genauso. Zuerst hatte es ihn überrascht, wie gern er das kleine Wesen hatte, das ihn »Prinney« nannte. In kurzer Zeit hatte das Mädchen sein königliches Herz fester um den Finger gewickelt als seine eigene fünfjährige Tochter Charlotte.

Er überhäufte Minney mit goldenen Amuletten, Parfüm, Ohrringen und selbst mit Geld, um seine Zuneigung zu zeigen. Er liebte sie, weil sie lieb und schön war – die Unschuld selbst. Aber vor allem liebte er sie aus dem einfachen Grund, daß Maria sie anbetete. Für ihn war sie ihr gemeinsames Kind.

»Aber was sollen wir tun?« fragte er so zärtlich wie möglich. »Offenkundig sind sie völlig im Recht, ihre Herausgabe zu verlangen.«

Diese Worte ließen ihr die Tränen in die Augen steigen. »Sie haben überhaupt kein Recht auf Minney! Sie gehört mir! Hast du vergessen, was Horatia mir gesagt hat? Hast du das vergessen?« Im vergangenen Herbst war Horatia zu einem kurzen Besuch bei ihrem jüngsten Kind, das in England geblieben war, aus Madeira zurückgekommen. Als sie Horatia und Minney zusammen sah, fand Maria die Kraft, das Kind seiner leiblichen Mutter zurückzugeben. »Du darfst doch nicht glauben, ich wäre so gefühllos, sie dir wegzunehmen«, hatte Horatia gesagt. »Du bist jetzt mehr ihre Mutter als ich.« Maria dachte im nachhinein, daß es fast so geklungen hatte, als habe Horatia gewußt, daß sie nicht wiederkommen würde.

»Ja, daran erinnere ich mich«, antwortete er mit Mühe.

»Dann weißt du auch, daß sie nicht wollte, daß wir getrennt werden! Großer Gott, sie hatte recht, ich bin jetzt Minneys Mutter!«

Maria fiel ihm in die Arme und zitterte selbst wie ein verängstigtes Kind, während George sie festhielt und ihr das Haar streichelte, bis sie aufhörte zu weinen.

»Sch. Schon gut, mein Liebling«, flüsterte er. »Ich werde mich darum kümmern.«

Das Gericht hatte es ganz deutlich klargestellt: Die Familie Seymour hatte recht, ihr die kleine Minney zu entreißen. Marias Eignung als Vormund für ein noch formbares Kind war dabei ein entscheidender Faktor. Horatias Familie hatte mit ihrer Kritik jedoch nicht ihre Verbindung zum Prince of Wales im Auge, sondern ihre Konfession. Sie war noch immer eine Katholikin und zog ein protestantisches Kind groß.

Georges Vertreter Samuel Romilly, ein angriffslustiger junger Rechtsanwalt, konterte, indem er eine eidesstattliche Erklärung Marias präsentierte. Darin erklärte sie, daß das mittlerweile dreijährige Kind im Glauben seiner Eltern erzogen worden war und daß es dabei auch in Zukunft bleiben werde. Der Prince of Wales gab ebenfalls eine eidesstattliche Erklärung ab, in der er hervorhob, daß Lady Seymour während ihrer kurzen Rückkehr nach England sich ihnen beiden gegenüber so geäußert hätte, als sei Maria die Adoptivmutter des Kindes. Er führte weiter aus, daß die liebevolle Umgebung, in der sie bis jetzt großgezogen worden war, auch weiterhin das beste für das kleine Mädchen sein würde – aber das Kanzleigericht stimmte dem nicht zu. Das jüngste Kind von Lord Hugh und Lady Horatia Seymour wurde der Vormundschaft von Tante und Onkel mütterlicherseits überantwortet. Das Appellationsgericht bestätigte diese Regelung. Der letzte Hoffnungsschimmer, der George und Maria blieb, war, Berufung beim Oberhaus einzulegen. George hielt dies im Augenblick eigentlich für aussichtslos. Nichts und niemand sprach zu ihren Gunsten. Aber der stets fintenreiche Meister der Täuschung, der seine Künste in den besten Spielhöllen und Schlafzimmern Londons ausgefeilt hatte, hatte noch ein As im Ärmel. Noch am Abend des Tages, an dem das Urteil im Seymour-Fall verkündet worden war, verließ der Prince of Wales die Tilney Street, nachdem er Maria Laudanum verabreicht hatte, damit sie Schlaf finden konnte. Er mußte zwei Höflichkeitsbesuche abstatten. Und das war erst der Anfang.

Durch die dunklen, nebligen Straßen Londons lenkte sein Kutscher den gelben Brougham als erstes zum Hertford House am Manchester Square. Francis Seymour, der zweite Marquis von Hertford und Minneys ältester Onkel väterlicherseits, war informiert worden, daß er mit ihm rechnen sollte.

»Kommen Sie doch herein, Eure Königliche Hoheit«, rief der alternde Marquis, bevor er sich tief verbeugte. Seine Frau Isabella neben ihm machte einen Hofknicks.

»Genug.« George machte eine abwehrende Handbewegung und trat näher. »Ich komme heute in einer persönlichen Angelegenheit. Wir brauchen uns nicht an Förmlichkeiten zu halten.«

»Dürfen wir Euer Hoheit denn eine Erfrischung anbieten?« Der Marquis, ein hochgewachsener schlanker Mann mit weißem welligem Haar, das nur noch einen Schimmer des früheren Kastanienbrauns aufwies, fragte eifriger bemüht als seine Gattin: »Vielleicht ein Glas Portwein oder Brandy, um sich bei der Kühle der Nacht aufzuwärmen?«

George rieb sich die Hände und blickte zu den Kristallkaraffen auf dem Silbertablett. Zum ersten Mal, seit er sich mit Maria versöhnt hatte, zog er einen Drink in Erwägung. Aber ein klarer Kopf war besser. Einen Fehler konnte er sich jetzt nicht erlauben.

»Nein, danke«, lehnte er schließlich ab.

»Ich nehme an, Sie sind wegen der kleinen Mary gekommen«, sagte die Marquise nach einem unbehaglichen Schweigen. Isabella war eine schöne, stattliche Frau, schwerer als ihr Mann und viel stolzer, mit rötlichbraunem Haar und grauen Strähnen an den Schläfen. Sie stand kerzengerade, die Hände vor dem hellblauen Kleid gefaltet, und schaute George unmittelbar an beim Sprechen.

»So ist es, Madam«, erwiderte der Prinz.

Sie setzten sich vor das Feuer auf eine Garnitur französischer Sessel aus himbeerroter Seide. Der Marquis und seine Frau musterten den Prinzen eingehend. George erhob sich und ging näher zum Feuer, dann drehte er sich um, um sich den Rücken zu wärmen. Er blickte auf seine Finger und wartete auf den richtigen Augenblick. Auf eine Eingebung.

Laß mich das Richtige sagen, dachte er. *Etwas, das sie, ohne mich zu kennen, sofort glauben ... laß mich keinen Fehler begehen ... wegen meiner Maria und wegen Minney.*

»Wissen Sie«, begann er behutsam. »Horatia war eine großartige junge Frau.«

»Ja, das war sie«, stimmte die Marquise ihm zu.

»Eine schreckliche Tragödie, sie war noch so jung. Wußten Sie, daß sie viel Zeit mit mir in Brighton verbracht hat?«

Der Marquis erstarrte. »Das war mir nicht bewußt.«

»Oh, ja. Da Lord Hugh so häufig weg war, fühlte sie sich ziemlich einsam, fürchte ich. Wie viele Sommertage und -abende verbrachten wir gemeinsam in diesem großartigen Refugium, badeten im Meer, spielten Cricket ... Es war alles wirklich wunderbar.«

Er ließ rasch einen prüfenden Blick über ihre Gesichter gleiten. In Isabellas Augen, die die Form und Farbe von Mandeln hatten, begann sich die Frage abzuzeichnen, auf die er gehofft hatte. Unerschrocken fuhr er mit dem, was er durchblicken lassen wollte, fort. »Wie das nun einmal so ist, Horatia, die liebe Horatia und ich kamen uns in jenem Sommer dort unten in Brighton ziemlich nahe. Es muß ... ja, es muß vor ungefähr vier Jahren gewesen sein.«

Lord Hertford wandte sich mit einem Grunzen des Abscheus ab. »Wollen Sie uns damit sagen, Eure Hoheit, sie war ... Ihre Geliebte?« fragte seine Frau direkter, als er es wagte.

George machte keinerlei Anstalten, die Frage zu bejahen oder abzustreiten. Der Marquis sprang auf. »Guter Gott, Mann! Sie war Ihre Cousine!«

»Nur eine angeheiratete. Es bestanden keine Blutsbande zwischen uns«, erinnerte George ihn ruhig. »Mir ist klar, daß dies unangenehm ist, aber schließlich sind wir doch alle hier erwachsen, oder nicht? Ich kam mit dieser Information zu Ihnen in der Hoffnung, dadurch mögliche Peinlichkeiten für Ihre Familie zu vermeiden.«

Lord Hertfords müde grüne Augen funkelten vor Zorn, als er den listigen Prinzen anschaute. George strich sich übers Kinn, hatte die Situation völlig unter Kontrolle. Das mußte auch so bleiben, wenn er Maria helfen wollte. Alles andere war egal. Selbst die Wahrheit – wieder einmal.

Schließlich wandte er sich ab, betastete eine hohe blaue Sèvresvase auf dem Kaminsims. »Tatsache ist, ich könnte der leibliche Vater des Kindes sein.«

Wie ein Donnern dem Blitz folgt, wartete er auf eine Reaktion auf seine Äußerung. Zu seiner Überraschung herrschte etliche Augenblicke lang nur gespenstisches Schweigen. Als keine Reaktion erfolgte, fühlte George, wie ihm ein eisiger Schauer böser Vorahnung den Rücken hochkroch wegen der Lüge, die er gerade ausgesprochen hatte. Er wußte, was es ihn gekostet hatte, als er vor langer Zeit einmal gelogen hatte ... aber wenn er auf diese Weise dafür sorgen konnte, daß Minney sicher in Marias Armen blieb, war es das Risiko wert. Nachdem er den Zeitpunkt so fachmännisch gewählt hatte wie ein Schauspieler auf der Bühne, drehte George sich wieder um. Es bereitete ihm Vergnügen, sie beide so zu sehen, erstarrt wie Statuen, der Marquis in seinem Sessel zurückgesunken, ein Ausdruck des Entsetzens auf beiden Gesichtern.

»Das ist, gelinde gesagt, eine delikate Situation«, sagte George mit einem perfekt ausgeführten verlegenen Lächeln.

»In der Tat«, flüsterte Lord Hertford.

»Sie verstehen also – ich hatte das Gefühl, zuerst zu Ihnen kommen zu müssen, da Sie der Senior Ihrer Familie sind und daher derjenige mit dem größten Einfluß. Ich dachte, daß Sie es nach einigem Nachdenken vielleicht am besten fänden, von den Gerichten und den neugierigen Blicken einer nachtragenden Gesellschaft fernzuhalten, was andernfalls herauskommen müßte ... «

Ein Stöhnen drang hinter der Hand vor, mit der Lord Hertford seine schmalen Lippen bedeckte. Besorgt blickte Isabella zu ihrem Mann. Das war zuviel für ihn gewesen.

»Wüßte Eure Hoheit noch eine vernünftige Alternative?« fragte Lady Hertford, noch völlig überwältigt von den möglichen Folgen eines solchen Skandals, und schaute wieder zu George hoch.

Er bemühte sich, seine Stimme von Gefühlen freizuhalten. »Nun, ich bin natürlich nicht sehr geschult in rechtlichen Fragen. Falls sie jedoch tatsächlich mein Kind ist, denke ich, daß Sie und Lord Hertford sehr geeignet wären als Vormunde.«

Isabellas geschminkte Unterlippe fiel herunter. »Aber sie ist doch noch so jung! Wir können doch unmöglich ... ich meine, mit einem so kleinen Kind noch einmal ganz von vorne –«

»Ich verstehe Ihre Sorge«, stimmte er im Hinblick auf die Tatsache, daß Lord Hertford über sechzig war und man von seiner Frau munkelte, sie sei ein Jahrzehnt jünger, zu. »Aber vielleicht gibt es ja eine Kompromißlösung.« George befingerte sein Kinn. »Als ihr wahrscheinlicher Vater hätte ich nichts gegen die Vorstellung, daß das Kind genau dort bleibt, wo es jetzt ist. Unter Ihrer letztendlichen Vormundschaft, natürlich.«

Ein Licht der Erkenntnis blitzte in ihren Augen auf. »Natürlich«, pflichtete die Marquise bei, die seinen cleveren Vorschlag nun nur allzugut verstand.

Um einen Skandal vom Hause Seymour fernzuhalten, mußte Lord Hertford sich einverstanden erklären, was Hughs jüngstes Kind betraf, sich gegen den Rest der Familie zu stellen. Wenn er sich weigerte, würde der Prince of Wales Mittel und Wege finden, seine Vaterschaft zum Schaden aller zu enthüllen, daran hatte er keinen Zweifel gelassen.

Zum ersten Mal in seinem Leben hatten die Art, wie er sein Leben geführt hatte, und der Tratsch, der ihn stets verfolgte, etwas Gutes bewirkt. Ohne Zweifel wußten sie, daß er auf Anstand und Sitte pfeifen würde.

»Ich bitte nur darum, daß Sie die Alternativen bedenken, bevor das Oberhaus wieder zusammentritt«, sagte George, während in seinem Kopf die widersprüchlichsten Gedanken herumwirbelten. »Es ist sehr gut eine Lösung möglich, die allen Betroffenen recht und billig ist.«

Schließlich erhob Lady Hertford sich und stand dem Prinzen gegenüber. Ihre Blicke trafen sich. Er wußte, daß ihr Ruf, eine kluge Frau zu sein, berechtigt war. »Es ist sehr spät, Eure Hoheit, und ich fürchte, mein Mann ist müde. Wir brauchen natürlich Zeit, um darüber nachzudenken.«

»Natürlich.«

»Also dann. Darf ich Eure Hoheit zur Tür geleiten?«

George neigte den Kopf, dann verschränkte er die Hände auf dem Rücken. »Es schmerzt mich sehr, mit solch einer Geschichte zu Ihnen zu kommen, Madam«, sagte er leise, während sie in den Flur hinausschlenderten. »Aber wenn sie mein Kind ist, habe ich ebenso wie ihre übrigen Angehörigen die Verpflichtung, für ihr Wohlergehen zu sorgen.«

»Ja. *Wenn* sie das Kind Eurer Hoheit ist.«

George blieb stehen und drehte sich zu ihr um. Sie blickte zu ihm hoch, die rotgeschminkten Lippen unter ihrer langen eleganten Nase zu einem leicht höhnischen Lächeln verzogen. *Ah, sie trat also mit ihm in den Boxring!* dachte er. Raffiniert. Ja, raffiniert und schlau. Das hätte er nicht erwartet. Er mußte sehr gut aufpassen, daß er bei ihr Erfolg hatte. »Glauben Sie denn nicht, daß sie mein Kind ist?« fragte George mit einem halb verführerischen Lächeln.

Das war das äußerste an Flirt, was er fertigbrachte.

»Was ich glaube, Eure Hoheit, ist unwichtig.«

»Ich würde sehr gerne hören, Madam, was immer Sie zu dieser Sache zu sagen haben.«

Sie nickte. »Eure Hoheit kann dann aber nicht behaupten, ich hätte Sie nicht gewarnt.«

»Ein Punkt für Sie, Madam.« Er lächelte.

»Also gut. Obwohl ich vermute, daß Sie daran gewöhnt sind, werde ich in Zukunft nicht mehr einfach das sagen, was Sie hören wollen.«

»Das habe ich mir notiert«, sagte er und beugte sich mit einem breiter werdenden Lächeln zu ihr herüber.

Ein Lakai kam mit Georges Hut, Handschuhen und Mantel. »Ich werde mit dem Marquis noch einmal über diese Angelegenheit sprechen, wenn er sich ausgeruht hat.« Sie lächelte ihn an. »Seine Antwort werde ich Ihnen ohne Umschweife mitteilen.«

»Das ist alles, worum ich bitte.«

George nahm ihre warme Hand und führte sie langsam an

seine Lippen. Er hielt inne, um an ihrem Parfüm zu schnuppern. Er spürte, wie seine Nähe sie erregte, und sah, wie ihr Farbe in die Wangen stieg. Gut, dachte er. Besser sie ging aus der Deckung als er. »Ich denke, wir müssen uns treffen, um die Angelegenheit in allen Einzelheiten zu besprechen.«

»Ja.« Seine blauen Augen funkelten, und einen Augenblick lang hatte er das Gefühl, tatsächlich einen Punkt vorauszuliegen. »Ich freue mich darauf.«

Nachdem er Hertford House an jenem Abend verlassen hatte, startete George eine Kampagne, um alle Mitglieder des Oberhauses für Maria zu gewinnen. Er würde bei ihnen allen den gleichen Verdacht erwecken, den er auch bei Lord und Lady Hertford gesät hatte. Er brachte sie alle dazu, zu glauben, er könne Minney Seymours leiblicher Vater sein. Es war der einzige Ausweg aus einer verzweifelten Situation. Jetzt, an diesem Abend, blieb ihm nur noch Zeit, Lord Eldon aufzusuchen. Aber am folgenden Tag würde er bei einem halben Dutzend weiterer Oberhausmitglieder Zweifel entfachen müssen. Und einen Tag später und am darauffolgenden Tag ebenfalls, bis er sicher sein konnte, die Mehrheit gewonnen zu haben.

Wie ein Lauffeuer verbreitete sich das Gerücht, daß der ewig in Skandale verstrickte Prince of Wales in den Vormundschaftsfall um das jüngste Seymour-Kind verwickelt war. Das Oberhaus war bis an die Grenzen seines Fassungsvermögens überfüllt, als der Tag kam, an dem der Fall verhandelt werden sollte. Die Galerien oberhalb der Mitgliederplätze aus rotem Marokkoleder waren vollbesetzt mit Leuten, die jeder einen Schilling bezahlt hatten, um den Prozeß zu verfolgen.

Bevor auch nur irgendein Adliger einen Antrag einbringen konnte, erhob sich Lord Hertford, gestützt auf einen Stock mit Goldspitze. Er war ein stolzer, arrogant wirkender Mann, und als er aufstand, ging das Wispern und Flüstern der Menge in ein weiteres Crescendo über. Schließlich, als der Lordkanzler dafür gesorgt hatte, daß es im Saal wieder ruhig wurde, begann

Lord Hertford zu reden. In einem Versuch, dem Tratsch und Aufruhr ein Ende zu bereiten, schlug er vor, ihn und seine Frau auf Dauer zu Vormunden des Kindes zu bestellen. Des weiteren schlug er vor, ihnen für die Ausführung dieser Pflicht keine Auflagen zu machen. Am Ende gab es nur dreizehn Gegenstimmen zu diesem Antrag. So wurde entschieden, das Sorgerecht für Mary Seymour ein für allemal Lord und Lady Hertford zu übertragen.

Maria hatte Lord Hertford und seine Gemahlin bei vielleicht einem Dutzend Gelegenheiten getroffen und fand keinen von beiden besonders nach ihrem Geschmack. Ihrer Meinung nach war Lady Hertford eine eher abstoßende und hochmütige Frau, die ihren älteren und viel weniger eindrucksvollen Mann völlig beherrschte. Die Tatsache, daß sie jetzt in ihrem Haus waren, um ihr ihr kleines Mädchen wegzunehmen, verlieh ihr das Gefühl, in Stücke gerissen zu werden.

Minney saß neben Isabella in einem Sessel und schwang nervös ihre Füßchen in den schwarzen Schnürschuhen hin und her, als Maria und George die Bibliothek betraten. Tränen strömten ihr über die rosigen Wangen, die immer noch mit Sommersprossen übersät waren. Sie weigerte sich aufzuschauen, bis Maria das Zimmer betrat. Dann sprang sie von ihrem Stuhl auf und klammerte sich an ihr Bein.

»Laß nicht zu, daß sie mich mitnehmen, Mama! Bitte!« rief sie, und in Marias Augen spiegelte sich der Schmerz und die Hilflosigkeit des kleinen Kindes wider. Maria nickte Lord und Lady Hertford zu, mit jedem Gramm Stärke, das sie besaß, bemüht, höflich zu bleiben.

»Sie ist ein entzückendes Kind, Mrs. Fitzherbert«, erklärte Isabella förmlich. »Sie haben bei ihr eine bemerkenswert gute Arbeit geleistet.«

Maria streichelte Minneys langes braunes Haar, blickte wieder zu der Frau, die so unvermutet zu ihrer Rivalin geworden war, und unterdrückte dabei ihre eigenen Tränen.

Sie haßte es, so tapfer sein zu müssen.

»Ich liebe sie, als hätte ich ihr selbst das Leben geschenkt«, erwiderte sie leise.

Die beiden Männer schauten einander weniger feindselig an, als Maria sich bückte und das tränenverschmierte Gesicht des Kindes küßte.

»Sie ist solch ein liebes und ganz besonderes kleines Mädchen«, sagte Maria resigniert mit tränenerfüllten Augen. »Bitte, denken Sie immer daran.«

Lady Hertford, in einem steifen fliederfarbenen Kleid und einem großen bänderverzierten Hut, erhob sich. »Meine liebe Mrs. Fitzherbert«, sagte sie, und die Falten in ihrem Gesicht wurden tiefer, als sie lächelte, »wir sind nicht gekommen, um Ihnen das Kind wegzunehmen. Wir sind gekommen, um Sie darum zu bitten, weiter für unsere Nichte zu sorgen, genau wie Sie es schon die ganze Zeit getan haben. Wir stimmen mit der Einschätzung Seiner Königlichen Hoheit überein, daß es am besten für sie ist, zu bleiben, wo sie ist. Vorausgesetzt natürlich, daß Sie immer noch bereit sind, sie als Protestantin großzuziehen.«

»... der Einschätzung Seiner Hoheit?« brachte Maria über die Lippen.

Sie fühlte sich schwach. Hatte die Frau vor ihr tatsächlich diese Worte gesprochen, oder hatte ihr Verstand ihr den denkbar übelsten Streich gespielt? Ohne nachzudenken oder auch nur Luft zu holen, zog sie Minney in die Arme, und das Kind küßte ihr Gesicht und ihren Hals.

»Oh, Mama! Darf ich bleiben? Darf ich?«

Einen Augenblick lang gab es keine anderen Worte. Nur Tränen. George trat hinter Maria und legte ihr tröstend eine Hand auf die Schulter. Er hatte in seinem Leben viele Fehler gemacht, und tief im Herzen wußte er, daß er wieder auf Abwege geraten würde. Aber in diesem einzigen, kurzen, strahlenden Augenblick konnte George Augustus endlich sagen, daß er etwas völlig richtig gemacht hatte. Und diesmal hatte er Maria nicht verletzen müssen.

Er hatte seine Ehefrau, die Frau seines Herzens, und ihr

Glück über alles andere gestellt. Nichts, das er je tun würde, selbst als König von England, würde ihm je solche Befriedigung oder Seelenruhe einbringen, wie er sie in diesem Augenblick verspürte.

»Bist du jetzt nicht froh, daß du heruntergekommen bist, um Lord und Lady Hertford zu begrüßen?« fragte er mit einem freundlichen Lächeln, als er sich vorbeugte, um Minney auf den Kopf zu küssen.

»Aber was ist mit Ihren anderen Verwandten? Werden sie keine Einwände haben?« fragte Maria mit einem Flüstern, weil ihre Stimme fast versagte.

»Das sollte nicht Ihre Sorge sein, meine Liebe«, sagte der Marquis mit einem förmlichen Nicken. »Was auch immer deren persönliche Meinung in dieser Angelegenheit sein mag, ich bin der Älteste unseres Hauses. Sie haben keine andere Wahl, als sich meinem Willen zu beugen.«

»Lassen Sie uns einfach sagen, wenn wir damit glücklich sind, sind auch sie damit glücklich«, schnurrte Isabella und legte damit eine ganze Menge mehr nahe, als sie aussprach.

Maria stand mit offenem Mund da. Aufgrund des Schocks über den völlig unerwarteten Gang der Ereignisse fehlten ihr die Worte. Isabellas Schlußfolgerung verfehlte ihre Wirkung bei George jedoch nicht. Es war nicht unter seiner Würde, einen kleinen Flirt dafür zu benutzen, Maria das Kind zu sichern. Nachdem er angesichts der Aussicht, Minney zu verlieren, die Verzweiflung auf dem Gesicht seiner Frau gesehen hatte, hätte er noch weit mehr getan, um sie zusammenzuhalten. Lady Hertford hatte ganz klargemacht, daß sie und ihr Mann immer noch ihre Meinung ändern konnten. Ihm blieb nur eine Wahl. Er mußte Isabella auf irgendeine Weise dazu bringen, ihm gefallen zu wollen.

Als ihr Besuch gegangen war und sie im Bett lagen, lachte Maria ungläubig. »*Was* hast du ihnen erzählt?«

»Ich deutete bloß an, daß ich der Vater des Kindes sein könnte.«

Sie richtete sich von seiner Brust auf, setzte sich hin, und die zerknautschte Bettdecke glitt ihr von der nackten Brust. »Und glaubst du, das wäre möglich?« fragte sie, obwohl sie es fast nicht ertragen konnte, die Antwort zu hören.

George sah den Schock auf ihrem Gesicht und mußte lächeln. Sie war in vieler Hinsicht immer noch so leichtgläubig, so unschuldig. Was für ein Juwel sie war, daß sie in der Gesellschaft, in der sie beide so fest eingebunden waren, unbeschadet überlebt hatte.

»Ich habe Horatia nie angerührt. Ich habe sie das einfach nur glauben lassen.«

»Du hast gelogen?«

»Ich dachte, dieses eine Mal könntest du mir vielleicht vergeben.«

Sie unterdrückte ein Lächeln, versuchte streng zu bleiben. »Du weißt genau, was Ehrlichkeit mir bedeutet, George.«

»Ich habe mir geschworen, daß ich dich in dieser Angelegenheit nicht im Stich lassen werde, und so tat ich, was meiner Meinung nach nötig war, um Minney bei uns zu behalten.«

Dies war vielleicht sein größtes Geschenk an sie. Und angesichts dieser Tatsache wollte sie über diese eine, letzte List gerne hinwegsehen. Sie drückte sanfte Küsse auf sein allmählich alterndes, nach oben gewandtes Gesicht.

»Oh, George Augustus, wie ich dich anbete, obwohl du einiges an dir hast, was ich, fürchte ich, wohl nie ändern werde«, flüsterte sie, küßte ihn auf die Augenlider, die Wangen und immer wieder auf die Lippen. Jetzt war es Maria, die ihn in die kühlen Falten des belgischen Leinens zurückdrängte, weil sie so nahe wie möglich bei ihm sein wollte. »Ja, ich glaube, dieses eine, letzte Mal vergebe ich dir deine Lügerei.«

Gedankenfetzen, Rechtfertigungen, die wie Perlen von einer Schnur fielen, gingen ihm durch den Sinn. Er verabscheute Verstellung. Und dennoch, welche Wahl blieb ihm? Isabella hatte es ganz klargemacht, daß sie die Macht besaß, ihnen Minney jederzeit zu entreißen. Wenn er sich keinen cleveren Plan ausdachte, um eine gelangweilte Aristokratin bei der

Vorstellung zu halten, ein Rendezvous mit dem künftigen König stünde unmittelbar bevor, hatte er keinen Zweifel, was geschehen würde.

Er versuchte sich vorzustellen, wie es wäre, wenn er Maria all dies anvertraute. Sie um ihren Rat bat. Als Antwort sah er Marias Gesicht. Es war derselbe Schmerz, den er sooft bei ihr wahrgenommen hatte, in Brighton nach den grausamen Karikaturen, hier in London, als sie glaubte, sie müßte das einzige Kind, das sie je haben würde, verlieren. Sie hatte soviel mehr erduldet, als irgendeine Frau ertragen sollte, nur um seine Frau zu werden und zu bleiben. Wie konnte er dies dann tun? Wie konnte er ihr nach all diesen Jahren sagen, daß das Schlimmste noch nicht vorüber war? Ihm blieb keine Wahl. Trotz der Gefahr. Es gab keine Möglichkeit, es Maria zu sagen. Das mußte er alleine in die Hand nehmen. Er mußte dieses Spiel spielen, damit Minney bei ihr blieb. Und das Beste hoffen.

21. Kapitel

1806 war ein Jahr der Todesfälle.

Der erste war William Pitt, der frühere Premierminister, der Mann, der dagegen opponiert hatte, George finanziell zu entlasten, und Maria im Unterhaus gedroht hatte. Der Mann, der gegen eine bedingungslose Regentschaft opponiert hatte. König George III. stärkster Verbündeter.

Der größte Feind des Prince of Wales.

Erst als ihm bewußt wurde, daß der Tod, ebenso wie Wünsche, fast immer dreifach auftrat, verspürte er einen unheilvollen Anflug von Furcht. Getreu dieser Maxime erlag im März Georgiana, die kesse, eigensinnige Herzogin von Devonshire, häufig seine bitterste Widersacherin, noch häufiger aber seine treueste Freundin, den zahlreichen Leiden, die sie seit Jahren geplagt hatten.

Um sie weinte George. Keine großen Feste mehr im Devonshire House. Kein harmloses Flirten mehr mit der Frau, die ihm beigebracht hatte, wie es ging. Keine koketten Versuche mehr, ihn zu beherrschen. Sie war oft lästig gewesen. Aber im Laufe der Jahre war sie auch wie eine geliebte Schwester für ihn geworden, und mit ihrem Tod endete eine Ära.

Erst William Pitt, dann die liebe Georgiana – sie nahmen ein ganzes Zeitalter mit sich. In den ersten Tagen nach ihrem Hinscheiden wartete George voller Furcht darauf, daß der dunkle Schatten des Todes London erneut heimsuchte. Es würde einen dritten Todesfall geben. So war es immer. Die kalten, unbarmherzigen Wintermonate waren angebrochen, und er mußte nun gemeinsam mit dem Rest der Stadt, über die jetzt ein bitteres Leichentuch geworfen war, darauf warten, wer es sein würde.

Charles James Fox hatte im vergangenen Jahr politisch große Erfolge verzeichnen können. Seine Fraktion der Whigs, die sogenannten Foxiten, hatte sich für einen Frieden mit Napoleon und Frankreich ausgesprochen. Das hatte ihm eine kleine, aber starke Gruppe von Anhängern verschafft. Nach dem Tod William Pitts im Januar gab der König überraschenderweise seine Oppositon gegen Fox auf, und die neue Regierung wurde weitgehend mit seinen Gefolgsleuten besetzt.

Charles selbst wurde Außenminister. Seine Autorität stand jetzt außer Frage. Politisch hatte er die Kriege überlebt, und er war zurück an der Macht. Er war ein Überlebenskünstler. Zur Überraschung aller begann aber seine Gesundheit zu versagen, als er kurz davorstand, sich eine wirklich solide Machtbasis zu verschaffen.

»Wie geht es ihm?« fragte der Prince of Wales Fox' Frau Elizabeth, als er den Hut ablegte und die Eingangshalle betrat.

»Die Ärzte sagen, es gehe ihm den Umständen entsprechend gut, Eure Hoheit«, berichtete sie.

Es war zum ersten Mal seit vielen Jahren, daß George seine frühere Geliebte sah. Elizabeth hatte sich verändert. Im Laufe der Zeit hatte ihre Haut ihren rosigen Ton verloren und war nun durch ein Netzwerk feiner Falten um Mund und Augen verunstaltet; es hatte sich in ihre Wangen gegraben, die einst glatt waren wie frische Seide. Ihr Haar wies noch Spuren des üppigen Rotbrauns auf, war aber nur noch ein Schatten seiner selbst. George nahm ihre Hand und küßte sie, wie es alte Freunde tun. Seine eigene Sterblichkeit wurde ihm offenbart, als er sie sah, und das zermürbte ihn ein wenig.

»Es ist sehr freundlich von Eurer Hoheit, zu kommen«, sagte sie. Er antwortete in ernstem Ton: »Sie wissen, daß ich nicht gut fernbleiben konnte.«

Sie sagte nichts weiter, sondern führte ihn in das dunkle, muffig riechende Schlafzimmer und ließ die beiden Freunde dort allein. George erkannte den Mann, den er vor sich sah, kaum wieder.

»Wie dir das ähnlich sieht, nicht aufzustehen, wenn ich den Raum betrete«, versuchte George zu scherzen, als er Fox auf seinem Totenbett liegen sah, zugedeckt mit einem Berg Decken, das Gesicht aschfahl.

Fox versuchte zu lachen, zuckte aber nur zusammen. »Ja, also das tut mir leid. Die letzten Tage waren ziemlich beschwerlich.«

»Das habe ich gehört.« George kam näher und setzte sich auf den Seidenholzstuhl neben ihm. Er war noch warm von Elizabeth, die den ganzen Morgen dort verbracht hatte.

»Also weißt du, Fox, so geht das nicht. Du, in diesem Zustand, wenn ich dich am meisten brauche. Wir haben in den letzten Tagen große Fortschritte beim König gemacht. Ich glaube, er könnte nachgeben.«

»Ich weiß. Ziemlich dumm, was?«

Er versuchte sich aufzusetzen, benötigte dazu aber Georges Hilfe. Der Prinz schüttelte das grüne Satinnackenkissen auf und legte es behutsam hinter Fox' Kopf zurück. Dann zog er die Decken glatt. »Kann ich dir etwas geben?«

»Nur weitere zehn Jahre.« Fox lächelte. »Und vielleicht einen Becher Wasser.«

George ließ den Blick durch das Zimmer schweifen und entdeckte einen Porzellankrug mit Wasser und einen Becher auf dem Nachttisch. Er erhob sich, um es zu holen.

»Welche Ironie«, sagte Fox, als George das Wasser eingoß. »Nach so vielen Jahren. Gerade wenn all die Dinge, für die ich so lange von ganzem Herzen gekämpft habe, in Reichweite sind.«

George schaute sich über die Schulter zu ihm um. »Was ist das? Gerede über die Niederlage eines Mannes, der das Unmögliche gemeistert hat?«

»Vielleicht bin ich realistischer geworden, George. Das Alter bewirkt seltsame Dinge bei einem Menschen.«

»Ganz gewiß trübt es den Geist. Das sehe ich ganz deutlich.« George brachte das Wasser und half ihm, es zu trinken. Er hustete ein wenig, und der Prince of Wales tupfte ihm liebevoll mit einem Zipfel des Lakens das Kinn ab. »Außerdem fehlt dir nichts, was eine gute Hure und eine Flasche Brandy nicht kurieren könnten.«

Fox lehnte den Kopf erschöpft gegen das Satinnackenpolster zurück. »Wenn das doch nur stimmte, mein Freund.«

»Ich – ich weiß, daß ich es damals, als es noch wirklich von Bedeutung war, nie gesagt habe«, begann George und mußte feststellen, daß es schwerer war, die Worte auszusprechen, als er gedacht hatte. »Aber ... ich liebe dich, du alter Fuchs. Ich tue es wirklich.«

Charles grinste mürrisch. »Also, Eure Hoheit. Ich hätte nie gedacht, daß Sie einer von der Sorte sind.«

George verzog die Lippen. »Mach dich nicht lustig darüber. Du weißt genau, was ich meine.«

Fox streckte seine zitternde Hand aus und flocht seine Finger zwischen die des Prinzen, eiskaltes Fleisch in warmem, lebendigem. »Ja, ich weiß, was Sie meinen.«

»Damals in den alten Zeiten warst du immer für mich da, du und ich und Sheridan haben London auf den Kopf gestellt.«

»Ja, wir waren ein wildes Trio, nicht wahr?«

George kniff die strahlendblauen Augen zusammen. »Und

Georgiana, die immer versuchte, uns zu ködern und in Versuchung zu führen. Sorgte immer dafür, daß wir auf Draht waren. Ich vermisse die alten Zeiten. Den Kitzel des Spiels.«

»Unterhaltsame Zeiten waren es.«

»Aber für mich war es immer mehr als das. Du warst meine Familie für mich, als meine eigene Familie versagte.«

»Meine Güte, Georgie.« Über Fox' Gesicht huschte ein trauriges kleines Lächeln. »Machen Sie nicht mehr daraus, als es war. Sheridan und ich brauchten Ihren Einfluß gegen den König. Damals waren wir schrecklich.«

Ihre Hände lagen ineinander, Freundschaft und Liebe verband sie, die Jahre der Entfremdung lösten sich auf in nichts. »Vielleicht stimmte das zu Beginn. Aber mit der Zeit bedeuteten wir einander so viel mehr, nicht wahr?«

»Ja, das ist richtig«, gab Fox zu, und George stellte fest, daß er zu ermüden begann.

»Ich ... wollte dir nur sagen, wie leid es mir tut, daß ich kein besserer Freund war, was ich dir damals im Unterhaus antat – Maria zuliebe.«

»Sie lieben sie sehr«, sagte Fox. »Jeder Mann, der einen Schuß Pulver wert ist, hätte an Ihrer Stelle dasselbe getan.«

»Aber ich habe dich in bezug auf meine Ehe belogen.«

»Ich weiß das. Aber ich habe Sie in bezug auf Elizabeth belogen.« Fox lächelte. »Ich ging schon viel früher mit ihr ins Bett, als ich dies Ihnen oder sonst irgend jemandem gesagt hatte. Eines Ihrer eleganten kleinen Täuschungsmanöver. Ist es nicht genau das, was sie so schätzen?« Er zwinkerte und lächelte dann. »Dann sind wir jetzt ja vielleicht quitt.«

Georges Stimme klang angestrengt. Ihm standen Tränen in den Augen. »Du versuchst nur, mein Gewissen zu entlasten...«

»Nein, ich versuche nur, mein Haus in Ordnung zu bringen. Sie sollten wissen, daß ich Ihnen all das schon vor langer Zeit vergeben habe. Weil, nun gut, wenn Sie es schon wissen müssen, weil auch ich Sie liebe. Sie sind der Mensch, der in meinem Leben einem Bruder am nächsten kam, und ich mag Sie von ganzem Herzen. Denken Sie immer daran. Und wenn Sie gegangen sind, müssen Sie mir einen Gefallen tun.«

»Du mußt nur sagen, welchen.«

»Trinken Sie einen großen Cherry Brandy für mich. Ich glaube, der fehlt mir noch mehr als Sex.«

Charles James Fox, der Redner, Erzähler, koboldhafte Charmeur und Freund, starb noch am selben Nachmittag, aber George trank nur einen Schluck Cherry Brandy zu Ehren seines Freundes. Er schloß die Augen und hörte das Echo von Fox' Stimme. Die Melancholie in seinem Herzen ließ sie beinahe wirklich erscheinen. Bald würde jedoch auch sie mit den anderen idealistischen Stimmen seiner Jugend verblassen.

George war froh, daß sie sich am Ende versöhnt hatten. Irgendwie war der Verlust des Mentors dadurch leichter zu ertragen. Am stärksten bedauerte er, daß Charles nicht dabeisein würde, wenn er eines Tages zum König von England gekrönt wurde.

Sie hatten so vieles geteilt. Politische Ansichten ... das Spielen ... Frauen. Jetzt, gerade als sie einander wiedergefunden hatten, als sie beide glücklich und zufrieden waren mit dem Leben, das sie sich geschaffen hatten, war es wieder dahin. Diesmal für immer.

Eine Ära endete mit dem Tod von Pitt, Georgiana und Charles, aber eine neue – ein großartiges neues Kapitel – seine eigene Herrschaft – mit der Frau, die er liebte, an seiner Seite – stand kurz bevor.

Die Entscheidung des Oberhauptes, den Marquis von Hertford mit der Vormundschaft der kleinen Mary Seymour zu betrauen, war alles andere als populär. An dem Fall hatte großes öffentliches Interesse geherrscht, und die Entscheidung diente dazu, alte Vorurteile gegen Maria aufleben zu lassen. Ihre Religion war immer noch ein Thema. Es war für einen Großteil der Gesellschaft undenkbar, daß ein protestantisches Kind einer Papistin ausgeliefert sein sollte, nur weil diese Dame zufällig mit dem Prince of Wales schlief.

Die Stadt vibrierte nur so vor Klatsch und Tratsch, und wieder einmal spitzten die grausamen Karikaturisten die Feder. Diesmal war jedoch nicht ausschließlich Maria ihr Ziel, sondern sie ergossen ihre höhnischen spitzen Bemerkungen auch über Minney Seymour. Am grausamsten wurde das unschuldige Kind in einer Karikatur mit dem Titel ›To Be or not to Be ... a Protestant‹ porträtiert.

Maria hatte es gelernt, die täglichen Angriffe und Beleidigungen ihrer eigenen Person zu ertragen. Dies war ein Risiko, das sie als heimliche Ehefrau Georges all die Jahre hindurch akzeptiert hatte. Aber daß jetzt ein Kind involviert war, konnte sie nicht hinnehmen.

In einer Aufwallung mütterlicher Fürsorge beschloß sie, einen sicheren Zufluchtsort zu wählen. Mit Minney wollte sie nach Brighton reisen und dort den Rest des Sommers verbringen, weit entfernt vom Londoner Tratsch. George war damit einverstanden; er wollte ihnen folgen, sobald seine Pflichten es erlaubten. Aber neben diesen gab es noch einen gefährlicheren Grund, länger in London zu bleiben.

Isabellas beharrliche Weigerung, George in bezug auf Minney die gewünschte Zusicherung zu geben, quälte ihn. Er lud sie überallhin ein in der Hoffnung, sie so zu umgarnen und dadurch bei der Stange zu halten. Sie verbrachte nicht nur viel Zeit im Carlton House, sondern auch in Brighton, wo sie in einer seltsamen Anwandlung von Anstand nur mit ihm speiste, wenn Maria anwesend war.

In ihrem Katz-und-Maus-Spiel war die clevere Lady Hertford entschieden die Siegerin. Sie schien ihn weiter im unklaren lassen zu wollen. Die Ergebenheit des künftigen englischen Königs, ganz gleich, auf welche Art sie diese erzielte, war für jede ehrgeizige Tory-Gattin eine wirkungsvolle Referenz. Er wollte bei Maria und Minney in Brighton sein, und dafür schien ihm plötzlich alles recht. Ein Techtelmechtel würde an seiner Liebe zu Maria seiner Meinung nach nichts ändern, es würde sie nur sichern. War es schließlich nicht der König selbst, der ihm beigebracht hatte, daß der Zweck die Mittel heiligt? Zumindest das hatte er von seinem erbärmlichen Vater gelernt.

»Paß auf dich auf, mein Liebling«, flüsterte Maria, als sie sich an einem nebelverhangenen Londoner Morgen neben der Kutsche Lebewohl sagten.

»Versprichst du mir zu schreiben, Prinney?« fragte das kleine Mädchen, das sie beide wie ihr eigenes liebten. Mit großen Augen sah sie ihn an.

George nahm sie im Hof von Carlton House in die Arme und küßte sie, bis sie sich unter ansteckendem Gelächter zu winden begann. »Versuch doch, mich loszubekommen!« rief er ihr ins Ohr.

»Aber du mußt mir auch schreiben.«

»Jeden Tag«, versprach sie pflichtschuldigst.

»Und paß auf, daß deine Mama das gleiche tut.«

»Das werde ich, Prinney! Das werde ich!«

Behutsam setzte er sie wieder ab; ihre Augen waren feucht vor Tränen.

»Ich wünschte, du würdest mit uns kommen«, sagte Minney mit einem traurigen Lächeln.

»Ich auch. Mehr als alles auf der Welt. Aber ich komme bald nach.«

»Versprichst du das?«

Ihre Augen, groß und unschuldig, hatten die Macht, ihn ins Mark zu treffen, wie es sonst nur Maria vermochte. George spürte plötzlich einen scharfen Stich des Bedauerns, daß er Maria nicht von Isabella erzählt hatte und wozu er gezwungen war, um sich deren Gunst zu sichern. Aber dafür war es jetzt zu spät. Außerdem wäre es einfacher und sicher auch besser, ihr alles zu erzählen, wenn er endlich einen Weg gefunden hatte, Minneys Zukunft dauerhaft zu sichern. Schließlich konnte er der verliebten Frau nicht ewig etwas weismachen.

»Ja, Kind«, sagte er ernst. »Ich verspreche es.«

George sah zu, wie sie es sich in der Kutsche bequem machten, und stand dann winkend im Hof, bis sie außer Sichtweite waren und ihm Minneys strahlende Augen und Marias Vertrauen nicht mehr im Wege standen.

Er seufzte und haßte sich selbst ein wenig für das Risiko, das er auf sich nahm. Er wußte, was es ihn kosten konnte, wenn Maria die Wahrheit entdeckte, bevor er bereit war, sie ihr zu enthüllen. Aber um der Liebe zu seiner Familie willen mußte er das Risiko auf sich nehmen.

22. Kapitel

Maria sank in den Kutschensitz zurück, während sie sich den Weg durch London bahnten. Es fiel ihr jetzt, im Herbst 1809, immer schwerer, in die Stadt zurückzukehren, da es in ihrem Refugium Brighton so friedlich war.

Aber sie und George waren jetzt beinahe zwei Wochen getrennt, und sie vermißte ihn schrecklich. Und obwohl es in seinen Briefen hieß, er sei mit irgendeiner undefinierbaren Angelegenheit, auf die er nie näher einging, sehr beschäftigt, wußte sie doch, wie einsam er mittlerweile sein mußte. Sie lächelte und schloß die Augen. Ein Überraschungsbesuch war genau das richtige. Sie würde ihn überreden, heute mit ihr nach Brighton zurückzukehren, ganz gleich, was sie dafür tun mußte. Er war sicher hier hinausgegangen, dachte sie und eilte in den Garten. Er war gerne allein, schlenderte zwischen den Blumen umher und sammelte seine Gedanken.

Zuerst vernahm sie die Stimmen. Eine heiser und leise, eine Frauenstimme. Die andere vertraut. Das war George. Maria kam näher. Instinktiv trat sie vorsichtig auf dem rosa Kies auf, um jedes Geräusch zu vermeiden. Zwei Menschen waren hinter einer der hohen Hecken. Direkt dahinter befand sich ein kleiner bemalter Aussichtspavillon, umhüllt von zartrosa Mandelblüten. Dieses Häuschen mit seiner schönen Aussicht war ihre Idee gewesen. Ein Rückzugsort für sie beide.

»George, bitte.« Die Frauenstimme war auch vor der Hecke gut zu verstehen. Sie klang verführerisch. »Du mußt das verstehen. Ich kann dir einfach keine größere Zusicherung machen«, schnurrte sie.

»Dann nenne mir zumindest einen Grund.«

»Weil es gegen alles verstößt, an das ich glaube.«

»Das reicht nicht.«

»Mein lieber George. Du bist ein Whig. Ich bin eine Tory, bin mit Lord Hertford verheiratet. Du bist ein Mann mit zwei Ehefrauen. Ich kann es einfach nicht riskieren, dir zu geben, was du verlangst.«

Maria spürte, wie ihr das Blut in einem heißen Schwall aus Gesicht und Gliedern wich. Sie schwankte. Lady Hertford? Er begehrte sie? Herr Jesus, das war einfach nicht möglich! Diese Frau hatte ihnen ihre Nichte übergeben! Wollte sie das als Entschädigung haben?

Maria schwankte. In ihrem Kopf erhob sich ein Tosen wie brausendes Wasser. Ihre Stimmen wurden immer schwächer. Aber die Notwendigkeit, auch noch den Rest zu hören, bewahrte sie davor, ganz das Bewußtsein zu verlieren. Einen Moment lang herrschte Schweigen zwischen den beiden.

Maria wäre am liebsten auf sie losgegangen.

»Du bist eine außergewöhnliche Frau«, hörte sie ihren Mann sagen. »Kannst du dann nicht auch diese eine ungewöhnliche Sache tun?«

Erinnerungen aus ferner Vergangenheit stürzten auf sie ein. Worte, die sie in einem Garten vernommen hatte. Der verzweifelte junge Prinz, der unbedingt bekommen wollte, was er begehrte. Mein Gott, war es jetzt Isabella Hertford, die er haben wollte?

Maria ging langsam zu dem schmalen Kiesweg, der die Hecke teilte. Sie spähte um die Ecke. Ihr Herz jagte so heftig, daß sie sicher war, es würde sie jeden Moment umbringen. Isabella und George saßen zusammen auf einer lackierten Eisenbank im Aussichtspavillon. Ihr George. Der Mann, für den sie soviel aufgegeben und den Rest aufs Spiel gesetzt hatte. Die

Sonne stand hinter ihnen, tauchte sie in eine rosa-graue Silhouette. Aber sie konnte sie beide sehen. Alles sehen.

Tränen strömten Maria über die Wangen, während ihr Herz in einem wilden Rhythmus trommelte. Dieses Geräusch schwoll in ihr an, als sie unter Tränen zusehen mußte, wie dieser Mann, den sie so verzweifelt liebte, den Hals einer anderen Frau berührte, sie dann an der Stelle küßte, wo seine Finger gelegen hatten. Das war also die so dringend zu erledigende Angelegenheit? Der vage gehaltene Grund, aus dem er nicht zu ihnen nach Brighton gekommen war? Er versuchte diese Frau zu verführen, als hätte es Maria nie gegeben ... als hätte sich ihre Liebe und all das, was sie erduldet hatten, nie ereignet. Sie spürte, wie ihr die Galle hochkam.

Als er hinter der Hecke ein Rascheln und dann ein leises Wimmern hörte, blickte George hoch und erhaschte hinter dem smaragdgrünen Schirm einen flüchtigen Blick auf Maria. Er sprang von der Bank auf, aber sie rannte vor ihm davon.

»Maria!«

Ihn ihren Namen rufen zu hören mit den Lippen, die erst einen Augenblick zuvor Lady Hertfords nacktes Fleisch berührt hatten, brannte wie Gift. Nur wenige Schritte weiter stolperte sie über einen Stein und stürzte dann auf den Kies. George riß sie in seine Arme.

»Liebling, was um Himmels willen tust du hier in London?«

»Du Bastard!« schäumte sie vor Empörung und trommelte mit den Fäusten auf seine Brust, während Tränen der Wut ihr die Sicht raubten. »Elender Bastard! ... du hast mir versprochen, daß es diesmal anders sein würde!«

»Ich habe nichts getan! Ich –«

»Lügner! Schwein!«

Maria strampelte sich ab, um wieder auf die Beine zu kommen, aber er hielt sie an den Schultern fest und zwang sie so, bei ihm zu bleiben. Er versuchte sie zum Zuhören zu zwingen, war sich jedoch gar nicht sicher, was er sagen sollte. »Du mußt verstehen ...«

Wütend fuhr sie zu ihm herum. »Ich verstehe vollkommen! Wie konntest du mir das antun – uns das antun?«

Maria versuchte sich zu erheben. »Liebling«, sagte er mit leiser Stimme, in der Hoffnung, sie zu beruhigen. »Schenk mir doch einen Augenblick, damit ich es dir erklären kann. Es ist nicht so, wie –«

Nachdem sie aufgestanden war, blickte sie auf ihn herab, und ihre Augen blitzten vor Schmerz und Zorn. Sie war zu schändlich hintergangen worden. Keuchend stieß sie hervor: »Du willst mir ... wieder etwas ... erklären? Wie gütig das von mir wäre ... Und welch ein kompletter Wahnsinn! All die Male, die wir sie bewirtet, unterhalten haben ... all die vielen Abende, an denen ich glaubte, du zeigtest nur Minneys wegen Interesse an ihr!« Als er versuchte, sie wieder in die Arme zu nehmen, spuckte sie ihn an. »Das halte ich von deinen Beteuerungen, George! Deinen Lügen und deiner Heuchelei!«

Später an jenem Abend, als er die Hoffnung hegte, sie habe sich wieder beruhigt, ging George zu Marias Haus. Er würde ihr erklären, was er wirklich von Lady Hertford zu bekommen versucht hatte, und alles wäre vergeben und vergessen. Er stand in der Tür ihres dunklen Schlafzimmers und sperrte überrascht den Mund auf.

»Was tust du da?«

Sie war jetzt ruhig, tödlich ruhig. »Packen.«

Er trat, in Schatten gehüllt, auf sie zu. »Und dürfte ich fragen, wohin du zu gehen beabsichtigst?«

»Ich muß ein für allemal weg aus London und aus Brighton. Minney und ich fahren nach Twickenham.«

»Aber sie ist unser Kind, deines und meines. Du kannst sie nicht einfach fortnehmen!«

Sie hielt die beiden letzten Parfümflakons von ihrem Toilettentisch in der Hand. Der Zorn über den Verrat brannte wie Feuer in ihren dunklen Augen. »Eure Hoheit hat dafür gesorgt, daß sie meiner Obhut anvertraut wird. Oder beabsichtigen Sie, mir das Kind auch noch wegzunehmen?«

Er fuhr sich mit einer Hand durch das Haar, sein Gesicht war aschgrau. »Ich wünschte, du würdest mir zuhören.«

»Es gibt viele Dinge, die ich mir auch gewünscht hätte, George. Dich heute nicht hier heimlich mit Lady Hertford vorgefunden zu haben, während du ihr wie ein Liebhaber ins Ohr flüstertest und ihr den Hals küßtest, stünde bestimmt ganz oben auf meiner Wunschliste.«

George sprang auf sie zu, beseelt von dem vergeblichen Wunsch, sie die Situation begreifen zu lassen. »Verdammt noch mal, Maria, sie ist nicht meine Geliebte, nicht im strengen Sinne des Wortes! Ich schwöre es! Ich habe mich deinetwegen mit ihr getroffen!«

»Meinetwegen!« fauchte sie ungläubig. »Das ist unter unser beider Würde!«

»Das ist kein Trick! Diesmal nicht! In Ordnung, ich werde die Wahrheit sagen. Die ganze Wahrheit. Bist du wenigstens dazu bereit, mich anzuhören?« Als sie nicht reagierte, fuhr er fort. »Du weißt doch selbst genau, daß die Hertfords lebenslänglich Minneys gesetzliche Vormunde sind, und von Anfang an hat Isabella mir verdeutlicht, daß ich diese Tatsache nicht vergessen dürfe. Sie ist eine ehrgeizige Frau, Maria, und ich habe versucht, ihre Meinung zu ändern.«

Diesmal wurden ihre Augen nicht sanft vor Liebe wie beim letzten Mal, als er ihr die Lüge mit der angeblichen Vaterschaft gestanden hatte. Jetzt funkelten sie vor Zorn. »Du dachtest also, wenn du sie einfach verführst –«

»Ich dachte, wenn ich nur nahe genug an sie herankommen könnte, daß sie dann eine Art Loyalität mir gegenüber empfinden würde. Daß sie dann vielleicht weniger geneigt wäre, mich zu verletzen, indem sie ständig mit ihrem Anrecht auf das Kind droht! Aber ich schwöre dir, das war alles!«

Sie kämpfte weiterhin gegen seinen Griff an, aber George ließ sie nicht los, weil er wußte, daß sie ihm sonst für immer entglitt. »Und die Tatsache, daß sie nur ein Techtelmechtel ist und nicht, noch nicht, irgendeine anerkannte Art von Konkubine, rechtfertigt die Lügen und Täuschungen?«

Die Muskeln in seinem Gesicht spannten sich an, und er wandte den Blick ab.

»Um des Himmels willen, George! Kannst du mir in die Augen sehen und mir sagen, daß im Zweifelsfall nicht mehr daraus geworden wäre?«

Zwischen zwei Herzschlägen rang er mit sich, ob er ehrlich sein sollte oder nicht, ob er ihr beantworten sollte, was sie gefragt hatte, wohl wissend, was die Wahrheit ihn kosten würde.

Eine Kutsche fuhr unter ihrem Schlafzimmerfenster vorüber. Die Uhr tickte in dem angespannten Schweigen zwischen ihnen, und Maria vergrub ihren Blick in dem seinen.

»Ja, Ja! Ich hätte selbst das für dich getan ... und für Minney!« platzte er heraus. »Und ich war darauf eingestellt, es zu tun, ganz gleich wie übel mir von der Nähe einer so niederträchtigen Kuh wird!«

George nahm wahr, wie sie hinter vorgehaltener Hand keuchte, aber er konnte jetzt nicht aufhören. Sie wollte die Wahrheit hören. Verdiente sie. Also mußte sie sie erfahren. Die ganze Wahrheit. Nach all den Jahren, nach all dem, was sie gemeinsam ertragen hatten, war er ihr das schuldig.

»Vielleicht war es tollkühn, aber ich hätte alles auf der Welt getan, um dafür zu sorgen, daß du glücklich bist mit deinem Kind und daß Minney sicher ist ... es war falsch, dir etwas vorgemacht zu haben, das gebe ich zu. Es war falsch, es dir nicht zu erzählen, aber alles, was ich seit jenem ersten Abend im Carlton House getan habe, tat ich aus Liebe zu dir! Wenn es das ist, was du wirklich willst, werde ich dir vom heutigen Tag an nichts mehr ersparen, nicht einmal solch düstere Einzelheiten.«

Das war keine Lüge. Er meinte die Worte voll und ganz. Aber Maria kannte ihn mittlerweile fast besser als er sich selbst. George war nicht in der Lage, etwas zu ändern, das so sehr im Kern seiner Persönlichkeit als Mann und Prinz lag. Das Leben, sein Vater und das Schicksal hatten ihn so gemacht.

Seiner Meinung nach würde der Zweck immer die Mittel heiligen. Die Sache mit Charles James Fox ... Lady Jersey ...

jetzt Lady Hertford... und wer oder was würde morgen als nächstes kommen? Marias Stimme war leise, verzweifelt. »Mach mir keine Versprechungen, die du nicht halten kannst.«

Sie starrte zum Fenster hinaus in den Nachthimmel, von dem das weiche weiße Licht des Mondes hereindrang. Sie mußte es sagen, und zwar jetzt. Trotz ihrer Angst. Ungeachtet der Tatsache, daß sie ihn noch immer verzweifelt liebte und ihn immer lieben würde. Sie mußte es jetzt sagen – um nicht den Verstand zu verlieren und um sich den letzten Fetzen von Würde, der ihr noch geblieben waren, zu bewahren. Sie nahm all ihren Mut zusammen und riß sich von ihm los. »Ich möchte eine förmliche Trennung.«

Er ließ sie los und machte einen Schritt zurück. »Das ist nicht dein Ernst.«

Maria registrierte den Schock in seiner Stimme, aber sie sah ihn nicht an. Sie konnte es nicht, wenn sie dies durchstehen wollte, wenn sie irgendeine Hoffnung haben wollte, sich selbst zu retten. »Unter diesen Umständen denke ich, wäre es das beste.«

»Nein, verdammt noch mal! Ich lasse nicht zu, daß uns das passiert! Nicht schon wieder!«

»Verstehst du denn nicht, George? Wir sind zu verschieden, du und ich. Ich habe die ganze Zeit gebraucht, um herauszufinden, wie verschieden unsere Welten sind. Heilige Jungfrau Maria! Unsere ganze Ehe hindurch hast du mich immer wieder wegen der einen oder anderen Sache belogen und dies dann uns beiden gegenüber gerechtfertigt!«

»Das stimmt nicht –«

»In gewisser Weise verstehe ich sogar, warum du es getan hast. Ein Teil von mir liebt dich sogar dafür, daß du so weit gegangen bist, um Minney und mir zu helfen. Aber selbst das kann nichts ändern an der Tatsache, daß deine Methoden im Widerspruch zu allem stehen, woran ich glaube, zu allem, was mir heilig ist auf der Welt. Und wenn ich meinen Glauben nicht habe, George, dann habe ich überhaupt nichts.«

»Wir sind zu kostbar, Maria. Du kannst uns nicht einfach wegwerfen wie den Kehrricht von gestern.«

»Laß mich gehen, George«, bat sie, während die Mischung aus Wut und Schmerz wieder hochkochte. »Laß mich gehen, bevor der letzte Funke dessen, was wir für einander empfinden, für immer erloschen ist.«

Er schloß die Augen und holte Luft. Sie hatte recht. Er war geschlagen. Sein Leben und seine Dämonen hatten ihn besiegt. Er konnte nicht von ganzem Herzen schwören, daß er in seinem ganzen Leben keine Täuschungsmanöver mehr durchführen würde, wenn es galt, diejenigen zu schützen, die er liebte... Er würde ihr nie wieder weh tun.

George berührte ihr Gesicht mit dem Handrücken. Die Haut war nach wie vor glatt wie die eines Kindes, aber ihr Gesichtsausdruck war geprägt von der Last eines ganzen Lebens... einer Last, für die er alleine die Verantwortung übernehmen mußte.

»Dann ist es wohl wirklich aus zwischen uns«, sagte er leise.

George hob ihr Kinn mit der Fingerspitze an und drückte seinen Mund auf den ihren. Sanft. Zärtlich. Als er versuchte, die Vergangenheit zu berühren, spiegelten die Tränen in ihren Augen die seinen wider. »Also gut. Ich werde nicht länger gegen dich kämpfen. Aber ich werde nie aufhören, dich zu lieben, Maria«, flüsterte er gegen ihre Lippen.

... Gott helfe mir, dachte sie. Ich weiß, daß ich nie aufhören werde, dich zu lieben.

Nachdem er sich verabschiedet hatte und seine Kutsche in der Nacht davongerattert war, ging Maria langsam, wie eine Frau, die doppelt so alt war, zu ihrem Nachttisch. Sie öffnete ihn und holte eine kleine Mahagonischatulle mit einem Messingschloß heraus. Der Schlüssel lag unter einer Öllampe auf dem Tisch. Sie öffnete das Schloß mit einem leisen Klicken. Hier bewahrte sie ihre geheimsten Dinge auf. Dinge, die ihr seit langem sehr kostbar waren. Die vergilbte und verblaßte Urkunde ihrer

Heirat mit George. Ein Bündel alter Liebesbriefe. Die Besitzurkunde des Hauses in der Tilney Street, das sie zu ihrem großen Stolz selbst gekauft hatte. Das päpstliche Breve, das ihre Ehe für gültig erklärte.

Es war wie die Gesamtsumme ihres Lebens.

Sie kippte den Inhalt auf ihr Bett und fächerte die Papiere mit zitternden Fingern auseinander. Erschöpft suchte sie zuerst nach dem päpstlichen Breve. Wenn sie Georges neue Freundschaft mit Lord und Lady Hertford bedachte, beides protestantische Torys, und die überhandnehmende antikatholische Stimmung in England, durfte sie kein Risiko eingehen.

Maria hielt das Breve kurz an ihre Brust. Sie schloß die Augen. Dieses Dokument hatte ihre Handlungen gerechtfertigt. Es hatte ihr Frieden mit Gott und Frieden mit ihr selbst gebracht. Aber jetzt war es eine Gefahr. Es mußte den Flammen geopfert werden. George hatte ihr heute keine Wahl gelassen. Ihr Leben lag jetzt sowieso in Schutt und Asche, daher war das vielleicht die passende Ergänzung. Aber sie konnte es nicht ertragen zuzusehen, wie es verbrannte. Nachdem sie es ins Feuer geworfen hatte, wandte sie sich ab. Als nächstes schlug sie die Heiratsurkunde auseinander und starrte auf die verblassenden Unterschriften ihres Bruders und ihres Onkels, den beiden Zeugen ihres Verbrechens. Jetzt, da alle Hoffnung, die mit dieser Ehe verbunden gewesen war, zerronnen war, konnte sie nicht wissen, ob George nicht versuchen würde, ihre Verwandten zu belasten.

Wieder streckte sie die Hand zum Feuer aus, während ihre Gedanken durcheinanderwirbelten und sich vermischten. Farben. Erinnerungen. Bilder jenes Tages. Von ihr und George und ihrer übergroßen Liebe. So unergründlich tief. Einst hatte er geschworen, daß nichts sie je trennen würde. Ein weiteres leeres Versprechen. Eine weitere Täuschung. Aber als sie die Urkunde über die offenen Flammen hielt, diesen letzten verbleibenden Beweis ihrer Verbindung, brachte sie es nicht über sich, das Schriftstück zu vernichten. Genausogut hätte sie sich das Herz aus dem Leib reißen können wie dieses Sinnbild aus den

Seiten ihrer Geschichte. Vielleicht würde es eines Tages doch noch irgend jemanden interessieren, ob sie wirklich Mann und Frau gewesen waren.

Mit zitternden Händen nahm sie eine Schere aus der obersten Schublade ihres Nachttisches. Die Flammen im Kamin begannen zu zischen, das päpstliche Breve war jetzt schwarz wie Kohle. Sie heftete den Blick wieder auf die Bescheinigung ihrer Verbindung. Langsam und unter Qualen schnitt sie den Namen ihres Bruders ab. Der des Onkels folgte.

Wenn eines Tages Beweise für ihre illegale Ehe entdeckt würden, dann sollte es so sein. Sie hatte George geheiratet, um ihm »in guten wie in schlechten Tagen« die Treue zu halten. Selbst jetzt, da sie sich trennten, blieb sie an ihr Gelübde gebunden. Aber durch diese Tat hatte sie dafür gesorgt, daß nur sie den Preis zahlen würde für das, wozu die Liebe sie getrieben hatte.

Als die kleinen Papierstreifen mit den Namen brannten, fiel Maria auf ihr Bett, das Gesicht in die Hände vergraben. Aber sie weinte nicht. Sie konnte nicht. Noch nicht. Heute war der Schmerz darüber, George verloren zu haben, zu intensiv, fast unwirklich. Daß so ein strahlend glänzender Traum schließlich doch endete ... ja, sie würde ein Leben lang darum trauern.

IV

*Ich frage mich, bei meiner Treu, was du
und ich getan, bevor wir uns liebten.*
                              John Donne

23. Kapitel

»Ist Eure Majestät bereit?«

Die Frage kam von seinem gertenschlanken schwarzhaarigen Kammerdiener Dupaquier. George schien zuerst nicht gehört zu haben. Er blickte auf. Eure Majestät. Es war 1821, er war neunundfünfzig Jahre alt, und dennoch, wie leer hörte sich das noch immer an. Er würde sich nie an die Tatsache gewöhnen, daß er nach so vielen Jahren des Wartens im Schatten und zwölf seit seinem endgültigen Bruch mit Maria George IV., König von England, war.

Der Tod seines Vaters, zwei Jahre nach dem Tod seiner Mutter, war nicht unerwartet gekommen. Der alte König war zweiundachtzig Jahre alt geworden. Er war nur noch die Hülle des Mannes gewesen, der England während der amerikanischen Revolution und auch bei der Niederlage des wirklichkeitsfremden Phantasten Napoleon Bonaparte in Waterloo regiert hatte. Das Ende des einen Mannes bedeutete den Anfang für den anderen, und deshalb gab es wenig Grund zu trauern. Aber der Tod von Georges jüngerem Bruder Edward, dem Herzog von Kent, sechs Tage später, hatte die Nation erschüttert.

Der Zweite in der Thronfolge hinter Frederick war der einzige Sohn Georges III., der einen legitimen Erben gezeugt hatte. Da Georges einzige Tochter Charlotte bereits tot war, würde Edwards acht Monate altes Mädchen vermutlich eines Tages Englands Krone tragen – als Königin Victoria.

George saß in seinem Ankleidezimmer, gekleidet in Purpur und Gold, als Dupaquier zu ihm kam. Er würde heute auf einem neuen Thron, der speziell für ihn angefertigt worden war, das Parlament eröffnen. Für England begann eine neue Ära, und entgegen der Empfehlung seiner Ratgeber würde er als erstes versuchen, sich der neuen Königin zu entledigen. Seiner *anderen* Frau.

Nachdem ihr einziges Kind, Charlotte, im Kindbett gestorben war, hatte Caroline im Ausland, in Italien, gelebt. Ihr Verhalten war unberechenbar, ja skandalös geworden, und George hatte von der öffentlichen Meinung schon genug zu ertragen, auch ohne diese Königin, die jedes Gefühl für Sitte und Anstand verloren hatte. Seit dem Tag ihrer Eheschließung hatte er sich danach gesehnt, einen Weg aus dieser Verbindung heraus zu finden – aber es hatte sechsundzwanzig Jahre gedauert. Er wußte, daß sie vorhatte, ihren Platz als Königin von England zu beanspruchen. Dieser Gedanke war ihm unerträglich, denn selbst jetzt noch war für ihn die einzige Frau, die neben ihm stehen sollte als seine Partnerin, seine Königin, Maria. Für immer und ewig sie.

Er stieß die dichten karmesinroten Vorhänge beiseite. Auch heute nachmittag hatte sich wieder eine Gruppe direkt vor der langen ionischen Wand versammelt, die Carlton House von der Pall Mall trennte. Sie riefen dieselbe Parole wie immer zu Carolines Gunsten. »Keine Königin, kein König!« Sie riefen es immer wieder. »Verdammte Narren ... Ihr habt das nie verstanden«, murmelte er zu sich selbst. Niemand wußte wirklich, was für eine prachtvolle Königin Maria geworden wäre.

Die Liste der Dinge, die Caroline getan hatte, um ihn zu demütigen, war endlos. Nacht für Nacht spielen. An Maskeraden teilnehmen, bei denen ihre Kostüme nur bis zur Taille reichten. Und dann die Männer. Der niederträchtigste und peinlichste darunter war Joachim Murat, der Schwager von Englands größtem Feind Napoleon Bonaparte.

George befingerte die Goldfransen an der Vorhangkante und lauschte den Sprechchören seines Volkes jenseits der Mauer. Es war wieder wütend auf ihn. Wütend wegen tausend Dingen. Caroline war nur die Spitze eines sehr dicken Eisbergs der Enttäuschung.

Georges Minister hatten versucht, ihn zu überreden, keine Scheidung anzustreben, solange die öffentliche Meinung ihm so feindlich gesinnt war. Sie hatten sogar versucht, Caroline zu bestechen, im Ausland zu bleiben, wohl wissend, was passieren würde, wenn sie zurückkehrte. Ihr Appell hatte sie jedoch nur um so sturer werden lassen.

»Sollen wir gehen, Eure Majestät?« fragte Dupaquier noch einmal. Er hielt seinen eleganten blauen Frack hoch. George befingerte den Brokat. Der üppige, glänzende Stoff fühlte sich kostbar an. Er mußte lächeln. *Wie glücklich bin ich*, dachte er, *daß ich all die Dinge habe, die man für Geld kaufen kann, da ich anscheinend nie mehr mit jenen Dingen gesegnet sein werde, die man sich nicht kaufen kann.*

Der Kammerdiener hielt ihm den obligatorischen letzten Cherry Brandy entgegen, damit er den Morgen überstand, oder zumindest den größten Teil davon. George trank ihn in einem Schluck und reichte ihm das leere Kristallglas zurück. »Hätte Eure Majestät gerne noch einen, bevor wir gehen? Er könnte Ihren Tag vielleicht ein bißchen leichter erträglich machen.«

George blickte seinen neuen Kammerdiener an, der jung, wendig und, verdammt noch mal, viel zu attraktiv für einen Morgen war, an dem er selbst sich so grauenhaft fühlte. »Charles«, sagte er erschöpft. »Ich fürchte, die harte Schule hat mich gelehrt, daß es dafür nicht genug Cherry Brandy auf der Welt gibt.«

»Ich sag's dir, Belle, du würdest es nicht glauben«, erzählte Fanny. »Die Menge, die die Rückkehr Ihrer Majestät sehen wollte, schlängelte sich den ganzen Weg von Westminster Bridge bis nach Greenwich entlang! Den ganzen Weg entlang drängten sich Karren, Kutschen und Reiter, in Dreierreihen gestaffelt, um ihre Kutsche. Und die Leute riefen: ›Lang lebe die Königin! Lang lebe Königin Caroline!‹«

Fanny beugte sich über ein halb geflicktes Hemd auf dem zerkratzten Eichenholzküchentisch. Ihre rissigen Finger stießen die Nadel eifrig vor und zurück durch das Gewebe. Ein Eintopf hinter ihr auf dem Herd erfüllte die Küche mit dem Aroma von gekochtem Rindfleisch, Salbei und Rosmarin.

Belle Pigot, mittlerweile gebrechlich und zittrig geworden, schlürfte einen lauwarmen Tee und starrte Fanny an, während diese nicht aufhörte, über Königin Carolines triumphale Rückkehr nach England zu schwatzen.

»Und im Gasthaus hörte ich dann gestern abend, daß Ihre Majestät, als sie die St. James' Street hinauffuhr, allen Männern, die sie vom Fenster des White's Clubs aus beobachteten, zugenickt und zugelächelt hat wie eine Hure! Skandalös! Findest du nicht?«

»Halt mal besser deinen Mund«, ermahnte Belle sie mit rauher Stimme, »und denk daran, wem du hier dienst.«

»Oh, ich würde Mrs. Fitz nie vergessen. Sie war all die Jahre hindurch seelengut zu mir.«

»Das war sie. Vergiß es bloß nicht. Es dürfte für die rechtmäßige Frau des Königs nicht leicht gewesen sein, daß Caroline von Braunschweig als Königin von England nach London zurückkehrt.«

Mit einem tiefen Seufzer legte Fanny das Hemd auf den Tisch und stützte sich auf die Ellenbogen. Sie war gedankenlos gewesen. Belle hatte recht. Sie hätten eigentlich Königin Maria zujubeln sollen. Schließlich war sie in den Augen Gottes die wahre Frau von Englands König.

Es war alles sehr verwirrend für diejenigen, die die Wahrheit kannten oder ahnten. Für die Engländer war sie einfach nur eine weitere infame Mätresse. Für den Rest der Welt, der das englische Gesetz nicht anerkannte, war Maria Fitzherbert seine Frau, weil sie ihn vor Gottes Angesicht geheiratet hatte.

»Geschieht ihm recht, sage ich«, verkündete Fanny in einem Versuch, ihren vorübergehenden Mangel an Diskretion wiedergutzumachen. »Von einer Freundin von mir, einem Stubenmädchen in Carlton House, habe ich gehört, daß sie dieser Tage tatsächlich die Kutsche Seiner Majestät mit Steinen beschmissen haben, als er die Mall hinunterfuhr!«

»Er besitzt nicht mehr die große Anziehungskraft von einst«, gab Belle zu. »Darüber sind wir uns einig. Er verlor seinen Charme an dem Tag, als er seine wirkliche Frau verlor.«

»Armes Schwein. Aber wenn du mich fragst, hat er es nicht anders verdient, für das, was er der armen Mrs. Fitz angetan hat!«

»Das reicht jetzt.«

Das war Maria, und ihre Stimme klang scharf. Sie hatte von Beginn dieser verfänglichen Unterhaltung an in der offenen Tür gestanden, sich aber entschieden, erst jetzt einzugreifen. Die einzige Möglichkeit, je etwas über die Königin von England zu hören, war dann gegeben, wenn diejenigen, die sie beschützen wollten, nicht wußten, daß sie zuhörte.

»Madam!« Fanny sprang auf, machte einen Knicks und zupfte an den Nähten ihres schwarzen Baumwollkleides. »Ich – wir hatten keine Ahnung, daß Sie da waren!«

»Offenkundig nicht.«

»Vergeben Sie uns«, sagte Belle von ihrem Sitzplatz aus. »Wir haben es nicht böse gemeint.«

Maria war ernst und ungerührt wie ein Soldat; sie hatte die Arme in die Seiten gestemmt. Erst schaute sie die eine Dienerin an, dann die andere, zwei Frauen mit völlig unterschiedlichen Gesichtern, aber beide erfüllt von der gleichen Neugierde und Besorgnis. Vielleicht hatten sie ja ein bißchen Tratsch verdient. Ganz London war erfüllt von den Neuigkeiten über die Rückkehr der Königin. Und Caroline *war* die Königin. Ganz gleich, was für kindische Dinge sie in ihrer Jugend gehofft haben mochte, Caroline hatte ihren rechtmäßigen Platz neben Englands neuem König eingenommen.

In diesen Tagen war das ruhige Leben, das sie führte, ein Trost für Maria. Sie war dankbar für ihre gescheite und fröhliche Tochter – jetzt eine junge Schönheit, deren Weg in der Gesellschaft sie an jeder kritischen Wendung beaufsichtigen mußte. Dem Himmel sei Dank für Minney, dachte sie so oft. Das segensreiche Kind war der Beweis dafür, daß ihre turbulente Verbindung mit George kein kompletter Reinfall gewesen war, und ihre Erziehung war Marias Lebensinhalt geworden.

Maria hatte zu Ehren Minneys Partys und Bälle veranstaltet, seit diese ein Kind war. Jetzt wurde die wunderschöne erwachsene junge Frau mit den haselnußbraunen Augen und Horatias hellbraunem Haar, als glänzendste Partie Englands betrachtet, stand sie doch noch immer in Verbindung mit dem König. In Marias Plänen für ihre geliebte Tochter hatte ein junger Opportunist wie George Dawson keinen Platz. Ihr gemeinsamer Aufenthalt in Paris kürzlich hatte jedoch wenig dazu beigetragen, Minneys Zuneigung zu diesem jungen Emporkömmling zu mindern. Dawson, ein Kavallerieoffizier, der – zu seiner Ehre sei dies angemerkt – bei Waterloo gekämpft hatte, war unglücklicherweise nur der zweite Sohn eines irischen Grafen. Sein älterer Bruder würde Titel und Besitz erben. Aber noch verwerflicher als seine Position in der Erbfolge war sein skandalöser Ruf, denn Mr. Dawson galt als Frauenheld. So ironisch es auch nach ihrem eigenen Leben sein mochte, Maria konnte es einfach nicht ertragen, daß ihrer kostbaren Tochter das gleiche Schicksal widerfahren sollte wie ihr selbst.

Dieser betrübliche Stand der Dinge und ein möglicher Ausweg aus der Situation beschäftigte Maria jetzt. Die beiden jungen Liebenden hatten sogar die unangenehme Gewohnheit angenommen, sich heimlich zu treffen. Maria hatte darauf reagiert, indem sie in Ohnmacht fiel. Man hatte sie mit Riechsalz wiederbeleben müssen. Sie konnte nicht zulassen, daß ihr Liebling einsam und vergrämt endete, so wie sie.

»Soll ich Ihnen etwas Tee holen, Madam?« fragte Fanny verlegen, die Hände hinter dem Rücken verschränkt.

Tee mit meinen Dienstboten, dachte Maria. Sie schaute noch einmal prüfend in ihre Gesichter. Es wäre äußerst regelwidrig, wenn sie sich hier zu ihnen gesellte. Aber sie lebten mit ihr, hatten Tag für Tag den Skandal und das Herzeleid durchgestanden, und es war ziemlich wahrscheinlich, daß in dieser Phase ihres Lebens Belle Pigot und Fanny Davies die besten Freunde waren, die sie noch hatte auf der Welt. Warum sollte sie nicht mit ihnen Tee trinken? Warum eigentlich nicht. Nach kurzem Überlegen setzte sie sich auf die Kante eines der steifen Walnußholzstühle. Fanny riß die grünen Augen weit auf.

»Hier, Madam?«

Maria warf Belle einen Blick zu, dann blickte sie mit gespielter Überraschung zu Fanny auf. Nur Gott im Himmel wußte, wann sie ihr Mädchen heute nachmittag wiedersah. Sie war mit George Dawson zu einer Aquarellausstellung gegangen, und wieder einmal war Maria allein mit ihren Erinnerungen und ihrer Trauer zurückgeblieben. Alles wäre besser, als sich dem heute noch einmal auszusetzen.

Es schien, als würden sich alle aus ihrem Leben verabschieden und als könnte sie nichts dagegen tun. *Das verdammte Alter!* dachte sie traurig, denn sie fühlte sich im Innern noch wie die junge Frau, die den Prinzen erobert und ganz London in helle Aufregung versetzt hatte, und wußte doch, daß dies nicht länger der Fall war. So viele Verluste in ihrem Leben. Horatia, dann Hugh. Ihr Bruder John. Jetzt sogar Francis Russell.

Erst gestern abend hatte sie gelesen, daß er gestorben war. Seit jenem Morgen, an dem sie sich mit George versöhnt und Francis' barscher Vorwurf sie zu Fremden gemacht hatte, hatte sie ihn nicht wiedergesehen. Aber durch Lady Clermont und Georges Bruder Edward war sie weiter über ihn informiert geblieben. Beide Freunde hatten ihr traurigerweise mitgeteilt, daß Francis unverheiratet gestorben war. Er hatte es nie ganz geschafft, Maria aus seinem Herzen zu verbannen. Erst jetzt, als sie selbst einen ähnlichen Verlust erlitten hatte, war sie wirklich imstande zu ermessen, was sie ihm einmal bedeutet hatte. Und sie trauerte daher aufrichtig um ihn.

Maria warf Belle und Fanny nacheinander einen Blick zu. »Hast du mich nicht gefragt, ob ich Tee möchte?«

»Jawohl, Madam«, erwiderte Fanny.

»Nun dann. Ich kann ihn doch wohl ebensogut hier unter Freunden trinken wie da draußen alleine. Meint ihr nicht auch?«

König George IV. ließ sich nicht von seiner Königin scheiden. Aber 1821, ein Jahr nachdem er den Thron bestiegen hatte, starb Caroline. Öffentlich betrauerte er sie, seine zweite Frau, die jedoch praktisch eine Fremde für ihn gewesen war. Drei Wochen wurden als ausreichend betrachtet, um den Zorn des Volkes im Zaum zu halten, bevor er wieder ein Leben nach Wunsch führen konnte, frei und von einer Verpflichtung entbunden, die er schon seit langem bedauert hatte. Es war nicht mehr die verzauberte, schöne Welt, der er früher zusammen mit Maria Fitzherbert vorgestanden hatte, und jeder wußte das, aber er fuhr dennoch wieder nach Brighton. Seinem Luftschloß nachjagen, nannte er es – um an einigen Fragmenten seiner glücklichen Vergangenheit festzuhalten.

»Nein! Das werde ich nicht zulassen, Nash!«

George brüllte seinen Architekten an und schmiß die Pläne neben dem gelb-schwarzen chinesischen Wandschirm im Pavillon auf den Boden.

»Ich habe ganz klar gesagt, daß dieser spezielle Raum nicht geändert werden soll. Ich habe meine Wünsche von Anfang an deutlich gemacht!«

John Nash, ein grauhaariger Mann mit beginnender Glatze, Bierbauch und einer schmalen, blassen Linie als Mund ließ sich von der Wut des Königs nicht aus dem Konzept bringen. »Aber Eure Majestät muß doch Vernunft annehmen«, fuhr er unbeirrt fort. »Es stört die Symmetrie des Hauses, wenn wir dieses Zimmer nicht umbauen.«

»Das ist mir gleichgültig! Ich will nicht, daß es verändert wird!« George blickte sich in dem einen Zimmer um, das noch aus dem alten Bauernhaus übriggeblieben war und das er für Maria erhalten hatte. Dabei fielen ihm die Stoffe ins Auge, die er und Maria damals in jenem ersten Sommer ausgesucht hatten, der Tisch, den sie in Frankreich bestellt hatte, und sein Herz tat ihm weh, als sei sie erst gestern gegangen.

»Sie können Ihre Teppiche hier haben und von mir aus auch ein paar von Ihren Bambusstühlen hier hineinstellen«, sagte er entschieden. »Aber darüber hinaus steht dieses Zimmer nicht zur Debatte.«

Nash hatte über die Dienstboten aufgeschnappt, daß dieses Zimmer Teil des ursprünglichen Bauernhauses war, der einzige Teil des Hauses, der unverändert geblieben war. Aber bis heute, bis zu diesem Augenblick, hatte er nicht gewußt, daß der König es aus so starken sentimentalen Motiven heraus nicht verändert hatte.

Es konnte eigentlich nur einen Grund geben, warum er sich weigerte, es jetzt Nashs großem Plan für den Pavillon zu unterwerfen. Nach all der Zeit war Seine Majestät noch immer in seine katholische Frau verliebt. Das, fand er, war wirklich ganz erstaunlich.

»Gibt es keine Möglichkeit, die Meinung Ihrer Majestät zu ändern?« beharrte Nash.

»Wie ich sagte, John, das Thema ist beendet. Wenn Sie mich bitte entschuldigen wollen«, George nickte ihm zu. »Ich gehe jetzt im Garten spazieren.«

Brighton war so herrlich im Frühling. George atmete tief ein und spürte, wie die salzige Luft seinen erschöpften Körper erfrischte. Das tat sie immer. Er fühlte sich durch die Luft, das Meer und die Freiheit verjüngt. Aber es war nicht mehr das gleiche, würde es nie wieder sein.

»Oh, wie ich es liebe«, sagte er mit einem Seufzer. Er stand gegen die Steinbalustrade gelehnt, die seine Veranda und den Garten von dem funkelnden blaugrünen Meer dahinter trennte. Plötzlich erhaschte er einen Blick auf Marias Haus. Es war ein Fehler, hierher zurückzukommen. Das wußte er jetzt.

George hatte alles ihm mögliche getan, um ihr aus dem Weg zu gehen, wenn er hier in Brighton war, und meistens hatte er auch Erfolg damit gehabt. Aber dafür mußte er einen hohen Preis zahlen. Er spazierte nicht länger die Promenade entlang und badete auch nicht mehr im kühlen Meerwasser, wie er es einst so geliebt hatte. Er unterhielt sich auch nicht mehr mit den eifrigen Brightonern, die an der Seeseite seines Pavillons vorbeischlenderten in der Hoffnung, einen Blick auf ihn zu erhaschen, wie sie dies einst in so ungezwungener Weise getan hatten. All dies hatte ihm von Anfang an geholfen, wenn auch nur für kurze Zeit, einfach ein Mann zu sein. Ein einfacher Mann wie jeder andere. Frei, zu lieben und geliebt zu werden.

»Warum fahren wir nicht nach Windsor?« drängte ihn sein Personal, das täglich den Schmerz in seinen Augen registrierte. »Dort ist es um diese Jahreszeit so schön, wenn die Hyazinthen und der Flieder blühen.«

George trommelte mit den Fingern auf die Balustrade und blickte aufs Meer hinaus. Es war wundervoll gewesen, wieder hierherzukommen. Eine Weile in der Vergangenheit zu leben. Aber er mußte die Erinnerungen hinter sich lassen, wenn er auch nur den Hauch einer Chance haben wollte, sein Leben fortzuführen. Ein Leben, mit dem er sich zu arrangieren versuchte – ein Leben ohne seine Liebe.

An jenem Nachmittag zogen zwei schlanke schwarze Hengste Georges ratternde gelbe Kutsche nach London. Als sie oben auf dem Hügel waren, warf er nur einen Moment lang einen Blick zurück und schaute auf seine großartige Schöpfung, die sich als Silhouette vor der untergehenden Sonne abzeichnete. Es war das letzte Mal, daß er diesen prächtigen, umstrittenen Pavillon sah. Irgendwie wußte er, daß auch dieser Teil seines Lebens ein für alle Mal zu Ende war. Wie Maria war jedoch auch dies ein Traum, den er nur schwer aufgeben konnte.

24. Kapitel

Am Ende hatte Maria eine weitere Schlacht verloren.

Im August 1825, fünf Jahre nachdem sie sich kennengelernt hatten, sollte Miss Minney Seymour Oberst George Dawson heiraten. Über Frederick, der wie immer als Vermittler fungierte, hatten Maria und der König so lange wie möglich gegen diese Verbindung konspiriert. Aber Minney und ihr Geliebter beharrten darauf, daß sie sich liebten und zusammenbleiben wollten. Angesichts ihrer eigenen, skandalträchtigen Vergangenheit und der Tatsache, wie sie darum gekämpft hatten, zusammenzusein, hatten sich am Ende weder George noch Maria wirklich gegen die Verbindung stellen wollen.

Jetzt stand Minney in ihrem Hochzeitskleid aus weißem Crêpe de Chine in Marias Schlafzimmer. Der Morgenhimmel war perlgrau, so daß man hohe Kerzen und Messinglampen angezündet hatte.

Minneys Haar war mit einer Lockenschere zu sanften braunen Locken geformt und mit einem Kranz aus Maiglöckchen und weißen Rosenknospen gekrönt. Ihre Wangen und Lippen waren mit einem Hauch von blaßrosa Farbe geschminkt, um ihrer makellosen Haut ein wenig Wärme zu verleihen. Ein wenig Kosmetik war das einzige Zugeständnis, das Maria gegenüber diesem Mädchen zu machen bereit war, dessen Unschuld ihr alles bedeutete. Sie hatten bereits über die ehelichen Pflichten gesprochen, darüber, was in ihrer Hochzeitsnacht zwischen den Eheleuten vorfallen würde. Sie hatten über Geduld gesprochen, Verständnis und Hingabe. Besonders Hingabe. Maria schien es besonders wichtig zu sein, daß ihre Tochter das verstand.

»Nun?« seufzte Maria auf dem kleinen blauen Samtsofa am Fuße ihres riesigen Himmelbettes. »Willst du sie nicht öffnen?« Minney schaute auf eine kleine in Satin eingewickelte Schachtel, die mit silbernen, elfenbeinfarbenen und rosa Bändern zugebunden war. Unsicher blickte sie zu Maria. Sie wußte, wie verletzt die alternden Augen ihrer Mutter dreinblickten, wenn der Prinz ihr ein Geschenk zukommen ließ. Minneys Herz war übervoll an Liebe zu ihm. Er war der einzige Vater, den sie je gekannt hatte. Aber wenn er nun ausgerechnet heute nicht den Mut fand, hierherzukommen, wünschte sie wirklich, er hätte soviel Haltung aufgebracht, ihr überhaupt nichts zu schenken. Es war ihr Hochzeitstag, und das einzige Geschenk, das sie sich wünschte, war, ihre Eltern vereint zu sehen, und sei es auch nur für ein paar Stunden.

»Nur zu«, drängte Maria sie. »Öffne dein Geschenk. Wir haben noch Hunderte anderer Sachen zu erledigen, bevor du dein Gelübde ablegen wirst.«

Seit Tagen kamen sie. Päckchen in allen Größen und Formen säumten jetzt den Salon im zweiten Stock. Erst gestern hatte sie ein Paket von Prinneys Bruder Frederick erhalten. Etwas von seinem alten Freund, dem Herzog von Devonshire, war am Nachmittag eingetroffen. Sogar vom dritten königlichen Bruder, William, dem Herzog von Clarence, hatte sie ein Geschenk erhalten.

Minney blickte Maria an. Da sie es wohl tun mußte, löste sie zögernd den Knoten. Die Bänder fielen zu Boden, als sie die Satinverpackung abwickelte. In einem Kästchen auf einem roten Samtbett ruhte ein Paar glitzernder Diamantohrringe. »Mein Gott, Mama!« keuchte sie und vergaß dabei ganz, desinteressiert zu erscheinen. »Schau dir das an!«

»Sie sind entzückend«, sagte Maria mit einem gezwungenen Lächeln. »Zieh sie an.«

»Oh, ja. Ich werde sie heute tragen. Es ist dann fast so, als wäre Prinney bei uns.« Sie warf Maria nach diesen Worten einen schnellen Blick zu und verschloß ihren Mund mit den Fingerspitzen, aber es war zu spät. So viele Jahre hatte Minney versucht, Verbindungsstück zwischen den einzigen Eltern, die sie je gekannt hatte, darzustellen. Sie hatte auf ihre Versöhnung gehofft, um sie gebetet. Aber es hatte nicht sein sollen. »Oh, Mama. Es tut mir so leid. Ich wollte mich nicht einmischen –«

Maria lächelte sanft. »Kind, du hast jeden Grund, dir zu wünschen, daß er heute bei uns sein könnte. Das braucht dir doch nicht leid zu tun.«

»Danke, Mama«, sagte sie und senkte den Blick ihrer strahlenden haselnußbraunen Augen. *Horatias Augen.*

»Wenn er dich sehen könnte, würde ihm die Luft wegbleiben. Weißt du, daß du nie hübscher ausgesehen hast? Nein, es stimmt. Und weißt du auch, wem du gleichst, wenn du so vor mir stehst. Du siehst aus wie deine Mutter.«

Ihre Mutter war immer Maria gewesen. »Lady Seymour?« fragte sie.

»Du bist ihr Ebenbild, mein liebes Kind.« Maria erhob sich

langsam. »Sie wäre so stolz auf die reizende junge Frau, die du geworden bist. Fast so stolz, wie ich es bin.«

Minney legte die Schachtel auf die Ecke des Sofas. »Ich wünschte so, ich hätte sie gekannt.«

»Das wünschte ich auch. Sie war etwas ganz Besonderes, und ich glaube, es gibt etwas, das sie dir heute gegeben hätte.«

Unter dem Blick von Minney ging Maria langsam zu ihrem Toilettentisch und öffnete eine kleine Schmuckschatulle aus Wurzelholz, die zwischen Flaschen mit Lavendelparfüm stand. Sie kramte zwischen alten Gold- und Silberschmuckstücken herum, klapperte mit den Rubinohrringen, der Smaragdbrosche und ihren beiden anderen Eheringen, bevor sie fand, was sie suchte. Als sie sich wieder umdrehte, hielt sie ein funkelndes rubinbesetztes Armband in der Hand.

»Deine Mutter trug es an dem Tag, als sie dich zu mir brachte.«

Minney betastete es voller Ehrfurcht. »Es ist so wunderschön.«

»Sie sagte, es habe ihrer Mutter gehört, und sie wollte, daß du es eines Tages bekommst.« Maria lächelte, ihr Herz barst fast vor Stolz, als sie an den Tag zurückdachte, an dem sie das Armband zögernd aus Horatias schwacher Hand entgegengenommen hatte. »Ich kann mir keinen besseren Tag als heute dafür denken.«

Minney ließ es über ihr Handgelenk gleiten und drückte es an ihr Herz. »Ich werde auch das tragen. Dann habe ich alle um mich, die wichtig sind. Zumindest im Geiste.«

Als Maria lächelte, war ihr Gesicht von Falten durchzogen. »Tu das, Kind.«

Nachdem Minney mit Fanny nach unten gegangen war, warf Maria noch einmal einen Blick in die Schachtel, in der das Geschenk des Königs gelegen hatte. Dort unter dem Samt steckte das Briefchen, das sie vermißt hatten. Aber sie hielt inne. Nicht sie sollte es lesen. Es war an Minney gerichtet worden. Einen solchen Vertrauensbruch durfte sie nicht begehen.

Aber einen Augenblick später nahm sie das elfenbeinfarbene Pergament dann doch in die Finger, in dem Gefühl, daß George es erst vor kurzer Zeit in Händen gehalten hatte. Dies war der engste Kontakt, den sie seit sehr langer Zeit miteinander hatten. Maria preßte den Brief zärtlich an ihre Wange, in der Hoffnung, den Duft seines Zibetparfüms, an das sie sich so gut erinnerte, wahrzunehmen. Wie seltsam das Leben war, dachte sie und schüttelte den Kopf darüber, daß er noch immer die gleiche Duftnote bevorzugte und daß sie ihn noch immer so sehr liebte nach all den Jahren.

Der Umschlag ging ganz leicht auf. Er war nicht mit Wachs versiegelt worden. Sie sah das vertraute Gekritzel; George hatte das Briefchen mit eigener Hand geschrieben. Sie überflog den Inhalt, aber wichtig war ihr nur die allerletzte Zeile.

... Und sei immer gut zu Maria. Sie wird dich jetzt mehr denn je brauchen, mein herzallerliebstes Mädchen. Einmal verbunden. Immer verbunden.

Zwei Leben für immer miteinander verwoben durch diesen Schatz von einem Mädchen.

Mit zitternden Händen steckte Maria den Brief in den Umschlag zurück und legte ihn wieder unter den Samt, damit Minney ihn dort finden konnte. Sie hätte ihn nicht lesen sollen. Und das Gelesene hätte ihr nichts ausmachen dürfen. Aber das tat es ... und, Gott helfe ihr, würde es immer tun.

»Ist alles in Ordnung, Madam?« fragte Belle. Die alte Frau kam herein und setzte sich neben Maria auf das Sofa. Sie stöhnte, als sie sich mit ihren alten morschen Knochen darauf niederließ. »Wie ich sehe, hat Mistress Minney das Geschenk des Königs erhalten. Er hatte gehofft, sie würde es noch vor der Hochzeit auspacken.«

Maria war verblüfft und blickte ihre Freundin mit offenem Mund an. »Du wußtest, daß Seine Majestät ein Geschenk schicken würde?«

Belle Pigot schaute sie an. »Wußten Sie das nicht, Madam?«

Maria lehnte den Kopf gegen einen der geschnitzten Bettpfosten. »Oh, Belle. Ich glaube, ich weiß nicht, was ich dachte.«

»Vielleicht dachten Sie, er würde heute hierherfinden.«

»Ja. Vielleicht.«

Mit ihren knotigen Fingern tätschelte sie Marias Knie und ließ sie dann noch einen Moment dort ruhen. »Heute ist ein schwieriger Tag für euch beide, hm? Die Liebe zu dem Kind verbindet euch, auch wenn ihr getrennt seid.«

»Oh, wenn doch nur –«

Belles Antwort war ein tiefer Seufzer. Dann sagte sie: »Ach, ja. Wenn doch nur ... Wir alle plagen uns ein ganzes Leben damit ab, nicht wahr?«

Maria flocht ihre Finger in Belles rechte Hand, und die beiden saßen schweigend da. Das erste bißchen Morgensonne brach durch die Wolken und warf einen Strahl durch das Zimmer. Die Tür stand immer noch offen. Sie konnten hören, wie Jacko, Fanny und all die anderen Dienstboten unten Minney in ihrem Hochzeitskleid bewunderten.

»Ist er glücklich mit ihr, Belle?« fragte Maria unerwartet nach Elizabeth, Lady Conyngham, der neuen Gefährtin des Königs.

»Ich glaube eher, er ist der Jagd müde, wenn Sie den Ausdruck entschuldigen wollen, Madam.«

»Er zeigt sich nicht mehr häufig in der Gesellschaft. Ich höre so wenig über ihn.«

»Vielleicht ist es so am besten. Zumindest, was Sie betrifft. Diese vergangenen Jahre können nicht einfach gewesen sein.«

Maria schloß die Augen. »Weißt du, Belle, ich dachte einmal, die Zeit würde mir helfen zu vergessen. Aber sie läßt nur die Erinnerung an die schmerzlichen Zeiten schneller verblassen.«

»Die Zeit ist in so vieler Hinsicht eine zweischneidige Sache.«

Einen Augenblick schwankte Maria, den Tränen nahe. »Das ist sie, Belle«, bestätigte sie schließlich und legte der alten Frau den Arm um die Schulter. »... Das ist sie.«

Maria versiegelte einen Brief an Minney, den sie ihr an den Ort ihrer Hochzeitsreise schicken wollte. Dann schob sie sich von dem geschnitzten, lackierten Schreibtisch weg. Es war spät. Sie griff nach ihrem Glas, stellte jedoch fest, daß sie den Rest des Brandys bereits getrunken hatte. Georges wegen hatte sie all die Jahre wenig getrunken. Weil das Trinken ihn einst so zerstört hatte. Aber heute hatte sie eine Ausnahme gemacht. Heute hatte sie ziemlich viel getrunken.

Es war ein Tag gewesen, der sich schwer alleine hatte ertragen lassen. Sie hatte immer gedacht, sie und George würden am Tag von Minneys Hochzeit Hand in Hand dabei zuschauen, wie sie die Ehefrau eines reichen hohen Adligen werden würde, den sie beide von ganzem Herzen billigten. Wie so vieles andere in ihrem Leben war dies nicht so gelaufen, wie sie es geplant hatte. Aber es war nicht länger ihre Zeit.

Das war der Lauf der Welt. *Das Alte stirbt, während das Neue erblüht ... das Leben ist für die Jungen ... Gespenster und Erinnerungen an gestern sind alles, was jenen von uns bleibt, die bleiben müssen und alt werden.*

25. Kapitel

»Seine Gnaden ist eingetroffen, Madam«, verkündete Fanny.

Maria blickte von ihrem Schreibtisch hoch, an dem sie viel Zeit verbrachte, jetzt da Minney wieder in Paris war und dort ihren fünften Hochzeitstag feierte. Maria hatte soeben einen weiteren Brief an ihre Tochter unterschrieben, als Fanny an die offene Schlafzimmertür klopfte und zögernd zwei Schritte in den Raum machte. Vor ihr ging ein riesiges Fenster auf die Promenade hinaus. Der Wind blies durch den geöffneten Flügel die salzige Luft über ihren Schreibtisch und warf all ihre Rechnungen und Papiere durcheinander. Aber Maria war das egal. Hier in Brighton, wenn sie diese Luft atmete, fühlte sie sich wohl wie an keinem anderen Ort auf Erden.

Seit Minneys Hochzeit mit George Dawson litt Maria unter Rheumaanfällen. Ihr Zustand wurde verschlimmert durch die

Tatsache, daß auch die letzten ihrer Freunde jetzt starben. Durch deren Tod war sie gezwungen, der Realität ihrer eigenen Sterblichkeit ins Gesicht zu blicken.

Im vergangenen Frühjahr war Lady Clermont, ihre Freundin und Vertraute während ein paar ganz besonders schweren Zeiten ihres Lebens, gestorben. Manche hatten gedacht, sie würde ewig leben. Maria war eine von ihnen. Ihr Tod war ein schwerer Schlag für sie gewesen.

Aber der am schwersten zu ertragende Verlust hatte sie mit dem Tod ihres geliebten Frederick zu Weihnachten ereilt. Der liebe, liebe Freddie. Fast dreißig Jahre lang hatte nichts ihre Freundschaft erschüttert, nicht einmal ihre dauerhaften Probleme mit George. Er war für Maria in den härtesten Stunden eine große Quelle der Kraft gewesen, hatte sie regelmäßig besucht und ihr geschrieben. Als er starb, hatte Maria das Gefühl, den allerletzten Freund auf der Welt verloren zu haben. George war ja bereits aus ihrem Leben gegangen.

Und Minney war verheiratet. Noch nie hatte sie sich so allein gefühlt.

Maria schaute aus dem Fenster. Fanny stand neben ihr. Die Abenddämmerung brach herein, der Himmel war ein Freudenfeuer an Farben. Eine große Menschenmenge hatte sich voller Erwartung in der Nähe ihrer Tür versammelt. Der Herzog und die Herzogin von Clarence waren soeben aus Dieppe eingetroffen und am Chain Pier gelandet.

Der Pier am Ende der Promenade war ihretwegen mit Dutzenden riesiger Laternen erleuchtet worden. Von ihrem Fenster aus konnte Maria sehen, wie sie von den Stadtvätern begrüßt und im Lichte von brennenden Fackeln, Laternen und Kerzen zu ihrer Tür geleitet wurden. Die Brighton Steine strahlte hell. Aufgrund von Fredericks Tod würde William nach George der nächste König von England werden.

Sie legte den Brief an Minney in die Schreibtischschublade zurück, und Fanny half ihr, ein Tuch aus schwarzer Chantillyspitze um die Schultern zu legen. Das war einst Belles Aufgabe gewesen, aber wie all die anderen, die ihr so teuer gewesen waren, war auch diese jetzt tot. Nur Jacko und Fanny waren übriggeblieben, und auch die beiden wurden alt. Ohne ein weiteres Wort stiegen die beiden Frauen die gewundene, knarrende Mahagonitreppe hinunter.

»Euer Gnaden«, sagte Maria zur Begrüßung. Wegen ihres Rheumatismus fiel ihr das Knicksen schwer, und William, Georges zweiter Bruder, streckte ihr freundlich die Hand entgegen, um ihr wieder aufzuhelfen.

Auf der Veranda und der Straße war immer noch eine Menschenmenge versammelt, die sehen wollte, wie der Bruder des Königs die, wie viele immer noch meinten, wahre Königin von England aufsuchte. Maria hatte die Herzogin von Clarence bis jetzt noch nicht kennengelernt, eine große, würdevolle Frau mit dem Stolz guter Abstammung. Dennoch umarmten sich die beiden Frauen, als seien sie alte Freundinnen.

»William hat mir soviel von Ihnen erzählt«, sagte die Herzogin, während der Abendwind ihre ergrauenden Locken zerzauste. »Es ist mir eine Ehre, Sie endlich kennenzulernen, Ma'am.« Die Herzogin redete sie an, als habe sie die Königin vor sich. Maria war verblüfft.

»Die Ehre ist ganz auf meiner Seite, Euer Gnaden. Es ist sehr freundlich von Ihnen beiden, mich zu besuchen, während Sie in Brighton sind.«

»Ma'am«, sagte William voller Verehrung. »Ich betrachte dies als meine Pflicht.«

Sie folgten Fanny und Jacko die Treppe hinauf in das anmutige Ziegelhaus. Jacko schloß die Tür, aber selbst danach zerstreute sich die Menge nicht. Maria war ihre königliche Familie hier in Brighton, und sie ehrten sie noch immer auf diese Weise.

Fanny stellte ein Tablett mit klirrenden Kristallkaraffen voller Portwein und Sherry gegen die herbstliche Kühle ab. Maria beobachtete, wie der Herzog sich ein Glas Sherry eingoß und es langsam trank, während er mit gekreuzten Beinen neben dem Feuer saß.

William glich seinem ältesten Bruder in Statur und Erscheinung. Er war ein großer Mann, dessen Haar nur an den Schläfen silbrig ergraut war und der immer noch die frische Hautfarbe der Kindheit hatte. Ebenso wie Frederick hatte auch dieser drittgeborene Sohn die kristallblauen Augen des Königs. *Die unvergeßlichen Augen, die sie vor langer Zeit, in einem anderen Leben, für sich gewonnen hatten.*

1829, das vergangene Jahr, war ein Jahr des Wandels für England gewesen, und die alten Freunde verbrachten den Großteil des Abend damit, sich darüber zu unterhalten. Nach Jahren erbitterter Kämpfe war durch ein Emanzipationsgesetz die politische und rechtliche Gleichstellung der Katholiken erwirkt worden. Katholiken wurden endlich im Parlament zugelassen und konnten auch nicht länger von Staatsämtern ausgeschlossen werden, mit Ausnahme von dem eines Regenten oder Lordkanzlers von England. Es war ein langer Kampf gewesen.

Während des Abendessens vermieden William und seine Frau es wohlweislich, über die Tatsache zu diskutieren, daß George sich dieser Maßnahme widersetzt hatte, weil er von Lady Conynham heftig aufgestachelt worden war. Einen Augenblick lang hatte er sogar damit gedroht, eher abzudanken als seine Zustimmung dazu zu geben. Am Ende hatte er es jedoch vor vier Monaten unterzeichnet. In England zweifelten nur wenige am wahren Grund dafür.

»Ich bin froh, daß sich das Problem schließlich auf diese Weise gelöst hat«, sagte William. »Ich weiß, wie wichtig Ihnen das war.«

»Es gab eine Zeit, als es dem König auch wichtig war«, erwiderte Maria darauf.

»Die Jahre haben meinen Bruder sehr verändert, Maria. Ich glaube, in vieler Hinsicht würden Sie ihn gar nicht wiedererkennen«, gab William vorsichtig preis, während er sich ein weiteres Glas Sherry genehmigte und Fanny und Jacko leise den Tisch abräumten.

Maria hatte gehört, daß George sich unwohl fühlte. Man redete in ganz England darüber. Dennoch fragte sie, während sie mit einem halbvollen Weinglas spielte: »Und ... geht es Seiner Majestät gut?«

William betupfte seine Lippen mit einer weißen Leinenserviette und lehnte sich auf seinem Stuhl zurück. »Bestimmt wissen Sie, daß er nur noch sehr wenig ausgeht. In jüngster Zeit leidet er unter zahlreichen Krankheiten.«

»Ja. Das habe ich gehört.«

»Ich selbst habe ihn in den vergangenen zwei Jahren nur ein halbes Dutzend Mal gesehen. Er wird ziemlich scharf bewacht.«

»Von Lady Conynham.«

»Da sie jetzt Königliche Haushofmeisterin ist, ist sie häufig bei ihm, ja.«

Aus Hochachtung für Maria erwähnte William nicht, daß sein Bruder in den vergangenen Jahren wie ein Gefangener in einem selbstgeschaffenen Gefängnis gelebt hatte. Er blieb fast ausschließlich in Windsor. Alle Straßen zum Windsor Castle wurden nun, dank Lady Conynhams Einfluß, schwer bewacht, und wenn er ausritt, stellte eine Vorhut aus persönlichen Dienern sicher, daß niemand ihm hinterherspionierte.

William erzählte auch nicht, daß sein Bruder, als er ihn das letzte Mal gesehen hatte, mehr denn je in seinen Erinnerungen verhaftet gewesen war. Sobald sie alleine gewesen waren und er Marias Namen erwähnt hatte, waren ihm Tränen in die Augen gestiegen.

William fand, daß es keinen Grund gab, sie damit zu belasten. Sie hatte es nicht verdient, noch mehr Schmerz erleiden zu müssen. Der Herzog von Clarence wollte nicht derjenige sein, der dieser teuren Frau, die von Rechts wegen Königin von England hätte sein sollen, noch mehr Qualen zufügte.

»Glauben Sie, er wird je hierher nach Brighton zurückkehren?« fand sie den Mut zu fragen, als sie alle aufstanden, um sich in den Salon zu begeben.

»Es wäre so schön für ihn, wenn er diese entzückende Stadt wiedersehen würde.«

Ein Glas Portwein später schlug die hohe Ebenholzuhr neben dem Kamin Mitternacht. William und die Herzogin erhoben sich, um zu gehen. Jacko holte ihre Mäntel und Hüte, während Maria sie zur Tür begleitete.

»Gibt es irgend etwas, das ich für Sie tun kann, Maria?« fragte er, als sie sich in der kleinen, kerzenbeleuchteten Eingangshalle gegenüberstanden.

Sie lächelte, aber er konnte sehen, daß ihre Augen unermeßlich traurig waren. »Wie Ihr Bruder Frederick vor Ihnen, William, haben Sie mir so viel gegeben, einfach indem Sie all diese Jahre hindurch mein Freund geblieben sind.«

Er küßte sie sanft auf die Wange. »Bestimmt wissen Sie, daß zwischen uns soviel mehr besteht als nur das.«

Sie lag dösend auf einer Couch in ihrem Ankleidezimmer und schreckte jedesmal plötzlich hoch, wenn sie kurz davor war, in tieferen Schlaf zu sinken. Jedesmal, wenn Maria die Augen schloß, glaubte sie seine Stimme zu hören, so wie sie am Anfang geklungen hatte, so erfüllt von flehentlichem Bitten.

Maria! ... Maria! ...

Als die Gerüchte über Georges Krankheit sich nicht länger ignorieren ließen, hatte sie Brighton verlassen und war nach London gereist. Jetzt wartete sie unruhig in ihrem eleganten Haus dem Hyde Park gegenüber und wußte nicht recht, was sie tun sollte. Sie hatten sich schon so lange auseinandergelebt. Aber das änderte nichts an der Tatsache, daß sie in den Augen Gottes noch immer seine einzig wahre Frau war.

Vor langer Zeit hatte sie ihm ihr Leben anvertraut. Die Nachricht, daß er ernsthaft krank war, änderte alles. Insbesondere sorgte sie dafür, daß sie ihren Stolz überwand.

Maria erhob sich von der Couch und warf das Kaschmirtuch ab, das sie sich um die schlanken Schultern gelegt hatte. Ihr Rheumatismus machte jede Bewegung zur Pein. Es regnete wieder, und der Geruch der feuchten Luft war sogar bei prasselndem Feuer stark. Auch nur in ihr Schlafzimmer zurückzugehen war bereits eine Strapaze. Aber niemand haßte Regen mehr als George.

Tagelang hatte sie an nichts anderes denken können als an ihn. Ständig beschlichen sie Gedanken und Erinnerungen, ganz gleich, was sie tat. Es war völlig verrückt, aber sie konnte das seltsame Gefühl nicht loswerden, daß sie zumindest versuchen sollte, nach Windsor zu gelangen. Daß er sie brauchte. Aber selbst wenn sie den Mut aufbrachte, Lady Conynham würde es nie zulassen. Maria lief unruhig in ihrem Schlafzimmer auf und ab. So lange hatte sie jedem gegenüber ihre Gefühle verleugnet – besonders sich selbst. Aber er war immer noch der einzige Mann, den sie liebte.

Und tief in ihrem Herzen wußte sie, wie sehr auch er sie immer geliebt hatte.

Schließlich setzte Maria sich an ihren kleinen Schreibtisch, an dem sie in der vergangenen Woche Minney so viele Briefe geschrieben hatte, und starrte mit müden Augen auf die leere Seite. Konnte sie wirklich die Kraft finden, ihm zu verzeihen? Wie oft hatte Frederick sie flehentlich gebeten, es zu versuchen. Minney ebenfalls. Sie hörte das leise Echo ihrer Stimmen in ihrem inneren Ohr. *Du mußt es tun ... du mußt es wenigstens versuchen ...*

Schließlich, als ihr weder ihr Gewissen noch ihr Herz eine andere Wahl ließen, tauchte Maria die Feder in das silberne Tintenfaß und drückte sie auf das Blatt. Wenig später läutete sie mit der silbernen Glocke nach Fanny.

»Ja, Madam?«

Maria versiegelte den Umschlag mit rotem Wachs und blickte dann von ihrem Schreibtisch auf. »Fanny, ich möchte, daß Jacko einen Botengang für mich erledigt. Es ist das wichtigste, um das ich je einen von euch gebeten habe. Er soll dies dem Herzog von Clarence und niemand anderem persönlich übergeben.«

Fanny blickte erst den Brief und dann wieder ihre Herrin an. »Sie wollen den König sehen.«

Maria holte Luft; ihr war es ganz egal, woher sie das wußte. »Ja, Fanny. Ich will es versuchen.«

»Aber ist das nicht gefährlich, Madam? Seit sie zur Haushofmeisterin bestellt wurde, soll der Einfluß Lady Conynhams bei Seiner Majestät absolut sein.«

Maria stützte sich schwer auf ihren Stock und erhob sich. Ihr graues Haar funkelte im Licht, als sei es von Silber durchzogen. »Ich bin nicht ohne Einfluß bei der königlichen Familie.«

Marias Zofe nahm den versiegelten Brief und wandte sich ab, dann hielt sie plötzlich inne. »Entschuldigen Sie bitte, daß ich frage. Ich weiß, daß mir das eigentlich nicht zusteht, aber glauben sie den Gerüchten, daß Seine Majestät ... daß der König im Sterben liegt?«

Maria seufzte und fühlte das Gewicht eines ganzen Lebens auf ihren Schultern lasten. Mit einem schweren Seufzer sagte sie leise: »Oh, von ganzem Herzen hoffe ich, daß dies nicht der Fall ist, Fanny. Noch nicht. Und sage Jacko bitte, er soll sich beeilen.«

Der Herr ist mein Hirte,
nichts wird mir fehlen.
Er läßt mich lagern auf grünen Auen
und führt mich zum Ruheplatz am Wasser.
Er stillt mein Verlangen ...

Diese Bibelstelle zu lesen gab George den Trost, den ihm das Laudanum nicht länger bot. Wenn er doch nur vor seinem Tod noch einiges von dem wiedergutmachen könnte, was er anderen in seinem Leben angetan hatte. So viel kleinlicher Egoismus. So wenig Vertrauen in andere. Davon war sein Leben bestimmt gewesen. Und am Ende hatte es ihn verzehrt.

Er berührte das Medaillon mit Marias Bild, das er noch immer um den Hals trug, und er hatte das Gefühl, ihr Gesicht zu berühren. Jenes kostbare Bild aus so lange vergangener Zeit. Jetzt sein größter Trost.

Wenig später betrat der Leibarzt und Freund des Königs das Schlafzimmer, und Marias Bild verschwand wieder in einem Winkel seines Gedächtnisses.

»Setzen Sie sich zu mir, Henry«, bat George ihn mit zitternder Hand. Halford setzte sich in den Sessel neben dem Bett des Königs. George schaute ihn einen Augenblick an, bevor er sprach. »Ich möchte damit begraben werden«, sagte er und hielt dabei das Medaillon umklammert. »Dafür werden Sie persönlich sorgen, ja?« Bereits zum vierten Mal bat er heute morgen darum.

»Ja, Eure Majestät«, versicherte Halford ihm noch einmal. »Es ist alles arrangiert.«

»Ich bin so verdammt töricht gewesen ... in so vielen Dingen. Jetzt ist es mir wichtig, daß sie für immer bei mir ist ... zumindest auf diese Weise. Können Sie das verstehen?«

»Ja, ich glaube schon, Eure Majestät«, erwiderte Halford und unterdrückte seine Tränen über all das, was dem König und der Frau, die er so liebte, auf ewig verwehrt geblieben war.

Für den Augenblick zufrieden, versuchte George zu lächeln. Dann lehnte er sich in das kühle weiße Leinen zurück. »Wenn mir doch nur noch ein wenig mehr Zeit bliebe. Wenn jemand ihr sagen könnte, daß ... niemand meinem Herzen je näher gestanden hat ...«

»Vielleicht solltest du ihr das selbst sagen.«

Die laute Stimme gehörte William. Im Schatten am Fußende des Bettes stand Georges Bruder neben einer Frau in moosgrünem Samt. George kniff die Augen einen Moment zusammen und öffnete sie dann wieder, um sicherzugehen, daß Wirklichkeit war, was er nicht zu glauben wagte ...

»Halford, zünden Sie eine Kerze an«, sagte er mühsam atmend. Der Arzt blickte jetzt ebenfalls auf und wußte sofort, wer den Herzog von Clarence begleitet hatte. Wenn er es nicht mit eigenen Augen gesehen hätte, würde er es nie für möglich gehalten haben.

Ohne darum gebeten zu werden, stellte er die frisch entzündete Kerze auf den Nachttisch und verließ neben dem Herzog rasch das Zimmer.

»Wenn das ein Traum ist, weck mich bitte nicht auf«, flüsterte George, als Maria näher kam.

Die Zeit und die Jahre der Trennung hatten sie verändert. Die wunderschönen blonden Locken waren ergraut, über ihre einst makellose Haut zog sich ein Netzwerk weicher Falten. Aber er hatte sie augenblicklich wiedererkannt. Sie war immer noch von so gelassener Heiterkeit und Eleganz. Die Frau, die seine Königin hätte sein sollen, seine Maria...

Tränen füllten seine trüben, glasigen Augen. »Du... bist so schön wie eh und je.«

»Und du bist, wie ich sehe, so charmant wie eh und je.«

Keuchend holte er Luft, als sie sich neben ihn setzte und seine Hand ergriff. Sie war kalt, eiskalt. Früher war er, wenn man ihn anfaßte, so warm und voller Leben gewesen. Das hatte sich ebenso geändert wie seine Augen. Einst waren sie strahlend blau, *ich dachte, sie wären so endlos wie der Himmel*, erinnerte ihr Herz sie... *so endlos wie meine Liebe zu ihm*.

Jetzt, als sie hier neben ihm saß, war das alles so unwichtig. All die Lügen. Der Schmerz. Die vergeudeten Jahre. Nichts davon hatte noch irgendeine Bedeutung. Nicht Lady Jersey. Nicht Lady Hertford. Nicht einmal die besitzergreifende Lady Conynham, an der nur der Einfluß Williams sie hatte vorbeischleusen können.

»Ich wage es nicht, dich um Vergebung zu bitten.«

»Deshalb bin ich nicht gekommen.«

Er versuchte zu lächeln. »Dann ist es mir ganz egal... warum du hier bist, Hauptsache, du bist da.«

»Sch«, erwiderte sie, fuhr sanft über seine Stirn und strich die zerzausten schneeweißen Haare zurück. »Ruh dich aus. Du mußt dich jetzt ausruhen. Ich bin hier.«

»Sosehr ich auch versucht habe, dich zu vergessen, Maria... du bist immer noch... mein Herz«, stieß er keuchend leise hervor. »Du bist immer noch... meine Seele.«

Maria zitterte, obwohl es warm war im Zimmer. Ein Feuer prasselte im Kamin neben dem Bett, aber trotzdem war ihr plötzlich so kalt wie George. *Licht meines Lebens, entfliehe nicht so rasch...* Die flehenden Worte eines Dichters durchzuckten sie zusammen mit tausend anderen Gedanken. Dinge, die geschehen waren oder auch nicht. Worte, die gesprochen worden oder ungesagt geblieben waren.

»Oh, mein Herzallerliebster«, flüsterte sie. Aber er hörte sie nicht. Seine Augen waren wieder geschlossen, und einen Moment lang glaubte sie, er sei gestorben.

»Und Mrs. Fitzherbert... Wie gefällt Ihnen mein Wintergarten?« fragte er mit gebrochener Stimme. »... Ah. Wie ich sehe, mißbilligen Sie ihn. Dann werde ich ihn niederreißen lassen ... gleich morgen früh.« Er schaute sie an, aber die Frau, die er plötzlich sah, befand sich an einem anderen Ort, in einer anderen Zeit, die ein Menschenleben zurücklag.

»In der Vergangenheit ist es sicherer, Geliebter. Schon gut«, wisperte sie. »Bleib dort und träume von den Dingen, wie sie waren. Einst war es so schön zwischen uns. So schön –«

Sie umklammerte seine Hand noch fester, verzweifelt, aber immer noch wurde sie nicht warm. *Ich sagte einmal, ich wünschte, ich hätte mich nie in dich verliebt, wegen des Schmerzes, weil es so sehr weh tat, dich zu verlieren*, dachte sie. *Aber ich irrte mich, George. Ich irrte mich so sehr. Dich zu lieben, von dir wiedergeliebt zu werden, war es wert. Wir liebten uns und heirateten aus Liebe. Ganz gleich, was die Geschichte aus mir machen wird, das können sie nicht bestreiten.*

George schloß wieder die Augen, und sie beobachtete, wie die abgespannten Züge seines spitzen Gesichtes langsam weicher wurden, wieder stärker denen von einst glichen.

Was für ein prachtvolles Gesicht, dachte Maria. Plötzlich spürte sie, wie er ihre Hand fast grimmig drückte, als versuchte er, am Leben festzuhalten. Sie erwiderte den Druck.

»Schon gut, mein Liebling. Ich bin jetzt hier. Ich bin hier.«

George öffnete die Augen nicht wieder. Er schien noch etwas sagen zu wollen. Sie beugte sich vor. Dann drückte sie zart und sanft ihre Lippen auf die seinen.

»Du bist noch immer... meine Seele«, flüsterte er erneut und drückte ihre Hand. »... meine Seele.«

Epilog

Noch einmal streckte sie die Hand aus und berührte den Sarg. Ja, die Wunden saßen tief, aber die Liebe war noch tiefer. Sie hatte überdauert.

Ihre Stimme war nur ein Flüstern. »Oh, mein Geliebter ... warum war es nie genug, was wir hatten?«

In diesem Augenblick kehrte ein einzelner Gardist zurück und kam langsam auf sie zu. Seine Absätze hallten auf dem nackten Dielenboden wider. »Es ist Zeit, Madam«, sagte er. Als er den Arm ausstreckte, umklammerte Maria diesen bereitwillig. Die geringe Kraft, die im Alter noch übriggeblieben war, hatte ihr jetzt der Kummer geraubt.

»Ihre Tochter wartet im Hof auf Sie«, sagte er leise. »Wenn Sie gestatten, übergebe ich Sie ihrer Obhut.«

Als sie die Räumlichkeiten betreten hatte, war es ihr nicht aufgefallen, aber der mit dunklem Holz vertäfelte Korridor war mit einer Galerie von Bildern gesäumt, die in schweren Goldrahmen hingen. Mit familiärer Freundlichkeit blickte jedes Bild auf sie herab, ein Echo aus der Vergangenheit.

Da war Ernest als schüchterner Jüngling mit wuscheligem rotem Haar, errötet wie eine Kamelie, dann Edward. Seine Tochter Victoria würde eines Tages als Königin sein Erbe fortführen. Maria zuckte zusammen. Die beiden Brüder Seite an Seite, in der Zeit erstarrt. *Welche Unschuld*, dachte sie, während sie zu den beiden mit sorgenfreier Miene zu ihr Herablachenden hinaufblickte.

Waren wir je so jung? fragte sie sich.

Neben Edward hing William, der jetzige König von England. Er war gewiß nicht der hübscheste der Brüder, aber es zeichnete ihn große Freundlichkeit aus.

Neben ihm befand sich das Porträt von Frederick in Uniform, den Kopf hoch erhoben, stolz auf seine Stellung. Es war das lebensechteste der Gemälde. Als sie zu ihm aufschaute, spürte Maria einen scharfen Stich. Sie blieb nur einen Augenblick stehen. Mehr konnte sie nicht ertragen. »Wie ich deinen Rat vermisse, lieber, alter Freund ...« Sie konnte das Bild, das, wie sie wußte, daneben in dem größten, schwersten Rahmen hing, nicht anschauen. Jetzt wäre ihr das zuviel. Statt dessen ging sie weiter neben dem Leibgardisten den langen düsteren Korridor entlang. Sie hatte getan, wofür sie hergekommen war. Sie hatte sich verabschiedet. Draußen im Hof warteten Minney und George Dawson unter einem grauen Himmel mit schweren dunklen Wolken neben ihrer Kutsche auf sie. Minney, in einen dunkelblauen Samtmantel gehüllt, kam auf sie zu. Sie wußte nicht – niemand außer William und Fanny wußte es –, daß sie jenen letzten kostbaren Moment mit dem König verbracht hatte.

»Ist alles in Ordnung, Mama?«

Maria drückte sie so eng an sich, wie ihre Arme es aushielten. »Ich glaube, er ist endlich frei von seinen Dämonen, Liebling. Er hat das bißchen Frieden gefunden, das er so lange gesucht hat.«

Minney riß sich los und sah Maria an. Beide fingen an, vor Wind und Kälte zu zittern. »Aber du, Mama. Geht es dir gut?«

Maria berührte Minneys weiches Gesicht. »Solch ein liebes Kind warst du immer ... von Anfang an.«

»George hätte es gerne, wenn du eine Weile zu uns kämst, Mama.«

Maria versuchte zu lächeln, aber vergeblich. Daß sie beide einen George liebten. Heute war ihr das zuviel Ironie des Schicksals.

Sie war müde, und ihr war kalt. Dies war der längste Tag ihres Lebens gewesen. »Ich danke euch beiden«, brachte sie heraus, »aber ich möchte nach Hause. Wirklich. Jacko und Fanny werden dasein. Und außerdem möchte ich im Frühling in Brighton sein. Du weißt, wie schön es dort ist, wenn es Frühling wird, mit den neuen Blumen und der Brise vom Ozean.«

»Prinney sagte immer, in Brighton rieche es nach Neuanfang.«

Maria holte tief Luft und berührte eine Strähne von Minneys hellbraunem Haar. »Das sagte er, Kind. Genau das sagte er.«

Ihre Hand fest in der von Maria, beugte Minney sich vor und küßte sie leicht auf die Wange, während die Kutsche die belebte Pall Mall hinabrollte. Maria schien die Berührung ihrer Tochter nicht zu spüren. Sie schaute zu der Stelle hinüber, an dem einst das Carlton House gestanden hatte. Wo einst der Palast und seine Gartenanlagen den Mittelpunkt Londons akzentuiert hatten, standen jetzt Häuserreihen auf dem riesigen Gelände. Soviel hatte dort begonnen und war dort zu Ende gegangen.

An den Wintergarten erinnerte sie sich besonders. Nach Jahrzehnten kostspieliger Renovierungen und Umbauten, die eine Hauptursache seiner finanziellen Probleme gewesen waren, hatte George beschlossen, daß Carlton House zu alt und zu klein sei als Residenz eines Königs. Wie ihm das ähnlich sah – nie mit etwas zufrieden, dachte sie.

Maria mußte ihre Gedanken wieder durch die Jahre zurückschweifen lassen in eine andere Zeit. Sie sah durch den Schleier der Erinnerung den Abend in ebenjenem Palast, an dem sie den jungen stürmischen Prince of Wales gebeten hatte, seinen seltsamen, prächtigen Wintergarten nicht zu zerstören. Er hatte sie damals das erste Mal geküßt. *Als sie noch geglaubt hatte, er könnte sie wirklich lieben.* Maria griff sich an ihre Lippen, aber diese erinnerten sich nicht. Jetzt war dieser Abend wie der Zauber, der zwischen ihnen geherrscht hatte, sicher in ihrem Gedächtnis verschlossen. *Erinnerungen*, dachte sie traurig. *Zumindest die gehören mir noch.*

»Ich glaube, Prinney hat sehr lange versucht, einen Weg zurück zu dir zu finden«, flüsterte Minney.

Maria seufzte müde und schaute sie wieder an. »Das zu glauben macht es irgendwie einfacher.«

»Also, ich glaube das von ganzem Herzen. Ich habe nie aufgehört, es zu glauben.«

Mit eiskalter Hand tätschelte sie Minneys Knie. »Ich weiß, Kind ... ich weiß.«

Maria lehnte den Kopf gegen das weiche, blaue Samtpolster der Kutsche, lauschte den Geräuschen Londons, spürte den Puls der Stadt, die sie so oft verleumdet hatte. Sie hatte Windsor verlassen, entschlossen, sich an die guten Seiten des Mannes zu erinnern, der König George IV. geworden war, an das Erbe, das er England hinterlassen und an die architektonische Umgestaltung, die das Gesicht Londons für immer verändert hatte. Aber da würde stets noch viel mehr sein.

Während sie wieder einmal die verbotenen Erinnerungen und Hoffnungen, was hätte sein können, auskostete, schlief sie schließlich erschöpft ein.

Hinweise der Autorin

Die Geschichte des Medaillons mit Marias Bildnis ist wahr, ebenso entspricht der Bericht von dem Testament, in dem er sie formell als seine wahre Frau bezeichnet, der Realität. Trotz der Tumulte in ihrem Liebesleben und der Entfremdung, die zwischen ihnen eingetreten war, trägt George IV. von England, der in der St. George's Chapel in Schloß Windsor begraben liegt, bis zum heutigen Tage das Bildnis Marias um den Hals – der Frau, die seine heimliche Ehefrau, aber nie seine Königin war. Nach Williams Thronbesteigung blieb Maria in Brighton und trug bis zu ihrem eigenen Tode die Trauerkleidung einer Witwe. Ihre letzte Ruhe fand sie in der Stadt am Meer, die sie beide so geliebt hatten – im Schatten von Georges mythischem Pavillon.